# 巴克图往事

古尔图 [著]

作家出版社

民国时期巴克图口岸检查站。 贺振平 提供

1901年5月绥靖城东门瓮城。 贺振平 提供

塔尔巴哈台绥靖城钟楼及城内全景。 贺振平 提供

现在的塔城地区宾馆古橡树、宴会厅一角，民国时期为苏侨俱乐部。 贺振平 摄

现在的贝拉宾馆,民国时期苏俄领事馆旧址。 贺振平 摄

红楼——俄国喀山的塔塔尔族商人热玛赞·坎尼雪夫建的商号。 贺振平 摄

红楼博物馆西侧大门及院内全景。　贺振平　摄

鸟瞰塔城市使馆街、团结街全景。　贺振平　摄

*Ideals are peaceful, history is violent.*

理想是和平安宁的,历史是残暴不堪的。

——电影《狂怒》

# 1

雨后初晴，太阳从西边那朵黑云里探出头来，给大地涂上了一层暖暖的金色。在荒草杂生的巴克图商道，牛道全策马飞奔。他在塔尔巴哈台满城作了别德胜行东家孔云清，正赶着回去取钱，他知道跟随自己去巴尔鲁克山伐木的苦工，都在等着自己分钱呢。只有把钱拿到满城，孔云清和他才能支应各方，才能施展他们商议好的宏图大计。

之前在饭铺酒足饭饱，此时坐在马背上，牛道全心中热血沸腾，一切感觉是那么地好。牛道全快马踏清秋。他望着巴克图商道尽头，山峦披上晚霞的彩衣，牛乳般的云朵被染得火焰一般红，远远近近的牛羊群像棉花团一样，散落在深绿的草滩上，更增加了草原的安详和寂静，心里有说不出的痛快和豪迈！

突然，牛道全发现前面不远处一队官兵正往巴克图方向行进，没错，正是塔尔巴哈台道尹汪步端的队伍。

牛道全急忙勒马拐进荒原，把主路让给官家队伍。他远远地注视着这支队伍，目光一直追随到迎贵亭附近。迎贵亭是巴克图路旁一个简陋的铁皮亭子。它的存在既是为了方便来往的客商暂时歇息一下，也用来迎接尊贵的异国来客。

"迎贵亭"是百姓们私下里的称呼，也被塔尔巴哈台满城里最有学识的先生吴鸣璋写过一次错别字：洋贵亭。吴先生是有知识有威望的人，受他这错字的影响，巴克图那间铁皮亭子便在民间有了好几个名字："迎跪亭""迎鬼亭""洋贵停""洋跪停"！每一次错误都包含了一种新的内容，一次新的期许。

看到官家的队伍停下了，牛道全把马丢在一旁，马儿开始悠闲地吃草，他远远地趴在草地里，远眺着二三十个俄国人，正越过国界向巴克图走来。

隔着迎贵亭，两支队伍距离丈余，驻足不前。

终于，俄国人耐不住性子，派出一个人，向汪道尹的队伍递交了一份文书。

接到文书的人，低着头，转身紧跑几步，来到马车旁，保持着双手递呈文书的姿势。汪步端的手慢慢从车门帘里伸出来，拿走了文书。

过了好长时间，那个递文书的随从又跑到俄国人跟前，回复道："文书我方已阅知，现予以退回。只是我方尚未奉有中国政府明令，不便迎新领事进入，暂请从缓。"

直接拒绝洋人入境，颇有豪气，实是多年未见。清帝国灭亡了，汪步端由领队大臣变成了道尹，已然有了新气象。

可惜牛道全听不见他们的对话，全被风刮到边界那边去了。

苏俄这边听完答复，显然有些不满。队伍中间的一个中年男人吹着嘴角上翘的两撇胡须，一脸愤怒走上前来理论。

中方两名士兵把自己手中的枪支斜刺里一举，组成了一个大大的叉，把这位胡须男给挡住了。

双方陷入了争吵，这个中等身材的胡须男居然会讲中文，原来他是苏维埃政府任命的苏俄驻塔尔巴哈台第一任领事国里贺。

中方道尹汪步端似乎并不买账，他终于听不下去争吵，打开车帘儿，让翻译向国里贺反复强调：沙俄在塔尔巴哈台的事务一直由德罗布哲夫领事负责，更换领事是你们国家的事。我们塔尔巴哈台是个好姑娘，可好姑娘不能一女嫁二夫……

国里贺一肚子的不畅快。我被派到你们塔尔巴哈台做领事，结束沙俄专权对你们的欺压，你们应该高兴啊，为什么这么抵触？

汪步端在马车里抽了一管子烟，见国里贺还在喋喋不休地争辩，觉得也不会有什么结果，便下令自己的队伍转身回满城去了。临行，让部下撂下句话："更换领事，你们应该先把德罗布哲夫先行召回，如果强行进入，我方会和德罗布哲夫领事一同领兵抓捕！"

目送着中国这支队伍背向夕阳离去，国里贺十分愤怒。而汪道尹始终没有下马车，甚至没有看他一眼。

国里贺只看到过苇塘子，他没到过中国，他不懂。

天色渐晚，国里贺没完成自己的使命，只好令手下就地安营扎寨，住在了苇塘子。

与塔尔巴哈台山水相连的哈萨克草原早已被沙俄征服，原先跟中国距离很远的沙俄，占领了广袤的哈萨克草原，就跟中国成了脸对脸的邻居。这时，苏维埃虽然推翻了沙俄，夺取了政权，但一切还是乱糟糟的。第一次当领事的国里贺和他的新政权一样，显然缺乏足够的经验和应对能力，他们立足未稳，不会强取豪夺，完全不像被他们革了命的沙皇俄国。从十八世纪下半叶，尽管面临内忧外患，沙俄仍然连年发动对芬兰、土耳其、瑞典的侵略战争，还鼓动俄国商民向中亚、西伯利亚、远东地区垦殖拓展。

为了逃避兵役，俄国民众纷纷另寻出路，走出中心地带，去边疆发展，有些平民百姓也进入了巴克图，通过这条商道到塔城那些洋行里求一份差事，或者凭自己的手艺谋生。

牛道全家是巴克图毫无争议的大户，种着百余亩土地，田地也没个具体的界限，就在那沿国界的山坳，除去耕地就是荒地，就是一大片草场。草场里牛羊成群，也都是他家的。

牛家是清朝戍守卡伦的官兵，牛道全最辉煌的时候当过把总，手下几百号子人。那时候，通过别处转运粮食非常困难，于是，就有屯田的传统。牛家戍守在额敏河旁，这里是天赐的福地，地肥水美，部队在此驻防，屯田的收获就成了后勤的补充。

宣统四年，卡伦突然就成了没娘的孤儿，既没人宣布解散的命令，也无人再拨付军饷，牛把总无奈骑马到塔城向上级讨要，被告知大清国已经亡了！

牛把总垂头丧气地回到卡伦。得到消息的官兵走的走，散的散。但牛道全没走，去哪儿呀？出来当兵就是为了谋口饭吃，干吗还回去？回去不是还得挨饿吗？

看着卡伦附近大片大片的荒地，又没有人管，牛把总咬咬牙，干脆自己屯吧，不仅自己开荒，还把老家的族人叫来一起开荒，每年有多余的粮食，就跟附近的牧民换些牛羊，散养些鸡鸭狗。牲畜最害怕狼，但牛家有办法对付，喂上几条土狗，加上他手里的枪也能抵挡一阵。

牛道全这辈子守卡伦保卫边民的时候，受尽了屈辱。但喂牲口种地以后却在狼群面前耍尽了威风，转变成一把庄稼好手。不过七八年光景，已经是巴克图实实在在的大户。

在这千里国境线上，突然来了这么多不速之客，牛道全心里又打起鼓来。又会发生什么事呢？

苏维埃政权派来的领事国里贺有着一腔热血，完不成任务誓不回还。他打发随从将消息向上级汇报，请求协调，希望通过高层的推动，堂堂正正地进入塔尔巴哈台。他哪里晓得，就在他风餐露宿的那些晚上，拒绝他入境的塔城道尹汪步端正和帝俄驻塔城领事在领事馆酗酒聊天。

德罗布哲夫一手持瓶，一边倒酒，一口接一口地喝着。他不再保持绅士风度，敞开衣服的扣子、自然略带卷曲的头发散乱着，嘴角微微上翘的胡须上，不时挂着小水珠和食物的残渣碎末儿。

汪步端用刀切下一片羊肉，摇摇晃晃地递到德罗布哲夫的面前："别那么喝，你这老毛子，这样伤身体！"

德罗布哲夫瞥了汪步端一眼，并不接这片羊肉，嘴里嘟囔着："哼！那帮穷鬼成功了，成功了，你懂吗？属于我的时代就要过去了！"

汪步端又把那块肉在德罗布哲夫眼前晃了两次，见他确实没有接的意思，便把肉塞进了自己的嘴里："嘿嘿，还……还属于你的时代就要过去了，我比你更惨，属于我的时代已经过去了，我随时都可能卷铺盖走人！"

吃下肉后，汪步端喝了一小杯酒，自言自语地说："今天，你们那边派来了新领事，被我堵在苇塘子了。想进塔城当领事，哼，我连巴克图都没让他进。我够意思吧，别人接替你的时候，我还能替你拦一下，我汪步端被撤的时候，谁还会替我……"

德罗布哲夫本来迷离的眼神一下子放出光亮来，随后发出恶狠狠的、酒精浸伤后特有的嘶哑的声音："你说什么？"

汪步端一看德罗布哲夫突然身子一颤，可能是烈酒喝得太多的缘故，肚里向上翻腾，突然嘴憋得圆鼓起来，像要吐酒的样子，一时吓住了汪步端。汪道尹站起身，向后退了两步，生怕帝俄领事的嘴巴变成喷泉，喷到自己身上。

德罗布哲夫眼神一定，眼睛一闭，浑身用力，嘴巴嚅动了一下，生生把嘴巴里的酒给咽了回去，双手撑在桌子上："他们有多少人？"说完又打了一个嗝，满嘴的酒气瞬间散了出来。

"总共二三十个吧，反正人不太多，我连车都没下……"

啊——德罗布哲夫大喊一声，一把掀翻了桌子，盆盆罐罐连同酒和食物全部倒在了厚实的紫红色木地板上。

汪步端看着眼前的满地狼藉，醉意被吓了个半醒，再没有吃肉喝酒的心思了。

"把我往绝路上逼，我还有活路吗？有吗？"德罗布哲夫摇晃着向屋外走，汪步端急忙跟在身后，生怕他摔倒在地。

德罗布哲夫只走到前廊就再也忍不住了，侧着身子，冲着楼梯下就是一阵狂喷！汪步端只好扶着他，在他的背上有节奏地拍打。

吐了两次，德罗布哲夫轻松了不少，也清醒了一些，额头上渗着汗珠，眼里布满红血丝，把头转向汪步端："你们中国有句话，对对，我不能坐以待毙，不能，我要主动出击。你不要派兵阻拦我，我自己干！"

说完，德罗布哲夫一头栽倒在地上睡着了。

汪步端急忙喊来仆人伺候，自己则趁乱走出院子，坐着马车回满城去了。

第二天一早，汪步端召集塔尔巴哈台的军官们下了命令。边界紧张，局势微妙，是俄国人自己的争斗，为了避免卷入，保卫塔尔巴哈台城的安全，所有武装力量退回塔尔巴哈台满城。

命令是一道口谕，没有文字记录。

最高长官这样说了，谁还愿意置身于危险之中？一日之内，整整二十里纵深的边境线被撤空了。

国里贺仍旧在苇塘子等待着上级通知自己进驻塔尔巴哈台的命令，他是理想主义者，他坚信会有这一天。除了等待，便是无聊，他在起伏的山地草原骑着马狂奔或者慢跑。

两国边境之地，争夺的是人，人走光了，就显得凄凉，却中了花草的意，植物在这里肆意生长。

在一个窝棚前停了下来，国里贺翻身下马，牛道全从窝棚里走了出来。

"干什么呢？"牛道全用不太标准的俄语问道。

国里贺被问得有点儿发蒙："没，没什么事。"

"没什么事儿，就不要乱转，不要以为这边士兵撤了，你们就可以想干啥干啥！有士兵，他们可能还保护你，没士兵，可能你们还更要小心！"也许这些话太复杂了，牛道全没法用俄语驾驭，既然起不到威胁的作用，只好说给自己听。

国里贺大概没听太懂，还要往窝棚里走，被牛道全的手挡在窝棚门口："里面没女人，你也不想想，爷儿们怎么可能把女眷们放这儿呢！"

"我只是想要杯水喝，或者想跟人坐坐，什么人都行，不知道是怎么回事，我这几天总是心慌意乱的。"国里贺用汉语说，"你们的官员不欢迎我，连你们老百姓也不欢迎吗？我们就是来改变过去对你们不合理的世界呀！"国里贺的汉语说得相当吃力。

牛道全当然听得有些厌烦，本来他对这些洋人就没什么好感："得得得，你操好你们自己的心就行了，别成天惦记着别人家的事！"

牛道全用手阻止着国里贺的进入，甚至双手架在国里贺的胸膛前，把他往后推了几步。然后，他返回窝棚里拿了一个酒葫芦，递到国里贺的胸前："走吧，走吧，回你的苇塘子去吧！"

国里贺推辞了一下，牛道全更强硬地塞回来："晚上还是凉，喝两口，挡挡寒气，我还是劝你，趁早回自己家去，家里不好吗？"

国里贺不再推辞，把那葫芦斜挂在肩头，叹了口气，翻身上马，向西奔去！

看着这老毛子纵马奔去，牛道全摘下头顶的帽子，冲着西方的夕阳喊了两句：达斯维达尼亚，达斯维达尼亚（再见）！

等到国里贺走远，他才返回了窝棚里，坐在地上，吸了一袋旱烟，盯着窝棚门外的土地，愣了半天的神。

牛道全本来是回家拿钱回满城的，结果碰到了这些事，只好先潜回家，疏散自家的女眷，藏好了金银细软。自然把拿钱给伐木工的事推后了。

那几天，他不敢在自己家的院里睡，他就睡在边界旁的小窝棚里，那是一片高地，视野覆盖巴克图通道。他知道道尹的官兵可以撤，而他不能，那里就是他的家。

晚上，几声枪响惊醒了牛道全的梦，牛道全急忙从毯子里翻身起来，从窝棚里摸出那把老枪，跑出窝棚，他把目光投到枪声传来的方向，想看个究竟。

月亮钻出云朵，挂在空旷的天上，虽然只有多半个，却照亮了整个巴克图。远处苇塘子那边那几个新扎的帐篷着了火，一片慌乱，战马嘶叫，几十匹战马追着从帐篷里爬起来的人，毫不犹豫地挥刀砍杀……

看着这幅景象，牛道全一屁股坐到地上，他知道那些夜宿苇塘子的新俄国人完了。

明月当空，骑兵夜袭，那还不是一刀一个，看样子不会留下一个活口！牛家几代从军，见得多了。牛道全只是没想到，追杀他们的竟然是塔城的哥萨克士兵。

转回窝棚，牛道全简单收拾了一番，偷偷从山坡的蒿草上滑了下去，趁着微冷的夜风消失了。

第二天，牛道全带着钱财到了满城，看到城门紧闭，有士兵把守，不许进入。四下打听，才听说汪道尹大人下令封城。他当然明白，这是汪步端在撇清自己与此事的关系。

## 2

塔尔巴哈台的黎明比较懒惰，总是迟到。

比黎明早起的"德胜行"东家孔云清提着马灯，在黑嘛咕咚的院里检查了一遍所有的角落，也就到了四处依稀可辨的清晨。

孔云清放下马灯，提了水桶走出院门，走向穿城而过的小河。他打了一桶水，沿河堤上行，走上街道，走到自家店铺门前，把水倒进一个水盆，双手端着水盆冲着半明半暗的天空，用力拧甩着自己的身躯，水便脱离了盆子，划出一道圆弧，很快圆弧在空中散成水滴，向四周散射，再划道弧线，落到地上、店铺的墙上。浮着虚土的街道上，冒着微弱的烟尘，传来水浸了土的鲜腥味。

孔云清喜欢闻这味，爹爹生前告诉他，这味像老家杨柳青。

对杨柳青他早就没了记忆，日子久了，孔云清只记得这味就是塔尔巴哈台汉城黎明的味道，那是泉水和干涩的泥土混合的味道。

孔云清闭上眼睛，站在原地不动，做着匀称的深呼吸，也许有点醉氧，他静静地回味着空气里那沁人心脾的清凉。片刻，他慢慢睁开眼，意外地发现对面的墙上贴着一张巨大的桑皮纸张，不由凑上前去，天虽然还没有大亮，但依稀可见纸上的大字：

加拉罕对华宣言

废除与大清国缔结的一切条约；

放弃沙皇政府掠夺之外国利益，交还各国人民；

废除于中国的领事裁判权与租界；

放弃从中国攫取的满洲和其他地区；

放弃庚子赔款的俄国部分

……

看着这些文字，孔云清内心波涛翻涌，热血沸腾，眼角不自觉地渗出了眼泪，但他不敢声张。手不自然地抖了抖，水盆掉到了地上。他又急忙弯腰伸手按住了盆子，生怕惊醒了整条街的睡梦。

他四下望了望，确定没有人，便快速起身，再到小河里打来清水，洒在那桑皮大纸下面的土地上，然后用扫把扫出一块干净的地。再左右看看，四下无人，提着桶盆，便回家去了。

空气里弥漫着破晓时的寒气，各家掌柜都开始叫人，天亮前要把店铺门前的街道清扫一遍，把自己的店铺收拾一番。再长的黑夜都会过去，讨生意的每天都要以干净清新的面貌迎接新的一天。

那天，孔云清没有打开自家店铺的门板，没有叫醒铺子里的伙计，而是径直走到长工的房间，走到大通铺旁，钻到炕上最靠墙的位置睡觉去了。他背对着屋子，面朝墙壁，不让别人看清自己的心思。

长工们被惊醒，正准备翻身起床，只听孔云清小声说："阿斯哈尔，别急，今天晚点开工，你们再睡会！"

阿斯哈尔一阵狐疑，这是咋了？太阳要从西边出来了还是太阳出不来了？

"你真的不用这么早起，今天早上可能不会有人买东西了。"

阿斯哈尔收回了自己的腿，用手撑着自己的背，还在犹豫，猜测着东家的主意。

"你等会去后院挑只肥羊宰了。"

阿斯哈尔一头雾水，躺下身子，半晌，问道："今天是你们的什么节吗？"

孔云清背对着阿斯哈尔笑笑，他轻轻转了一下身子，又转回去，依然背对着阿斯哈尔，像是自言自语："是咱们大家的好日子。"

天亮以后，吴鸣璋被众人从"裕生堂"簇拥着，一直慢悠悠地走到写有"加拉罕对华宣言"那张大纸下，站在那片干净的空地上。

吴鸣璋是这座城里的"先生"，祖上是跟着左宗棠进疆的随军郎中，识文断字，平日很少与人交流，但凡说几句话，都会成为名言警句。

吴鸣璋有个绝活，双手打算盘。每次他将算盘拿在手上，翻转一通，算盘珠子神奇地甩到两边就位。只见他双手手指如飞，在算盘上拨打，但他不是算账，是治病，噼里啪啦拨弄算盘珠子，接着会告诉你吃什么药，该去找哪个医生；或者东西丢了，再拨弄几下算盘珠子，告诉你去哪个方位找，十有八九没错。

他居然通晓术数，这可是中华古代神秘文化的主干内容，一门大学问。这等神技在这边境小城一传十、十传百，大家当然吃惊不已，再看吴鸣璋平素为人行事，确与他人迥异。

剧班子演戏，有些历史典故弄不明白，就来找他。老剧本上的字不认识，只好问他，吴鸣璋只瞄一眼，就能指出来读什么，该怎么解，没有一次难得住他。

别人做生意都是谋财，吴鸣璋不是，他成天坐在药房里看医书，每天只看八九个病号，看完就不看了。背上个竹篓，骑上匹马，到北山采药去了。闲云野鹤，无欲无求。但在这座小城里，很有名声。大家都愿意把孩子送到裕生堂跟吴先生学点真本事。

此刻，四周围着一大群乡邻，都抻着脖子，等着吴鸣璋给宣读讲解一遍。

吴鸣璋眯着双眼，打着哈欠，手在嘴巴上拍了拍，这才把目光移到那张大纸上，他从上至下，从右往左扫了一遍，刚要开口，巷子口却传来了一声枪响，接着几名哥萨克骑着战马就在巷子里奔了过来，边跑边吹着哨子，扯着嗓子喊着："散开！滚开！"

人群急忙避让，散出一条路来。

几匹马在人群处慢了下来，哥萨克军士挥舞着马鞭，照着人群便抽打，人群发出尖叫，瞬间四散乱逃。

接着，哥萨克军士翻身下马，扯下这张巨大的纸张，冲着四周呜啦呜啦地用俄语喊着，随后又朝天空放了一枪，骂骂咧咧地离去了，去别的街道搜寻同样的纸张。

粗鲁的哥萨克士兵这一次没有抓人，但一样使整条街道迅速陷入阴森、恐怖，平日繁华喧闹的汉城，迅速变得死一样寂静。

整整一上午，塔尔巴哈台汉城里的洋行洋铺四门大开，而中国商铺多数只是拆下几块板，露个窗户，房也只开半扇儿，仿佛既盼望有生意，又害怕有人来。

哥萨克军士驱赶人群的时候，吴鸣璋动作并不见得快，也不慌张，但却很快返回了裕生堂。

吴鸣璋依然特立独行，那天，整条街上的中国商铺只有裕生堂的门大开着，门前两侧插了两面回布旗子，上面涂着大大的红十字。全城的人都明白，这是叫那些挨了鞭子的人去用药呢！

中午的时候，"德胜行"的铺子连窗户也装上了板子，整个房间里乌黑一片。孔云清这是关门歇业了，他早早走进后院的厨房。

厨房中央架着一口大锅。孔云清接过自己婆娘手里的大舀子，在腾着热气的大锅里翻搅着，对着大舀子，尝了一小口。左手抓了一把案板上切碎的皮芽子（洋葱）和香菜，朝锅里撒了两把，又从装盐的坛子里抓了一大把盐撒进了锅里，还狠狠地看了婆娘一眼。

老婆当然明白，掌柜的是嫌盐放得少了。

阿斯哈尔在后院里最远的地方捋着羊肠子，那地方正好也是穿城河流过的地方，孔云清在河边扎了些栅栏，又留了一个篱笆门，方便饮羊放鸭。小河里的水是楚呼楚的泉水汇集而成，清澈见底，寂静无声，一直穿过城市，最后流到库鲁斯台草原的湿地里去了。

边城地大人少，塔尔巴哈台的住户大多有一座宽大的土打墙院子，小的二三亩，大的四五亩。孔家因为来得早，住得时间长，院子并了两三家离去的人，大概有七八亩地，几乎算是辽阔了。

虽然生意做不过塔塔尔、乌孜别克族商人，但经营院子孔云清就要在行得多，五谷丰登，六畜兴旺，在院子里都能看得出来。

阿斯哈尔把肠子里的脏物一点一点往外挤，羊肠子飘出难以忍受的腥臭，阿斯哈尔的脸上浮起抹不去的笑容。他仔细地把羊肠子编成细细的辫子状，看起来十分具有美感，像是未下油锅前的麻花。

羊汤的香味传到了阿斯哈尔的鼻孔，他的肚子便咕咕叫了起来。阿斯哈尔觉得有一点眩晕，他控制不了自己，他放下手中的活计，从河里打了一桶水，提到厨房里倒进水缸，转出厨房的时候，他喉咙干涩，几乎要冒起烟。阿斯哈尔狠狠地咽了两口唾沫，然后低下头提着桶走了。

"洗完回来吃饭，今天肉管饱！"孔云清说了一句客套话，本来也没有太多羊肉，更多的是胡萝卜、土豆，这些菜也是孔家自己种的。肉管饱其实是肉汤管饱，萝卜、土豆管饱，当然，正逢吃萝卜的季节，这样的吃食也是很不错的。

和阿斯哈尔一样禁不起诱惑的是孔云清的小女儿孔淑仪，七八岁的年纪，此刻也跑进厨房，围着大铁锅，看着羊肉、羊骨头在锅里翻滚，眼里丝毫不掩饰对肉汤的渴望。

她不像姐姐孔淑慎总能克制自己。那天，孔云清给大女儿的任务是把家里的账再理一遍，把能挤出来用的钱都梳理清楚。本来这些事是应该交给儿子孔淑魁做的，只是儿子逆反得要命，到了谋差自立的年龄，却成天找不到人影。

孔淑慎一直按大家闺秀的标准要求自己，她从不违背父母的意愿，从不去街上闲逛，一巾白帕从不离手，一双小脚就在孔家的大院子娉娉婷婷，摇曳姿态更是引人注目。她行动不快捷，却彰显从容优雅，能把家里的生意打点得井井有条。静下来时，孔淑慎便回自己的屋子读书，哪怕有时只是盯着那些诗书发呆，也显得十分温顺贤良。

孔淑仪性格与姐姐截然相反，到了该裹脚的年龄，母亲叫来了两个女邻居在家里嘀咕着。

孔淑慎便走到孔淑仪的屋子里，摸摸妹妹的头："你六岁了，等会儿母亲和那俩阿姨会到你的房间来，端一盆温水，让你泡脚，她们手上一定拿着特别长的棉布条，把你的脚趾向后屈折，再把布条沾湿水，把你的小脚一层一层缠起来。"

"姐，那一定很疼吧？"

孔淑慎的脸色平静又透着淡淡的忧伤："是的，很疼，很疼，疼一辈子，但那是咱们女人的命！妈妈那时候对我说，所有好人家的女孩都得缠脚，要不将来就没有男人娶。"

"姐，那有没有女人不缠脚的呢？"

孔淑慎把脸转向窗户外："有，街对面那些洋女人，她们都不缠，没羞没臊地跟男人们一起疯。"

孔淑慎的那一通话真的影响了妹妹孔淑仪那个庄严的缠脚仪式。

她从洗脚盆里拔腿就跑，当然屋子门是被堵死的。孔淑仪见出不去，便大哭大喊："我不缠脚，我不缠脚，我怕疼，我怕疼，妈妈……"

母亲眼里虽然也噙满了眼泪，但还是要给她缠脚的。

这时，孔淑仪竟从自己的被窝里拿出一把剪刀，指向自己："你们别想给我缠脚，我才不嫁什么男人呢！谁缠我的脚，我就死给谁看！"

被请来的两个邻居顿时傻了，看着孔云清的女人，全没了主意。

孔夫人也一样没了主意，她怎么也没有想到会碰到这么强烈的抵触。两个邻居互相看看，打开房门出来了。说好的是来帮着小姑娘缠脚的，可不是要闹出人命！

孔淑仪从那时起就不跟父母睡觉了，成天跑到姐姐的房间里，有时睡着觉就被噩梦惊醒。一醒来就哭，老怕自己的脚被窝折，有时候，即使睡着觉也挂着两滴子眼泪！姐姐疼她，便寸步不离左右。

孔淑仪一次一次坚定地寻死觅活，缠脚的仪式被无限制地拖延下来。

阿斯哈尔没想到的是，孔云清在吃饭的时候，居然拿了一坛"楚呼楚"，给他倒了满满一碗，这可是天大的恩赐。这让阿斯哈尔万万没有想到，他心里再度纠结起早上的那个问题，今天是什么节呀？

吃完饭后，孔云清对阿斯哈尔吩咐，让他去巴克图牛道全家走一趟，看看牛道全到底是怎么回事，怎么跟自己商量好的事，一回去就没有消息了呢！到底能凑多少峰骆驼，什么时间能去南疆进一次货物。

阿斯哈尔三分醉意，拿着孔云清给牛道全备的两块砖茶，骑马慢行穿过街巷，一出汉城便双腿一夹，"驾"一声叫喊，胯下枣红马狂奔起来。在汉城的街巷里中国人的马只能慢跑，但凡碰到洋人都得避让。

阿斯哈尔到了牛家，见那连片的房屋里也没几个人，牛家住的都是土房子，连院墙也没有。一个达斡尔族男人端上一壶茶水，请阿斯哈尔喝了一口。告诉他牛掌柜不在，边界出了情况，家里人也都疏散了，只留下他们几个老兵看情况决定是留是逃！

阿斯哈尔奉上砖茶，说明来意。达斡尔族男人告诉他，不行，肯定得往后放放，牛掌柜都到边界去了，肯定很紧张，哪里还能想做生意挣钱的事情，保命要紧。

## 3

几十年来，通过巴克图前前后后来了大量的塔塔尔族、乌孜别克族洋商，他们都是淘金人，他们不断地在贸易圈内筑楼建房，这座毁于战火的塔尔巴哈台汉城，在多年后又焕然一新成为洋华混居的新城。街面上洋楼棋布，洋行林立，繁华艳丽。可是对于牛道全这样一个曾经的边防兵勇来说，他深知这繁华恰恰是大清国最大的耻辱。

边防未攻克，国土已沦丧！

所以他很少进塔城，他打心眼儿里无法接受在自家的土地上，几十个哥萨克军士来维持治安。

天地广阔，纵然是受着别国的蚕食，他牛道全也一样可以靠自己的智慧和勤劳，在这片广袤的大地上攫取足够的财富。对于这一点，牛道全是满意的，甚至是自豪的。

在国里贺未到巴克图之前，牛道全收拾自己庄稼地的时候，天天数路过巴克图的骡马车队有多少。这一年来，巴克图过境的车队大减，车队的货物也大减，甚至一连十几天，都没有一次跨越国境的商队往来，那帮俄商的生意能好才怪。牛道全心里就免不了浮起一阵阵快意，他天天盼着这些洋商倒闭呢！

他在一处高地勒住马缰，驻足观望。眼前的巴克图的商道，道路中间也长满杂草，只留两道车辙的印迹，一片萧条。牛道全的心里涌出一句戏词：人无千日好，花无百日红。

这些年，塔城的中国商人可怜兮兮，纵有冲天之志、经世之才，也无奈国弱民孱，天减自家，不可扭转。德胜行东家孔云清是杨柳青赶大营最早留在塔城的商户，这些年苦心经营，才得以支撑。现在孔云清准备大干一场，半个月前就传消息给自己，要准备一些骡马车辆，打算重开通向迪化和南疆的商道，牛道全心里燃起炽烈的进取欲火，万一这城里的中国商人有转机了，他牛道全也得助一把力！

可是哈萨克牧民没有种树的习惯，塔尔巴哈台草原很少有长得成材的树木。牛道全只好找人到两百里外的巴尔鲁克山里去砍伐松树，松树在深山老林里，长得环抱一样粗，寂寞地矗在天地之间。

原始的山野，人迹罕至。进山前，牛道全想过靠打猎吃肉，靠山泉喝水，带着十来个壮汉，驮着两口袋馕进了山。但他没有想到，在这山间的松树林里，有着大片大片的松茸、草菇、野菜，打到的野味儿，炖的时候放进松茸、草菇，伴着新鲜的野菜，味道是那样鲜美！生存的问题解决了，大家极其享受这种生活。反倒干得不慌不忙，一副山中无甲子的状态。

这可急坏了牛道全，他可不想耗在这里。伐木是为了储备造车的木料，这只是组建运输队的第一步，得快快回到巴克图，事还多着呢！

牛道全对大家喊："干完活，把木头运到塔城就结算工钱。"这算是提高了大家干活的积极性。

这队临时拼凑的伐木工，包含了好几个民族，全都是上有老下有小的苦力。大家干活不惜力，因为自己幸福不是真正的幸福，带着钱回家才是最大的成就！

十天以后，牛道全带着人马费尽力气，把山上伐到的木头运回了塔城。满城东门外，孔云清早已组织人马出城相迎，孔掌柜临时决定制作车辆的事情放在满城进行。

塔城分新塔城和老塔城。老塔城是清乾隆二十五年，清军讨伐平定阿睦尔撒纳叛乱，得胜后在雅尔设立了塔尔巴哈台军台，驻兵八百余，乾隆二十六年，筑肇丰城。当时雅尔一带荒无人烟，夏季多白蝇叮咬，冬季雪厚数尺，军台供给断绝，兵士不堪其苦。

乾隆三十一年，新任塔尔巴哈台参赞大臣阿桂决定驻地东移，先行后奏，在塔尔巴哈台山下的楚呼楚建绥靖城。绥靖城即为新塔城。

新塔城又分满城和汉城，虽说满汉两城相距不过一里地，可是满城是中国官府所在，而汉城驻扎着帝俄领事和哥萨克士兵。孔云清左思右想，怎么都觉着不如满城方便。与牛道全同坐一桌，二人斗志满满，筹划着自己的奋斗大计。安排大家吃过一顿饱饭后，孔云清和牛道全又借着从前的关系，找了兵营里最好的木匠、铁匠，开始制作运输的马车。

孔云清说："我算看出来了，从前是俄货充斥市场，现在他们那边闹革命，货源已经断了。一定要填补这次出现的空白，做生意最重要的就是一定要捕捉住机会，不惜一切代价，全力以赴。"

牛道全也有同样的感觉，他说草原民族最好打交道，牧民下山采购的东西都是必需品，不怎么砍价。没有茶叶，怎么喝奶茶？没有回布，穿什么衣服？没有盐巴，怎么煮肉吃？既然要大干，最好能储备大量的货物，去牧区送货上门，武夷茶、茯茶、米心茶都要备足，祛寒湿、化油腻。牧民们进一趟城不容易，这种游商应该更受他们的欢迎，也避开跟俄商照面，省去不必要的麻烦。

一通畅谈，所有的问题变得越来越明晰，必须有资金，足够的资金。饭后，牛道全快马加鞭从满城奔去巴克图，回家凑钱去了。

钱没拿回来，结果满城却封城了，塔尔巴哈台满汉两城一片混乱，空气中都能嗅到紧张的气味。一切与孔云清商量的计划，在突如其来的变化面前又显得草率了。

道尹府里，下属呈上了杨督军从省府发来的密电。汪步端手上捏着一片熏马肠停在空中，转头斜眼看了看酱色的大信封，犹豫了一下，下巴向前微微一挺，示意下属把密电放在桌子上。

汪步端把熏马肠撂进自己的嘴里嚼着，感受着烟熏晾晒的肉片经过盐浸的特殊香味。他站起身来，围着桌子踱来踱去，目光不时再回到桌面上的信封，久久不愿拆阅。

为官多年，他能敏锐地感觉到风会朝哪个方向吹，即使那风还没有来。

密电当然还是要拆的，不可能不看。汪步端只是要给自己一个心理调整的时间。他提醒自己，每临大事有静气，得让自己能够承受得了即将要面对的境况。

密电里杨督军斥责汪步端纵容帝俄领事德罗布哲夫，没有掌控塔尔巴哈台的局势，导致苏维埃政府领事遇刺身亡，引发了重大外交事件。电报提醒他要保持"中立"，静观其变，强调边防不能废弛，尽力避免争执，突发情况要立即上报等等。

内容在汪步端的预判之内。不算是好也不算太坏。

俄国在革命，红军和白俄在血战，塔尔巴哈台地处边境，当然很危险。想到这里，汪步端心里就坦然了。他把密电里指出的错误归结为自己所处的地理位置不利。

"边防不能废弛，尽力避免争执。"汪步端端起一口茶，喝了一小口，"这是让我把兵丁杵在边界上当桩子，能看不能动，有意义吗？"

满城紧闭的大门还是开了，士兵们休息了几日，又有少数部队返回营地。担负的任务就是轮番站岗、巡逻，密度也比先前减了一半。接到的命令是不管有什么情况，都不许向对方开枪！

只站哨不开枪的命令抹杀了这支部队的血性，他们不得不沦为只为混两块银圆的兵痞，有些油子甚至藏匿了鸦片烟枪，既然不能开长枪，那就无聊了吸烟枪吧。

牛道全在满城见了孔云清，那些伐木工愤怒地指责他不守信用，被德胜行的掌柜轻易化解。

他牛道全能再见着大伙儿都是托新政府的洪福，他家的女眷都不知了去向，他家地里的窝棚也被一把火给烧了，但欠大伙儿的账，他牛道全不赖，一定得还上，所以急急忙忙跑来了。可是满城封了，干着急进不来啊！

伐木工听到他的家门口死了几十口子老毛子，惊得半天合不拢嘴，在塔尔巴哈台这当然是天大的事。

工人们看着他蓬头垢面，衣服也破烂着，对牛道全这一趟的遭遇表示同情。

牛道全逐人付工钱，当时就有人表示，如果牛家有什么活儿，他们还会干，而且会卖命干。毕竟找个能付钱的老板不太容易。

孔云清让大家先回家休息几天，给家人报个平安。牛家遭了兵患，暂时当然是没活儿了。他请大家放心，德胜行有活儿了一定会请大家。

看着孔大掌柜这样说，这些工人自然没话，才千恩万谢地离去。

牛道全对孔云清说，在北疆运货不需要骆驼，商道一两千里地，没有沙漠，不缺水源，准噶尔盆地虽有山脉，但可由骡马驮行，平原靠马车，才是最为经济的。到了乌苏、迪化再换骆驼才是合理的。并且他有种不好的感觉，他认为运输车辆不用做那么快。眼下，新派驻的苏维埃领事被杀，难道会平平静静地过去？

孔云清觉得牛道全在给自己泼冷水，他思前想后，觉得箭在弦上，不得不发。苏俄连新派的领事都被人杀了，乱得一锅粥，这不是要变天的前奏嘛，此时不拼，更待何时？

孔云清琢磨着，从前俄商一统天下，德胜行为了生存，不得不租借洋商免税条做买卖，让俄商坐收巨额利益。现在俄商的货源断了，不正是老天给自己的机会吗？孔云清甚至觉得一旦自己运回了大量货物，就有了跟俄商谈生意的资本了，甚至可以直接无视他们，不跟他们合作。

牛道全的看法与孔云清出现了分歧。他估摸着一时半会儿，孔云清所祈盼的那种经商的环境还实现不了，时机还不成熟，不宜贸然下大赌注。

孔云清看牛道全不放心，便对他说："富贵险中求，你说的那种天下太平，车旅畅通，熙熙攘攘的局面如果实现了，商道上跑的，可能就不只是我孔云清了，全城的商户可能都在那道上！"

牛道全没有反驳，也没有吭声，他把头慢慢地低了下去。牛家的家业是一镐一锹挖出来的，浸透着全族人的血汗，他输不起，他其实判断这笔生意能不能做的标准不是商业规则，而是以一个军人的素养，他嗅到了战争的气味。

没错，孔云清家是挑着担子跟左公打仗"赶大营"的，借助兵营成了大户，他得利是因为左大将军是胜利之师。如果塔尔巴哈台发生了战事，谁是胜利的一方呢？牛道全不认为清朝换了民国就能取得胜利，如果民国能胜，那么当初就不应该对卡伦不管不顾。指望道尹汪步端，那更靠不住，一触即溃都高看他了，说不定就是望风而逃。

孔云清看出来牛道全想退出合作，心里十分不悦，但也没有明显地表现出来。做生意讲究的就是和气。孔云清说自己是一定要去南疆进一次货物的，所以制作车辆的事还是要抓紧。牛道全却再三强调少做些车子，少进些货物，不要把本钱全押上。

孔云清哪里听得进去，没有了合作伙伴，他反倒斗志更加旺盛。他仿佛置气一般，到乌孜别克族商人鄂斯满创办的仁忠信洋行里借贷了五万卢布。催着牛道全加紧车辆的制作，告诉牛道全，他一定会及时付足够的工钱。他说自己事情千头万绪，这制作车辆的事，就交给他牛道全了，万请帮帮忙，抓紧时间，做好这些马车。

孔云清派阿斯哈尔每天到现场来看一次，顺道帮着干点活，但他并不擅长这种木匠活，有时还自嘲，说自己草原上的人就只能跟牛马打交道，边说边皱皱眉头，使着蛮力，但怎么也不能把新做的木架子装到车板上。

牛道全笑笑，拔出隐藏在车架后方的一个小木楔子，阿斯哈尔把木架放好，牛道全再把木楔子插进去！阿斯哈尔恍然大悟，表情里包含着对这精巧设计的惊讶。

牛道全尽力地督促着车辆制作的事情，他觉得自己退出了合伙对孔云清来说是残忍的，所以想着办法补偿。

# 4

早上，"裕生堂"依旧诊治了几个病人，号号脉、扎扎针，抓了几服草药。接着要给一头牛、一匹马正骨。几天前，这俩牲口在转场的时候跌了一跤。吴鸣璋盼咐将这俩牲口放倒在地,连同蹄子也绑在门口立着的拴马桩上,几名壮汉死死压在牲口的肚子上、腿上,壮汉们累得满头大汗。只见吴鸣璋撩起长衫,抱起那受伤的腿,慢慢摇晃,突然一个用力,那马浑身一个强烈颤动,几乎掀翻身上压着的几个壮汉。壮汉们心里一惊,再用力将马压住,吴鸣璋说道:"好了,起来吧。"

解开所有的绳子,那马竟站立起来。也就一个时辰左右,裕生堂门前的长队就消失了。求诊的人千恩万谢地走后,吴鸣璋就关门谢客,跑到后院的私塾里看孩子们念书了。裕生堂每天早上几乎都是这样度过的。

吴鸣璋总结自己治病的过程,概括成了四个字,静诊快治。诊断病情的时候,一定要静,治疗病患的时候一定要快。无论是推拿正骨、意念飞针还是算盘疗法,吴鸣璋总是拒绝患者先入为主、滔滔不绝地把自己的病状描述一遍,而让患者先入静,在一片寂静的气氛中,开始诊断病情。他认为患者的诉说,无形中会干扰自己根据脉象对病因的分析和判断。

当他完成了自己的诊断过程,治疗的时候,无论正骨、推拿、针灸,动作迅速而连贯,仿佛在打一套拳,或者跳一曲舞,节奏感极强。也有时折身走到八仙桌旁,甩甩算盘,手指在算盘上拨指如飞,随后写下几味草药,递与患者。

每每这颇具美感的一通操作下来,便给患者带来了无尽的信心,瞬间觉得自己的病好了大半!也有十天半月不见好的,再跑到裕生堂来,吴鸣璋便将费用如数退还。

患者匆忙分辩自己不是要钱,吴鸣璋便只回一句话:"圣人不治已病治未病,不治已乱治未乱。"几日后,有患者竟突然离世。

满城的百姓不认为吴先生医术不好,只认为这病确实为不治之症!

塔尔巴哈台的人都知道裕生堂的规矩,想治病就一大早到裕生堂的门号前排队。过了头拨人,再找吴先生,那就靠碰了。

后院一片寂静,吴鸣璋觉得有点奇怪,读书的孩子们竟然全部走空了。

吴鸣璋急忙问下人:"那些熊孩子干吗去了?"下人四下里望了望回答道:"收拾院子的时候,孩子们还吵闹争辩,说什么志在远方,就必须先学会骑马,说什么光靠自己的脚,那肯定走不了太远之类的话。"

吴鸣璋一听这话,心里倒不是十分着急,只是担心起学生娃娃们的安全来了。便叫下人到德胜行去走一趟,去看看孩子们是不是在孔家大院子里玩耍。

满城是官府所在,有正式的学堂,政府、军队任职人员的孩子有专门的师父教书。汉城没有，吴家私塾本来也不是正式的学堂，不过是家长们无法安放自家孩子野性放纵的灵魂，便把十岁左右的娃娃送到裕生堂，学一个算一个，至少能避免孩子在家上蹿下跳，自己做活儿的时候不用再分心管他们。

孩子们刚来的几天的确是很新鲜的，看着吴鸣璋耍毛笔、打算盘、治病都觉得有趣。教学生读书识字的时候，吴鸣璋有时一边用铜质圆柱状的"舂桶"将药材由大颗粒舂成粉末，一边给大家背着：一粥一饭，当思来处不易。半丝半缕，恒念物力维艰……有时又双手按在磨得锃亮的铁把大碾子上把各种草叶子、奇形怪状的根茎块碾得稀碎，一边又领着学生们高声诵读：少年智则国智，少年强则国强……今日之责任，不在他人，而全在我少年！

可是，这些熊孩子常常记不得吴先生教的这些话，他们更关注吴鸣璋做的这些活儿。

对于孩子们，求学远远比不上这些奇奇怪怪的器具对自己的吸引。尤其是努尔别克，他能来上学，只是因为比孔家二小姐大两岁，完全是为了给孔淑仪当陪读，以便散学以后，一道回家，他也并不想在这私塾里识字念书，他还是觉得骑马、放羊、掏鸟蛋的生活更自在一些。虽然孔云清确实没有因为他是长工的儿子就慢怠他，笔墨纸砚一样不少给他准备了一套，还对他父亲说："还是让孩子学学汉语，识几个汉字吧，以后用得着。"

阿斯哈尔听到自己的儿子要去读书，并没有孔云清想象的那么高兴，甚至也没有表示感谢，只是叮嘱努尔别克每天必须把小姐带回德胜行，那是巴依的小姐！

努尔别克没觉得自己在上学，他觉得自己就是去接送二小姐的。他长进很慢，但吴鸣璋也不批评他，吴先生说他是自己教的第一个哈萨克族孩子，挺好的。常常在讲完课以后，单独给努尔别克再讲一遍，导致自己的儿女吴怀智、吴诗然老是抱怨努尔别克拖了大家的进度，每次总是完不成吴鸣璋布置的作业。

牛玉芹、牛大脚被送到裕生堂求学是牛道全的心愿，自己可以在巴克图种田放牧打拼，两个女儿必须在城里求学，家里有自己和儿子牛玉关打理就行了，两个女儿不能在荒无人烟的边境再待下去，免得变成了野人，让人家说她们没有家教。

牛道全承揽着孔云清收牛羊肉皮等生意上的业务，多少年了，细账都算不清，也没法算。为了让牛家两个女儿住在城里，孔云清便在自家院里给牛道全划了一间地方，给牛道全盖房。盖那间土房子的时候，牛道全顺道撑了两间没有围墙的棚子，孔云清明白，这是"添头"送给自己的。

在裕生堂学习的那几年，努尔别克远离了戈壁草原，生活在另一个天地里，他不大习惯，但他能深深地感到吴家兄妹身上透露出来的那种让人羡慕的高贵气质。他无法理解那二人在课堂上发言的内容，也很少主动接近他俩，但他无法抵御二人眼神里溢出的魅力。

努尔别克不喜欢仰视他人的感觉，相比之下，他更喜欢接近牛玉芹、牛大脚姐妹，她俩从小成长的环境跟自己相似，都是在草原戈壁上找个没人的地方拉屎拉尿，都是牵牛挤奶，劈柴生火，勾兑鲜奶，添水煮茶，都是吃着手抓肉、啃着干馕的主儿。

努尔别克一向在学堂里比较沉默，他并不知道，这一段上学的光阴将给自己一生带来怎样的改变。但那个上午的争辩，他迎来了上私塾以来的高光时刻。

争辩是由吴家兄妹发起的。上课之前，他们说人生一定得走出去，走出塔尔巴哈台山，走出准噶尔盆地，去看看迪化，看看天津，看看更远更好的地方……

努尔别克对这些畅想不屑一顾，劈头盖脸地问："你们晚上去过北山克孜别提摘星星吗？夏天到过库鲁斯台草原，躺在草地上透过草尖儿看白云吗？会骑马吗？去更好更远的地方靠两只脚走吗？"

跟吴家兄妹辩论并不是努尔别克的本意，他可能只不过是想引起他俩的注意。当时他不过是一时气血上涌，那些话便冲口而出。结果导致少年们畅谈理想的对话变成了探讨骑马技术的交流，以及敢不敢骑马的挑衅。最终不知道天高地厚的少年们做出了决定，找一驾马车，逃离塔城，至少跑到巴克图去，到草原上去骑马驰骋。

牛玉芹说："我爸在满城里忙着造车，我们牛家的马，打个招呼就能随便骑。"

牛大脚也说："巴克图天大地大，没有什么人，哥萨克的皮鞭也抽不着你！想干吗干吗。"

吴怀智、吴诗然兄妹虽然发起了远大的讨论，却是行动的矮子，他们做不得裕生堂里一丁点的主。最终孔淑仪对努尔别克下达了辔马套车偷干粮的命令，六个小屁孩从孔家厨房里偷了干馕，一起爬进车里，一出汉城，努尔别克便纵马狂奔，他们放肆的笑声直冲云霄。

去牛家的草原学骑马远比在私塾里学那些晦涩难懂的书要有趣得多，吴怀智和吴诗然一次次摔下来，引得大家一次次发笑。

学累了，大家啃点干粮、喝点草原湿地里的泉水，觉得挺刺激的，一点也没有时光流逝的概念。

少年气盛加上无知者无畏，骑着马走了两三圈，大家便认为自己都会骑马了。

于是在努尔别克的呼吁下,大家牵马站成一排,在努尔别克的帮助下,都坐在马背上。

努尔别克返回到自己那匹马跟前,翻身上马。他的马没有马鞍,但马似乎能听懂他的话,而且十分配合他,跨上马背的时候一点也不费力,显得自然而然。吴家兄妹有点紧张,脸色拉平,表情严肃,尽力地抓着马鞍子,保持着自己的稳定,却一直在左摇右晃。

努尔别克双腿一夹,马开始慢慢往前走,整个马群也开始慢慢向前走。

牛玉芹骑在马鞍上,小心翼翼,她弯下腰又确认了一遍自己的脚是不是踩在马镫子上,她明白绝不能踩进去太多,那样会在掉下马鞍的时候,被钩绊住脚,那是很危险的。她和牛大脚会骑马,但她只敢让马慢慢地走,绝不敢让马快速地奔跑。

偏偏当努尔别克双腿一夹,"驾——"一声大喊,那匹白马便扬蹄狂奔。

马比人更有竞争的性格,只见六匹马瞬间便加快速度,你追我赶,因为紧张,整个队伍便传出不同的尖叫。

努尔别克喊道:"抓好鞍子!"

在剧烈的颠簸中大家惊慌失措,六神无主。除了努尔别克,其他人完全控制不了胯下的骏马,孔淑仪、吴诗然甚至没几步就哭了起来,吴怀智凭着自己手中的力量,强行握住马鞍子,但为了保持平衡,已经费尽了自己所有的心思和体力,不得不收起了照顾妹妹的心。

牛大脚是会骑马的,虽然在速度上没办法和努尔别克比,但她懂得拉马缰绳的技巧,她第一个脱离了马群,让马慢慢停了下来。

很快,孔淑仪和吴诗然从马上摔了下来。

走在远处的努尔别克显然没有尽兴,他一勒缰绳,马在草原上转了一个小圈儿,跑了回来。这边已经哭成一片。

牛大脚已经翻身下马,她跑到牛玉芹那匹马跟前,拉住了缰绳,牛玉芹在马背上发出一声尖叫。牛大脚尽力拉停了马,扶牛玉芹翻身下马,牛玉芹双腿剧烈抖动,脸色惨白。

牛大脚扶牛玉芹坐到草地上,转身去看坠马的孔淑仪和吴诗然。

纵马奔驰草原的计划,很快就被大家放弃了,演变成了吃干粮、喝泉水的活动。经过讨论,女生们一致认为,大家都是初学者,但不需要努尔别克的带领。大家远远没有达到骑马竞技的水平。

大家再返回马背的时候，努尔别克有点意犹未尽，本来是想给同学好好展示一下自己的骑术的，他甚至准备表演一些高难度动作，没想到还没有开始，就被大家放弃了。

所以他有点失望，他借口去打点儿泉水，纵马奔飞在草原上，顺带着在马背上施展着自己精湛的骑术给草原看。那时，这个巴郎子是天地草原的主宰，他左右大幅度摇晃，几乎伸手摸着地面，他忽而又闭上眼睛，伸展双臂任风吹平自己蓬起的头发。

大家一起或躺或趴在草地上，吃着从家里带出来的干粮，当然是很惬意的，不仅自己惬意，连马匹都是惬意的，散漫地在草地上，啃食着最新鲜的草，细长的马尾不时地甩在健壮完美的马臀上，完全不管是不是有危险来临。塔尔巴哈台的草原上的牲畜们的确是比人幸运的。更不像内地的牲口，从来就做着重体力活儿，从生到死常常吃不好、吃不饱。

正当大家在深思人不如马的时候，孔淑仪突然大叫了一声，大家纷纷把目光投射过来。

"快看——"孔淑仪伸直手指指向西边太阳落下去的方向。

顺着孔淑仪的手指，西边天际的地平线上，突然涌现了大批的马匹和人员，像是突然从地上钻出来的，起初排成一线，布满了整个目光所能覆盖的范围，接着这些天边的小黑点开始移动，牛玉芹这时也发出了一声尖叫。

大家看清楚了，这是一支部队，庞大的部队，有人有马，甚至有奇奇怪怪拉着筒子的车子，那是大炮。

牛家一直是在边境生活的，牛大脚和牛玉芹对白俄的军人并不陌生，受父亲的影响，她们看得明白，这些人正是白俄的军人。二人相互对视了一眼，再看看大家。牛大脚迅速从地上爬起，双手放在嘴巴上，大声喊着努尔别克归来！

这边，牛玉芹对大家说："快，快收东西，快回，要打仗了，老毛子要打过来了！老毛子要打过来了！"

随着远处人马缓慢地移动，整个西边的天空腾起了尘土和烟雾。慢慢地，天地的边线模糊了……

一向蓝得过分的天空渐渐被尘烟覆盖，像是沙尘暴不期而至！

# 5

塔尔巴哈台的洋商街道跨地约八里,自东而西,横亘汉满二城之北。东界财神庙,西临龙王宫,南抵汉城城壕,北达刘猛将军祠。洋楼栋栋,市街整洁,因贸易的需要,并未完全与汉人区隔离,隔一条街就有中国居民、中国商人。中国商人的街区房屋多以土坯房为主,街道也缺乏规划,显得有些随意,弯弯曲曲地附着洋商街存在。事实上汉商、回商、维商经营的生意也确实是依托俄商洋行,抑或是填补一下他们不屑于涉及的微利、苦力、代办等范围。

那时候,汉城里稍有身份的人都知道,汉城东关有一日本服饰馆,馆长叫伊藤卉子,她的丈夫是一个叫佐田繁治的中年男人,据说是个裁缝,在店里制作日本风格的服装。但谁也没有见过佐田繁治缝制衣服,反倒觉得这家店铺制作兜售服装只是幌子,那些日本和服精致华美,价格高昂,根本不是一般民众能穿得起的,也不符合塔城的民俗风格,很少有人买。但服饰馆门前,不时有新的和服款式像装饰一样会被展览,如同大幅广告,竖立在大门的两边,有时还会用汉字写一段广告,介绍着店里的女子的种种优点,五官清晰的海报下便是那些精美的服饰。

国里贺被刺杀的那一段时间,这间日本服饰馆好像碰到了节日一般,张灯结彩,生意突然红火了起来。为了确保安全,门口由日本武士把守,前去光顾的人有老毛子,也有中国商人,还有来自欧洲的探险家。

不论国籍或人种,只要是有钱人都可以进入这家日本服饰馆,里面有一项业务是包租女子。但凡谈这项业务的贵客都会受到热情接待,他们往往被领到一个豪华、漂亮的日式房间里,拉开那推拉木门,席地而跪。稍等片刻,伊藤卉子便会满脸堆笑,不停地鞠躬,给来客递上一大本影集供你翻看。影集里的每一名女子照片旁边都有一段文字,标明这些女子是否处女、高矮胖瘦、文化程度以及歌舞技艺等等。长期坐店里的姑娘只有两个,一个叫樱子,一个叫百惠。其他艺伎是需要从迪化预定的。

俄国人大多数不习惯这种跪式坐法,通常在伊藤卉子详细的介绍过程里,变换着多种姿势,显得坐立不安。他们高大魁梧健壮的身躯对这种坐姿相当排斥。

不断有白俄人进入,他们跟伊藤卉子谈完生意,伊藤卉子便叫樱子或者百惠前来服侍,有的白俄也并不接受这些服务,而是跑进里屋,跟佐田繁治密谈一些事情。

不久,佐田繁治专程到满城去拜访了道尹汪步端,不知用了什么方法,把汪步端约到了日本服饰馆。樱子和百惠站在门口，迎上前来，搀着汪步端一直走过狭长的日式走廊，直接走向最里边的一个房间。

那时狭长的走廊里十分安静，汪步端相信，那天晚上这个服饰馆再没有一个房间接待客人。

百惠轻轻地拉开木门，这是一间较大的房屋，里面的日式风情浓郁，光线显得粉红略暗，人的五官轮廓有点模糊，身旁的女人们便增添了几分魅感。

门里坐着两个俄国人，身旁依偎着两名日本艺伎。樱子服侍汪步端脱掉靴子，跨进门去，在这个俄国人对面的那张桌子后面盘腿坐下，百惠把木门关严，跟着樱子跪坐在汪道尹的两侧。

日本风情的音乐轻轻响起，俄国人身边的那两名艺伎立即开始表演。樱子端起桌子上的清酒，给汪步端斟满。

但汪步端没有喝，而是直接端着递到樱子的嘴边，樱子看了汪步端一眼，汪步端伸前努了努嘴，樱子没有表情，轻轻张了张那张涂抹鲜红的樱桃小嘴，把酒吸了进去，然后再接着把酒斟满。

对面稍稍年轻的俄国人用生硬的汉语介绍道："这位是我们的巴奇赤将军，我是中校扎克斯基，现在我们两万军士就在俄中边界驻扎。当然汪道尹不要担心，我们不是要来占领塔尔巴哈台的，我们并无此打算！我们将军起兵的原因是我们对新政权苏维埃与德国签订《布列斯特条约》不满，这份条约使得西乌和白俄近百万平方公里的土地落于他国之手，我们非常愤怒。我们知道汪道尹是清朝官员，所以您对丧失国土的切肤之痛体会更深吧！"

汪步端当然体会深，每一个塔尔巴哈台的人体会都很深。几十年来，沙俄日渐逼近，老塔城早就成了别国的地界。多少年来，日日忍让、时时忍让、步步忍让，汪步端只怕是都已经习惯了割地赔款，而对面跪坐着的白俄贵族却不能接受。

汪步端看着眼前这两个高大挺拔的俄国军官，心里想这个世界本来就是风水轮流转，也许你也像我一样，慢慢就会习惯接踵而至的霉运。

巴奇赤将军伸伸手示意汪步端喝一杯酒。汪步端仍没有端酒，一脸严肃地看着两个俄国人："你希望我们怎么做？"

巴奇赤将军端起清酒慢慢饮了一杯，轻轻放下："我们不是朋友，以前不是，从来不是，但无所谓，从今天开始，我们可以是，我们有共同的情感，也有类似的利益。请汪大人不要那么严肃，现在已没有沙俄政权，我陈兵数万只是不希望我的国家割地卖国。我相信汪道尹为官多年，应该有和我相同的感受。所以，我希望取得贵国的支持……"

扎克斯基在一旁用不太地道的汉语翻译。

汪步端一时不知该做何回答,这时樱子端起眼前的酒杯,递到汪步端的嘴唇旁:"今日良宵,不必急在一时,请大人先喝一杯润润口舌心情。"

汪步端看樱子一眼,张嘴把酒喝了下去。

"你们需要我们怎么做呢?"汪步端再一次问道。

巴奇赤将军慢慢地说道:"想麻烦您把驻城的中国军队全部派往巴克图、苇塘子驻防,为我们的军队壮壮声威。"

汪步端心里琢磨:我把军队屯在巴克图,甚至是苇塘子,那这支白俄军队就不只是白俄军队了,变成了俄中联军。汪步端为官多年,当然明白这决心可不是随便下的。再说了,自己花这代价支持白俄军队,自己能得到什么呢?汪步端的脑子迅速地旋转起来!

前番德罗布哲夫杀掉国里贺,汪步端其实就已经惹了麻烦了,此时再做这样重大的决定,当然得慎重。汪步端担心会进一步得罪省府杨增新大督军,一时难下决心,他从自己的腰里抽出一方手帕,樱子会意,知道这人身体有点虚,接过手帕,在汪步端的额头上轻轻吸走细密的汗珠。

百惠拉开木门,提进一桶炭,往靠墙的炉膛里压了两块黑炭。天并不算冷,只是夜里微凉,但服饰馆总是要脱衣换衣的,都架着一个小炉子。

汪步端对扎克斯基回话道:"容我再考虑考虑,军机大事,事关重大。"

那晚,年轻的日本艺伎身着和服,时不时暴露着自己的肉体,摆出各种妖娆的风情,容貌艳丽,弹琴歌舞,半推半就地接受着这几位客人抚摸拉扯,极其认真地演绎着异域风情。她们用筷子夹着小碟小碗里的肉块菜肴,一块一块递给这几个贵客,她们温柔备至,绽放着迷人的笑容。整个房间里伴着日本音乐里时不时传出一阵阵笑声,在那异域风情的温柔乡里,汪步端流连忘返。

整个晚上,汪步端极力避开扎克斯基的问题,只跟两个白俄贵族谈风月,谈日本姑娘的姿色身段、艺术修为。

一直折腾到凌晨,汪步端才摇摇晃晃地从日本服饰馆里走出来,门口当然有一队卫兵,东倒西歪地在城墙下犯困。见道尹大人出来,急忙彼此叫醒,一道儿回去了。困了大半夜,这一队官兵像打了败仗似的衣衫不整,有气无力。

两日后,德罗布哲夫再次把汪步端约到日本服饰馆,还是跟扎克斯基一起。看到老朋友在座,汪步端放下了心中的警惕。汪步端看得出来扎克斯基面容憔悴,精神疲惫,仿佛一直没有休息好。

德罗布哲夫对汪步端提出要求,请他立即同意白俄军队从巴克图进入塔尔巴哈台。并把房间里作陪的姑娘们都赶了出去,汪步端看着那些年轻漂亮的日本女人被撵出屋子,目光里有些不舍。"哎哎"了两声,又没好意思站起身来把这些女人留下。

自从汪步端一进入房间,扎克斯基忧郁的眼神让汪步端有些不安,那眼神有些复杂,既有祈盼也包含着一丝丝鄙视。但这鄙视的眼神,只是瞬间的存在,一闪而过。

苏维埃红军在步步逼近,白俄军队不敢正面应战,他明白必须依靠中国才能存活,他只是没有想到,一直以来自己压根儿看不起的塔尔巴哈台,突然成了白俄军队最后的求存地带,这突然而来的身份转换,让整支白俄军队一时适应不了。

那一晚,白俄军队显然谋划了很久。在苇塘子露营的白俄军官们达成了一致,派出扎克斯基来执行联络任务,那就是必须挺进塔尔巴哈台,那是唯一通向生存的道路。

对于苏维埃新政权来说,这里是另外一个国家。苏维埃的政权刚刚建立,需要国际社会的承认,因此,不会轻易动武。这样白俄军队就有了休整喘息之机,就能再另作他图。

可是汪步端不傻,他明白俄军官频繁约见自己,一定有目的。他心里有点烦躁,觉得这个洋人在纠缠自己,但内心也有点洋洋自得,沾沾自喜。你们这些高傲的白俄贵族,现在居然屈尊来求我了,那你还翘什么尾巴,昂什么头颅!

德罗布哲夫也央求汪步端,请他放开边防,让白俄的军队从巴克图进入,接受他们政治避难。

汪步端也算是历经两朝的官员,别的本事没有,但当别人有求于自己的时候,他明白绝不能轻易答应。他跟德罗布哲夫打交道也不是一天两天了,这个高傲的领事自从杀掉了国里贺和他的那支队伍,他就知道自己已经无法跟苏维埃政权和解,自己背后强大的靠山倒了,没了。他不得不和苇塘子对面的白俄军队绑在一起,不得不借助汪步端的势力求存。从前有沙俄的庇护,德罗布哲夫手下的五十名哥萨克军士可以在塔尔巴哈台肆意妄为,日后,等汪步端慢慢明白过来,他德罗布哲夫可就麻烦了,毕竟汪步端的边防军队有七百条枪。

德罗布哲夫见汪步端不为所动,又退了一步,提出愿意说和边境万余白俄军队一起签押投诚中国,要知道那一万余沙俄军队可都是久经战阵的铁血军队。

汪步端已责令下属查过，边界的军队连一万也不到，说几万几万的军队，那都是扎克斯基虚张声势！但汪步端没有跟德罗布哲夫争辩，他只是看着门外，想着那艺伎们的身段皮肤，有心无意地听着德罗布哲夫的说辞。想着国界线旁的白俄军队，一旦降了他汪步端，那么汪步端就成了整个新疆一股新的强大的武装势力。那时候，他汪步端就是这片土地上真正的强者了，对于这一点，汪步端颇为动心。他慢慢把头转了回来，看了看眼前这个曾经不可一世的老毛子，心里波澜起伏。

但汪步端提醒自己压稳，这是大事，自己一定要拿捏准确。他借口需要与上级沟通，连那些艺伎也没有心思接近了。

汪步端急急忙忙返回了满城。立即召集部署，下了几道命令：密切关注边界白俄军队的动向，严密关注汉城哥萨克军士的动向，立即向省府发电，请求是否允许白俄军队进入塔尔巴哈台，是否接受白俄军队的投降。

千里之外的省督杨增新接到这个电报，脸色铁青，没有说一句话，只把这张纸揉成团儿，扔到了地上，接着从桌上端起盖碗茶，盖碗茶磕磕碰碰发出声响。蠢货！他预感到汪步端无法掌控塔城局面，一定会把事情搞砸。

杨督军的脚步在房间里踱来踱去，他望着窗外阴沉沉的天气，心情非常糟糕。他吩咐部下回电，再次给汪步端强调，一定要严守中立，静观时变，切切不可轻易放异国军队入境，更不能越境去参战，恐生事端，无法收拾。

杨督军口述完电报，放下盖碗茶，仍然坐立不安，便从屋子里踱步出去，屋外，大片大片的雪花从空中飘落下来。

杨督军抬头望望天空，无数的雪片自天空坠落，一次次被雪片迎面砸来，不得不闭上眼睛。雪片落到脸上，感觉软绵绵、凉丝丝的，杨督军打了一个寒战，定了定神，转头叫了一声："来人，召张建业团长立即到府领命！"

## 6

张建业，男，三十五岁，团级军官，杨督军的嫡系，多年来一直追随在身边，年初才放了个团长的实职。杨督军本来是打算把他留在省城做自己的近卫军的，现在，塔尔巴哈台方向战事吃紧，只好割爱，把这块好钢用在刀刃上了。

张建业领命后，即率千余士兵开赴塔城。一路上，张建业心潮起伏，不能平静。

塔尔巴哈台是新疆重要的地区，从巴克图到塔城到额敏到乌苏再到迪化，一直是新疆北部一条最重要的通道，既是商道，也是战略要道。大军开进在这条要道上，团长张建业豪情满怀，满腔建功立业、光耀门楣的心思在胸中波涛翻滚。唯一让他觉得不完满的是，督军告诉他，新疆大局初定，只能让他领兵不能给予他更多，到了塔尔巴哈台以后肯定困难重重，让他自己解决。

张建业盘算着，自己有新军一千，接手汪步端旧部七百，那当然是抵御不了万余白俄军队的。杨督军是给政策不给兵士钱粮，那么塔城还有多少可以依靠的力量呢？张建业在马车里琢磨着这个要命的问题。

有军队就要有粮草，储备粮草就要有银两，左宗棠当年收复新疆的时候，就认定了"筹饷难于筹兵，筹粮难于筹饷，筹转运尤难于筹粮"，这成为后来新疆战事的准则，这都是他张建业要着手解决的问题。但张建业有信心，他觉得这是自己的机会，盘根错节方显利器，畏刀避剑岂是英雄！

到塔城之后，省府发给汪步端的任免命令已经到了，汪步端也明白，再待在塔城，也无利可图，面对白俄的陈兵万余，实在不好应付，此时抽身也正是时候，况且到省府估计也就是个闲职了，面子上也过得去，正好把一炉子的烫手山芋扔出去。

汪步端早已没有开展工作的心思，一门心思收拾自己的金银细软，正好张建业也急于接盘，二人就在满城做了交接。

张建业把自己的一千军队分成四队，前三队每三百为一队，一百人作为自己的卫队。一队加强边防，一队巡防满汉两城，一队负责对汪步端的部队进行改造。他没收了部队中所有的烟枪，但凡染有"烟瘾"的官兵，悉数捆绑于军营，立即强行戒烟，同时恢复了日常的军事训练。

全城像过节一样，喜庆的气氛极其浓重。那时，各族人民太需要官府、国家的铁血精神了，他们放鞭炮、挂红花，唱歌跳舞，煮肉打馕，给巡城的新军官兵各种犒劳。

满汉两城，到处张贴布告，号召大家捐资革命，建立未来的美好大同世界。举兵十万，日费千金，不储备足够的战争费用、粮食、器械、车马、用具，是无法进行战争的。

布告下边，两名士兵持枪站立，昔日耀武扬威的哥萨克军士再也没了踪影，缩在自己的营院再没有出来一步。但哥萨克们并非全无斗志，孔云清几次偷偷地从窗口望去，哥萨克士兵并没懈怠自己的防守，即使在夜里也是荷枪实弹，在院里的墙头不断地巡逻，时刻警惕着外面的变化。

孔云清明白哥萨克们采取的是防守紧缩，现在他们惶惶不可终日了。孔云清觉得有点儿可笑，真的是风水轮流转啊。他越发坚定了自己加快制作运输架子车的计划，他预判什么白俄卫队呀、哥萨克呀，都到了日落西山的地步。想要做生意，跟当地的政府大员的关系就必须搞好，这个张建业团长一到塔尔巴哈台，就大刀阔斧把哥萨克军士逼入了营区，并对旧军进行了改造。军心民心大振，释放了强烈的信号。那么他孔云清就不能不倾全力支持，他把德胜行的账仔细理了理，决定以大手笔先给张建业捐助一笔经费，但孔云清不是一个冲动的人，他明白，既然自己花了大价钱，那么就要产生足够的效果。

孔云清准备足了捐献的银子，却没有仓促出手，他在等一个合适的机会。

汪步端选择在一个凌晨离开塔尔巴哈台，他收拾了自己积攒的金银细软，足足装了两车，他也动过心思，去汉城去俄国领事馆跟德罗布哲夫辞个行，最终放弃了。

白俄势弱不比从前，汪步端害怕自己落个与白俄走得过近的名声。汪步端只是在马车里撩开布帘，回头侧目望了望汉城的方向，惋惜自己一生最为美好的时光都是在塔尔巴哈台度过的。

张建业派卫兵护送汪步端出了满城，按吩咐卫兵沿途把汪大人护送到额敏再换人护送，一路要确保安全。汪步端是提调回省府，不是降职撤职，杨督军不会把他怎么样，只是觉得他不适合再在塔尔巴哈台这样重要的地方做道尹，他不是战将。因此，张建业做官留一线，日后好见面。

冬天来了，大雪覆盖了一切，塔尔巴哈台地处准噶尔盆地北缘，由于是盆地，即使大雪纷飞，也不是特别寒冷。张建业一腔热血地施展着自己的抱负，他遇事请示，积极采纳各方意见，把那个冬天过得十分充实。边界的万余兵丁就像悬在塔尔巴哈台头上的一柄利剑，时时提醒着这个年轻的军官秣马厉兵，严阵以待。

无论是军务整饬、粮草储备还是银两筹集，进展得都很有成效，全城军民人心振奋，但张建业明白，自己仍然很危险，塔尔巴哈台的军事实力太弱了，根本无法抵御边界的大量陈兵。

所以当白俄派扎克斯基中校到塔城向他提出来缺粮缺炭的困难，张建业不得不立即筹集，并用最短的时间送到苇塘子去。因为他怕，怕这些俄兵一旦面临生命威胁，强行冲过边界，那时候，他张建业是无论如何也抵挡不了的。

一个冬天，张建业就快要熬了过去，巴克图也得熬过去，塔尔巴哈台也得熬过去。

在那一段时间里，牛道全给张建业提过一个想法，想让张团长组建团练力量。

牛道全说塔尔巴哈台地域广阔，与哈萨克草原接壤的地方没有明确的界限，也无自然的天险可守，边境线又长，仅靠政府军断难守卫。组织团练作为政府军的补充，实在是一条可行之路。塔尔巴哈台沿国境边线多为蒙古族、哈萨克族、达斡尔、锡伯族，这些人多善骑射，常年在边境地带游牧，地形熟悉，稍加训练，就会是一支合格的骑兵，且熟知国界线的位置，又能迅速到达。保卫自己家族的土地利益，避无可避，定然会尽心尽力。

张建业觉得牛道全颇有见识，便着手建立沿边的民团，其中巴克图民团就委托给牛道全组建。

牛道全组建民团的时候，把儿子牛玉关拉了进来。他觉得自己不可能只盯着团练，万一自己不在的时候，总得有个替补的人选。一面又想让儿子多接触接触事务，历练历练，以便日后能撑起牛氏家族掌门人的重担，免得他游手好闲，荒废了年纪。

边境的陈兵使原本萧条的俄商贸易更加不堪，进货的渠道算是彻底断绝了。原先汉城的俄商们的那些免税的优惠政策，处在停滞的状态，虽然没有人明令废止，但政府宣传捐助的人员也历史性地一间一间叩开了这些高门大户，俄商的心里当然是抵触的。

捐资捐钱是为了干吗？当然是为了准备打仗，那么敌人是谁？俄商们捐钱为了抵抗白俄的军队，他们当然不干，至少不情愿干。可是中国的政府工作人员、民间商会人员一次次地敲开了他们的大门，把他们那种自信高傲的眼神一次次地敲没了。他们开始意识到，原来在这个异国他乡，他们是没有根基的。

那些日子里，塔尔巴哈台汉城的商铺悄悄起着变化。原先半闭的中国商铺，常常是店门大开，而从前大开的洋商洋行却动不动就关门打烊了。

那一年春节的鞭炮放得出奇地响，正月十五那一天虽然寒冷，满汉两城也上演了多彩的社火，各族人民冒着严寒，非常卖力地演出，连洋商洋行的洋人也跑到大街上看热闹，人群久久不愿散去，实在是多年不曾有过的盛况……

三月中旬一日，牛道全早早地起床，离开了温暖的被窝，到马厩里牵出那匹大黑马，到自家的田地里溜达，其实也是去看看边界的俄兵有没有新的动向。自打团练成立以来，这种收集情报的差事，便由各地临界的牧民承担，时时掌握着白俄兵士的动向。

那天果真有发现。国界标志的木牌子往东移了二百多米，这二百多米的土渣和白雪搅和着，导致牛家的田地成了跨国的田地。

牛道全十分愤怒，这大冷天的，没事翻地干什么？他拿来铁镐铁锹挖出界标，打算把界标再移回去。牛道全想，你们打不打仗我管不了，可是你们现在还没打仗，就把国界标志乱移，这不合适吧？不能允许这样侵吞自己田地的事情发生。

谁知竟有了重大发现，原来在那界标下面的虚土还没有冻硬，牛道全挖出了一个大窟窿。他心里一颤，知道一定有怪异。牛道全警惕地看了看四周，确定没有一个人，他便偷偷地从窟窿里滑了进去……

牛道全笑了，他从来没有见过这么多条枪，而且是那么好的枪。牛道全把枪拿在手里，脸上笑得合不拢嘴，即使张建业的新军也没有这么好的武器呀！

牛道全四下里望望，趁着天尚未大亮，用尽自己的力气，先后四次共挖出来几十条枪和子弹，他把这些成捆的枪弹，放上马背，牵马走到附近一处地坑，偷偷藏了起来。那也是他从前巡边的时候，临时避风雪用的。他相信，总有一天，他牛道全用得上这些。

牛道全一直忙到天微亮，看到远处一队俄国士兵走了过来。他心里明白，他再也拿不到枪支弹药了。他心里既遗憾又窃喜，两种情绪交织在一起的牛道全骑着马儿悄悄离去了，满脸笑意地回去安排自己的儿子和族人把这些枪支弹药转移保存好。

几天后，在巴克图口岸，张建业接受了白俄败兵的政治避难，近千名塔城边防部队军容严整，监督着这些白俄败兵自动解除武装，张建业通过孔云清、吴鸣璋等人，组织了几十名识字记账的文书会计，统计白俄军队入境的人数、姓名、财产。共计一万余人，还有白俄家属及难民五千余人。

到底是一群残军败将，连上交的枪械、炮药也都不成样子了。漫长的队伍浩浩荡荡行走在雪海里，衣衫褴褛。张建业看着走过自己身旁的哥萨克官兵，感觉到危险重重。作为塔尔巴哈台的军政长官，他实在担心这么庞大的一支队伍拥进塔尔巴哈台后是不是能安分守己，是不是愿意与各族人民和平共处。

塔尔巴哈台一共三万人，本来生活就挺艰难，这一下子拥进来一万五千人，生活基本物资的供应的确面临着巨大的考验。

张建业不想把这些人安置在塔尔巴哈台，既然是政治避难，就不能让他们跟边境线太近，那样苏维埃政府不放心，再度擦枪走火的危险时时刻刻存在。

可是这些不速之客的到来、落脚，却实实在在不是件容易的事。没进国界的时候，张建业就已经给他们送过粮食煤炭。现在这些人进了国界，基本生存、生活的问题就显得更加急迫。

张建业费了一番周折，把这些俄国官兵、难民家属分散安置在塔尔巴哈台以东几十公里和额敏交界的地方。这样，这些俄国士兵便远离了这片盆地的两个城市，不会轻易跟百姓发生摩擦。但是，他们太过集中，仍然是塔城盆地的一个威胁。

张建业派人去外地采买、拉运粮食，又动员塔尔巴哈台和附近县城的百姓协助他们修筑简易住房，挖地窖，搭盖窝棚，帮助这些难民建立临时家园。并吩咐那些民团，时时关注着官兵的动向。

但得到善意对待的白俄败兵不仅不心存感激，反而借端生事。他们认为自己食物不充足、不丰富，时时处在饥饿的边缘，生活太过惨淡。日复一日，单调无聊，时不时便会有各种躁动不安的状况发生。

政府的工作人员安抚他们说，再过一两个月就要到春天了，到时候雪一化，就要开荒种田，放牛喂羊，要靠自己种植庄稼，丰富食物。

不料，这些人听后表情更为沮丧，甚至抱怨谩骂。之前，他们大多是贵族，生活比较讲究，即使是落魄到此，他们总是要把盘子摆正，正襟危坐，用闪亮的刀叉，优雅地进食。现在他们发现政府提供的食物并不新鲜，甚至有的已经发霉变质，便愤怒不堪。

不久，政府赶造了一批开荒用的工具给白俄败军送去。就是那一天，白俄部队出现了骚乱，扎克斯基的部队忍受不住煎熬，趁夜从安置地点出发，次日潜入塔尔巴哈台汉城，并进入了俄国贸易圈，扎克斯基本人则进入了塔城领事馆。

扎克斯基的到来就像是给整日酗酒的德罗布哲夫注射了一支兴奋剂，他灰暗的眼神里，瞬间闪出明亮的光芒。用自己的手理了理杂乱的头发，从桌子旁站起身来，踉踉跄跄地跑出屋子来迎接扎克斯基。

德罗布哲夫给扎克斯基来了一个狠狠的拥抱，他浑身散发的酒气，让扎克斯基觉得十分刺鼻，双手把德罗布哲夫挡着，以免与自己靠得太近。

扎克斯基让他先把随从安排好，德罗布哲夫满脸堆笑，打着饱嗝，邀请扎克斯基进屋喝一杯。

扎克斯基实在是冻得不行了，急着进入这墙体宽厚的领事馆里，大冬天全是冰雪的世界，经过了一天多的奔波，身子早已冻透，先暖暖要紧。

扎克斯基坚持着用挺拔的姿势进入了屋子，一股热浪立即朝自己的正面袭来，扎克斯基脱下大衣，挂在门旁的衣架子上。把两只手合在一起，搓搓自己几乎发木的手。

德罗布哲夫快步走到饭桌前给扎克斯基倒了一杯酒："快，快，快来喝一杯，这该死的天气。"

扎克斯基走到屋子的火炉前，看着炉膛里赤红色的火焰，眼睛里都露出笑意："你这地方可真好，真的好。"

德罗布哲夫端酒跟扎克斯基的酒杯碰了一下，水晶杯发出一声清脆的声响。德罗布哲夫似乎在瞬间酒醒了不少，一脸笑意："总算把你们等来了，这下就好了，这下就好了。"

那天晚上，扎克斯基跟德罗布哲夫谈了很多，他要在塔城的沙俄贸易圈开展详细调查，想搞清在塔尔巴哈台可供利用的兵源及财产情况。德罗布哲夫当然全力支持，他一直觉得自己几近穷途末路，扎克斯基的到来，让他突然有了一种绝处逢生的欣喜。

扎克斯基说："将军说了，不能永远在这里避难，那最终是死路一条。我们必须打回去，暂时在这里避难，就是要借道塔城，从伊犁进攻德萨马尔的红军！要打出我们的天地，要回我们的权力，实现我们的自由！"

德罗布哲夫内心激动，热泪盈眶。他紧紧握着扎克斯基的双手："我一直在等，一直在等，我在等着这一天，现在，我终于等到了。"

德罗布哲夫倒了两大杯酒，与扎克斯基碰了一杯，一口饮尽，然后，突然他就醉了，趴在桌子上扯起了呼噜。

扎克斯基盯着眼前德罗布哲夫一头乱糟糟的头发，慢条斯理地品着杯中的烈酒，心中的感觉有点复杂，眼前的这个领事真的能完成自己交代的任务吗？自己这样的决策又能否冲破重重困难打回自己遥远的祖国、遥远的故乡？他不知道，他一杯接一杯地喝着酒，在这温暖而空荡的领事馆内，还有什么事值得做？

扎克斯基一边饮着酒，一面空想着自己的未来。来塔城之前，巴奇赤将军对他说过，塔尔巴哈台必须是白俄军队的基地，占牢这片土地，才有资本与苏维埃抗争，或者才能求得新疆当局出兵，夹击苏俄，那就是最好最轰轰烈烈的局面。至于输赢，鹿死谁手那扎克斯基不知道，也预判不了。他也不想计较那个结果，他认为自己是贵族，是骑士。他要的是个人的荣耀，尚武精神，为了捍卫他的贵族身份和骑士荣耀，生和死都已不重要！

扎克斯基既然到了塔尔巴哈台，就没有打算离开，他也知道新来的张团长非等闲之辈，那又如何？自己是骑士，张建业只有两千军队，白俄军队都快两万了。当然，自己的对手并不是中国军队，他们不配。在扎克斯基的眼里，只要有一个哥萨克掯着步枪站在国界上,整个塔尔巴哈台都会颤抖。

正月十五的社火画面还在人们的脑海中,那是塔尔巴哈台满汉两城的欢庆,各族人民以为自己终于迎来了公平有序的生活。不用再见了洋人洋商就躲避忍让,不用再小心翼翼应付领事馆人员。那些天中国人可以用自家的牛马拉着箍着一圈生铁的大木轮子牛车嘎吱嘎吱自由地碾过塔尔巴哈台的大街小巷,也可以不慌不忙地在牧场和村庄之间悠然往返,自由贸易。事实上,他们没有多大的奢求,只想在这一片广袤的大地上安居乐业。

可大家还是高兴得过早了,这一片土地上真正温暖的春天还远远没有到来。

# 7

汉城里拥进了不少白俄军人,他们借口缺乏食物、棉衣、棉被,强行入住汉城各族家户。他们身材高大,年轻力壮,粗暴蛮横。中国的百姓不敢阻拦,也无法阻挡。虽然有政府的职员前来劝解,但毫无用处。白俄军人不懂国语,尽管政府职员找来翻译,但他们的劝阻对白俄散兵们依然无效。

他们认为中国政府对他们的救助敷衍了事,杯水车薪,根本无法保障基本的生活。他们的要求很简单:"我们得活下去,我们得看着你们真心提供帮助。"

他们闯进中国人的院落,挑选一间自己中意的屋子,被惊扰的女人们发出阵阵尖叫,一家老小畏缩在院子的墙角,看着时不时有东西从屋里扔出来,整个汉城的百姓惶恐不安,一时间阴云密布,怨声载道。

部下把这些汇报给张建业的时候,张团长一拳砸在桌子上,站起身来,在屋子里踱来踱去。

他轮廓分明的脸拉得老长,大半天后下令,把满汉两城巡逻的部队撤回满城,全力保障指挥所的安全。同时向省府发电:白俄败兵不服管教,有近千人从安置点折回塔城,不听劝阻,分散强住居民家中,治安隐患巨大。特此禀告!

随后,张建业带军队特地赴安置地点巡视了一次。面对庞大的白俄败兵和难民,张团长无法太过霸气。他说道:"士兵们,你们是战败后到中国避难的。走投无路的时候,是塔尔巴哈台的百姓给你们打开了一扇生命之门,巴克图是你们生命的通道。你们应该对塔尔巴哈台的人民心怀善意。塔尔巴哈台的人民并不富裕,为了保障你们的生活,他们也在节衣缩食,拼命挣扎。我们希望你们是友善的来客,请你们别抱任何不切实际的幻想,如果你们不愿遵守我们的法律,还要抢劫欺压我们的人民，那你们还是从巴克图返回你们的国家去！我们塔尔巴哈台的各族人民，为了接纳你们，把自己家里能吃的能用的东西都拿出来给你们了。请你们把潜回塔尔巴哈台汉城的散兵、军士召回来，我们塔尔巴哈台各族人民深表感谢。如果你们任凭他们肆意妄为，那么，我只能告诉你们，我们中国有句老话，善有善报，恶有恶报，不是不报，时候未到！"

说完张建业转身向身后摆了摆手，后面的士兵把装载食品、物资的一队马车赶了过来。一看到食品、物资，原先站立齐整的白俄军队立即一哄而散，扑上前来哄抢，场面瞬间失控。

最后，新军被迫鸣了几枪，逼停了向前哄抢的人群，才算暂时稳住了局面。

张建业要求白俄的几个高级军官接收物资，然后再自行发放。

返回的路上，张建业心里忐忑不安。本来是来慰问的，是要给白俄败军一个警示，让他们安于现状。结果发现这些白俄官兵也真的是可怜，确实处在崩溃的边缘。张建业明白，想通过这些人来召回进入塔城的扎克斯基的部队是不可能的，长久下去，指不定这些人也会拥进去，也或者会选择额敏，无论拥进哪一个城市，对社会的治安稳定都会是极大的威胁。

第二天一大早，塔尔巴哈台商会、民众二十余人拥进了张建业办公的大院，他们要见张团长。官兵们站成一排，将步枪横着拼命阻挡。

大家都是来状告白俄败兵的，请张团长带兵将这些兵匪抓起来，或者驱逐出塔尔巴哈台！

消息传递给张建业，张建业觉得太过棘手，没有立竿见影的良策，只好不见。

孔云清看大家在政府大院里既进不去，也见不了张团长，想着与官兵僵持着，也不是那么回事，于是想了个点子。他提议大家把意见写在一张纸上，求官兵们给转呈上去。

这一招倒是挺灵，人说话的时候都是比较随意的，尤其是这种人数众多，群情激奋的时候，而一旦写到纸上，形成文字，就需要冷静下来，思考一番。于是情绪便不那么激动，而且，写那些意见的时候，甚至会站在张建业的角度考虑问题，想着怎么处理眼前复杂的局势最为合适。

本来与官兵的对垒、冲撞变成了大伙七嘴八舌地商量怎么写这个状纸的议论，甚至有的人认为这也不叫状纸，应该叫反映情况。

张建业最终没有见群众代表，但也没有打压、驱赶，那些写满两城各族百姓意见的纸张被递了进去。张建业细细地看了，然后通过卫兵给大家传话，让所有百姓再捐献些财物、粮食。白俄败兵们的确在生死之间，只有保证他们的基本生存，才能换来大家的安全。他也同意在汉城原俄国贸易圈内设立中国警察所，招收警察，维持治安，保护大家利益的建议。但他也提出了进入警察所任职的条件，除了年龄、身体合格以外，必须得捐助。大难当前，警所的招录名额，也被用来作为募捐钱款的资源。

这种捆绑简直就是张建业的伟大创新，既解决了警察的招录问题，又调动了各方各派捐款捐物的激情，甚至引发了捐献物资的竞争，巧妙地化解了眼前面临的困难。进了警所就成了衙门的人，自然就能调动一些隐性的资源，就有了庇护他人的可能，对于这一点，自古以来国人就趋之若鹜。

捐献钱物多的人自然在警所人员选拔调配方面有强大的话语权，会把自己的人选安排到重要岗位。张建业暗自欢喜，捐钱多的人，定然是全城家大业大的主儿，推荐的人当然为自己家族的利益着想。所以，他们也会想尽办法，竭尽全力保护家族财产，那当然也是自己希望看到的。

孔云清捐助的钱财、物资是最多的，但那目前只是停留在纸上的统计数字，并没有实物立即运到道尹府。

因此，张建业圈定了几个大户，他要亲自登门致谢。那天，孔云清特别把儿子孔淑魁留在家中，特地让孔淑魁先迎接张建业。

张建业带着几十名卫兵到德胜行门外的时候，阿斯哈尔急忙从院里一阵飞奔，穿过那宽阔的院落，一直跑到后门旁边，对孔云清喊："来了，来了，张团长来了——"

孔云清转过脸看了阿斯哈尔一眼："那我就先走，按原来定的办。"

说完孔云清便推开篱笆门出去了，他是要绕一圈，绕一个大圈再从正门回来，给孔淑魁和张建业单独接触留一个机会。但孔云清也不敢留太长时间，怕孔淑魁阅历太浅，处事不当。既然花了那么大本钱，当然是志在必得。

张建业到德胜行的时候，孔淑魁快步从大门里冲了出来，因为冲的速度过快，险些被高高的门槛绊倒，一个趔趄直接冲到了张建业马头的跟前，却正好一把拽住张团长骑的高头大马的缰绳。

一旁的卫兵立即上来阻止孔淑魁，一把拉住孔淑魁的长衫，却被张团长喝止。看着孔淑魁的窘态，张建业忍不住笑了起来，扬起执马鞭的手指着孔淑魁："小伙子，你慢着点儿，毛毛躁躁的，别摔着了。"

说完话张建业翻身下马，把缰绳一扔，孔淑魁本能地接住，将马拴到门铺前的拴马桩上。

孔淑魁随着张建业走进德胜行，绕过柜台，走到后面的客厅，张建业无意立即坐下，他在房间里迈着穿着皮靴的腿，四处看看，毕竟，孔云清是塔尔巴哈台杨柳青里最早的家族，张建业要感受一下这里的气息。

作为塔尔巴哈台城的最高军政长官，张建业亲自登门拜访，是一种礼遇。孔云清当然知道这点，不但他知道，连儿子孔淑魁也是明白的。平素很少关心生意的孔淑魁那几天也是一反常态，把自己收拾得整整齐齐。听说那个威风无限的张团长要来，他把家里店里的伙计叫到一起，在家里上上下下地忙碌起来，把家里院里店里打扫得干干净净，憋足了劲儿要给这张团长留下一个美好印象。孔淑魁有时走神的时候，觉得自己马上就要碰到自己毕生的恩人了，只要张团长一来，自己就能给他留下深刻的印象，然后去军队或者机关里任职，凭着自己的聪明和坚持，就一定能有一片天地，日后定能出人头地，而不是在德胜行的牌子下谋生活、吃闲饭的公子哥儿。那些愣神的瞬间，都是对美好生活的向往，是少年甜蜜的烦恼。

张建业在德胜行的铺子里转悠的时候，孔淑魁心里有几分紧张，他发现自己双腿渐渐开始抖动，呼吸也有点急促，他开始提醒自己不要慌，没有什么，可是还是紧张，他想在张建业的面前有所表现，他想着自己的心中有许多话可以给这个长官表达，但又觉得一句话也说不出来。最后变得手足无措，甚至想逃离，于是结结巴巴地对张建业说："张团长，我爸已经吩咐宰了一只羊，正在后院炖着，请您今天一定要在我们这里吃饭。"

张建业看了孔淑魁一眼，目光在他的脸上停了几秒钟，那几秒钟的停留，让年轻的孔淑魁感受到了强大的压迫。

孔淑魁第一次意识到，原来一个人在社会上与人对视，都是需要实力支撑的。只一个回合的交锋，孔淑魁就败下阵来，被击打得茫然无措，无立足之地。本来准备了一大堆的言词，结果就只说了邀请这个塔尔巴哈台王吃饭，再也说不出一句石破天惊的话。

但孔淑魁没有灰心，反倒更加坚定了自己跟随张建业创业的决心！他也想变成拥有张团长这样锐利霸气的眼神，他甚至巴不得赶快把孔家准备的所有财物全部捐献给这个长官，一点儿也不留，以显示自己的真诚。

这时候，孔云清从后门走了进来，满面春风，拱手相迎："张团长光临，我未能恭迎，该罚该罚。"

张建业转过身来，看见孔云清，立即回礼："孔掌柜客气，我初到塔城，百废待举，麻烦缠身，孔家是本地望族，自当亲自登门拜访，问计贤达。知道德胜行在塔城巴哈台的贸易圈是有一定影响的，所以请孔掌柜一定要支持我，保塔城共渡难关！"

张团长眼里流露着真诚，让孔云清颇受感动。他拉着大厅里的椅子让张建业坐下，孔淑魁也急忙给父亲拉张椅子，孔云清回头一看笑笑，然后自己也坐下，孔淑魁自然站在父亲的身旁。

父亲的到来算是给孔淑魁解了围，他转身迅速跑到厨房把从塔塔尔族商铺里买的糕点、果酱端来，放在客厅的桌子上，又让阿斯哈尔把自酿的格瓦斯盛出几碗来，端给张建业喝。

张建业尝了尝，显得有点小心翼翼，孔云清在一旁说："张团长，可以大口大口地喝，这是为了迎接贵客专门酿的。"说完孔云清端起一碗，咕咚咕咚狠喝了几口，然后双眼微闭，"哎！"的一声，享受着这种用面包干发酵酿制而成、颜色近似啤酒而略呈红色、酸甜适度的软饮料带来的清爽。

张建业指着碗里的格瓦斯问："这个多吗？如果多的话，给门外的卫兵一人喝上一碗。"

孔云清每年酿几大缸，当然不少，便朝孔淑魁使了个眼色。孔淑魁带着阿斯哈尔，到厨房里灌了一坛，一反常态地将酒坛扛在自己的肩上，回身对阿斯哈尔喊："把那摞碗端上。"从院门走出来，走到德胜行的铺子正面，犒劳这些兵丁来了。

士兵们把枪支往地上一架，围着这种神奇的饮品喝了起来。

孔淑魁在张建业面前显得唯唯诺诺，左右不是，但在这些士兵面前就潇洒自如、应对有方。

他先是把格瓦斯最早起源来历讲了一通，再给士兵们说这是俄罗斯贵族的专用饮品，以面包发酵，加入保加利亚乳酸菌、酵母菌进行四十八小时发酵，发酵过程中酵母菌产生气体，乳酸菌产生各种有机酸、氨基酸等，同时控制发酵产生的酒精含量。

一堆奇怪的名词让这些兵丁听得云里雾里，张着大嘴半天合不拢，什么也没搞懂，大概就明白了一个意思，那就是这饮料是他们难得喝上的好东西。

孔淑魁一顿滥侃，又找回了平素在塔尔巴哈台城里同龄人中混迹时的自信。他眼睛盯着那地上支着靠在一起的枪支，心里一阵子痒痒：张团长为什么威风，就是因为有这些东西呀！

羊肉煮熟了，张建业几个亲近的下属便一同进了屋子用餐，下属们识趣地围着张团长落座，自然把孔云清的位子留在张建业身旁。

孔云清有点儿胆怯，左右看了几眼，又推辞了几次，直到张建业叫他，才犹犹豫豫慢慢围着桌子走了大半圈，拘谨地坐在那把椅子上，倒像是到这家里来的客人。

为了这一餐饭，德胜行也真的算是煞费苦心，整个院里人来人往，十分忙碌。大女儿孔淑慎也被叫来帮忙上菜。

孔淑慎迈着小脚，一脸羞涩地迎面走来，在张建业的眼里突然就有了迷人的光彩，本来颐指气使的张建业突然正襟危坐，瞬间变成了另一个人，有几许拘谨。

孔云清把削肉的刀递给张建业，张建业的目光却只顾追随着孔淑慎。孔云清咳了一声，唤回了张建业的目光。

张建业在那巨大的盘子里的羊头上割下羊脸上的一块肉，然后递给孔云清："孔掌柜，你太热情了，你放心，鄙人初到塔城，需要你们的大力支持，孔老板所做的努力，我心里有数，我也会把您的面子给足的，咱们是一体的。"

孔云清小心翼翼地双手接过那一片羊脸上剔下来的肉皮，连连点头致谢。张建业不断地削着羊肉，不停地递给饭桌上的人。到了孔淑魁的时候，他递过来的是半只羊耳朵。

孔云清立即给儿子垫话："以后，你跟了张长官，可一定要听话，要有眼色，也不能忘恩负义，一切要以张团长马首是瞻。"

张建业听着孔云清的话，眼神停顿了片刻，既没有接话，也没有反对，只是嘴角绽开微笑的面容。酒桌上的气氛出现了短暂的凝固，所有人的目光都被吸附在张建业的脸上，仿佛大家全被定住了身子和神态。

恰巧，孔淑慎端着一大盘风干肉走了进来，人还未到桌子旁，风干肉独有的香气已经飘散过来。张建业的目光瞬间转向了走进门来的孔淑慎。

孔云清见状，立即指着孔淑魁说道："还不快给长官们倒酒斟茶？"

孔淑魁立即站起身，端起酒壶走到张建业的身旁，这样一来，孔淑慎恰好可以从那个空当里把那盛风干肉的巨大盘子放在桌子上。

孔淑仪紧跟着孔淑慎端着一块小木板，木板上掏一洞，洞洞卡着一碗煮肉时从锅里舀出来的羊肉油浇注的皮芽子，这洞卡是德胜行为了吃风干肉时，专门发明的。

孔淑慎小心翼翼地端起那碗烫手的皮芽子，画着一个圆圈，把羊油汤和皮芽子浇洒在那盛满肉和宽宽的薄皮带面的巨大盘子里，另一种香味二度袭来，侵蚀着每个人的味蕾。有几个客人分明已经闭上眼睛，用鼻子吸食着空气中传来的香味。

孔淑仪接过姐姐手中的空碗，灵巧地转过身跑了，一边跑，一边说："姐，我们等你吃饭！"

孔云清回头看了一眼，孔淑仪早已跑出了屋子，他什么也没看见。

孔淑慎轻轻对桌上的男宾蹲了蹲身子，轻轻转身，准备离去。那时，张建业的目光一直没有离开过孔淑慎，他不像其他的部下，只惦记着吃。

孔淑慎面色绯红，转身离去了。孔淑魁也回到了自己的座位，孔云清忙拍了一把："还不快给长官敬杯酒！"

孔淑魁急忙起身端酒，却又遭到孔云清的训斥："到跟前去呀，到长官的面前去呀！"

孔淑魁只好从椅子里抽出身来，端着酒杯走到张建业的身前。

"啥都不懂，以后可得跟长官们好好学学！"孔云清转头端起酒杯对桌上其余的军官们说，"犬子没有经历过世事，以后还请各位长官多多指点，我在此谢过了。"

那天的酒一直喝了一下午，一直喝到所有的人都醉倒了，一直不表态的张建业最后搂着孔云清说："正是用人之际，用谁不是用，一句话的事儿，就是要通力合作，塔城就是咱们的……"

## 8

张建业一早醒来，觉得自己头痛欲裂，细想想头一天的事，头皮有点发麻，后悔自己喝过了头。

他思来想去，都不记得自己是怎么回到满城来的。便想叫刘副官来问个究竟，门外的卫兵说刘副官竟起不来床了。

张建业靠在炕沿上，琢磨了片刻，一把撩开被子，翻身下炕。卫兵陪着张建业走到刘副官的房间，一开门，一股酒臭扑面而来，刘副官把床上地上吐得一片狼藉。

张建业一脚踏进去，闻见酒味，就一阵反胃，再看到刘副官吐出来的这些污秽，心底一阵翻涌，迅速地跑出屋子，在院子里的走廊沿儿上趴着，哇哇地吐了起来。

卫兵急忙在他的背后轻轻地拍打。

张建业吐罢一通，觉得舒服了很多。不敢再进刘副官的房间，也放弃了问头一天具体细节的打算。

卫兵搀扶着他回到房间，给他倒了一杯蜂蜜水。

张建业喝着这甜丝丝的蜂蜜水，就琢磨自己为什么要喝酒呢？这么好喝的蜂蜜水，为什么要喝酒呢？他掐着自己的太阳穴，心里默默地骂道：这个可恨的德胜行，老谋深算的孔云清，竟然把我们灌成了这样。你安的什么心啊？我可是这塔尔巴哈台的主子啊！你把我喝得不省人事，你不觉得这座城都很危险吗？你什么居心？你等着，看我怎么收拾你！

那几天，孔云清都没有去道尹府，他没有为儿子孔淑魁的事，趁热打铁，而是采取了冷处理，他连满城都没有去。那一天酒后，他也十分难受，眼睛里布满了红丝丝，整整一天赖在炕上，不吃也不喝。直到第三天，他才起了床。孔淑慎给他做了一大碗汤揪片儿，就着这略带微酸的汤汤水水，孔云清喝完，便出了一身大汗，他伸伸懒腰，觉得浑身舒坦。他准备拿着水桶盆子去净街，阿斯哈尔说已经按照大小姐的吩咐做完了。

孔云清笑笑问他："喝酒以后，哪天最舒服呀？"

阿斯哈尔回答："只要有酒喝，天天都舒服。"

孔云清本来想告诉阿斯哈尔，喝多酒第二天还是难受的，要熬过第二天，到了第三天才会舒服。没想到这个哈萨克这样回答，看着阿斯哈尔忙碌的背影，孔云清叹道："你还真的就是喝酒的祖宗啊！"

阿斯哈尔这时又转身回来，对孔云清说道："老爷，知道我最喜欢做的是什么活吗？我就爱放骆驼，成群的骆驼在茂密的草原里，你压根儿不用管，骆驼吃草粗，不挑，除了领着它们喝点儿泉水，你只管拎着酒瓶，吃凉肉啃馕，喝多了就睡。每年代牧的时候就是我们最快乐的时候，给我个道尹我们都不稀罕做！"

阿斯哈尔说完转身走了，一边走一边自言自语："爱谁来谁来，谁来谁也不能不要草原，谁来也不能不吃牛羊肉！"

孔云清望着阿斯哈尔的背影，那一刻，他觉得自己挺羡慕这个长工，他觉得这个长工，不仅雄壮，而且高大。

吃午饭的时候，孔云清给孔淑慎交代，给阿斯哈尔拿了一瓶白酒。接白酒的时候，阿斯哈尔满脸笑容。

张建业要收拾孔云清的打算随着日子推移，身体的舒适，就烟消云散了。

塔尔巴哈台汉城俄国贸易圈内终于设立了中国警察所，警察所成立那天，塔尔巴哈台城几近万人空巷。张建业带领四百新军荷枪实弹，阵容浩大。警察所里人员近百，一半是张建业的军队暂时划转的。张建业明白，这虽然是警察所，但事实上是与塔尔巴哈台旧势力对抗的最前沿，他担心会有极其激烈的对抗。

一座城里有两个警察所，一边是五十个哥萨克士兵，一边是中国警察所，相距不过五百米对峙，绝对是一大奇观。

那一天，潜入汉城的扎克斯基和他的部队，也拥进了看热闹的人群，但他们没有过分的举动，因为他们手里没有枪。扎克斯基的眼神落寞，完全不像部下一样，眼睛里含着怒火。

扎克斯基对自己的跟班说，去让德罗布哲夫查清新近招录的警察的名单！扎克斯基知道，这件事对于这个前领事来说，并不难。他决定要给这些个新招录的警员们好看。

警察所成立的仪式是顺利的，除了那些拥进汉城零零散散的白俄败军不友善的眼神，并没有遇到什么突发情况。但张建业并不得意，他心里一直在打鼓，警察所是成立了，迎来了各族民众的欢呼，似乎压在他们心头多年的恶气都喷出去了。可是危险无处不在，不仅仅在警察所，还在塔尔巴哈台每一片山谷，每一处草原。张建业问刘副官，巴克图牛道全的团练搞得怎么样了，刘副官一脸紧张，结结巴巴地回道："最近光顾着设立警察所的事了。"

张建业狠狠瞪了刘副官一眼，声音不高，但恶狠狠地说："放松不得，我的大爷，表面上看我无限风光，但事实上如坐针毡，如临深渊！"

刘副官一阵阵紧张，待张建业说完话后，急急给下面部署下去，差人先到巴克图去打前站，摸底去了。

警察所设立是塔尔巴哈台大喜的日子，多少年了，国家一直就没有对汉城管理过。警察所的设立，像是恢复主权的宣示。即使是仪式结束后，汉城的百姓仍然久久不愿离去，有的人放着鞭炮庆贺，有的老人在大街上互相抱在一起哭！他们边哭边说，自己原是金矿上的工人，当年一起参与火烧贸易圈的人，烧完的后果就是塔尔巴哈台进驻了五十多名哥萨克士兵。被烧毁的贸易圈也由清朝政府重新建了一遍，规模比原来扩大了一倍。他们说自己心里憋屈，烧贸易圈是为了出一口恶气的，结果是换来的是更多的委屈。

那天晚上，扎克斯基带着十来名亲信又一次走进了日本服饰馆，他们在那里狂喝滥饮，那些白俄败兵在日式的房间里围成一个大圈站立，把樱子、百惠围在中间，逼她们跳舞、唱歌、喝酒，而且肆意推搡、揉捏。粗鲁到樱子、百惠发出一声声惨叫，而他们却伴以一阵阵荡笑。老板娘伊藤卉子见状前来相劝，结果竟无法脱身离去，也一样被蹂躏一通，甚至变本加厉。

那白俄败兵目光直直发愣，一手拿着酒瓶，身体摇摇晃晃，结结巴巴地说："今天不是新设了中国警察所吗？你们可以去报警啊，去报警啊！怎么不去，为什么不去？"

"他们会给你们做主的，你们挂什么服饰馆的牌子，你们本来就是妓院嘛！"

"你们有什么好叫的，你们的工作不就是陪我们开心吗？"

"你们日本人，哼哼，哼哼！"

白俄败兵一边狂喝，一边肆意羞辱着三个日本女人，她们的衣服早被撕扯得不成样子，不时露出雪白的肌肤。每当她们想把衣服拉下来遮住身体某些部位的时候，总能唤起这些个败兵们的浪笑和阻止。

佐田繁治走到推拉门外停下了脚步，他晓得即使自己进了这房间，也无济于事。这些败兵早已无法无天，他们已经在疯狂的边缘，他们甚至觉得自己什么时候会死都不知道，还有什么不敢干的。

佐田繁治明白自己进去，也只会被一顿暴打，不如另想办法。这些年，他带着几个女人远远地走到异国他乡，在这天边边上开办服饰馆，能维持下去，当然需要江湖阅历，人情练达。这些白俄败兵的目的和心态佐田繁治都是明白的，他们不就是想打回自己的祖国去嘛。他们能胜利吗？几乎不可能，如果能，他们就不会败到这里了。那么退一步讲，能盘踞在这里当然也是一个不错的选择。

是的，他们处于极其尴尬的地位，但他们还有求生的欲望。那么他们就不可能油盐不进，总有些东西是他们感兴趣的。

佐田繁治在塔尔巴哈台经营数年，事实上就是远东设立在塔城的经济调查站，是为将来日本国设领事馆打基础的。佐田繁治到塔尔巴哈台不久便感叹，英俄两国已在新疆深耕多年，势力遍及各处，自己虽然用尽心思，却仍感觉四处压力，常常到处碰壁，实在难以插足政商领域。且此地距日本实在太过遥远，各项资费捉襟见肘，只能靠自己想办法解决。最终，他给妻子伊藤卉子下了命令，说帝国图强，所有外派团体其麾下女子皆为本国向外发展的急先锋，要不惜牺牲一切。佐田繁治决定打着开办日本服饰馆的幌子，经营起这家妓院。

樱子、百惠特有的千娇百媚、温柔体贴，大和民族的异国情调在坊间的传说迅速传开，声名鹊起。为了更好地经营，佐田繁治联手别处的同僚，时不时提供不同的女人来互相支持，以保证服饰馆的新鲜感。佐田繁治渐渐扭转了困境，处境渐渐好了起来，腰包渐渐鼓了起来。佐田繁治不是一般商人，他不忘使命，展开了对塔尔巴哈台这一方地域的全面调查。几年时间，描绘了数百张地图，写了十来本详细的笔记。整个塔尔巴哈台辖区的自然、交通、农牧、资源、军事，他几乎全部掌握，甚至比本地的人还清楚。

这一次，佐田繁治折身回到自己的房间，拿了自己绘制的一张塔尔巴哈台地图，重新走到木门外，将推拉木门一把拉开。他用力不小，居然把房间里所有的俄国人都镇住了。

佐田繁治看了樱子和百惠一眼，再扫一眼整个屋子里居然没有伊藤卉子，应该是在自己拿地图的时候，给这些败兵拿什么东西去了。

佐田繁治没有说什么，一时间也没有心思顾更多，他琢磨的事情都是大事。他一眼就能看出来扎克斯基与别人的不同，就知道他一定是这些官兵里起决定因素的人。佐田繁治对着扎克斯基说："请阁下出来一下，有要事密商。"佐田繁治是用俄语说的，虽然有些生硬。

扎克斯基看了他一眼，佐田繁治双手拉开和服，露出了地图的一角，但凡一个有经验的军事指挥官，都能看得懂那是一张军事地图。

佐田繁治转身离开了这间屋子，他没再看任何人一眼，他坚信扎克斯基会跟着自己出来。不仅如此，扎克斯基在走出屋子前还转身对屋子里的人狠狠地说了一句："你们都给我安静点儿！别妨碍我谈正事！"

在隔了两间屋子的另一间房内，扎克斯基和佐田繁治面对面跪坐着，扎克斯基不时地挪动一下自己的腿，看得出来，他实在是不适应大和民族的这种坐姿，实在是为了这张军事地图，强忍着受委屈。

这时，推拉门被轻轻推开，伊藤卉子端了一壶茶走上前来，把茶壶放在桌上，给二人斟满，微笑着鞠躬。佐田繁治看了她一眼，伊藤卉子的眼睛红红的，显然是刚刚哭过。佐田繁治没有心思理会这些，只朝她摆摆手，伊藤卉子只好转身离去。

伊藤卉子一出这间房，便望见走廊尽头的那间房屋。房屋的推拉门关闭着，里面的人影被灯光照射在窗户上晃动，伊藤卉子的腿一下就软了，她靠在走廊的门上，眼神十分无助。那时，走廊里的声音的确小了很多，仿佛整个服饰馆都安静了。

伊藤卉子知道，丈夫佐田繁治在跟那个俄国人谈那些所谓的国家大事，又不知道要做什么交易，而樱子、百惠依然在走廊尽头的那间大房间里被污辱、调戏。伊藤卉子快四十岁了，人近中年，容貌便打了折扣，在大房间里，被掐得最狠，更可怕的是有一个人用一根针刺了她两次，那钻心的痛，痛得她发出一声声惨叫，仿佛这叫声才能弥补她容貌与那两位年轻女人的差距。想着那针尖深入皮肤的刺痛，她吓得再也不敢靠近那间房。她反转自己的身体，朝店门外走去，在服饰店的门口，伊藤卉子停下脚步，她再不敢往前走。

丈夫佐田繁治交代过，不要一个人出店，塔尔巴哈台不是日本，很乱很危险。

伊藤卉子就斜倚在大门旁，看着这冬夜里塔尔巴哈台的中国商户放在空中的烟花。每看到一朵在空中绽放出美丽花朵，她的脸上就露出了甜甜的微笑，那一刻，她好羡慕这一条街上的中国邻居。

塔尔巴哈台的冬夜是寒冷的，凉气侵蚀着伊藤卉子的正面，这个日本女人哈出一股股白气，抖着个哆嗦，但她不想退回走廊深处。她只靠走廊深处传来的温暖来抵御屋外传来的寒冷！

佐田繁治对扎克斯基许诺，日本国愿意资助他们这些白俄士兵返回自己的家乡。日本在图强扩展的道路上不想与俄国为敌，希望做到互不干涉。扎克斯基虽然也不相信在距日本国如此遥远的地方，这个佐田能给自己太多实际的资助，但他毕竟那天晚上从佐田繁治的手里获得了几张地图，他看了地图，看了一本日记，里面记载着塔尔巴哈台的各种资源，唯独遗憾的是自己不懂日语，得找个人来翻译。扎克斯基明白这都是十分重要的情报。

扎克斯基走到最头上的那间大房，把所有的军士喊了出来，用俄语对他们高声训斥道："一个三个妓女的妓院，能有多少财富？我们与红军的作战经费不可能从这里产生，我们不应该在这里浪费时间，我们应该把目标锁定在这个城市的商会，汉族商人、维吾尔族和回族商人，实在不行也可以从塔塔尔族商人、乌孜别克族商人那里募捐！"

扎克斯基说的这些话，确实让他的部下有些吃惊，连自己人都不放过？可是他们也不意外，战争哪里顾得了别的，谁能活到最后，谁就是赢家，还管得了你是谁，你袋里有钱有粮，你就必须为战争服务。

扎克斯基带着所有的军士从服饰馆撤走了，他做了一个既荒唐又大胆的决定，他打算让拥进汉城的白俄官兵，分别住到那些商人的家中去，尤其是被招录成为警察的人家中去。他就是要挑衅，看看你们成立的警察所能怎么样。

离开服饰馆的时候，佐田繁治送他，扎克斯基看了一眼门口站立的伊藤卉子："我们有家回不去，你们却拼命跑这么远，图什么呀？"

伊藤卉子吓得面色一白，急忙低下头鞠躬行礼。

扎克斯基把头转向另一边，对佐田繁治说："你一个开妓院的，军事地图画得那么好，你们日本人呀，哼哼，哼哼！"

## 9

按照德罗布哲夫提供的新招录的警察名单，扎克斯基一马当先，亲自带了两个卫兵，大摇大摆地走进了德胜行孔家"坐客"了。

扎克斯基对部下吩咐，不许再去日本服饰馆滋事，最紧急的任务是摸清塔尔巴哈台城里城外有多少资源能够用来为白俄军队服务。扎克斯基虽然不全信佐田繁治代言的日方给自己提供支持的承诺，但也做不到完全不信。在这异国他乡，他虽然蛮横地横冲直撞，但事实上这个白俄贵族军官心里十分空虚，他感觉自己就像河水里的一叶浮萍，全无根基，到处漂荡。

扎克斯基虽然深爱着俄罗斯，但俄罗斯好像已经不需要他了，也不需要他带领的这支能征惯战的军队了。一支再强悍的军队，当他没有目标，或者那个目标没有成为这支军队所有人共同的追求时，那么这支军队就是一摊烂泥。

军队打仗打的就是那一口气，所有的士气集中成一口气、一股气，那这支军队就所向披靡，而那股气一旦散了，这支军队就完了。常年带领军队南征北战的扎克斯基深知这个道理，所以，在行军打仗的过程里，他有时也是纵容下属的。偷抢财物，吃点儿老百姓的家禽家畜，那都不叫个事。甚至动了谁家的女人，那也是可以原谅的。谁也不知道哪一颗子弹的旅行被哪一个士兵结束。

罪恶在战争面前根本不值得一提。所有的罪恶累积起来，也敌不过一场战争。

随着进入中国的日子越来越长，扎克斯基心情越来越糟。他纵容部下分散强行进入了塔尔巴哈台城里有钱有势的人家，像是一群打了败仗的土匪和强盗，在这座城里肆意打砸抢，吓得整个城市号叫、颤抖，女人和孩子四处躲藏。

新设的警察所很快就得到了消息，以孔淑魁为首的新招警员哪里能按得住自己心里的一腔怒火。还当什么警察？连自己的家人都保护不了，还能保护谁？孔淑魁当警察的自豪感瞬间就蒸发了。自打高调进入警察所，他就一直把自己看成是所有新警察的标杆，他觉得自己是当仁不让的榜样，他每天把警服拉得又平又展，不时在心里提醒自己是德胜行的少爷，成为警察所的领头人那是自然而然的事。

新警员群情激奋，纷纷要求把白俄败兵抓起来问罪，他们被长官一顿猛批，压制下来。那当然是道尹张建业授意的，张建业对警察所的命令是看紧哥萨克士兵，严防那兵营的举动,他们有枪有炮。哥萨克兵营不动,警察所就不能动。

但新警员视这种行为为懦弱,他们一腔怒火,无处燃烧,无处释放。孔淑魁解开警服的扣子,脱下外套,一把扔在地上,后面的年轻警员纷纷效仿。

他们打算脱了警服回家,不干这受窝囊气的警察。他们当然回不了家,怎么可能让这些公子哥儿说来就来,说走就走。这是警察所,而且半数以上是新军骨干直接划转过来的。这警察所能不能直接跟哥萨克军队掰腕子不知道,对付几个刚刚入职的新警员当然绰绰有余。

两排军队划转的警员站立两排堵住了去路,所长从警员身后现出身形,站在闹事的新警员对面,面色平静:"想回家保卫自己家,对吧?可以理解,但是愚蠢!那些败兵,我们不是打不赢他们。但你们现在回到家里,可以打得过不?冲进你家的可能是两三个人,可是几十公里外有几千上万人,那些人都拥进来,你们打得过不?挡得住不?他们都蜂拥而至,到塔尔巴哈台烧杀抢掠的时候,你们谁能挡得住?"

所长的声音突然提升了八度,震得整个房间嗡嗡响。

"他们有一万人,但是他们没有武器,咱们有一千多军队,可咱们枪炮齐全。"孔淑魁流着眼泪分辩。

所长蔑视地看了他一眼:"念在你刚刚入职,一腔热血可以理解,但凡你要是入职四五年后,你要再跟我谈这些,我只会用拳头伺候!生活的本来面目,永远不是你看到的表象那么简单!"

所长环视了一下大厅里的新警员,知道他们大部分人的斗志已经被瓦解。多少年来,老毛子在这座城里一直就是予取予求,为所欲为,这些年轻人自打一出生就已经见怪不怪了。所长明白,这些新警员即使有什么顽固分子也掀不起什么浪,便转头对一警官说:"今天,所有警员一级戒备,大院门口增派警卫,带枪带弹执勤,任何人不得随意外出,务必保持全员在岗在位,加紧体能、格斗训练,随时准备应付突发情况!"

所长离去了,孔淑魁眼里的泪仍然往下流,双手紧紧地握成两个拳头,后槽牙咬得咯吱咯吱响。但其实在心里已经完全投降了所长,那既是对长官的尊敬和信任,也是对现实无奈的屈服!

初入职场的孔淑魁第一次自尊心受挫,心里窝了一肚子火,只好发泄到随后的训练中,把自己的战友打得满地找牙。事后,那战友对别人说道,要不是看在他是德胜行的公子,自己早三拳两脚把他撂翻了。

扎克斯基如愿地搅乱了汉城中国人民的生活，但他没有丝毫成就感。他仍然感觉到无论是自己，还是这支军队，所有的辉煌都属于过去，而现在只是穷途将至，垂死挣扎。

扎克斯基心里的难受是因为他过不了自己心里那一关，自己是白俄的贵族，但现在的所做，就像是一个下三烂的地痞流氓。他心里几种情绪纠结着，他希望新设立的警察所里的那些警察能迅速赶来驱逐自己，这样自己也好活动活动，老是这样无聊地过每一天，生命也没有什么意义。扎克斯基知道自己必将和张建业有一战，打仗他不怕，他甚至希望这一场战争尽快来到，屁股后面，苏俄红军在步步紧逼，当然不会给自己活路，整个近万白俄军队，长期在塔尔巴哈台滞留，和当地矛盾肯定越来越激烈。扎克斯基蓝色的眼珠里总是在没人的时候就透出一种哀伤的情绪，那是对自己带出来的这一支队伍前途的担忧，但作为一个军官，他又不能让属下察觉到。

扎克斯基坐在德胜行院子里一块石鼓上，两个手下气势汹汹，阿斯哈尔阻拦的时候，那个健壮的白俄卫兵，抬起皮靴就是一脚，扬起手照背上就是一马鞭。阿斯哈尔从地上弹起，瞪着一双带血丝的眼睛，握紧拳头，准备对打。

孔云清那时站在大门檐下，用俄语对着这边大声说："德胜行是礼仪买卖，有客上门，以礼相待！"

说话间，孔云清大步走进院来，走到那两个白俄卫兵面前，一手拉住那卫兵握着鞭子的右手，一面叫阿斯哈尔去备茶。

阿斯哈尔带着怨气看了看两个白俄卫兵，再看看孔掌柜，扭头走到厨房去了。边走边把手伸到自己的背后，摸着被鞭子抽的后背，哎哟哎哟地叫着，他觉得背上肯定渗出血了。

努尔别克看到这几个人气势汹汹冲着德胜行走过来的时候，早就一把拉着孔淑仪躲进了喂牲口的草料房，二人趴在干草垛上，透着窗户的缝隙看着院里的动静。

孔云清想把扎克斯基和随从请到客厅，但遭到了拒绝。孔云清强装笑颜，让阿斯哈尔搬张桌子，把茶水端到院里来。

阿斯哈尔搬来桌子，端茶的时候，显得不耐烦了，一双眼睛死死地盯着这几个老毛子，用哈萨克语发了一通牢骚。孔云清还得用三种语言左右逢源。

最终，孔家腾出了两间上好的房间给扎克斯基他们住下，并且好吃好喝地伺候。当晚孔云清拿出私藏的好酒，本打算陪三个强盗一起吃饭，结果相对文弱的卫兵接过酒以后，那个卷毛胡须上翘的壮汉就把孔云清推搡出来，毫不客气。

对于这些人的粗鲁孔云清并不生气，他本来也不想陪这些强盗吃饭，他迅速折回自己的屋子把一家人叫到一起，安排自己家的应对之策……

吴鸣璋和孔云清采取一样的对策，他关闭了自家的私塾，要送吴怀智、吴诗然出城。吴鸣璋告诉他们兄妹，那些白俄败军到塔城，那就是兵乱，他们什么事都干得出来，汉城是很危险的。结果吴怀智偏偏拒绝了父亲的好意，他不去巴克图牛叔叔家避难。吴鸣璋有点意外。吴怀智说那次骑马在巴克图草原的时候，看到那么多的老毛子大兵，天边都站满了，马队踏起的灰尘，都把天空搞成黑的了。如果说危险，可能全都是危险，到处是危险。他说自己是家里的男人，得在父母身边，得守着裕生堂。

少不更事的吴怀智，凭着一腔热血，做了这个冲动的决定，吴鸣璋居然就同意了。夫人当然一顿连哭带喊地心疼自己的孩子。

吴鸣璋走到妻子的身后，拍拍她的肩膀："覆巢之下，安有完卵？强虏兵临城下，我们只有相机而动，是福不是祸，是祸躲不过，就把女儿送去，把儿子留在身边吧。"

第二天，天还麻麻亮的时候，阿斯哈尔赶着马爬犁停到了裕生堂的大门外，悄悄接走了吴诗然。还是那辆孩子们坐过的车，只是这次没有车轮子。大冬天，在吴家私塾上学的五个孩子坐在一起，裹着厚厚的棉被，挤在一起，积雪早已结成了冰，马爬犁在街道上的冰雪上飞快地滑行，五个孩子顿时忘记了自己是去乡下避难的，反倒觉得坐马爬犁十分好玩。城里的狗偶然叫了几声，接着全城的狗都叫了起来。几个孩子挤在一起，缩成一团。仿佛自己听不到狗叫，这城里的狗便都不叫唤了。

一出塔城便是茫茫旷野雪白一片，夜显得都不怎么黑了，可以看到周围的干树木和景物。这时，努尔别克让爸爸把马爬犁让给自己赶。阿斯哈尔看了儿子一眼，笑笑，把马鞭让给努尔别克，坐在一旁，努尔别克在空中挥了鞭子，马迈步前冲，爬犁飞一样驰过雪原。四个女孩子的说笑声响彻天空。阿斯哈尔从腰间掏出酒壶，看着自己的儿子，美滋滋地朝嘴里灌了一口。

孔云清心里有那么一点点空落落的，他一面好吃好喝地伺候扎克斯基，一面又天天心神不宁，提心吊胆。阿斯哈尔从巴克图返回后，孔云清让他立即去了一趟警察所，想问问孔淑魁警察所是什么态度。

阿斯哈尔从警察所返回后，没有张嘴说一句话，孔云清就明白了。他脸色一下子沉了下来，他有些后悔，觉得自己考虑得不够周全，应该把大女儿孔淑慎也送走啊，如花似玉的年龄，是一个女人最好的时候，在这个年纪的女儿春是藏不住的啊。

孔云清越想越觉得不对劲，自己对警察所寄的希望太大了，以为自己捐助了那么多，军方、警方都应该对自己有个交代。现在看来，自己把形势看得太乐观了。

既然警察靠不住，就只能自己想办法了，孔云清左思右想，还是应该把女儿送走。可惜已经来不及了，扎克斯基和两个下属在那个早上已经看到了孔淑慎，七八亩地的院子，对于两名卫兵的视野，显然空间和地域都太小了。他们在这个院里暂住，无所事事，当然会把目光所及的人和事都翻上几百遍。

看到孔淑慎的时候，那两个卫兵的眼睛都直了。他们愣在当场，目光呆滞，他们这些日子一直行军亡命，没什么时间接触女人。前些日子跟随将军们倒是去过日本服饰所，见过樱子和百惠，虽然那俩女人也温柔，可是脂粉气太重，脸上抹得近似于妖，而且，日俄的矛盾由来已久，心底里的那种敌对导致了对那雪白如纸的脸和鲜红小巧的红嘴唇的厌恶。而孔淑慎不同，是在自己家院里，不声不响，略含羞涩，那种中国小姐特有的气质修养，瞬间惊呆了这俩破落的哥萨克士兵。

那个个子相对矮一些的、长相有几分文弱的年轻人，被另一位头发蓬松、嘴角上挂着一弯月亮一样上翘的胡须的哥萨克用牛腿一样的胳膊，一把推到了扎克斯基面前，只好战战兢兢地报告："长官，这院里有个女人，一个姑娘，年轻的女人，长得像画上的人一样。"

扎克斯基还是坐在那块石鼓上，头也没回："你们又来劲了？你这货色，长得挺清秀，也是见一个爱一个。你不该这样子的，你应该见一个杀一个，你先杀个动物去吧，去那边，随便杀一个猪马狗羊，什么都行，去，去见点儿血，抵消一下你的欲望，就好了。"

文弱的卫兵想再说两句话，未及开口，就被扎克斯基堵了回去："快去，快去杀个活物，我们都等着吃肉呢！你就是要跟那可怜的女人睡一觉，你也得先吃饱了才有力气！快去。"

卫兵不再说话，似乎有些营养不良的身材，拖着两只大皮靴，朝着那条河的方向，穿过大院，走进了那饲养家禽家畜的圈舍，去祸害那些牲口家禽。

扎克斯基站起来，转头看看健壮的哥萨克："你应该教他杀人的本领，这样将来他才能保命！毕竟只有先活下去，他才能和女人睡觉！"

卷毛翘胡子的卫兵挑了挑眉毛："长官，也许那女人并不算好看，比咱们那小子还瘦弱，风一吹就要倒了的样子，不像咱们的女人那么健壮。但她那忧郁、高高盘起的乌黑的头发散发着一种东方的神秘气味，确实是咱们没有领略过的。"

"行了，行了，别废话了，做点正事吧。咱们要面对强悍的红军，当然也许在和红军大战之前也得和这里的新军打一仗，不过你认为他们敢打吗？"扎克斯基从内心里看不起张建业的新军，觉得他们就是一群胆小鬼，不过不久以后他们会发现，自己吃了大亏，"听着，你们不要什么无聊的事都向我汇报，你不要总是以为你睡过几个不同国家的女人，自己就是英雄了。你要为咱们的将来多想想。"

扎克斯基从石鼓上站起身来，在这个壮牛的肩膀上拍了拍。但其实这通话对卷毛翘胡子卫兵来说，就是对牛弹琴，他目光无神，待扎克斯基走过自己的身旁时，他低下头，轻轻地自言自语："长官，我觉得咱们没有未来。"

扎克斯基站定，眼神里现出一丝绝望，半晌，侧过脸平静地说："那你就多睡几个女人吧，但暂时别睡这个院里的，这样你晚上才睡得好觉。"

"我懂，长官，我去那边帮忙，去杀一个猪马狗羊什么的，去见点儿血，最好再有点烈酒，就什么都好了。"

孔家的下人虽多，但对这几个白俄败兵却避之不及，这当然也是东家孔云清的意思，连官家、军队都不敢惹，自己当然得躲得远远的。

那天两个卫兵抓了两只没有头的鹅，那鹅头是被刺刀砍掉的。文弱少年被扎克斯基训斥过以后，心里不服气，便把气撒在可怜的家禽身上。

那些可怜的鸡鸭鹅被文弱的卫兵追得四处乱飞，尘土到处飞扬，这卫兵一直抓不到一个活物，是因为内心的柔软不坚决，但却累得满头大汗。直到看到那头壮牛骂骂咧咧地走过来，才下了最后的决心，他一个鱼跃，把一只胖鹅一把扑倒在墙根，一看脚下还压了一只鸡，卫兵吓得抬了抬脚，那只鸡从地上爬起来，发出一阵惊慌失措的嚎叫，拍打着翅膀逃跑了。

"有你这么没有出息、没有血性的哥萨克吗？"那头壮牛走进了这个圈舍，一边从背后拔出了步枪的刺刀。

文弱卫兵急忙从地上爬起来，一手捏着鹅头，一手捏着鹅脖子，尽量使这只鹅不能大幅度地扑腾："您看，我抓住了，我抓住了！"

这时，那个卷毛翘胡子的卫兵用力一挥刺刀，文弱卫兵显然没有足够的准备，愣在当场，右手握着鹅头，左手的鹅身子已经飞了出去。

文弱卫兵的目光跟随着那没头的鹅身子一起翻滚，没有头的鹅在空地上颤抖着，两只鹅掌乱扑腾，那卷毛翘胡子的卫兵又一把抢过他手里的鹅头，扔到远处，完全不管他溅了一脸血："快，再去抓一只，一只不够咱们吃。"

文弱卫兵仍然发着愣，两只鹅肯定也吃不了呀，但他没有说出口。他知道自己说话没有分量，没有人会在乎他，整个这支近万人的队伍，大家都在看他的笑话，却没有一个人愿意关心他。更难受的是，他还无力反抗。所以他也没有好心情，每天都极度糟糕，所有的人都把他当个小孩子看，都把他当个胆小鬼看。他心里在挣扎：我不是——

他突然发了飙，一把从卷毛翘胡子的卫兵手里夺过那把刺刀，双手紧紧地握住，朝那群慌乱的鹅奔去，那些洁白的鹅一阵慌乱，扭着自己的屁股，拍打着翅膀拼命奔逃，而刀光过处，一只鹅头飞离了身体。

文弱卫兵甚至没有看一眼鹅头，只弯腰提着鹅身子，把刺刀还给了站在那里发愣的卷毛翘胡子。

文弱卫兵提着那两只没头的鹅，不管不顾这只鹅还未停止所有的生命体征。一路走到厨房，却并没有看到人影，便四处找孔云清的老婆。不久，孔云清的婆娘从羊圈里匆匆忙忙赶来，原来，他们在杀鹅的时候，女主人急忙跑进羊圈，守着这些可怜的羊，从羊圈的洞向外探望……

这时，她听到卫兵的喊叫声，急忙从栅栏那边走了过来，抬起袖子抹了一把脸，尽力平稳了自己的情绪，导致脸上的表情有些扭曲。

年轻的卫兵发现这个中国妇女刚刚哭过，愣了片刻，然后把那两只没有头的鹅扔在她的脚跟前，吓得女主人的脚向后退了两步。

"快去，给我们做熟，我们得吃饭……"卫兵一连用俄语说了两遍，孔云清的婆娘也没有听明白，但看懂了年轻卫兵的手势，这些老毛子兵，除了祸害人，就只会吃饭喝酒了。

德胜行的女主人看了一眼两只没头的大鹅，抬起袖子擦了一把眼里的泪，顾不得哭，弯腰从地上捡起那两只大鹅，提进了厨房，生火烧水，烫鹅拔毛。她从不参与家里的生意，每天就在厨房打理着德胜行的伙食。即使是给这些强盗做饭，她也是沿袭着自己精细的习惯。把鹅肉块用葱姜、干辣椒、花椒粒炒香，有鹅油渗出的时候，加了小半锅水，又从菜窖里拿出两根储存的白萝卜，切块儿一起炖了，然后就坐在泥炉子旁边，向炉膛里塞着一块一块的干木柴，看着那赤黄的火苗舔着黑黑的锅底，一阵一阵地发呆。

鹅肉汤的香味飘过了院子，卷毛翘胡子和文弱卫兵一面嗅着这香味，一面不时朝火房看看，甚至时不时咽两口唾沫，喉结就会蠕动两下。

扎克斯基也不是一直坐在院里，他不知道从哪里翻来一架手风琴，憋足气，狠狠地往手风琴上吹了几口气，这乐器灰尘四起。文弱卫兵急忙去打盆水拿块布擦拭着手风琴。

扎克斯基试试琴键，声音没有问题。他的手指飞快地在琴键上飞走，音乐响了起来，这非常鲜见，整个城市弥漫着恐怖的气氛，而手风琴在扎克斯基的手指间流淌出活泼、快乐的音乐。

扎克斯基弹得十分入迷，全情投入，人琴合一，伴着鹅肉汤的香味，瞬间改变了这座院落里紧张对峙的气氛，甚至连干活的下人，都有了到院中间跳舞的冲动，但是最终所有人还是压制住了自己，没有跳舞，只是边做活，边听着这动人的琴声。

自从这些败兵进入孔家，孔淑慎就尽力减少自己的走动，她害怕见这些老毛子，此时，她听了这手风琴的声音，竟也趴在窗户旁。那天，扎克斯基演奏了两支曲子，一支活泼快乐，一支哀婉悠扬。那一刻，她觉得这白俄军官自带了光芒！

她怎么能想到，这个白俄军官将对她的一生造成重大的影响，是她的悲剧之源。

## 10

那天的午饭，伴着三碗楚呼楚酒，三个毛子官兵吃得十分舒坦。那一年的冬天，这些远到塔城的毛子兵算是感受到了中华饮食文化的博大精深，即使是边界城市的民间妇女随意地炖煮蒸炒，也是别有风味的。

明明知道自己是给闯进家里的强盗做饭，德胜行女主人还是用尽心思把饭做得十分可口。女主人明白，只有这些败兵吃喝满意了，才不会计较你是不是做了足够的鹅肉。

女主人是家里后厨的总管，总是为长期过日子打算，这就是一个中国老板娘应该做也能做好的事。

饭后，三人的肚腹中有股气从胃中上逆，那股气息倒灌从喉咙深处再发出震颤，他们吃得过快、过饱，竟轮番打着饱嗝儿。卷毛翘胡子丝毫不遮掩自己酒足饭饱后的状态，他双手拍着自己隆起的肚皮，轻轻闭上自己的眼睛，一副享受的表情。扎克斯基倒是觉得不妥，用手遮住自己的嘴，独自离开了院子，长相文弱的卫兵打算跟着出来，也被他拒绝，他打算到附近转转，消消食，平复一下自己的窘态。

德胜行院外视野开阔，明亮的阳光照射在溜光的街道上，没有一个行人。天冷得很，这样的季节，汉城的太阳是没有人晒的。整个城市进入了冬眠，雪盖住了一切。

扎克斯基抬头看看，落在房顶上的大雪把房子包得像个面包，足足有半米厚。如果不是那蓝得刺眼的天空里偶尔冒出几缕青烟，几乎看不到这座城市有人活动的痕迹。

一直以来，汉城里的人们在漫长的冬天，总是尽量减少在户外的活动，更习惯围着炉火吃喝。整个冬天，大雪片子时不时从天空落下来，最重要的活就是扫通一条院子到大街上的道路。大街上的雪，也不可能做到完全被清理，也就只是在路中间挑出一条道，供人走，供车马走。两旁建筑的墙根，雪像棉被一样堆得老厚，盖着大地整整一个冬天。

对于大雪，扎克斯基并不陌生，对于寒冷，他更是习惯，他从小到大就一直在西西伯利亚东北部的极寒之地，每年冬季，零下四十摄氏度是十分平常的气温。极端的寒冷，即使钢铁有时也会失去韧性，一折就断。所以，扎克斯基并不惧怕寒冷，但承受力也并不比中国人强，走出一百来米，就觉得浑身上下被冻透了，急忙折身回来。心里嘀咕，这明明温度比家乡高好多呀，为什么还是冷得受不了？还是到屋子里暖和会儿吧，这大冬天，能围着一堆火烤，实在是件幸福的事。

扎克斯基一回到德胜行就径直走向自己的房间，在门口跺了跺脚上的雪，一进门，就脱掉大衣挂在衣架上。那个文弱的卫兵急忙给他倒了一碗在炉火旁温着的奶茶，那是德胜行的女主人一大早到牛圈里现挤牛奶烧的。扎克斯基喝了几口，体会着奶茶特有的咸香味道，心里舒畅，烈酒后的种种难受，是需要不断喝奶茶才能冲淡的，最好再能吃点羊肉，那就是塔尔巴哈台冬天里最安逸的生活了。

扎克斯基感觉浑身暖和了一些，坐在桌子旁，盯着炕上摆着的那只手风琴，渐渐出神，慢慢开始发愣。起初，扎克斯基是不太弹手风琴的，他更喜欢钢琴，他弹钢琴的时候，卡捷琳娜常常在离他不远的地方深情地望着他，会为他提前倒上半杯红酒，就等着他弹完了，在众目睽睽下，移步过来端给他。所有的人都看得出来，卡捷琳娜对他的心思，他也很享受美妙的青春，可是战争毁掉了一切。

扎克斯基记不得是哪一天，自己和卡捷琳娜就失去了联系，从那以后，就再没有见过面，也没有半点消息。从那一天起，扎克斯基再也没有见过一架钢琴。他觉得自己这辈子可能都不会有一架钢琴了，也许再也见不到卡捷琳娜了。

这时节正是一年最冷的时候，中国人讲的四九天气。若是往年，各家各户又要进入备年货的时节了，但这一年，汉城的汉族人没有像往年一样那么喜庆，也有偷偷买一挂鞭炮的，就连去裕生堂药店找吴鸣璋求福字的人也少了好多。大家都把精力放到应付这些败兵上了，怎么样伺候他们，让他们不打砸抢、不扒掉自家女人的衣服才是头等大事。

从额敏齐巴拉尕什安置点跑来一个人，由俄国领事馆的人带着进了德胜行。来人扎克斯基是认识的，是巴奇赤将军的亲兵，他脸冻得红肿，文弱卫兵从屋外挖了一桶雪，卷毛翘胡子捧着一捧一捧的雪，在这亲兵的裸露的皮肤上不停地擦着。

来人带来了巴奇赤将军的消息：无论是塔城还是额敏，都不是长久驻扎之地。白俄军队也没想久居此地，那样只能消磨斗志，按照中国政府的规矩驻扎下去，待到春暖花开，白俄军队就得种地、放牛。亲兵说巴奇赤将军尤其不能接受这一点，他提出应该尽快行动，储备粮食、财物，搜集所有能够利用的物资，尽最大努力联系各方，做好从伊犁进攻萨马尔红军的准备。巴奇赤说自己也会尽快进入塔尔巴哈台，接受日本国的援助。作为将军，怎么也不能把自己的部队带成一群农民、牧民，而且还是沦为他国的公民。

亲兵给扎克斯基讲这些情报的时候，喝着德胜行给他们烧制的奶茶，吃着打好的馕，补充着说话时需要的能量。

扎克斯基听完亲兵的话，并没有明确表态，他慢慢站起身来，走到窗户前，望着窗外发呆。他在想，如果到了大地回暖的季节，雪融冰消以后，红军会追过来吗？那时候，又是决定自己和整个白俄军队命运的时刻了。

扎克斯基返回到炕沿，提起那架手风琴，走到屋子中央，卷毛翘胡子已经把火架得很旺，手风琴的声音传了出来。那是催人奋进、激昂战斗的曲子，但被扎克斯基弹得有了几分悲情的味道。

乐曲在德胜行的大院里回荡，大家都在听着这曲子。不只是扎克斯基有这样的情绪，谁又没有呢？大家都处在战争的边缘！

德胜行其他的房间都不会把火烧得这么旺，那是孔云清不允许的。勤俭持家是整个汉城所有的中国商人家共同遵守的习惯，把屋子烧得特别暖和的时候，只有两个原因，接待贵客和与人谈生意，那时候就得寓意着生意红红火火。然而这些白俄败兵不管这些，他们只要眼下的温暖。

女主人想给阿斯哈尔提醒一下，叫他少送些炭到那两间屋子，被孔云清拦住了。孔云清给阿斯哈尔摆摆手，示意让他满足他们的一切条件。

孔云清在心底里想：神欲使之灭亡，必先使之疯狂。一群战争的失败者，无家可归的流浪汉，有什么可狂的。孔云清打心眼儿里看不起他们。

可是，孔家暂时确实是四面楚歌，不仅仅是孔家，整个塔尔巴哈台城都岌岌可危。

孔淑慎当然也听见了这手风琴曲，每次这乐曲一出来，她就心潮澎湃，她知道自己不应该有这样的情绪，可是她控制不了，那每一个强音都像是敲击在她的心坎上。她很想，很想上前去看一眼，看看这个人长得什么样子，听说他们的眼珠长得不一样，她想看看是什么颜色的。

巴奇赤给亲兵下的命令是把消息带给扎克斯基，就立即返回。扎克斯基却挽留了亲兵："天寒地冻，你也不必急在一时，你回去，将军也不能马上发兵萨马尔，去与红军血战。一场战争如果那么匆忙，必定输掉。"

文弱卫兵问道："长官，我们有赢的希望吗？"

扎克斯基目光凝视着屋子外的白雪，嘴巴动了动，没有发出声音。

那亲兵真的留下了，他不想冒着严寒骑着马跑上几十公里，他对那月夜里的雪原，有几分恐惧。

第二天白天，经过了一晚上炉火的温暖，那亲兵缓了过来，从里到外都热火起来，早上狠狠地吃了一顿早饭，虽然肤色依然不好，但脸上泛着红光，显得十分精神。

扎克斯基在院里弹着手风琴，手风琴的声音依旧激昂。卷毛翘胡子请示了扎克斯基，他要把巴奇赤的亲兵送到领事馆去，扎克斯基甚至连一个眼神都没有，只顾弹着自己的手风琴。卷毛翘胡子和那个亲兵在扎克斯基的面前待了两三分钟，扎克斯基的琴声节奏越来越快，越来越激昂。

文弱卫兵走上前来，拽了一把卷毛翘胡子，指指德胜行的大门，意思是让他们离去。卷毛翘胡子那略显浑浊的眼睛透出一股怀疑的眼神，似乎惊讶这文弱卫兵，竟敢替扎克斯基做决定。他和巴奇赤的亲兵一同扭头看看院门，再回头看看扎克斯基。扎克斯基的手风琴丝毫没有停歇下来的意思，并且越弹越激烈，随着音乐额前的头发晃动，眼睛紧闭着，甚至有了细密的汗珠儿。

文弱卫兵伸着手在二人的背后拍了拍，把二人送出了德胜行。

门外已经传来一阵阵嘈杂声，与平素安静的环境显得有些违和。听到这些奇怪的声响，孔云清尽力安抚着夫人的情绪。从自己的屋子里走出来，他侧目看了看沉浸在音乐里的扎克斯基，悄悄沿着墙根溜进了大女儿孔淑慎的闺房。

孔淑慎就在门口站着，可以透过棉门帘与门之间的缝隙看到扎克斯基的背影。见父亲到来，本想出声，被孔云清竖在嘴上的食指制止。

孔云清双手握着女儿的肩，噙着眼泪的眼睛望着女儿，嘴巴张了张，却只是抖动了两下，没有说出来一个字。孔淑慎抬起自己的手，在孔云清的手背上轻轻拍了拍，表情出奇地平静。这一点倒让孔云清吃了一惊！

孔淑慎转身上炕，在炕头的小木柜里拉出一个抽屉，在抽屉后面的土墙缝里掏出几张银票，递到孔云清手里。

孔云清接过银票折了几折，坐在炕沿，脱下鞋子，把银票藏在自己的袜子里，穿上鞋子，在屋子里的土地上踩了两脚，没有什么不舒服的。他再看了大女儿一眼，眼神里饱含了愧疚。然后转身出去，他一撩开门帘，却险些撞上文弱卫兵，有几分尴尬。

孔云清那天没有走出德胜行，在院门口，他被赶来的十来名兵士给堵了回来，他也没能看到街上是怎样的情况。领头的人是领事馆的人，孔云清看着面熟，来人走上前来，一手按住孔云清的胸膛用中国话说："孔老板，这几天街上不安全，就不要出门了。还是想想怎么为我们做点贡献吧！您主动点，我们就少费点劲，在你们中国，这叫先礼后兵。你要明白，现在塔尔巴哈台城谁才是真正的主宰！"

孔云清没有办法，他知道自己出不去了。他们说得没错，整个塔尔巴哈台都在这些败兵的掌控之下，张建业虽有新军，但完全处于劣势，从来不敢正面对抗。

张建业只敢一次一次地给省府发电报，报告塔尔巴哈台日益紧张的局势，得到的回复也只不过是："务严密关注败兵动向""严密关注、严密关注，切切"……

每次发电报，张建业都得派百十个人，荷枪实弹，像是执行重要的战斗任务。其实就是为了确保电报能够发出去！每次都是省府在积极地开展外交协调；每次都是："不许直接对峙，不许火上浇油，不许先开枪……"

张建业气得把电报揉成一个纸团，丢到地板上。

张建业在屋子里穿着皮靴踱来踱去，心情十分懊恼，偏偏刘副官又来报告，前沙俄领事德罗布哲夫前来拜见。

"他来能有什么好事？"张建业对这个苏维埃政权不承认的沙俄领事毫无好感。

刘副官一听："那我把他回了。"

"哎哎——哎，行了，还是让他进来吧，明知是豺狼，也得会一会。"张建业说完，点燃了烟斗。

德罗布哲夫进入张建业巨大的办公室之前，被警卫下了手枪，进入办公室以后，张建业背对着他，腿架在桌子一侧，漫不经心地吞云吐雾。

德罗布哲夫站在房间中间，连续咳嗽两声，张建业不得不转身看了他一眼，然后又把头转回原位，深深地吸了口烟，连一句请坐也没有说。

"直说吧，有什么事？"张建业头也不回地问道。

"张道尹，您倒是挺安稳自在的，可是，您的子民们可没有新军的保护，只怕他们难得有您这么自在吧……"

张建业听出了德罗布哲夫心里的不满，心里真的想给这人一点点教训。一个下台了的领事，还不认命，还在别的国家的地盘上，呼风唤雨、兴风作浪。

此时，德罗布哲夫心里也是一万个不乐意，塔尔巴哈台是他最后的居所，他不愿意放弃。他已经习惯了在这座小城的生活，虽然他也接到了苏俄向境外白俄发布的赦免通告，但他拒绝返回自己的家乡。在新疆省督杨增新的交涉下，他知道那是苏俄特意发布的，他明白那是一条阴险的诡计，用来分裂自己和白俄军队，他给自己的理由是，家乡已经易主，自己无法返乡。德罗布哲夫对扎克斯基说，他自己最喜欢的地方就是塔尔巴哈台，塔尔巴哈台的好他不懂，但不管谁来到塔尔巴哈台这个地方，生活上几年，他就会爱上这个地方。德罗布哲夫说自己知道，自己此生会死在塔尔巴哈台，而不是别的地方。

扎克斯基也许喜欢听他的话，但张建业不喜欢。不但不喜欢，而且非常讨厌：一个亡国的领事居然敢刺杀新政府派驻领事，没逮捕你就已经是给你天大的面子了，还他妈天天在塔尔巴哈台汉城里指手画脚，你以为你是谁呀？你喜欢塔尔巴哈台，你也不问问塔尔巴哈台喜不喜欢你！

但张建业并不能直接表露出来，他只把这些账记在自己的心间，等着将来一起跟这个在塔尔巴哈台横行霸道了十几年的侵略者清算，他相信会有这么一天的，很快。

作为塔尔巴哈台新旧势力的交替，张建业和德罗布哲夫天生敌对，不可调和。二人掰手腕的力量当然取决于背后各自有多少人马，多少条枪。

"我劝你还是趁早收手，别跟着巴奇赤他们一条道走到黑，如果他们有力回天，他们也不可能到这里来。塔尔巴哈台这一片土地，可以收留他，但不会允许他们长期占有，我劝你们要清醒！"张建业义正词严。

"行了，张道尹就别说没用的大话了，满汉两城现在什么情况，不用我细说吧？一万名白俄将士暂驻齐巴拉尕什，但估计已经有千余人潜入满汉两城。是，你张道尹有马有枪，可是你敢跟他们叫板吗？你不敢。这我还真得表扬你，你的选择是对的。你就得认输，就得满足白俄军队提出的要求，这也是你一个道尹的责任，您得为您的子民着想，得让他们活着。"

张建业咬了咬嘴唇,从桌子上拿起烟斗,朝烟斗里装了些烟丝,重新点燃,吸了一口。

"你什么条件?"

"不是我提什么条件,我没有条件,我只是个领事,我只代表我们在这里避难的军队。我们商议过,那么庞大的军队,天寒地冻,无衣无食,真把哥萨克勇士饿得撑不住了,自然会有更多的人拥进更多的城市,那时候肯定不只是塔尔巴哈台、额敏、乌苏、迪化、伊犁……"

"少废话,你到底要什么?"

"我再次重申一遍,不是我,是我们的军……"

"行了,少废话!"张建业有些愤怒,"你们什么条件?"

"张道尹不要沉不住气,要冷静。我方需要接济银票四千万两,用于反攻红军的经费,你筹集到了,算你给我们的资助,我们就离开塔尔巴哈台,永不回来。"

"什么?四千万两!你把我们塔尔巴哈台当金库呢?这么大的数,你也能喊出来,你把我们当冤大头呢?"

德罗布哲夫此时觉得自己由起初的手足无措变成了游刃有余,他在张建业的对面拉了一张椅子,坐了下来:"张道尹,我在这座城待的时间比你长,我比你更知道塔尔巴哈台的潜力。四千万两不是小数,但是塔尔巴哈台可以挤出来。即使伤点儿元气,用不了几年,也就恢复了。"

"如果我不能满足你的条件呢?"

"你会答应的,你不愿意看到塔尔巴哈台陷入混乱,我在领事馆等你的回复。"德罗布哲夫站起来,转身离去,甚至没有征得张建业的同意。

张建业把烟斗在桌腿上磕了磕,脸色仍然没有舒展,又站起来把烟斗扔在了桌子上:"来人,来人,全面搜集白俄败兵这两天的活动情报,随时报我!"

## 11

张建业当然不会给白俄散兵资助大笔资金,他知道那就是肉包子打狗,而且还不是自家的狗,是别处来的狼。他张建业不是脓包,更不是神经病。那一刻,他嗅到了战争的气味。他明白,这些白俄败兵忍不住了,他们要搞事情了。

张建业派出大量士兵,乔装打扮成普通的百姓,开始收集城乡所有关于白俄败兵的信息。

拥进汉城的好多散兵，他们衣衫褴褛，到处胡吃海喝，却又没钱付账，完全不顾自己的形象。他们三个一伙，五个一群，借着酒劲儿，在汉城里抢劫贸易圈各个商家的财物，随意殴打行人。不仅抢中国人的，甚至连乌孜别克族商人仁忠信洋行也抢了一把，据说老板鄂斯满重重地挨了两枪托，躺在床上下不来了。

仁忠信洋行被抢劫的消息，震动是巨大的，对于塔尔巴哈台的中国商户来说，他们确信了自己逃不过捐助的厄运。连高贵的洋行都被抢了呀，他们本就是沙俄时期来塔城的商人，论理应该是他们"自己人"啊！看来，真的是没有一片绿叶能躲得过秋天。

不少中国商户已经开始整理家里的资产，看看能够捐出多少，把多少捐给新军，多少捐给白俄军队。大家一次一次地盘算着，留下来多少才能保住全家的性命。

散兵们还故意放出消息，所有人应该无条件，竭尽自己所能支持白俄军队，谁不支持谁就是坏人，就等着被洗劫吧！

城里到处怨声载道，呼天抢地，不断有门窗、家具被毁坏的声音，不断有人叫骂、哭喊。尤其到了傍晚，这种情况更加严重。

散兵们一次一次地打砸抢，随意闯入一家人家，烤火酗酒，谈天说地，来消耗塔尔巴哈台冬季漫长的夜晚！

"咱们和他们不一样，咱们跟扎克长官在一起，咱们要保护好长官的安全，不能跟那些傻子一样，瞎胡闹。"卷毛翘胡子在傍晚的时候推着文弱卫兵返回了德胜行。

扎克斯基依然弹着手风琴，天将黑的傍晚，他的头发上的汗珠结了冰，挂在头发梢儿。曲调一如既往地高亢，似乎已经弹了好长时间了。

文弱卫兵最懂将军的心思，示意卷毛翘胡子不要打扰将军。拉着他拐进了大门旁的耳房，那本来是阿斯哈尔住的长工房，因为城里的混乱，他们必须防范意外的发生，就把阿斯哈尔三拳两脚撵了出去。房间里稍微有些冷，二人跳上炕拉开炕角的棉被，盖在自己的腿上躺在炕上取暖。

"躺在被窝里多舒服，冬天其实就应该这样过。"卷毛翘胡子一边说话，一边牙齿互相磕碰在一起，发出咯咯咯的响声。

文弱卫兵点燃一盏油灯，屋子里瞬间亮了起来，感觉也暖和了许多。二人紧紧蜷缩在一起，谁也没有说话，静静听着屋外传来的动听的手风琴声。文弱卫兵的眼神里透出对故乡的向往，在心里说：如果没有战争，我也想学弹手风琴，多么奇妙的音乐。

这时，手风琴声停了下来，扎克斯基好像返回了自己的房间。

文弱卫兵的心里突然觉得空落落的。

另一些声响从远处传来，狗叫声，还有难民孩子的哭声，渐渐地狗叫的声音也听不到了。文弱卫兵又听到了卷毛翘胡子的呼噜声。但他睡不着，只好翻身下炕，来到室外，寒气扑面而来。周围已是一片暮色。他眺望着天空，冬夜里的夜空，星星格外明亮，文弱卫兵注视着流星，更感惆怅。

文弱卫兵曾经无比自豪，自己是光荣的哥萨克军中的一员，并且一直以来他都十分珍惜军人的形象。而现在，他觉得这些只是梦幻泡影，自己的队伍也不是什么英勇的哥萨克军，什么都不是，只不过是殴打、抢劫无辜百姓的杀人集团，只不过是见了女人就摸就亲就强奸的低级动物，只不过是一群今天不知道明天死活的丧家之犬。

那天下午，他和卷毛翘胡子亲眼看见自己的战友，冲进哈萨克族、维吾尔族、汉族人的家中，用皮靴踩在人的脑袋上，用刀用棍用枪托肆意发泄着自己心里一切的不痛快。他们见到值钱的东西就抢，见到粮食就拿，战友们极其粗鲁地做着这种令人厌恶的事情，就像是趁人不在家时行窃的贼一样。他们宁可把粮食扔到屋外的雪地里，也不会留下一点点，那是他们赖以生存的东西啊！文弱卫兵看到中国百姓那极度恐惧的神情时，感到十分难受。

当时他的脑子里一片空白，他目光愣愣地注视着战友们对他和卷毛翘胡子示意，叫他俩一道儿去践踏中国人，而他不知道自己该做些什么。现在，他不断涌出的泪水冷却了，他感到浑身无力，他关上了屋子的门，爬回炕上，裹紧被子，逼着自己入睡……

不知道是什么时候，卷毛翘胡子停止了呼噜声，而且，他似乎也发现了文弱卫兵在哭泣。他轻声地说："不用愧疚，这就是军队，这就是战争，能活着就是胜利。让你那软弱可怜的同情心见鬼去吧。去杀两个人，不管他是谁，你迟早得过这关！"

文弱卫兵突然下意识地问了一个冒昧的问题："您有孩子么？"

卷毛翘胡子沉默了很长一段时间后，他说："有很多，但估计这辈子，我再也见不着他们了。"

文弱卫兵叹了一口气："对不起。"

"你肯定没有孩子，你连女人的味道都没有尝过吧，你这个靠手淫度日的死新兵。我哪天如果死了的话，我还有那几个孩子，你呢？你啥也没有。"

文弱卫兵没有反驳，没有说话，他确实什么也没有经历过，如果就这样死在该死的战争里，那他心里也是不甘的。他也真怕倒霉的预言就成了真的。

第二天，传到德胜行一个消息，巴奇赤的那个亲兵在返回齐巴拉尕什的时候，死在了半路。巴奇赤带信过来，让扎克斯基查查，那天在塔尔巴哈台城到底吃了什么？

卷毛翘胡子和文弱卫兵心里一阵子纠结，挖空心思地回想那天的每一个细节，仍然没有弄明白到底是哪里出了问题。最终不得不把裕生堂吴鸣璋叫来，吴鸣璋也没有问别的，只问那天都吃了什么。

文弱卫兵说吃了四个馕一个羊腿，羊汤和奶茶就一直喝，然后就走了。走的时候很高兴，说是好久没吃过这么饱的饭了。

吴鸣璋慢条斯理地告诉他们，别查了，那肯定是馕和肉吃多了，肉汤一灌，肚子里一胀，加上长途奔波，撑胀死了。

扎克斯基听完认为有道理，没有怪罪吴鸣璋，转头回去，架起手风琴弹了一曲……

战争的洪流席卷着这一片地域，扎克斯基的琴声悲哀感伤。文弱卫兵的心里咯噔一颤，他感到前所未有的失落，最终汇集成一种恐惧。

哥萨克士兵在汉城里的烧杀抢掠并没有使这些士兵获得胜利者的自豪感。相反有些战士对自己的行为深深不安，他们为自己面对哭泣与央求却无动于衷，扒下妇女的衣服，用枪托棍棒把老人与孩子打得面目全非而内疚。

他们的目的，不过是夺取他们仅有的粮食。打老人和孩子只不过是为了给他们造成心理的压力，让他们产生恐惧。官兵之间，战友之间互相攀比着作恶，以谁更狠更无耻为能事……

扎克斯基第二天给德罗布哲夫布置了任务，让他发动人员对所有拥进塔尔巴哈台城里的白俄败兵展开心理引导，德罗布哲夫重新把红军剿杀白俄军队的惨烈故事印成宣传单，鼓动白俄败兵的复仇情绪。对整个部队灌输，白俄军队战败以后，官兵们的家人妻子正在被监视、被奴役。给所有进入塔尔巴哈台的白俄军人讲述搜集财物，全是为了将来作战做准备，要他们一定不能心慈手软，成为将来战争的罪人！

不仅仅是城里，齐巴拉尕什附近的乡村，也一样经受了打劫。白俄骑兵将他们奄奄一息的驽马换成牧民的马匹，把当地牧民的羊群赶进了驻地，当着牧民的面把牛羊宰杀，大快朵颐。

当地的牧民农民当然不服，纷纷聚集到齐巴拉尕什讨要说法。他们急于一泄心头怨愤，口无遮拦地詈骂白俄部队的长官，悲叹自己可怜的牲畜的命运。他们满心希望，自己好心好意收留的这帮子无家可归的败兵，会认识到自己的错误，把抢去的牛马牲畜归还他们，如果实在还不够数，就算他们请客了，毕竟这些败兵流落到这里也不容易。

他们哪里能想到，巴奇赤将军对那些白俄败兵下了命令："我们这里是军营，把我们这里当什么呀？一定要狠狠地教训一下这些人，让他们认清什么是白俄军队！"

聚集讨个说法的人群，被从不同方向冲出来的士兵一顿暴打，撵得漫山遍野四处逃窜。甚至还冲出来一支骑兵，手里的马刀换成了木棍，那木棍挥下来的时候，正好打着人的脑袋。即使你全速奔跑，也无法跑得过战马，几乎所有的人身上都是血迹。整个山谷到处可以看见倒在草原上的人体！

而那迅捷如风的骑兵早已不见了踪影。

前去讨要说法的农牧民的家属亲人们，怎么也不会想到自己家的顶梁柱竟会遇到如同战场上的血腥与凄惨，他们的残肢断臂，他们的鲜血喷涌而出，这种凄惨的景象暴露在自己眼前的时候，他们觉得天旋地转……

张建业把后槽牙咬得咯咯响，一拳擂到桌子上，满脸愤怒的表情。他在内心里提醒自己，稳住稳住，不要让情绪左右自己。他把刘副官叫了进来，让刘副官带人去找德罗布哲夫传话，说自己同意了，给他们筹粮筹军需筹经费，请他们不要在塔尔巴哈台打人抢劫了。

刘副官带着怀疑的目光："长官，不会是缓兵之计吧？"

张建业瞪了刘副官一眼："快去传话，回来就开始筹钱筹粮！"

刘副官看张建业一脸严肃，也不敢多问。急忙出了道尹府去领事馆传话，结果德罗布哲夫并不把张建业的话当回事，话虽不冲，但气焰嚣张。他说他可以把消息传给巴奇赤将军，但是指挥大军的权力归巴奇赤将军，他自己只是个领事，只负责筹集钱粮军需。

刘副官明白从德罗布哲夫这里，肯定得不到什么好结果，就离开了领事馆，他甚至感觉到德罗布哲夫有点幸灾乐祸。这让刘副官有点恼怒，一个政府都倒了台的领事，你到底能代表谁发声？还逼得我去搜刮百姓。

然而，张建业多次严肃地发出命令，筹措钱粮必须是认真的，不是应付白俄军队,自古军中无戏言!有了长官的命令,军队搜刮百姓的力度空前,一点儿不比白俄败兵差,引起了满汉两城的到处谩骂,怨声载道。唯一不同的是新军只对钱粮感兴趣,并不冲着人下手,塔尔巴哈台的人们暂时不再有性命之忧。

张建业的新军大量参与到筹集粮饷的行动中,还真的是对白俄败军伤害百姓的一个缓冲,白俄军队倒乐意看到中国的军队替他效劳,心里得到了一种满足感。

德胜行因为有扎克斯基的入驻,一直算得上是这一次兵灾之外的吉祥福地。没有官兵敢去叨扰,显得相对安宁,但突然间这一切结束了。

扎克斯基弹完手风琴之后,鬼使神差地掀开了孔淑慎的棉门帘。那一刻,孔云清不知从哪里赶了过来,横在扎克斯基的面前。

"长官长官,早饭就要好了,我叫人给您打水,咱们洗洗脸吃饭吧!"

扎克斯基看了一眼孔云清:"你去准备早饭就好啊,我们也住不了几天了。我们一走,你就轻松了。"

"是是是……噢,不不不,长官不能这么说,话不是这么说的,你看,你们住在我们家,外边乱糟糟的,但我们家还是挺好的。没人来作乱,因为他们不敢犯上……"孔云清说话结结巴巴的,甚至有点语无伦次。

但扎克斯基似乎并不生气,反而脸上浮现出一股淡淡的冷笑。孔云清趁机把自己的身子挤到扎克斯基和屋子门的中间。

那一刻,孔淑慎就站在屋子里,心都提到了嗓子眼儿,她睁大眼睛,目不转睛地注视着屋子门。她的内心极其复杂,她的手里攥紧一方丝帕,握成拳头,撑在脸颊旁,又似一片茫然,不知道该怎么样才好。

这时,文弱卫兵从大门口跑了过来,他看了一眼孔云清,然后对扎克斯基说:"长官,有重要的事情要汇报。"

扎克斯基点了点头,并做了一个暂停的手势。

"给我们准备食物,准备钱粮。你孔老板也是经历过事情的人,不用我说,拿钱买平安的事,你懂!那就请认真对待。"扎克斯基拍了拍孔云清,然后又指了指他身后的这扇房门。

他随意地一指,便把孔云清的心戳到了指尖,孔大老板的心都随着那手指颤悠。

偏偏道尹府又差人到德胜行来传孔云清,也说是有要事相商。孔云清就有些头痛,张道尹能跟自己商量什么要事?无非是让自己出钱出力,战争越来越近。无论扎克斯基还是张建业,他们都是要刮地皮、割韭菜的。而德胜行指定是逃不脱的,这点他孔云清早有心理准备，他谋划的是这次仗打完之后，自己的捐助就像是投资，不管怎么样被搜刮走的金钱，那可都是德胜行拿出去的真金白银，总得在未来的某一天赚回来。孔云清心里想，自己可是天津的杨柳青，正经八百的生意人。

既然是道尹府请，自己无论如何也是要去走一遭的，也应该去一趟，有助于自己判断形势。孔云清和整个塔尔巴哈台被祸害了的各族人民一样，对张建业团长的新军有那么一点点失望。

那个气场十足的张团长，起初的几板斧抡过以后，就寂寥无声了，除了给省府发电报，和跟苏俄外交协调，就没办过一件有血性的事。反倒任由白俄的散兵把塔尔巴哈台城弄得鸡飞狗跳！

孔云清离开德胜行的时候，眼神在孔淑慎的屋门上做了片刻停留。他一直担心孔淑慎，他孔云清一直把这个女儿视为掌上明珠，他出了大门，又返了回来，对阿斯哈尔交代，一定要保护好大小姐的安全。

阿斯哈尔点点头答应，眼神异常地坚定。

面对白俄败兵的疯狂作乱，张建业当然不会坐以待毙。他也在下着自己的棋。张建业那几天当然没有闲着，他在整个塔尔巴哈台城乡，布下了一张巨大的网络，他通过这张网络获得情报，也通过这张网络发布消息。

牛道全、牛玉关在边境之地发动民团，揣着爱国护家的情怀，当然能动员几乎所有的农牧民。齐巴拉尕什受到殴打的农牧民的遭遇迅速在塔尔巴哈台四处传播。而这只是开始，时不时就会有白俄散兵在草原上抢掠打人的事件发生。

草原上游牧民族特有的部落裙带关系使整个草原对白俄敌对的情绪四处蔓延。大家无法直接对抗大量的白俄部队，却愿意给民团、给新军提供一切关于白俄军队的情报。

对于这一点，张建业是满意的，甚至是意外的。牛玉关通过新军把白俄军队的行动信息准确地传输给道尹府的时候，张建业感到有几分兴奋。那时候，他正愁着怎么化解眼前的危机呢，恰好省府来了电报。看完电报，张建业计上心来。

## 12

省府电报明示：苏俄政府愿意接收白俄进入塔尔巴哈台的官兵和难民。只要愿意返回家乡，无重大问题，放下武器，一律无罪，可以回家与亲人团聚，重新生活。

张建业迅速召集人马，他要把这个信息用最快的速度传递给塔尔巴哈台所有的店铺、人家，所有的山脉、草原。他说要让每一个到毡房抢劫的白俄散兵第一眼就能看到这个传单，知道这个消息！

张建业找孔云清前去谈事，就是要让他组织人手，把这消息翻译成不同民族的文字，配上图画，到处分发。

劝返白俄官兵回国的消息迅速传开，的确动摇了白俄败兵的军心。他们已经化整为零，四处作乱，这时思乡回家的情绪被点燃，再也无法抑制。

陆续有官兵停下抢掠，偷偷走入满城设立的收容点，做好回国的准备。

巴奇赤将军被这一把软刀子捅得元气大伤，大为光火。扎克斯基一样没有想到，被派出去筹集钱粮的官兵，大量减员。这让白俄军队的头头们大吃一惊。再这样下去，部队都散了，还怎么去跟红军打仗。

回国回家的情绪被渲染到极致，连贸易圈从前富裕的洋商们，也纷纷关门歇业，他们也在四处打听，返回苏俄是怎样的境况。经商是需要一个稳定的环境的，总处在战争边缘，当然不是生意人乐意看见的局面。

这些洋商当年到塔尔巴哈台是因为这个地方能给自己提供做生意的便利，随着苏俄政权的建立，那些优势便永远地失去了。他们面前的道路有两条，要么返回自己的国家，要么将来加入中国。他们打听过，返回苏俄，据说是要被"清算"的。在中国经营了数十年，生活习惯了，人脉圈子也都在这里，即使今后再赚不着什么钱，靠着早些年的积累，他们也是这里的名门大户，生活无忧。他们从心底里虽然羡慕这些走入收容点的士兵，可以踏上返乡的归途，但对于自己，是永远不可能了。

对于这些变化，吴鸣璋看得真切，他很高兴。他自己跑到德胜行去讨碗奶茶喝。孔云清那时心情非常糟糕，哪里还有陪老朋友喝奶茶的心情。

吴鸣璋小声告诉孔云清，白俄败军气数已尽，不会有太长的日子了，要撑下去，撑过去就好了。奶茶只喝了两碗，吴鸣璋说眼下时局乱，不是喝茶聊天的时候，就是互相通个气。好在自己是郎中，白俄那些人也是需要看病的。虽然他们不怎么相信中医，有时候也抱着"死马当活马医"的态度，请自己去，给得病的人最后一点儿心理安慰，行动相对自由些。临走的时候，吴鸣璋对孔云清说不要跟白俄军队硬顶，也不要全部答应，多采用拖、磨的伎俩，慢慢熬长夜，慢慢等黎明。

孔云清不断点头，临出门的时候吴鸣璋回头看着孔云清，小声对他说："你聪明一世，为什么没把孔淑慎送牛家去呀？真是糊涂！"

孔云清听着吴鸣璋的话，心里咯噔一紧，仿佛被什么东西把心给拧了一下。自己可能能撑过这次兵灾，可是女儿呢？

那阵子，每天晚上老婆都趴在孔云清的怀里哭，一拳一拳擂在孔云清的肩头，老婆不让孔淑慎出自己的屋子，总是趁没人的时候，把饭送进去。有天晚上孔淑慎趁夜要出屋子，把屎尿倒掉。被母亲接过去，并在她的大腿上狠狠地掐了一把。然后，母亲端着木马桶，一直穿过大院，在那流淌的小河里，趁着夜色把马桶涮了个干净。

德胜行的女主人不知道，那天晚上，她涮马桶的事被扎克斯基尽收眼底。扎克斯基天天纠结于军队的减员，眼看大势已去，哪里还能睡得着觉。但他没有从身后跟上去吓德胜行的女主人，他觉得没有必要，这些事和自己要做的大事相比，不值一提，为了大局，他一遍遍提醒自己，一定要稳住。

可他已经稳不住了。第二天，卷毛翘胡子报告张建业已经要组织人马护送那些放下武器的官兵和难民从巴克图口岸回国了。

扎克斯基十分懊恼，他不得不面对一个事实，一个执政的团长能够调动的资源远远比自己强，甚至比巴奇赤将军都强。扎克斯基担心如果这些人真的回国被新政权妥善地安置了，有了基本的生活，消息再传回来，那么，剩下的部队估计就散掉了。不是每一个士兵都是骑士。

扎克斯基觉得不能等了，不能再等那遥远的日本国的援助，不能再等什么天赐的战争良机。得尽快行动，眼下已经是公历四月天气了，雪已经开始大面积融化了，大地雪消回春的时候，中国政府就会让白俄军队去种地，去放牧，扎克斯基受不了这份侮辱。他希望早点儿发生战争，哪怕自己光荣地战死，也比现在这样好。

为了盼望这场战争的到来，扎克斯基居然急得口腔舌头都起了厚厚的泡。

好在几天后的一个早晨，德罗布哲夫亲自跑到德胜行，对扎克斯基说，另一支白俄军队——诺为阔夫率领的两千余名白卫军也败退到中俄边境。

这绝对是一条令扎克斯基振奋的消息。德罗布哲夫告诉他："诺为阔夫不在苇塘子，而是塔城北山口。"

扎克斯基立即安排人员盯着张建业新军的动向。

果然，张建业率骑兵三个营及部分蒙古、哈萨克族民团骑兵沿北山一带布防截堵。

尽管张建业一直强调，此次军事行动要保守秘密，但事实上根本无法做到，如此大规模的排兵布阵，不日整个塔尔巴哈台尽人皆知。

巴奇赤给扎克斯基带信，他认为发动战争的时机成熟了。即使不能打回俄国，也要在塔尔巴哈台，或者更大的地域范围建立一个反苏基地。他认为这是白俄军队最后的机会了。

满汉两城显得更加混乱不堪。各族百姓无所适从，原先贸易圈的洋商洋行也不能幸免。几支不同的军队备战，一次一次地进行搜刮、洗劫。

扎克斯基派人化装成当地牧民，绕过国境线，为诺为阔夫引路，明修栈道，暗度陈仓。让他们沿着国界一直绕到塔城南面的巴尔鲁克山区。张建业手上就那么多人手，根本无法在塔尔巴哈台漫长的边防线上全部设防。诺为阔夫见这里守军极少，拒缴武器，强行入境，奔袭额敏县城，剿了县城的武器、枪械，便与巴奇赤会合，白俄的兵力再次接近万人。

有了诺为阔夫的加入和支持，一度沉寂的巴奇赤像打足了气的皮球，一下子又嚣张起来。两支军队从齐巴拉尔什开拔，准备挺进塔城，抗拒苏俄政府召其回国的命令。

巴奇赤再也不想错过这次机会了，吩咐部下去挖埋在边界的武器，准备大干一场。

他们不知道，他们埋的枪支弹药已经被张建业的新军和牛玉关的民团提前悉数挖光。

边境埋枪的信息是牛大脚报告的。几个孩子从汉城里离开，便没有人再教之乎者也那一套，便放飞了自我，融进了天地自然，每天从白玩到黑。巴克图虽然地处国界，但最危险的地带偶尔也最安全。

红军、白军、新军都在刻意回避，尽量不到这一片地域来。这一带边境，在那个冬天竟成了相对安宁的无兵区。

但牛道全知道，这是表象，是暂时的，危险无处不在。牛道全老是督促牛玉关抽出时间组织这些牧民进行操练，总是拿着皮鞭，对那些不愿意操练的青年抽打。牛道全常在队伍的面前大声说："你们和老家的农民不一样，你在国界的边上，随时有可能会有刀砍过来，会有子弹射过来。你们必须得操练，今天你烦我、恨我，到时候，你能保命，能带给你家人平安！"

孩子们对民团的操练很感兴趣，常常远远地眺望。看他们的马术、射术，觉得比上私塾有趣得多。

牛大脚想想自己连马都骑不好，老是输给努尔别克，她心里就不服，自己可是牛把总的女儿啊。

那阵子牛大脚整日与民兵们习武射箭，牛玉芹却对此极为不屑，对其他的同伴说："一个姑娘家跟个野孩子似的，哪儿有个小姐的样子？二转子嘛，洋毛鬼。"

然而孔淑仪和努尔别克都不认同牛玉芹的看法，他俩认为骑马射箭很好玩。而且，在课堂上从来找不到自信的努尔别克，这时候竟成为样样精通的师傅，他对牛大脚和孔淑仪悉心指导，让她俩的骑术日渐精进，努尔别克也自豪感爆棚，天天洋溢着一张笑脸。牛玉芹反倒显得孤独了，但她又做不到吴诗然那种与生俱来的高冷。

一天，牛大脚对喝了酒的牛道全发问："爸爸，现在练武还有用吗？人家白俄军队都用枪，离那么远，什么也看不到，人就倒到地上了。都来不及射箭，骑马也冲不过去。"

牛道全抬起眼睛，看看牛大脚："丫头，枪，枪当然是好东西，你老爹也有啊！有你见过最好的枪，和老毛子兵使的一样的长枪！但是，骑马射箭格斗强身的功夫也一定是要有的，没有枪的时候，你怎么办，枪里子弹打完之后，你怎么办？"

牛大脚突发奇想，提出想看看父亲的枪，牛道全看看牛大脚："你这么小的年纪，你能看懂个啥？"

怎奈随后的几天，牛大脚一直都不依不饶，老是缠着牛道全说："爸爸骗人，没有枪还骗人。"

"枪可以看，可以摸，但不能给任何人说。"牛道全把牛大脚抱在胸前，双腿一夹，那匹黑马便朝山坡上奔去！边界之地的农家牧户，住得十分分散，牛大脚一向嘴巴很紧，这点牛道全了解，所以他并不担心走漏风声。

枪那么大、那么长、那么沉，又那么光滑……牛大脚觉得很新奇，说不出来是什么感觉。从来没有见到这样的东西，她手摸着枪管、枪身上的金属，眼睛里流露出羡慕的目光。那时，牛大脚年龄还小，她判断不了枪的好坏，也不懂得做工精细是什么概念，只是心里有种奇怪的感觉，但她说不出来是什么感觉。

牛道全摸出酒葫芦，喝了一口说："也许我不该让你看枪，你一个姑娘家看这种凶器干吗？"

牛大脚不说话，也不知道该说什么，她在汉城里见过哥萨克士兵拿着枪，也见过新军士兵拿过枪，但都是远远地看一眼，对枪没有什么深刻的印象。现在，她手上的枪是新的，反射着淡淡的光芒，若有若无，又好像自带寒气。

"爸，这枪是从哪儿弄来的？"

牛道全说："枪是我自己捡的，他们把枪种到咱家的地里，我就捡回来了！"

"他们把枪种咱家地里，什么时候收呢？"

"宝贝真乖！"牛道全笑着伸手摸摸牛大脚头上的小辫儿，"是啊，咱家的地最肥，种啥收啥，爸爸从自己家地里收东西，就是没有收完……"

牛道全事后也曾几次再去那块地，武器全部没有了，很显然被转移了。牛道全心里一直有个疙瘩：那些枪炮转移到哪里去了呢？

牛道全领着牛大脚出了地窝子，天地雪原，沿国界起伏的山脉，地域广阔，一望无边。牛道全觉得他和牛大脚就像是两只蚂蚁，而那些武器更像是白俄军队在大地下留的蚂蚁卵，不定哪一天，就会生长成罪恶。

城市里的雪化得尤其快，除了巷子里的泥水，几乎没有大片的积雪了。塔尔巴哈台郊外山地、平原的乡野还白茫茫的，偶尔露出几片大地的肌肤。因为是大片的戈壁，雪自然消融后，没有太深的泥泞，几乎可以自如行走。

牛道全没有想到，牛大脚留意了他随口说的那些话。返回后给哥哥牛玉关说，让他留意牛家种的三大块田地，看看哪块地里有老毛子士兵。她还告诉牛玉关，查看自家田地的时候，一定要小心，别被人发现。

牛玉关哈哈哈地笑，也像牛道全一样摸了摸牛大脚的头，他很喜欢这个二转子妹妹，觉得她直爽、可爱。

牛大脚便对哥哥强调："你别把我给你说的不当一回事，告诉你，这是天大的事，哪块地里有戴着硬檐帽的老毛子兵经常去，哪块地里就一定有大宝贝！"

说完，牛大脚踩着牛玉关的手，牛玉关也托着妹妹的脚，助她翻身上马，骑马去找那几个小伙伴玩去了。

牛玉关拍了拍手，冰天雪地的，能有什么宝贝呀？可是如果没有宝贝，那么毛子兵为什么要去自家田里呢？难道等下个月，雪融化了，把自己家的田要走耕种？眼红自己家地肥收成好，这就提前下手了？

牛玉关越想越气，这些老毛子，真是的，在城里抢生意，在乡野抢牲畜，现在连我家自己开垦养熟的地都要抢？真是没个穷尽啊！

牛玉关虽然不相信自家地里有宝贝的鬼话，但觉得有必要到地里看一看，万一妹妹是冥冥之中神仙相助，借妹妹的嘴带个话呢！可不能错过了。

牛玉关在训练的空隙里时不时便往自家田地附近去跑一趟，结果还真碰上了怪事。他在接近国界旁那块地的时候，远远地看见一缕孤烟。便翻身下马，慢慢贴了上去。不远处，几个毛子兵扎着帐篷，点着篝火，烤着肉。不知为何争吵了起来，而且越吵越凶。老远就能听见，但听不清说的是什么，牛玉关怪自己没把老毛子话学好。

牛玉关这时想起妹妹的话，越发觉得背后有神相助，便伏身藏在一个石头后面，留意着对面的一举一动。不一会儿，那些吵架的毛子兵开枪了，到底是在打猎，还是在干吗？牛玉关也没有看清楚。

牛玉关悄悄从那块巨石后露出半张脸，数了数一共三个帐篷，然后他背靠着石头坐了下来。

牛玉关想不明白，这么冷的天，在自家大田旁扎三个帐篷，是什么意思啊？难道自己家田里真的有宝贝？

牛玉关不敢打草惊蛇，悄悄地挪走自己的身体，撤回训练场去了。随后的几天里，牛玉关天天纠结着这件事，本来想给父亲牛道全说，可是那几日牛道全忙着给牧民们发苏俄政府劝白俄官兵回国返乡的传单，忙着与草原上各个不同的部落合纵连横，以便形成整体的战力，牛道全说齐巴拉尔什血案给塔尔巴哈台草原重创，也让草原各部意识到团结协同的重要。牛道全对儿子强调，机会不容错过，一定要让塔尔巴哈台草原的各民族兄弟拧成一股绳，才能取得胜利。他劝牛玉关要尽快能独当一面。

父亲没有时间听自己的想法，牛玉关便把相关的情况报告给了新军的刘副官，刘副官当然不敢怠慢，立即呈报给了张建业。张建业思谋良久，觉得情况不正常，但不知道到底有什么情况。只好命令将周围设防，把那一带地域完全掌控。

恰好，牛道全派去的人见有人烟，便纵马去发传单，不料败兵们拒绝人员靠近，马上的牧民本就喝得半醉，根本没当回事，继续向前走，结果枪响了，两人稀里糊涂被射杀于马下。

人被打死了，传单散落了一地，那些败兵把传单拿回帐篷，再次引起了强烈的争吵，一些士兵实在不愿意再挨冻了，他们要回家！

年轻气盛的牛玉关得到消息，暴怒，没得到张建业的命令，便直接带着民团，拎着牛家的老式火枪向三个帐篷进攻。

毛子兵也许还沉浸在自己分裂的争斗当中。牛玉关带的人已经开始冲锋，边冲边喊话："放下武器，反抗必杀！"

厌战的那几个毛子兵从帐篷里走出来，扔掉手中的枪，高举双手站立。

随后几个举着枪的士兵，枪管竟被自己人给挡住。犹豫之间，彪悍的牧民已经冲到跟前，眼见没有胜利的希望，只好放下枪支，站起身来。

这些哥萨克士兵再也不用住帐篷，点篝火，再也不用跟狼斗、跟熊斗了。不管他们是否愿意，他们加入了一起返回俄国的人流中，踏上了返回家乡的归途。那些埋在大田里用布包裹着的枪炮，被张建业的新军和民团一点一点挖出来，而俄国败兵们也没有一点点心疼。转瞬之间，他们看护武器的神圣使命，已经和自己毫无关系！

挖出那些枪炮，是一次巨大的胜利，张建业兴奋到了极点，他知道这是他到塔尔巴哈台任职以来第一次伟大的胜利。

扎克斯基恼火自己带了这么些士兵，情报居然还是滞后，不但没有看护住那些用被褥、旗子包裹的枪炮，竟然连张建业一夜之间把四千白俄官兵和民众无声无息地转移到巴克图都没有发现。

## 13

四月份的最后两天，巴克图这条道又热闹了起来。

新军派出了一个营的兵力，荷枪实弹，三步一岗，站立于道路的两侧，护送着四千五百多名白俄官兵回国，随着白俄士兵回国的还有一部分难民。在国界，苏俄和中国双方做了交接。

张建业把这些消息电告给省府，省督杨增新大加褒奖，并提醒张建业保持冷静，沉着应对防区内的白俄败兵势力，提防其兵合一处，伺机作乱。令他尽量避免正面交战，以瓦解敌军斗志为上策！

张建业没有报告在国界附近缴获了大量武器的事。他和牛道全一样，都把这个胜利深深地埋在心中，尽力封锁了消息。

年轻的牛玉关给父亲绘声绘色地讲自己如何带领民团以迅雷不及掩耳之势，把那三个帐篷里的老毛子兵逼得缴枪投降。他陶醉在回味民团勇猛表现的情绪之中，而牛道全面色平静，没有任何表情，只淡淡地回了一句："他们冻木了呗！"说到在田里挖出了大量枪支武器的时候，牛道全立即转过身来。说到那些枪炮全部被新军收走的时候，牛道全的脸色便阴沉下来："你就没有留点儿？"

"没有啊，咱们是百姓，怎么好留缴获的武器？"牛玉关显得有点儿无奈，"刘副官说新军严重缺武器，士兵们更需要好枪好炮，我想想也是……"

啪！一声脆响，牛道全一巴掌结结实实打在了儿子的脸上。

"他们需要好枪好炮,咱们就不需要吗?他们拍拍屁股就能开拔到别处,咱们呢?咱们永远在边境最前沿,永远在第一线,"牛道全脸色已经铁青,浑身发抖,"自己家地里的东西,连口粮都不留就全部上交了,你连个好农民都不是!"

牛玉关兴致勃勃的战况汇报就这样被打停了,但他仍不能深刻理解父亲的心,只用手捂着脸,默不作声地发呆!

牛道全走出屋子,翻身上马,奔向自家那片土地,被挖走枪炮的地里有一个巨大的坑,到处乱七八糟。牛道全叹了口气,蹲在地头,掏出烟斗,点了一锅子烟吸了起来!

从齐巴拉尕什出发的白俄军队挺进铁列克特的时候,天已经全黑,人困马乏,只好就地休息,这时传来新军已经把边界深埋的武器全部挖走的消息,瞬间引爆了临时搭建的指挥所。

巴奇赤听到报告,立即从凳子上站了起来,手里的叉子掉到了地上,吃饭的心思瞬间就没有了。他双眼圆睁,喘气的频率突然加快变粗。仿佛官渡之战中袁绍被曹操烧了乌巢的粮仓,一时惊慌失措,全无主意!甚至不知道怎么给诺为阔夫交代。

大家都指望着挖出枪炮来真刀真枪地大干一场呢!即使对抗不了苏俄红军,至少在新疆能成为无敌之师。可现在……

武器没了,就像是老虎被拔了牙齿。先前巴奇赤无比骄傲,刚愎自用,虽是败军之将,但从未把张建业的新军当作对手,他的对手只是红军。对于塔尔巴哈台的新军,他只是蔑视鄙夷,从牙缝中挤出一句:"中国军队也能叫军队?"

现在,武器被挖,后路被抄,军心动摇,内部分裂,自己的人马一天天减少,形势异常严峻。

消息当然是瞒不住的,诺为阔夫更是大为光火,指着巴奇赤愤怒斥责,甚至把汤勺丢到他的身上。眼前这个人作为一个将军,未来与红军恶战的最高指挥官,武器武器看不住,士兵士兵也笼不住。他确定眼前这个人就是头蠢猪,还怎么指望兵合一处,建立一个跟红军对抗的基地。

巴奇赤虽然也气愤、恼怒,但他沉默着不再作声。武器没了,就相当于被缴了械,一群士兵没了枪,就不再是军队了,变成了真正的难民。

巴奇赤沉默了,诺为阔夫恢复了吃饭的流程,但显然饭菜的味道顿时变差了,他一边往自己肥厚的嘴里塞着食物,一边表情渐渐痛苦,越来越痛苦,最后索性站起身来把临时搭建的饭桌子掀翻在地。所有吃饭的人全部站了起来,有的盯着撒在地上的饭菜，吞咽着唾沫……

新军挖走枪械武器的消息当然也会传到扎克斯基的耳朵里，但他的表情没有什么明显的变化。他很平静，依旧优雅地吃着饭，一点也没有停下来的意思。身边的那俩卫兵一直盯着他，担心他有什么心理变化，但实在是多虑了。

吃完饭，扎克斯基让卷毛翘胡子把自己的手风琴拿来，然后，对那两个卫兵说："今天，你们不用陪我了，你们去做你们想做的任何事吧。"

二人看着扎克斯基，扎克斯基对他们说："不用担心我，我有手枪。"

二人相互交换了眼神，真的转身走了。

孔云清看到两个卫兵从德胜行离开，觉得自己也应当出去一趟，得去查看自己制作的半截子车辆，一定得藏好。他知道行军的辎重也是迫切需要车辆运送的，自家的车辆万万不能落到白俄败军的手中。那样，自己的辛苦就全白费了。孔云清快步走去，一路上还盼着这仗能快点打，这倒霉的日子早一点过去，大家都能过上平静的生活。

孔云清记得那天，天空阴沉沉的，像是想下雨或者下雪，但终究什么也没有下。整个塔尔巴哈台尤其是汉城，在那几天里，一直都是气氛阴森。所有的中国人，都想方设法尽量减少户外的活动，人们更愿意躲在自己院里或者家里的某个角落，傻傻地坐着，一声不吭。

孔云清没有想到的是，那两个卫兵走出院门后，一直讨论该不该抛下长官离去，渐渐变成了争执，最后，他们决定可以到汉城的大街上，到各个商铺里要要，但应该返回德胜行把能威胁到扎克斯基的麻烦解除了。

于是，他们又返回了德胜行，在院子里转了一圈，又穿过院子，看到了高大健壮的阿斯哈尔正蹲在地上给一头牛挤奶。

卷毛翘胡子给文弱卫兵使了个眼色，随后目露凶光，拉了一把文弱卫兵，朝阿斯哈尔的背后走去。

阿斯哈尔感觉到身后的动静，转过身来看了看，觉得这二人表情奇怪，便连说两句："森迭儿海别实森迭儿，森迭儿海别实森迭儿（你们要干吗）？"

卷毛翘胡子没有说话，一步跨向前，右手从阿斯哈尔的脖子里穿过去，腰腿一拧站在了阿斯哈尔背后，胳膊肘死死地勒着他的脖子。

阿斯哈尔心里一慌，松开了母牛的奶头，急忙扣着卷毛翘胡子的手臂。一边翻着白眼，一边本能地挣扎。那个盛牛奶的桶被脚踢翻，刚挤的牛奶洒了一地，那是给扎克斯基熬奶茶用的新鲜牛奶。

卷毛翘胡子的手臂被抠破了皮，鲜血流了下来。但卷毛翘胡子不敢松劲儿，并对文弱卫兵低声恶狠狠地喊道："你是死的吗？快动手呀！"

文弱卫兵一脸惊讶，回过神来，从屁股后面摸出一把枪刺，双手颤抖着，端起刺刀，脸色煞白。

卷毛翘胡子喘着粗气，丝毫不敢松手，目光恶狠狠地瞪着文弱卫兵："刺呀！你他妈的是死的吗？打仗的时候也这样吗？"

文弱卫兵闭上眼睛，把枪刺直直扎进去，拔出来，再扎进去，再拔出来，阿斯哈尔身上的鲜血喷了文弱卫兵一脸。阿斯哈尔挣扎的力度渐渐变小，头歪在了一边，圆睁的双眼，望着院里方向，张着的嘴嚅动着，很小的声音喊了一句："小姐！"

文弱卫兵全然不顾，只是不停地捅不停地扎，直到阿斯哈尔的双臂从卷毛翘胡子的胳膊上掉落下来。

"你杀个人，能把我吓死，"卷毛翘胡子松开了阿斯哈尔，摸摸自己被阿斯哈尔抓破的手臂，对文弱卫兵说，"来，抬到河边扔掉，你也把脸洗洗。"

卷毛翘胡子说这事的时候轻描淡写，而文弱卫兵还坐在地上发呆发抖。

卷毛翘胡子用力拍了拍他的脸，文弱卫兵慢慢恢复了正常，却已经全无了主见，六神无主地抬着阿斯哈尔健壮的尸体，只是到河边那么一点距离，二人却走得十分艰难，累得满头大汗。

河水冒着汽，不是很凉，文弱卫兵洗了洗脸。卷毛翘胡子拍拍他："走吧，以后慢慢就会习惯了。"

二人穿过院子走出德胜行，在大街上放眼四处，他们在选择下一个倒霉的庭院……

街上嘈杂的声音不断传来。一会儿有人快速跑过的声音，一会儿又陷入片刻的宁静，因为这宁静又反衬着所有的声音那么让人难受。偶尔听到了军靴的声音，遥远的地方似乎隐隐约约传来战斗的声音。有时又传来女人撕心裂肺的叫喊和孩子的哭声……有时能听到远处的狗叫声，也有时能听到好像是一种将生命从这个世界上屠杀掉的声音，可能是动物的，也可能是人的。

扎克斯基在德胜行的大院里奏响手风琴，动听的曲子再次传了出来，飘荡在这个大院的上空。扎克斯基站立的位置越来越靠近那间屋子，那间他从来没有撩开门帘进去的孔家大小姐孔淑慎的屋子。

只是这一天，扎克斯基要进入这间屋子了。一曲激昂的曲子弹完，扎克斯基放下了手风琴，再次撩开了孔家大小姐孔淑慎的闺房上悬挂的棉帘。

扎克斯基把手伸到门环上，拍了三下，然后下坠的手直接开始整理自己的衣服。

门始终没有一点响动。扎克斯基也不再敲门环了，他把脸靠近门一点距离，用夹生的汉语说："行了，我知道你在里面，这么些天了，你都没出来，会不会憋坏了？"

半晌过后，仍无动静。

扎克斯基继续说道："开门吧，你也知道，这门是挡不住我的。"

屋子仍然没有动静，四周围一片寂静。

"雪要化了，冬天就要过去了，我也要走了。我也许会死，不，不，不是也许，是肯定。我们进入这城里的白俄将士大部分都会死。我死了，就没人给你拉琴了，"扎克斯基皱了皱眉头，他坚信屋子里有人，"你要是见到了我的尸体，请你把这琴埋在我的身旁，我还给你拉。当然，你怎么会见得到我死在哪里呢？在我生命最后的时间里，你是我最认真的听众！"

门依然没有开，但是里面有了声响。

扎克斯基嘴角露出一丝丝笑容，然后又恢复了严肃，他瞪着眼睛试图从门缝里看到屋里的情况，但是什么也看不到。

扎克斯基琢磨着，这大小姐在屋子里干吗呢？他猜不到，但他觉得有动静就好。

门开了，孔家小姐站在门口，端着一个木盆递给扎克斯基，扎克斯基没有想到的是，她的头上盖了一个红盖头。

扎克斯基伸手打算揭开孔淑慎的盖头，但被她喝止："别揭别揭，给我打盆水，到河里打盆水，让我洗洗脸。"

扎克斯基搞懂了孔淑慎的意思，从心底里涌起一种奇异的感觉，觉得心尖要裂开了的幸福。

自打与红军开战以来，扎克斯基就一直浴血沙场，一直过着刀口舔血，一直过着有今天没明天的日子，哪里还有花前月下的浪漫。

扎克斯基心里莫名其妙地兴奋着，他端着木盆穿过大院，走进那养牲畜家禽的院子，准备走到河边打水，却意外看见阿斯哈尔的尸体。急忙放下木盆，仔细查看一番，阿斯哈尔的胸前、肚子已被戳烂，血肉和污浊搅和在一起，一看便知杀他的人手法极不熟练，死者生前一定承受了很大的痛苦，扎克斯基基本确定是自己那俩货干的。

扎克斯基紧闭着眼睛，叹了口气。绕过尸体，从河里打了盆水，走了回来。这几年间，他见了太多的死人。他没有太多的时间惋惜一个普通人的生命，他一心急着看那红盖头下面的那张脸！他隐约见过，但一直没有认真地看过。可是这一段时间，他的心又无数次看过，在那漫长又无聊的冬天，除了看这院里一个年轻的女人，还有别的事值得做吗？

扎克斯基打水的时候，孔淑慎揭下了自己的红盖头，她走出屋子，跑到了大门口，她盯着紧闭的木门，停下了脚步，她不敢跨出那个门槛，外面可能更危险……

那盆水被孔淑慎接了进去，但她端着的脸盆挡着扎克斯基的胸膛，示意他不要进入。可是扎克斯基不想等了，用自己的胸膛顶着那只脸盆，把孔淑慎一步步顶回了屋内。

小偷或小说里私约的情人喜欢爬窗子，但侵略者和强盗却一向走门，都是要去拿自己喜好的东西的，但自带的态度不同。后者更强硬和蛮横。即使是侵略者或者强盗也有不同。一般用枪托砸、用脚踹是身份比较低级的，身份尊贵的人一般比较斯文，他们自带的修养不同。

孙淑慎一双小脚，哪里能抵挡得住扎克斯基强健的身体，往后颠退了好几步。扎克斯基伸出右手抓住盆沿，免得水洒出来。

孔淑慎不敢抬头，头上的红盖头只有在她低下头时，才能看得到地面，不至于摔倒。

当然，孔淑慎不会摔倒，扎克斯基不让她摔倒，扎克斯基的左手早已抓在了她的小臂上。

孔淑慎在那一刻，感觉到身体剧烈地抖了一下，心突然就慌了起来，仿佛吊在了嗓子眼儿，渐渐她觉得自己连正常站立都费劲了。

孔大小姐本能地将身体一转，端着这盆水，在房间里划了一个一百八十度的半圈儿，便把扎克斯基背到身后去了。

"你出去，不要看我。"孔淑慎说话时的声音很小，越来越小，本来是说给扎克斯基听的，倒像是说给自己听的了。

扎克斯基当然没有出去，他既然进了这扇门，根本就没打算出去。扎克斯基顺势坐在孔淑慎背后的一张太师椅上，注视着眼前这个背对着自己，摘下盖头的小女人。

孔淑慎再没有对扎克斯基说什么，连身子也没有转，她没胆。她明白自己在这个健壮的白俄军面前就是待宰羔羊。整个塔尔巴哈台还不是任由他来去如风！

孔淑慎将自己的手塞进眼前扎克斯基特地兑温的这盆水里，一股温润的感觉立即从指尖、手掌传来，传遍全身。孔淑慎闭上眼睛，仔细感受着水的温柔。没出门的日子大约有一个月了吧？这么长的时间里，孔淑慎每天纠结着，什么时候这些人能从自己家离开。但一天一天过去了，他们没有离开的迹象。而且母亲对自己管得越来越严格。很多时候，孔淑慎一个人在屋子里大气不敢出，时常会心烦意乱。甚至有时候她自暴自弃，能怎么样呀？让该来的都来吧！她都快疯了，她实在不愿意再在这个小黑屋的漫长的夜里担惊受怕了。

她唯一感到安慰的，是经常能听到手风琴的声音，那是这些个日子里最好的时刻。只有手风琴的音乐响起来的时候，孔淑慎心里的烦躁、寂寞等等一切不良的情绪才能全部消失。她甚至觉得音乐简直可以治疗伤痛和疾病！

所以，她明明知道背后这个白俄军官进入自己的闺房，自己就面临威胁，但她无法阻挡，也不想拒绝。黑夜里待的时间太久了，人就盼望天明，也不管天明是风雪还是阳光，只要快点来就好。

孔淑慎隐约觉得自己逃不过这一场灾难，这都是天意，都是定数。她知道，这一场兵患，迟早会有人闯进这个屋子，把自己毁了。她的枕头下就放着一把剪刀。她想过，如果发生了这种事情，她就去死。她无数次从噩梦中醒来以后，手摸着这把剪刀，但她又怕，怕那冰冷乌黑的铁器刺入自己洁白的皮肤，她不敢想那是怎样的一种疼痛。

现在，扎克斯基就坐在自己的身后，会是他吗？竟然是他，幸好是他？好多种思绪在孔淑慎的脑海翻腾。她心情极为复杂，极为矛盾。她一直洗着脸，一直洗着脸，正在最美丽年纪的富家小姐孔淑慎好久没有认真洗过脸了。

扎克斯基突然从椅子上站了起来，一把从背后抱住了孔淑慎，大小姐被吓了一大跳，浑身上下一个激灵，尽管她一直在做心理准备。

## 14

孔淑慎顿时全无方寸，心慌意乱，她先前做的一切的准备都是白费。

她拼着命地挣扎，用自己纤细的胳膊用力地推这白俄军官的胳膊。在碰到那青筋暴露的手臂的时候，她感觉到一种眩晕。身后这男人的气息以无法阻挡的强烈，袭击着自己身体的每一个毛孔。自己不可能推开这个粗壮的手臂，反而越是反抗，跟背后这高大结实的身材粘贴得越紧，她的后背都能感觉到身后男人强健的心跳。用尽力气却越发感觉自己软得像一团被火焰烧烤的棉花，毫无气力，而且马上就要毁于这团火焰。

不能就这样让男人占了便宜，自己是德胜行的大小姐，孔淑慎逼迫自己反抗，挣扎中，面前的脸盆被打翻在地，水洒了一地。

扎克斯基当然不在乎一盆水，他已经忍耐了很长的时间，他觉得完全对得起自己贵族的身份了。他稍一用力，便把把孔淑慎抱得腾了空，任凭孔人小姐怎么挣扎也丝毫改变不了任何事情。

扎克斯基一把将孔淑慎扔在土炕上，二人变成了面对面的姿势，孔淑慎想坐起身来，结果健壮高大的身躯如泰山压顶，迎面趴了下来，孔淑慎的身子动弹不了分毫，仿佛已用尽了自己平生的力气，累得气喘吁吁，胸脯剧烈地起伏着。

孔淑慎拥有丰腴的肩膀和浑圆的臀部，但她毫无性知识，她不知道自己一对大奶子，那一刻释放的诱惑有多么强烈。

扎克斯基当然是有男女间经历的，喉结一蠕动，眼里放出一道淫光，一把就握住了孔小姐高耸突兀的地方。

孔淑慎猝不及防，发出了一声尖叫，眼泪瞬间从眼眶里涌出。

扎克斯基觉得这炕上太凉，凉得手摸着炕都隐隐约约有点疼。为了营造一个自己不在的假象，孔淑慎在很长一段时间都没有生火，整个炕上冰窖一般寒冷。

扎克斯基仅用一只手，就把孔淑慎压得死死的，他腾出另一只手，一把把炕上的一床被子捞了过来，垫在了孔淑慎的身下……

扎克斯基一边解着孔淑慎身上的扣子，一边对中国人衣服上这种布条卷成的扣子，表示出极大的反感。

解了半天也解不开，他不明白那疙瘩是怎么穿过去的。干脆一把把这小姐的衣服都撕了算了，转念一想，自己对德胜行的小姐是有好感的，还是维护这种感觉吧，不要像一头没有教养的野兽。

扎淑慎的衣服被慢慢解开，她甚至看到了自己洁白的肚皮，她无力改变任何事情，就闭上了眼睛，任委屈的眼泪从眼角滚落。

孔淑慎实在是没有力气了，任由扎克斯基研究这些复杂的扣子。孔淑慎将手伸过头顶，伸到褥子下，她摸到了那把私藏的剪刀，一把拉出来，握在自己的胸前。

"你走开，下去，别逼我！"孔淑慎仿佛瞬间恢复了元气！

扎克斯基愣了一下，从孔淑慎身上起来，站到地上，嘴角上隐隐露着一丝笑容，伸着手："小姐，这很危险，别把自己扎伤了。"

孔淑慎从炕上坐起身来，眼泪哗哗地往外流，握着剪刀的手抖起来："你要是把我……你要是把我……我就把自己刺死！"

孔大小姐握着剪刀的手向上移，对准了自己的脖子。

也许是扎克斯基没有听太明白，他以为孔小姐要自杀，便本能地伸手来夺孔淑慎的剪刀。

孔淑慎顺手一挥，剪刀扎进了扎克斯基的手臂。

孔淑慎看到鲜血顺着扎克的胳膊流下来，大吃一惊，手一抖，松开了手中的剪刀。

剪刀掉在了炕上，扎克斯基拿起剪刀，把床上的单子剪开，撕了一条，把自己的手臂绑上，用牙咬着系了个死结。然后把那把剪刀丢到门口的土地上了。

孔淑慎知书达礼，一心求善，见了血心慌得不得了，大脑一片空白，她看着扎克斯基，再也不敢做什么了。

扎克斯基用不流利的中国话说："小姐，即使不是我，也会有别人来，你逃不掉的。"

"无耻！"

扎克斯基再次压到了她的身上，不仅仅如此，那长着弯翘胡须的嘴竟堵住了孔淑慎的嘴巴，切断了孔小姐的咒骂！

孔淑慎喉咙里叽里咕噜，很快就没有声音了……

事后的很多年里，塔尔巴哈台城里认识孔淑慎的人都认为她被扎克斯基奸污了。人们一提起这事，就摇头叹息，显示对孔淑慎的同情。其实他们中间，并没有人目击那天扎克斯基是不是玷污了孔大小姐，但他们确信这是事实。

扎克斯基离开孔淑慎的房间的时候，手里捏着一只袖珍绣花鞋，他拿着这只还没有自己手掌大的绣花鞋，仔细打量。随后，卷毛翘胡子和文弱卫兵前来禀报，德罗布哲夫邀他去领事馆议事，巴奇赤、诺为阔夫已经率兵进城。

听完二位亲兵的汇报，扎克斯基站在德胜行的大院里，四处望了望，然后目光在孔淑慎闺房的棉帘上停留了很久。

扎克斯基走上前去，伸手撩起门帘，发着呆，几秒钟之后又放下了门帘："你要是见到了我的尸体，请把那手风琴埋在我的身旁，我给你拉琴！"然后，扎克斯基把那只袖珍绣花鞋仔细地折了折，塞进了衣服兜里，离开了德胜行。

孔淑慎走出自己的屋子，头发零乱，她端着一个木盆，站在门口，努力地让自己的眼睛适应着外面强烈的光线，然后抬头望了望天空，没有一丝丝云，蓝得十分放肆。她深深地吸了一口气,从天空中把目光收回,再看一看自己熟悉的小院。一眼就看见了院里那块石头上放着的那架手风琴,她放下那个木盆,把那架手风琴抱进了自己的屋里。

孔淑慎端着木盆走过院子,正要打开那饲养牛羊的院门,老远便听到了母亲的哭声,远处,母亲瘫坐在菜地旁的一片空地里。

母亲看到孔淑慎走过来,张着嘴巴呜里呜啦地讲话,但一个字也听不清楚。孔淑慎只顺着母亲的视线看到一具男人的尸体,阿斯哈尔仰面躺着,脸侧向自己,眼睛半睁着,那是一种奇怪的眼神,孔淑慎从来没有见过这样的眼神,她被吓了一跳,立即扔掉了木盆,一只手塞进了嘴巴里。

许久,她壮着胆子,小心翼翼地往前挪了挪自己的身体,当看清阿斯哈尔全部身体的时候,孔淑慎的面部表情就扭曲了。

孔淑慎身体一软,也坐到了地上,母亲一把把她揽到怀里,哭着说:"这些挨千刀的,咱们好吃好喝地招待他们,他们就这样对咱们。他们杀阿斯哈尔的时候,我就在羊圈里给羊接生。我吓死了,等那俩卫兵走了,我就下了菜窖,一直不敢出来,我吓得站都站不住……"

孔淑慎不知道该干吗,只抱着母亲,两个人一起哭。

孔云清查看完运货车辆之后,颇为得意,自己做生意的资本还在。看管人告诉他,有几个毛子兵去搜过,一看没有粮食、没有牛羊,对这些没有完工的车架子毫无兴趣,转头就骑马飞了,再没有人去过。

回到德胜行,老婆在门口一见他,就哭着扑在他的怀里对他讲,阿斯哈尔被两个亲兵活活刺死了。孔云清大吃一惊,急忙朝孔淑慎的闺房走去。

孔云清撩开棉门帘,看到女儿的房门并未紧锁,心里咯噔一下,一把推开。孔淑慎端坐在炕沿儿,眼里含着泪水,站起身来,走到孔云清对面:"阿叔太重了,我和妈抬不动!"

孔云清的手指抖了一下,然后抬起双臂,在女儿的肩头儿拍了拍:"你没事就好,你没事就好。"

孔云清用眼睛在炕上扫了一遍,炕上放着那架手风琴,并无其他异常。

孔云清想问女儿一些话,张了张嘴,却不知道该怎么说,最终改变了话题的方向:"那些毛子都走了吗?"

"是的,都走了。人都杀了,钱也抢了,还不走干吗?"

"哦,好,好。"孔云清低头转身出去了,他得去处理一下阿斯哈尔的尸体。

那些天，汉城不断有受伤的人走到裕生堂求医问药，吴鸣璋治疗跌打损伤还行，拔筋正骨、伤口的缝合消炎也算凑合，但对骨折外科手术就无能为力了。

裕生堂是不被洋人重视的中医，但比别家的店铺有了一些便利。那些白俄败兵并不把裕生堂作为抢劫的对象，他们认为那些根根草草，并不能治病，只是骗人的把戏，甚至都没有打劫的价值。既然中国人相信这些，那就由他们去吧，那些草药苦得要死，要怎么喝得下去？

吴怀智天天跟在吴鸣璋的身后，看着裕生堂人来人往，到处都是痛苦的呻吟。看着父亲吴鸣璋满头大汗，疲惫不堪。

吴鸣璋常常叫吴怀智帮着拿药材，吴怀智也算争气，总是能从那么多匣子里，准确找到父亲要的药材，不至于耽误治病的时间。

新成立的警察所被人各种谩骂，裕生堂却是各族百姓生命和健康的最后一道保障。虽然很多病痛最终也医治不好，但大家走到裕生堂就是一种安慰。要不就是去寺庙祈祷，还有什么办法呢？你治得再快，也赶不上白俄败兵殴打、抢劫，致伤致残的速度快。

那阵子，吴鸣璋没有教私塾，却对吴怀智言传身教。每天忙着给裕生堂的病人诊治，累得精疲力尽，不敢休息。吴怀智心疼父亲，劝他休息，却被吴鸣璋痛骂："医者要有仁心！"

晚上，吴鸣璋对吴怀智说："我儿，长大以后，要好好学习医术，古语云，不为良相，则为良医……"

吴怀智正在整理着一副羊睾羊肠，这是治刀伤用的，尤其是刺刀伤。没有麻药，没有消炎灭菌的办法，只能用羊睾羊肠捏烂了敷在伤口上，静等伤口腐烂，然后用刀把腐败的肉割去。很疼，患者还时常伴着发烧等症状，碰到伤口感染，身体素质不好，陷入昏迷的，也就只有听天由命了。那段时间，经常有这样的伤者，所以几乎每一个夜晚，吴怀智都得帮着父亲准备这些。

"往小了说，学会了医术，吃穿不愁。往大了说，你要继承家学，将来救死扶伤。救人性命，扶危济困……"吴鸣璋那时在制解骨丸，用蜣螂、雄黄、象牙等，研末和匀，炼蜜为丸，如黍米大。一样用来治刀剑铁器之伤，用解骨丸时外用羊肾脂细嚼贴至患处。待患者感觉极痒，将金属渣拔出，即以人尿洗之，贴陀僧膏，然后待伤口自愈。

吴怀智一边忙碌，一边问父亲："咱们天天这么没白没黑地给人看病，可病人越看越多，那么多人也治不好，治也治不过来，倒是自己累得没觉睡。"

听到儿子这么说，吴鸣璋的心里一颤，小小年纪，跟着自己受了那么大的累，鼻子一酸，便停下了自己的言语。

不料，吴怀智继续说："我将来长大了，一定要寻一剂能减少病人的药方。"

吴鸣璋的心里又一颤，看看对面的自己的儿子，目光一片慈祥。他被儿子惊到了。

那些天，塔城风云变幻，那些白俄败兵几股势力兵合一处，在塔尔巴哈台横冲直撞，为所欲为，似乎威风八面，没人阻拦得了。

反观新军没有一次正面交锋，步步退让，防守收缩，显得软弱不堪。但张建业没有一刻不在战斗，他给省府发报称：诺为阔夫率两千官兵，强行进入塔尔巴哈台，拒不服从塔城当局管理，并与先前上缴武器的几股败兵势力兵合一处，大肆抢劫掠夺财物，甚至杀人放火，其间，前沙俄领事德罗布哲夫等提供了大量的情报资料，并负责串联几股势力，对塔尔巴哈台乃至新疆的安全带来极大的威胁。

牛道全、牛玉关的民团，也一样暗地里加紧备战。民团把牧民藏在北山，藏在库鲁斯台草原湿地。当然，他们明白，不可能把所有的牲畜都藏起来，总会有一些会被这些败兵掠夺。他们便有计划地淘汰一些牧群，尽量保障最优秀的畜群的安全。

面对强敌，不同的民族、不同的部落互通消息，尽量减少自己部落的损失。在艰难生产的同时，严密关注着这些白俄军队的动向。

收到电报的省督军杨增新思谋良久，与苏俄政府进行了详细交涉。

那些日子，塔尔巴哈台城里死的人很多，有直接杀死的，有自杀的，也有病死的。出殡的队伍常常会在街上迎面撞上，因为出殡的人多，那些繁杂的程序便都简化了。有的连白罩衫也来不及穿，纸扎、花圈更是能省就省了。

孔云清去了一趟警察所，给儿子说了阿斯哈尔的死讯，他要孔淑魁想办法给牛道全家说一声，努尔别克的爸没了。

孔云清回家后和妻子一起把阿斯哈尔抬进门口的耳房，自己就坐在门厅下面给阿斯哈尔守夜。

老婆从里屋提出来一个小铁桶，那是个小火炉子，里面装着红色的炭火，一整晚坐在门厅下面，后半夜定然是冷的。

"他们进没进淑慎的屋？"孔云清眼睛看着耳房里的阿斯哈尔问道。

老婆表情有些惊慌，不知道该说些什么才好。

"到底去没去？"

"我不知道……"孔云清的老婆一个激灵,瘫坐在地上,眼泪从脸上淌过。

孔云清想起自己对阿斯哈尔交代,一定要保护好大小姐的安全。那时,阿斯哈尔眼神坚定。现在,阿斯哈尔死了,女儿的安全,就成了孔云清解不开的心结!

那一刻,孔淑慎正坐在屋子里,听着窗外父亲的话,从炕上端起手风琴,手风琴被拿起后,露出了那条被剪掉的床单豁口。

"别哭了,想想以后吧,"孔云清说道,"毛子长不了,过了这阵子,还得过日子,把淑仪和努尔别克接回来,以后要把努尔别克当儿子养!"

老婆抹了一把眼泪,点点头。

"另外,你得踅摸个好后生、好人家,把淑慎嫁了,"孔云清说完站起身走了,没走两步,又折了回来,俯下身子,对老婆低声说,"她娘,这件事拖不得!"

## 15

省府与苏俄政府的交涉比较顺利,很快便达成了双方希望的协议:新疆当局应允苏俄红军入境追捕白俄军的要求,提出一旦白匪被歼灭或出境,红军部队立即退出,也得到了苏俄方面的承诺。

总的目标商定后,塔城方面立即发出声明:白俄将军诺为阔夫、巴奇赤等人在流亡避难过程中,违反国际法,拒绝交出武器,在中国境内多次制造恐怖事件,塔城方面不再对他们进行庇护,将巴克图通道敞开,同意苏俄红军入境追剿。

形势总算是有了根本的逆转,刘副官来找张建业庆贺,但他全无心情,没觉得哪里值得庆贺。作为塔尔巴哈台的最高长官,他有自己的担心:苏俄红军将白俄败兵追剿之后,能不能顺利撤出。寸寸山河寸寸血的道理张建业懂,如果像白俄败兵一样占着塔尔巴哈台不走,那可怎么办?

冰天雪地的冬季就要过去了,气温骤然升高,塔尔巴哈台的冰雪真的开始融化了,城郊的戈壁原野上已经呈现草色遥看近却无的春色。城市里到处都是融化的雪水,把街道弄得脏兮兮的,人走在路上都得溜着墙根走,偶尔难免失足踩进泥水里,发出让人生厌的声音。

每年的这个时节,大家都盼着雪快点彻底融化,草原尽快绿起来。那时候牛羊和人都能走在自己喜欢的道路上。

兵合一处的白俄败军却十分发愁,他们害怕真正的春天来临,他们虽然不喜欢在塔尔巴哈台的日子,但更害怕红军追杀过来。

时间总是永不停歇地向前滚动，它才不管谁有怎样的情绪。

一九二一年五月二十四日，这一天对于塔尔巴哈台来说绝对是一个重大的日子。那一天，团长张建业带了五百新军前去巴克图，迎接苏俄从苇塘子开拔进来的红军一千八百余人，队伍浩浩荡荡。新军官兵目睹苏俄红军军容严整、武器先进、气势威严。

返回满城的时候，张建业还是有些失望。一共不足两千人马的队伍，能剿灭近一万白俄败兵？张建业觉得吃力。

白俄败兵当然也得到了苏俄红军要入境的消息，两个将领再次出现分歧。巴奇赤将军自从没有挖到边境埋藏的枪炮之后就像一只被拔了牙的老虎，逐渐变成了一只猫，而且成了一只醉猫，只知道天天酗烈酒，人生再没有别的追求。诺为阔夫再一次抱怨巴奇赤无能，不但没有说服中国军队加盟，反倒连枪炮也弄丢了。

扎克斯基提出了自己的建议：兵分两处，一支在塔尔巴哈台北山，一支在察汗托海的巴尔鲁克山，互为犄角，和苏俄红军较量。扎克斯基手上有日本人的军事地图，不求速胜，只求占山为王，长期盘踞。

但诺为阔夫认为扎克斯基是个低级军官，根本不配和自己对话，他甚至不允许扎克斯基说完话，便谈自己的想法：绝对不能把战场选在塔尔巴哈台城，那样的话，白俄军队西有强敌红军，东有张建业的新军，就是腹背受敌。白俄军队必须向东撤退，跳出新军背后捅刀子的危险地带。

先前，张建业没想到苏俄红军只派这么点人。他给手下人说，消息肯定是封锁不住的，与其封锁不住，不如趁机渲染气氛。随后塔尔巴哈台城街头巷尾到处传说着大批红军正快速赶来的传言，有的说一万人，有的说两三万人。

诺为阔夫知道这些都是谣传，但又觉得无风不起浪，他相信红军肯定不会少，他从不怀疑红军的作战能力。诺为阔夫越想越不敢在塔城滞留，急急忙忙连夜安排布置转移营地的事，可怜的塔城又遭受了一次洗劫。

诺为阔夫率领部队转移驻地也是重重困难，整个白俄败军中真正属于诺为阔夫的部队只有两千余人。队伍中掺杂着大量的难民，他们并不是士兵，他们只能做后勤服务之类的工作。庞大的队伍，注定了转移的过程做不到神速，甚至途中不时遇到春季转场放牧的哈萨克族牧民，塔城盆地上千古牧道每年都会在这个时候大迁徙、大转移，时不时便腾起漫天的烟尘。

扎克斯基看到这些，便停下来，对文弱卫兵说："听着，小伙子，这一点也不像是军队转移，咱们被这些哈萨克人带偏了，咱们就像是跟他们一起在转场。"

可是，扎克斯基也没有胆量把自己的部队带走，那样的话，会对整个白俄军队的士气造成严重的打击。

白俄败军终于到达额敏河南岸，士兵们倒没有什么反应，但跟随队伍的那些难民已经精疲力尽，天已渐黑，只好就地驻扎。

沿途听到白俄败军要来的消息，当地的各族农牧民早已望风而逃，却无法避免常常与这支队伍的相遇，交错前进。当然牧民并不是白俄败军的目标，他们驱赶的骆驼、马匹、牛羊就算能抢点吃，也解决不了即将要面对的战争。

诺为阔夫也算有军事经验，让部队驻扎在难民的前面作为屏障，算是稳定了军心。接着德罗布哲夫又传来进入巴克图的苏俄红军数量很少，只有两千人的情报。诺为阔夫心中暗喜，觉得能和眼前的红军一较高下，他兴奋的情绪感染了巴奇赤，巴奇赤谄媚地说期待诺为阔夫将军将红军一举消灭，把缴获的武器分给自己。

唯有跟在巴奇赤身后的扎克斯基表情严肃，半晌后对巴奇赤说："将军，应该探明红军来的是不是骑兵，带的都是什么武器，领军的将领是谁。"

诺为阔夫也认为有道理，派人连夜送信到领事馆。送信的人第三天返回了营地，对诺为阔夫报告说塔尔巴哈台汉城的警察所突然对领事馆和哥萨克军营发动了猛烈攻击，所有的人都无法联系了。

诺为阔夫大为恼火，破口大骂张建业一通，指责他这个缩头乌龟也敢开枪了。

话音未落，营区里就传来爆炸声，诺为阔夫急忙从帐篷里走出来，指挥应战。最先接上火的竟然是扎克斯基的部队，虽然是深夜，战斗却十分激烈。一上来，双方就进入激烈的枪战。诺为阔夫得到战报，急忙指挥部队两翼出击，打算将来犯之敌合围。

结果发现对方并不恋战，一战击不溃白俄败兵，立即由骑兵开道，从边上几轮冲杀，撤走了所有部队，很快没有了踪影。

诺为阔夫事先没有准备，看到扎克斯基营地里倒下大片尸体，又是黑夜，不敢贸然追击。

额敏河南岸一仗，打醒了两位白俄将军，明白从那时起，他们就没有好日子了，得时刻提防着不知道来自哪一个方向的进攻。

那一晚，扎克斯基的部队吃了大亏。他的部队本来就没有像样的武器，却遭遇到大炮和机枪的攻击。看着自己的部队到处是死伤的士兵，扎克斯基再也控制不住自己的怒火，冲着前来探视的两位将军喊了起来："我现在提两条要求，要么你们把自己队伍里的一部分武器收起来发给我的部队；要么，我带走自己的队伍，单独作战。因为每次宿营,我的队伍都是在最外围的。"

诺为阔夫正在纠结扎克斯基提出的条件,巴奇赤也提出来要武器的事,诺为阔夫心中极为恼怒,但又不知如何答复。

扎克斯基看着一团混乱的军营,仰天长叹!

初战的胜利大长了塔尔巴哈台军民的志气。张建业趁势动员:"塔尔巴哈台每一寸土地都是战场,每一个人都是哨兵,一定要锁死白俄军队,一定要严密关注每一个白俄败兵的踪迹,一定要彻底将白俄败兵赶出塔城去!"

各族群众一直受着白俄败兵欺压,听到红军首战胜利的消息,当然激动万分,纷纷参与到剿灭白俄败军的战斗中。

最先行动的当然是塔城,领事馆以及邻近的哥萨克兵营被占领,德罗布哲夫不见了踪影。接着贸易圈内的洋人,全部被限制了自由,即使他们行走在大街上,也会被往日的街坊邻居盯梢,这是要防止他们给白俄败军传递情报。多少年来,这些贸易圈的洋老板一直处于高人一等的地位,他们一时难以适应这样的转换。

苏俄红军和塔尔巴哈台道尹府派出工作人员,继续给这些商人、给白俄军队驻扎的周围散发传单:放下武器回家乡!亲人们在等着你!顽抗到底最终客死他乡……商人和难民继续面临选择,白俄败军中的士兵们继续在"打回俄国去"的口号中对抗着外面的宣传,时刻提防着苏俄红军的突袭。

警察所的警员配合新军官兵开始巡街,巡街的队伍神采奕奕,这是几十年来不曾有过的事情,塔尔巴哈台满汉两城暂时安全了。

孔云清驱车到巴克图把孔淑仪、吴诗然和努尔别克接了回来。牛玉芹和牛大脚继续待在自己家里,牛道全说一时半刻吴鸣璋的私塾也开不起来,就帮着家里耕田种地吧。

牛道全和牛玉关那阵子天天忙着民团的事,齐巴拉尕什血案深深地印在蒙哈边民的心中,牧民们加入民团的热情很高,随着战争一次次胜利,连老人、孩子的也被调动起来。蒙哈牧民和新军与红军紧密配合,或守卡巡逻,或监视堵截,或带路向导,或探听传递消息,协同作战,白俄败兵屡屡受挫,渐渐不敢小分队行动,更不敢单独出营。

夜晚,常常是苏俄红军的主力突袭的时刻,红军采取切割为主,快战快走,决不恋战,以免被白俄军包围。白俄败兵武器落后、弹药不足,后勤难以保障,每仗必败,内部分歧越来越大,士气越来越低。

更让诺为阔夫没有想到的是,在刚刚被红军偷袭过之后,巴奇赤的人抢了自己一个营的武器装备趁夜逃走。

白俄大军，最终分裂成三支队伍，在茫茫的戈壁草原自谋生路。这也正是苏俄红军和新军愿意看到的结果。

红军作战的方式再度得到调整，不再突袭，而是联合新军和民团一起配合，对巴奇赤的部队开始实施歼灭战。苏俄红军担负主力突击，新军随后，民团和蒙哈牧民收拾残余，仅仅两战，巴奇赤的部队便不复存在，大量的士兵和难民沦为俘虏。

战争结束了，对于这些疲惫的俘虏，未必不是一件好事。他们终于通过巴克图，踏上返回家乡的归程，这一轮噩梦结束了。

巴奇赤的队伍本来是三支队伍里人数最多的一支，却最早被剿灭殆尽。得到消息后，诺为阔夫瘫坐在一块石头上，半响没话，眼睛望着巴克图的方向发着呆，随后又把目光转向西南方向，那是萨马尔的方向，起初他们兵合一处的雄心壮志就是反攻那里的红军。现在看来，这两个方向自己都不可能再去了。

当初扎克斯基的人引着诺为阔夫的队伍从塔城北山绕道巴尔鲁克山区的防守薄弱处，诺为阔夫抬枪毙掉了盘问自己的新军长官，率军直接闯了进来。以为到了中国就躲过了红军，就是天大地大。现在看来就是个笑话！诺为阔夫最终派出一支亲兵，前去联系扎克斯基。

扎克斯基带着部队一头扎进了塔城北山，一直在山区里游走，所以他的对手就成为蒙哈牧民。

山高无路，不便于大部队开进，炮基本用不上，拼的就是骑兵。但扎克斯基明白，败局已定，不管怎么坚持，也不会有逆转的可能了。

诺为阔夫拒绝把部队带入深山，他让亲兵给扎克斯基带话，说自己不能像丧家之犬，自己可以在战争中死去，但不能像马匪一样被民团和牧民追着屁股跑。扎克斯基没有说话，站起身来就走，不再理会等着自己回复的亲兵，自言自语了一句："本来就是丧家之犬。"

苏俄红军当然不想让诺为阔夫多存在一天，他们带着使命进入塔尔巴哈台，自然想尽快结束战斗，早日班师回国。所以他们的突袭不是偶尔，而是经常持续，甚至是持久。诺为阔夫疲于奔命，根本无力再琢磨反攻谁，到哪里去抢劫财物。诺为阔夫觉得自己就像是非洲草原上迁徙的牛群，而红军就像是一直跟随在身旁的狮子和鬣狗，他们一次吃不掉整个牛群，却从未离去，怎么也甩不掉！

孔云清领着努尔别克和孔淑仪，走到塔尔巴哈台满城外三公里处的一处坟地，在一个新坟前，让孔淑仪烧香磕头。

孔淑仪问道："坟里埋的谁？"

孔云清说："阿斯哈尔叔叔。"

"一个长工为什么要让我磕头？"

"他不是长工，他是你叔叔，"孔云清摸着孔淑仪的头，然后转过身对努尔别克说，"这一片地埋的都是汉族人，大部分都是到塔尔巴哈台赶大营做生意的天津杨柳青人，你爸爸是第一个哈萨克族人。"

从坟地里返回的时候，努尔别克要替孔云清赶马车，孔淑仪也说努尔别克会赶车，他爸都让给他赶。

孔云清看了看努尔别克，把鞭子递给他，努尔别克赶着车，孔云清就在一旁对努尔别克说："你以后要自己照顾自己了，要热爱你的家乡，保卫你的家乡！"

孔云清想抓紧时间继续建造他运送物资的架子车，但牛道全确实抽不出来时间帮他了。

诺为阔夫还在做鱼死网破的争斗，扎克斯基的队伍还在到处流窜，牛道全作为民团的创建人，当然要善始善终。这一战注定要胜了，此战过后，牛道全的社会地位必定会得到重新的定位。

而他孔云清当然得筹备去南疆进货的事，老婆告诉他到处都是士兵，指不定在哪里打仗，这个节骨眼儿合适吗？孔云清拍拍夫人，富贵险中求，当年都是些没有饭吃的人，挑着担子，跟着左大帅的大军，把脑袋别到裤腰带上，走戈壁、穿沙漠，九死一生，那才是杨柳青人安身立命的根本！

孔云清给妻子说的这句话，也说给自己听。杨柳青人陆陆续续从天津大老远走到新疆，这是怎样的机缘，前前后后到底来了多少人，又有多少杨柳青人在新疆大地安家落户，孔云清也不知道，反正这些年，他做生意的时候，到处都碰得到。

孔淑魁那阵子常常借巡逻的机会，回到德胜行。每次到大门口的时候，他特地整整衣冠，带着自己的同事在德胜行的大门口转悠。从前的哥萨克都已经不在了，现在警察所才是这座城市的主人，才是这座城市正义的化身，人们有了矛盾都得找警察所协调，哪怕是原先趾高气扬的洋商也是一样得求着警察所。所以孔淑魁特别自豪自己当了警察，在自己家门口绘声绘色地给街坊讲怎么攻进领事馆，怎么和哥萨克作战的事。

孔云清把儿子叫了进去，单独把儿子拉到一旁训斥："你炫哒啥？"

孔淑魁的心里就有点不服气，警察不是你让我当的吗？现在我在家门口转转，不正是在给德胜行壮声威吗？

孔云清却继续对孔淑魁说："我让你进警察所是让你有一个公务的身份，不是让你在大街上显摆，你有能耐就做幕后的霸主，别整天在大家的眼皮子底下逞英雄，那全是假英雄！"

孔淑魁有点不服气，他实在想不通自己是哪里错了，孔云清拍了拍儿子的肩膀："你以为你能保护咱们家，还是警察所能？那些老毛子在咱们家住的时候，想宰羊宰羊，想杀牛杀牛，甚至想杀人杀人，想……你们警察能做些什么？"说这话的时候，孔云清的眼睛一直看着孔淑慎的房间，那房间一如往常地平静，依旧垂着厚厚的棉门帘。

## 16

孔淑慎从房间里走了出来，端着一盆水，脚步娉婷轻盈，走到院子头，把那盆水倒了去。再折身返回自己房间的时候，看到父亲和哥哥的目光停留在自己身上，便在脸上放出一抹微笑。

孔淑慎走回自己的房间，放下木盆，走出屋子，搬出来一张太师椅，踩上椅子卸下了门上厚厚的棉门帘，毕竟春天来了。

孔淑慎的这些动作表情在孔云清的心头拧成一个疙瘩，他心揪绞在一起，实在不能理解女儿是怎样的心态。但他又不敢问，不能问。

自打白俄败兵来到这座城市以后，这间屋子一直紧闭着。现在，孔淑慎把门窗大开，迎进了窗外鲜艳的阳光。那一缕阳光斜斜地射进去，光柱里一些细小的灰尘被照射得现出了原形，在那光柱里飘浮、升腾。房间里顿时显得充满了生气。

孔淑慎脸上也显出了久违的欢喜，她回过身看见父亲和哥哥，二人急转过头去，转变了刚才的话题。

"爸，您打算什么时候动身去南疆进货呀？需要我做什么吗？或者你看，我们警察所需要提供什么方便，我都可以去办，我在所里还能说上话。"

"最近吧，我还没有定下最后的时间。"孔云清回答着儿子的话，实际是在应付女儿孔淑慎。

"如果都准备完了，我觉得父亲还是赶早不赶晚，"孔淑慎从屋里走出来，"家里的事，父亲不必担心，我和妈会多操点儿心。"

孔云清愣了片刻，看了看孔淑慎，再看看孔淑魁，父子俩互相看了一眼，再没有说什么话。二人交换了一下眼神，一前一后地离开了。

孔云清对孔淑魁说他走后，家里就没有男人了，要孔淑魁常常回家看看。

孔淑魁身在警察所，是要随时听候长官招呼的人。因此，他并没有信心能做到这些事，但他极爽快地答应了父亲的要求，那几乎是被警察所训练出来的服从命令的本能，至于做不做得到，那是以后的事，而答应是当时唯一的选择。

仁忠信洋行的乌孜别克族老板鄂斯满是躺平在板车上，被孔云清拉进裕生堂的。若放在从前，他定不会走进裕生堂，这个洋商从来不相信中医能治病，在他看来，吴鸣璋就是个中国古小说里给皇上炼丹、装神弄鬼的老道士，成天在家耍把戏，把根根草草碾碎，制成一个一个药丸，唬得满城的中国人尤其是汉族百姓的尊重，那都是愚昧！他自己高贵的身体当然不能交给这样的人来医治。

鄂斯满万万没想到，自己的生意和产业不是被红军，也不是被中国军队抢劫的，恰恰是被白俄军队两次洗劫。看着那些白俄败兵毫无规矩地冲进自己的店铺，到处打砸，气得鄂斯满高声咒骂。

战场上失利的士兵也是有尊严的，他们面目狰狞地朝他冲了过来，鄂斯满本能地抱着自己的脑袋，护着自己的头部。随后，脚和枪托落在了自己的身上，他就什么都不知道了。

不知过了多久，鄂斯满醒过来，发现自己躺在深红色的木地板上。他想坐起来，挣扎了几次，竟也不能够了，后背和脊椎钻心地痛，他猜自己的脊椎被打断了。他听到有人在一旁叫他，慢慢地转头一看，是自己的管家，这个可怜的人满脸几乎被血糊住了。

管家是仁忠信洋行被打得最多的人，他得了鄂斯满的信任，主管着洋行面对中国商户百姓各种借贷业务。当然知道仁忠信洋行里值钱的东西都藏在哪里，他嘴巴严守着鄂斯满的秘密，代价就是被打得浑身是血，抵抗不住就只好拣一些不太重要的消息透露出去，那些个账本、欠条便被扔得到处都是，甚至有些被扔进了火炉。兵士们要的是现金，是金银硬货。

仁忠信洋行主要业务是给中国百姓借高利贷，靠贸易圈内给洋行的免税政策给中国商户出租免税条。仅仅这两项，就可以吃足暴利，在塔尔巴哈台城贸易圈那些成功的生意人，享受着人间的一切美好。

只是白俄败兵抢他们的时候，他们不再被命运之神眷顾，战争的罪恶从来不仅仅投向对方。

管家也真的算是忠诚，他踉跄着站起来，想从地上拉起鄂斯满，双手只要一碰上鄂斯满的身体,鄂斯满便"哎呀哎呀"地叫。没多久管家自己也站不稳,顺着墙根坐到地上,墙上留下一道血迹。

管家说:"老板,没有办法了,只能把您送到裕生堂了。"偏偏鄂斯满号叫着不去,喋喋不休地骂道:"吴鸣璋只配钉马掌!"其实吴鸣璋从未钉过马掌,一直是裕生堂对面的维吾尔族铁匠钉的。

原本贸易圈内是有医院的,自白俄军队入了塔城,医护人员便被诺为阔夫强行征走。

管家慢慢起身,找了点清水,把自己的脸洗了一把,再走回来,挨着老板坐下,茫然不知所措。

鄂斯满到塔尔巴哈台经商就是为了发财,他一点也不想融入塔尔巴哈台的生活。他一直觉得自己原先的生活方式挺"贵族"的。他的这一点认知在很长一段时间也得到了中国人,尤其是塔城商人的认可。那时候,再成功的塔城商人也只有依附他们才能在生意圈里立足。孔云清就是仁忠信洋行的常客,他明明知道无论问鄂斯满借什么,都会碰到滚刀肉,结局都将是被残忍地割韭菜,也没有别的选择。

民国五年开始,鄂斯满就感觉运气不再像以往那么好了,想从俄国运进火柴、石油、布料、金属器具都不再像以往那么方便。不仅仅自己仁忠信洋行一家,天兴、商德和、商德盛、吉祥涌洋行,所有贸易圈内有头有脸的同行,都有共同的感受。

领事馆时常把洋行的老板们叫去开会,要求他们严格管住自己手下的工人,以免受到国内革命的影响。如果发现激进分子,碰到发放传单、组织游行等等行为,要迅速报告。德罗布哲夫领事自会解决相关的麻烦。

而这一回,鄂斯满碰到了真正的麻烦,帮他解决的人,恰恰是他的债务人孔云清。而且就在同一天,德胜行也遭受了抢劫,孔云清告诉德胜行的人,不许抵抗,不要阻拦。孔云清对大家说,如果你觉得自己比阿斯哈尔壮,你就反抗。所以抢劫进展得十分顺利,没有人挨打,孔淑慎躲在闺房的阁楼,躲过一劫,孔家的银票、黄白硬货全部被抢走,牛羊鸡鸭被全部赶走。

被洗劫后,孔云清就蹲坐在门楼耳房门口,静静地独自抽着一口烟斗,因不太习惯,把自己熏得不停地咳嗽,甚至咳出了眼泪。

从那一天起,阿斯哈尔住过的这间房,就成为他孔云清的住处。

大抢劫重创了塔尔巴哈台汉城,也是白俄败兵在这座城市最后的嚣张。白俄败兵仓皇撤走后,一切渐渐恢复平静,渐渐连街巷子里的狗也不叫了。

孔云清确定这些败兵走远了,才起身出门,他要到街道上去看看。他不顾夫人的劝阻，倔强着要看看城里都有谁遭了殃。他说自己是商会会长，遭了乱了，就必须做到尽力清楚遭难遭得有多么严重！

看到被洗劫后的仁忠信洋行，孔云清的心中的感受有些复杂：他一时心里有些许的高兴，另一面又心里打着寒战。这些自视高贵的洋人，也有今天！白俄军队凶起来连自己的人都不放过，真是残忍，可是这样的部队肯定也是秋后的蚂蚱——蹦跶不了几天了。

孔云清小心翼翼地进入仁忠信洋行，看着一片破败、满地狼藉的大厅。再看到鄂斯满的时候，他也是提心吊胆，担心他会问自己要那借贷的五万卢布。

鄂斯满当然没有提这事，连管家也没有提，鄂斯满只顾哎呀哎呀地呻吟着，管家只求孔云清帮他救救老板。生死面前，银钱债务统统不值一提了。

吴鸣璋给鄂斯满和管家包扎治疗，一旁的孔云清浮想联翩：那是一个伸手不见五指的黑夜，塔尔巴哈台汉城的街巷里传来细细碎碎的声响。孔云清在炕上难以入睡，听到巷子外的响声，就知道又要出事了。他更是拉紧被子，调整睡姿，屏蔽这与己无关的声响，继续自己的睡梦！

他知道，倘若有人夜里在街巷里走动，也多半是帝俄驻塔城领事德罗布哲夫指派领馆护卫队的五十多名哥萨克军士，他们打着火把，在塔城大街小巷搜捕同情赞助十月革命的激进分子。

那时，在洋华混居的汉城，汉族、回族、维吾尔族商人深谙生存之道。在深夜里，一般都将自家大门深锁不出。那一晚是民国七年的春天，哥萨克军士抓捕的是一些在俄商洋行中做事的俄侨青年店员。他们联络各族各界青年上街游行，庆祝俄国十月革命胜利，并提出实行八小时工作制和星期日休息一天的要求。

队伍穿过蜿蜒的街道，越走越热血沸腾，有些激进的青年在游行中甚至喊出"打倒地主资本家，建立苏维埃"的口号，结果巷子里蹿出一队哥萨克军士，枪响了，骑着高头大马的哥萨克军士冲进了游行的队伍，挥舞着快刀和短棍，人群四散乱逃……

几天后，连同满城里的商铺掌柜都被叫到了现场观看。几个被证实喊了口号的俄侨青年被哥萨克军士绞死，挂在汉城本来就坍塌不齐的城墙旁，每隔十米，就竖着一个巨大的树木钉成的十字架，吊着两具尸体。

孔云清想起这些事儿，就唏嘘不已，时光可真快，转眼就几年过去了。他看着吴鸣璋给管家洒着止血的药粉，他认得那药粉，就是草原上随处可见的马粪包，长在草原上的时候，是洁白的，像蘑菇一样。长大了就会被牧民采了去，带回家放干了，用来止血消炎。草原广袤无边，缺医少药，大家通常都是自己想办法解除病患的。

吴鸣璋把孔云清拉到房间外，轻声对他说："鄂斯满伤得很重，我还真的治不了。"

孔云清看了看吴鸣璋的眼神，再转头看看屋子。

吴鸣璋继续说："鄂斯满不仅有外伤，而且有内疾，是需要西医动手术的，只有洋人才能做到，现在塔城是治不了的。"

"那么管家呢？"孔云清问道。

吴鸣璋干脆没有说话，闭上眼睛，摇了摇头。

"你怎么开始救他们了？"吴鸣璋又转回身来再凑近孔云清，"给你透个底吧，即使是洋医生，估计这次鄂斯满也悬了，赶快想办法把他拉回去吧。别粘得太深，再惹上什么麻烦。再过几天也就没多少病号了，咱们的生活终于要平静了。我也打算重开私塾了，你可以把孩子们再送过来，然后，你放心去做你的生意。"

吴鸣璋拍了一把孔云清的肩膀，转身走了。

孔云清没有立即跟着进屋，他就在外边的夜色里待着，虽然已是春天，夜晚还是寒凉，冷风习习，但已经不是冬夜里的那般叫人无法忍受，那透身的凉气反倒使人觉得有异样的舒服。

天真的要变了，孔云清在裕生堂大门外的空地里，又一次点燃烟斗，吸了两口，觉得有点头晕，便把烟斗在架子车上磕了磕，走进裕生堂去拉鄂斯满和管家，那时候管家已经没气了。

孔云清心里一凉，放下管家，去抱鄂斯满，鄂斯满连哭带嚎："我不走，不要拉我走！"

"得走哩，裕生堂做不了手术，得找你们的医生。"

"求，求求你……孔掌柜，你要救救我，你欠我的钱，我也不要了，我的铺子也给你，你救救我……不能把我扔了……"

孔云清闭上眼睛，眼角的泪水流了出来。

鄂斯满猛烈的哭号也阻止不了孔云清，既然吴鸣璋说了，孔云清觉得鄂斯满就已经是等死的人了。吴鸣璋跟帮忙的下人，硬抬着鄂斯满，把他装到架子车上。鄂斯满哭号的结果就是自己更加疼痛，很快晕死了过去！

那些日子，在裕生堂这样的哭号司空见惯，没有谁会觉得有什么特别，没有谁会像往常一样争着去看一眼，在那个寂寞的夜晚，孔云清把鄂斯满和管家拉回了仁忠信洋行。

剿灭白俄败军的战争依旧有一枪没一枪地打着，英勇的苏俄红军只想速战速决，一路穷追猛打。他们有先进的武器、强悍的战斗力，白俄败军完全没办法阻挡。当白俄败军被打散后，就由民团解决。战争演变成了零打碎敲，对于这样的战争样式，苏俄红军显得有些烦躁，越发穷追不舍，越发猛追猛打。

民团和新军倒显得不急，慢悠悠地一次一次地品尝着胜利的欢乐。牛道全对张建业说，请他放宽心，红军没有想久占此地的心。牛道全说他半辈子在边境生活，这点他看得明白。

二人说话的时候，正是牛道全的民团和新军战士们剿灭了扎克斯基部队的一个小分队。因为保护了草原的牛羊，牧民们宰杀了一些牲口来庆贺。肉煮熟切成大块，放进大盘子里，端上桌子，部落头人递过刀子给张建业，大家一起吃肉、喝汤。为了招待好贵客，举行了赛马、叼羊的游戏。这些牧民本身就是加入民团的战士，他们唱歌跳舞，庆贺着自己的胜利。谁心里都明白，白俄败兵坚持不了太久了。

战争就要全胜了，牛道全心情舒畅，觉得北山的草原很美，群山之中，高处的积雪还没有融化，曲折的山溪还在奔腾，阳光灿烂，天空蔚蓝，掠过牛马和羊群的风，带给草原微微的颤动，绿茸茸的草地像巨大的毡子顺着山峦的曲线铺到天边，各色朴素的花朵挤挤挨挨点缀其间，一草一木，一花一石，一切那么自然，一切那么美好。

德罗布哲夫乔装成士兵，一直混迹在扎克斯基的队伍里，现在，他连这支队伍也不想待了，他也不再相信扎克斯基，他觉得用不了几天，这最后的白俄武装就会被围歼，哪怕是人迹罕至的北山，他们也是待不下去的。仗越是打到最后，就越是难以坚持，以前习惯于受欺压的牧民们，似乎都打了鸡血，不但敢于反抗，甚至远远看见他们，就点火，引导红军和新军进行攻击。这支部队最初进入塔尔巴哈台的颐指气使荡然无存，只剩末路穷途，疲于逃命。

在一个被红军袭击后的夜晚，德罗布哲夫和自己的队伍被彻底打散，他形单影只，一人一骑，漫无目的地奔跑，只要离炮火和枪声远就是胜利，在乌黑的夜里，德罗布哲夫完全没有方向。马背上的德罗布哲夫回忆起以往……

德罗布哲夫派驻塔尔巴哈台领事时，他十分郁闷地走过巴克图那条商道。跑到前面光头、背后长辫子的清朝人的地盘管理一群商人，从来不是他的志向。直到几年后，他才觉得这里的好。一直觉得满汉两城的中国人很柔和温顺，他觉得中国人有着让人无法理解的逆来顺受的性格，他很喜欢这一点。

是巴克图这条商道将自己送上了人生的巅峰！

十月革命后，沙皇俄国驻北京公使和逃亡到鄂木斯克的白俄政府伪组织，多次批示国外的领事，遇有布尔什维克党人，逮捕送交俄境内的白卫部队，或者就地秘密处死。

绞死那几个喊口号的青年的时候，德罗布哲夫并没有到现场观看，他是贵族，那样血腥的场面与他的气质不符，那时候，他在自己高大厚重的红墙绿顶的住所里，端着高脚杯，喝着一杯格鲁吉亚的红葡萄酒。他掀开了钢琴的木盖，弹奏着《普列奥布拉任斯基进行曲》，只是德罗布哲夫越弹越快，越弹越快，到最后，他握着的双拳狠命地砸在黑白分明的琴键上！

让他沮丧的是十月革命成功了，关于这个德罗布哲夫一直不能接受。怎么可能？我们那么强大的沙俄还在四处扩张呀！对芬兰、土耳其、瑞典不是一直在进攻吗？俄国商民不是一直向中亚、西伯利亚、远东地区垦殖拓展吗？广袤的哈萨克草原也被拿下了呀……

第二天凌晨，天蒙蒙亮的时候，德罗布哲夫在马背上打着瞌睡，一个大幅度的点头，把自己点醒，心里一惊，睡意瞬间全无。

一时觉得自己饥渴难耐，在北山腹地找个扎着毡房的牧民并非难事。德罗布哲夫在塔尔巴哈台多年，了解这里的风土人情，他找了一家单独扎帐的毡房，真好，正是自己需要的。毡房里只有一个老妪，德罗布哲夫讨了一碗奶茶，吃了几块奶疙瘩和一块馕。

老妪并不跟他说话，走出毡房，翻身上马。德罗布哲夫急忙从毡房里追出来："站住！"

但老妪好像并没有听到，依旧勒了马缰绳，朝前走去，德罗布哲夫抬起枪，瞄准了老妪的背影，但最终没有扣扳机，他怕枪声引来民团。

德罗布哲夫迅速返回毡房，把毡房里能吃的东西悉数拿完。急匆匆骑上马，朝着西方走了，直到走出老远，惊魂未定的德罗布哲夫才反思：为什么要朝着西方？想来思去，这个曾经的领事流下了两行热泪，原来那是巴克图的方向，那是自己的祖国的方向，那是返回家乡的方向……

## 17

　　鄂斯满和管家的葬礼是孔云清给办的，不太隆重，几乎是草草入殓。

　　乌孜别克族的丧葬仪式孔云清一知半解，本应告知鄂斯满和管家的亲友，但孔云清一个也联系不上，只好在仁忠信洋行的门口贴了两张讣告，向全城告知了两人亡故的信息。

　　三天里，没有一个亲友前来吊唁。孔云清也没有太在意，既然没人来，就早些结束吧，早日腾出手来尽快着手自己的事情。

　　鄂斯满的葬礼宣告了几十年的仁忠信洋行的终结。那段时间，孔云清心里觉得有点对不住鄂斯满。虽然他生前用尽各种手段，在塔尔巴哈台这片土地上赚得盆满钵满。但毕竟德胜行最后贷的一大笔款没有给人家还。抱着"人死账不用还"的愧疚，想着再怎么着也把两位逝者埋到地下，死者为大，中国人讲究入土为安。

　　那一天，仁忠信洋行门外陆陆续续来了不少人，吵吵嚷嚷，似乎并不想让逝者安宁。

　　孔云清有些意外，便站在不远处窥看。来人没有洋商，全是本地的农牧民。这些人也并不吊唁，他们操着各种语言，吵闹着要仁忠信洋行还他们的货款。他们说既然孔老板给他们办葬礼，那么就是说孔云清认这个账……

　　俄国败兵进入塔尔巴哈台的时候，鄂斯满从农牧区赊收了大量的粮油和牛羊。想着战事一起，粮肉必然涨价，自己大可从中赚取一笔。那时，鄂斯满把宝押在俄国军队至少能够掌控这一片地域的结局。那些赊给自己粮油牛羊的农牧民有不少在自己的行里都有借贷，既然不能准时把高利贷还上，那么趁机狠狠地换他们的牛羊、粮食。

　　鄂斯满怎么也算不到白俄败兵那么不堪一击，一败再败，把自己多年创建的仁忠信毁了个干净。

　　门外这些讨要欠账的农牧民，他们只想要回自己应得的，至于是谁付钱，他们才不管，只要有人付就行。

　　孔云清当然知道这些农牧民久拖下去，必定是胡搅蛮缠，自然不能轻易露面。并托人给儿子孔淑魁传了消息，警察所次日介入，孔云清趁乱开溜，连夜收拾行装，踏上了南下进货的征程。

　　鄂斯满和管家的葬礼草草收场。孔淑魁在一个夜晚，就近找了一处空闲的地方，把那两副薄棺材，埋进了乱坟岗。那个地方埋葬着处决的犯人、缺亲少友的孤寡。各式各样的孤魂野鬼聚集，一个一个的无名坟堆挤在一起，没有一个墓碑！

那些个农牧民闹腾了几日，没有人应声，德胜行的掌柜孔云清也再没有了人影，也就只有抱怨自己的运气不好，被该死的洋商骗了。

天气暖和，正是放牧、耕种的好时节，活计一个接一个地逼着他们返回属于自己积累财富的广阔天地。他们若在塔尔巴哈台城决计是没有人管他们的。那几天，这些本不熟识的各族农牧民找上个馆子，吃上一顿，喝得酩酊大醉，互相转述一下那几年各种关于剿灭白俄败军的传说。然后把自己的损失推给那次战争，跨马晃悠着离开了城市。

战火烧不尽，春风吹又生。苏俄红军撤离了巴克图，胜利回国。塔尔巴哈台汉城也渐渐开始有了生气，各个商行铺子，渐渐摆脱了消沉颓废，开始净街营业，战争的污浊被一点一点地扫去，残垣断壁也终将随着光阴修复。战争带来的创伤，在塔尔巴哈台腹地慢慢自愈。

孔淑慎与母亲一起打理德胜行的日常生意。德胜行里也没什么值钱的东西了，与其说是打理生意，倒不如说是在打扫店铺，修缮圈舍，整理院落。

已经五六月了，北山的山花已经开得烂漫。孔淑慎寻思着菜园里的菜也应该种了，能找到的菜苗找一些，另外再从山里的草原挖些野葱野蒜野芹菜野椒蒿，种在院里的角角落落，既能美化院落，也能做菜吃。

孔淑仪对姐姐的这个打算很感兴趣，自告奋勇要去办挖野菜的事。孔淑慎嫌她的年龄太小，孔淑仪分辩道："这一段时间，我跟着努尔别克、牛大脚在牛家的牧场里，早把这些野菜都认全了，而且也经常吃的。"

孔淑慎便摸着妹妹的头，对她说："不要老是叫牛大脚，人家还大你几天呢！人家没有裹脚，你也没有裹，不要这样叫。"

"那叫她列奥巴？"孔淑仪说道，"我觉得也太不顺口了。且不说我叫不习惯，她能听得习惯不？我们在民团练兵的时候，她比我们长得都高，射箭骑马都比我们好，牧民叔叔也叫她牛大脚，哪里有人叫列奥巴的。"

孔家两位千金在院里说着话，听到门外传来敲门声，努尔别克从耳房里跑出来把门打开，吴怀智走了进来，冲着孔淑慎喊了一句："大姐，婶在家不？"

"在，就是这会儿不知道在哪里了，怀智有什么事？"

吴怀智把手里的包袱往院里那个石头上一放："我爸让我送三公斤红景天来，说婶的身体调理，用得着这个。"

孔淑慎走上前来打开包裹着的罐子。

"我爸说孔叔叔远到南疆进货，如果你们德胜行有什么需要帮忙的，尽管开口，裕生堂定竭尽全力。"

孔淑慎站起身来看看吴怀智："你家可还有住着病人？"

"没有了，全都回家了，"吴怀智接着说，"我爸还让我转告婶子，我家私塾学堂，也打算重开，如果能上学还是去读书识字。"

"知道了，"孔淑慎说道，"回去代问伯父好，你等一下，我给你取几块儿冰糖。"

孔家也实在没有什么好东西了，这几块冰糖含没了的时候，吴怀智就回到裕生堂了。

吴怀智走后，孔淑慎更加坚定了要去牛家牧场采野菜的心，她说一定要多采点儿，给裕生堂也带些。

孔淑仪就反驳她说："姐，你就别费心了，裕生堂是什么地方，吴先生天天在野外采药，他们家不但有这些野菜，还种着各种野药材，不时开些奇奇怪怪的花，好看得很。"

孔淑慎想想也是，但总应该把私塾重开的消息带给牛大脚和牛玉芹吧！于是，努尔别克驾车拉着孔淑仪去牛家大院跑了一趟。

扎克斯基的尸体是孔淑仪和努尔别克发现的，他俩并不认识扎克斯基，但扎克斯基手里攥着那只绣花鞋，孔淑仪认得，那是姐姐的鞋子。

扎克斯基头朝着额敏河的方向，趴在地上，一动不动。

孔淑仪有点儿胆怯，心里涌起一种莫名的恐惧。她平素不怎么接近努尔别克，那一刻，她一面要努尔别克去把那个脏兮兮的尸体上那只鞋子拿回来，一面又紧紧地拉着他的衣角。

努尔别克本来并不害怕，去拿那只绣花鞋的时候，感觉到身后的拉力，再回头看看孔淑仪紧张无比的表情，觉得自己心里也有点儿虚，心跳加速，脸上都渗出了汗珠！

但他是个男人，是阿斯哈尔的儿子，是草原的儿子，他提醒自己，鼓起勇气慢慢走向前去，虽然有片刻的恐惧，但还是拿走了那只绣花鞋。而且把那尸体强行翻了一个身，不翻还好，翻过身来的时候，真把他自己吓了一跳，五官已经惨不忍睹，脸上蠕动着蛆虫，努尔别克没有足够的心理准备，转身便吐了起来……

二人回到德胜行，把那鞋子递给姐姐孔淑慎。孔大小姐愣在原地，半晌之后，接过鞋子，要努尔别克拉自己到额敏河边。他们没有看到扎克斯基的尸体，除了杂乱的草滩、泥水，什么也没有了。

努尔别克指着不远处芦苇丛边的泥水坑说："没错，就是这里，就是在这里发现的尸体。"

但，孔淑慎什么都没有看到。

孔淑慎独自朝那片泥水走去，她的目光盯着河面，河水静静地流淌，从巴克图流向草原的腹地。孔淑慎的脸上流下了两行泪滴，泪滴掉落到河水中，顺着河水一起流向国外……

裕生堂再开学的那一天，吴鸣璋换了一件新的长袍，那天，他兴致很好，眉目中都透出了一种久违的欣喜。牛道全专门抽出时间，把牛大脚、牛玉芹送来，并从车上卸下几张条桌、长凳和独凳。

牛道全说，桌凳是给孔云清做架子车剩下的材料拼的，算是给学堂里添置几件东西。

牛道全想搞个典礼，让学生们继承"一日为师，终身为父"的古训，却被吴鸣璋婉言谢绝。吴鸣璋说："我开设私塾，就是要孩子们读书识字，知道礼仪常识，懂一些先贤的文章道理。其余，我也就教不了了。放眼今日之世界，周边列强环伺，我们差距太大，落后太多，希望将来，孩子们能有机会学习他们的文化，那才是先进，那才是方向！"

牛道全对吴鸣璋点点头，他心里一直敬重吴先生，便打消了自己给吴鸣璋披红鸣炮的打算。

吴鸣璋对牛道全作了个揖，然后转身进了教室。牛道全等吴鸣璋开始上课后，还没有离去。他不能打扰先生的教学，却又想听听吴先生给孩子们讲些什么。

"孩子们，我们私塾停办了一年多时间，因为近万白俄败兵进入了塔城。今天，是我们恢复上课的第一天。我们虽然暂时驱赶了白俄败兵，但是你们要明白，不久，我们的周边将会有一个更为强大的苏俄。今日之世界，我中国已是积贫积弱，而落后几乎是全方面的。前几年，北京的学生游行，打出了民主、科学、人权、自由的主张，这是咱们中国几乎从未听到过的词。以后，你们要走得远、站得高，睁眼看看这个世界的全貌，不能只学诗词文化，要学机械、工业、学技术、思想、科学……如果可能，你们要去上洋学……"

牛道全听到这里，心里五味杂陈，再也听不下去，从窗户旁低下头走了。一直到纵马巴克图的路上，他的心情都不能平复。巴克图这条路，商贾从这里走过，败兵从这里走过，官兵从这里走过，苏俄红军从这里走过，这是生意的通道，也是战争的通道，这里有交易，有交流，也充满对抗，充满狡诈，充满欺压！

牛道全在马背上思绪起伏，不平等的条约终于废除了，帝俄的所有特权也不复存在了，塔尔巴哈台的日子终于由自己说了算了。但经历了风雨的人们，心里却无法淡定。

傍晚，牛道全脱了去塔城穿的青色长袍，穿着土布短褂，一身利落地走进了暮色四合的马号，从一间棚子里拿出从前铡好的草料给牛马添了。然后，再把木头架起的栅栏打开，这些牛马就纷纷走过栅栏的另一边去，抢着去喝那石槽里的清水。

牛道全点了一锅子烟，独自蹲在地下，在晚风中美美地吸了起来。他盯着这些牲畜，心里就羡慕：比人强，有草吃，有水喝，就幸福了。

有时候牛道全是真的羡慕这些牲畜的，比起内地的牛马，塔尔巴哈台的牛马简直过的就是天堂的日子。不用耕地，不用拉货，夏天啃食着新鲜的草原，饮着甘洌的山泉，还可以三五成群地围在草地，甩甩尾巴赶赶身上的蚊蝇！到了冬天，只要主人勤快，也总是有足够的干草给它们吃的。

"狗畜牲，"牛道全自言自语地说了一句，"你们都把人活了！给老子多生点儿崽子吧！"

学堂里坐的全是一起熟识的娃娃，没有同学间的陌生，长日子不见了，有不少比念书更新鲜的事情要拿出来炫哒。各自讲述着这段时间以来自己的奇遇、见识。只是三五天后，也就再没有什么新鲜感了。课间的气氛顿时像减了一半，努尔别克就不太想安静地坐在课堂上了，即使是那些北京学生游行提出来的"民主、科学、人权、自由"这样的新词，与他的生活又能有什么关系。他时不时就盼着裕生堂能来些病号，人或者牲口都行，只要是能让吴先生走出教室，只要是能让他忙起来就行。那时候就可以趁机溜出去，到大街上看新的变化。

那阵子，塔尔巴哈台城的变化真的挺大的。贸易圈的洋老板们陆续开始遣散自己行里的雇工，有的甚至开始解雇女佣。

吉祥涌洋行的老板车尼雪夫还被自己解雇的牧工女佣们告到了警察所。

那是孔淑魁第一次受理这样的官司。他心里十分复杂，既兴奋又激动，还有一种说不清道不明的情愫。

那个女佣样貌姣好，因为在车尼雪夫家里待客的需要，竟然懂好几种语言，且举止行为优雅得体，但言语中却毫无孱弱之势："当初他们远迁到这里的时候，强征我哈萨克骆驼马匹，到处勒索粮草供应。随后又驱使我们草原牧民为他们奴役，还强掳各部游牧民子女……现在俄国运输线路不畅，生意无法继续，就不再需要我们了，可没有草场，我们无处可去。总得有个说法，总得有个公道，以前没有，那是因为以前没有说理的地方，可是现在，现在咱们不是把白匪赶走了吗……"

女佣音高流利，情商颇高，处处让警察们有自豪感，自然十分受用。

给这些无处可去的牧民、女工找个落脚的地方，并不算什么难事。塔尔巴哈台刚刚经历了一场兵乱，闲置的房产、草场当然不少。只是孔淑魁那时起了私心，觉得这个女佣干净利落，尤其是能说几种流利的语言，而且能自由切换，便有心把这女佣留到德胜行。但孔淑魁不言不语，他在警察所还没有做决定的资格。

孔淑魁想几十年里洋人在这里做生意的趾高气扬，更应该趁机杀杀他们的锐气。以前没人敢动他们，而今不同了，定是得痛打落水狗！

警察所传来了吉祥涌洋行老板车尼雪夫。孔淑魁和他的同事，特意整理了一遍警容，然后严肃地设置了询问的场地，等车尼雪夫落座后，孔淑魁从同事的手中接过本子，问道："姓名。"

车尼雪夫愣了一下，孔淑魁再次提高了声音："姓名！"

车尼雪夫不情愿地回答完，孔淑魁根本不给他喘息的机会："居住地址！"

车尼雪夫眉目拧成一个疙瘩，心里想：你这个孔云清的儿子，你好意思问我？

孔淑魁当然知道车尼雪夫不愿意回答，于是提醒他："噢，对了，也许是我错了，我好像先应该问问你的国籍。"

身旁坐着的警员们一听，都笑了。

孔淑魁说道："车尼雪夫先生的国籍我真的不知道该怎么填，中国，你不是。那么，你是哪个国的呢？现在就是一个没有国籍的人啊？"

身旁的警员随即补充："那么我们应该按照苏俄的法律裁定你的行为呢，还是应该按照中国的法令处理？"

"建议您回去考虑考虑国籍的事，生意再忙，抽空也得把这个事解决了。原来的领事馆也没了，但人得往前看！"孔淑魁一边做着记录，一边头也不抬地说了这些话。

车尼雪夫脸色一阵白，一阵青。被几个年轻的中国警察消遣了一番，让这位洋老板心里十分不畅快。但处理的结果并没有给他找麻烦，只不过让吉祥涌洋行支付了解雇人员的一点安家费，用作在分草场之前在城里租住房屋以及吃饭生存的开销。

据说孔淑魁当晚去找了裕生堂掌柜吴鸣璋，得了高人的指点，孔淑魁给长官们是这样报告的：白俄兵乱刚过，塔尔巴哈台深受其害，应以先恢复生产生活为先，塔城地广人稀，能安置好牧工、女佣。原先的洋商也不适宜过分挤对，尽量使其加入中国籍，加入以后，他们的财富就算留在了本地。

孔淑魁解决这一次纠纷的经过呈报到张建业的手里，张建业大加赞赏，并做了批转。从此，动员原先塔城买卖圈子里的洋老板们加入中国国籍的行动开始了，洋行的老板们不得不衡量得失，陆续开始加入中国国籍。

## 18

被吉祥涌洋行解雇的女佣和那几个牧工暂时住在德胜行。

孔淑魁给孔淑慎交代："都是洋行里解雇的，如果有用想办法留着，如果没用，他就到道尹府报告，给这些人划块草场，编入部落，让他们去过自己习惯的草原生活吧。"

孔淑慎觉得德胜行正是用人之际，家里的圈空着，留他们几天看看品行，当然没有关系。但该编的部落、该分的草场也不能落下，这不矛盾，即便是留在德胜行，也可以给他们分一片属于自己的草场。反正塔尔巴哈台天大地大，人丁稀少，没人在意这些。

孔淑慎更想留下那个女佣观察一段时间，她想看看是不是真如哥哥说的那样好。女佣叫古丽夏提，翻译成汉语就是鲜花怒放的意思。是个干净利索的女人，做饭、收拾屋子都是一把好手，只是德胜行的生意又一次处在起步阶段，被伤的元气还远远没有恢复，暂时还真的不需要太多的人来帮忙。

在洋行做了多年的女佣，古丽夏提察言观色早已练成了本能。每天一大早，她便从牧工带来的牲畜的肚子下挤了奶，熬成奶茶。如果碰到牛奶多的时候，她还烧上一锅，下点面条，给二小姐孔淑仪、牛家姐妹吃，有时也叫努尔别克吃，面条少的时候，古丽夏提就只递给努尔别克一个干馕，再给他端一碗奶茶。吃完以后，几个上私塾的孩子便一起出门上学去了。

孔云清的老婆作为孔家女主人原本就是个慈善的主儿，见平白无故捡了这么好一个帮手，又不要薪水，心里那个满意，无法言表。每天早上，她想搭把手做饭的时候，总是被古丽夏提挡在身后，起初还怪不好意思的，不久便渐渐适应了。渐渐不再像从前那么早起床了，再往后，孔家女主人就时不时到观音庙里去拜拜菩萨，她觉得古丽夏提是菩萨送来的福气。但她对那几个牧工却没什么感觉，虽然牧工们也忙着放牧、喂羊，也尽心尽力地做她和女儿吩咐的一切活计，但她总觉得他们终究是要回到草原的。

那些牧工也的确是早起晚归，每天古丽夏提挤奶以后，便把骆驼牛马赶到城郊的湿地里去吃草喝水。

牧工们在德胜行的时间很少，也就是晚上睡一觉，吃早晚两顿饭，他们心里有数，过个把月就会宰只羊给东家，能有饭，有热奶茶，不挨骂，不受欺负，生活安定，就已经是天上的日子了。牧工们并没有太高的要求。见了孔家的人，他们便绽放出一脸憨厚的笑容，那是日积月累形成的品质，也是一种草原人与人为善的本能。

裕生堂私塾比较松散，一般一天只上半天的课。碰上病号吴鸣璋便会给孩子们放假。孩子便常常游荡在湿地、草原、三道河坝，他们割草，浮水，捕鱼抓虾，捡各种鸟蛋。那是值得他们终身回忆的珍贵少年时光。这种时刻，努尔别克总是很兴奋，那是他大显身手的高光时刻，他的脸上总是绽放着微笑，散发着一到课堂就荡然无存的神采。

吴鸣璋很看重努尔别克在私塾里的学习，就像自己被各族农牧民看重一样。农牧民常常不分昼夜叫吴鸣璋去救人治病。不管什么时候，也无论什么地点，吴鸣璋不能拒绝。一匹马、一壶水、一袋干粮、一个药箱、一个马灯，这些是必备的，靠着这些，他驰骋在山地、草原、戈壁。常常会碰到危险，风雪、迷路、狼群都有可能威胁到吴鸣璋的性命。还好，他运气不错，总能化险为夷。每逢诊治病人，沟通交流总是最大的障碍。病人的病症描述不清，自己开的药方子，牧民们看不懂，所以才逐渐形成了"静诊快治"的诊治方法，既然听不懂，索性不听了。

相比读书，努尔别克对裕生堂对面那个钉马掌的维吾尔族铁匠铺子更感兴趣。看着那一锤一锤把烧红的铁器砸变了形，火花四溅，然后再把一匹马绑上，把那打制的金属钉进马掌，那马便健步如飞，不再怕戈壁滩上的锋利如刀的石子了。

努尔别克看打铁耽误上课的时候，就会挨吴鸣璋一顿板子，虽然别的同学也挨，但挨板子最重的是努尔别克。

别人挨板子，哭喊求饶，唯有这努尔别克挨板子的时候，双目无神，全无表情，仿佛板子打在别人的身上。之后，他总是会接着犯错，全无悔改的迹象。

努尔别克对于这些汉族人远古的故事和哲理，真的是有障碍的。每次孔淑仪、吴诗然、牛玉芹受了表扬，努尔别克默不作声，如果是牛大脚受了表扬，努尔别克就不怎么高兴了。而且，那一年上私塾开始，努尔别克就不再像其他人一样叫牛大脚了，每次他都叫列奥巴。没有人怪他，因为年龄的增长，牛大脚俄罗斯血统的特点越来越明显。她的头发不像其他女生的那么黑，眼珠也不是那么黑，显得有点褐色与黑色相间。最让她自己难堪的是眼睛以下，鼻梁以上的部位，浮现了一些斑点，虽然很小，但牛大脚显然很不喜欢这些小斑点。总是有意无意地对着一面镜子，在鼻梁上抠来抠去。

"你怎么抠都是抠不掉的，那是你的民族特征，就像他们的古文和唐诗。"努尔别克这时候倒是显示出来联想的智慧。

当牛大脚背唐诗受了表扬，而自己一句也记不住挨板子的时候，他不屑一顾地对牛大脚说："列奥巴，你和她们不一样，你玉芹姐裹脚，却没人给你缠。哼哼！"

牛大脚知道自己和牛玉芹不是一个妈，但她没有见过自己的母亲，每次问父亲的时候，本来兴致很高的父亲的脸就立刻阴了下来，牛大脚就不敢问了。

吴诗然的脚虽然缠过，但缠的完全不像个样子，有一天没一天的。吴鸣璋天天看病人，动不动还要外出采药，哪里有时间关注女儿缠脚的事。吴鸣璋在这座城里有名声、有威望，对于裕生堂的女主人来说，丈夫在社会上的种种荣耀，那不过是人们的一种崇拜，也是家里的一种自豪，此外没有任何用处。常常她得独立打理着裕生堂，吴鸣璋反倒显得像特聘专家。日子久了，吴诗然的母亲便成了性格泼辣、直言快语的女人。生活的重担让她无法放慢说话做事的节奏，她得行事果断，言语铿锵。因为自己是个小脚的女人，操持着裕生堂的日常，让她觉得脚小了实在有诸多不便。在这座边境城市，跟那么多民族的人们生活在一起，只有汉族人缠脚。后来见了洋人，洋姑娘们就更加过分了，完全没有中国人对女性要求的礼仪、修养。起初有一点不习惯，渐渐地觉得那些买卖圈子里的洋女人，也是一道风景线，周身也发散着另一种特有的魅力。裕生堂的女主人对小女儿吴诗然当然疼爱有加。因为这些原因，对女儿缠脚的事就一直马马虎虎，装模作样。说没缠吧，也裹了。说缠了吧，又没有伤筋动骨。

吴鸣璋也是开明之士，在这座不同文化碰撞、交融的城市，渐渐便不关注女儿不缠脚的事了，甚至连别的方面也不再要求。满街的洋婆子，山野到处是少数民族姑娘，生活在同一片蓝天下，裕生堂也是无法坚持自己所有的传统的。吴鸣璋觉得只要本质善良，没有太出圈的行为就行了，不管是儿子吴怀智还是女儿吴诗然，都是要和周围的人打交道的，有时候也得随大流。

吴鸣璋还有自信，他觉得吴家家庭环境虽然宽松，但家风很好，那么好的氛围,子女怎么可能不好。事实上也确实挺好,兄妹好学上进,颇有见地。四书五经、古文经典,兄妹俩不相上下,也算是没有辱没裕生堂书香门第的名声。让吴鸣璋意外的是牛大脚,这个俄罗斯姑娘列奥巴对中国古文化竟有着巨大的兴趣。

一日,吴鸣璋问起大家读书的目的,学生们的回答五花八门。

孔淑仪说:"学习知识能使自己变得强大,有了知识,才能搞懂国外那些先进的机械、武器,才能守住自己的家园,不让别人随便进出,抢劫屠杀,才会有尊严。"

吴诗然说:"目光能看到的地方,始终有限,学习是为了知道远处的世界,看到远方的精彩。"

牛玉芹说:"有了知识,才能算对账目,才能学会经营,才能过上更好的生活。"

吴怀智说:"学习是为了明理济世,分辨善恶,但愿能找到减少世间病痛的良方。"

牛大脚愁眉苦脸了半天,方才表情冷漠又严肃地说道:"从哪里来,到哪里去,得寻找生命的意义,寻找灵魂的栖息之所。"

吴鸣璋最后把目光停留在努尔别克的脸上,他向来参与度不高。随口说道:"陪二小姐放学回家。"引得大家一阵哄笑。

吴鸣璋也随着孩子们笑了,很快恢复了严肃,吴鸣璋走到了努尔别克身边,努尔别克伸出手掌,习惯地等待着老师的板子。但没有板子落下来,吴鸣璋伸手在努尔别克乱糟糟的头发上摸了摸,对大家说道:"下课!"

当晚吴鸣璋对老婆说,努尔别克这孩子让他心疼。

孔云清带领着驼队,满载着自己的野心,伴着晨晖星辉,穿越着戈壁、大漠、草原,那是修生意经的漫长修行,漫长的旅途中不止有荒凉,也偶尔有绿洲、花园。新疆的花园是自然的馈赠,独具特色,漫山遍野,幕天席地,各种各样的野花鲜花挤簇在一起,延着起伏的山体,像一片巨大的彩毯,延至天边,让人看着就十分震撼。

孔云清带着商队饥餐渴饮地跋涉,无比艰辛的征途,却常常感受着来自戈壁、大漠、草原的爱和良知……

辽阔的新疆地域,有时几十里、上百里荒无人烟,遇有村落,也通常不过十来户人家,甚至只有一两户人。这些人家,都是世代居住在这块土地上的少数民族,他们深深知道在新疆跋涉的艰难,因此对过往的商旅客人格外热情。

孔云清和自己的随从只需向主人双手抱拳作揖,主人就会明白他们的意思。他们会被迎进家中,或是土房,或是毡房、帐篷,他们可以趁机洗把脸,躺下小憩片刻，醒来，主人就会端上奶茶、馕、手抓饭。

孔云清把货运回到塔城，与家人一番打理，便与妻子商量给牛道全和吴鸣璋送些礼物，其实这些事是不需要商量的，在用双脚丈量商道长短的过程中，孔云清有大把的时间琢磨这事，早就考虑了几十遍。牛道全是一起合作的伙伴，给什么都可以，只要礼物充足丰厚就可以。至于吴鸣璋，孔云清从南疆带了一些特有的中药材和西藏特有的药材，孔云清觉得足够了。

孔云清沿袭着杨柳青人挑扁担做生意的传统，一路收货，一路卖货，收着卖，卖着收，既收现钱，也以物换物。一趟走下来，收获颇丰。带着五十辆架子车，三十匹骆驼的长队，颇为壮观。看到那座像巨人一样躺卧在西天边的大山的时候，孔云清心潮澎湃，塔尔巴哈台城已近在眼前，就要到家了。上次离开的时候，孔云清是从仁忠信洋行鄂斯满的葬礼上逃跑的，现在终于回来了。在越来越接近塔尔巴哈台城的路程里，孔云清想想，真是得感谢鄂斯满和管家贷了五万高利贷给自己，让自己赢在了起跑线上，现在人死账空，除了能给这俩洋鬼子烧几张纸，还账也真是没有地方了。

第二天，吴鸣璋和牛道全竟然都到了德胜行来庆贺孔云清的归来。

牛道全从巴克图到塔城并非专程来看望孔云清，他来采买重新整理好的田地里的种子。只要不打仗、没兵乱，他牛道全就是个农民，他得意的也正是这一点。作为一个戍守卡伦的兵勇，牛道全完全找不到自豪感，但作为一个垦荒的农民，牛道全完全有自信。

白俄败兵把他的地里挖得乱七八糟，但那地是好地，千百年来休养生息的草原，草被剥离后，呈现出厚厚的一层黑色土壤。牛道全平整了自己家的田地，便错过了种麦子的季节，那种点什么呢？与其说，牛道全到塔城寻找答案，还不如说他来寻找机遇。

牛道全不承想，在惠芳园喝酒吃牛肉的时候，吉祥涌洋行的老板车尼雪夫竟然走到了自己的身边："牛民团，怎么有空到城里来呀？"

车尼雪夫这一声招呼，让牛道全很是吃惊，这可是红楼的主人，那么大财势的洋东家，在之前怎么可能跟一个巴克图屯垦的小农户主打招呼寒暄。

牛道全看了车尼雪夫一眼，也没说话，伸手把桌子上的两盘肉菜一把搂到自己这一边："坐，坐！"

车尼雪夫笑了一声，转头喊了一句："伙计，来盘风干肉，下一斤面片，多放点皮芽子！"

牛道全一看，这是洋东家要请客了，自己哪里能掉这份儿，随即也喊："再来一斤老风口。"老风口是惠芳园自酿的烧酒。在塔尔巴哈台吃风干肉，喝老风口，那就是最好的生活。

三杯过后，牛道全拉开了话匣子："我就是个庄稼把式，你这洋毛子，怎么想起来跟我一起吃饭了？"

"牛把总，你也不是一般人，以后再也别说这种见外的话了，我前两天刚办完手续，现在咱们是一个国家了，咱们是一家人了。"车尼雪夫笑着说道。

牛道全停下喝酒，嘴角咧着笑了一下，心底自问自答：嘿嘿，成中国人了？嘁，这做生意的，就是能审时度势。

车尼雪夫端起酒坛把两杯酒倒满："来，我敬您一杯，以后，在巴克图，在塔尔巴哈台的生意，还得请牛把总给个方便的。"

牛道全嘿嘿笑了，笑了好一阵，又似乎不是单纯的笑。然后端起酒杯："好，既然是一个国家，以后就要平等对待，齐心协力，一起把日子过好。干，我对巴克图，对塔尔巴哈台是有信心的，这是一片福地，我告诉你，这你总应该有体会吧，有信心吧。你们家原来在那个已经不存在的国家，不就是一个车夫吗？如果不是到了巴克图，不是在塔城，你们能有现在的房子，能有现在的家产？来，干！"

车尼雪夫不断地点头，二人借着酒劲，说了很多掏心掏肺、团结向前的话。

车尼雪夫最后给了牛道全一个建议，既然田里已经错过了种麦子的季节，那就种罂粟。

牛道全只知道鸦片，对罂粟他没有概念。车尼雪夫那天一直说着罂粟的各种好，并当时承诺，只要牛道全种出来，他定然高价收购。酒兴正酣的牛道全，沉浸在车尼雪夫烦琐的利润计算里，打算赌一把。

牛道全与车尼雪夫的那一顿酒，都没有喝醉，只喝到晕乎就彼此收兵，他们都有最后的防卫。分手后，车尼雪夫就去给牛道全准备种子了。

牛道全总是要去裕生堂看望女儿一眼的，他是裕生堂的贵客，吴鸣璋安排他在自己的炕上睡了一觉，睡醒之后，二人一道去德胜行，看看孔大掌柜。

孔云清回到德胜行的那几天，古丽夏提明白这个中年男人才是德胜行的真正主子，因此更加主动，服务十分周到。看到吴鸣璋和牛道全提着礼品，孔云清立即停下手头的所有活计，满脸含笑地迎进客厅，便明白这是贵客。不等德胜行女主人吩咐，便一头扎进厨房，开始忙活起来。

# 19

天将黑的时候,德胜行客厅里的桌子上摆满了一大桌饭菜,酒当然是楚呼楚。挚友到来,自是秉烛夜谈,把酒言欢。

那天晚上,孔云清乘着酒兴把自己这一路的体会全给倒了出来。

他说在新疆广袤荒凉的大地上做生意,十之七八是在行走,就是练脚力和忍耐力,但最让人意外的是吃住竟不成问题。无论走到哪里,各种不同民族的普通百姓,他们生活并不富足,但却不看你是衣衫褴褛,或是绫罗绸缎。但凡有人经过自家门前,他们都是一视同仁地悉心招待,端出家中最好的饮食热情招待。

孔云清感慨万千,他说祖上杨柳青人对这种不花钱的吃住起了个名字叫"打二饭",百十年来,就是这种"打二饭"养育了在新疆大地上赶大营的每一个杨柳青。

孔云清的情绪感染了两位挚友,都在新疆过了几十年,深深体会过这一片土地上各族人民的纯朴、善良!

那天晚上,三人推杯换盏,酒逢知己千杯少。借着酒劲,孔云清竟流下泪来:"我在商海打拼了几十年,我真的是认识到了,往往是远离喧嚣、远离物欲的人们,才越是有着最最高贵的灵魂。每次作别我要付给主人银钱时,这些民众总是拒收分文。每到这时候,我就感到惭愧,我有时候觉得自己不应该去挣这些善良的普通百姓的钱。可是他们就是市场,不挣他们的又能去挣谁的呢?我还得在商言商。"

三人许久没有聚在一起,以那样放松的心态饮酒,渐渐就全喝高了。牛道全那天晚上也有些激动,对孔吴二人表示深深的感谢,感谢他们替自己照顾教育两个女儿。

吴鸣璋忙说言重了,自己不过好为人师,但自己学识浅薄,其实也教不了什么东西,全靠孩子们领悟。不过近来他发现了不好的苗头,他觉得牛玉芹和大脚不再像小时候那么和睦了。

牛道全心里一紧,问道:"有什么表现吗?"

吴鸣璋说:"虽然牛大脚品学兼优,可是,努尔别克从来不叫她牛大脚,只叫列奥巴。牛玉芹从来不叫她的姓,只叫她大脚。"

牛道全追问了一句:"那我家大脚呢?"

"你家大脚倒没有什么变化,心大心善,而且还沉醉在古诗词、古文化的经典词句当中。"

牛道全目光若有所思,愣了片刻的神:"这孩子命苦,以后麻烦二位兄长多费心，我视列奥巴为掌上明珠，不想她受一点委屈。"

孔云清面带微笑，大约是对以后的生意信心百倍，一趟行商，他志得意满，满脸笑容："吃喝用度，你尽可放心，我一定视你家两个女儿为己出，淑仪有的，她们都有。"

吴鸣璋总是比较冷静、比较理智的存在，他淡淡地说了一句："我只担心你牛家姊妹的问题由她们二人引起，那就没人能帮得上忙了。"

牛道全张了张嘴，想说话又没有说出口。

这时，古丽夏提走进客厅，把桌上的残渣收拾了一下，又把已经凉了的菜端走，热了再端回来。德胜行的男主人回家以来的第一次宴请，她的表现无可挑剔。

孔云清便不再说牛家姐妹的事，岔开了话题，继续谈生意的事了。

三人边饮酒边痛斥着从前那些贸易圈的洋商欺压、盘剥中国人的行为："用一尺布换一张羊皮，半块茶叶换一只羊，一架手风琴换两头牛，还有比这更过分的吗？还有比这更暴利的吗？"

"有什么办法？有些生活富足的牧主或者地主愿意享受这些洋货，又无法到外地购买，明知上当，也只有任其摆布。"

"他们靠这种巧取豪夺发了横财，然后就租给咱们号子里免税条子，什么也不干，白捡咱们玩命挣来的钱……"

牛道全独自喝了一杯酒："以前他们这种挣钱的方式，估计以后再也不会有了，失去了国家的庇护，也不知道他们会用什么方式继续经营？"

"他们再难，日子也比我们好过得多，这些年的盘剥积累，他们底子厚，财大气粗，比我们好太多了，"孔云清说，"我这刚刚走了一趟买卖，跑了那么远，总得歇几天，才能继续出去。倒不是说咱们爱惜身体，惜力，只是货销不出去，就没有资金，拿什么去进货呀？"

牛道全一拍大腿说道："孔二哥，那还不简单？你现在手握南疆进回来的茶叶、回布，现在咱们赶走了白俄，大家都憋着一股心气，准备大干一场。可是，这么多年的各种洗劫压榨，老百姓早已一贫如洗，起步太难了，你德胜行如果能在这时候，给大家一些帮助，各族农牧民都会感谢你的。"

牛道全的提议，孔云清并不陌生，从前洋人也常做这种事，耕种需要资金的时候，把一部分商品和一小部分现金借贷出去，签订契约，到期后以牛羊土特产还账。

吴鸣璋对孔云清说："你现在也可以这么做，但不能把利息订得像洋商那么高。钱不够的话，裕生堂也是可以凑的，你知道，裕生堂虽无大财，但日日有进项，总不至于青黄不接。你挤进这个借贷的行当，不能只图利益，还要担负扶贫济困、稳定行业的重任。有德胜行存在，就不能让这种野蛮的高利贷无节制地生长！那就是你的牌子，那就是你的信誉。"

"对对对。"二人连连赞同。孔云清倒了一个满杯，三杯酒碰在一起，大家站起身便挺了挺腰板，一种责任感、使命感油然而生……

贸易圈里的洋商们基本都加入了中国国籍，这是一次重大的胜利，警察所里的所有警员在递给这些洋老板户籍卡的时候，极力压抑着自己内心的激动。

在送走最后一个洋老板之后，孔淑魁再也忍不住，他把手里的夹子扔飞了，其他几名警员把帽子也扔飞了，大家抱在一起，在警察所的大厅里围着圈跳舞，他们笑着哭着，蹦着跳着，难以控制自己的激动。

孔淑魁决定拿出两个月薪水，请大家照死了玩。

他们大摇大摆地在不同的馆子里穿梭，胡吃海塞，轮番呕吐，吐完再喝，反正他们都有战胜死亡的年轻，就没有什么不可为。

夜深了，几个警员摇三晃四在街道上横着走。边城天大地大，终于踩在他们的脚下。

他们相互勾肩搭背，毫无目的地漫步在塔尔巴哈台汉城的大街上，趁着夜晚的凉风习习，他们从西向东一直走，一直走，从龙王宫绕到刘猛将军祠，走过一幢幢洋楼，走过一幢幢很低很矮的小土房，直到能看见东界的财神庙。这几个年轻的警员衣冠不整，为了发泄自己无法释放的情绪，冲着夜空喊着唱几种民族语言的《敞开了喝酒歌唱吧》：

> 洁白的雪山一直不说话
> 山下野豌豆为它开紫花
> 火辣伏特加你带我飞吧
> 今天不喝到位都别回家
> 塔尔巴合台的山脚下
> 今天敞开了喝酒吧
> 小哥哥该娶亲就娶了吧
> 大姐姐该嫁人就嫁了吧！
> 啦啦啦……
> 塔尔巴合台的山脚下

今天敞开了喝酒吧

该珍藏的故事就珍藏吧

该扔掉的烦恼就扔掉吧!

塔尔巴合台的山脚下

今天敞开了喝酒吧

为幸福的今天快点个赞

为美好的明天歌唱吧!

为美好的明天歌唱吧!

歌声突然停下了,在这黑暗的夜里,城东关的拐角处亮着两盏灯,散发着粉色诱惑的光亮,这些警员的歌声出现了暂时的休止。

粉色的灯光下,日本服饰馆门前特殊的风情极为吸睛,巨幅海报宣传画上,两张雪白的脸孔,红艳的嘴唇,亮黑的眉毛,梳着整齐光亮的传统日本妇女发髻,身着和服,袖长着地,后领开得很大,腰间系着腰带低垂在后,这种异域风情是警员们从来不曾领略的。

"服饰馆不是卖衣服的吗,孔哥?怎么挂这些女人的画,咱们这里卖衣服不是只看衣服就行了吗?"警员一面说话,一面摇摇晃晃,径直走到服饰馆的门口。他先看了看女子海报画下面的汉字,却认不到几个,念也念不通,然后就伸着头极力地望着服饰馆那深深的木质走廊,其实除了一些木格子的落地窗,什么也看不到。可这位警员,越是看不到,就把脖子伸得越长,仿佛要绕过阻挡目光的木门窗。

"那么想看吗?"孔淑魁问道。

"没有没有,"警员急忙缩回脖子,"就是咱们警察所还不曾来过这里。"

孔淑魁看看这个警员,再回头看看身后的警员们:"要不,咱们进去看看?"

大伙互相瞅瞅,不好意思地笑笑,先前伸脖子的警察摇摇头:"算了算了,很贵的样子,不知道要花多少钱呢。"

孔淑魁一听这话,当然被激将了:"什么贵不贵的,现在这座城市真正的主人是新军,是道尹府,是警察所,哪里还有警察不能去的地方?"

孔淑魁一把推着伸脖子的那个警员,走了进去!

拨动门帘的时候,自然触动了房顶垂下来的风铃,那特制的金属发出动人的脆响,引得所有的警员纷纷回过头来看那个造型别致的风铃。

风韵犹存的伊藤卉子拉开木门,一身和服小碎步走了过来。她微笑相迎,走到两三步的距离，便鞠躬行礼，随后先用日语问候了来客，见这几个警员听不懂，才又用汉语说了一遍"欢迎光临"。

"几位先生，需要什么服务？"伊藤卉子满面笑容地问道。

警员们都看着孔淑魁，孔淑魁左看看右看看："我们来看看。"

伊藤卉子一愣，看着这些年轻警员的窘态，掩嘴一笑："好的，请随我来。"

伊藤卉子领着大家走向走廊的深处，并用汉语介绍着两侧每一间屋子的作用。有茶室、棋室、密室、浴室、换衣间、技艺室。

警员们听着、看着，觉得这日本服饰馆的规矩还真是太多，太讲究了，根本记不住。

房间也并不很多，每门房并不太大。很快就转到最里头的一间。伊藤卉子拉开木门，邀请大家一起进入。

这时，木门后两个妙龄少女，跪坐在地，双手熟练地码着一双双拖鞋。

警员们纷纷低头看自己的鞋子。站在孔淑魁身后的警员抬起脚，在自己的另一条腿上擦擦，然后他转身就往外跑。

孔淑魁立马儿转身，伸着胳膊："哎哎哎——"

孔淑魁的胳膊还没放下，又有三个警员掉头跑出去了。

孔淑魁看看最后一个警员："你怎么不走啊？"

"我下午刚冲了个凉水澡。"

孔淑魁笑笑："我也洗了。"

"哈哈哈哈……"两人终于开始大笑，笑到停不下来，笑到弯腰展腹。笑了好一阵子，硬停了两次，才算是平复了情绪。

二人脱下鞋子迈步走进了这间最大的屋子，那天，这间日本服饰馆居然没有客人，甚至连店长佐田繁治也不在，据说到外地去了。

孔淑魁心里琢磨：这么大一个店铺，一个男人也不留，真够胆大的。

那是孔淑魁第一次进日本服饰馆，没做什么事，本来就已经七八分醉意，又是第一次出入这样的场合，一切都是那么新奇，那么陌生，二人带着处男的拘谨，一切被动地接受。

那天伊藤卉子让樱子、百惠泡了好茶，给二位警察醒酒。她拿出几本影集，一本一本翻着给两位警察看，指着图片里不同的女人，说她们到这个店的大致时间，伊藤卉子告诉他们，她们服饰馆是卖服装的，也可以欣赏到艺伎的表演。艺伎不是艺妓，艺伎集音乐、舞蹈和琴艺为一体的国粹，在日本传承已有三百多年。

孔淑魁坐在地上，头歪枕在樱子的大腿上嘟囔着："什么艺伎不艺伎的，你们也是一群没有国籍的难民，你们和白俄一样，去别人家的地盘没安好心，你们跑这么远，就你们三个女的，给那些有钱有势的男人们，能演什么国粹传承！哼哼，哼哼……"

另一个警员也一样的动作，头歪枕在百惠的大腿上："呵呵，呵呵，孔哥说得对，里面的再烂，外边话也得说漂亮，这叫面子，叫尊严，这才是传承，我听说日本文字可都是跟中国学的呢，呵呵呵……"

那晚，樱子、百惠便穿着打扮得如同服饰馆门外的海报一样，展示着传承三百多年的日本国粹，而孔淑魁和那一位中午冲了冷水澡的警员在酒精的作用下，躺在木地板上，呼呼大睡！

凌晨，孔淑魁从木地板上醒来，一摸，发现身上有个毯子，而平日自己是盖被子的，便吃惊自己身处何方。又逼迫自己想，想想又觉得口渴，在黑暗里四处摸壶摸碗，统统都没有摸着，便起身往外爬，却被绊倒，才想起还有个同伴，急忙将他拉起来，二人一起鬼鬼祟祟、慌慌张张地从服饰馆逃离……

回到警察所，孔淑魁摸摸口袋，发现一分钱也没有了。便问一道回来的警员，那小子也迅速摸了一遍自己的口袋，脸色一变："妈呀，我还打算孝敬我妈呢，这可咋办，她天天在惠芳园后厨洗羊肠子、配菜，辛苦得很！"

孔淑魁笑着摇摇头，自言自语道："行啊，咱们啥也没干，把钱丢光了！"

那个警员对孔淑魁说："她们真他妈的胆大，日本国离塔城那得多远啊。跑这么远，抛家舍业的，居然敢把咱们的钱都掏光，这得多狠呀！"

大地简洁而素雅，天空开阔而深远。塔尔巴哈台的天空总是蓝得放肆，而清晨的寒气能使人精神抖擞。牛玉关一大早就按照父亲牛道全"要细耕"的指示，把那一片土地再一次深翻细耱。牛道全赶着两匹枣红马拽着犁杖踏进巴克图牛家地块，犁完后，趁着马歇息的时候，牛玉关把犁杖换成了用荆条编制的耱耙，两匹马奋力地在前面拉，牛玉关双脚分开踩在耱耙中间，两脚一起一落，耱耙便在田间左右晃悠，犁出来的土块便碎成细碎的土块儿。

牛玉关不明白，这是要种什么金贵的东西。他在前面让两匹马轮着休息，一匹马套上犁铧只拉出浅浅的小沟，这匹马也许因为同伴在树荫下吃草，心理不平衡，走得飞快。牛玉关就朝下按着犁铧，犁铧深陷土壤，马便走不动了。牛道全便在远处着急忙慌地骂道："浅点儿，浅点儿，你开的什么屁沟，一会儿深一会儿浅的，干不了滚蛋！"

牛玉关憋着一肚子气，等马走出地块，一手拉着马，一手照着马背就是一鞭子，飙着不同民族的语言，各式各样的脏话，把马打得原地转圈圈。

不管用尽什么方法，最终牛道全认为马干这种活计确实不合适。不同意牛玉关再参与撒种子的活。

牛道全要亲自干，也不要什么牲口了，嘴里说了一句："馕死哏，没人性的东西，到家就把你宰了、煮了吃。"

牛道全叫儿子牛玉关把马赶回家，再给自己送耕牛，送饭来，看这架势，就是要在地里对付一口，然后继续开干了。

儿子走后，牛道全拿着一把锄头，在松软的土地上拉着浅浅的沟，一步一步向后退去，然后再返回来，把盆子里的种子，小心翼翼地撒进沟壕里，再用耙子把土轻轻搂到种子上，只薄薄的一层，但凡盖住种子就可以了，汗水不时滴到土里。

不过三亩地，牛道全父子折腾了五天，牛玉关总是被父亲骂来骂去，牛玉关越干心情越糟糕。十一二岁就跟着父亲一起种地，从来没有见过父亲这样子没完没了地找自己的碴儿，从来也没见过谁家种地，种成这样子，像伺候月子的婆娘似的，比搞民团的时候还累人。

牛道全当然知道儿子心里不爽，便一边撒种一边对儿子说："一个庄稼人，要永远记着，你对土地付出了多少汗水，土地才会给你多少收获，别那么不耐烦。"

牛玉关歪了歪嘴，想说什么又没有说出口。牛道全就在一旁看着他，脸上带着怒气，笑笑说："你别不服气，跟你老爹比，你既不是个好民团更不是个好农民！别人把枪炮种到你家地里，你不知道收；自家的地里种点金贵东西，你不知道干，我下再多的苦，将来还不都是你的？"

牛玉关终于憋不住问："种啥宝贝？还金贵，还真的能种出金子？"

牛道全说："药材，罂粟。吉祥涌洋行的老板车尼雪夫将来花大价钱收呢，你懂个啥？"

牛玉关不再吭声，他没有想到把白俄败兵赶出去了，父亲还给贸易圈的洋老板种药材。至于罂粟，牛玉关没有听过。那天父子俩一起忙到天黑，什么也看不见的时候才回家。

回家的路上，牛玉关终于没有忍住，还是问了一句："爸，咱们这药材给那洋毛子老板种？"

牛道全说："去！车尼雪夫现在入了中国籍的，没撤走的洋老板们现在都是中国人了!"

## 20

十几天后,牛家的地里有了一垄垄细小的绿色生命萌生出来,歪歪斜斜地在大田里画着一垄一垄的平行线。看着这些新生命,牛道全一脸难掩的微笑,他一路走,一路笑。他在空旷的原野上,走近地中央,解开裤子,朝那些那么孱弱的小嫩芽旁的垄上,边尿边走,边尿边说:"莫争莫抢,让你们雨露均沾。"

牛道全每天早上都要到地里去转一圈,既是多年坚持的早起晨练,也是对新作物破土的祈盼。他对这一次这种"珍贵药材"的种植,和孔云清对进货做生意抱了一样的态度,就是破釜沉舟,一举扭转牛家困顿的经济。

起初他也不全信车尼雪夫,当车尼雪夫把种子免费送给他的时候,他有点相信了。车尼雪夫承诺,高价回收,越多越好。牛道全想着,那自己就先试一试,等自己挣上钱了,再让自己牛家的族人一起种,如果赔了,那他自己就先赔。

大戈壁滩的气候变化无常,牛道全赶着牛车,拉着一车一车的麦秸草撒到垄沟里,盖住了小小的幼苗。整个种罂粟的地里,就只看得见金黄的一片,完全看不到一点绿意。所有路过的牧民,也不知道这是什么,赶着牛羊,快快去吃那别处青绿色的牧草,哪里愿意在这种干草上费工夫!

他们骑着马,驱赶着羊群,走出老远还侧目回头。巴克图边界,向来没有太多的人光顾。即使有牧人来,也都知道那是牛把总家的田地,他们只是疑惑,这牛把总在搞什么?

那时,牛道全又新开了一大片荒地,种下了大片大片的葵花,秋收以后,就可以用来榨油。牛道全相信那句谚语:在战争中,富人提供食物,穷人提供孩子……当战争结束后,富人种更多的粮食,穷人寻找孩子的坟墓。牛大脚就是牛道全在战后寻回的孤儿,他的父亲化成了一座坟墓。

牛道全懂得粮食的重要,他站在巴克图,看着一望无边的草原,心里幻想的是满地的粮食。他赶着马,按下了犁铧,破开了大地的皮肤……

塔尔巴哈台汉城东北角的哈萨克贸易亭内重现了往日的辉煌。哈萨克、布鲁特(柯尔克孜)牧民赶着牛羊来换取德胜行新进来的"恰依"(茶叶)、布匹、绸缎、食盐和瓦罐。对于长期贸易低迷的塔尔巴哈台来说,孔云清运回来的这些商品,当然成了抢手货，面对巨大的需求，消息不胫而走，很快形成了卖方市场。

吴鸣璋前去看老朋友，却因为市场里熙熙攘攘，明明到了市场，却突然不想挤进去，便在市场外的墙壁上提笔写下一首诗：

谁跨明驼天半回，
传呼布鲁特人来。
牛羊十万鞭驱至，
三日城西路不开。

那些赶着牛羊来逛市场的牧民们，都围在墙根下，看着塔尔巴哈台城里最有文化的先生写字，虽然不明白写的是什么意思，但也纷纷鼓掌赞赏，善良友好热情是他们的底色。

吴鸣璋从人群里挤了出来回家。一路上，见到不少生疏的面孔，一看穿戴和神情，就知道是从内地大老远跑来的，这些人穿得破破烂烂，蓬头垢面，一脸疲倦。

吴鸣璋一路问了几个这样的人，回答的话大抵都差不多，都是想来混口饭吃，最好能发笔财，他们听说这里产金子，都想来做淘金客。他们说自己都是下苦的好材料，再重的活儿也不怕，就怕吃不饱，就怕没活儿干，就怕活太轻，就怕将来不能带些钱回家。

吴鸣璋一直走出市场的巷子口，那里有一个打包谷馕的馕坑，一个维吾尔族大叔站在坑边，一边唱着歌，一边用他那烟熏火燎的黑油手转着一个圆饼似的馕，动作熟练而简洁。他把那张转了几圈的馕饼放在一个蒙了毛巾高高鼓起的圆木上，左手用一个铁钩子拉开一个薄铁皮盖子，右手拿起这个圆木疙瘩，伸进炉膛，在那生着炭火的炉膛壁上使劲一摔，那圆饼便粘贴在炉膛壁上。接着，他用长长的铁钩子，把烤熟的馕钩出炉膛，用那一只油黑发亮的手，从铁钩子上取下，扔到炉子上方的灶台上。由于馕烫，维吾尔族大叔急忙把手指头伸到嘴旁，朝手指吹几口气。大叔这一套动作十分娴熟，很有节奏感，时不时，连贯的歌声被这动作给打乱了，但却毫不别扭。并且显得那些吹指头，从火钩子上拿下馕的动作，与他那特色的歌声浑然一体，自带光环。

引得那些从内地大老远跑来蓬头垢面的难民围作一团，深情围观打馕的表演。望着那从火炉里拿出来，冒着热气的馕饼，目光里流出无限的向往，一大口一大口地咽着唾沫。

吴鸣璋看完五味杂陈，急忙回家准备了几张桌椅，叫家里的人给这些路人烧点茶水，裕生堂也不是财富大户，也提供不了太多的资助，只能买一点包谷馕，烧点开水，最多煮点砖茶，那还是孔云清从南疆带回来的。

吴鸣璋想给这些人一点最后的温暖，再劝劝这些人，别再走了，出了塔城就是巴克图，再走就到国外了。到这里就是最后的地界了，到这里就算到了天边了。

吴鸣璋知道草原、戈壁上牧民农户们慷慨，到处都可以"打二饭"，可是这种善举在城市里却不常见，所以当这些个流民吃了馕喝了水之后，朝他作揖的时候，他并不自豪，心里感觉极为复杂。

吴鸣璋在私塾的课堂上，对学生们讲："要同情这些背井离乡，跑到这么远来寻个活计的人，要明白生活的不易，裕生堂是药铺，救死扶伤是本分。饥饿也是一种病，得治，得让市场上那些流民们吃，还不能让他们放开了吃，裕生堂只是治病，治好了饿病就行了，管不了饱，更不能让他们吃撑，那也是会要了命的。"

偏偏那时候，努尔别克趴在桌子上打起了呼噜。

吴怀智跟努尔别克坐在一起，他便用胳膊肘捅了他两次，起初努尔别克的鼾声停顿了一下，但很快又响了起来。第二次就更加没有效果，努尔别克翻了个身，流着哈喇子，嘴巴里不清不楚地说些呓语，又歪头睡去。

吴鸣璋当然不能容忍这样的事情，走到努尔别克的跟前，一把拉开他的左手，用戒尺狠狠打在他的掌心。

"馕死哏——"努尔别克怪叫一声，从自己的座位上站立起来，引得其他学生哄堂大笑。

努尔别克的眼里放着光，这种情况在课堂上并不多见，随着别人学的课程越来越深，他的目光便越来越无神。当他被打得清醒的时候，他便站立着，伸着自己的左手，眼睛看着地上的某个位置，全无表情，板子在他的手上发出"啪啪啪"的脆响，像是打在别人的身上。

吴鸣璋的板子打得努尔别克手掌隆起，每打一下，班里的男女同学的表情都跟着抽搐一下。

"你父亲那么善良，你是施舍'打二饭'最多的哈萨克族人。要说你运气不错，你碰上了一个好巴依，孔老板对你那么好，要你来上学。你是我费心思最多的学生，可是你不开窍啊！为什么，你就学不进去呢？我恨铁不成钢啊！"吴鸣璋一边打一边说。

吴怀智突然把手伸了过来，戒尺打在吴怀智的手上："爸，不要再打他了。"

"拿开,"吴鸣璋的戒尺落在了吴怀智的手上,"这教室里只有师徒,没有父子!"

这时,门外有人慌慌张张跑了过来,喊着:"吴先生……吴先生救命!"学生们一看,就松了口气。来病号了,吴先生就会被请去治病,这顿戒尺到这里也就结束了。

但这次吴鸣璋并没有让下课,他对四个女学生说,让她们讨论讨论最近学习的心得。而努尔别克和吴怀智则被罚站在房间外面,但他们一样能听到课堂内的交流。

老师的离去,让四名女学生的讨论交流像决堤的河水没有了方向。

牛玉芹说:"现在我是年龄最大的,说句实话,男孩子就是调皮,定不下性的,他们的天性就是喜欢玩,静不下来,坐不住。"

话音一落,便遭到吴诗然反驳:"可不要看不起男生,他们一般都是后程发力,而且成就很高。女人,将来到了嫁人的年龄了,一嫁人,就算完了,什么都完了,女人的人生结束于她成家的那一刻。"

牛大脚这时插话进来:"吴小姐,我可不这么看,我们俄罗斯族不像你们汉族女孩子这么内敛,你们习惯隐藏自己的感情和真心。尽管你们也期待有一段美好的爱情,有一辈子美好的婚姻,但你们根本不会说出口,你们会压抑自己。但俄罗斯族的女孩子不会,我们如果遇到了美好的情感,就会主动去追求。我们追求完美的爱情,也不反对爱情经历坎坷,允许有各种不相同的色彩……"

"行了,大脚你就别说了,老师让谈学习体会呢,你看看你都说了些什么?门口还站着男生呢,你不知道害羞?我都替你臊得慌。"牛玉芹脸红着打断了妹妹的话。

良好的气氛随着牛玉芹的一句话,气氛就变了,大家不好说什么话。这时站在房间门外的吴怀智转身站立在门口:"我觉得大脚说得有道理,凭什么女人不能追求自己的幸福?为什么你们的人生非得让父母做主?民国八年,北京大学生满街游行,就打出了'自由''人权',难道对自己一生感情的方向把握不属于我们的人权,不属于你们的自由,凭什么就得让父母亲找一个你们从未见过的人,你就得跟他过一辈子?"

牛大脚听到吴怀智对自己的赞成,抬起头与吴怀智四目相对,一股暖流瞬间涌过心头。

牛玉芹这时候走到牛大脚的身前,阻断了她与吴怀智的视线:"吴怀智,你爸走的时候让我们讨论的是最近学习的心得,你在这里跟我妹说的是什么呀?轻浮!"

孔淑仪缓缓走到房间的中央，慢慢说道："前几天，我爸带回来一本小册子，我看了，觉得挺好玩的，写得好像有点深奥，但又很有道理的样子。我大约记得一点内容，就想讲出来，跟大家交流一下。那册子上说，从来社会的历史都是阶级斗争的历史。那么，什么是阶级？对于这个外来的名词，我们很陌生，我的理解就是处于同一时期、同一地域的压迫者和被压迫者，他们始终处于社会发展中相互对立的地位，总在进行不断的、有时隐蔽有时公开的斗争。"

"你说的这些晦涩难懂，跟我们的生活很遥远啊，和我们有什么关系呢？"吴诗然说道。

"当然有关系，"孔淑仪说道，"读万卷书不如走万里路，走万里路不如阅人无数。我们孔家坐地行商，常常会不经意间带来各种新鲜的书籍、玩意儿，我刚才说的就是现在在欧洲很火的一本书，一本薄薄的册子，听说是禁书，受各国打压，传播的速度却很惊人。不要觉得欧洲离我们很远，这本书已经影响了苏俄，他们建立了新的政权，才派兵剿灭了跑到咱们这里的白俄败兵。民国七年的春天，洋行里做事的俄罗斯大哥哥们在街上游行，就为了争取个休息天，结果被绞死了，挂在城墙头。这些真的离咱们的生活很远吗？不就在咱们身边嘛。"

"你真是操没用的心，操多余的心，"牛玉芹说道，"俄罗斯族的雇工和贸易圈毛子老板的纠纷，跟你一个中国人有什么关系？德胜行的伙食还真是吃得饱啊，呵呵。能过好你自己的日子就行了！"

"狭隘，封闭，"孔淑仪反驳，"清朝引以为傲的康乾盛世，我们的皇帝爷沉醉在自己大清国无所不有的时候，西方开始出现牛顿，出现提出三权分立的孟德斯鸠，出现洛克提出政府论，亚当·斯密作出《国富论》，卢梭完成《社会契约论》。欧洲在思想方面快速发展，把我们远远抛在后面，难道离我们很远吗？"

孔淑仪话音一落，教室里陷入一片寂静。牛大脚、吴怀智对孔淑仪的这一段话产生了强烈的兴趣。牛大脚纠结于自己从来没有把苏俄革命和塔尔巴哈台发生的事情联系起来。她总认为自己虽然是俄罗斯族，但俄罗斯那么远，跟自己的生活毫无关系。那一刻，吴怀智陷入了深深的自卑，他怎么也没有想到，平常并不怎么沉醉于学习、背书的孔二小姐，原来拥有这么惊人的见识。吴怀智在随后的日子里，多次到德胜行，去寻找孔二小姐所说的那些书籍，并且决定拜师孔云清去跑江湖、做生意。

吴诗然在那以后，也常常跟着哥哥吴怀智一起去德胜行，但她的关注点却不在那些高大上的思想理论。她更喜欢的是物品的华丽精美、机械的精致精巧。

当吴怀智谈及资产阶级的种种不好的时候，她反倒觉得资产阶级对整个世界贡献巨大。

吴诗然的理由当然也是充分的，资产阶级开拓了世界市场，使一切国家的生产和消费都成为世界性的。资产阶级国家可以先进到加工来自极其遥远的地区的原料，并把它们提供给世界各国消费。即使在这个过程中，有残酷的竞争、掠夺，那也是走向未来的美好呀，有什么问题呢？人来这世上只能走一遭，应该享尽所有的美好呀！有什么错？

罚努尔别克和吴怀智站在房间外的那天，直到天黑，吴鸣璋也没回到裕生堂。努尔别克一直看着吴怀智，他就想看看先生的儿子如果放学就玩去了，那么他也撒丫子回德胜行吃饭。可是，吴怀智一直站在那里，没有离开，也没有吃晚饭。只是时不时抬起一只脚，在另一条腿上蹭蹭，缓解一下自己的疲劳。

努尔别克心里憋着一股劲，你们这些有钱人家的孩子都能受得了的苦，我自然也能受，而且肯定比你们能忍受！

孔淑仪可不会等他，叫上牛家两姊妹就回德胜行了。

孔云清来到裕生堂的时候，天已经全黑。孔云清走到私塾的墙下，看着黑洞洞的夜里，好像有人影，便从腰里掏出一个物件，乌黑的夜瞬间被照亮了。

努尔别克看清了孔云清的脸，那张脸挂着和蔼的笑容："我知道你不想读书，觉得不自由，没有用。那真的是你的不对，你爸要是在世的话，也会让你读书的。读了书你就能懂很多的事情、很多的道理，识了字，你才能把这世间看得明白，你才能摆脱你既定的命运，才能把握你自己的人生。"

孔云清抓住努尔别克的手，拉着他回家，但努尔别克并不想走，向相反的方向用着力。眼睛直直盯着吴怀智，他是这个班上学习最好的，努尔别克跟他学习较不了劲，但不信自己站功不如他。

孔云清笑笑，对吴怀智说："散了吧，散了吧，你爸让我给你带信，他给人家治病，什么时间回来还说不上呢，你们几个娃该吃吃，该喝喝。"

吴怀智刚想问话，妹妹吴诗然从远处跑来："是孔叔叔来了吗，是孔叔叔来了吗？"

孔云清顺着声音的方向抬了抬手，看到了吴诗然。他伸手摸了摸吴诗然的头："长高了，也变得有礼貌多了。"说完孔云清关掉了手电的灯光。

吴诗然问道："孔叔，你怎么熄了，啥也看不见了。"

"咦，这可不是随便看的，可不能轻易浪费电，这一个手电筒，我舍出了十六只羊。"

"孔叔叔，你就再亮一下呗，让侄女看一眼呗！"吴诗然居然开始撒娇。

孔云清只好从怀里再拿出手电筒，打开灯光。灯泡亮出了一束光，照亮了乌黑的夜空。

在这一束亮光面前，吴怀智和努尔别克所有抵抗的意识，都被瞬间瓦解。三个少年，围着手电筒，看得入了迷。

吴诗然提出和吴怀智一起送努尔别克回德胜行，她说："哥哥站了几个小时，活动活动腿也是好的。"

孔云清笑笑，领着三个孩子一起回家，反正也离得不远。一路上，孔云清开了三次手电，好奇心大发的吴诗然问起手电筒是怎么造出来的。

孔云清回答道："这你还真难不住你孔叔，你孔叔是做生意的，给客户介绍商品的时候，那自然是知道得越多越好，越详细越好。所以，我问毛子买手电筒的时候，多给了一只羊，就为了知道这些故事。有一个俄国人叫康拉德·休伯特，他移民到了美国，有天下班回家，一位朋友自豪地向他展示了一个闪光的花盆。花盆里装了一节电池和一个小灯泡。电门一开，灯泡会发出亮光照耀着花朵，十分漂亮。休伯特看得入了迷，等他回家的时候，走在夜晚黑暗的道路上，提着笨重的油灯，深一脚浅一脚，一路摔了两跤。他想，如果能用电灯随身照明，不是更实用方便吗？于是，休伯特把电池和灯泡放在一根管子里，经过多次试验，终于发明了移动照明手电筒……"

古丽夏提在厨房给三个孩子倒了三碗奶茶，泡了馍馍，吴诗然说自己已经吃过晚饭，只喝了几口奶茶。她的兴趣不在吃饭。

吴家兄妹饭后回家的时候，孔云清在大门口照着手电筒，亮光一直照到兄妹二人走到巷子尽头拐了弯才作罢！

第二天，孔云清醒来，像往常一样端着木盆到河里打水扫街，却看到孔淑魁慌慌张张地跑过来，衣冠不整："爹，老爹，不得了啦，不得了啦！"孔淑魁看看四下里无人，趴在孔云清的耳朵上小声说，"道尹大人张建业团长，昨晚被连夜抓走了，我趁着早上出操的机会，急忙跑回家来给你报个信！"

## 21

孔云清脸上表情显得比平常更加严肃。强势的张团长就这么坠落了,被连夜秘密押往省城,据说上面害怕在塔城会生变故。

几年来,张建业在这一片地域做了不少事,赶走了白俄败兵,恢复了对塔尔巴哈台的全面治理,也培植过一些自己的势力,当然算得上一个强人,有几分威望。

但知道他被带走的人既没心思也没机会做营救他的事情,他们只能替张团长惋惜,然后就是担心自己会不会受到牵连。

孔云清常常听到某个洋行跟张建业有往来的新消息。他也有担心,怕哪天有人到德胜行来问孔淑魁怎么进入警察所的事。但是他的担心有些多余,没有人找他的碴儿,德胜行还没有发展起来,远远不能和那些财大气粗的洋行相比。

一个官员被抓,对社会的影响微乎其微,只不过是街头巷尾增加点谈资罢了。随着季节变化,塔城的街巷里更加热闹,德胜行南疆进来的货物已经销售光了。孔云清筹集钱财、组织车马,准备再一次启程,这一次他不去南疆,他要回天津一趟,他要重新打通杨柳青到塔尔巴哈台一百六十余站的商道。

南疆的货源不够丰富,也不稳定。想彻底解决货源供应最好是回天津,京津之地,繁华之都,日常供应自是应有尽有。虽然路程九千余里,要穿八百里戈壁瀚海,翻天山、乌鞘岭、六盘山,过渭河、黄河……在外人眼里,这样的长途跋涉肯定要历经千难万险,但在杨柳青人眼里,这就是商道。先祖都是这么过来的,天下熙熙,皆为利来;天下攘攘,皆为利往。虽然困难重重,但成千上万的杨柳青人早就踏出了一条求生之路、贸易之路、致富之路。

临行前,吴鸣璋给孔云清带了五百银圆,要他到自己老家去看看。吴鸣璋受父亲的召唤,离开杨柳青到塔城行医二十多年,中间回津四次,却也再没有找到妻子家人。吴鸣璋拜托孔云清,如意外寻见,就带来吧。老家连年打仗,估计他们也没个好日子过。孔云清和吴鸣璋那天谈到很晚,从老家的军阀混战谈到张建业的倒台。

孔云清对吴鸣璋说:"张道尹能力还是有的,被拿掉也不能说冤,收礼的时候,他的手也真不算软,但好在还算办事。"

吴鸣璋冷笑了一声:"人这一生,有太多的山头横在你的面前,你总有翻不过去的。有的时候,你当时就觉得自己翻不过,有些山头,你以为自己过去了,很久以后,你才发现你还是翻不过的。人生他日之灾祸,皆今日种之因果,张道尹已经过去了，不谈也罢！"

不久，张建业贪污税款白银一万七千两的消息被放了出来。整个塔尔巴哈台着实吃了一惊。白俄败兵祸害了几年，大家都勒紧裤腰带过日子，怎么张道尹还能搜刮到那么多钱财，按律贪污五百两就是死罪，一万七千两是普通人一辈子也不可能见到过的钱呀。人们不由感慨：塔尔巴哈台真的是一片藏富之地。

张建业一倒，原先得力的部下调整的调整，调走的调走，即使原位不动的也都极力撇清与张团长的关系，民团操练的事再无人过问，民团的那些枪械渐渐便成了原先的头人私人的家当，用来看家护院打猎了。张建业身边的刘副官脱下了军服，偷偷逃了，不再在道尹府和军营中供职，他失踪了。

牛道全没把这些事太放在心上，白俄兵一走，他就解甲归田，不再琢磨打仗的事，全部心思琢磨着怎么把那些土地种好。与家人一起下地劳作的时候，他点了一锅子烟，在地头对牛玉关说："一年清知府，十万雪花银。张建业被逮了活该，眼下咱们牛家就两件事，一是把这罂粟种好，二是把先前那些枪支保护好，尤其是那些俄国枪，将来一定会有大用的。你要永远记住你爹的话，咱们是边民，一旦有事，就是最前线，谁也帮不了你。钱袋子要鼓，枪杆子要硬，有了这两条，你就能在这世上站稳脚跟。尤其是乱世，一定要有武器，好人一旦有了枪，就是善良有了力量，那时，邪恶的势力就无法嚣张！"

罂粟结果的时节，车尼雪夫专门带了技术人员到了牛家的田地里，手把手地指导牛家人，他们手持一把小刀，在那椭圆形果实上划上一刀，收集里面流出来的黏稠的乳汁。

车尼雪夫在地边走来走去，望着这一大片罂粟，一脸兴奋。他把牛道全叫了过去，返回自己的马车上端了一盘子全部用红纸包好的银圆："很好很好，你的工作做得很好了，为了表示我的诚意，这些都是你的了，这是我们吉祥涌预付给你的定金。"

牛道全自恃是见过世面的人，但面对那么一大盘子银圆的时候，瞬间释放出的眼神是无法掩饰的，包含着惊讶犹豫，也含有一丝丝自卑的光芒。他迅速平静了一下自己的心情，没有客气，收下了那盘子银圆。

那天晚上，牛道全久久不能入睡，他实在抵挡不了车尼雪夫那盘银圆的诱惑，于是他做出了决定，全族的成年男女，但凡能下地的，一律黎明起，天黑回，全部到地里去割取罂粟汁，把干粮送到地里，尽一切可能把罂粟地里所有能变钱的作物都收回来，一定要把那块田给伺候好了。

在城里上学的牛玉芹、牛大脚也被叫了回来，培养二位女秀才的梦想也暂时被搁置到一边，两位小姐很快掌握了割苞引流的技巧，起早贪黑地在大田里干起了农活。

干了几天农活的牛玉芹实在不想再拿起刀片在那绿苞上划道挤汁了，她觉得日子单调到非常无聊。于是便撺掇牛大脚一起给父亲说还是应该到城里上学。牛玉芹说吴先生学识渊博，行为世范，时间长了不去，一落下课程，就步步都跟不上了。二人合计了大半天，准备了很多说服父亲的说辞，却并没有用得上。牛道全没听几句，就同意了她俩返回塔城去读书的想法。牛把总觉得她俩也确实受不了这田里的苦。

私塾的课堂上，牛玉芹手里拿着几个罂粟壳子玩耍，引起了吴鸣璋的注意。他一脸严肃地问道："你拿的是什么？"

"罂粟。"

"罂粟是什么？"学生们看到先生表情严肃，便悄悄小声议论。

"没什么呀，不过是我家地里种的药材，"牛玉芹看看吴鸣璋，心里有点害怕，"我妹妹牛大脚背了一包呢。"

吴鸣璋一把从牛玉芹的手里拿过罂粟壳，仔细看了看："牛大脚，你出来一下。"

牛大脚看得出来，先生有几分怒气，一声也不敢吭，跟在吴鸣璋的身后，一直走到配药房。

牛玉芹急忙把手里的另一个罂粟壳扔掉，跟着他们出了房间，悄悄地蹲在吴家院子的水缸旁边，观察着制药房里的动静，可是房间里的话一句也听不到。

吴先生把牛大脚那一包罂粟壳留在了药房："大脚，知道罂粟是什么吗？"

牛大脚摇摇头。

吴鸣璋把那罂粟壳子拿在手里："其实就是鸦片，害人不浅的玩意儿。"

牛大脚双目圆张，大为吃惊。

"你们千万不要碰它！"吴鸣璋表情严肃地发出警告。

牛大脚从药房出来，算是知道了，野罂粟是中药，而父亲牛道全倾尽心血种植的作物原来是鸦片，是毒害人的东西。

父亲肯定是不知道，自己应不应该告诉他？牛大脚想来想去，还是不敢说。她和牛玉芹都知道，父亲为了种罂粟的这件事，费了多少心血，自己怎么能说这些话。她的直觉提醒她自己，这事不能干，打死也不能提。她不知道自己怕什么，但她不敢说。

碰到吴鸣璋远去牧区巡诊的时候,牛大脚、牛玉芹还是要回巴克图的。牛大脚总是装病,不下地里去采罂粟的汁。但送她们回来的努尔别克却喜欢下地干活,不怕风吹日晒,他给牛道全说:"叔叔,列奥巴的活,我替她干了。"

牛道全看着这个朴实的小伙子,伸手在他的头上摸了一把,笑了笑:"中午吃羊肉!"

牛大脚在屋里当然也得不到休息,她得做饭,做饭倒是简单,就是炖羊肉胡萝卜,羊是牛玉关早早宰好的,牛道全很慷慨,下地前就说过:"这么重的活儿,炖上半只羊,让大家吃饱吃好,有力气干活儿。"

牛玉芹干到中午时分,田里的太阳出奇地毒辣,牛玉芹喝了两次伏茶水,仍然火烧火燎地难受。见牛大脚推着木轮车到地里来送饭,便觉得牛大脚做的活儿比自己的惬意,要和大脚一道回去准备饭菜。

两姐妹在厨房做饭的时候,牛玉芹就对牛大脚不依不饶,追问她为什么不下地。大脚说自己不舒服,牛玉芹不信,说她壮得像头牛,怎么可能有病。

牛大脚瞒不过牛玉芹,面对姐姐一次次的逼问,把罂粟是鸦片的事说了出来,但她隐瞒了吴鸣璋对自己的交代。吴先生是自己的老师,牛大脚入学的时候,便拜了大礼。她有很强的仪式感。当父亲说"一日为师,终身为父"那句话的时候,对吴鸣璋产生了无比的尊敬,她不可能做任何不利于老师的事情。

努尔别克返回塔城的时候装了一包罂粟壳,偷偷带回了德胜行,他每天上学前跑到厨房:"古丽夏提阿姨,把这个放到饭里,听说这个放到饭里会更香,巴克图牛家大院里的人炖肉都放的。"

古丽夏提拿着这罂粟壳看了半天,认不出来是什么东西,以为是汉族人从内地带来什么稀奇古怪的调料。也就没当回事,抱着勤俭节约的美德,每顿饭只放一个进去。

那阵子,每到吃饭的时候,努尔别克便看一眼古丽夏提笑笑,然后狼吞虎咽。

古丽夏提就疑惑,有那么好吃吗?自己也没尝出有什么区别。想想也许是自己做的饭自己觉不出香来。看到孩子们吃得香,自然产生出一种自豪感来。

几个月后,孔云清领着浩浩荡荡的骡马队回到塔城,随着货物一起带回来一个满头白发的老女人和二十几岁的男子。

得知丈夫回来,孔云清老婆匆匆走出来迎接,却没有跟丈夫正经打个照面,说上一句话。孔云清甚至没有指挥卸车,只顾了把那老女人和男子先安排到自家客厅,并吩咐大小姐孔淑慎让二人先洗洗涮涮。德胜行的女主人心生诧异,心里窝着一肚子的不愉快，心里想去问问丈夫，又觉得不合适，正犹豫呢，孔云清就独自走出德胜行，大步流星走到裕生堂去了。

德胜行女主人瞬间破防，再没心思照顾生意，只告诉孔淑慎自己头痛，回屋把头埋进被子里去了。

孔云清在私塾门外用手势叫吴鸣璋出来，把他一直拉到药房，把头伸出窗户左右看了看，把窗户紧闭。孔云清刚想张嘴说话，就被吴鸣璋的手势制止，吴先生给孔云清倒了一碗温茶，让他先喝上一口。

孔云清此时才觉得自己喉咙冒烟，三口两口把水倒进去，吴鸣璋又给倒了一碗，这次他再没有催孔云清，只是说了句："人找到了？"

孔云清点了点头。"一路上我特别小心，专门雇了一辆家眷车，让嫂子坐，但她舍不得钱，总说自己就是一受苦的人，怎么能一直坐车。她一路上总是从车里翻下来，跟着运货的队伍一道走，把贵重的货物放在车上。实在是不知道，我也没告诉过她，她怎么就知道这种雇来的家眷车有'整票'和'半票'之分，'整票'收银五十两，'半票'二十五两，她说啥也要下地走走，帮忙推车，看货，一路上真是太不容易了……"

吴鸣璋没有说话，静静地坐在太师椅上，眼里湿润了，眼睛一闭，泪珠滚了出来。

"现在怎么办？"孔云清问道。

吴鸣璋从怀里掏出一方手帕，擦了擦眼泪："你从前做架子车的那木工坊现在干吗着呢？"

"没干吗，半闲置吧，就是有时候车队到那里修整一下，把坏了的架子车在那里修整修整。"

"现在是夏天，倒是好办，就先把他们安置到那里吧，我随后就去看他们。"吴鸣璋说完站起身走了。

孔云清听得出来，吴鸣璋的声音有点抖。

孔云清不敢耽搁，他得尽快把那两个人安置好，跟吴鸣璋是老哥们儿了，朋友危难，两肋插刀，这事必须办好。

在天津找到嫂子的时候，孔云清是兴奋的。他看着这女人黑瘦憔悴的面孔，年龄较大，头发都有些白了，一时无法把这个形象和意气风发的吴鸣璋看作两口子。再看一眼那儿子，虽然穿得破旧，但个子比自己还高，能找到这么大一个儿子，孔云清真替吴鸣璋高兴。

女人听说丈夫要接她和儿子去新疆的时候，有些慌乱，手轻微地抖着，在狭小、暗黑的屋子里，她一会儿坐下，一会儿起来，转来转去。一句接一句地问吴鸣璋的情况。

孔云清思忖着等到了塔城，吴鸣璋成了家的事也瞒不住，索性也没有隐瞒，说吴先生成家了，家里条件挺好。

女人的表情没有什么变化，只是坐在了椅子上，淡淡地说了句："怪我不认识字，不然当家的也不能这么些年不给我个信，怪我自己搬了家，当家的肯定是没找到我，这不是一直在找么！"

女人再次从椅子上站起身，转身向两个牌位前面的一只破碗里，点了一炷香，把儿子吴怀仁喊到跟前，磕了三个头，然后对孔云清说："我跟你走，这些年，动不动就打仗，都不知道为了什么，打来打去，都不知道是谁跟谁打。动不动就逃难，我不得不逃，又不敢走远，怕他回来找不着。我们跟你走，再远也不怕，他可以不要我，但他不能不要他儿子，我已经没有劲儿了，我已经折腾不了了，怀仁得找个姑娘成亲，老大不小了……"

女人照着镜子梳头，在镜子前叹了口气，眼泪就线一般地泻了下来。

孔云清安排好母子俩，吴鸣璋还没有到。孔云清只好再回裕生堂，半路碰到吴鸣璋，他怀里揣着几个馕饼，还提着一个羊腿。

孔云清接过羊腿："你想咋安置他们？"

"先吃顿羊肉吧，这一路上他们太累了，肯定也没吃上什么好的。"

"我不是说这个，你懂我问什么！"孔云清打断了吴鸣璋的话。

吴鸣璋表情落寞，有点无奈："两个我都不想辜负！口里来的这个，等了那么多年，替我给我妈我奶奶尽孝送终，替我养大了儿子，我要是赶她走，我就是畜牲。可是你小嫂子，很贤惠，也给我生了一儿一女……"

孔云清对吴鸣璋说："还是先找小嫂子说吧，求得人家同意，我觉得小嫂子也不是不通情理的人。"

说话间，二人到了木工坊，屋子里锅灶是有的，有点简陋。是那些雇工们临时凑合一嘴的时候用的。

屋里早已被那女人收拾干净，锅盖掀开，那只黑铁锅已经亮得可以照见人影，只是没有米面下锅。

孔云清在外间找到斧头，把羊腿提出去剁肉。那女人就叫儿子拿水桶去河里打水。

屋子就剩下吴鸣璋和那女人了。

煮肉的时候，看到孔云清把整个羊腿一下倒进锅里，女人便发出一声尖叫："咋能一顿煮完呢？"

"你看，你刚来，"吴鸣璋看看那比自己还高出小半个头的小伙子，"你们刚来，就敞开了吃一顿吧。"

"你胡说呢你，日子还能这样过？"女人丝毫没有退却的意思，强行从水里捞出了大半的羊肉。小伙子没有说一句话，眼睛盯着那羊肉块儿，喉结不停地蠕动。

母子俩吃饭的时候，吴鸣璋把孔云清拉着回家了，从满城到汉城的路上，走得很慢。

"打算怎么解决？打算找谁做个中间人去说和。"

吴鸣璋停下脚步，看看孔云清："要不请你家夫人说说？"

"哎哎哎——不行不行，"孔云清急忙拒绝，"我家那位笨嘴笨舌，怎么能干得了这事。"

## 22

吴鸣璋的小妻子年轻他十来岁，是边城有名的大美人。结婚的时候，人们都羡慕他有艳福，觉得吴大夫是最有福气的人，有人品、有祖传医术，这辈子吃穿自是不愁，他们的婚姻也是郎才女貌。可是谁也没想到，吴鸣璋老家还有那么大一个老婆，甚至还有这么大一个儿子。

那阵子，塔尔巴哈台满汉两城最有文化的知识分子、道德模范吴鸣璋先生，陷入了街头巷尾茶余饭后议论的旋涡。为了区分吴大夫的两个老婆，老家来的被人们称作大夫人，塔城这个被大家称为小夫人，两个女人都不喜欢这样的称呼，可是街坊邻居叫得无比执着，最终由不得你不接受。

无所事事的人故意路过裕生堂，故意要到德胜行木工坊去看看，甚至他们装病也要去裕生堂走一圈，他们毫无缘由地问，裕生堂有没有阿胶卖？

吴怀智知道这些人根本不是来瞧病买药的，就是希望能看到他们心里想象的稀奇场面！心里十分不悦，全没了应有的服务态度："大叔，拜托，我们是裕生堂，不是同仁堂，不是百草厅，我们老家是天津杨柳青，不是山东东阿。"

那人便依旧不依不饶："那有什么问题呀，你们不是跟德胜行联合呢吗？孔掌柜什么给你家带不回来呀？"

这时候，吴鸣璋从院里走到药铺，把脸色一沉，径直走到来客的面前："先生哪里不舒服？"

看到素有威望的吴先生，来客一愣，居然不知道该怎么回答了。

"想推拿还是要扎针？"吴鸣璋说道，"人要是有毛病了就是早些治，不治人就不会好。"

来客面露尴尬，什么话也没有说，转身离去了。

那人走后，吴鸣璋吩咐关掉了裕生堂的大门，不想再受到装病看热闹的人的嘲笑。

吴鸣璋走到后院，强迫自己专心讲私塾课，逃避俗世的是是非非。偏偏努尔别克也不知道是被谁教唆了，居然在吴鸣璋打自己戒尺的时候说："老师，我有个疑问，大街上的人让我问老师，您那么有学问，怎么解决两个老婆两个儿子的事，怎么样能让他们在裕生堂和睦团结？"

这一个提问简直就是石破天惊，狠狠给了吴鸣璋一闷棍。吴鸣璋内心五味杂陈，瞬间便没了教导训斥努尔别克的心情。他有气无力地喊了声："下课。"

等大家收拾东西的时候，吴鸣璋又宣布放五天假。

努尔别克那天晚上，在铁匠铺里一直打铁到很晚，他给铁匠铺子的人笑着说："以后就不上学了，吴先生不好意思再教了。"

努尔别克一脸自豪，觉得那次提问是自己最有力量的一次反击，他心里洋洋得意，叫你打我打了那么多次，终于算是报复了一次。努尔别克自豪地对铁匠铺里讲，他原来一直以为学校里最厉害的是戒尺，原来，人说的话更有杀伤力。

从那天开始，吴怀智常常听到闲言碎语，心里便实在不是滋味。他拉着妹妹吴诗然一起跑到德胜行找努尔别克算账，德胜行的女主人告诉他们，努尔别克正在那羊圈里铲羊粪呢。

吴怀智拉妹妹一起去羊圈，可吴诗然嫌味道不好，要去找孔淑仪玩耍。

吴怀智只好独自前去，站在羊圈木栅栏门口，大叫道："努尔别克，你出来！"

努尔别克看了吴怀智一眼，笑着说："干吗？我可比不了你，大少爷，我还得干活儿。噢，对了，你是大少爷还是二少爷？"

"你出来，我有话要问你。"

"哟，奇了怪了。你课堂上啥都懂的人，还有要问我的问题吗？"努尔别克说话的时候，并不敢停下手中的活儿。

吴怀智更加气愤，一脸怒容："我，我要跟你约架！"

努尔别克看了吴怀智一眼，带着蔑视他的笑容："你这个靠你爸生活的人，我可没时间跟你摔跤，我天黑前得把这些羊粪出完。"

努尔别克的头刚转回去，吴怀智已经冲到他的身前，努尔别克对自己的鄙视，吴怀智早就受够了，伸手揽住他的脖子，一个背摔，努尔别克飞了过去！

铲粪的铁锨被丢在一旁，努尔别克的脸蹭在地上，心底一股无名怒火上涌，从地上爬起来，朝吴怀智扑了过来，二人在羊圈里开始缠斗！

一身羊粪的吴怀智离开德胜行的时候，女主人还在后面端着一碗奶茶追赶："怀智，你可真是好孩子，我家羊圈里的那活儿，你也帮着努尔别克干，看把你身上弄得脏的……"

吴怀智没有回应阿姨的话，甚至连妹妹也没有找，大步流星，连走带跑地回家去了。他眼里溢着泪水，用袖子有一下没一下地擦拭着脸上的羊粪，为自己没有取得明显的胜利而懊恼。

回到家，吴怀智找了一个口袋，到穿城的河床里装了些沙子，把沙袋吊在了院子的一角，然后一拳一拳打在这沙袋上。他发誓有朝一日，一定要以绝对的胜利把努尔别克打趴下。

孔云清遣散了所有跟自己一起远赴内地运货的雇工，清点了所有库里的货物，终于忙完德胜行手头的事情。天已全黑，孔云清吩咐店铺早点打烊，然后返回家中。

妻子打来洗脚水，伺候孔云清吃了两块点心。

孔云清没等妻子给自己擦脚，便一把把妻子抱在怀里，翻身滚到炕上，那既丰腴又娇小的身体竟然浑身颤抖，传递着久违的渴望。

要么是孔云清长久未操练，这一切都已生疏，要么是终日事务缠身无法集中精神，在妻子的气喘吁吁中，他迟迟难以进入，费尽心思算是成功了，却又很快把持不住，没过片刻，便一切结束了。

孔云清趴在妻子的身体上，内心涌起一种莫名的失望，觉得自己有愧，没有给在家等了自己这么久的妻子一个满意的交代，心里有那么一点点怀疑，是不是身体出了什么问题。不，肯定不会，下次一定再认真一点，也许明天，也许下半夜就可以，那一次应该会很好吧。

孔云清在心里安慰着自己。而妻子自从被他抱上炕，一钻进被窝就把他紧紧搂住，双臂上显示着急迫与贪婪，把丰满鼓胀的胸部毫不羞怯地贴紧他的胸脯。无论从表情到声音都显示出对自己的无限渴望和配合，只可惜，等待那么漫长，而金风玉露却如此短暂。尽管她尽力掩饰，还是流露出来一丝丝失望的神情，又恰好被孔云清借着月光给看到了。

于是孔云清决定转移一下注意力。他把胳膊伸到妻子的脖子下边,将她揽在身旁。妻子也确实很享受这样的姿势,她明白自古"商人重利轻离别,前月浮梁买茶去",这都是男人的担当,也是生活的无奈。

作为一个妻子,她不求大富大贵,只希望每晚丈夫以这样的姿势拥自己入眠,望着窗外的明月,这时候的自己就拥有整个世界。可是不可能,丈夫胸有大志,志在远方,长年走南闯北,没有忘了自己就是生活最大的恩赐!

孔云清为了冲淡这次夫妻生活的遗憾,便把自己到杨柳青找到吴鸣璋的原配和大儿子的经过给妻子说了一遍。妻子听完后,心里悬的石头终于放下。但转为担心起吴鸣璋的境遇,担心丈夫带回的那对母子的境遇。

这一招果然奏效,妻子不但没有了先前的失落,而且非常通情达理。"这事不怨吴大哥,这是时代造成的。现在,既然人都到塔城了,总不能老这么别扭着。"

孔云清的夫人愿意去裕生堂找小嫂子说和,都是女人,何苦相互为难。吴鸣璋也不可能不要那么大的儿子!小嫂子应该做个明白人,不能犟!人不能跟命运过不去,犟不过的。

孔云清没想到老婆是如此的贴心,竟然敢去办这样的事,不但去办了,而且还办成了。小夫人虽然哭哭啼啼了几天,但在好姐妹德胜行女主人的开导下,同意接纳那母子俩。

小夫人对吴鸣璋说:"母以子贵,想回裕生堂住也可,想在外面安置也行,你自己看着办吧。"

吴鸣璋一听可是乐坏了,终于把自己最难的事给解决了。

老家来的女人并不打算搬到裕生堂住。她叫自己的儿子到河里打了一桶水,认真地洗了个澡,把自己的一头白发,认真地梳洗打扮了一遍,对吴鸣璋提出了自己的三个条件。一是自己的家就安在木工坊,女人说伺候奶奶婆婆十几年,也没有听见过吴鸣璋一句话。没事,自己什么苦都可以受。二是自己不回裕生堂,免得在一个院里跟妹妹闹意见,分两个院住着都自在,但怀仁是吴鸣璋的,儿子得回裕生堂,那里才是吴家的正经产业。三是要吴鸣璋买两挂鞭炮,放炮那天晚上,吴鸣璋得在木工坊过夜。自己老了,吴鸣璋可以跟自己分炕睡。但她要让这城里人知道,自己不是外边的女人,自己是吴鸣璋的原配,是把吴家老人送终,把吴家长子养大成人的原配夫人!

如她所愿,那两挂鞭炮宣告了她的高贵身份。

从那一天以后，塔尔巴哈台淳朴的街坊邻居们，对裕生堂都睁一只眼闭一只眼了。他们想要看的笑话随着那两挂鞭炮炸成了正剧。那不是吴鸣璋的花边新闻，而是人家内地大夫人的道义、德性，是裕生堂吴先生有情义、胸怀。即使裕生堂的小夫人，那也展示了自己的宽容。

那天晚上，在木工坊里，孔云清和牛道全跟吴鸣璋一起喝得烂醉。大家像是闹新房一样地折腾着，其实就是为了抚慰老家来的女人的心灵，那都是吴鸣璋提前交代过的事。仿佛要给他们补办一次婚礼。人到中年，不再有金钱物品的困顿，在胡吃海喝的放纵后，大嫂子伺候着不醒似死的吴鸣璋睡下。大家便辞别离去。

牛道全和孔云清互相搀扶着，朝着德胜行摇摇晃晃地走着。一路上，二人有一句没一句地说着酒后贴心贴肺的话。

"边陲塞外，古时都是皇帝流放罪臣之地。在朝堂之上的不如意，一旦被放逐，表面上看似乎是人生失意，但事实上，塞外边关未必不是天大地大。你看林则徐，我就觉得他老人家当年流放到新疆，呵呵，一切乌拉！"

牛道全这边说着自己的感悟，孔云清就唱了起来："我是个蒸不烂、煮不熟、捶不扁、炒不爆、响当当一粒铜豌豆；恁子弟每谁教你钻入他锄不断、斫不下、解不开、顿不脱、慢腾腾千层锦套头？我玩的是梁园月，饮的是东京酒，赏的是洛阳花，攀的是章台柳。我也会围棋、会蹴鞠、会打围、会插科、会歌舞、会吹弹、会咽作、会吟诗、会双陆。你便是落了我牙，歪了我嘴，瘸了我腿，折了我手，天赐与我这几般儿歹症候，尚兀自不肯休。则除是阎王亲自唤，神鬼自来勾，三魂归地府，七魄丧冥幽，天哪！那其间才不向烟花路儿上走！"

牛道全打了一个饱嗝，无缘由地笑笑："你住嘴吧你，还敢唱这些个淫词小调，小心你回去挨板子！"

"不会的，不会的，我家夫人最好了，她给我留着一盏灯，给我守着一个家，如果没有她，我的家就散了，挣钱也没有意思了……"

"呵呵呵，"牛道全笑笑，"你这个八面玲珑的孔大掌柜，人比泥鳅滑，心眼儿比蜂窝密，就是碰到啥事，你都没胆硬扛。你告诉我，你今晚回家跟妹子睡不？"

"我跟你睡，你是客人。"孔云清说。

"拉倒吧你，你害怕酒味熏着你老婆挨收拾吧，说得那么好听。"

说话间到了德胜行，夜已很深，家中人等已悉数熟睡。孔云清和牛道全蹑手蹑脚地开门、关门、顶门，两个醉汉终于弄出了乱七八糟的声音，女主人掀开门帘走了出来："是他爸回来了吗？"

孔云清回头看了一眼："你快回去，快回去睡你的。我今晚陪道全在阿斯哈尔的房间睡。"说到阿斯哈尔的时候，孔云清抬顶门棍的手停了一下。

第二天一早，孔云清端盆净街，牛道全绕着城墙根跑步。

头天晚上的酒喝得有点头痛，牛道全便要锻炼一番，等到浑身上下被汗水湿透了，再在街上的馆子里吃上一碗特细的清汤牛肉面，汤汤水水地灌上一肚子，酒后的种种难受就会有很大的缓解。而孔云清则不会这样白白浪费体力，他要把自己家的活儿做了，他说体力也是资本，不能白白浪费。

牛道全吃牛肉面的时候，正好碰到车尼雪夫，车尼雪夫主动凑到牛道全的八仙桌前，要了一碗"韭叶"（宽而扁的像韭菜叶子的牛肉面）。他看着牛道全嘿嘿一笑："看样子，昨晚喝了不老少。"

牛道全看看昔日高高在上的洋老板，没有说话。车尼雪夫继续说道："要不，你这么早来找这治醉酒的牛大夫？"

车尼雪夫很快吃完了面，并抢着把账结了。说自己有点急事，得先回去，希望牛道全多待几天，吉祥涌要专门设宴请他。

牛道全只当是句客套话，一面应承着，一面打算尽快返回巴克图。牛道全进城的时候在马背上的褡裢里，装了两罐子晾晒凝固过的罂粟块。

牛道全一直对车尼雪夫不放心，觉得自己跟车尼雪夫打交道，就不能那么实诚，就得多个心眼儿。这东西到底是什么？为什么那么值钱？他想看看这东西好不好卖，到底值多少钱。

他就近进了一家药铺，拿出其中一个罐子，从中取出一块，问老板收不收罂粟块。

掌柜起初没听太懂，只是看着牛道全神神秘秘的样子，被带入情景之中。只见他拿出深褐色膏状物品，心中狐疑。

牛道全说道："听说这个是药品，止咳、止痛、镇静，不知算不算是中药？我不大清楚，想问问你店里收不收？"

掌柜看了一眼，向屋外看了一眼，然后把店门关上。把牛道全带到屏风后面，用一把刀在这深褐色膏状物上刮下来一点点，放在一个铜勺里，把一盏灯点燃在勺子的底部烘烤。一股奇异的幽幽香气便飘了起来，牛道全觉得特别好闻。掌柜贪婪地吸了一口冒出的气味，随后跑到后院一趟。

不久，药店的老板亲自包了一包银圆，跑出来见牛道全，留下那两罐子罂粟块。牛道全掩饰着自己内心的兴奋，走出药店，老板还特地追出来相送，并绕着牛道全的马匹转了两圈，依依不舍地跟他作别。

牛道全翻身上马，回味着那欲罢不能的气味和药铺伙计烧烤时的动作、神情，他明白了：原来罂粟就是鸦片，原来自己辛辛苦苦耕种的能发财的作物就是罪恶滔天的鸦片。该怎么办？难道把全家人一夏季的辛苦，全部毁掉？那样怎么给车尼雪夫交代，怎么对自己交代，怎么对家族交代？

牛道全手里拿着那把银圆，他早已把银圆外边的红纸撕开。已经四十出头了，不再是愤青的年龄，他早已向生活屈服，但自己攫取的这一桶金，居然是鸦片，这让他感觉有点羞愧。

他骑马穿过塔城的主街，全城烟馆已经开了好几家，有高档的，有普通的：高档的开设于原洋人的"贸易圈"主街，普通店分散于城内各处；高档店每杯"福寿膏"大约铜圆一万文（合银圆五角），普通店每杯铜圆五千文（合银圆二角五分）；高档店布置华丽，烟具也较精美，光顾者多为军政官吏、大商人、纨绔子弟、私娼等，普通店则为小商、力夫等下层人民经常出没之所。每家设有床位二三十张，甚至达五十张。一般人也开不得烟馆，即使开了，也得竭心尽力打点各种关系，照章纳昂贵的税费。少数人贩鸦片发了财，而不少人因烧鸦片烟而倾家荡产，最后冻饿而死。

牛道全深知鸦片的危害，原先在军队的时候，就有战友们吸食，毫无战斗力可言。而现在牛家成了巴克图种植"罂粟"的大户，牛道全觉得自己有点骑虎难下，那么就双腿一夹，纵马狂奔。

裕生堂接纳了吴鸣璋的长子吴怀仁，这个在内地受了二十几年苦的年轻人，对塔尔巴哈台没有丝毫的陌生，没有丝毫的排斥，他天天换着干净的衣服，在城里的街巷中出没，很多人都认得他，都叫他一声裕生堂的大公子，他也乐得受用。吴鸣璋很不喜欢他无所事事，想让他在学堂里跟着识字读书，但吴怀仁十分抵触，他说自己已经过了学知识的好年龄，他与比他小十来岁的弟妹们格格不入。

孔云清生意取得了巨大的成功，声誉和地位日隆。每天净过街后的德胜行，以全新的面貌迎接巷子口初升的太阳！孔淑魁在警所里也算是风生水起，大家都知道他是德胜行的大公子，但他总是一次次地纠正：在警局我是一队队长，工作和家庭无关！

## 23

民国十四年，占地近三十亩的苏联领事馆落成，各种房间五十余间，院内树木参天，建筑气派宏伟，再次轰动了塔尔巴哈台。

不明真相的群众甚至担心起来，猜疑是不是原来的"毛子"又打了回来，自己是不是又要挨欺负了。一队警察分散在那条街上维持秩序，孔淑魁对大家讲原来的沙俄不存在了，现在是苏联，是新政府、新国家。但大多数群众还是听不懂，他们的眼里充满迷茫和迷惑。

"沙俄是欺负咱们，可苏联对塔城是很友好的，他们只是来做生意的，你们看维持秩序的都是咱们的人！"这是一句很管用的话，群众看看身旁的警察，的确没有洋人的大兵，就放心了。大家看见说话的人是德胜行的老板孔云清。随后，人群中"哦——"的一声，表示了丰富的内容，人们愿意相信给他们带来远方货物，方便、丰富了自己的生活的孔老板！

不久，孔云清当选为塔城的商会会长，那是荣誉和地位的象征，有了道尹府的这个任命，孔云清可以协调全城，甚至能协调邻近县域的商业资源。孔云清信心百倍，谋划着把大家团结在一起，尽力把生意做强做大。他跟牛道全喝酒的时候说："我现在还真的是赞成一句话，男人真正的人生是从四十岁以后开始的。"已经半醉的牛道全频频点头，附和着孔会长和他们之间的友谊。

那一年，罂粟的丰收，巴克图牛家赚得盆满钵满。但牛道全不打算第二年再种罂粟。全族的人都表示疑惑，大部分的族人都想种罂粟，但苦于启动资金不足，他们目睹了罂粟需要精耕细作，用不了太多土地，便把自己的土地便宜卖给牛道全，以便悉心照料剩下种罂粟的土地。

牛道全不想跟全族的人对立，他明白自己种罂粟发了财，不让族人种，必然遭到反对。自己在家族中的威望和地位既是自己实力，也是大伙儿给的面子。你如果断了谁的财路，那他指定跟你撕破脸，你在家族里的地位便会大大降低。这是牛道全不能放弃的。巴克图牛家没有了牛道全，就全散了。牛道全索性买下族人们的地，他们把地卖了，就得开垦新地，当年也就种不了多少罂粟。一通买卖下来，牛家的耕地竟然超过了一千亩。

牛道全不敢再买了，他也不能把资金全押在土地上，他觉得牛家的土地已足够多了，土地再多真的种不了。偏偏巴克图还真不缺撂荒的土地，几乎可以随意开垦。那一刻，牛道全觉得自己有点委屈，他不想再承担那沉重的责任了，族人们爱种就让他们种去吧，自己再怎么努力，又能怎么样？难道林则徐就禁烟成功了吗？

牛道全把自己家里买来的土地，全部都种成了粮食和饲料，他有自己的打算，绝对是大干一场！

两国的交好，对于身处边境的人们来说就是最大的福分。苏联革命成功后，整个社会也迎来了休养生息，生产恢复，经济发展，苏联领事馆对两国的贸易提供了诸多方便，巴克图商道再度繁荣起来，各项事业欣欣向荣。

人们的购买力不断增长，城里的市场贸易也日渐繁荣。看着人们脸上的笑容，牛道全细细地琢磨应该怎么来管理整个家族，才能使巴克图牛家不至于落后。他前思后想，觉得德胜行的成功肯定会在塔尔巴哈台起到标杆的作用，无论从前的洋行还是中国的铺子，肯定会掀起新一轮贸易的比拼。本地的粮食油料皮毛肉品都需要卖出去，也会有更多的货物涌进来，那么最关键的当然是运输，当初不就是自己带人给德胜行制作了架子车嘛。

好吧，趁着地里没了庄稼，赶快造些架子车吧！等来年春暖花开，自己从草原上雇些牧民，就可以组成一支运输队了。那时，他牛道全就算是在这巴克图—塔城—乌苏—迪化的这一条商道上，站稳脚跟了。

牛道全绝没有冲动，他自己会讲民族话，组建过民团，与各个部落都有交情，自己手里还有白俄留下的几十条好枪，跑运输、保平安，几乎是万事俱备！

这一年秋天，有个叫古兰丹姆的俄国女教师找到道尹府，提出要办一所女子学校，主教西学，设置中学物理、化学、生物等课程。道尹府觉得一个洋女人办女子学校，从未有过这种怪事，推托敷衍，迟迟没有准许。

古兰丹姆虽然没有征得官方的正式准许，却得到了加入中国籍的那些俄罗斯族、塔塔尔族、乌孜别克族人的支持，他们有这种需求，他们不愿意把孩子送往裕生堂这样的私塾，他们觉得那摇头晃脑、咿咿呀呀的中国古文实在难懂，而且并不实用。于是，他们多次跑去苏联领事馆，请求支持古兰丹姆开办女子学校。在苏联领事馆的支持下，古兰丹姆在汉城公园旁边找了一排土房子，经过一番粉刷打扫，古兰丹姆学校开课了，十个学生全部是原先进入塔城的俄商们的孩子。

古兰丹姆对学生们讲："万事开头难，万事坚持难，只要能坚持，人人都会创造奇迹。孩子们，将来你们的同学会超过五十个、一百个。将来我也不再是老师，我会当校长。人生的奇迹就是在日复一日的坚持中，等待命运逆袭的辉煌！"

随着国际间贸易的快速深入的发展，各族商人的联系越来越紧密，快速频繁的流动，加速了文化的交流、交融。

人们常常能听到大批青年赴国外留学的故事，那是一个思想、文化风起云涌的年代。到处都能碰到一颗颗图强的心，各种交往越来越密切，迫切要求打破不同文化的壁垒。

古兰丹姆就像是一个行者，为了传播教育，用尽了心思。她想扩大生源，想招些中国学生。

孔淑慎稳重地对她说："古兰丹姆老师，您的教室里上课的学生全都是中国学生。"

古兰丹姆愣了半天，显然她的汉语还不是十分流畅，她觉得孔淑慎这个德胜行的女东家没完全听懂自己的意思。古兰丹姆并不把这些洋商的子女来上课，看成是自己取得的成绩。既然在中国开办学校，只有被中国文化浸润的学生来上课，才能算是自己推行教育取得了真正的成功。

因此，她选择了德胜行的孔云清，她打算说服这个敢于在战争中第一个迈出脚步去进货的勇者，结果孔云清让孔淑慎接待她。

她对孔淑慎说："德胜行的成功，只不过是消除不同地域的物品差别，赚取差价。既然外地的货物只要它们是好的，就可以为我所用。你甚至都愿意付出十六只羊换一个手电筒，为什么不能鼓励孩子去接受不同的教育，获得不同的知识呢？"

孔淑慎一时无言以对，她不是拒绝，她没有留意过这西式的学校。她送古兰丹姆出院门的时候，答应把她的意思转达给父亲。

古兰丹姆邀请孔云清以商会的名义组织代表，参观她的学校。那是具有现代思维的西式学校，学校计划招六名女教员，教员在言、行、容、德各方面，要有很强的表率作用。学校规定，中午教员不回家，自备午餐。餐后开生活会，商量工作，交流思想。上课时，教员必须穿统一校服，不准佩戴耳环、项链、戒指等饰物。但当时除了古兰丹姆，只有一名新招录的女老师。

商会代表参观的时候，那名女教师当众问古兰丹姆："您一个月给我多少工钱？"古兰丹姆说："姑娘，你刚跨进校门，还没一个学生说你教得好，就问多少钱？咱们从异国他乡逃难到这里，这个地方能让你我活着，就很不错了。学校刚刚开办，能不能先不提薪资的事，先想着把学校办下去，你这样是成不了好教员的。"

参观完古兰丹姆的学校，所有的人都受到了冲击。

孔云清在商会提议捐资，支持办西学的倡议，立即遭到反对的声音。商会达不成一致，孔云清只好自己先捐了三百大洋。

结果坊间传出，德胜行为了跟从前贸易圈的那些洋老板搞好关系，发起了这一次捐款活动，项庄舞剑，意在沛公，一石三鸟，捐款支持洋女人，拉拢"贸易圈"，提高知名度……

传言虽多，然而孔云清已经顾不得这些了，强悍的人生不需要解释，他正忙着分两路进货，准备大干一场。这一回，牛道全的运输队也组建起来了，牛道全进城跟商会的老板们谈合作，专门在满汉两城的交界处，租了一大片地，开设了"巴克图车马社"，门前等着谈合作的人络绎不绝。

牛道全要和孔云清一道出发，孔云清对牛道全说："其实你没必要亲自押货。"

牛道全反问道："你为什么老是自己带队？"

孔云清说："我不一样，孔淑慎虽然乐意参与生意，但一个女娃在铺子里打点生意还行，让她远行押货，那怎么能行？"

牛道全说："我儿子牛玉关得留在家里，庄稼要种，牲畜要养，家族大大小小的事要处理，也不是简单的事。牛家的车马社这第一次行商，我得亲力亲为，得了解全部的过程，等到自己心中有数了，就跟儿子换换，这样才好。"

孔云清笑笑："等着吧，等这次回来，你就把那片空地买下行了，别再租地了！"

警察所的名称变成了警察局，新称谓更加高大上了，道尹府的税收连年好转，便给警局定制了新的制服，用作警察局命名挂牌的贺礼。警员穿上新制服后，真的感觉气象一新。

警员们故意在塔尔巴哈台的街巷里骑马坐车去转上一圈。他们把腰里的皮带、手里的警棍擦得锃亮。他们吆喝着，维持秩序的时候，高调宣示着自己的存在。

晚上，孔淑魁在几个警员的簇拥下，换了便衣，一齐去惠芳园，点了羊杂汤和烤肉，酒自然也是朝死了喝。

酒桌上，大家依次给队长敬酒，挖空心思地说着一些恭维他的漂亮话，孔淑魁心里极为受用，最终第一个趴在了酒桌上。

酒足饭饱后的小伙子们，就又回到从前的节奏，他们搀着孔队长，互相搭肩搂腰，沿着城墙，唱着苏联新传来的歌曲：

嘿！白匪军是一群黑乌鸦！
想把我们踏在脚底下！
从英国沿海到西伯利亚

嘿！世界上红军最强大！

让革命的怒火燃烧全世界！

将大教堂监狱都毁灭！

从英国沿海到西伯利亚

嘿！世界上红军最强大！

红军的战士们

把刺刀擦亮

要紧紧握住手中枪

我们都应当

越战越顽强

和敌人决死在疆场！

红军的战士们

把刺刀擦亮

要紧紧握住手中枪

我们都应当

越战越顽强

和敌人决死在疆场

歌声突然停下了，整个队伍在这黑暗的夜里，再一次走到城东关的拐角处，一切如旧，暗夜里依旧亮着两盏粉红色的灯。粉色的灯光下，没有巨幅美女海报可供欣赏，一个警员打着饱嗝儿，腹内翻腾，急忙紧走两步，在路旁的草丛里吐了起来。剩下的警员看着这日本服饰馆，有些许的失望。日本服饰馆木质小格子门窗上，悬挂着一个小布娃娃，孤寂地随风摇晃，一下就摇出了异国他乡的凄凉。

这时，远处突然响起了一阵哨子声，接着马蹄声越来越响。警员们听得出来，这是警局特有的哨音，难道是出了什么事吗？

马蹄声越来越近，一个警员勒马停在了大家身前："你们马上返回，新任局长现在要训话，老局长要被带到迪化配合调查，你们快回！"

几个新警员的酒意瞬间被吓醒了大半："大半夜上任，还要训话？""早干吗去了？"大家互相看看，都是一身的酒气。这去了不是找挨骂吗？

招骂是轻的，孔队长根本就是一摊烂泥，站都站不直，怎么能参加点名。现在必须把孔淑魁藏起来，藏到哪里去呢？大家彼此交换了眼神，眼神最终都落在身后这日本服饰馆。

然后，警员们不怀好意地笑了……

没有别的选择，没有时间选择，警员们只好去敲日本服饰馆的门，偏偏那天，很久没有人来开门。完全没有平日大门敞开，迎接客人的好习惯。时间紧迫，大家敲了半天门，没有人出来，又慌着回局里去。几个人一商量，便咬着后槽牙把孔淑魁先放在服饰馆的门口，等点名训完话，再出来把孔队长接回去。

次日，孔淑魁醒来，发现自己又一次躺在木地板上，身上仍然有个毯子，窗外天已大亮，场景是如此熟悉，孔淑魁慌慌张张地穿着自己的衣服，还没提好裤子，就把自己的帽子往头上一扣，就往外飞奔……

身后，樱子端着一个木盘子，上面盛着精致的早餐，叫着："孔桑，孔桑——"
孔淑魁回头笑笑，脚下却不停，飞奔跑出了服饰馆。

回到警局，局长不在，忙着上任后的迎来送往，认识同僚去了。同事们围上来，问他昨晚跑哪里去了。冒那么大风险跑回去接他回来，结果他却没了影子。

孔淑魁不想跟同事们讲一夜的过程，他关心的是新局长第一次见大家，跟大家讲了什么，发现没发现自己不在。

新局长当然知道他不在，但并没有什么明显的表示。孔淑魁心里咯噔了一下，完了完了，新局长第一次见面，自己就不在，真是的，万一局长觉得自己不尊重他，那自己以后还怎么混？

孔淑魁懊恼于自己晚上不应该带警员们去大吃大喝，自己的运气怎么就那么差呢？

## 24

巴克图牛家车马社紧挨着吴怀仁和大夫人住的木工坊，自建成以后，裕生堂私塾里的学生便又多了一个去处。大家每次对车马社运来的东西很好奇，车马社总是拉运着很多塔尔巴哈台看不到的东西。只是大家的关注点不太一样，牛玉芹每次一到车马社气势就显得更足了些，毕竟这是她家的产业。牛家把车马社开到城里，最高兴的就是她，几乎每次去车马社，都是她鼓动着同学们去的。

吴怀智常常委托这些赶车的师傅到外地带些旧报纸和市面上流行的书籍，但那些师傅通常不识字，也不懂什么书报好，所以就捡到什么拿什么。那时候，有些城市游行打标语、糊旗子用的纸，也被他们捡来，放到车里，也许有时候包个什么物品就能用得上。所以，他们走南闯北，碰到书报，甚至纸张都是要捡的，不是热爱知识，是为了自己实用，那是资源匮乏的年代。

一天，这帮同学听说车马社的师傅们从天津返回，便像古玩家到琉璃厂一般，去帮着师父们卸货。

努尔别克是真帮忙，他把去车马社当成自己挣零钱的机会，他知道古丽夏提会给自己盛饭，但没钱给自己，即使是孔家对自己最好的孔淑慎，也只能做到在给孔淑仪买东西的时候，顺带着给自己一份。所以，他要自己挣点钱，如果哪天古丽夏提给自己吃的是和孔淑仪不一样的饭，自己就可以用挣来的钱，去馆子里吃碗牛肉面！有时候自己在孔家打草，回去天黑了，没有晚饭，只有啃干馍的时候，努尔别克吃完也会跑到小杂货店里去喝一杯柜台酒！他并不喜欢散酒的辣，但喝完他就笑，心里需要它，就满足于散酒喝完那种浑身上下火辣辣的感觉，就满足于喝酒时自己的那个响声、那个状态。

从那些书籍、纸张的残片里，吴家私塾的学子们看到了"法治""人权""自由"这些新鲜的词。

努尔别克就问吴怀智："自由是什么意思？"

"自由就是自己做主，不受限制和约束地成长、生活。"

"你们汉族人叫你是少爷，那吴少爷，你自由吗？"

"我的自由可能比你好一点，但也只有有限的自由。"

这时，吴诗然正翻看着一本破旧的小册子，她嘴角流露着笑容，觉得非常有意思，便把册子装在身上，恰被孔淑仪看到了，跑过来问她寻得了什么宝贝。吴诗然没有正面回答，低下头嫣然一笑，以极小的声音说："回去咱们一起看！"

吴诗然和孔淑仪在私塾里坐在一张桌子上，她俩偷偷看这本捡来的小册子，而且看得入了迷，看得爱不释手。

也许孔淑仪觉得这本小册子是吴诗然先得到的，于是在自己的本子上抄录着感兴趣的话。

结果被努尔别克一把夺过去，拿着阴阳怪气地念："觉悟的青年女子的婚姻观念：不是要得一个依靠衣食的主人，乃是要得一个经营共同生活的伴侣，择偶的标准不以财产多少为意，重在学问的相等和性情的结合，择偶的方式主张恋爱自由……"

这时，恰好吴鸣璋走到了门口，对教室里的事情看得一清二楚。吴鸣璋天天教

"四书""五经",《女儿经》,可是这些学生都学的是什么呀?自己都不曾听过的奇谈怪论,简直就是不知羞耻。

吴鸣璋走进来,板着脸问道:"努尔别克,你拿的什么?拿来给老师看看!"

课堂顿时陷入了寂静,这是闯大祸了!

吴鸣璋草草看了两眼,愤怒的情绪早已冲上头顶:"我每天尽量抽出时间,来教授你们中华传统优秀文化的精华。你们兴致不高也就算了,这又是从哪里弄来的歪理邪说?努尔别克,你为什么就不能珍惜东家对你的好呢?"

吴鸣璋这时走到自己的桌子旁把戒尺拿在手中,走向努尔别克。努尔别克又恢复了从前挨打时的表情,一脸木然,把手伸了出来。

"啪!"

当戒尺再次抬起的时候,牛大脚站了起来:"吴老师,别打了,那笔记是我抄的,跟努尔别克没有关系。"

牛大脚走到努尔别克的身边,从他的左手里把那个本子接走了,然后慢慢抬起了自己的左手。

吴诗然和孔淑仪看着牛大脚,嘴巴张得大大的,她们怎么可能想到牛大脚会主动出来顶罪。

吴鸣璋的戒尺狠狠地划过了空中,但收住了力,轻轻地落在牛大脚的手上:"你们,你们倒是同学有感情,我希望你们能这样一辈子!"

吴鸣璋没有再深究谁的问题,也没有收谁的书报、笔记。吴鸣璋从来不是一个闭眼不看世界的人。他让大家全部站起来面壁,反思自己的错误。然后,自己离开了,事实上他也在反思自己,到处是新的思想,到处有新的火花,十九世纪二十年代,中华大地上人们的思想是怎样地风起云涌啊!

牛大脚替大家背黑锅的举动被视为见义勇为,她像是一个勇士接受着同学们的各种赞叹,所有人得到的书报,她都可以分享,大家抄了笔记都愿意给她看。

努尔别克从那一天起就对牛大脚产生了强烈的好感,他觉得只有她对自己是真的好。他一直不知道那其实是一种错觉,牛大脚不过是感谢努尔别克经常到车马社帮自己照顾牲口。

吴鸣璋没有想到的是学生们这种过分的举动才刚刚开始,那以后,日渐发展到无法控制的地步。

新局长跟孔淑魁的第一次见面是在酒桌上。孔淑魁心怀愧意,要给新局长敬酒。连日作战的新局长连看也没看，就要孔淑魁先喝一大杯再讲话。孔淑魁明白，这是要自己道歉的酒，想着喝了这一大杯酒，局长来那天不在的事就一笔勾销了。在塔城下级敬上级酒，先干一杯是常有的事，孔淑魁早就习惯了这些潜规则。

新官刚上任，如果每个下属都敬一杯酒，那局长怎么受得了呢？所以每个敬酒的人先得喝一大杯，再敬酒，既表示诚意，又显得公平。孔淑魁仰起头一口干了第一杯酒，然后再倒了一杯，匆匆夹了一口凉菜，吃完便站起身，再次走到新局长面前，准备重新表达敬意！

不想，前面有一个科长插队，孔淑魁保持着自己脸上的微笑，耐心地等着科长跟局长的酒进行完，才走上前去，为了端酒的时候不洒出来，孔淑魁杯子里的酒浅了一些。

孔淑魁刚想说句道歉的话，就被局长打断："长话短说，可是得酒满敬人！"

孔淑魁只好再转回身，同事十分积极，早拿着酒瓶站在了他的身后，给他添到酒杯平面都鼓起来了才罢手。

孔淑魁诚心诚意地双手端着酒杯与新局长的酒杯碰在一起，然后自己一饮而尽，但局长只放在嘴唇边润了润唇，然后，转头看向了别处。

孔淑魁连饮两大杯酒，只换了新局长舔了一下酒，心里有些许的不爽，又不能表露。他转身走回自己的座位，只乞求局长念在自己喝酒实诚的面子上，不怪罪他那晚不在。

孔淑魁随着同事互相敬酒的气氛，渐渐恢复了一点自信，在塔城，他孔淑魁还是有资源有实力的。他边喝酒，边宽慰自己，日子久了，局长就会明白谁是真正靠得住的人。

日子按部就班地过着，直到局长去迪化出差办事，孔淑魁才得了空，买了点礼品去日本服饰馆去答谢。到了服饰馆附近，却没有胆子敲门，孔淑魁在附近转悠了好一阵子，思想进行了复杂的斗争，最终又跑回警局换了便装，趁着夜色再一次来到服饰馆。

伊藤卉子一直用身体挡在他的身前，满脸含笑，频频鞠躬，直到收了他两个银圆，才移开身体，让他进去，问他要谁来伺候。孔淑魁说前来答谢樱子，伊藤卉子便把孔淑魁领进一个房间，转身离去的时候，冲着他露出一个意味深长的笑容。孔淑魁付了两个银圆，心里难受，比吸大烟都贵。虽然自己没什么压力，但依然觉得这小费付得太高。

独自盘腿坐在房间内等樱子小姐的时候，孔淑魁想着自己是警察局的队长，又是德胜行少爷，新局长却对自己毫无表示，孔淑魁心里有些失落。

樱子敲了敲门，随后没等孔淑魁答应便拉开门，深深地鞠一躬："您好，孔桑，请多多关照！"

"进来吧。"

樱子迈步跪了下来，并从门外端来清酒。

孔淑魁拿出一个盒子，放到樱子的面前："谢谢上次樱子小姐对我的照顾，十分感谢。"

一听孔淑魁说这话，樱子急忙起身朝孔淑魁鞠了一躬。接着，樱子小姐从孔淑魁的对面坐到了他的身边，孔淑魁躲闪了一下，脸红得像猴屁股，浑身上下发着麻。随着樱子小姐银铃般的笑声和飘着香气的温柔，很快就放弃了躲闪。

樱子给孔淑魁斟酒，陪他聊天，听着警察训练的故事，德胜行进货做买卖的传奇。偶尔也陪着他喝上一杯，二人有意无意的肢体接触，孔淑魁也渐渐不再躲闪，反而觉得有些享受了。

樱子说那天晚上，她老早就听到了敲门声，但是佐田繁治夫妇都不在店里，她和百惠都不敢前去开门，等人都走了，才发现孔淑魁躺在服饰馆门口。那么冷的夜晚，怕出了什么意外，她们二人合力把孔淑魁拉了进来，本想着第二天一早给他准备一点醒酒汤和早点，没想他风一样地跑了……

樱子细声细语，万般温柔地说："男人不能不喝酒，但不能喝无谓的酒，不能老是把自己灌醉，不能耽误事。"

孔淑魁看着樱子，觉得她有千般好，一时竟忘了"风流茶说合，酒是色媒人"的话。

樱子说自己远在万里外的异国他乡漂泊，有太多无奈，来塔尔巴哈台也有几年了，孔淑魁是第一个给自己专程送礼物，答谢自己的男人。

那晚，樱子兴致很高，觉得眼前孔淑魁青涩、帅气又腼腆，她特喜欢看孔淑魁那结实的脸庞上挂着的羞涩表情。樱子望着这张脸，往事就从心底里翻起，眼前的这男人，不像别的男人那样直接。樱子觉得自己得到了尊重，二人你一口我一口地饮着酒，互相说着自己家乡趣事。孔淑魁说骑马、抓鱼、滑雪，樱子就笑。樱子说到塔尔巴哈台以来，其实自己活动的范围非常小，就是这座房子，这个院子。说着说着，樱子竟有点伤感了，她给孔淑魁说，自己这辈子都不知道再回故乡是什么时候了。

孔淑魁看着樱子娇小的身躯，一种想保护她的意识突然从内心涌上来。他伸手揽过樱子的香肩，没有一点点不自然："你天天盼着回故乡，我却从没有去过远方。"

樱子两腮飞红，孔少心存渴望，少顷吃得酒浓，不觉春心拱动。

樱子偎依在孔少怀中，眼神偶尔都有些迷离了，便对他呢喃："一回生，二回熟，我把故乡都淡忘了，却记得你，你我这才见了几次面，就像一对老朋友。今夜，你来看我，就只为了答谢我吗？"

孔淑魁低头看着樱子，这时樱子的合服领口大开，雪白的脖颈和浅浅的乳沟，孔淑魁心旌摇荡。

樱子躺在孔淑魁的怀里，面朝上看着孔淑魁，目光如水："孔桑，总有一日，你我……"

孔淑魁便竖起食指，压在了樱子的樱桃小口上。樱子洁白胜雪的小臂便从孔淑魁的脖子上绕了过来，她把自己勒进了孔淑魁的怀抱。

孔淑魁受了重，脸便低下来，和那张美丽的脸不过寸余，孔淑魁的脸上能感觉得到樱子鼻孔里呼出来的热气，那气打在孔淑魁的脸上，孔淑魁就觉得痒痒。他脸红发烫，喘着粗气。偏偏怀里的小女人发出咯咯咯的笑，随着笑声，那个美好的肉体在他怀里抖颤不止。孔淑魁闻得见这个身体放射出来的特有的女人的肉香味，伴着酒精的刺激，头脑一阵眩晕。

孔淑魁不知道怎么回事，怀里的这个身体突然往上一挺，女人的嘴唇便盖在了他的嘴唇上，孔淑魁心里一惊，本能地把头向后仰。但他感觉得到，那双细细的胳膊用力把他的头朝自己的怀里揽。樱子的舌头已经抵到了孔淑魁的牙齿，孔淑魁来服饰馆的时候就已经做了足够的心理准备，但那一刻仍然很是意外。他刚想说话，便觉得那舌头进入自己的口腔，一种奇异的感觉袭击了这个年轻的警察队长。他毫无抵抗能力，生涩地品尝、感受、回味着种种复杂的感觉。

孔队长随着这个细细的手臂，倒在樱子的身上。孔淑魁觉得自己的胸膛都要炸裂了，但不痛苦，相反那种感觉美妙无比，无法抵挡。孔队长毕竟是没有经验的，在羞涩与向往中，被樱子嬉笑，被樱子诱导，度过了一个极端美好的夜晚……

五更时分，孔淑魁非要从服饰馆离开，樱子的眼里除了泪花，还有不舍。孔淑魁转身回来，再次抱了樱子一次："我还会来看你的。"

孔淑魁转过身，樱子从背后扑上来，搂着他的腰。孔淑魁一个一个掰开樱子的手指："等我！"

孔淑魁大步流星穿过夜色下的街巷，走到德胜行，他知道父亲快要起床了，他在大门一侧的一间小耳房里拿出了一把扫帚，他要帮着父亲"净街"。

孔云清提着木桶出来的时候，孔淑魁一把把木桶夺了过去，一句话也没有，就朝河边奔去。孔云清看着儿子的背影就思忖道：还是当官家的人好，有长进！

25

吴家私塾里的孩子们到了青春期，不同程度呈现出叛逆的种种表现。

吴诗然和孔淑仪对外面传来的新思想、新书报更感兴趣，不仅抄笔记、谈心得，还时常拉着吴怀智和牛大脚一起讨论。但她们不喜欢跟牛玉芹交流，牛玉芹大他们两岁，略显成熟，总是批评他们。在玉芹大姐眼里，他们不成熟。在他们眼里牛家老大保守、世故！

努尔别克也是一个不合群的，他越来越听不懂吴鸣璋讲解的《古文观止》，越学不进去就越没有兴趣，就越不喜欢课堂，却越来越喜欢对面钉马掌的铁匠铺子。

孔淑仪也长大了，完全不需要努尔别克再护送了，有时努尔别克反倒被孔淑仪撵走。努尔别克就像没了使命，每天上课备受煎熬，黄昏放学的时候，总想钻进对面的铺子里，抡两下大铁锤，把那烧红的铁坯打得火花四溅。那时，他就露出一脸笑容。或者他常常跑到车马社，趴在栅栏上看那些远行归来的牛马吞嚼草料，只是听着那声音，努尔别克便醉了。

牛玉芹总喜欢指使牛大脚牵着牛马到城东去饮水，努尔别克总能准时赶着德胜行的牛马，在拐弯处出现，便一起赶牲畜去三道河坝。努尔别克不拉牛羊，总要骑马牵骆驼，把牛羊剩给牛大脚，他鞭子一甩，纵马飞奔，回头喊一声："列奥巴，我带大牲口先走！"

有一天，牛大脚在放骆驼的时候，出现了意外，一头高大健壮的骆驼一直不吃不喝，口吐白沫，而且追赶其他骆驼，甚至把两峰骆驼的耳朵咬烂，鲜血直流。骆驼那高大健壮的身躯哪里是牛大脚能拉得住的，吓得牛大脚一时不知所措。

努尔别克急忙叫了几个牧工，费了九牛二虎之力，把那峰口吐白沫的骆驼赶了回去。

直到第二天，私塾上课的时候，牛大脚才有时间问努尔别克为什么要把那骆驼赶回去。

努尔别克终于又得到了一个展示自己的机会，便走到房间中央，大声说："塔尔巴哈台有一个很大的库鲁斯台草原，以放牧为主，可你们却不懂放牧，你们的兴趣是天天学远方的东西。列奥巴你知道吗？一群骆驼的品种好坏，最重要的是看这群骆驼里的种公驼怎么样。每年的十一月左右，牧人们就开始确定自家骆驼群里的种公驼，一般是看公驼的身高、体态、毛长、肉膘怎么样。也有的从别人家的驼群里选好后花钱买。一个驼群里最好只有一峰公骆驼，有些牧户会把其他的已到三四岁的公驼都给阉了。"

"淹了是什么意思？"吴诗然好奇地问。

"你们不要听努尔别克胡说这些跟上课没有关系的事了，"牛玉芹把目光转向努尔别克，"你真是个天生放牧的，什么话都讲得出口！"

"有啥说不出口的，"努尔别克指着孔淑仪和吴诗然，"像她们俩念的那文章。这，这，这是我的自由！我爱干啥干啥，我是在库鲁斯台草原上的一个幽灵，我不要游荡。你也别想把我围剿，骆驼群里好可怜的公驼们，就被牧主给围剿了，让人们给割成驼太监了！他们还说这是为了保证驼群的发展。"

大家虽然不是十分清楚努尔别克的意思，但感觉出他说的不是什么好话，场面一时显得有些尴尬。

这时，牛大脚鼓足勇气站起来为努尔别克开脱："其实，努尔别克没什么问题，他说的也是知识，就算不是知识，也是见识。我还是要谢谢你帮忙把骆驼赶回家！动物是动物，人是人，一个种公驼就想霸占一个驼群，别的公骆驼哪里有自由。它们只有被欺负、打压，最后被人类变成太监，才能苟活。"

哈哈哈哈，同学们爆发出一阵哄笑。

"难道骆驼们也要像那传单上写的提倡婚姻自由和离婚自由？"吴诗然笑着说道。话音一落，更是传出爆笑。

这时，屋外传来咳嗽声，大家听得出来，是吴先生来了，大家迅速地收住了话题，纷纷拿出了抄写《古文观止》的纸张。

吴鸣璋在教室里走了一圈，什么也没有说，心里盘算着，这个私塾是决计再也教不下去了。再教下去，非出事不可。可是怎么跟孔、牛两家提出这个事呢？

偏偏这时候，古兰丹姆学校要在公园举办讲公开课的活动，邀请社会各界代表参观。吴鸣璋做了个大胆的决定，带着所有的学生都去旁听，看看这洋学是怎么办的。

古兰丹姆的洋学校只招收女生，是分不同班级的，除教习俄文和其他文化课外，还教绣花、缝纫和编织。古兰丹姆说每学年考试一次，都在塔城公园公开进行，邀请社会名流和学生家长参加。先报告每一个学生在校操行和学习情况，然后进行考试，当场公布成绩，最后展出学生作业和绣花、缝纫、纺织等手工工艺作品……

当晚，吴怀智和吴诗然跟着父亲配制中药，吴鸣璋随口问了一句："你们觉得古兰丹姆的洋学教得怎么样呀？"

吴怀智看了一眼父亲，继续推着那个铁把大碾子："人家是女校，好不好的也不收男学生。"

"咱们的私塾其实很多时候，只收男学生的。有些富人家里也教女孩儿，可是到一定年龄，就不能混着教了。时间太快了，牛玉芹好像都十六了吧，都该找婆家了。"吴鸣璋像是在自言自语。

这时，吴诗然停下了手中挑拣药材的活计："爸，要不我就去念那洋书吧！将来我想走出去，看看外面的世界，我一定不要在这离国界只有二十里的地方待下去！"

吴鸣璋没有想到自己的学生会主动要求去别处求学，而且还是自己的宝贝女儿，一时间真的有点蒙。

十四岁的吴诗然此时已经具有良好的辩才："爸，这些年，你教了我们不少知识。但一个人的知识终究有局限，而一个人的学习不应该有局限。古兰丹姆开学校，虽然传播西学，但何尝不是被塔尔巴哈台吐哺吸纳的过程。这世界谁占领谁呀，你去占领一个地方，你也被一个地方占领！"

吴鸣璋听得惊讶，也停下了挑拣中药的活儿，然后看看吴怀智，吴怀智的目光里都透着对妹妹的支持。

那晚，吴鸣璋想了很多，最终决定尊重孩子们的意见。他觉得孩子们那些奇怪的思想表露，已经远远超出了自己所能教授的内容。他劝自己不能做一个闭塞的人，他知道各种思潮在中华大地滚滚涌动。他劝自己顺势而为，苏联强大，就让孩子们去见识见识吧。

吴鸣璋送女儿入古兰丹姆学校是有轰动效应的。这一座城市最有学识的人送女儿入洋校，引得街面上各族有头有脸的人围观。那一刻吴诗然没有一丝丝胆怯，她很受用大家的瞩目，她觉得自己第一次引领了这座城市的潮流。

吴怀仁虽然也常常去裕生堂，但在裕生堂他实在别扭，对那些奇奇怪怪的中药材，他毫无兴趣，虽然头发花白的母亲总是唠叨他："要上进，逼着自己学，下苦学，学一点算一点。你爸是这城里的富户，但是靠医术吃饭的，你愿意学，他才能传你，你不愿意学，那些药材就都是那小女人和她儿子的……"

有很多事是强求不来的，吴鸣璋费尽心思教他读书识字，他却听不进去分毫，光是自己的名字，就学了五六天，写得歪歪扭扭，实在让吴鸣璋伤心。有什么办法，十几年没见过一面，吴怀仁在饥寒交迫中长大，现在再开始学读书识字，显然已经晚了。吴鸣璋不敢发脾气，对他们母子，他只有深深的愧疚。他只能尽力用其他的方式弥补对他们的亏欠。

幸好两个老婆对吴鸣璋都好，极好。吴鸣璋是她们的天，是她们的全部，她们在背地里再怎么使暗劲儿，明面上都争着对吴鸣璋好，把他伺候得舒舒服服。不管是哪个家，一见到吴鸣璋来，女主人早就在门口候着了。一进屋，热毛巾马上就递了上来，翻着花样地摆弄着吃的、用的。从来也不干扰吴鸣璋做治病配药教书的大事，那是男人的事。

大夫人老想给吴怀仁多争点利益，她总是担心将来吴怀仁不受吴鸣璋待见，但她也没胆去裕生堂直接跟那漂亮的妹妹对峙。在这边境之城，她也没有个熟人，没有个朋友，她只有两个去处，要么去德胜行找孔云清的老婆拉家常，时不时地卖惨诉苦，要么就去与自己相邻的牛家车马社找点活儿干。

大夫人不怕干活，不怕脏，不怕累，常常帮着远行归来的人洗洗涮涮，烧茶备饭。她做这些从来不要钱，只是顺带着自己吃顿饭，有时也给儿子带一份饭回家。

她无意为之，却建立了较好的人际关系。

吴怀仁与不辞辛劳的母亲不同，他认字读书不在行，但察言观色的能力却不错。他很喜欢这座洋杂混居的城市，本来就长得好，现在自己又是裕生堂的大少爷，他觉得应该把自己打扮一番，不能丢了裕生堂的面子。他想自己不能主动要钱，于是在私塾学习的时候，常常跑到药铺前堂闲坐，甚至到裕生堂门外晒太阳。

小夫人实在忍不住问他，他也是极有礼貌，说自己年龄太大，跟学生们实在不好一起学，自己基础实在太差了，一两天也赶不上。至于他晒太阳，那是这里的气候冷得太快，也许本地人习惯，但从老家到这里一时还真的适应不了。

小夫人作为吴怀智的母亲也实在不好说什么，只得吩咐账房先生，给他做上两套新衣服，并顺带也给吴怀仁的母亲也做了两身，只不过也撂了一句话："既然都到了裕生堂了，那也没办法，得认老爷这个账。"

穿上新衣服的吴怀仁被账房先生领到街上理了个头发，再回到裕生堂的时候，把小夫人着实惊了一跳：哎呀，这也太像了。这活脱脱就是年轻时的吴鸣璋呀。

回过神来，小夫人觉得这钱花得也算值得，她心底里还真想多看看这个吴怀仁，那是她青春时最美好的记忆。

小夫人把吴怀仁左右上下地打量。告诉他这里不行，那里不好。让吴怀仁按照自己的意思，重新收拾一遍。还告诉他，不许双手插在袖子筒里，更不许在人前用手擤鼻涕，身上要装个帕子，要挺直了裕生堂的腰板，走路要带着风，那叫气场……

不知是什么原因，吴怀仁听不进去吴鸣璋给自己讲读书识字，一看书就犯困，偏偏对小夫人说给自己的话照单全收，甚至连她对自己的形体、仪态的训练，也很感兴趣。只消小夫人说上一遍，吴怀仁便勤加练习，很快改观。

小夫人常常远远地看着这个比吴鸣璋还要高的青年，脸上便隐隐挂着笑容。

吴怀仁也没什么正事可做，常常四处闲逛。本来就不太大的塔城，早就被吴怀仁逛了个遍，实在没有什么意思了。

"塔城真是热闹，到处是马车，到处是驼队，听说一直穿过巴克图，一直到什么阿亚古斯、什么什么克。"

"巴拉金斯克。"母亲接着吴怀仁的话说道。

吴怀仁眼神一亮："哎——妈，你怎么知道的？你怎么连这个都知道？"

"那有什么奇怪的，我天天在你牛叔家的车马社帮忙，经常有商队从那里过来啊！"

"妈，你真厉害，我都不知道。"

大夫人没有说话，但落寞的表情中夹杂着失落。她翻身下炕，取来一个旱烟锅子，那是吴鸣璋来这里坐的时候抽烟用的。她把干烟丝在手中团了团，塞进锅子，吸了起来。

"你往后不要在这城里瞎转悠了，你和在老家的时候不一样，你现在是少爷，你得琢磨个像样的营生。你孔叔家的在警察局当队长，你牛叔家的人家就在咱们隔壁，不仅要种一千亩地，还要押着商队接货送货。人家都干大事！"

吴怀仁就听不得这话："这怪我吗？如果我一直跟我爸在一起，我不也有大事干吗？现在，你觉得我能挤进药店去吗？"

儿子一句话就戳穿了母亲的心窝窝，吴怀仁的母亲不再说话，狠狠地吸了一口烟，学着吴鸣璋把烟咽进肚子里，再喷出来，烟变得轻似薄雾。这一吐，女人觉得自己浑身发麻，仿佛醉了一般，从头到脚。她咳了起来，把烟锅子里的烟丝磕掉，一直咳到自己两眼掉泪。

大夫人抹着眼泪把烟锅子扣到桌子上："下回，你去认识认识牛玉关、孔淑魁，你们年纪相仿，能有话说。"母亲拉开被子背过身子躺下了。

"能有啥话说，人家都是有正经营生的人。"吴怀仁轻声地嘟囔了一句，也拉开被子睡了。

母子俩其实都睡不着。

## 26

后来，吴怀仁真的去见了牛玉关，可是那牛玉关忙得脚不沾地，哪里能有多少时间跟他闲扯。牛玉关只答应如果有用得着他的地方，尽管开口，也就算是够仗义了。

他们见面的时候，大夫人就坐在门厅的下面，车马社的大门门厅比不得德胜行和裕生堂那么排场，就是在大门里撑起四根木头，上面盖着麦草，抹上厚厚的泥巴，能挡个太阳就行了。

牛玉关一回头，看到了大夫人的表情不大好，大约意识到自己不够热情。便对吴怀仁说："你还是得回头去学，怎么也得认下一些字，怎么也得能拨拉几下算盘珠子。至少得能看得懂契约，会算得了大账吧。要不处处是坑，你看不出来，那怎么行？你想当的是少爷啊！如果你只想去给人家拉长工、熬体力活挣钱那就另说了。那倒是简单了，汉城东北角的哈萨克贸易亭一年就扩建了两回，你只消有打土块的本事就行，一天打五六百块，也能收些钱，可是，你能吃得了这苦吗？"

"那可不行，打土块累死个人。"吴怀仁看到过，烈日炎炎，在泥巴里一整天一整天地折腾是多么令人绝望的事情，自己看得都受不了，就别说赤着脚在泥巴里扑腾了。

吴怀仁跟牛玉关唠了大半天，也没找到自己该干些什么。可是人家牛玉关却时间金贵，不能再耽误，又敷衍了两句，便跨马扬鞭飞奔离去。

人生全无方向的吴怀仁一脸迷茫，又跑回隔壁自己家，一头倒在炕上，挺尸给母亲看。

母亲便对儿子说："你看人家玉关，虽然也是车马社的二掌柜，可是每次拉货回来，跟雇工们一起吃大锅里的饭，一起睡马号里的大炕，也不讲究，说实话，那味儿我都有点受不了。可人家玉关，一句也不嫌……"

"行啦，是人都比你儿强！那孔淑魁天天挎枪巡街，那街面上的老板见了他都客客气气，可我听人说，也是他老子从那个贪污犯道尹老爷手里买的官。玉关玉关，叫得那么亲，不是牛叔一家几代人积累，他那车马社凭空就生出来了？"吴怀仁说完转身侧躺，给了母亲一个屁股。

大夫人不再说话，她知道吴怀仁心里不畅快，虽然吃饱穿好了，可是他没有立世的根本，也就没有丝毫的自信。

吴鸣璋到木工坊日子很少，一个月也就去个五六回，也没个固定的日子。每回去之前，还得对小夫人说，自己不能不管这大姐，她替奶奶、老母亲送了终……

"去吧，我也没说什么，"小夫人打断他，"你不用每回都给我讲，你是男人，又是医生，我明白你是时不时要被人叫出去巡诊治病的。"

吴鸣璋就不好再说什么了，从家中挑了些肉菜礼物，一起提了送去！

估摸着吴鸣璋要来的时日，原配夫人老早就在门厅下洗衣，时不时朝门口望一眼，时刻期待着吴鸣璋的到来。在这天边的城市，那个戴瓜皮帽的男人就是她唯一的念想和依靠。她愿意日夜厮守着他儿，给他扇凉，给他点烟，给他沏茶，陪他说话，伴他睡觉。

可大夫人的心里是自卑的，她在内地的时候，没有想到自己还能见着吴鸣璋，更没有想到他还那么成功。大夫人对着镜子梳头的时候，她就哭了。她不明白，自己怎么就变得头发白了这么多，丑了这么多。

车马社的骡马车队来来往往，常常会腾出空房。一家三口吃完晚饭后，大夫人便把吴怀仁安排到隔壁的车马社去睡觉。

晚上，大夫人陪吴鸣璋睡觉，却不敢提丝毫夫妻之间的要求。她小心拘谨，仿佛自己只是个下人，在伺候老爷睡觉，等吴鸣璋睡下以后，自己才吹了灯，摸到炕上，悄悄拉过自己被子的一角，盖在自己的身上，尽量不弄出太大的动静。吴鸣璋与大夫人躺在炕上，听着彼此的呼吸声，久久不能入睡。

吴鸣璋翻来覆去想说话又不知道说什么好。

这时，女人把身子侧过来，面对着吴鸣璋。一句话也没有说，泪珠便滚了下来。吴鸣璋也不再平躺，也侧身一转，把自己的手伸到女人脸上，替她拭去泪珠。

那一刻，女人瞬间破防，她滚进了吴鸣璋的怀里，哭得完全控制不住。两具肉体贴在一起，做男女之事就是自然而然的事了，女人浑身颤抖，呼吸得很重，到底是紧张还是兴奋，简直无法分清。一次结束后，吴鸣璋感觉女人似乎不大满足，想休息休息，再来一次。

结果女人背着他穿好内衣，坚决不肯："你也四十的人了，别觉得自己身体好，明天回去，她也是要的！"

天没大亮吴鸣璋就起床回去了，一路上想着自己不到十六岁就跟这女人成了亲，那时候自己懂啥呀？几代单传的吴家，父亲远在塔城，母亲着急着抱孙子，给自己面授机宜。入了洞房，吴鸣璋累得满头大汗，最后还是这女人帮的忙，那时候吴鸣璋还时不时在家叫一声姐姐，然后就会被母亲训斥一通！一晃这么多年过去，这姐姐又降临到自己的生活之中，衰老的速度有些惊人，真是自己一生的姐姐，是来向自己索债的啊。

回到裕生堂的时候，小夫人已吩咐下人把裕生堂里里外外都收拾一番，收拾完后的裕生堂干净整洁，让人看着心情舒畅。

吴鸣璋问小夫人，可是什么重要的日子吗？小夫人回答，什么日子也不是，就是觉得不干净心里不舒服。

"好，好，真干净，不错。"吴鸣璋只好这样说。

那天晚上，吴鸣璋怕小夫人心里有什么想法，见小夫人老早就上了炕，背对着自己躺着。就一口气吹了灯，爬上炕，挪到小夫人的身后，双手环抱着小夫人娇小玲珑的身体，见她没有拒绝，便将自己的脸向小夫人的嘴上凑。没想这次小夫人不干了，非让吴鸣璋去刷刷牙，说他嘴里有烟味。

吴鸣璋不好惹小夫人生气，便刷完了牙，再度爬上炕来，再次从背后搂住了小夫人，手摸着小夫人身上穿的手工回布，有些生涩，但很有触感。随后，吴鸣璋把手从衣缝里伸进去，触碰到绵软高耸光滑温热的肌肤，听得小夫人的呼吸加重，透过隐约可辨的五官，似乎看得到小夫人的眼神迷离。吴鸣璋觉得自己有必要进行下一步，他这一次前戏做得较足，与其说是讨好小夫人，不如说是给自己调节情绪。吴鸣璋紧紧搂抱着小夫人，抚摸揉捏，直到那个美好的肉体在他怀里有些抖颤，他觉得自己渐渐有了进一步的冲动，便翻身趴在小夫人的身上，那高耸的胸部也被自己压实挤扁，他把右手伸到小夫人的身下，一把扯掉最后一片布。

但当他撅起屁股准备进入的时候，小夫人突然回过神来，一改先前的表情，死死用双手挡住："不行，你没有洗，我没有见你洗，你去洗洗再来！"

吴鸣璋愣了一下，从小夫人的身上翻了下来，平平地躺在炕上，眼睛望着黑洞洞的屋顶。

"你不要生气，我也不是不答应你。"小夫人伸手推了推吴鸣璋。

"睡觉吧，明天我去澡堂子。"吴鸣璋冲着乌黑的房顶冷冷地说了一句。

兴许是都到了春心萌动的年纪，吴家私塾里对"自由""民主""进步"的探讨，基本围绕着爱情和婚姻展开，似乎这些才能勾起这些半大男女小子的兴趣。

吴鸣璋纠缠于他的两房夫人的麻烦之中，完全失去了以往的自信，时不时在上课的时候走神，从前一旦离开教室，总想着尽早回来。那阵子一出去，便没个回来的时间。

于是课堂便成了论坛,什么都敢谈,有时连老师也要针对。

孔淑仪说她看了一个故事,有对姓蔡、姓向的男女同学在法国蒙达尼举办了婚礼。婚礼虽然简单,却轰动了蒙达尼全城。看热闹和祝贺的人们,有留法勤工俭学的中国同学,也有许多素不相识的当地人。这俩人的结婚照捧着一本《资本论》。他们的婚礼不是传宗接代,不是同舟共济,也不仅仅是男女爱情,他们庄严宣誓要成为革命理想事业上的同盟。婚礼上,二人还将恋爱过程中互赠的诗作编印成书,书名写着《向蔡同盟》,所有参加婚礼的人,赠书一本。

孔淑仪的故事讲得十分动情,节奏把握得很好,她说:"这是多么美好的爱情,让人神往。这么高尚的爱情,就算是咱们的吴老师,也做不到!"

说到这里的时候,同学们笑出了声。

吴怀智似乎想替父亲叫屈:"一个人的想法和做法跟当时的环境和自己的经历都有很大的关系,你说的那两位同盟,他们所以能做得那么出格,那么另类,那么美好,那么彻底,是因为他们远离了中国,远离了故乡,远离了家庭,远离了从小到大他们成长的一切羁绊,他们有幸成为自由的个体。假如他们没有,他们什么也做不成。未经他人苦,莫劝他人善。今天,你可以在这里高谈婚姻观念、离婚自由,不再像上一代人那样脸红。作为女性,你也可以想象着摆脱封建传统的家庭束缚,开始走向自由和平等,就像那些书上写的一个个让人羡慕的故事。但现实的情况是,你的父母可能在明天就会给你物色一个你根本不认识的丈夫。那时候,你怎么跟他们抗争?"

"如果我认准了,我就能抗争,若为自由故,生命皆可抛!"孔淑仪的表情就像一个斗士!

"最好让我的爱情成为我的婚姻,爱情与婚姻之间就如'光色之于绘画,节奏之于音乐',必须同时存在,失去一方,双方皆亡。我祈求上帝,让我幸运!我若有幸,就让我见见说这句话的人,说得真好!"牛大脚的插话就像是自言自语。

牛玉芹这时泼了一瓢冷水:"得了吧,人生如梦,总会睡醒,梦做得越美,将来的现实就越稀碎!"

努尔别克更是直呼听不懂,他想去对面抢锤打铁,他说马的掌子钉得好了,才走得稳,跑得远!

吴诗然放学回来,兴高采烈地给哥哥吴怀智讲着女子学校的趣事,她时不时夹杂着俄语。会说俄语在塔尔巴哈台并不奇怪,但吴诗然说就让吴鸣璋有点吃惊。

几天后，吴鸣璋解散了自家私塾，他觉得孩子们大了，男男女女地在一起上学不那么合适，自己能教的也都教完了。

吴家私塾就这么散了，吴鸣璋那天特地对努尔别克说道："这几年，所有的学生里，你学得是最不认真的，我希望你将来能感觉到，你在裕生堂里上了几年私塾是值得的。"

努尔别克看看吴鸣璋，给老师鞠了一躬："先生，我真的不是学习的料儿，不过还是谢谢你和他们。你们对我都挺好的。"

孔淑仪、牛大脚跟随着吴诗然的脚步，先后去古兰丹姆学校继续上学。吴怀智和努尔别克作为男人，就到了该找个事做的年龄，他们在这座城市上过最好的私塾，现在学生生涯结束了。

牛道全对牛玉芹的态度是看她自己，她如果跟着妹妹牛大脚上洋女校，那就去吧，反正牛家也不指望她一个女娃娃能做什么。

但牛玉芹再不想上学了，女子无才便是德，牛玉芹觉得自己是有才的，什么都懂了。虽然涉世未深，但她觉得自己无所不能。她年龄大同学们两岁，所以她觉得自己成熟了，要做事，做正经事！

牛玉芹的眼里从来没有把这些个学弟学妹当回事。她追求的榜样是德胜行的孔大小姐，在她眼里，孔云清四处采买，半生奔波，但孔家真正的坐商是孔淑慎。德胜行的女主人整天就知道围着锅台转，古丽夏提到了孔家以后，连厨房也很少去了，成天抱着个猫，到处闲逛。孔淑慎才是德胜行真正当家做主的人。

在德胜行借住的那些个日子，牛玉芹无数次领略了孔淑慎治家管店的手段。那一举手一投足，都有无限的魅力。外貌温柔美丽，却能震慑住德胜行上上下下那么些人，不怒自威，那才是牛玉芹想要的范儿。

所以，牛玉芹就想帮衬着哥哥，自己家的车马社不是所有的车马每次都全部出动。父亲和哥哥常常分开两头行事，如果回到塔城，遇到轮空的时候，父子二人就回巴克图一趟，千把亩地的庄稼还得照看呢！"人误地一时，地误人一年"的道理，是个农民都懂。

努尔别克是觉得古文太难，即使自己学了，在自己放牧的那些伙伴们中间，也毫无用处。风吹草绿的草原深处，没有一只牛羊听得懂诗词。北山深处，不知道哪年哪月由哪个民族的巴郎子在岩石上画的男男女女性交的图片，竟被零零散散的英国人、日本人、瑞典人不远万里前来窃取、拍照。他们说这是哪年哪年的牧人留在这里的岩画，是人类艺术的瑰宝，体现了游牧民族的生殖崇拜。他们说的年代差距大到几乎可以贯穿人类文明史!

"去他的瑰宝,狗屁的崇拜,不过是想女人了,找块岩石胡涂乱画,顺道浇上一泡尿,天黑了就把牛羊赶回毡房吃馍馍喝茶。画画的人,都记不起是什么时间作的了吧?"努尔别克对吴怀智说。

不上学的吴怀智可以帮着完成司药、收钱的事,可以把裕生堂的铺子看下来。但他总感觉心里空荡荡的,在去牛家车马社送了几次膏药后,听了不少远处的传奇。他就不想在裕生堂待了,他想去远方看看,他想人这一生应该走得远一些,见得多一点,这样自己的人生才有更多的可能性。他甚至想看看那些来塔城的英国人、日本人、瑞典人的家乡,他们的先辈,难道不曾画过那些奇奇怪怪的岩画吗?如果不画,那么他们干吗呢?

## 27

牛玉关自己家种的小麦、玉米太多,储存都成了大问题。于是,牛家召开了一次家庭会议,打算在巴克图依着额敏河畔建个磨坊,把这些粮食磨成面粉外销,反正自己家就有运输队。

牛道全对自己家粮食丰收,感到沾沾自喜,却在纵马草原的时候,深深震惊。巴克图那片起伏较小的山野上,除了自己家种的粮食之外,整个山坡和河川到处都是罂粟,一直连接到天的尽头,漫山遍野,自家的粮食反倒成了点缀。

每天傍晚,巴克图周边的农民,都在自己家内熬炼加工罂粟浆液。牛道全闻着这漫山遍野飘浮的奇异香气,内心涌起无限的担心,最好的土地都拿来种鸦片了,麦子和玉米都没人种了,一遇到干旱的年头,难道吃鸦片充饥?

牛道全打算召集全族的人,想告诉大家,别再种鸦片了,种粮食吧。可是,他思来想去,还是放弃了。他没胆,别人会攻击他:是谁先开始种的呀?你自己发了财,不让别人种?

夏天是努尔别克最喜欢的日子,那时节他赶着德胜行的牛羊,跟随着浩浩荡荡从冬牧场转场而来的哈萨克牧民大军一起行动,数百万牲畜浩浩荡荡走在这条古老牧道上。一群一群的牛羊头尾相接,按照各自不同的部落,分别挺进北山、玛依勒山。

北山其实叫塔尔巴哈台山,因为在城市北面,本地人习惯叫北山。因此给后人造成了迷糊,不知道塔尔巴哈台这地方因山得名,还是这山因城而得名。

而往返的牛羊牲畜才不管这些,它们习惯低头找水闻草香,最多在乎在乎风。因为在它们千百年来行走的塔玛牧道,老风口是一道绕不过去的坎儿,那些分岔通往北山和玛依勒山各沟谷的牧道,在老风口汇聚成一条主干道。老风口是进出玛依勒山区冬窝子的唯一通道,也正是塔城盆地和准噶尔盆地气候交流的孔道。

幸好,努尔别克是从塔城上北山,他和他领的幸运的牛羊就不用过那个灾祸横行了数千年的"老风口"。但是老风口也被外延了它的意义,它有时也并不特指额敏的那个风带,而是泛指新疆大地上所有经常刮大风的地带。

只是额敏的那个老风口最能吹,吹出了上千年与风搏斗的成串的故事!据说成吉思汗儿子窝阔台带领无比骁勇的蒙古兵战斗了数天数夜,刺瞎白蛇风怪的眼睛……或者杀了九十九头牛,剥去牛皮,哈萨克九十九名勇士拿着牛皮去堵风口……传说到最后也不过是历史长河里陪着大风一起吹牛皮。

只有羊老实,刮大风的时候,羊群都躲在洼地避风,耐心等风停。羊不着急,牧羊人急也没用。被堵在风口两边的人着急,他们都有急事,赶着外出或回去。

有些事耽搁不起,尤其是那些做生意的,他们总觉得自己的事最大,他们坚信富贵险中求,他们冒险闯风口,结果丧命。他们不知道风的事更大更急,但羊知道刮风才是最大最急的事。

羊在耐心地候着风停的时候,嘴里含着一口草,它们在给人做榜样,教人在风声里学安静。只要风不停,再大的事都得停。

一进北山,努尔别克就算进了大自然的怀抱,每天和牛羊混在一起,那是最幸福的日子。他可以骑马狂奔,控制牛羊不要越界,也可以躺在草地上透过草尖看人生。

牛羊远远地静静吃草,吃饱了就卧在草原上,享受阳光。因为在山里,不热也不冷,努尔别克和羊都可以有最舒服的睡眠。

牛羊从不对他发脾气,从不指使他干这干那,从不怪他什么字不认识,什么诗没背会,什么事没做好。那些牛羊比美丽的孔淑慎还好。有些羊偶尔会被狼咬死,死羊的肉,牧民们都不会吃,但羊的皮,他会晒干,把羊皮垫在地上,睡在上面隔潮。

努尔别克只需要在山腰搭起一个毡房,就算是有了栖身之所,数日出日落。搭毡房的时候,会有别的牧民来帮忙,从额敏老风口被风吹过来的那个话痨牧工,就整天不停地给努尔别克讲那些跟老风口有关的各种奇怪的传说。

夏牧场的青草是给活到夏天的羊吃的。总有一群一群的羊走到夏天。夏牧场在哈萨克语里叫"节绕",节日喜庆不断的意思。对于整个哈萨克牧民来说,转到花开草青的夏牧场就是节日,就是胜利。

从春牧场开始,羊就踏着泥泞走,追着草芽走,前面羊啃秃的草,又被后面的羊啃秃。走到夏牧场的羊是幸福的。所有的青草被羊追赶上,皮包骨头的身体会在绿油油的草场慢慢发胖,那三个月的羊啊,睡都睡在食物上。

没有学上的那些天,吴怀智天天守在裕生堂里抓药。他看着父亲天天给人治病,风里来、雪里去,从不讲条件,不计较对方贫富。还常常义诊,不时施粥,救济穷人,实在是辛苦。对于这些辛劳、复杂的操作,吴鸣璋有着自己的解释:"生老病死是自然规律,郎中医生其实改变不了什么。世间有太多的病是治不了的,人们只能学会坚强。花开花落,生老病死,世间万物都有始有终,属自然规律,然而生活还要继续。富人多给了钱以为就能治得好病,那是错觉。穷人给不起钱,我也一定会尽医者本分!医者见惯了生死,才看得淡富贵,才会把治不好病人的愧疚转移到救济穷人,做些施粥的义举……"

吴鸣璋做这些事的时候,让吴怀智把吴怀仁叫来一起听。希望对他有所触动,吴鸣璋对他也一样有着深深的愧疚。但似乎吴怀仁并没多少触动。

吴鸣璋朋友不多,很少去和别人聚会、聊天。读书、种花、打算盘,外出巡诊采药,或者把自己关在药房里制药,就是他的日常。

叩响裕生堂大门的人,多数是病人或者家属,来时多数心急如焚,也没心思跟谁交流。吴鸣璋不怠慢患者,患者说话的时候,他总是不慌不忙,有时还拨打着算盘珠子,也不知道是为了稳定患者的情绪,还是调节自己的情绪。

吴鸣璋对两个儿子说,对于病患有五不治:一不遵医嘱不治;二轻身重财不治;三衣食不能适不治;四信巫不信医不治;五宜轻治则不能重治。

看着吴怀仁一脸的木然,吴鸣璋只好再细细解释。所谓不遵医嘱,就是不听大夫的话,恣意妄为,乱改医方。所谓轻身重财,要钱不要命者自古有之,生意忙、家里忙,小病拖大,大病拖重,最终不治,忙就是不治之症。不管是患者自身还是家属,重财不治病的大有人在,穷惯了,穷怕了,总是抱着花钱花在刀刃上的观点,连命都没了,钱还有何用?所谓衣食不能适,就是季节和温度变换时应该进行衣物增减,平时自身不知冷暖,不得病才怪。没得病也得注意饮食,暴饮暴食,食量和进食时间不加控制,不知道食物的性味归经和适不适合自己而进食者,都属于不治或治疗效果不佳。有人不能吃鱼虾，有人不明辨野菜，有人吸食鸦片，这些都不可治。所谓信巫不信医，就是得了病了不寻医，迷信请神送鬼、跳大神，对于医者来说，病人多一个不多，少一个不少，对于患者来说，能治自己病的医生可能就只有这一个。所谓宜轻治则不能重治，没得病，早预防；得了病，早诊治。积劳成疾，积小成大，养大病，花大钱。能推拿不针灸，能针灸不吃药，能汤药不成药，能中药不西药，能外用不内服，能吃药不打针，能留肢不截肢。

吴鸣璋说的这一段话，本来是倾囊相授，是给两个儿子讲述自己行医大半生的心得，不料，吴怀仁却趴在桌子上睡着了。

吴鸣璋心生气愤，大步流星走到桌子前拿起戒尺，走到正打呼噜、流口水的吴怀仁身旁，狠狠地朝背上抽了两戒尺。

吴怀仁从梦中惊醒，从椅子上跳了起来，"哎哟、哎哟"地惨叫着，从房间里直接跳着跑了出去。望着这个高大健壮的背影，吴鸣璋是万分失望，指着吴怀仁远去的背影摇摇头叹气："这，这也是不治之症啊！"

吴鸣璋对吴怀仁不成器的伤心那些日子一直在发酵，到了傍晚时分就演变成对大夫人的愤怒。想想也有十来天没有去木工坊了，便对吴怀智吩咐，让他先去给大夫人传话，当晚去木工坊休息。

吴怀智回到家中，装了半袋面粉，试着背了背，又觉得太多了，于是又倒回了一半。甩在肩上，再从菜地里摘了一把野椒蒿，挖了几个恰玛古，提在手里，这才有了去大夫人那里的勇气。

物资匮乏的年代，听到吴怀智喊自己一声"大妈"，看到这个裕生堂真正的少爷，大夫人真的没有办法再生气。她虽然一直想宣示自己的存在，宣示自己的原配地位，但真的到了带着礼物的小少爷到了自己跟前，大夫人的满腔斗志便全部丧失，瞬间消失得无影无踪。

在她自己的内心里，裕生堂从来不是她的，也许那里面的那个男人应该是她的，可是，随着岁月的流逝，连那个男人也模糊了。她常常想不起来吴鸣璋的模样，连五官也模糊，她觉得不可思议。明明吴鸣璋也是来看自己的，还时不时地跟自己过夫妻的生活，但她感觉不到一点点情感。

有时候大夫人甚至觉得吴鸣璋跟自己做那事的时候挺无聊的，强奸也许还有心理的冲动呢，但吴鸣璋和她没有。仿佛自己是个病人，吴大夫来做这事，就是给自己治病的。可是自己早就得了不治之症，哪里还有良方妙药。

吴大夫每次那么规律，那么耐心，那么具有职业操守，周旋于两个家庭之间，让大夫人挑不出一丁点毛病。于是大夫人也给了自己一个诊断，自己病了，不治之症，每次看着吴鸣璋在自己这里瞎忙活，觉得这座城里的这位名人，也挺可怜的，在自己身上瞎子点灯。自己没治了，但儿子得治，趁着自己还有几口气，总得让这个裕生堂的大少爷，有个体面的生活吧，他身上怎么说也流着他吴鸣璋的血，那么裕生堂就有一部分是他的。大夫人感谢孔云清把自己带到了塔城，让自己见到了吴鸣璋。混得不错，有本事，有出息了，有家业了。大夫人当然得为儿子争取点利益，自己是一个母亲呀！

当吴鸣璋埋怨她没把儿子教好，将来不好办的时候。大夫人突然暴怒，那邪火的迸发让吴鸣璋猝不及防。她竟然突然终止了吴鸣璋所有的努力，一把把自己身上的吴鸣璋推开，随后一脚将他踹下了炕。

吴鸣璋完全没有想到，他从炕上跌落，一屁股把尿盆坐翻了，一屁股的尿液，让皮肤的凉凉的感觉十分明显。

大夫人歇斯底里地喊着："你是男人呀！你可以扔了你的奶奶、你的妈、你的妻儿，远远地跑了。学你的医，看你的病，挣你的钱，成你的事，可是我呢！当兵的打到门上了，今天这一帮，明天那一群，没完没了。他们都是一帮子有今天没明天的畜生啊！抢东西，糟践女人的本事最大。你跑了，到了这里，过的日子像模像样，我拖家带口往哪里跑啊……"

吴鸣璋从地上爬起来，想再安慰安慰大夫人，但此时大夫人已经哭得撼天动地。

隔壁的吴怀仁听到了异常，竟也跑回来，站在父亲的对面，一拳将吴鸣璋捅倒，在大夫人的制止声中，身材高大的吴怀仁把父亲推搡到门外，把他的衣服扔了出去。

在屋子外面的吴鸣璋听到大夫人对吴怀仁粗俗地叫骂，伴着一阵一阵哭号，放弃了再进屋子的打算，从地上提起自己的衣服，转身回裕生堂去了。

吴怀仁总还是要去裕生堂的，他对父亲吴鸣璋并没有一点亏欠的心理。他仍然无所事事，在裕生堂到处转悠，吃完喝完，还常常指使裕生堂里的伙计干这干那。伙计们当然不服他的管教，背地里便说给吴怀智听："你看你看，这口里来的，要跟少爷你抢家产了。"

吴怀智急忙打断伙计的话："他刚刚来，啥也不懂，师傅们还是要费心多带带他。"

伙计们一听这话，就不好再说什么了。想着吴怀智到底还是年轻，还不知道金钱物质的价值。要么就是他出身富贵，一直没有缺过，所以不太重视。伙计们想，你就烧香保佑你家没有败的时候吧。可是，伙计们的话被小夫人听了去，心里便极度不舒服。

小夫人随后偷偷给管事管钱的人交代，不让他们给大少爷钱、物件。她就是要把住关键，要保证自己对家业的掌控！

吴怀仁见没人说自己的不是，越发不知好歹，越发变本加厉，在裕生堂里指手画脚，训斥做活最累的雇工。

小夫人在远处，看着这吴怀仁，嘴角挤出一丝冷笑，心里想：你除了长相和你爸相似，就再也没一点像样的地方了。真是可怜。你就跳吧，可劲儿跳，不给你点厉害看看，你还当我裕生堂是白捡来的。等着吧，迟早你先完蛋。

裕生堂到今天虽然是靠吴鸣璋看病卖药，但把裕生堂经营到这个规模，的确是小夫人的管理、谋划，吴鸣璋是不愿意在这方面投入心思的。

吴怀仁顶着一顶"大少爷"的帽子，表面嚣张，其实从各处也讨不到自己想得的钱财好处，心情越发不爽。常常对伙计们叫嚣，自己是这裕生堂的正主子，别他妈的不拿豆包当干粮。

出于报复，当天傍晚，吴怀仁把厨房里准备的手抓肉给打包拿走了，他要让母亲也吃上裕生堂做的好饭。他要做给大家看，证明给母亲，他也姓吴，是裕生堂将来顶门立户的长子。

## 28

小夫人知道吴怀仁拿走晚饭的消息，反倒笑了，觉得这就是一个不成事的傻子，便把吴怀智叫到跟前，要他去德胜行去送点贝母锁阳去。

吴怀智对母亲说："快到饭点了，吃了饭再去吧。"

小夫人说："在孔家吃也可以的，孔家人多，古丽夏提又是专门做饭的，给你做顿饭，顺手的事。"

吴怀智走到后院装了一些新晒的各种药材。两家世交多年，孔家对这些药材的作用门清，而且他家大业大，走南闯北的，总能用得上，从来不会拒绝，也用不着拒绝。

吴怀智把药给孔淑慎，孔淑慎对他说："你来得正好，努尔别克正好从北山回来，正在厨房吃饭，你快去陪他一道吃点儿。如果你不嫌弃，今晚就陪他聊聊，唠到天亮也行，大门旁那个耳房没人住，被褥啥的都齐全。"

随后，孔淑慎到库房找了两匹布料，求母亲去裕生堂一趟，孔淑慎对母亲说："现在吴伯伯是两房夫人，送一匹布料说不过去。"

吴怀智喊着努尔别克的名字向厨房走去，努尔别克从厨房一侧跳出来，一把抱着吴怀智："怎么样，你这个书呆子，没学上还习惯不？"

"我什么时候呆了？那叫投入，叫专注，跟你打铁是一样一样的。"

"吃饭没有？"努尔别克羞怯地问，因为作为一个长工，他没有资格留客人吃饭。

但吴怀智却没有一点不好意思，他到孔家就是来蹭饭的。吴怀智看到古丽夏提走了过来，便喊道："姨，有我吃的饭吗？"

"吴少爷，看您说的，您是贵客，进来坐会儿，饭很快就做好了。"古丽夏提转身对努尔别克说："你先去菜园，把我剩的那点活儿干了，我给吴少爷热一碗肉汤。你干完活儿陪吴少爷一块儿吃饭。"

"你稍等我一会儿。"努尔别克朝吴怀智笑笑，然后朝菜园跑去了，吴怀智看着努尔别克跑去的背影，心情有点复杂。他突然想起了努尔别克的爸爸，他们的背影好像啊。他听孔淑仪说过，那是他父亲死去的地方。

吴怀智被古丽夏提叫进厨房，她给吴怀智盛了一碗鸡肉汤，上面堆着几块鸡肉。接着又给努尔别克盛了一碗汤，然后把一个罂粟壳拍扁放了进去。

古丽夏提对他说："你快吃吧，至少等努尔别克回来，你最好把肉吃完，平常长工是不能进厨房吃饭的。"

"哦，我知道了，古丽姨，你忙去吧，等努尔别克回来，我可能都吃完了，我是真的饿了。"吴怀智坐在饭桌前一手拿起筷子，一手去抓馕。

古丽夏提转身离开，在德胜行，她总是忙碌的。

努尔别克回来的时候，发现自己的碗里有几块鸡肉，努尔别克有些惊奇，吴怀智说："古丽阿姨给你盛了两块儿，说你沾我的光，客人来了呀！"

努尔别克咧嘴一笑，没说什么话，夹起一块鸡肉放在嘴里。"真香啊，我告诉你，再普通的汤，它只要一放罂粟壳那就是香，不服都不行，那小干果真的是神奇！今天你来了，你不来我只能喝汤，不过没事，我有那罂粟壳。"

两个半大的小伙子泡满一大碗馕，就着鸡汤，狼吞虎咽。随着努尔别克一声一声的真香，饭盆见了底。饭菜的香味让努尔别克忘了罂粟壳的事。他呆呆地吃着，竟不知道吴怀智的盆里没有一块鸡肉。

吴怀智最后含在嘴里的就是那一粒被拍扁的罂粟壳，为了不让努尔别克看到了难堪，他有足够的时间使劲嚼，但他实在没觉得有什么特别的香味。吴怀智一直没有张嘴说话,他总不能怀疑自己跟努尔别克的味觉不同吧。直到努尔别克洗碗的时候,吴怀智才把那罂粟壳从嘴里吐出来。他确信罂粟壳并不能改善饭菜的味道,还是鸡肉更香。

夜晚漫长,激起了裕生堂伙计们嚼舌根子的兴致:"叔,我看咱们在这堂里也待不长了?"二十几岁的甘肃小马对工头说。

工头是陕西人,点着旱烟抽了一口,慢慢将烟吐出,一脸享受的表情说:"为啥?掌柜的人不错,小夫人也没坑过人,给的工钱算很高的了。"

"可是,两房夫人,两个少爷,这样闹腾下去,这裕生堂还能有个好?"

陕西的中年工头长长地呼出一口烟:"做一天是一天,我出来停活儿小二十年,经见了那么多家财东,还真的没有比裕生堂更好的去处了。"

"叔,吴先生再好,也架不住两房女人日塌。那天晚上,就那天我夜里去开门的那天,那么讲究的吴先生,提着自己的贴身裤子,老大的尿骚味。我听说郎中都治不了自己的病,吴先生这都开始失禁了,这裕生堂还能保多久?"

长工头脸一黑:"小马,你净胡说,吴先生身板硬邦邦,上山采药时,虽然不紧不慢,可是从不拖拉,我撵他都费劲,哪里有什么病症。两房夫人虽然争风吃醋,但对于吴先生那可都是拼了命地照顾呢,恨不得挤出自己的奶顶牛奶给他喝,怎么可能身体有问题。你放心吧,人吴先生比你懂得多,两房女人陪着睡觉,外边可能想关心吴先生的女人也多得很哩,你这二十几的光棍汉还操人家的心!"

这时,只听得外面小夫人喊叫的声音:"今晚是真的没有饭吃了,本来是给你做了手抓肉的,可惜被你那大儿子打包孝敬他妈去了……我也没说他错,只是你今晚就没得吃了!我也没有吃……你要想吃的话,也好,你可以现在去,不远,只要别再提着裤子回来就好……"

长工小马坐起身来,把耳朵竖到窗户旁,结果被长工头一把拉了下去:"关你屁蛋的事,快睡!"

接着是开门的声音,应该是吴鸣璋出了屋子,然后打开了院子大门。然后是小夫人提高了八度的哭声。

"叔,我睡不着。"

"睡不着装睡!还有比睡觉更好的事吗?"

"叔,你信不信命?我是信了,你说我咋就不是哪个老爷的儿子呢?"

"喊,吴老爷刚到塔城的时候也像咱们一样,啥也没有。也娶上小夫人了,也挣下这么大的家业。你要有本事，还不如也跟哪个女人造个大少爷出来，等他长大了，抢你的手抓肉吃。可是，你有手抓肉可抢吗？"

小马没有反驳，没有底气。

过了好久，二人都没有瞌睡，仿佛是吴鸣璋和小夫人的吵架刺激了他们的夜生活，二人睡意全无。

小马突然觉得饥肠辘辘，便问了一句："叔，你吃过手抓肉吗？"

长工头嘿嘿一笑："你小看谁呢？"

小马咽了口唾沫："最近一次是什么时候吃的？"

一听小马这话，长工头陷入了深深的回忆，脸上现出久违的笑容。仿佛是手抓肉喷香的回忆："是上年初四啊！每年的大年初五俗称破五，这一天，人们忙着送穷鬼，迎财神，在老家是开市、开耕的好日子。初五是崭新的开端，适合收徒授业。既然初五要开市迎财神，那么初四就有结束，需要结束的事情一般都在这一天办。这风俗在塔城可就变了，不到三四月，耕不了地，但初四这一天，该办的事情能办。每年初四这一天，塔城的街面上，几乎所有掌柜的都会摆一桌酒席宴请自己店里的雇工。酒足饭饱后，要上一道包子。掌柜这时举杯祝贺，向大家道辛苦，这就叫官话。官话讲完，包子端上来，掌柜的亲自夹包子，包子放谁碗中，谁就被暗示已被解雇，被辞退之人饭后自动收拾行李告辞。所以有句话：天不怕地不怕，就怕初四掌柜的说官话。我最近一次吃手抓肉，就是跟着我们陕西的一个掌柜大年初四吃的，那天掌柜的给我夹了一个包子！"

"叔，对不起，戳着你痛点了。"

"没啥，瓜娃，我老板是个挖金子的，那活儿那么重，我过了下洞的年纪了，应该换个营生了。"

小马听着长工头的话，眼神里透露着失望。

长工头继续说："一个走江湖闯荡的长工，这算个啥？像你这个年纪，是争强好胜，要面子的。像叔这年纪，就不在乎这些了，只要能活下去就好。照理说，辞退伙计的事掌柜的大年三十之前就想好了，就准备辞的，这才叫辞旧。可是，这是在大新疆，在塔城，这么边远的地方，眼瞅着大过年，伙计被辞退了，咋去找新的东家，咋过年，显得掌柜子太不近人情。所以就硬是挨到初四吧，一破五，大家就都开张了，需要伙计的地方就多了，重新洗牌，各奔前程。"

一年到头，为了财东们起早贪黑，忙死忙活，当你干不了重活的时候，朝你碗里夹个包子，你就得走人。还不能抱怨，还得感谢主家，给你留着脸呢！小马越想心里越不是味："看来，你不恨你的老乡掌柜。"

"不恨，等你到了我的年纪，你也就不恨了。这样的事，经历得多了，恨不过来的。再说了，不是掌柜辞退我，我哪里能进裕生堂。只是那天，我没想到掌柜的会给我夹包子，我吃手抓肉的时候，还夹了厚厚的羊油吃的，那么香的羊肉，肥肉没有一点点膻味，可不是老家那羊，真香啊……说到底还是我年龄大了，掌柜的担心我干不了重体力活了……"

长工头说话的时候，小马的肚子就咕咕咕地叫，但又不想制止长工头的话。渐渐地长工头没了声音，再想听长工头说话，他竟慢慢扯起了呼噜。

小马心里更加不高兴了，你这么快就睡了，我就更睡不着了。

小马胳膊肘支起身子，借着窗外射进来的月光，捏了捏长工头的鼻子。长工头眼睛附近的肌肉一挤，不清不楚地呢喃了半句谁也听不懂的话，转身又睡去了。

吓得小马急忙平躺，窗外，吴鸣璋和小夫人的争吵也平息了，一片安静。

这寂静的月夜，便属于小马一个人了。他放开思绪的野马狂奔：有两个老婆，他是香还是不香呢？裕生堂做伙计也没多大意思，天天跟药材打交道，身上老是一股辛苦味！还是德胜行的伙计好，走南闯北长见识，进的那些个货物，全是稀罕玩意儿，连做饭的厨娘都是古丽夏提，那维吾尔族特有的面孔，那魔鬼的身材……

这小马想着一桩一桩的美事，不知道什么时候也睡着了。

翻过这一年，到了正月初五，吴怀智终于做了自己人生中的第一个重要决定。那天由牛道全做了见证，在德胜行正厅吴怀智正式拜孔云清为师，入了经商这一行。

仪式办得很是隆重，吴怀智对孔云清正式行了叩拜大礼。得了信的亲朋好友都跑到德胜行来看热闹。

那时候，年味很浓，整个一正月，街面上的汉族人都在四处走动，到处拜年送祝福。

小孩子们是最容易受感染的，各民族的孩子们都搅在一起，放炮放烟花既能消除所有的隔阂，也勾起了他们所有的兴趣，到了汉族人家里，常常可以吃上炒瓜子、花生、冰糖。除了香就是甜，那是多开心的事啊，甚至会成为终生的记忆。

受春节气氛的感染，别的商家也会制作自己本民族的特色食品，有孩子上门的时候就给块馓子、油香、列巴、面包、饼干，孩子玩累了，随便进哪一家，拜个年讨个喜，都能得到这些香喷喷的吃食，便喜笑颜开，像得到了整个世界！

拜师典礼那天，孔云清、牛道全和吴鸣璋三人坐在太师椅上，按照司仪高声的口令，吴怀智叩拜、敬茶，礼成。

孔云清喝完茶后，满面春风，对吴怀智说："每个行当都有他的秘密，虽然我不是手艺行当，但走江湖行商的本事，也不是一朝一夕就可以练成的，需要慢慢体会，慢慢领悟，慢慢掌握。"

吴怀智跟在孔云清身后，态度十分谦恭。

父亲吴鸣璋走上前来，拍拍儿子的肩膀："一日为师，终身为父，以后行商八千里路云和月，你可要照顾好你师父，好好向师父学学经商智慧，人生经验。"

"当学徒绝对是人生中的一件大事，现在拜师当学徒的时间大多是三年零一季，学徒期间不准退师，不开工钱，不准结婚成家，跟师父从业的全部收入归师父所有。师父负责徒弟的穿衣吃饭及生活所需的零花钱。师父可以打骂徒弟。这些都是拜师学艺的规矩。"牛道全这一段话也是说给当时前来围观的人群听的，那时候，人们的生存都是麻烦，想学个谋生立世的本事，就更不容易，自然要定下极为严苛的规矩。

拜师的仪式完毕后，孔云清向围观的人群抛撒瓜子、花生、糖果。孩子们欢呼雀跃，接着这些零食，把掉在地上的捡起来，像得了贵重的珍宝一样转身追打着从德胜行的大厅里跑掉了。

大厅里瞬间便变得宽敞了。孔云清对吴怀智说，先不急外边进货的事，大冬天的，年还没有过完，先到德胜行跟着盘点库存，有空到牛家车马社转转，熟悉熟悉车马。吴怀智不断地点头鞠躬。

从那一天开始，吴怀智的长袍马褂便从身上褪去了，上身穿着衫袄，下身的裤子宽大松垮，塔城天气寒冷，头上戴着一顶罗宋棉帽，脚蹬一双老棉鞋。

从里到外换了一遍的吴怀智，宣告自己由裕生堂的少爷正式变成了德胜行一个学徒、伙计。

拜完师父的第二天，吴怀智就要搬到德胜行来住，那也是老辈的规矩。学徒期间，徒弟是既不能探亲也不能请假，师父家的脏活累活都得干完。那时候虽然整个国家的国民组织力很差，但官民、父子、夫妻、师徒之间的规矩却极其严格，各行业的行规也都很严格。若是违反本行规矩，不管你技术有多好，名气有多大，也没有下家来容你。你糟糕的德行会招致整个社会的白眼和谩骂，甚至会砸了你的饭碗。要想重操旧业，除非离开本地去其他地方谋生。

换了装扮的吴怀智，让昔日的同学觉得新奇。看到这身下人打扮的吴怀智，努尔别克哈哈大笑，似乎有点不怀好意。他走上前来，照着吴怀智的肩膀就打了一巴掌,顺势把他揽在怀里,紧紧地抱了一抱,用力把他往自己的怀里勒了两次,仿佛这身衣服拉近了他俩的距离。

可是,再严格的规矩,因为人的不同,情况的不同,就会有变化。当穿着短打扮的吴怀智把被褥抱到德胜行,要跟努尔别克一起住那大耳房的时候,孔淑慎急忙迎出来,一把从吴怀智手里抢过被褥:"你看我这弟弟,你这是演什么戏呀,你这不是让你姐我难堪吗?"

"姐,你把我当弟弟看,我知道的。可是,我现在是学徒,就应该跟努尔别克住在一起,再说我们也是同学,我跟着自己同学干一点活儿,也没有什么不好意思的。"吴怀智说完,从孔淑慎的手里把被褥再抱回来,这次孔淑慎没有阻止,只是愣了片刻,轻轻地自言自语:"同学,可以这样吗?同学真好,可惜我没有过。"

孔淑慎一走神,吴怀智便抱着自己的被褥,一步蹿进了努尔别克住的耳房。

当天下午大雪纷飞,睡觉前,吴怀智便在德胜行的院里扫雪。孔淑慎告诉他扫条路,人能走到茅厕便行。刚刚开始学徒生涯的吴怀智怎么可能这么做,他当然要把院子中间扫得干干净净。

## 29

整个塔尔巴哈台腹地都是一片雪白,牛大脚在车马社里帮着父亲照顾骆驼、牛马。每天在堆得像山一样高的干草垛里把干青草挑下来,再喂些水,每天如此,绝无间断。那是极其繁重的工作,牛玉芹只做了两天就回巴克图去把牛大脚换了回来。

牛大脚不喂牲口的时候,便和孔淑仪一样,穿着女子学校的校服出现在塔尔巴哈台的街巷,那是一身中西混合的新服装,上身是旗袍的样式却被从腰部以下裁剪,下身是西式的裙子,腿上是厚厚的有弹力的袜子,脚蹬平底黑皮鞋。那一年,这身打扮是塔城最流行的风景,一看便知,这是洋学堂女子学校的学生,接受的自然是西式先进的教育。

那时节也是努尔别克最忙的时候,德胜行的菜园里早已没有一棵菜,就剩下堆得山一样的干青草。那些草也是秋天的时候,努尔别克套着牛车,一车一车拉回来的。整个正月,牛羊都进入了产崽的高峰期,努尔别克几乎睡不好一个囫囵觉,他住着德胜行最大的房间。晚上,他常常要起身好几次。孔淑慎吩咐给他的房间里换上大铁皮炉子,俄国制造,铁皮相当厚实,屋子里烧得十分暖和,因为从羊圈里抱来的小羊羔都要在火炉旁和努尔别克一起过夜,"咩咩"的叫声,在深夜里此起彼伏。现在，有了吴怀智跟自己一起晚上为牛羊接生了。吴怀智觉得挺新鲜，也觉得自己不能让别人看不起。努尔别克也不像别的长工，他没有那么多心思，也没有甜言蜜语讨好吴怀智。吴怀智要是做得不好，努尔别克就会生硬地对他说几句难听的话。在私塾里，努尔别克被收拾惯了，吴怀智可能有优越感。现在不上学了，跟牛羊打交道，还是他努尔别克更在行，所以轮到努尔别克自信了。

  吴怀仁得知吴怀智当学徒的消息，高兴地跳起来。他心里想，这老二要退出了，一定是看着孔家做生意赚了大钱。是啊，治病怎么比得上做生意呢？但吴怀仁还是高兴的，至少裕生堂里的少爷，就剩他自己了。至于吴诗然，一个女人，将来一嫁出去，也就是泼出去的一盆水了，不足为患。这个没有太多头脑的大哥，突然对未来充满信心，觉得自己少了强有力的竞争对手。

  那阵子，吴怀仁突然变得殷勤起来，常常跑到裕生堂去忙前忙后，虽然时常干不对地方，但他努力的态度，大家都是看得见的。碰到小夫人也变得彬彬有礼起来，一句一句地小妈叫着，并诚恳地认下从前打包手抓肉的错误。

  虽然小夫人也并不喜欢"小妈"这个称号，但随着吴怀仁的死缠硬磨，加上酷似吴鸣璋年轻时的长相，小夫人也不想老是纠结着过去不放。便吩咐账房，给吴怀仁做了两身长袍，给大夫人也做了一身。另外自己做主，让账房按照管事的标准给吴怀仁支一份工钱。

  吴怀仁把新衣裳拿给母亲的时候，大夫人泣不成声。她想不到小夫人心里还有自己，但那哭声里不是简单的感激，还包含着对人世聚散无常，对自己和小夫人无法共处，很多很复杂的情感。

  吴怀仁和母亲对小夫人的感恩与日俱增，但小夫人对吴怀仁的好感却逐渐消亡。随着接触的增多，小夫人算是看透了，这个吴怀仁毫无上进之心，好吃懒做，百事不成。

  小夫人恨当初自己看走了眼，竟然恍惚觉得他是年轻时的吴鸣璋，这哪里有一丝一毫的相似。现在自己的儿子怀智去拜孔云清为师，日后就注定会成为一个跑单帮的，那风里来、雨里去，今天不知道明天在哪里，他日后能陪自己几天？

  小夫人有时候想，这个所谓的"大哥"出现后，吴怀智就是被逼走的。怀智多好的孩子，为了避免跟大哥争抢，年少轻狂，怀揣了征服世界的梦想，放着舒服日子不过，去跑江湖，那受的是什么罪呀？

  小夫人跟着吴鸣璋从一无所有打拼到今天，当然看不惯吴怀仁这样的假少爷。但她不明说，她也深深知道，不需要明说，这吴怀仁迟早把自己作死。

吴怀仁跟牛玉关的接触没有取得让自己满意的结果，他以自己不会养牲口，不会骑马为借口，不打算再跟牛玉关交往。他明白牛玉关做的营生，他做不来。于是便想方设法去结识孔淑魁，可是，孔淑魁是官，是有工资有职务有正经事干的官。吴怀仁怎么约得上一个警察局的队长呢？二人在天平上的分量完全不同，吴怀仁挖空心思也找不出一个合适的理由，越是找不到理由，就越是想结识人家。觉得认识了人家之后，自己的命运便会立时大变，吴怀仁最会这样做梦。

哈萨克贸易亭里有家商号要把易货得来的大量的毛皮转运到晾晒场去，急租几辆马车，便寻到车马社。偏偏牛家父子都不在，就剩了牛大脚一个人，正好大夫人撞见，便热心地提出让吴怀仁跟着牛大脚一起到市场去帮忙。

吴怀仁心里是一万个不乐意，他哪里有心思做这种活儿。他冲着自己的母亲挤眉弄眼地抱怨，却被母亲掐得大腿生疼。

吴怀仁是认识牛大脚的，心里一直视大脚是个洋毛子。虽然大脚一直叫牛道全"老爹"，但那头发、肤色、眼珠，怎么可能有血缘关系，吴怀仁打死也不信。他虽然不愿意看书学习，但是在这方面，吴怀仁自信心爆棚，觉得自己识人有术。

大夫人实在是看不下去儿子成天游手好闲，坐等吃喝。如果像从前一样，没有机会也就算了，认命。但现在不同了，他有裕生堂当后盾，没有不振作的理由。那么高的个子，那么好的仪表，什么都做不了。大夫人不觉得是儿子不行，她觉得是吴怀仁还没有适应，还有点水土不服。等挨过了这一段时间，就会好起来的。他爸吴鸣璋不是也一样嘛，有那么好的种，儿子能差吗？

母以子为贵，大夫人每次一对着镜子，看着自己提前衰老的容颜，就自信全无。她一直怀疑，如果不是自己有这么个儿子，吴鸣璋早就不要自己了。除了这个儿子，自己别无依靠，那就得逼着他有点出息。

她对怀仁说："你要看清楚裕生堂的样子，那是你爸的家业，将来就有你的一份儿。现在对你是比较有利的，你要抓住机会，抓紧机会，没事多去裕生堂跑跑，多去看看你小妈，有礼不打上门人。她儿子拜师学经商去了，女儿上的又是洋女校，将来学成了，估计也不想在塔城待。这多好，将来她身边也没人。你多去转转，好好问问，好好学学，什么不是学会的呀？那么大家产，你下半辈子不就有着落了？"

但吴怀仁哪里知道，自从他那次把手抓肉打包走了以后，在小夫人的心里，他就没希望了。只是人家经历了创业，明白了艰难，不愿意闹僵，努力维持面上的和气。

169

吴怀仁十二分地不愿意，在母亲的逼迫下，还是去帮牛大脚运货，却意外地碰到了孔淑魁。

那时，孔队长正带着几名警察从贸易亭附近的一个大烟馆里走出来，转头对着里面喊："给你们老板带个话，不要给我们耍横的！在这片地上，就得服从我们管！要搞清楚，你们的哥萨克兄弟走了好几年了！"

吴怀仁对孔淑魁心生羡慕，多威风，就是对洋人，也那么威武。他下意识地摸摸口袋，还剩两个银圆。

牛大脚看着吴怀仁看孔淑魁的目光，顺嘴问道："怎么了，警察收税有什么好看的？"

"没，没什么。"吴怀仁嘴里说着，羡慕的目光却还是收不回来。

"快走吧，先把我们的活儿干完，怎么着，你还想请淑仪她哥吃饭呀？"

吴怀仁急忙撤回了目光，跟着牛大脚离开了。一路上心思不定，最终没有忍住问牛大脚："如果我请孔队长吃顿饭，能请得动人家吗？"

牛大脚回头看了牛怀仁一眼，愣了半天，她不理解这个男人为什么这么急着要请一个跟自己毫不相干的人吃饭。她更加没有想到她跟这个男人会有那么多那么深的交集。

牛大脚开朗、热情、主动，想着吴大哥帮了自己的忙，自己得感谢。于是便对他说："我不明白你为什么要请他吃饭，也不敢保证一定能替你约到他，但也不是没有办法。他不就是孔淑仪的哥哥吗？都是街坊邻居的，我可以问问淑仪，如果她不同意，回头让我哥约他，他们一拨儿的。"

拉完那些毛皮回车马社后，吴怀仁还是放不下孔警官，但他不好意思直接提孔队长，便绕着弯子先问牛大脚那个烟馆是哪家的。

牛大脚忙着给牛羊添饲料，用一个破盆子从库房里挖着苞谷，撒在地上的青草里，早已忘记了下午见孔淑魁的事。是谁家的烟馆，还得从伙计那里打听，然后告诉吴怀仁，那是"吉祥涌"的分号，车尼雪夫新开的，也就是一个中档的大烟馆。

"车尼雪夫是谁？"吴怀仁问道。

牛大脚这时觉得这吴怀仁有点婆婆妈妈，心里有些许的厌烦："你天天在大街上混，却问我车尼雪夫是谁。整个塔城还有谁家的房子可以跟车尼雪夫的红楼比呀？"

一听红楼就是车尼雪夫的家，吴怀仁惊得眼睛瞪得像两颗鸡蛋那么大。车尼雪夫离吴怀仁太远了，吴怀仁的视野还到不了这里……

牛大脚除了上学，就在车马社里忙着生意。她已经有着明显的俄罗斯女孩特征。开朗、大方、热情、勤劳，虽然还没到十六岁，但已经很显成熟，像是十八九岁女人的身材，健壮、结实、丰满。这种身材，在那个年代似乎不太受大家的待见，尤其不受女人的喜欢，总是背着牛大脚议论，说她奶子大得像科斯特罗马牛，走路跑步还那么快，一颤一颤的，也不知道勒着点，不知羞耻，专门为勾引男人的……那些说大脚闲话的女人们，有时也会说得面红耳赤，偶尔表情也有一瞬间的复杂，甚至让人怀疑是羡慕嫉妒，但很多男人眼睛却从她的身上移不开，拔不出来。

车马社里的伙计们也常常在饭点端着一碗饭，一排排蹲坐在墙根下，远远地对着牛大脚说些荤话，等到牛大脚走到他们身前的时候，就一个个扭过头去，避之唯恐不及。

牛大脚问他们市场上的消息时，这些男人争着回答，总会把消息回答到远远超出牛大脚想要知道的范围。牛大脚并不计较伙计们的小节，她明白，这些漂泊在外讨生活的人都难，即使偶尔听见了一两句关于自己的荤话，也只是一笑而过。

偏偏，这状况被牛道全看到了，严厉的目光像刀一样刺穿了伙计的胆魄。伙计一脸心慌，一句话也说不出来。

牛道全冲着牛大脚说了一声："跟我进屋来！"

牛道全让牛大脚注意一点自己的行为举止，不要成为人们的焦点，更不要成为男人们茶余饭后的话题。

牛大脚听后，一脸不高兴，自己并没有做什么出格的事呀？

牛道全说："你这是在塔城，不是在巴克图，巴克图是咱们本家，人人敬你是小姐，家里是咱自己人。可是在塔城，你就是一个乡下来的，你是外人。这是城里，人来人往，既是大染缸，又是过客匆匆，你们这样的姑娘就难免成为出门在外漂泊的人的念想，我和你哥常常忙得顾不上你，你就必须更加注意自己的言行！你懂吗？"

牛大脚心里的逆反便无缘由地滋生出来，她嘴一噘："我怎么了？"

"你没怎么，但是人们的闲话碎嘴对于一个女孩子来讲，是要命的，叫你少在男伙计面前走动，你就少走动。"牛道全抽了一口烟，说道，"一个姑娘好不好，有时候不是看她做了什么，而是看男人们对她做了什么。告诉你，柔软的舌头能折断骨头！你不能不小心！"

牛道全再没有说多的话，忙自己的事去了。牛大脚愣了片刻，也去喂牛羊了。

她虽然不会完全认同父亲的话,但自己的心里的触动也还是蛮强烈的。她也到了要思考自己怎么生活的年龄了。

## 30

吴怀智跟着师父孔云清筹划着带着商队出远门经商,天气却一直不好,不是雪就是雨,下得没完,迟迟走不了。吴鸣璋依然出诊、制药,每天踩一腿泥泞,索性连药也不采了。吴诗然、孔淑仪按部就班地上学、放学,每日天亮出门,天黑回家,睡一觉,第二天又接着重复。

每年的这个季节,塔尔巴哈台的人们都饱尝着走路的烦恼,尽量减少出门走动,到处都是雪化后的泥泞。连裕生堂也明显人客稀少,显得冷清了不少。

吴怀仁不想学中医,他觉得中医太复杂了,他不愿意把那么多时间花在学习药理知识上,他知道自己学不成吴鸣璋,甚至连吴怀智也比不了。他一门心思只想结识孔淑魁,在他眼里跟着商队跑生意的牛家父子远不如一身制服的孔队长威风,但他没有认识孔队长的机会,也花不起钱买礼品。在他眼里,孔淑魁是青年才俊,是围着警察局长身边要建功立业的人,哪里有时间跟自己这样一个闲人摆龙门阵、拉家常。

吴怀仁陷入了思想斗争,最终还是鼓足了勇气,对小夫人说自己想结识孔淑魁队长。小夫人纳闷,认识孔淑魁要干吗?吴怀仁憋了半天说:"我想学学待人接物、为人处世的规矩。"

投机取巧、急功近利的想法小夫人当然不认同,在她的心里,最好的学习榜样,当然是吴鸣璋,最应该学的当然是中医药理,这是吴家的家学呀!但小夫人也明白,再好的学问,吴怀仁也是学不进去的。算了,都快要结婚的人了,跟人家孔警官学学也好,在待人接物、为人处世这方面,孔家少爷还真的是没得说。学学也好,但愿学了能给裕生堂长点脸面。

怎么安置吴怀仁和他的母亲,一直就是小夫人的心病。她虽然一直表面平静,但一直将这事视为裕生堂最急切解决的大事。日思夜想,琢磨来琢磨去,最终决定到德胜行找那抱猫养闲的女主人商量。

小夫人痛诉了一通自己的处境和心情,博得了孔家女主人无限的同情,对她一通安慰。两个女人一顿推心置腹地唠嗑,最终引爆了女人做媒的欲望。

小夫人说:"怀仁怎么说也是当家的儿子,血统不能不认,我就得把他当儿子看。他年龄也大了,眼下又没什么正事可做,成天在街面上晃悠,心性都不定,总不是件好事。"

"这能怪谁呀,虽然是吴先生的种,但却不是你养你教的。"孔家女主人手摸了摸猫,面带微笑,顺嘴就把小夫人给恭维了一顿。

看着小夫人心情转好,孔家女主人笑着说道:"我看,你不妨给他找个媳妇吧,找个厉害的媳妇,就能管着他。男人一新婚,尝到了甜头,就不想别的事了,总不至于再把你家的手抓肉打包带走!"

小夫人虽然觉得这话不怎么好听,但也是个理儿。真的能给这口里娃找个女人,成个家,床上添双足,估计还真的能把他拴住。小夫人想自己要是真给吴怀仁找个媳妇,吴鸣璋还不得把自己感谢死啊!

小夫人这样想着,嘴里却开始夸孔家公子:"我们家那个怀仁还总想认识你家淑魁,可是你家淑魁那么忙,哪里有时间见他一个无业游民呀?别说别人了,就照我看,那也是高攀!"

孔家女主人笑笑:"妹妹言重了,回头淑魁回来,我给他说一声,让他带着怀仁转转,熟悉熟悉塔城。"

小夫人心里就自个儿嘀咕:还熟悉塔城,天天混在街上,从早到晚,才多大点城市,还要怎么熟悉?但她认可给吴怀仁找媳妇的提议,可是找谁呢?

闲聊结束回家后的小夫人心绪无法平静,为什么孔家女主人要提吴怀仁的婚事,难道是她想把孔淑慎许给吴怀仁?

想到这里,小夫人就不由心一惊,越琢磨就越心惊。孔淑慎的样貌手段,大家都是知道的,那在塔尔巴哈台也算是个响当当的女人。只可惜她跟那白俄军官……要不然,孔家女主人能想起来吴怀仁?

吴鸣璋又去大夫人那边过夜了。小夫人那天晚上,在炕上辗转反侧,无法入睡:淑慎呀,你真的是什么都好的,可是……你别怪婶,婶真的娶不起你……

小夫人确实多想了,孔家女主人也许曾有过一样的想法,觉得孔淑慎也是女大不中留,就先去探女儿的口风,结果,孔淑慎的脸一沉,泪珠瞬间就从眼睛里滚落出来:"妈,你带个话给我爸,以后不要再跟我提结婚嫁人的事,那就是要我死!"

孔淑慎根本不给母亲说话的机会,她也没心思听男方是谁。

孔家女主人跑回自己的房间,把猫一把扔掉:"呀呀呀,我这辈子是造了什么孽呀,老三不裹脚,老二不嫁人,这是咋了呀?"

小夫人再次到德胜行探口风的时候,孔家女主人似乎对吴怀仁讨媳妇的事兴趣大减。只说吴怀仁到塔城的时间不长，说媳妇也不是一个小事，总还是得找一个知根知底的好人家才好啊！

这话是推托之词啊，小夫人一听便脸色一变，一肚子气得不到舒展，她明白，给吴怀仁物色媳妇开局就失败了。

小夫人想着，既然德胜行的女主人没有答应吴怀仁的婚事，那就会竭力促成孔淑魁和吴怀仁的交往。她盘算着，吴孔两家的交往也不是一两天的事，自己近一段时间，是不能去德胜行了，面子上总得扳回一局来！

吴诗然放学回来，小夫人对她说："哪天你去德胜行跟孔淑仪她妈提一嘴，替你大哥跟她大哥约个时间见面，认识一下。"

吴诗然把头转向母亲："我大哥？"

"对，就你大哥，口里来的大哥，不知道吃错什么药了，成天想着认识孔家的警察。"

吴诗然笑了笑："真有意思，认识一个警队队长干吗呀？是想学办案，还是要自首啊？"

小夫人便追着吴诗然要打："叫你去办的事，你就去快快办，干吗那么多不好听的话？"

吴诗然才不去德胜行呢，第二天上学见到孔淑仪，根本没有给孔淑仪拒绝的机会，劈头盖脸的就是一句："来投奔我家的那个口里娃想认识认识你哥，回头你给你哥说一声，让他百忙之中抽出点时间，接见一下我们家来的那个追随者，安慰安慰口里娃悒惶的心灵。"说完这话就嘎嘎嘎地笑。

"你说的是你那个大哥吧，他是不是你亲哥呀？要是我，突然蹦出来这么大一个哥哥，我肯定会怀疑，有血缘关系吗？"二人一道走在校园的路上，孔淑仪问完，又自己答道，"我觉得你们肯定有血缘关系，要不你也不能这么用劲儿帮他。"

吴诗然冲着孔淑仪翻了下眼睛："这事，我怎么知道，只有我爸和那个女人知道。事是我妈交给我办的，我只管牵线搭桥。"

孔淑仪停在原地："你妈为什么这么热心？"

"嗨，还不是怕我爸难做，用尽心思地努力维持着一团和气。"吴诗然回答道。

孔淑仪一脸若有所思的表情，愣了片刻，突然回过神来："唉！女人真可怜。"

"我妈也是多事，最近，我听说她在忙着给那口里娃介绍对象呢。"

"你当着你妈的面，说不说口里娃这样的话？"孔淑仪问道。

孔淑仪一笑："当然说过呀，塔城人对内地来的人不都这么叫吗？习惯了。"

"你妈怎么说?"

"他是你哥!"吴诗然模仿着母亲的表情。

"你们俩等我一下。"牛大脚穿着校服从远处飞奔而来,校服显得有些窄小了,紧紧地勒裹在身上、胸上,撑得衣服鼓胀鼓胀的。她金发碧眼、皮肤白皙,也许是平常农活干得多,锻炼开发得过早,显得有点儿膀大腰圆,但绝不是肥胖,相反展示出另一种美,那种美是衣着少的时候才能显出来的,穿着校服的时候倒不如吴诗然和孔淑仪更有韵味。

每次牛大脚看着变得紧身的衣服,就会自嘲:长得这么健壮,难道是为了抵御在这塔尔巴哈台一生的寒冷?

吴诗然和孔淑仪跟牛大脚在一起的时间长了,不再关注这些。彼此对外貌早已习以为常。看到牛大脚追了过来,孔淑仪继续问道:"于是,你为了你这哥,就开始让我约我哥?"

"那怎么办?我又不能让我妈为难,你不是最爱仗义行侠吗?就帮帮我吧。叫你哥哥出来难道是天下最难办的事情?"

"那你还真的说对了,在我们家,这还真的是最难办的事。我哥很少回家,我就搞不清,他天天都忙些什么。自从到了警局,可是称了他的心了,有宿舍待着,食堂吃着,连家也不用回了。你还说不着他,那叫事业心!"

"那照你这么说,你约不着你哥了?"吴诗然问道。

"那倒不至于。这么着吧,放学以后,咱们三个一起去警察局,到我哥的宿舍里看看他成天都在忙什么。如果他真的没什么事,那我必须告到我爸那儿,当个破警察,把家都忘了!"

放学后,三个女同学一起走到了警察局,因为是孔队长的妹妹,她们可以顺利地进入警局大院,而且享受了一拨一拨的注目礼。

那些个年轻的各族警察,多半是未婚的青年,突然看到三个身着洋装的妙龄女生走进警营,当然十分吸睛。那一刻,警察们和三个女生,彼此关注。在对方的眼里,他们都身着制服,互为风景。

操场训练的新警员,更是喊出了"向右看——"的口令。一排排的新警员,目光直直地盯着她们三个女生从大院里走过……

面对这样的待遇,三个姑娘相互看看,忍不住笑了,急匆匆走过院子,朝着孔队长的宿舍奔去。身后传来了笑声、响亮的口哨声。警察们解散了,精力过剩的雄性动物在院子里瞎起哄！

孔淑魁在宿舍里换下警服，穿着便装，正好碰上妹妹和两个同学进来。

"哥，你们这院子可真大，我们走了大半天才到你这里。警察局就是好，哪哪都不错，院子那么干净，东西摆得那么整齐。"

"你们跑来干啥？"孔淑魁说完话就觉得不大合适，面露愧色，赶快迎着吴诗然和牛大脚，"来来来，快坐，快坐。"

这俩犹豫了一下，才慢慢把身体挪进来。孔淑魁端来一张椅子，走到墙根，拿起茶瓶，准备给她们倒水，却找不着多余的杯子。最后，实在没有办法，从警员的脸盆里拿了两个牙缸，用水涮了涮，倒了水。吴诗然和牛大脚一阵慌乱地推辞，还是接过了缸子，但吴诗然没打算喝一口。

可是牛大脚记忆力却明显不好，在孔淑仪给哥哥谈和吴怀仁见面的时候，竟然喝了一口。

吴诗然大吃一惊："哎哟，你怎么喝了？"

牛大脚做了个鬼脸，把缸子放在一边了。二人还匆匆看了孔家兄妹一眼。

孔淑魁跟孔淑仪聊天的时候，他的眼珠时不时便落在吴诗然的脸上。他有些诧异，这吴家小姑娘怎么突然就长得这么大了，而且不知为什么，总觉得这姑娘触动自己的心弦，看了半天，突然明白了，原来，吴诗然和樱子的神态有几分相似呢！

孔淑魁不是一个难说话的人，自己妹妹央求的事，怎么也得给个面子。吴家大少爷想认识自己，那不就是吴伯父的儿子吴诗然的哥哥嘛，那有什么，不就是见一面吗？孔淑魁满口答应，周日晌午，在惠芳园见，她们三个也可以一道去。

三个女生急忙推辞，她们见识了警察局，办成了正事，兴高采烈地回家了。孔淑魁也没有挽留，他急着去服饰馆见樱子呢！

周日晌午，吴怀仁换上了自己最好的衣服，心里还是有些紧张，虽然装上了自己所有的钱，但是在惠芳园的二楼，他还是觉得自己局促不安。

孔淑魁到店的时候，吴怀仁已经等了很久，他几乎以为孔淑魁不会来了，孔淑魁还是到了。吴怀仁饥肠辘辘，满腹的埋怨随着孔淑魁一步跨进房间的时候，便神奇地消失了，瞬间变成了一种梦想成真的激动。

"不好意思，警务繁忙，让你久等了。"孔淑魁说道。

"哪里哪里，你是当官的，那么多事儿。"吴怀仁站起身来，满脸堆笑，急忙作揖还礼。

"还没点菜吧？"孔淑魁问完一看桌上空空的，就一壶茶水，立即补上一句，

"伙计，来，我们点菜！"

孔淑魁随口点了三个菜，红卤牛肉、丸子夹沙、爆地三鲜，并不复杂，也不高档，都是杨柳青人的口味儿。孔淑魁想着跟吴大公子也没必要太大的排场，但要了一斤楚呼楚酒。

"无酒不成宴，无色路人稀，"孔淑魁劝吴怀仁一定要喝两杯，"咱们初次见面，不喝两杯，没有气氛，显得生疏别扭，喝上几杯就放开了，酒是极好的媒介，喝两口喝两口。"

吴怀仁根本没有主宰饭局的勇气，全由孔淑魁掌控。他也听不太懂孔淑魁引用的古诗，就跟着先把两杯子酒撂进了肚子。

本来就饿得发慌，两杯酒一下肚，火辣辣的感觉在腹中升腾，瞬间就上头了，那些礼节礼貌的想法全部消失了。他拿起桌上的筷子，夹着菜就往肚子里塞。时不时满心诚意地给孔淑魁敬一杯酒，显得仗义豪情。二人就着酒说着乱七八糟的话，不晓得吴怀仁学到东西没有，但氛围好似推心置腹。

二人饮至微醺，伙计端来一份鱿鱼汤。吴怀仁一看便紧张起来："哎哎，你是不是看错了，这是怎么回事，我们的菜已经上齐了啊！"

看着吴怀仁有些失态，孔淑魁笑了笑，觉得有点掉份儿，便起身拦住吴怀仁，"你干吗呢？跟一个伙计计较，不就是一碗汤嘛！"

这时，伙计把头转向孔淑魁说："这鱿鱼汤是本店今天对您二位的敬菜，敬二位到惠芳园赏光，敬二位给惠芳园赏饭吃。鱿鱼塔城本地不产，是我们老板从天津运来的，本地人也不知道怎么吃，也不爱点，我们老板说先给各位贵客上这道敬菜，慢慢大家就会喜欢的。这汤请二位尝尝，鲜着呢。也许这汤二位还不能立时三刻习惯，但给客人送敬菜是本店的讲究，也是传承下来的规矩。"

"敬菜就是不收钱呗？"吴怀仁问完，便舀到自己的碗里，大口喝了起来，"孔队长，这汤的味道真的不错，伙计没有骗人，真的很鲜。"

"可吃可不吃的敬菜，你也能喝得这么有味。"孔淑魁这时候觉得吴怀仁有点土包子了。本来心里想着给他说一句"不掏钱的菜也用不着这么狠吃"，想想还是打住了。

吴怀仁还要喝一碗，说味道好，不能浪费。孔淑魁直接结账了。

吴怀仁喝完汤，被告知账已结过，心里暗自庆幸自己逃过了一劫，又羡慕孔淑魁的豪爽大方。心里抱怨着，人家才是真少爷。

那天吴怀仁的心情大好，觉得遇上了好人孔警官，心里想着，这孔警官肯定是自己的大贵人。可是在孔淑魁眼里这吴怀仁根本不上道儿，不过孔淑魁倒也不烦他，觉得有这么一个人，也挺有趣，以后可以在弟兄们面前寻个开心，也不是坏事。何况替这傻货约自己的人是那么一个可人儿，面子自然是要给的。孔淑魁实在是想不通，吴诗然这小丫头，真是女大十八变，居然有了这样的风采。

## 31

时间进入了五月，城里的雪已经融完，城郊田野也都裸露出褐色的地面，小草准备破土了。塔尔巴哈台山上的积雪已经开始大量融化，努尔别克时不时眺望北方，他开始着手准备牛羊上山进夏牧场的事情了。

就在这个季节，塔城来了一位大鼻子的西方人。洋人塔城很多，但西方人却鲜见。此人乘坐一辆汽车，鼻梁上总是架着一副眼镜，镜片背后的目光十分深邃明亮，似乎能穿透一切，显得很斯文。对，他的名字也叫斯文，斯文·赫定，据说是著名的地理学家和探险家，受德国汉莎公司的委托，来开辟欧亚航线，准备作横贯中国内陆的考察。

斯文·赫定的考察在筹备期间，就遭到了北京学术界的一致反对。经过"五四"精神的洗礼，中国知识界的现代意识及民族精神已经开始觉悟，他们坚持对于自己祖国的科考，不应该由外国独立完成。经过谈判，达成了这样一个协议：由中瑞双方共同组成中国西北科学考察团，北京大学参与开展，开始了这一次具有现代意义的科学探险。

与在北京受到的冷遇甚至是抵触不同，在塔城斯文·赫定受到了空前的欢迎，道尹李钟麟连续设宴款待这位著名的探险家，但心里就像是草原牧民对远道经商旅客的赏二饭，贯彻的是中华民族千年来见面时，一句朴素的问候："吃了吗？没吃一块儿吃点。"因为多灾多难的中华民族，品尝过饥饿的滋味。

宴请斯文·赫定吃饭的是道尹李钟麟，他身材矮胖，脖子上顶着一颗大脑袋，圆鼓鼓的红脸上眯缝着一对小眼睛。趁着春耕还没有开始，他叫了塔城的要员、富商来陪客人吃喝，一来让场面有几分热烈，二来也让大家一起看看西洋景。甚至连孔淑魁也被叫去了，他负责警戒，但可以坐在下位一起用餐。天气虽然还不能下地干活儿，但已经感觉不到冷，大家就在亭子下支了一张大桌子，桌上摆着烟、茶和瓜子。

斯文·赫定一到，便被孔淑魁领着坐在李钟麟的身旁，紧接着下人送来了酸黄瓜，那是苏俄人民可以储存的一味咸菜。

李钟麟和颜悦色地说："你从那么远的瑞什么典，跑到我们这里来探险，真有你的，有胆，不怕秃鹫不怕狼！来，小孔，把酒倒满，我们先跟客人喝一杯！"

所有在桌子旁就座的人，每人面前一只五十克的琉璃杯被斟满酒，李钟麟端起酒杯，跟每个人碰了一下："今天，我们大家一起欢迎远道而来探险的客人，来，干了这一杯！"

说完，他一个仰脖，喉咙里发出"嗞"的一声响，随后李大人把酒杯在空中一扣，一滴酒也掉不下来！

随后大家都一饮而尽！斯文·赫定盯着酒杯里的酒，有点犹豫。吉祥涌的老板车尼雪夫用俄语对他说道："即使你不喜欢这种饮料，出于礼貌也要干杯，因为主人向你敬酒时已作出了榜样，这就是这一片地域的性格！"

斯文·赫定被七嘴八舌的劝酒声扰得也没了主意，一口下肚，只觉得从嗓子眼儿到肚子都是火辣辣的，本来他就挺饿，这一杯酒瞬间就从肚子里冲上了头。

"快吃一根酸黄瓜，快吃一根酸黄瓜。"李道尹善意地喊道。

塔城永远有喝不完的伏特加，把斯文·赫定喝得五马六道，等到羊肉煮熟端上桌子的时候，他早已迷糊。斯文·赫定开始主动出击，他完全没有了腼腆和绅士风度，但他也想向大家表示热情，回敬每一个人，最终倒在当场。

斯文·赫定的记忆里只有酸黄瓜和瓜子，他不承认道尹李钟麟给他的欢迎宴上有羊肉。他只是对李道尹的酒量和热情记忆深刻，李道尹不停地向大家敬酒，极富感染力地嘻嘻哈哈笑个不停，别人给他敬酒，他来者不拒！桌上飞来一只苍蝇，他不让孔淑魁打死，只同意驱赶。他会说俄语，但又说不好，可说出来的每句话都滑稽可笑，简单明了。

在斯文·赫定残存的记忆里，李道尹实在是一位酒场高手。他喝酒招数奇多，花样翻新。但第二天醒来的斯文·赫定不打算再接受李道尹的宴请了，他只想快点走过巴克图，快点离开这个地方。他担心自己再这样喝下去，会喝死。那时，他吐了一整个上午，浑身乏力，一步也不想动。每次呕吐的时候，那绿色的酸水让他自己觉得已经接近了死亡，每次吐的时候却又有愉悦的快感。

道尹李钟麟第二天晚上，差孔淑魁继续邀请斯文·赫定吃饭。斯文·赫定打死也不去了。他担心自己没有死在探险的路上，却死在酒场上。

孔淑魁一定是要完成任务的，他对斯文·赫定说："对不起，您走不了了。"

"为什么？"

"您来得不巧,塔尔巴哈台山上的雪水融化了,您刚好碰上暴发洪水。您也看见了巷子里到处都是泥巴汤,您走不了的,还是去赴宴吧!我有个朋友就是搞运输的,他家就是巴克图的,只要可以走,我立刻把您送到巴克图,我知道您是要转乘西伯利亚的火车去德国。"

斯文·赫定被孔淑魁搀扶着,蹚过没过小腿的泥巴巷子,又走到了李道尹的酒桌上。

李钟麟立即站起身来,伏特加酒再一次斟满所有人的酒杯。斯文·赫定一看便大惊失色,李钟麟解释道:"头一天喝醉了,第二天一定是很难受的,一定需要第二天再喝一点酒透一下的,会好很多!"

斯文·赫定最终被连哄带骗地喝下了一杯酒,他咬着牙一口喝下去的时候,浑身发麻,随后一股热流上涌,他感觉到自己的毛孔炸开,汗珠从每一个毛孔渗了出来,浑身上下,瞬间舒服了不少。原来李道尹真的没有骗人……

斯文·赫定又一次喝趴下了,醒来之后,他再也不想喝酒了。他不想让李道尹再来纠缠自己,便独自走出客栈,走到塔城的大街上,他漫无目的又极其艰难地溜着墙根走着,眼前到处是泥水的沼泽,他看到城外已是一片泽国。

看样子真的是走不了了,但他不了解的是,塔城地势北高南低,雪水的融化,虽然来势凶猛,但来得快去得也快,存不住太长时间。两日后,山上下来的大水基本都流到南部的库鲁斯台草原去了。城市留下了一片污浊,大街小巷的人都在清理着地面,斯文·赫定当然抓紧时间赶路。

在穿过城市走向巴克图的途中,斯文·赫定目睹了大半个城市都被水淹没的惨象,贸易亭西侧连片的房屋被水泡倒,有些民众用盆用桶舀水,用石头垒墙,有些人在哭天喊地。

牛玉关看着斯文·赫定走下马车,一遍遍询问这些人的情况,眼睛里充满着同情,眼前淹死的牛羊骆驼,横七竖八的尸体随处可见,听说还淹死了两个人。斯文·赫定不断地在自己的胸前画着十字。

回到马车上的斯文·赫定,挥笔记下:一九二八年五月,新疆塔城县的田园大地遭受洪灾,一百二十余间民房被毁,一些骆驼、牛羊被淹,亡两人。但这次大水在塔城的任何史料中却没有记载。

水灾过后,孔云清就带着吴怀智出发了。孔云清对吴怀智说,做生意就是要抢先机、拔头筹,就为了抢个彩头,事实证明这决策也是正确的。

那一年，德胜行的车队经过巴尔鲁克山草原的时候，还没有商队来过，孔云清做生意向来是不放空的，车队当然满载了商品货物。每到一处，就被围得水泄不通。虽然纳吾鲁孜节已经过去，但去年冬天的雪比往年大很多，牧业生产还没有真正开始，转场的行动一再推迟。在这个时候，能换一点远方来的生活必需品，也是各族牧民给一年的生活增加点彩头。每次的买卖现场都显得十分热闹。

交易的方式常常不是现金，而是交换货物。各族牧民拿出了草原的慷慨，换取着德胜行送来的商品，人们欢聚一起，有弹唱、对唱、摔跤各种娱乐项目，常常震撼着吴怀智的心灵。

经商行商，走万里路，吃百家饭，走到哪儿就睡到哪儿。晚上，睡在一个毡房里，孔云清对吴怀智说："我看得出来，你很高兴，但你这是刚开始，你还没有见识过行商的危险，杨柳青闯新疆的有几万人，没有一个人是一帆风顺的。"

"师父啊，人的一生做什么都不能一帆风顺吧。"吴怀智对未来的苦楚，内心早有准备。

孔云清听了这句话以后，陷入了沉默，然后，坐起身来，点了一锅子旱烟，抽一口，就映红一次脸庞："做生意，当学徒，学啥？富贵险中求，想要人前显贵，必定人后受罪。上次我从天津运货回塔城，一路走了快七个月，简直是几经生死啊！"

山里的夜晚比较漫长，行商的沿途是寂寞的，孔云清有足够的时间跟吴怀智消磨。孔云清就想，如果将来吴怀智坚持不下去，那还不如趁早就收手不干，不要入行太深。

吴怀智也坐了起来，透过吸烟时的光亮，他看到师父的眼神里充满了故事，长夜漫漫，无心睡眠，倒不妨听听传奇。

"我在天津采购完货，租车拉货到保定，一夜未停直赴石家庄，过黄河大桥，至洛阳换乘十套马车。从洛阳西行至磁钟。那天后晌，风沙忽然大作，黄土蔽天，要多不舒服就有多不舒服。没办法，走不成就得歇息，前不着村后不着店，只能在风里围成一团，组团避风……到了陕州，天降大雪，积雪三四尺厚，被迫又停了二十多天，过函谷关后行四十里至达子营，均行于山沟中，两旁高山壁立数十丈，中间小沟一样仅容一车，中途有一边高山一边黄河，沿路山路崎岖，沟里的小路狭窄，仅容一辆独轮车经过，无车夫立足之地。而河岸陡峭，十分危险。走过这一段后，听人讲，我们运气好，如果碰到大雪，必定有人亡畜死的事……"

吴怀智看着孔云清眼睛里反射的光芒，体会着那些死里逃生的经历："师父，您说的这些，将来我都会经历的，我现在都有点迫不及待了。"

"喊，这孩子，怎么说话呢？年少轻狂！"孔云清停下吸烟，转身朝无边的黑幕里走去！

吴怀智没再说话，一把把被子拉过头顶，盖着自己的脸笑到抽搐。

孔云清也没有再怪吴怀智，年轻娃娃，说话欠考虑，也不是什么大事，他师父当得有点为难，因为和吴家关系太近了。哪里像是师徒，倒有几分像叔侄。

孔云清每次离开塔城跑买卖，在外人看来，他轻松无比，逍遥快活。但他自己知道，每一次出来，其实都压力巨大，这么长的一支队伍，那么远的路，未知的困难一个接一个，而且无法预测。孔老板当然无心入睡，继续默数着自己的心事，倒不像是对吴怀智说，更像是自言自语："永寿县相距乾州一百五十多里，步步登高，竟高出数百丈。天气寒冷，下一陡坡积雪凝冰，驾车牲口摔倒，起来再摔，几乎不能走路，唯有任其自溜。晚间又大风怒号，当地居民皆饮窖水，非常咸，别无它水。一路上非高原即深谷，上岭下岭，行走艰难。行至二十里，有一山涧，水深不足一尺，那地方叫白水镇，有土炕，取暖靠烧马粪，屋内臭气熏鼻。我们所有人睡觉的时候，都用棉花，用纸团堵住鼻孔，才勉强不被熏醒。次日，又遇特大风雪，严寒针骨，车队渡泾河、渭河，泾河清渭河浊。登岸后即上大道。古杨高四五丈，夹道整齐，一望无际。此路由潼关直达新疆。宽处逾十丈，窄者亦五丈。左文公西征时所筑，十里一墩，墩上建一坊。随后渡泾水，过南古镇、篙店、三关口、瓦亭、和尚堡，行一百四十余里至六盘山。六盘山为陕至甘必经之路，上山六盘十里，下山六盘十里，山路奇险。稍有不慎，失足下坠则人畜立成齑粉，行人无不畏惧……我下车步行，山间寒风刺骨，我几乎被冻麻木……上一次我们运输的队伍里，一趟走下来，死了两个人呢！出来谋个财、讨个生活，谁承想竟把命给搭上了。有什么办法？就算我是一个好老板，也只能给他们赔上几百大洋！前提是我还找得到他的家人，而我正好也有这笔钱……也有的东家在上路之前，就是跟这些苦力议好了的，管吃管住，一个月也就十块大洋。"

听着师父这话，吴怀智就琢磨，这也得记下来，一个跟着跑运输的苦力每月十块大洋，一只二十公斤的羊两块大洋，而自己学徒三年，应该没有一块大洋。吴怀智虽然不在乎钱，但一想到三年里，居然没有一块银圆的收入，其实心里也不免有一点点失落。

那天晚上，孔云清入睡后，吴怀智久久不能入睡。走南闯北的经商路上充满了血泪与艰辛。它更像是一种赌博，和命运、和老天爷的一种赌博。赌注就是自己的一条生命。能烤昏人的酷热，零下四十摄氏度的严寒，神出鬼没的土匪抢劫……有多少人死在了到处行商的路上！

有幸变成大商人的杨柳青人回到天津家乡后，为自己修造了豪宅大院，被作为津商财富的象征。然而，这样的成功者毕竟是极少数中的少数，大多数杨柳青商人能保住自己的命，有吃有喝就很不错了。

新疆大地上但凡有绿洲都像在天堂，而绿洲总是少的，大部分地区是戈壁，是沙漠，是荒地。行走沙漠荒地的时候就几乎到了听天由命的地步。

吴怀智人生第一次随着商队出远门、走南疆，孔云清自然是想带他多走些地方，多见些世面。他们走戈壁、穿沙漠、过绿洲、赏胡杨，一路虽然艰苦，但风景颇为壮美，着实满足了少年那颗不安分的心！

师父关心徒弟，孔云清时不时就问一句："累不累？"

吴怀智总是擦着满头的汗水："我这年轻力壮，就算再累，倒头一睡，等醒过来的时候，就全好了。"

"那也要小心，别太劳累，把身子搞坏了，落下病根，将来可是要受苦的。"

"嘿嘿，不会的。"吴怀智只害怕师父看出自己累，便无论做什么事，都更加用力，绝不能让别人看出来自己已经费尽力气。他常常在队伍里前前后后地跑来跑去，尽力解决车队每一个人的麻烦。

这些，孔云清当然都是看在眼里的，内心里对这个徒弟十二分地满意。但还是提醒吴怀智："有钱不能花完，有力不可使尽。总得留出来一点备用，以防意外。"

吴怀智听了师父的话，点点头，但依然不改自己的忙碌，在他看来，力气是可再生的，没必要吝惜。实在是觉得累了，吴怀智就会抬头看看夕阳，巨大的太阳映红整个西边的天空，蔚为壮观。但是这样雄浑美好的景观通常很短暂，太阳一下山，就到商队休息的时候了。

空旷的野外，架起篝火，煮点粥，如果幸好有师父逮上了猎物，那就吃肉喝汤，有时候大家也轮着喝两口酒，御御寒气！在迷迷糊糊中钻进被窝里睡觉。

## 32

沙漠的气候终究不比别处，有时一天就能见识春夏秋冬，早上十点以后天气就变得闷热起来，很快便口干舌燥，对水的渴望便充斥着商队每一个人的心田。只要整个队伍里有一个人喝水，所有人的目光都会瞬间集中在那个人身上，甚至男人们的喉结便开始前后移动，这种行为是有传染性的。

到中午时分，已经热到没法抗拒，天空一朵云也没有，一点风都不起，沙漠里腾起的热气烘得人嘴唇都裂开了，脚底踏上去软绵绵的，似乎还有点烫脚。就是骆驼都在喘着粗气，所有人都垂头丧气，尽力减少说话，保持嘴里那点唾沫，连口水都舍不得往外吐。

人人都想拼了命地喝水，人人都不敢把水壶里的水放肆地喝几口，车队管事会破口大骂，甚至会抽过来一鞭子。

吴怀智突然脚下加快了步伐，走到孔云清的身旁，喘着粗气："师父你看！"

孔云清抬头看了看，远处戈壁边上，一大片湖泊，在太阳下闪闪发光。

孔云清对着吴怀智笑笑，然后摇了摇头。

吴怀智恍然大悟，心里默默自语：原来那不是水，是幻象。唉！我明明是看过书的，怎么就给忘记了呀！吴怀智低下脑袋，一下子清醒了。看来还真是纸上得来终觉浅，只有自己亲自走过去，经历过，才能印象深刻！

烈日炙烤着大家伙儿，实在累得不行，渴得不行了，孔云清和车队的管事商量过后，让大家找一片有红柳荫的地方休息，车队管事对大家说："可以喝一口水，但不能尽兴地喝，润润嘴就行了！"

正当大家仰起脖子用水润嘴唇的时候，吴怀智惊奇地看到，远处，一片黄雾铺天盖地面向自己滚滚而来，那气势仿佛世界末日，场面十分骇人。

吴怀智指着那片黄沙，就喊："快看，快看，那是怎么了？"

车队管事望了一眼，表情严肃，急忙放下水壶，拉起商队里的骆驼，冲着大家喊："把车把骆驼围成圈、围成圈，快，快——"

大家急忙牵骆驼赶车，让骆驼卧倒在地，所有的人蜷缩在中间。

漫天的黄沙遮天蔽日，已经把远处的一切吞没了。像是一阵疯狂的跑步，从天到地，无坚不摧！

风卷着沙子像瓢泼大雨一样劈头盖脸地向队伍盖了过来，什么也看不见了。沙子随着风往嘴里、鼻子里、脖子里、耳朵里灌，无法躲避。每个人只能意识到自己,感觉不到别人了。

吴怀智双手抱着自己的脑袋,闻着骆驼略带腥臭的味道,把身子拼命压低,把头埋在骆驼的肚子下,就什么也不知道了。

不知道什么时候,风停了下来,沙海恢复了一片宁静,月亮高高挂在天上,映照着沙漠迷人的曲线,商队走过的痕迹全部恢复成了自然弯曲的纹路,仿佛从来没有人来过。

大家陆续慢慢抬起头,睁开眼,摇摇脑袋,摇掉自己满头的沙子,发现自己的双腿紧紧地埋在沙里,个个成了土人。

抖落自己一身的沙子,第一个愿望就是找水,喝上一口。把水衔在嘴里,若放在平日,这口水一定是要吐掉的,满鼻子满嘴都是土。但是大家还是咽了下去……

无论是人还是骆驼都被沙土埋了半截,至于商品货物,有些被沙土掩埋,有的轻一些的布匹、帐篷,早被风卷得无影无踪!

天蒙蒙亮的时候,商队便开始从沙堆里刨东西,从四处捡散落的东西。有些物品,注定是找不回来了。孔云清对大家说:"出发吧,趁着太阳还没有出来,等太阳高了,咱们找个地方休息!"

沙漠里走了十二天,天天受着口渴的煎熬。终于到了绿洲,为了安抚大家的情绪,孔云清带着吴怀智一顿采买交换,在城里好吃好喝了两天。

伙计们都歇了,可孔云清不能歇,他得带着吴怀智去买回布,用苏俄的日用品和金属制品换茶饼、茶砖,这一次,吴怀智还买了鸡蛋和绿豆。孔云清觉得徒弟一路跟着受了大罪,也没太计较,采买完毕,就踏上返回的路程。这一次,大家伙实在不想再走沙漠了,但又不得不走,孔云清和吴怀智不得不跟大伙一顿争辩。于是你一言我一语地发表意见,最终决定绕着沙漠走,绝不进沙漠太深。

但羊群逐草,商人趋利,一旦有了利益,什么刀山火海都是要去的。随着商队的生意的顺利,他们不但又一次挺进了沙漠,而且连续走了两次,买来的鸡蛋是珍贵的东西,吴怀智视为珍宝,连睡觉的时候,也把鸡蛋藏在被窝里,这样,才不会被押货的伙计偷吃了去!而那些绿豆,吴怀智的本意是用来熬点绿豆水,给大家消暑的,但在一次蹚河的时候,意外地被水泡了。吴怀智想着,这下惨了,这绿豆不能保存了。五天后,吴怀智意外地发现那些放在金属盒里一直被水泡着的绿豆,成了豆芽,而那些水滤干的绿豆发霉了。

于是,索性尽力带着一壶水就让绿豆一直在水里泡着,有个四五天,也就长成了豆芽，竟然能炒着吃，煮着吃。

长期在戈壁沙漠里穿行的伙计们，一碗面糊、荤汤里放上一把豆芽，那就是最高贵的食材。那几缕白青绿相间的素色，让人们看到的是一种难以名状的激动，人们瞬间食欲大增。

人们所需的营养无意中得到了平衡，在以后的行程中，即使在沙漠，整个商队里的伙计几乎都没有口腔溃疡的症状。孔云清觉得很奇怪，自己每次行商回家的时候，那指定是满嘴长泡，浑身上火，但这一次很奇怪，竟没有这些个症状。大家琢磨来琢磨去，应该是豆芽起的作用。

牛玉芹在巴克图的平房里日日忧郁。她无法从那大片农田里的庄稼看到希望，那无休无止的农活儿对她来说就是桎梏，就是锁链！尽管她可以带着长工们一起去劳作，甚至她可以充当监工。没有人会抱怨她不干这些活儿，身为牛道全的女儿，庄稼活本来就可以不做的。

按照巴克图当地的风俗，或者是牛家的习惯，男人们都下地干活了，那么女人当然就应该把饭菜做好，最好能送到地里。每年收割的时候，都只是那么几天，可都是"狼口夺食"，最好不要让农田里的长工们因为吃饭的事再来回跑。

牛玉芹害怕喂牛马的苦，也不愿意受农田劳作的苦，她当然愿意选择做饭。只是她没想到在这农忙的时节，做饭也是如此繁重，几乎让她喘不过气来。

先得去挑几担水，然后剁肉、架锅、煮肉、炕饼……一上午时间，简直是手忙脚乱，满头大汗地做完这些事，却还只是刚刚开始。

最可怕的是要把这肉汤舀到桶里，提到车上。牛玉芹万万没想到，这车送到地里也是极困难的。牛玉芹几乎是无法独立完成，但牛大脚可以，因为她没有缠过脚。

牛玉芹琢磨了半天，把饼放在肉汤里，漂浮的大饼覆盖着，不至于桶里的汤洒出来太多。

牛玉芹一双小脚做这些事显得很累，但她不羡慕列奥巴的那一双大脚，总是嘲笑她也就是一个下苦力的命，而自己将来是要当夫人的。牛玉芹暗暗发誓一定要嫁个好人家。

她明白，女人的一生不是凭做事的，而是要看她嫁给哪一家。嫁得好，才是女人一生最关键的一步！

牛玉芹费尽力气，总算跟着一个伙计把那桶饭送到了地头。烈日炎炎，那群长工估计早就翘首企盼着饭菜的到来，那是一天当中，唯一可以休息的片刻美好时光。甚至可以三扒两下吃完饭,趁着别人没有吃完的时候,在树荫下打个盹儿,那种消食的方式,是最为舒坦的。

累了大半天的伙计们,吃饱喝足歪在树下的片刻时光,他们也不忘记背靠背围成一团,对送饭的牛玉芹调笑打诨,称赞她的脸最干净,年龄最青春,脚小屁股圆,走路的姿势好看,预言谁娶了她,谁就能生儿子的闲话。

长工们自顾自地开着牛玉芹的玩笑,他们不傻,他们是小心的,绝不敢在牛家父子在场的时候说这些。他们晓得牛家父子的厉害,那可是搞过民团的,家里有那么多条枪,塔尔巴哈台城里那些做生意的洋人,都得求他们押货,才能保沿途平安。一拨一拨的长工传播着牛家父子种种英勇的传说,越传越夸张,越传越离谱,真的假的,似乎就已经不那么重要了,一提到牛家父子,人们便觉得有一种紧张、有一种压迫感,那才是最重要的。

长工们自以为声音够低,那些嚼舌根子的话,牛玉芹压根听不见。但牛玉芹却心思细腻,她居然知道这些长工在开对自己不好的玩笑。她的脸一阵红、一阵烫,对他们调侃自己感到有些委屈,但又不好发作,最终只好安慰自己,他们不说自己又能做什么呢,日子是那般地索然无趣。

牛玉芹清楚地知道是哪几个人围坐在一起,开过自己的玩笑。她给他们盛饭的时候,目光突然跟其中一个男人的目光撞在了一起,看着这男人的目光,牛玉芹就想起他说自己屁股的话,她心里明明是讨厌这个男人的,却给这男人打了一大块肉,以致这个男人盯着这块肉,十分惊讶,百般不解!

牛玉芹匆匆避开这男人的目光,把自己的目光停留在这男人粗壮黝黑的胳膊上。那是青筋暴起的手臂,一看就充满力量,牛玉芹突然心慌,腿颤抖起来,吓了自己一跳。她坚持打完饭,把车推到远离长工们的另一处树荫下,平复了许久自己的心情。

牛玉芹推着空饭桶和碗筷,她要到边界的河里把这些洗净,再回家。她眼里一次次浮现那个长工健壮有型的胳膊,那一根根暴起的青筋,是那么有力量。牛玉芹回过神来,看着河水里自己的倒影,她觉得自己好笑。

是的,那段时间,牛玉芹时不时就会发呆,甚至有时失眠,整夜睡不着。事实上自从私塾解散后,她就感觉到了生活的种种不适应。上私塾的时候,她也没觉得那日子有多好。但离开私塾后,她就无法再回到巴克图生活了,她虽然也喜欢闻熬制鸦片的香气,但厌恶自己的族人整日整日不停一刻地割罂粟挤汁子。为了一点点钱,把自己累得没有一点清闲的时间,有意思吗?

牛道全返回塔城的时候，总会在自家院里破口大骂，骂那些种罂粟的族人目光短浅，说迟早有一天，把自己家搭进去。

世界上的事情往往让人琢磨不透，各级从上至下都在喊禁烟灭鸦片，普通大众也能看明白种罂粟的危害，但巴克图的罂粟种植不但没有减少，相反却越种面积越大，漫山遍野都是鲜艳的罂粟花。只有巴克图第一家种植罂粟的牛家父子，惧怕自己成为禁烟时打击的对象，及时收手，改种了粮食。

罂粟疯狂地生长着，居然蔓延到邻国的土地上，每年到春季开犁，牛家人都能看到，有零零散散年轻力壮的人越过国界，到马坎其或再远一些的乌尔扎尔种植罂粟。面对这些，牛道全也只能摇头叹息。

有时牛玉芹也鄙视父亲和哥哥，以他们在族人心里的声望，他们竟不敢去上门制止种罂粟的行为。所以，每当牛道全在自己家院子里骂族人的时候，牛玉芹就找个借口溜走。

凌晨，在巴克图路边的草丛里，牛玉关发现了两具尸体，便趁着进塔城的机会，把消息报告了警察局。

局长左思右想，把破案的任务交给了警队队长孔淑魁。

孔淑魁踌躇满志，带着兄弟们便扑上去展开调查。调查的结果让孔淑魁颇感头痛，他发现死者不是塔城人，而是当地驻军备补营和炮营的士兵。

孔淑魁直觉这案子有点难缠，便特地拜访牛家大院的牛道全，期望人生阅历更为丰富的前辈能给予自己指导。

孔淑魁介绍完情况，牛道全陷入沉思，随后突然大怒："啊，馕死哏，闹了半天原来是他们，真是他妈的不打仗了，可是放开了！这正事不干一件，什么缺德干什么！"

"叔叔别生气，气坏了自己不值当，侄儿就是想请教，这种事，我该怎么办？侄儿入职时间太短，警局以前还真没接手过兵营的案子。"

牛道全站起身来，点着烟吸了几口，眉头紧皱，来回走个不停。孔淑魁觉得牛道全似乎不能给予什么意见，便提出要回塔城去。

牛道全对他说："调查兵营是有些难度的，更不能硬来。他们很可能不配合你的，但你还是得想办法，总得把情况摸清楚。然后才能决定怎么办，你说对吧？叔这边也给你打听打听，三天后，咱们再碰一碰情况再说。"

孔淑魁回到塔城后，约着兵营里常常在街上转悠的官兵，一起吃喝。

送上门的便宜，当然要占，这些官兵随着孔淑魁大摇大摆地走进惠芳园，从他们的嘴里套取消息并不困难，他们这些当兵的自视很高，根本没把一个小小的警察局放在眼里，在心底里根本不设防。

喝得半醉的兵营副连长滔滔不绝："现在咱们基本上采取的是'弱兵政策'，军队操练如何，武装怎样，不太重要。只要能镇压地方，没有作乱，相安无事就可以了，包括你们警局，你们就是管地方治安的，别跟咱们兵营过不去，没好处。"

孔淑魁听着这货的话，就有点不爽，心里想，我是请你吃饭呢，你为什么还这么横。

"塔城驻军总共一个备补营、一个炮兵营、一个回民骑兵队，备补营和炮兵营两营实额兵士各不足二百，且多是老兵。回民骑兵队为上峰倚重，他们不吸大烟，身体强健，虽然只有五十多人，但清一色的豹花马，配备'马提尼'单发马枪。备补营和炮兵营官兵，多数都是'双枪将'了。"说完，这副连长就趴在桌子上呼呼睡去，硬叫不醒。

孔淑魁听得懂这军官的意思，"双枪将"意思就是说一杆烟枪、一杆七响毛瑟枪。自打张道尹被抓后，塔城守军的军纪就一日不如一日了，连同训练装备也日渐废弛。

守卫城门的士兵衣履破烂、松垮闲散，有的成了营长太太的保姆、仆从，端茶洗碗；有的陪着少爷小姐终日玩耍；有的赌博闲游，也不是一两天的事了。

牛家父子经营民团多年，只是当初他们的民团骨干转移到押送货物的行当上了。但这些骁勇的边民，仍然互通有无，甚至有些跟邻国也是有交往的，很快便了解了事情的真相。那些越过国界去种植罂粟的人多数是塔城驻军。他们给当地的游牧头人送些茶叶、礼品，就能获得水土宽裕的地块种罂粟。秋后收割完，又一个个携带大烟悄悄地溜回塔城。离队的士兵种大烟这半年多的粮饷就全部落到营连长的腰包里。并且种烟回营的士兵，个个自有礼物孝敬长官。长官追求"两全其美"，于是兵役可以不服，违纪也不追究。那两具尸体很可能是士兵争抢大烟，谋财害命。

听完这些，牛道全就对儿子说："得了，这官司就算是无头命案了！"

牛道全猜测兵营肯定无人追究，权当在外失踪，除名了事。于是他决定不再在那两具尸体的事上浪费精神，两个跨境种罂粟的屌兵蛋子，死有余辜！

## 33

巴克图天大地大，同时也显得空荡荒凉，没有几个人，基本还保留着自然原始的状态，没有太浓的人间烟火气，唯一能挤进牛玉芹眼里的风景，就是看着那条跨国商道上来来往往的车马人流。牛玉芹心中暗想，这来来往往的人流中，有多少富商人杰呀，他们都有着多么美好的人生啊。

牛玉芹发现自己已经彻底厌倦了牛家农牧的生活。她已陷入了深深的孤独之中，无所适从。她不知道远方的生活是不是美好，但她确定，天高地远的巴克图确实不是自己想待的地方。对未知生活的向往变成了一种焦灼的渴望和对现实生活环境的不满。

田野里大获丰收，牛道全父子自己赶马拉碌碡，压平了一大块打麦场，那是经过耙糖、洒水、碾压直到平整光滑的一大片场地，既是族里大人拼命夺食的生死场，也是族里的小孩子们都愿意赤着脚在这场上奔跑打闹的游乐场。

在打麦场中央，牛道全用一把木锨把小麦铲起，高高抛撒在空中，让风吹走包在小麦外层的空壳，牛玉关抓起一把自制的巨大的扫把，拂去残留在小麦堆上的空壳，一座一座黄澄澄、金灿灿的麦堆浮现在眼前……

牛家父子面含微笑，迎接着丰收。牛道全对儿子说："塔城号称粮仓、肉库、油缸，那可不是盖的，到处都兵荒马乱，咱们能收这么多的粮油，有什么担心的？"

他们沉浸在喜悦之中，在庆贺着肥沃的土地给予牛家的馈赠。

远处牛玉芹送来了晚饭，却在强装笑颜。她陷入了极度的失望和厌恶的情绪中，她不是觉得自己家不好，巴克图不好，她只是不想处在生活的第一链条，不想做劳动的第一环。牛玉芹问过自己无数次，巴克图商道那些来来往往的富人，他们做这些苦活累活吗？

大雨不合时宜地在夏收的时候降了下来，牛家上上下下，全部扑到打麦场上拼着命地抢收麦子，可不能让雨水浸湿太多，浸湿后的麦子是会长出芽子的，再蒸出的馍就会变得黏叽叽的，像是怎么也蒸不熟的样子。

这一场雨让牛玉芹的心情更糟，看着雨水浸过的麦子，她明白，这将是牛家最先吃的新粮，牛家就是靠这样省出来的大户。

雨停后，天空飘过的乌云撕开一道缝子，一抹阳光羞怯地探出来，洒在湿漉漉的大地上，万物镀金光，原来干燥的空气里，人可以闻到潮湿的水汽，沁人心脾，心情舒畅。

牛玉芹站在牛家的打麦场，俯看着巴克图广阔的原野，一切被雨水洗得闪闪发光，面向塔城的方向甚至出现了一道巨大的彩虹，架在空中，仿佛故意要给这座城市营造神秘的气氛。

牛道全也在看着空中雨做的云朵，时刻关心它们飘到哪里去。抢收围起来的麦子堆，一旦天晴就得迅速摊开，焐得温度高了，也是会坏的。

雨后的美景并不能舒缓牛玉芹的心情，她依然满脸委屈，厌倦巴克图的一切，直到家里来了两个贵客。

孔云清的夫人跟着一个媒婆前来提亲，在这个夏收繁忙的季节搅乱了巴克图牛家的节奏！

去德胜行给吴怀仁寻媳妇失败以后，小夫人便反思：孔淑慎有偌大的德胜行的生意支撑着，不管她有怎样的过去，也不至于嫁不出去。她没有嫁人，可能真的是不想嫁出去，两眼朝天，不见凡人。吴怀仁娶不到她，也不能在她孔淑慎一棵树上吊死。小夫人想来想去，终于又想到了一个人，牛家大丫头。对啊，这个合适，两家交情深厚，都是长子长女，合适。德胜行女主人到裕生堂串门的时候，小夫人提及此事，孔云清的夫人便大包大揽，要去替小夫人操办此事。

然而，一起来的媒婆显然没有太明白牛家和吴家的交情，她还拼命向牛道全夸奖裕生堂吴家家教如何严格，庭院如何精致，医术如何高明。还说一旦嫁过去，就会成家立业，日子指定差不了。

牛道全当然没有心思听媒婆啰唆，但是并不打断她说话，只是低头静静地吸着烟，突然间就觉得家里没个女人，就是不行。自己真个是糊涂虫，居然一直就没有替儿子女儿想过，儿子都二十三岁了，牛玉芹都十七了，是到年龄了。

牛道全送孔夫人和媒婆回塔城的时候，带着自责的心理对二位贵客千恩万谢。但他并没有立即答应，只是自责自己一直疏忽了，吴家当然是好人家，自己也没什么意见，只是想先把儿子的婚事先办了，不好乱了次序。

媒婆当然是见多识广，立即就坡下驴："那也可以先把婚订了呀，等她哥找到合适的人家，再来个双喜临门！"

这一次，牛道全似乎没有什么理由拒绝了，便点了点头，晚辈的终身大事，就这么着被上一代人稀里糊涂地做了决定！

孔夫人和媒婆走后，牛道全骑上马，跑到妻子的坟前，静静地抽了两锅子烟，他心里感觉到没有老婆操弄这些事，自己还真的是不行！

不日，孔淑魁又到了牛家大院。牛道全告诉他，别急着破案，破了也没意思，他也破不了，也没什么人特别在乎他破不破案。孔淑魁担心局长问起来没法应付。

"撒谎、拖延、转移话题，总之就是拖。你们警局连地方的罂粟都禁不了，怎么办得了军营的罂粟案子？放弃吧，天下事了犹未了，最终不了了之。"牛道全告诉他。

孔淑魁觉得局长交给自己的第一个任务，自己就办得稀里糊涂，很没成就感。牛道全告诉他："看淡些，没有过错就是功劳，没给局长惹麻烦就已经很不错了。真把兵营惹恼了，你们局长也受不了，说不定还把你推出去背锅。"

孔淑魁想想也是，向牛道全辞行，打算回塔城。牛道全送他出了大院门，看着他问了一句："你大还是我家玉关大？"

"叔，我大一岁。"

"噢，二十四了，这年纪了，你妈没急着给你找个媳妇？"

孔淑魁傻傻地一笑，翻身上马，对牛道全说："叔，不急，现在时代不同了，总得找个好人家才能结的，急不得。"

嘴上说不急，孔淑魁当晚熄灯以后，偷偷地离开警局，趁着夜色，走进了日本服饰所，去找他的樱子小姐温存去了。孔淑魁单身的那些年月，他就听不得谁给自己找媳妇，一听便想起樱子小姐的千般温柔，他心里暗暗发誓，一定要替樱子小姐赎身。他和樱子小姐赤身裸体抱在一起的时候，给樱子小姐一次一次表白衷心。

每次，樱子小姐就伸出纤细的手指压在孔队长发烫的嘴唇上。孔淑魁当然不肯停下，绕开樱子的手指继续说。樱子小姐阻止不了他，便那么嫣然一笑，那笑容自然而又收敛，真诚又敷衍，既有风尘气，又不失高贵。那笑容里凝结了数百年艺伎文化的沉淀，让孔队长无比着迷，心甘堕落！

凌晨时分，孔淑魁浑身抽搐，发出低声断断续续的呻吟，一时吓醒了樱子，樱子急忙用手轻轻摇了摇孔淑魁，孔淑魁从梦里醒来，一头虚汗。

"做噩梦了？"

孔淑魁没有吭声，伸着手臂，挽着樱子的肩膀，一把把她娇小的身躯揽到自己的怀里。

孔淑魁不愿意对任何人提起，那晚梦里，樱子和吴诗然的脸和身体在互换，一会儿笑，一会儿哭，随后，樱子伸出自己的手，指甲老长，披头散发，在空旷的夜里飘飞，而自己和吴诗然在前面拼命地奔跑，怎么也跑不掉……

樱子睡觉很轻，能够叫醒孔淑魁，但她难得有足够的休息，在孔淑魁结实的臂膀里，很快又睡着了。

孔淑魁轻轻起身，把自己的衣服提到门外，穿好离去。趁着深深的夜色，他点一根烟，一路走，一面问自己，为什么自己在梦里看不清那女人的脸，但又能确定是樱子或者吴诗然？梦真的是个神奇的东西，说不清，道不明，丢不掉，放不下。

佐田繁治每次碰见孔队长的时候，彬彬有礼，满脸堆笑，一顿话说下来，能鞠十几个躬。每次孔淑魁离去，便对樱子小姐一顿搜身。搜完后，一副冷冰冰的面孔，跪坐在樱子的对面："对不起，但请您理解，为了帝国的强大，我们必须要做出一些牺牲。请您原谅！"

樱子表情平静，看不出什么明显的变化，也不敢做明显的反抗，只是眼神中有些许的冷漠，那只是不经意间流露出的一道愤怒的光，然而瞬间便没有了。

佐田繁治到另一个屋子对伊藤卉子交代，要提高价位，多挣些钱，上面不会给他们拨付经费。佐田繁治对伊藤卉子说，要看到塔尔巴哈台这几年得到了休养生息，已经恢复了不少。白俄败走那年，塔尔巴哈台经济几乎崩溃，可张建业都能贪污一万七千两白银。所以，一定要努力！

警察局新局长对巴克图尸体案是否关注取决于两个方面。一是有没有上级的过问。二是有没有人到警局闹事讨说法。事实上，这两方面都没有。但孔淑魁自己仍然穷尽精力，努力把一切情况弄明白，他怕局长问啊。

那阵子，备补营和炮兵营的头头们巴不得与那两具死尸撇清关系，拒不承认那是自己手下的兵士。怎么会来找警局要人讨说法？

孔淑魁只好带人换便衣到贸易亭附近的那家烟馆去守株待兔，他们控制了两名换了衣服前去吸大烟的士兵，孔淑魁并不十分刁难他们，只想了解清楚士兵们越界种罂粟的情况。

起初士兵们根本不配合，认为警察不敢把他们怎么样，他们的底气很简单，警局才几条枪，这批警察的教官不过就是跟自己一起扛过枪打过仗的兄弟们。

孔淑魁当然也不惯着这些"双枪将"。他根本看不惯这两个士兵。也许他们曾经还算个战士，可是现在都染上烟瘾了，就基本是废人了。孔淑魁当然不信他们能死扛到底，他吩咐手下准备点烟土，就放在这两个士兵看得见却够不着的地方。饭菜管好，关上三天，就不信他们能熬过烟瘾。

第一天，那俩士兵拼命地用各种脏话招呼警察和孔淑魁，手下都听不下去了，要用皮鞭给他们点颜色。孔淑魁伸手拦住了："别冲动，有劲就让他骂，没劲了就消停了!"

第二天,俩士兵便不再骂人了,也没有了第一天把送去的米饭扣到地上的豪气,他们乖乖把饭吃了。

孔淑魁在铁栅栏外面笑笑:"长官,这就对了,饭菜都是从惠芳园打过来的,我们不敢怠慢老总,就想了解点情况,就送二位回营,没别的意思。"

"你等我出去了,我和我兄弟会报复你的,别让咱们在大街上碰上,我记得你了,你也记着我,落单的时候,别碰上我们!"

孔淑魁笑笑:"好好,我记得,我记得,将来我尽量避着二位老总,那现在可以说了吗?"

"等老子吃完饭,你问吧,明天张大帅要到塔城点兵,我们不能不回去,那是军令。吃完饭,给爷把大烟准备好,要不爷明天没精神。"

"早这样,不就结了,"孔淑魁喊,"来呀,把烟枪给老总准备好!"

两名士兵吃饱饭后,走出牢房,走到另一个房间,看到炕上一张草席,摆着一方小桌,两杆烟枪。二人一见烟枪,眼里顿放光芒,双手一阵剧烈地颤抖,三步并两步往土炕头扑了过去,点上鸦片,二人的嘴唇都在抖动,然后狠狠地吸了一口,深深地闭上了眼睛……

"当官的吸大烟,当兵的也跟着吸大烟,当官的有钱,但当兵军饷不够买烟,于是就得想法子,最好的方法就是自己种,巴克图牛家不是就种得很好吗?"士兵躺在炕上享受着,不再设防,"可是,明天是个重要的日子,我们不能待在这里,当兵的命贱,搞不好会按失踪减员处理的。"

所谓的重要日子,是省城派了张大帅来视察兵营,现场要看操点名。到境外种烟还没回来的兵,如果被查出来,就要倒霉了。

旅长兼省督军署军务处处长张大帅穿黄呢军装,戴大盖军帽,腰扎武装带,下穿黄呢马裤,皮靴上配银制刺马针,很是威风,当时人们习惯对军阶较高者皆尊称"大帅"。

那天塔城都统盛宴接风,营长和马队统领及警察局长皆应邀作陪。

酒过三巡,张大帅发话:"此次来看各位并和全营官兵兄弟见面。你们在边城守土,很是辛苦,慰问下属是应该的。几时去营中点兵,你们定时间。我很忙,不能久留,明白吗?"

各级官员毕恭毕敬,连称:"是!是!"可是却心怀忐忑,不知如何是好。

各营空员很大,但经费皆按编制拨付,各级长官立即计议如何应付点兵。最后决定分头去找人替补，大不了花些银子，不会没人来！大家也觉得只有这冒名顶替的办法可行，反正张大帅也不认得塔城士兵。

当天所有排长、班长紧急出动，分头去找顶替各班排空缺士兵的人应急，竟引起了市面骚动。

各大商号、站柜台的学徒、跑街送货的伙计、小铺商贩、赌徒等五行八作的中青男丁，许给少量报酬召集起来，陆续到营换了军装，让他们牢记顶替姓名，由班排长临时教习列队，听口令"立正""稍息"如何动作，免得露出马脚。

下午点兵之前，大官出府，先鸣礼炮摆威风。满城本就不大，东门的炮，西门就能听到。炮声一响，营房空气骤然紧张，队伍马上站齐。正前方摆设一长条公案，上面放军营令箭、士兵花名册等。

张大帅在众人陪同下步入操场。号兵吹响"得胜令"，值星官大喊"立正"，士兵们齐刷刷站直。张大帅傲然地扫了一眼，走到案后，在铺有兽皮的太师椅上坐下，背后站定持枪副官、卫兵，一派威严。操场鸦雀无声。值星官趋前敬礼，报告应点士兵集合完毕，请示检阅。

孔淑魁陪着警察局长一同跟随在队伍中，他看到站在一旁的营长头上冒汗，却强作镇静。

张大帅的随从参谋到案前按册点名。"张得胜""有""王德彪""有"……

过了半个时辰，张大帅挥手说："好，点下去。"起身挪步，众人急忙上前卑躬陪伴，请入后室抽烟喝茶，殷勤招待。便再没有返回操场。直到晚宴时，张大帅才叫大家一起进入餐厅。孔淑魁没有资格坐桌子上，只能站在门口，看着惠芳园的人端着一道道菜肴传进去！

次日凌晨，孔淑魁再被局长叫去，到城门口列队相送，张大帅下车跟大家招了招手，随从军官接过送行官员送来的几个箱子，装上车，踏上了去省城的归程。

塔城都统转头对大家说："通知各营临时凑数的替补人员脱下军装，各领二日酬劳金，地方参与这次活动的官员按连长的标准，各发一月饷银，大家辛苦了！"随即大家散伙回家。

点兵对孔淑魁的触动很大，他很羡慕张大帅的威风，又佩服李都统的全面细致，连活动结束后，大家的酬劳金都准备了一份，孔淑魁觉得这都是自己应该学习的地方。

至于巴克图那两具尸体的案子，孔队长决定，在路旁挖个坑埋掉，别说墓碑，连个坟堆都没有，在警局里一切痕迹也被擦去，就像这俩人从来没有来过。

## 34

吴怀仁得空就会去找孔淑魁。找到孔队长那阵子就是他生活中最重要的事情。看到孔队长，他心里就不那么空虚了。可是，孔淑魁公务缠身，并不那么及时见他，他常常得等好长时间，即使等到了，也许孔队长也只能跟他说几句话。他特理解，人家是官家的人，有公务要忙，那可都是大事。

但凡孔淑魁给了吴怀仁和自己独处的机会，吴怀仁便会给孔淑魁说自己的一切。说到小夫人找孔淑魁的母亲给自己做媒的时候，还会腼腆地一笑，并坚决地表示，自己不想成家，想跟孔淑魁一样，先置份家业，挣一笔钱。吴怀仁说自己也是穿过大半个中国的人，算是把这个世界看透了。你要是有家产，有钱有业，什么样的女人都会有的；要是没有，就算你有了老婆，老婆也会惦着别人的。

吴怀仁每次说话的时候，特别注意孔淑魁的表情。他觉得自己说的话都是自己的人生所得。可是孔淑魁并不感兴趣，甚至觉得他有些可笑，心里想：那牛家小姐能跟了你，分明就是你的福分，你有什么资格挑？

但孔淑魁没有把话挑明，他甚至不想计较吴怀仁跟自己说了什么。跟这样的人，孔淑魁觉得既沟通不了，更没必要争论、分辩。他想听到的是他妹妹吴诗然的情况，但吴怀仁确实知道得很少。这样，孔淑魁就提不起兴趣了，连着打了好几次哈欠。吴怀仁便对孔淑魁说："孔队长，您这可不行，最好去看看，哪怕是裕生堂看看也行。我爸医术还是可以的，有啥说啥。"

孔淑魁就越觉得吴怀仁可笑。你老爹吴鸣璋医术怎么样，还用你说，塔城连洋人都知道。看着吴怀仁在自己面前不知深浅地海阔神吹，丝毫不知道自己的肤浅。孔淑魁也不想戳破他，沉浸在自己梦里的人是可悲的，也是可爱的。

孔淑魁觉得吴怀仁虽然年龄比自己还大，但其实就是个乡下来的大男孩，还没成人。孔淑魁想，就你这智商，还挣家业呢？人家给你做媒，牛家的小姐，你还不要？行啊，傻到家了。给你找个女人，你会干那活儿吗？想到这里，孔淑魁就越发觉得可笑，完全听不进去吴怀仁再说的任何话。他心里已经下了决心，他要带这京津要地大地方来的土包子见世面了。

孔淑魁到贸易亭催税收费的时候，也把吴怀仁叫去旁观。所有的商铺对孔淑魁都毕恭毕敬，这就是让吴怀仁最羡慕的一点。

一直以来，吴怀仁自己就是对所有当权者、有钱人毕恭毕敬的人。他恨死了自己这种人的生活，他做梦都想变成孔淑魁这种吃公家饭的人，但凡见到个人就高一等，那多威风！

孔淑魁心里惦念着吴诗然，又不好意思通过妹妹去结识，便想借吴怀仁的便利。他到糕点铺子里买了些塔塔尔族人做的甜点随着吴怀仁去看望小夫人，一路上还颇有心计地教给吴怀仁要对小夫人好。他告诉吴怀仁，能不能在塔城立足就看能不能在裕生堂立足，能不能在裕生堂立足，便看他吴怀仁能不能在小夫人的心里立足。虽然一个家庭顶梁柱是男的，但真正的主人却常常是女主人。

吴怀仁看着孔淑魁的眼睛，点了点头，孔淑魁的每一句话，都说在他的心坎上，他都认为是金科玉律。

小夫人见到孔淑魁一脸兴奋，嘴上不住地推辞，心底里给了孔淑魁一万个赞，人家在官家当差的孔少爷就是不一样，礼节礼貌真到位。

孔淑魁在裕生堂里左转右转，没有看见吴诗然，心里有些失望。他对小夫人说："姨，警务繁忙，我不能多待，回头小妹妹回来，就告诉她我来过了。"

小夫人一个迟疑，心里一琢磨，笑容便爬到嘴角上来了：原来你的心思在这里呀！

那孔淑魁早已在官场练得八面玲珑，也看出来小夫人的心思，就补了一句："那天诗然和我妹妹一道到警局找我，她们白天也不在家吃饭，学校食堂那么些人，古兰丹姆经营都是问题，饭菜肯定是不讲究的，还不如警局的好，我既然来了，就给妹妹带点零嘴。"

这样贴心的解释，小夫人实在找不出任何毛病，原来这甜点是给自家姑娘送的，行啊，算你有心。小夫人觉得孔淑魁无论哪方面也算配得上吴诗然了。

小夫人接过甜点，对孔淑魁说："你今天来是不是因为女子学校放了假？"

孔淑魁暗暗一惊，没有回答，稳稳自己的情绪："噢，对呀，女子学校因为要扩建的事，暂时放假了。等会儿我再去集市给我妹妹买些礼物，让你家怀仁带回来！"

孔淑魁决定用转移话题的方法，来转移小夫人对自己的关注，不想弄巧成拙。

小夫人说道："闹了半天，你不知道呀？我家诗然和你妹妹约好坐长途汽车去省城玩去了。她俩说巴克图到迪化的长途汽车开通了，一定不能错过这样的历史事件。一定得坐坐长途汽车，感受感受新变化，好像还有别的同学一道去……"

自己妹妹也要去吗？孔淑魁是真不知道，对家里的事，他一直关注得很少。

既然见不着吴诗然，孔淑魁便准备离去，迎面却碰上了出诊归来的吴鸣璋，当然得打个招呼。可是，还没说几句话，就打了两个哈欠。

吴鸣璋就问:"最近警局有大的警务吗?"

"没有。"

"那上面有人到塔城来吗?"

"有也到下个月了吧,也就我爸做生意为了赶个时机,衙门没那么赶。"

吴鸣璋就盯着孔淑魁专心地看了两眼:"淑魁,你来,跟叔到药房来一趟。"

吴鸣璋所说的药房不是抓药的药房,事实上是他配制中药的那个房间,从作用上来说,更像是他的书房。

孔淑魁跟着进去,吴鸣璋已经在那苦辛药味浓重的房间里忙碌起来,他找了一个瓷罐装满芝麻,又用一张牛皮纸包了各种药材递给孔淑魁。

孔淑魁一头雾水,吴鸣璋一脸严肃:"这一包是黄芪片、淮山、当归、枸杞、花旗参、党参、人参,还有锁阳,你要经常煲汤喝。这一罐是黑芝麻,炒熟的,每天坚持吃,吃一两年后,你就会有好转了。"

孔淑魁接过这些药品,只当是裕生堂回赠给自己的礼品,并没多想,急忙离开了。

回到警局,孔淑魁有点纳闷,作为一名没有结过婚的年轻警察,成天舞刀弄枪的,身体壮如牛,你这吴名医给我开这么多药干吗?碍于吴鸣璋在塔城德高望重,又和自己父亲是铁杆哥们儿,当然不能驳面子。孔淑魁翻看着这些药,他只记得一个锁阳,那不就是山里到处野长的药材吗?听说是壮阳用的,自己年轻力壮,要这些东西干吗,这吴名医医人上瘾呀!

吴鸣璋那时却惦记着孔淑魁,跑到小夫人的房间里问孔淑魁干吗来了。小夫人据实相告,吴鸣璋听后呵呵一笑:"你还真觉得怀仁跟他能学到东西呀?"

"怎么了,什么意思呀?你不是也送怀智跟他爸学做生意去了吗?咱家怀智起早贪黑,受那么多罪,变得又黑又瘦,你也不管,你不是还高兴得很吗?"小夫人对把怀智送到德胜行始终耿耿于怀。

"那不一样,孔淑魁跟他爸不是一路人!"

"孔云清是哪路人,你就舍得让怀智跟他受苦,你今天把话说清楚!"小夫人有点生气了,突然眼眶就湿润了,落下两滴泪来。

吴鸣璋见状只好安慰她:"你看你又来了,哭什么呀?学本事哪里有不受罪的。"

小夫人掏出腰里的手绢擦了擦眼泪,继续唠叨:"不要以为他孔云清把你的前妻和儿子带塔城来了,你就事事向着他,我告诉你……"

"哎呀,行了,"吴鸣璋高声打断了小夫人的话,"给你说了你也不懂,总之以后少让怀仁和他接触，不求上进的东西！"

"哼，你家怀仁求上进，把塔城的年轻人翻遍了，还不是想拜人家孔淑魁为师？只是人家还不怎么想教呢，这次来送点心给诗然。"

吴鸣璋一听，心中怒火升起，声音突然增高："让他离诗然远一点，我的女儿不可能嫁给他，趁早死了这条心！"

说完吴鸣璋摔门走了，小夫人觉得莫名其妙。吴鸣璋心里憋闷，回头对门凶了一句："给你说了你也不懂。"

吴鸣璋那晚跑到了车马社过的夜，大夫人大感意外，嘴里咬着的苹果，一时停下了咀嚼，愣了半天，险些掉到地上。来塔城时间也不短了，最近几个月，吴鸣璋到她这里过夜是十分规律的。

大夫人惊讶过后特别高兴，给吴鸣璋也递了一个苹果："今天真是好日子，这几个果子是牛玉关送来的，他家巴克图的苹果，去年摘下来放大菜窖里，一直储存到现在，你快尝尝。"

吴鸣璋接过苹果，对大夫人说道："这叫黎萌果，塔城特有的，和别的地方的味道都不一样。"

"你今晚怎么有空过来了？"大夫人问道。

吴鸣璋看了大夫人一眼，没有说话，只叹了一口气。

"不会是和她吵架了吧？你看看你，多大人了，让着她点不就完了嘛，把她惹生气了有啥好啊？"

吴鸣璋本来是想躲个清净的，突然间就觉得心烦意乱了："行了，行了，你别说了，快给我弄点饭吃吧，我都没吃饭呢！"吴鸣璋最听不下去的，就是两个老婆互相各怀心思的话，一句也不想听。

大夫人看吴鸣璋不高兴，心里很紧张，不再多说一句话。她极为麻利，三八两下，在鲜牛奶里下了面条，端着一碟自己腌制的酱黄瓜，放在桌上。

吴鸣璋不喜欢吃黄瓜，却喜欢吃这酱黄瓜里面的小红辣椒，那叫一个辣，就着这辣味，便能味觉大开，多吃了不少饭。

吃完饭，大夫人就伺候吴鸣璋洗脚，这是睡觉前的固定程序。吴鸣璋不想睡觉，只想排解排解胸中的郁闷。坐一坐，喝几杯茶，哪怕不说一句话也好，就那么彼此静静地坐着就行。不想大夫人总是张罗着吃饭、洗脚，接下来又要干那事。

一躺到炕上，大夫人就朝那马灯凑了过去，吴鸣璋说了一声："别吹。"

灯还是灭了，吴鸣璋没再说什么，他睁着一对大眼睛，在短暂的黑暗之后，他发现屋子里并没有那么黑，隐隐约约能看到大夫人的脸。灯灭了就灭了吧，不计较了，也没有什么要紧事。这时候自己随意说话，反倒可能伤了感情。

自己本来到车马社的时候就少，大夫人的眉目之间都包含着哀怨。大夫人常常对吴鸣璋抱怨的一句话就是："两口子不就是这回事，不想碰我，就是嫌我老了，不想要我了！"

这句话一出，吴鸣璋无法接话。只好硬着头皮在大夫人的身上干活。真的谈不上什么享受，似乎大夫人也不要多享受，只要吴鸣璋履行他的义务就行，抑或是履行自己是吴鸣璋老婆的义务。

每次吴鸣璋喘着粗气，从她的身上翻滚下来，她也不说什么话。但第二天，甚至以后的好几天都是好日子，她还时不时地给牛大脚说一句："他爸昨天来我这儿了，又要我了！"眼角眉梢都是笑意。

牛大脚听不明白全部的意思，但隐约觉得不是什么好话，至少不是她这样一个年轻女孩子应该听的话，就脸红了，有点发烫，明明是吴怀仁妈在说自己的事情，她却羞得抬不起头来。

大夫人本来也不想给牛大脚说这些话的，可是除了牛大脚，似乎也没有人愿意听她说话。她在这个孤独的塔城，总得找个人倾诉。

第二天早上，吴鸣璋离开的时候告诉大夫人："你管一管怀仁，不要跟孔淑魁走得太近，他玩不过人家。"

大夫人就不理解："就是因为玩不过人家，才跟人家学呀？有什么不对吗？"

吴鸣璋一脸怒容："跟那小子学什么，能学什么好！最后好的没学会，学一堆毛病！"

吴鸣璋离开车马社的时候，大夫人在他的身后喊着："跟你能学着好，你有时间教他吗？你顾得过来吗？你忙啊！"

天蒙蒙亮，大街小巷里没有一个人，天气还有些凉意，吴鸣璋一个哆嗦，觉着吴怀仁就是自己的一块心病，只生没养，就是他吴鸣璋的罪孽。现在吴怀仁到了二十几岁了，还对是非没有个判断的能力，将来可怎么办？

那个孔淑魁也是的，年轻轻的脸色居然发暗发灰，眼睛周围有一个晕圈，跟自己没说几句话，就打俩哈欠，精神萎靡，无精打采，明显是纵欲过度啊！一个没有婚配的警察，怎么会有这个症状，肯定是犯了淫邪之事啊！吴鸣璋都觉得，是不是自己应该给孔云清去说一声，他的儿子是有问题的。想来想去还是放弃了，都是成年人了，谁也不能轻易说服谁，最好不要抱有说服另一个成年人的心思。

回到裕生堂，叫伙计打开大门，小夫人在房间里把灯点亮了，吴鸣璋心里涌起一股暖流。慢慢走回屋，一进屋，小夫人穿着丝绸面料的睡衣便趁着吴鸣璋转身关门的时候，扑了过来，从背后抱着吴鸣璋，泪眼婆娑："你可不能扔下我们母子俩，我们可是患难夫妻，从一无所有到现在。"

吴鸣璋拍拍小夫人的手臂，转过身来，把小夫人拥进怀里："听说你在给怀仁找媳妇了，这个好，给他找个女人，他的心也就定了，这个事办得好。"

小夫人本来相中的女人是孔家大小姐，心里叹道，如果吴怀仁娶了这女人，那指定就是吴鸣璋前世修来的福。可惜孔淑慎不食人间烟火，看不上吴怀仁。

# 35

孔云清听夫人说女儿对找婆家的极端态度后，十分诧异，惊得嘴巴张得老大，半天合不拢，最后一脸死灰，轻声问了一句："难道那个挨刀的老毛子把她，那个了？"

老婆看着孔云清的表情，说不出来一句话，突然嘴一咧，哭了起来！孔云清一手拍着老婆的肩膀，一面陷入了深深的自责，当初怎么就没有把孔淑慎也送到巴克图去躲躲呢？现在，怎么办，难道女儿一辈子不嫁人？孔云清担心这个能管家的大女儿可能真做得出来，有时候孔云清觉得自己都有几分怯她！

小夫人也觉得吴怀仁配不上人家孔大小姐，但听了德胜行女主人的回话，心里却极不舒服。想起孔淑慎和那个毛子军官说不清楚的事情，再怎么说也是德胜行的"丑闻"。想着给她介绍吴怀仁，不也是给她个台阶下吗？谁知道人孔小姐还不肯。好吧，你拒绝我们裕生堂的时候，裕生堂的门也一样是对你们关闭了。再翻翻自己熟识的人吧，还能怎么样呢？这种事能做好，老爷肯定是高兴的，大夫人肯定也是高兴的。最终小夫人想起私塾里女学生里年纪最大的牛玉芹，十七八了，应该是着急嫁人的时候，好像在私塾里是挺厉害的角色，那又有什么关系呢，正好降住吴怀仁那一颗不安分的灵魂。

于是小夫人诚心托孔家女主人带着媒人到牛家大院提亲。孔家先拒绝了裕生堂，正愁着找个机会弥补一下，缓和两家的关系，当然乐意去牛家一趟。媒人离去后，牛玉芹就去取笑哥哥，问给他介绍的是哪家姑娘。牛玉关郑重地告诉牛玉芹："不是给我找媳妇，是给你提亲！"

"你净胡说，拿我开玩笑！"牛玉芹顿时满脸绯红，转身就往院外边跑。

牛玉关在背后说："听说是你上私塾的同学吴公子！哎——你到底是同意不同意呀？"

牛玉芹一双小脚，跑也跑不快，颠着半跑半走到院外。拐个弯，靠在围墙上，就和哥哥互相看不见了。

牛玉芹的心潮起伏不平，说不清自己是什么感受。她也搞不清自己是怎么了，这明明是好事情，自己怎么就不能接受呢？人生不就这么回事吗？到了什么年龄，就该办什么年龄的事，女人不就是倚门回首，期盼着有个媒人来给自己提亲吗？但愿能遇上个好人家，嫁过去的那天，二人在房间里掀开盖头，人生便从此换了天地，开始全新的生活。她闹不清自己有什么好害羞的，在私塾里男男女女一起不是也讨论"自由""进步""民主""爱情""婚姻"的吗？怎么一回到巴克图，不过走了二十里远的路程，就水土不服了呢？

哥哥并没有追出来，牛玉芹甚至有一丝丝失望，她靠在墙边歇够了，就慢慢移步，漫无目地在自家门前朝着河边晃悠。她又后悔自己刚才跑得太快，哥哥说的上私塾的吴公子，是吴怀智吗？这小子真不是个东西，比自己还小两岁呢，这么着急就定亲相老婆，你不是拜了人家孔云清为师做生意呢吗？这才大半年的工夫，跑了一趟南疆，回来就打算娶妻过日子了？也是个没出息的货呀，哼！

牛玉芹用力折断了一根苇子，走到了河边，用这根细长的苇子抽打着流向国外的河水……

小夫人和媒婆再次到巴克图牛家提亲的时候，牛玉芹显得比上次镇定了许多，她不再脸红脖子粗地心跳加速，而是借着端茶倒水的空当，偷听跟自己有关的消息。

吴怀智牛玉芹是了解的，她突然间就觉得，如果介绍的真的是吴怀智，自己或许就应该同意。那一刻，牛玉芹觉得保媒的好处就是能让女人对自己择偶的标准降低。

在吴家私塾里，牛玉芹和吴怀智直接的接触并不算多，也没有特别亲近的感觉。牛玉芹的眼里，自己是姐姐，所有的同学都是小孩。吴怀智再优秀，也是幼稚的，所有想法都一股脑倒出来。这个世界上，你还能希望有谁能真正地理解你，认可你？所以，在私塾里牛玉芹每次对大家讨论都是只听，并不深度参与。

学生生涯结束以后，牛玉芹在荒无人烟的巴克图常常回忆起私塾里的时光，那些幼稚可笑的学弟学妹对爱情和婚姻的畅谈也是值得留恋的，至少那充满着积极向上的青春气息。牛玉芹也是被打动过的，她也希望自己的爱情和婚姻的生活温馨浪漫，五光十色啊！

巴克图一成不变的日子让牛玉芹有些厌恶，这不是生活，这是生存。她不想像牛像羊像马一样，在土地里刨生活！她渴望有个外来的力量打破自己的一切，做媒当然也好。她突然好想进城，去看看吴怀智。那天牛玉芹进进出出的，有些话也听得不是很清楚，到底介绍的是吴怀智，还是吴怀仁？牛玉芹心里在打鼓。怀智不是拜师经商去了吗？这一拜师按规矩不是要三年时间吗？他哥哥吴怀仁长相倒是不错，他会成为自己未来的生活吗？

牛玉芹在巴克图的日子，并没有感觉到故乡的可爱，反倒充满怨恨。如果给自己做媒的对象是吴怀仁，这个男人比自己大那么多，现在却要被媒婆塞给自己。牛玉芹还没有立刻拒绝的胆气，她迷惘，家人长辈也不是害自己的，肯定是想给自己寻个好人家的。也许这就是生活本来的模样，那些讨论爱情振振有词的学弟学妹，将来又能拥有多好的爱情？

她对吴怀仁并没有爱情的感觉，她只是想自己可以摆脱巴克图农田、草原、湿地这些牛羊才喜欢的地方了。她喜欢逛市场，喜欢看贸易圈的洋楼，喜欢那些毛子商人们在一起的聚会，他们喝着格瓦斯，吃着面包、糕点，就着蜡烛，听着留声机里的音乐，弹奏着手风琴，跳着踢踏舞……那难道不是生活本来应该享受的日子？

有人到家做媒对于牛玉芹来说，就是带来了自己对未来的浮想联翩。日子果真是不同了的，心理变化那一段时间突然就变得极其复杂多变，丰富起来。

牛道全既没有立即答应媒婆的提议，也没有明确反对，只说："过两天让玉芹去车马社和妹妹大脚一起做个伴吧，大脚一个人在城里，怎么着也不让人省心。现在，牛玉芹也不愿意在家里待，到了车马社跟她妹妹一块儿，也好互相有个照应。"

"牛大哥，那您到底是同意还是不同意呢？"孔夫人当时就有点着急了，这牛把总没个明确的态度，这媒就算是没做成啊，这不是丢人的事吗？

牛道全点着烟抽了一口："妹子，这事没那么简单啊！"

媒婆是跑江湖的，自然练就一副察言观色的眼，一身见风使舵的本事。她当然知道这孔家、吴家、牛家都是大户，都不是好惹的主儿，而且人家的交情深得很，哪里能是自己能说硬话的，但如果自己给他们这样的人家做成了媒，那可是名声大噪，以后的买卖都会好很多。可是如果把人得罪了，那可得不偿失。媒婆是个聪明人，这时只用眼神看着孔夫人，自己并不说一句话。

"有什么复杂的啊，复不复杂还不是你牛团练一句话。"

牛道全转头一笑："那还真不是，要是嫁你家淑魁那咱们现在就能定，可是吴大哥的大儿子，那还真不能说话就定。"

"有啥不行的？"

"哼哼，"牛道全笑笑，"午饭已经做好了，就吃顿饭吧。"

有客人上门了，牛家的饭菜当然比平常丰盛了一些。"裕生堂有两房夫人，这儿子……这儿子他妈能不能看上我家玉芹呀，我觉得吧，咱们交情都不错，等我们把手里头的农活忙完。先容我家玉芹去塔城的车马社待上一段时间，看看大夫人能不能顺眼，如果人家不喜欢，就别挑明了。今天，你们先回吧。"

吃完饭，牛道全让玉关在河里打了两条鲤鱼，算是对她们辛苦的答谢。媒婆千恩万谢，牛道全把二人送出老远，直到看到塔城的城门才返回，也算是对她们的尊重。

孔夫人在马车里思前想后，觉得这媒不好保。这是牛道全担心呀，担心吴家大公子将来继承不了吴家的家业，不是真正的少爷啊！

这次做媒之后，牛道全一直想着先给儿子牛玉关找个媳妇。巴克图天大地大，养个女人养几个孩子，虽然不能做到娇生惯养，但吃饱喝足不算个什么事。牛道全也有点着急了，赶快给牛家传宗接代吧，这才是正事。至于女儿牛玉芹，不是那么着急。女人不是牛家的人，终究是要泼出去的水，也不好嫁到哥哥前面去吧。

孔淑魁带队在塔城巡街办事的时候，偶尔也带着吴怀仁。这虽然不太合乎规定，但队员们也挺高兴。吴怀仁总想说一些恭维的话，却常常词不达意，闹出笑话。把警队执法抓人行动威风八面说成了狐假虎威，把一份通知"省局视察团长途跋涉到各地视察"错念成了"省局视察团长，途跋涉到各地视察"，把孔淑魁乐得要死，有吴怀仁在自己身旁，总能给执行任务的警察带来一种优越感。

孔淑魁不敢忘吴诗然对自己的托付，时常指点吴怀仁："男人一定要想方设法，早日拥有足够的钱财。钱可以是明的，也可以是暗的，总之你想用的时候，就得有，这样你才会有社会地位，这样你才能要风得风，要雨有雨。"面对贸易亭里那些小老板对自己的孝敬，孔淑魁说了一句很有哲理的话："看到没，这个世界不是朋友多了，路好走。而是你的路好走了，你的朋友才多。"

这句话深深地打动了吴怀仁，他简直奉若神句。跟了孔淑魁几天，吴怀仁得出一个结论：有钱人可以装没钱人，那叫低调，但真没钱的人是绝对做不到装成有钱人的，实力不允许。而吴怀仁不幸正好是这种人。

吴怀仁跟着孔淑魁学本事、学手段的，没几天工夫，却被孔淑魁看了个透。孔淑魁对他讲："你不善于学习，既不想学知识，也没有做生意需要的头脑和勤劳。"

吴怀仁脸色立刻变得有几分失望，落寞感伤，孔队长一下戳中了自己的痛点。

孔淑魁也许是觉得自己过分了，急忙又找话安慰他："但这也不是没有发财的机会，你可以靠资产。比方说贸易亭那一带，五月可是遭了水灾的，淹塌了不少。你就可以趁机会盖两间铺子出租，或者买两间铺子出租都可以。你看看这贸易亭，这么热闹，要是谁能在旁边盖几间铺子，谁就会占了先机。你可以试试，除了这些，我暂时就真想不出你有什么好的方法来解决自己的危机了。"

孔淑魁的提议深深地刻在了吴怀仁的心里，他着了魔似的在贸易亭周围转悠，看哪一块地方值得盖铺子。他觉得孔淑魁说得完全正确，盖上几间铺子放那儿，收租子，确实也是适合自己的。只要裕生堂支持，这条路还真的行得通！

吴怀仁正式给孔淑魁说他要在贸易亭外边盖铺子的时候，孔淑魁一脸愕然。心想自己本来就是随口一说，这家伙还当了真了。如果盖个铺子租出去就能发财，塔城有钱人那么多，还能轮到他吴怀仁？如果能盖成，当然好租，当然能赚钱，问题是盖铺子的成本他没有，材料他没有，手艺他也没有，拿啥盖呀？

孔淑魁笑了笑，把他摁在椅子上，告诉他喝杯茶回家，睡一觉起来把这些事、那些话都忘了。

事实上不可能了。吴怀仁已经魔怔了，他非要盖那铺子，他要孔淑魁等着看，他必须把铺子盖好。在吴怀仁的心里，裕生堂不是自己的，只有吴鸣璋把这个铺子盖起来，那才会属于他自己。吴怀仁这种想法毫无逻辑，但他却相当执拗。

吴怀仁缠着孔淑魁帮自己办理准建手续，孔淑魁无奈只好应承。吴怀仁还说，花多少钱，要什么东西，他都会弄来。孔淑魁认为吴怀仁根本做不到这些事，所以也不用尽力去做，应承吴怀仁的那些话，全都是打马虎眼。那段时间，孔淑魁尽力躲避吴怀仁，总以各种警务搪塞。

吴怀仁无奈，只好再次去求小夫人。这次小夫人听完吴怀仁的话，脸色都变了，心里极不舒服，让你跟孔淑魁学做人学礼节，你这上来就是在贸易市场盖铺子，那是多大的事，你这傻瓜知道吗？

平日里裕生堂的事都是小夫人全权处理，但盖铺子建房是大事，那可不是一句话小夫人就敢做主的，裕生堂真碰到这种事，她必须得问问当家的。她并不想对吴鸣璋说这件事，她只觉得闹心，裕生堂本来什么都好好的，她并不想做出任何改变。后来吴鸣璋做出了在哈萨克贸易亭周围建几间铺子的决定，小夫人对吴怀仁心生怨恨，那几间铺子建得劳心费力伤财。

吴怀仁哪里有别的本事，他只会回去求自己妈。大夫人当然没有二话，她想都不想，就要替儿子争取一切。

等吴鸣璋再次到了木工坊的时候，大夫人给吴鸣璋说了这些，吴鸣璋没有答应，也没有反驳，他点了一袋烟，深深地吸了一口，陷入了深思，那晚再没有说话。

第二天凌晨，吴鸣璋要离去的时候，给大夫人撂下一句话："我想了想，觉得你提这要求有理。不这样，老大的问题还真的解决不了。他再怎么不争气，咱们是他的父母，得为他着想，为他打算。"

吴鸣璋真的启动了贸易亭外建铺子的打算。对于裕生堂来说，这是一项浩大的工程。吴鸣璋既然定了，就下了最大的决心。他的脸又冷又黑，本来憋了一肚子意见的小夫人见状也不敢言语了。

## 36

为了批办手续，一向不能豪饮的吴鸣璋被迫坐上了道尹李钟麟的酒桌。那天晚上，吴鸣璋和斯文·赫定坐在一起，互相算是认识了一回。

斯文·赫定听说吴鸣璋是这座城市里最有学识的人，满眼仰慕，要破例和吴鸣璋喝一杯，搞得吴鸣璋十分头痛。在塔城数十年的经历，吴鸣璋深知自己的酒量应付酒场子本来就费劲，这还又得跟一个八十杆子都打不着的瑞典人搭上一杯。

斯文·赫定当然是不想来酒场的，但没有办法，他的考察行动必须往返塔城到迪化几个来回，而且得一次一次找道尹府办手续。于是这个瑞典人有着自己的算计，反正自己来一次醉一次，与其被那些不认识的官员灌醉，不如跟一个有学识的人喝醉。二人都是有求于道尹府衙的人，都得接受一些无聊的游戏。比如，把一根火柴固定到盒子上点着，在座的人将盒子一人接一人地顺序传递，火柴在谁手里熄灭，谁就被罚喝酒。比如奇奇怪怪的猜拳行令，日日头昏脑涨，顿顿耗费大把大把珍贵的时间。

斯文·赫定就更惨了，为了行事方便，他不得不去各种酒场。他感到，在塔城"宴会"一词几乎就是饮酒的代名词，不靠别人帮助将酒一饮而尽，被认为是对主人的礼貌。他越不想待在塔城就越得在塔城滞留，他认为塔城的工作散漫、办事拖沓，生活环境沉闷，大家只好在漫无节制的狂饮中虚度时光。他从吃酸黄瓜和无节制地豪饮伏特加的细节推断，这大概是受到俄罗斯人和草原游牧人群生活习惯双重影响而形成的本地特色。

斯文·赫定起初激愤地认定自己没有义务向李道尹向各个局办的官员表示特殊的礼貌，不想多喝一杯，但结果总是次次喝醉。但喝醉也是有好处的，次日，他所要办的手续，都会得到办理，虽然屡有拖沓，但真碰到不办的，李道尹会亲自督办。

吴鸣璋是本地的名人，他出来央求李钟麟了，道尹大人虽然嘴上说公事公办，却一直让大家给吴鸣璋敬酒，敬他是个有学识的人，敬他是个救死扶伤的人。

吴鸣璋那几间铺子的手续，当然不是一顿酒就能办完的。每次回家时，早已烂作一团泥，小夫人第二天便要大骂一通，实则是心疼他的身体。

斯文·赫定怎么也想不到，自己这一次居然在塔城滞留了一个多月。那时传来了一个噩耗：省府督军杨增新遇刺身亡！

发生了如此重大的事件，迪化当然全城戒严，进不去也出不来。斯文·赫定一时半刻，是绝对离不开塔城了。于是他便接受了古兰丹姆女子学校邀请，前去讲了一堂公开课，给中国以家门不出为美德的姑娘们传输着"世界那么大，必须去看看"的价值观念。

斯文·赫定身材矮小，戴着眼镜，一副学究气的外表，但在其长期探险生涯中，却有好几次从敌对武装力量和大自然的狂风暴雨中逃生，展示出来一个勇者的无畏和顽强。他的科学文献中夹杂着自己的照片、水彩画、素描和旅行记录，他为古兰丹姆女子学校姑娘们讲述的历险故事，这一切深深震颤了她们的心灵。斯文·赫定率领的中瑞联合考察队在新疆发现的铁矿、磁矿、石油、煤矿、金矿等等，可供中国开采图强。

斯文·赫定的课引起了震荡，孔淑仪和吴诗然课后还追着大师提问，斯文·赫定给她俩每人提一个问题的机会。

面对这个珍贵的机会，吴诗然一时不知道问什么好，站在那里傻傻地笑，斯文·赫定一脸疑惑，吴诗然说道："老师，我没有问题，我就是觉得您特别帅气，有风度，从骨子里渗出来的风度！"

斯文·赫定朝孔淑仪微微抬了抬下巴。

孔淑仪问道："您这次的考察据说是为德国服务，我想问一个有关德国的问题，《共产党宣言》中慷慨激昂地指出，资本主义必然灭亡，共产主义必然胜利。'无产者在这个革命中失去的只是锁链，他们获得的将是整个世界！'现在苏俄已经建立了苏维埃政权，您认为这些话对吗？"

斯文·赫定摘下眼镜，从裤子兜里摸出一个手帕擦了擦，然后慢慢地答道："他们也是探险家！"

杨督军遇刺后，有好几种他遇刺的版本在塔尔巴哈台流传。茶余饭后，军政警商，甚至连女子学校的课堂，人们都对这件事议论纷纷。

"咱们刚刚推翻两百多年的清王朝，是共和还是帝制，咱们都没有想好。新旧军阀各自为政、民主共和制度萌芽，各种势力错综复杂，国家陷入军阀混战，但新疆却似乎一直置身事外，塔城也得到快速发展，这几年元气大为恢复，这些都是奇迹，也是杨督军治疆的功劳。"在专门设置的吊唁灵堂上，李道尹一脸庄重地说。

"是啊，这些年，杨大帅巧妙地利用各种关系，驱逐了进入塔尔巴哈台的数万白俄败兵，使塔城得到了休养生息，稳定新疆有功，咱们永远不能忘记杨大帅的大恩。"军方李督统也一直是杨大帅关照提携的旧将。

"北京中央政府屡易其主。杨大帅智慧超人，不论当权者是谁，他一概尊敬。有一条大帅把握得极好，就是大凡新疆之事，基本是先斩后奏，新疆和北京距离太远，请示往返颇费周折。大帅总是自己做主，每一件事情办完后，他才报中央政府相关部门呈文备案，手续是完备的。唯一不同的是，在涉及外交事件时，他总是要等中央政府核准后才开始去具体执行。现在看，杨大帅的这些策略，真是很成功的。凡中央政府派来新疆任职之人，除与他有关系或特殊情况者外，他一律拒绝。杨大帅曾经对我说过：'北京政府远在万里之外，素对边情缺乏深刻之研究，每有措施，辄有方枘圆凿龃龉而难入之弊。'所以，十余年来，新疆与北京政府之间，长期维持着一种微妙的法理上的统一。大帅的这些治政方针，使新疆一直处于军阀混战以外，免受战火涂炭，是大家之福啊。"护送杨增新的灵柩的特使在吊唁灵堂对大家说道。

特使此行，身负重任，他把杨大帅的尸体从迪化日夜兼程运至巴克图再转运苏联。吊唁是临时决定的，塔城各界头脑皆是杨督军生前提点，继任金树仁司令也是杨督军的学生，当然很高兴他们这样做。

塔城各界表示对杨大帅哀思之时，特使匆忙去求助苏联领事，杨大帅的尸体是要从阿亚古斯经西伯利亚铁路运至天津杨增新三姨太处的。算是继任者金树仁对老上司的最后一次报答。

声势浩大的吊唁，引得大家站满街巷围观，更加引爆了各界的议论。

杨大帅是七月七日在省立俄文法政专门学校的毕业典礼宴会上遇刺身亡的。刺杀的主使者是省外交署长樊耀南，他联合法政学校教务长张纯熙等安排杀手化装成端菜生,对杨大帅前胸连发七枪,当场毙命。随后,樊耀南率同伙十多人攻入督军府,夺得了大印。但随即就被闻讯而来的政务厅厅长金树仁带兵围捕擒获。金树仁喊着"为杨将军报仇",当即将樊耀南等二十余人处死。这是当时道尹府放出的消息。

塔城吊唁杨大帅的活动进行的时候,新疆省署大堂上还高悬着杨大帅自撰长联:"共和实草昧初开,羞称五霸七雄,纷争莫问中原事;边庭有桃源胜境,狃率南回北准,浑疆长为太古民。"杨督军生前能把自己的思想主张不加避讳地悬于殿堂,说明了他在新疆至高无上的地位。众下属对杨督军这副对联大加赞赏,杨督军也颇为自得。他抱着"认庙不认神"的态度,处理与北京中央政府的关系。采取沿袭旧制、反对革新,来处理与新疆各派势力的关系,尊重权贵们的既得利益。他保守一隅、愚民自得的治边方略一直颇为奏效。

但再英雄一世,此时他死了;继任者金树仁正派一支军士在省署大堂拆这副对联。坊间传闻,金树仁其实是樊耀南的同伙,随后黑吃黑,樊耀南、张纯熙便成了牺牲品。这些主宰新疆沉浮的大员的生死缠斗,终被市井演绎成各种版本的传说,没法确定真正的经过,唯一可以确定的是,自鸣得意统治新疆十七年的"塞外皇帝"的一生就这样结束了。


德胜行的商队快走出沙漠的时候,居然传来了小鸡的叫声。吴怀智怀疑自己产生了幻觉,小鸡的叫声却越来越清晰,吴怀智仔细循着声音在骆驼背上的篓子里,竟发现小鸡从蛋里破壳而出,但也有好些鸡蛋永远也孵不出小鸡了。

吴怀智顾不得口渴了,把小鸡小心翼翼拿出来,放到沙地上,这新生命的降临莫名其妙地给吴怀智带来了极好的心情,他急忙跑到师父孔云清的面前报了喜。

孔掌柜对那几个小鸡显然没有太大的兴趣,反倒是掀开了那个篓子的盖子,仔细察看着那些没有孵成小鸡的毛鸡蛋,接着眼里流下泪水:"完了完了,没吃的了,没吃的了。这些死鸡胎的毛鸡蛋,以前是有人吃过的,结果肚子痛、拉稀、上吐下泻,算了,算了,还是算了,还是别吃了……"

给大家补充营养的鸡蛋没了,但吴怀智执拗地要把那几只小鸡养活。他对师父说:"这是天赐的,是第一次经商路上的新生命,要带回家,带到塔城,好好养大,那是福气!"

从天山下来,商队直接就进入了乌苏,然后走托里,没有经过迪化的方向。所以顺利回到了塔城。一路上,数次听说杨督军被刺杀的事,惊得孔云清和商队管事嘴巴张得老大。但雇佣的马夫和长工们没有什么反应，对于他们来说，这些都不过是淡事！谁上台谁掌权，他们从来不关心。他们只想早日领钱回家。

贸易亭卸完货返回车马社，已是黄昏。吴怀智从车上翻身下来，把那个竹篓提下来递给牛大脚。

牛大脚掀开竹篓，看着这些毛茸茸的小生命，心里十分喜爱："你大老远跑了几个月，晒成这黑不溜秋的样子，没给我们几个女同学带几件像样的礼物，给我送几只小鸡干吗？"

看着吴怀智一脸尴尬，牛大脚内心一丝窃喜。

"也许我不该麻烦你，我这也是没办法的事。我妹妹肯定养不了小鸡，孔淑仪肯定养不好，最能上心照顾的，只能是你，便是你上学的时候，还有大妈可以帮忙的，我知道，你求她，她肯定答应的。"

牛大脚看看吴怀智没有立即答应，她转过身看着那些可爱的小鸡，不忍心拒绝。

"我这不是拜师学艺呢吗？三年之内，我没有工钱，也没有财产……但我将来会有的，将来，我一定给你送像样的礼物。"见牛大脚没什么反应，吴怀智也不再央求，提着篓子准备走。

牛大脚一步跨过来，从吴怀智手里夺下篓子："你带到裕生堂去，谁给你喂呀？"

牛大脚提着篓子走到院中间把小鸡慢慢倒出篓子，小毛团在院子中间滚动，只一瞬间，便搅动了整个大院子的生气。

孔云清给所有去南疆跑买卖的雇工放了三天假，一路受了那么多罪，是应该休养调整一下。吴怀智也得了回家住几天的假。吴怀智满心高兴跑回裕生堂给小夫人请了安。母亲拉着儿子的手，眼睛一酸，眼泪就滚了下来："咱自己家好好的，你非要去拜师跑买卖，找那罪受干吗？"

小夫人摸摸吴怀智被太阳晒脱皮的脸："你看，你看这脸都晒秃噜皮了。"

吴怀智就后退了一步："妈，我都十六了，也该自己打拼了，你和我爹这辈子，啥罪没受过。过几天，这皮肤自然就好了。"

小夫人立即擦干眼泪，到厨房里给儿子弄好吃的去了。

吴怀智一路行商下来，好的坏的都吃过了，对饭菜其实也没有什么要求，但不能驳母亲的面子，索性让母亲忙去吧。做顿饭的工夫也就差不多一小时，吴怀智便去车马社看看自己带回来的那些小鸡。

比起牛大脚，似乎大夫人更加喜欢这些小绒团，大夫人觉得这是自己要做的大事，她满心高兴，有了这些小鸡，明年就可以再自己孵，下的鸡蛋可以卖钱，鸡也可以卖钱……

大夫人对吴怀智说："少爷，你放心，你这五只鸡，养大了还是你的。你每年得出去跑买卖，下的鸡蛋归我就行了。明年，孵出新鸡了，我给你标上记号。要不然，你这五只鸡下的蛋我也给记上，我给你留着，等你回来，该是你的鸡蛋，我一个不少都给你。"

吴怀智哪里有要鸡蛋的打算，听着大夫人叫自己少爷，看着大夫人的一脸沧桑，心里着实不是滋味。那么多鸡蛋，怎么分得清楚是哪只鸡下的，又有那个必要分那么清楚吗？但他不敢接话，不知道说什么才好。跟大夫人打交道的时候，吴怀智总觉得自己很难处理。自己权当给牛大脚给大夫人排遣个寂寞，有这些活物陪她们消磨光阴总是一件好事，却让大夫人生出这么多想法。

晚饭后，吴诗然放学回家，没跟吴怀智说两句话，便跑回屋里做刺绣了，全不把多日没见哥哥当一回事，亲情淡得让吴怀智失望。父亲又去出诊了，母亲又要去找媒婆。吴怀智离开家，再走到车马社，牛大脚看到他，倒显得极为热情，让吴怀智感觉到一股暖流。

"难得你还有时间来看我，你一个学徒，师父没找点什么家里的体力活让你干？"牛大脚对吴怀智说话当然直截了当。吴怀智摇摇头，牛大脚继续说道："那我可不客气了啊，努尔别克领着你师父家牛羊上山了，我侍弄这些牛马可不轻松，今天逮着你了，帮帮我吧。"

二人赶着这些牲口往郊外走，喂养这些大牲口实在是费时费力的事，好在这个季节，塔城天黑得晚，有三四个小时的时间够他们耗的。三道河坝那片湿地有树有草，河水从中间穿过，清澈见底，一直是没有去北山草原的牲口们向往的福地。

放牧虽然很累，但牲畜吃草的时候是悠闲的，牛大脚每次把牲口赶到这里以后，也就没什么事了。

在三道河坝的绿树荫下坐着，二人的目光一相遇，就立即回避，都转向了别的地方，那些骆驼、牛马，要么站在河道里饮水，要么在草地里悠闲地吃草。

整个三道坝里，再没有其他人。二人的聊天，从最初的别扭慢慢变得自然起来。牛大脚便问他："你们运回来的货物怎么分到分号里去，怎么上柜，你不用帮忙吗？"

"那都是孔大小姐的事，我是外人。"

"噢，"牛大脚说，"可是我觉得这也不大合适，当学徒的哪能这么轻松？这分明是你师父在照顾你,你每天还是多去看看,孔大小姐也不容易的,你应该去帮帮她。"

吴怀智觉得牛大脚说得有道理,自打离开私塾上了女校以后,牛大脚就要在车马社帮忙,去做那些男人都害怕的重活。也许正是这些事情让她显得更加成熟,更加干练。当家做主了才知道生活的不易、做事的艰辛,所以她才更能体会孔淑慎的不易。

## 37

吴怀仁虽然没有什么本事,但算得上是个孝子,他每天带着自己听来的奇闻轶事讲给母亲听:"刺杀杨督军其实就是一种政变,发生的当天,金树仁也参加了俄文法政学校的毕业典礼。据说是因为有公事,他中途退了席。中途退席啊,妈!谁信呢,杨大帅都在当场,你还有什么要紧的公事啊?肯定是他事先也参与了樊耀南刺杀杨增新的阴谋!要么说读书人就是阴谋诡计多,我那个二弟就是读书人,成天穿得破破烂烂装穷。"吴怀仁一边吃着母亲用牛奶煮的面条,一边翻着白眼,表示着对裕生堂的不满。牛奶是牛大脚送来的,为了答谢大夫人对车马社的帮忙:"我听说樊耀南闯入督署衙堂后,就写了个字条,邀金树仁到督署议事,这家伙就没去议事,而是领着军队包围了督署,这明摆着就是卸磨杀驴啊!果然樊的所有人马就都被杀死了,而金树仁自任临时主席和总司令了,这就是读书人!"

大夫人听着儿子的述说,虽然有些也听不太懂,但她从不打断他的讲述。那时大夫人通常低头做着自己的事,洗衣、缝鞋,有意无意地,像听着一段评书。吴怀仁讲得眉飞色舞,如同自己亲眼所见。大夫人懂不懂已经不重要,只是做个听众就好,那是他们互相的需要。

有时候,大夫人也问儿子:"你成天关心这些个事干吗呀?都是与你八竿子都打不着的事。"

"妈,你大门不出,二门不迈,你儿子我如果再不知道点这些事,那些场面上的富商阔少,哪一个愿意理我?我也知道这些嚼舌根子的事,是没什么用的。但是,在外边那些场面上,还是得知道这些的,他们都在说这些,难道跟他们就有关系了?也一样没有呀,可是他们都是说这些的,所以我也得知道,得知道的比他们还多,将来说不定就会是转运的时机,我也是要上进的。"

"上进好,将来做出几件像样的事,给裕生堂看看,给你爸看看,"大夫人坐在那里纳鞋底子，其实她已经做了一大堆布鞋了，基本上给每一个认识的人，都做过了，一双鞋就是她的一片心思，"等你将来能做大事了，别忘了对你弟弟好一点，你看他现在，给人家当学徒，又忙又苦。你们是兄弟。"

吴怀仁停下吃饭，扭头看着母亲，表情有点奇怪，心里有点矛盾。

轰轰烈烈的夏收完成以后，牛玉芹再次离开家，从巴克图到塔城的路上，她迎面碰上了三辆汽车、两辆轿车、一辆大卡车，车头上都挂着白花，缠着白布。吓得护送牛玉芹进塔城的下人急忙把车赶下马路，在那偏僻的巴克图商道，能一次见这么高档的两辆轿车，那是稀罕事。不消吩咐，便主动地把那不算宽阔的路让给人家先行。

牛玉芹不知道那三辆车就是护送杨大督军遗体的车辆。

这一次进塔城，牛玉芹就是为了看清给自己介绍的吴怀仁到底怎么样。她在没有见过更大的世面以前，裕生堂的名望、财力、地位可以满足她的一切需求。她担心的是这个内地来的吴怀仁能不能掌管裕生堂。以牛玉芹看，够呛！他不学医，不懂药，也没有主动求知的欲望。好在这大哥长得帅气的外表，牛玉芹打算接受他的其他不足。人总不可能是完美的，但挣钱创业的本事，必须得有，总不能日后贫贱夫妻百事哀，牛玉芹实在是不愿意在巴克图和庄稼活儿打交道了。

车马社里牛玉芹也帮着牛大脚干些轻活儿，但她也不愿意做这些喂牲畜的活儿，她只碍于面子才去应付一下，她虽然是长女，但她在干活这方面，一直示弱。理由当然充分，有一双小脚呀！

牛大脚上学、照顾所有车马社里的事情，一切忙完，倒在炕头就睡了，很少有时间跟牛玉芹聊天。牛玉芹有时就独自发呆发愣，有时候觉得有人给自己做媒也挺好的，让自己的心里一下子丰富了很多，不再那么空虚无聊了。

父亲牛道全想先把牛玉关的婚事解决了，不想子女们成婚乱了次序。所以才没有逼着牛玉芹成家，这样牛玉芹感觉就更好，她可以天天想象着自己的婚姻，却不必立即踏入。

在车马社里，她不喜欢喂牛马骆驼，但却喜欢那些鸡崽儿，这个兴趣倒是和大夫人特别投缘。大夫人不喜欢喂大牲口是体力的原因，是年龄的原因，牛玉芹却是性格的原因。

牛玉芹到了塔城以后，常常去德胜行、贸易亭闲逛，再也没有说回巴克图的话。也许她真正地认清了塔城的好，也许是她明白了，自己即将是巴克图牛家要远嫁的人，索性家也不用想了。在喂小鸡的时候牛玉芹就感慨："你们小的时候，毛茸茸的，是精灵，那么可爱！等能下蛋的时候，养你们的人就只在乎你们的蛋；等不能下蛋了，估计就该琢磨你们的肉了！"

牛玉芹有时就莫名其妙地流泪，她总觉得未来没有盼头。她隐约觉得自己以后的日子靠不住爸爸、哥哥，靠不住任何人。就得靠自己了，靠自己找一个强大的后盾，嫁一个有出息的男人，要不就一定不会有好日子。她只想找有出息的男人嫁了过好日子，却不知道她这次到塔城的路上遇到的那个殡葬车队，就是送这一片土地上最有出息的男人回老家姨太太的身旁的。

吴怀智有记日记的习惯，可是做生意常常风餐露宿，不能日日记，事事记，吴怀智也并不刻意要求自己，认为重要又恰好有时间，就记一笔，写一段，做一个生活的有心人。每次回到塔城后，师父总是要给他放几天假的，放假也不是整个闲着，常常要准备下一次出发。吴怀智常常在街面上、贸易亭转悠，他明白自己不能放松，还是得做个有心人。那时的吴怀智踌躇满志，想找出德胜行，甚至中国商行的经营中存在的问题，年轻气盛，总是想着一展才华，做出点惊天动地的大事。

晚上吴怀智回德胜行吃晚饭的时候，孔云清问道："这几日，塔城街上乱糟糟的，我见你大街小巷子地到处窜，你都在干吗呢？"

吴怀智急忙放下碗筷，回答师父的话："师父，我常在贸易亭、车马社这些地方转悠，还去了一趟巴克图。巴克图口岸重开几年了，现在也设置了关税稽查，贸易迎来了大发展。但是，我总感觉咱们比较落后。巴克图口岸以出口为主、进口量较少。咱们出口货物主要是棉花、皮毛、生丝、粮食、活畜、地毯等，进口货物主要是棉布、糖、五金、煤油、文具、烟草、玻璃、火柴等。虽然苏联一直内战，生产凋敝、物资匮乏，但是人家在巴克图设立了商务机关，在塔城设贸易公司、财政所、羊毛公司、货物转运公司。咱们中国却没有这些机构，中国的生意人更多的是单打独斗，没有这样联合建立的规模公司。所以，咱们的货物虽然是贸易大头，可是利润却不高。"

孔家女主人和孔淑慎、孔淑仪姐妹都把目光落到了吴怀智身上，静静地听着他继续讲道："苏方转运公司专运巴克图往返塔城的进出口货物。总是优先运送苏方货物，时常积压中方货物，利用物价涨落差价使苏商获利、华商受损。目前，牛叔叔家虽然开设了巴克图车马社，但是基本上是从塔城往乌苏、往迪化方向，多数服务的对象都是咱们自己人，挣的也就是一个辛苦钱，而不是贸易钱！"

孔淑慎显然对吴怀智的这一段话更感兴趣，便轻声问道："那他们的转运公司是怎么赢利的呢？"

吴怀智看着孔淑慎答道："我到咱们的关税稽查所，查了近四年塔城通过巴克图进出口的商品，做了一个概算，每年塔城华商要向苏联转运公司付运费三四十万两白银。而牛叔叔家的运输却不能在巴克图有所作为！"

整个一桌子人几乎都停下了吃饭，大家每天各忙各的，没有想到吴怀智这么有心，把市场摸得这么透。没有人对他提出肯定，更没有表扬，但大家心里都清楚。

随后的两个月里，孔云清发起了商会的年会活动，听取大家的意见，定下了每年至少召开四次季会的制度，分析商会经营的问题，相互通个有无，商会开始慢慢形成了制度。

那些日子，吴家的两个公子都在塔尔巴哈台的大街小巷穿梭，吴怀仁油头粉面，衣着讲究，其实口袋里并没几吊钱，但硬是往场面上挤，忙着找人脉，打听着各种消息。吴怀智身穿短衣，成天奔波，踏遍了塔城、巴克图的每一个角落。

连吴怀智自己也没有想到，他竟和师父促成了一件大事。十一月的时候，塔城县百余名汉族、维吾尔族商人联名请求自设转运公司。因为苏联在对方境内已建巴克特镇，建议在巴克图旷地建立街镇，以利于中国商贸和边防。

不日，塔城县长做了肯定："重国土纾商困而固边局，公私两便。"并呈文省署。这也许是塔城历史上各族商人第一次聚义起事，大家心情激荡，期待着一个美好的结果。只是这个结果迟迟没有到来，让塔城商会的各民族商人空等了多年。


裕生堂建商铺的手续终于批了下来。道尹府要求，要建就建一排五大间，整齐、美观、大气。吴鸣璋咬了咬后槽牙，下了狠心，签下了契约承诺，裕生堂在贸易亭里开始大兴土木。

吴鸣璋找了牛道全，牛道全父子领着车马社附近打短工的乡民到四处的林带里去捎木料，丈橼一根付麦半升，檩条一根三升，独檩一根五升，打土块一日三百块付麦五升，推土、和泥、拉石头、上房泥一应打下手做小工杂活的每日付粮一升，管两顿饭，或者折合相应钱币。又让吴怀仁跟牛玉关、牛玉芹商量让他们给点低价位的小麦，牛家满仓都是粮食，大家正好各取所需。这样宽厚的工价几乎等于施舍赈济的义举，听到裕生堂的名头，各族短工挤破头抢着来做。

领着粮食和工钱的人们抑制不住脸上的喜悦之情，对吴先生济世天下的菩萨柔肠心悦诚服。验收材料、兑麦付钱的人也都和蔼谦恭，所有做工或领着施工的人，全都忠于职守，主动积极，几间铺子下地基、砌石头、垒土块，一切有条不紊。

大夫人、小夫人都到工地上来看，这大约是她们在公开场合为数不多的碰面，而且无须调解，相处和谐，帮着做饭、倒水，到处奔忙，把这几间铺子盖好，着实是裕生堂的大事。

小夫人盘算着每日花出去的钱如流水，心生不悦，满脸的不高兴。大夫人却一脸微笑，常常背过身去偷偷地擦眼泪。她实在不敢想象，吴鸣璋为了自己的儿子，真的下了这样大的血本！

工地歇息的间隙里，小夫人有些后悔，觉得自己给吴怀仁找媳妇的动作有些慢了，如果他们一到塔城就找，兴许，现在已经成家另过，那就是另一种情况了。

吴怀仁看着盖铺子的进度，当然更没有心思找女人结婚了。自打他记事起，就没听母亲说过丈夫的一句好话，他还不知道新婚的好。在母亲的熏陶下，吴怀仁把婚姻看得挺可怕。尤其是母亲听说小夫人去找孔夫人给做的媒，就更加抵触，想着小夫人没有安好心。甚至怀疑小夫人给自己设套儿，就是让自己离开裕生堂，另外单过。吴怀仁找出一堆不适合结婚的理由：自己结婚总得有间房子，母亲没钱下像样的聘礼。

吴怀仁担心一旦成家，小夫人就把自己从裕生堂分出去，不再给自己支工钱，那可不行。

眼下，自己这样隔三岔五去裕生堂，至少吃喝有着落，还有个少爷的名分，还时常有点进项，别人一叫，听着也舒服。吴怀仁对这些生活还是恋恋不舍的。但他的目标不止于此，他想过得更好。我可是长子，老爷百年之后，裕生堂就是我说了算啊。最少也得给自己和母亲一半吧，本来就是你吴鸣璋撇下我们，也应该多给一些补偿吧……

吴怀仁穷了二十九年，实在是穷怕了，他对食物、财物的贪婪让所有跟他接触的人，都有点受不了。每次吃饭的时候，他难看的吃相都让人难以接受。

偏偏庄户人家出身的牛道全，对吃饭看得极重。他深知每一粒粮食都是血汗换来的，他要求家里人，每一粒饭粒馕渣都要吃干净，不小心掉地下了，立刻要捡起来吃掉。牛道全不止一次对家里人说过："踩了食物的人眼睛会瞎掉。"

人们都说人不可貌相，牛道全却坚信人是可以貌相的。事实上吴怀仁的外貌并不差，但是牛道全说："相貌相的不是貌，而是德行。德行怎么样，一起吃一顿饭就知道了。"他在车马社偶然跟吴怀仁坐在一起吃了一顿饭，便更加不喜欢这个年轻人。

那天，正好是那一排铺子打顶上房泥的大日子，四邻八舍的人都来帮忙。人很多，搭上一排成排的架子，铲上泥巴，一层甩过一层，直到甩到房顶，这就是竣工的前奏。那天，裕生堂还放了四挂鞭炮，以示庆贺。

那天，跟吴家越亲近的人，就越顾不上吃饭。

大夫人看着这宏伟气派的铺子，也瞬间成了要面子的人，急忙叫牛玉芹帮着在车马社准备了两大锅面条，吴怀仁带着饿了大半天的短工们到车马社来填肚子。

因为是吴家铺子开建以后的大日子，那天太阳下山以后，裕生堂和自己最亲近的人才得以从贸易亭走回家去吃饭。牛家人和吴怀仁母子团团围着坐满一桌，除了面条还炒了四个菜。

牛道全坐在里面那张桌子的主位上，牛家家教严，大家眼睁睁看着一桌的饭菜，只敢夹自己面前的菜吃。偏偏吴怀仁胆敢越过面前的饭菜去夹"别人门口"的菜，而且大快朵颐。一桌子人惊讶的眼神便投射过来，审视着吴怀仁。吴怀仁似乎也觉察到不妥，筷子停在中央，嘴中憋了一嘴的食物也停止了蠕动。

牛玉关看看牛道全放下手中的筷子，没有说话，便用了两声咳嗽来缓解饭局的尴尬。吴怀仁并没有意识到什么不妥，又开始集中力量狼吞虎咽，吃完饭，嘴一抹，便离席了。

牛道全一句话也没说，但牛玉关看得出来，妹妹跟吴家的这桩婚事悬了。

## 38

牛大脚给吴怀智说过，孔淑慎掌管德胜行不容易，让他留意帮她的忙，吴怀智是听进心里去了。他忙完自己分内的事，便常常看看孔淑慎要不要帮忙，并且主动去做，做得很好。孔淑慎当然很高兴，对父亲收的这个徒弟是很满意的，有心有眼力见儿。有天上午，她要吴怀智陪自己去一趟额敏河。

吴怀智以为孔淑慎要去巴克图牛家，特地问了一句，带不带礼物。孔淑慎说就他们两个人，什么也不带，也不叫别人。

吴怀智驾车拉着孔大小姐一直向西，一直走到半下午，马车在额敏河水弯弧处停下，吴怀智扶着大小姐从车里下来。很长一段时间，孔淑慎独自站在风中，手里紧紧捏着一黑一白的两个琴键，眼睛不时泪花闪烁。

吴怀智没有跟上前去。他一句话不说，什么也不问。返回的路上，孔淑慎破天荒地问吴怀智："姐姐好看不？"

吴怀智心头一颤，不敢回头："当然好看，姐姐是全城最美的女人。"吴怀智就觉得自己的脸上发烧，虽然他说的是实话。

孔淑慎发出一声冷笑："姐这辈子不会结婚了！"

吴怀智感觉得到，身后的孔淑慎泪珠从脸上滚过，他的内心一片寒凉，但他没有回头看一眼。

回到德胜行，吴怀智觉得师父家的院子边上那么好的小河穿过，不加以利用实在可惜，他打算在那偌大的院落里种些树木。将来小河堤的两岸，竖满齐刷刷的白杨树，一条小渠从院中经过，水渠边再种上几棵樱桃树，即使是夏天，也会充满凉意。客人来了谈生意，树荫绿地流水，在树下支个桌子，架个炉子，烤点羊肉串，喝点土啤酒、格瓦斯，但凡有点可能，那生意都不会黄了。

牛大脚看到吴怀智在孔家院里河边种树、整地的草图，大受启发。心里夸赞吴怀智，真行，真要把师父家当自己家一样大费周章，还真的是个有心人，怪不得师父家里人人都喜欢他。只是吴怀智一会儿要准备行商，一会儿要去分号，一会儿又要到店里，还得跑到巴克图去谈生意、传消息。他给德胜行种树的设想虽然美好，但推进的速度却很慢。

倒是牛大脚在车马社里大刀阔斧地把那张图变成了现实。

车马社圈的那片地不是主要街巷，是这座城市的最边缘，这样的地方通常也没什么人管，想圈就圈。只要不引发邻里的矛盾，甚至不需要上报备案，就算是你的了。受了吴怀智的启发，牛大脚便把车马社的院墙又朝河边推进了几十步远，院子进一步扩大了。当然牛大脚打不起院墙，塔城的住户，也常常是不打院墙的。院子的边界就是靠树，栽上两排树，就算是大院的院墙了，这无论是成本，还是实际占有率都会大大提高。那时候，政府还盼着这么圈呢，只希望来这边疆之地的人多点，让荒地少点，狼少点，显得有点人间烟火气。如果能种点树木，那自然再好不过了，可以抵御时常在塔城肆虐的风，那是大家都期盼的事。

虽然是学吴怀智，可牛大脚下决心一定要超越他的谋划。她把这偌大的车马社的院子当作花园来打造。她计划杏树、桑树、樱桃、李子、桃子、海棠这些能在塔城找到的树种，都种一些，将来绿荫一片，时时瓜果飘香，那多么美好！

牛大脚不太懂种树，反倒是大夫人懂，便热情地教她，在牛大脚面前成了学富五车的师父，为来年种植果树，做着一系列准备：有的树得将果皮果肉划破取出果核，清洗后阴干播种；有的树种得采用扦插法，得寻些外形通直圆满，具有饱满侧芽的苗枝作为插穗种条，斜切一个平面，插于湿地当中，便等待来年的生根发芽；还有的树种得用高空压条法，选两年以上的枝条，在其下部靠近节的部位环状剥皮，使该处的上方形成层发根，然后把湿润的茸草放进袋内把整个伤口包好，上下两端扎起来，当生根后，便在压条部位以下剪断，盆栽成为新株……几种果树不同，各有各的育苗种植方法，占去了大夫人和牛大脚大量的时间。

有时候忙活的时候，牛玉芹也是好奇的，跑上前来，有一搭没一搭地帮忙："还真是十年育树，等你把这些树种活挂果了，你早嫁人了，指不定连这院子都见不了了，忙活啥呢？"

但牛大脚非常执着，踏踏实实地开始种满院的树苗。

不只是牛玉芹不看好她们种树的想法，吴怀仁也看不起这种行为，在自家院子里种几棵树算什么能耐，等着吧，等把那几间铺子收拾好，你们就知道我吴怀仁的能耐了。

正是树木繁茂的季节，哈萨克贸易亭里高大的榆树下绿荫连片。有下象棋、围棋、国际象棋的各族长者成群凑堆地围坐在一起，冥思苦想，对垒厮杀。几位在大榆树下混迹棋盘，敲打沉浮的酸儒秀才，因为输赢争执起来，突然没了楚河汉界攻防的兴致，转而开始高谈阔论。

"新疆自民元以来已成独立割据之势，前任省主席杨增新，更以闭关政策与中央相绝……有志之士樊耀南者，集合同志将杨击毙，以为改革新疆之初步，以后新疆塔城就有希望了。"一个戴着眼镜的老者，拈着自己的山羊须开始转文，以特有的方式庆贺着自己在棋盘上的胜利。

"杨增新保守独裁，边防废弛，就是个封建余孽，革命志士樊耀南为国除害，以五尺之躯刺杀了闭关自守的封建军阀杨增新……实是新疆大幸。"被杀败的对手，一边顺着山羊须的话，顺手把那棋盘上的棋子一把推掉，呼啦啦全部搅乱了。

吴怀仁铺子还没有彻底建成，却已经有了铺子在手的风范，挣钱养活自己的本事没有，却敢于与市面上各界人士一起聚会，议论时政："杨督军执政新疆十七年，十七年来，新疆可以说是内忧外患，外有沙俄帝国主义煽动和支持蒙古活佛哲布尊丹巴独立，并派兵侵扰新疆边境、侵占科布多。内为境内哥老会频繁活动骚乱，革命党人四处活动反抗都督府，哈密铁木耳发动农民起义。面对这样的混乱局面，杨增新决定集中全力先攘外而后治内。对外他倾竭省库经费，出兵支援与科布多相毗连的阿尔泰，击败帝俄侵略军，平息乱事，改阿勒泰特区为阿山道，有力维护了统一。对内，杨增新用以柔克刚的'和平谈判'手段招抚起义军，用分而治之的方法瓦解革命党人，取消临时政府，以新疆都督兼行伊犁将军事，从而完成了新疆的统一。总体来说,也不是没有一点成绩的。"

那几位酸儒秀才,抬眼看看发话的吴怀仁,长得一表人才。旁人急忙介绍,这就是裕生堂的大公子,并指着那一排刚刚盖好的铺子。

"噢,是吴大公子啊,失敬失敬!"

吴怀仁急忙作个揖,心里十分受用,以前偶尔被人称为吴公子,这铺子建完了,喊吴大公子的时候,都加了重音的。吴怀仁觉得有那一排铺子做后盾,他说的话都没有人争论了。

吴怀仁也知道自己也不能过多说话,刚说的这段也是听父亲和孔云清喝茶时说的,再说得深了,自己也做不到。于是吴怀仁转身离去,昂首阔步,志得意满。林林总总的各色商品摆满了老街的路边,吴怀仁边走边得意,觉得自己的表现恰到好处。

贸易亭中间有一大间亭子,是一家向四周敞开的奶茶馆,既是奶茶馆,也是茶馆,偶尔也是咖啡馆。吴怀仁决定进去喝杯茶,或者咖啡也行,这将是他日后常常要做的功课,他可以一边品茗,一边欣赏着自己那一排新建成的铺子,那感觉加克斯!

亭子入口摆放着的特制茯茶和圆茶饼。像砖块一样的茯茶的产地是湖南益阳,圆饼产自四川雅安、云南等地。茶馆里沸腾着的不只是开水、茶水,还有手风琴欢快的曲子营造着氛围,时不时有俄罗斯族、塔塔尔族的男男女女,即兴跳一段踢踏舞,也会有冬不拉弹唱时哈萨克族的黑走马。塔城是一个包容的城市,各民族演绎着自己本民族的乐器,跳着自己擅长的舞蹈。由于对音乐舞蹈的热爱,有时也相互学习,什么音乐响起来的时候,就跳什么舞了。手风琴也不只是欢快、热闹,偶尔抒情的曲子恬静悠扬,特别的音色会让人在暖暖午后沉醉于褐色的咖啡。

在这亭子里喝茶的人有的并不知道,他们每天必饮的茶品竟然来自湖南、四川、云南,这些数千公里外的地方。而那些远在异乡大地的茶农们,怎么也不会想到他们精心种植加工出来的茯茶、圆饼会成为新疆少数民族地区的主要饮品之一,成了这里居民的生活的必需品和精神依赖。这些看似没有必然联系的地域、空间、文化却因为贸易的存在,有了实实在在的联系,而且密不可分。

警察局局长换人了,这让整个警局上下都吃了一惊。

老局长被调回省城给了一个闲职,孔淑魁长舒一口气。局长在任期间,虽然对自己算不上好,也一直没有给自己找碴儿算账,对自己的管理也不算严苛,基本算是睁一只眼闭一只眼。

老局长离开塔城的时候，单独把孔淑魁叫到惠芳园，他对孔淑魁提了个要求，希望他能帮自己个忙，找两辆马车把自己的行李运到省城去。他不想通过官道，也不想招摇，他说其实他明白，无论从人品还是从能力，警局唯一能相信的就是孔淑魁。

孔淑魁心里一肚子的不舒服，下台了，你才觉出我的好了，你当局长的时候，我怎么没看出来一点你重视我的意思。孔淑魁琢磨半天，这也许就是局长的领导艺术，怎么能让下级猜中自己的心思呢？可是，每一个局长都对我是这个样子，我孔淑魁到什么时候能出头啊。想到这里，孔淑魁一杯一杯地跟老局长敬酒。

那天老局长来者不拒，每次端起杯子跟孔淑魁碰酒的时候，就那么笑笑，直到最后，实在笑不动了。老局长确实喝了不少酒，孔淑魁觉得那是局长第一次喝那么多。孔淑魁仗着自己年轻，硬是把老局长架起来走出惠芳园，那时，天已经全黑了，局长乌里乌拉地说着些不清不楚的话，但有些又是清楚的。

"早晨学会河州话，晚上便把洋刀挎，我操他妈！凡是河州人，就能当官，都能提拔……"吓得孔淑魁急忙捂住局长的嘴，他明白，这是局长在发泄自己的不满，直接把气撒在省金主席身上了。局长被撸了，可是自己不想受牵连，他担心隔墙有耳。

孔淑魁本来打算自己付些运费给老局长把行李送到省城，可当他找到牛玉关办这事的时候，他傻眼了，局长搜刮的金银财宝，竟装了满满两大车。孔淑魁看得眼中冒火，成天躲在办公室里，有事就知道叫自己和兄弟们东奔西跑，累死累活。结果人家竟然弄了这么多金银珠宝，光是银圆就是一大箱，还有两箱金砖金锭。孔淑魁心里骂道：妈的，这才当了多久啊，就弄了这么多。于是打消了垫付邮资的打算，这么多的钱财，他怎么能记得清？垫付个屁！

这件事对孔淑魁的影响很大，孔淑魁提醒自己要长个心眼儿，以后要注意给自己捞点好处了，不能傻乎乎地只图个热闹。

新局长没到任的那段时间对于孔淑魁来说就是节假日，他依旧按照规定，带弟兄们巡街，收费催税，一切如常。他对自己说，一个警局要局长干吗？没有局长不是照样吗？该干吗干吗，有时候运转得还更好。可是，有时候，孔淑魁又觉得自己的想法太幼稚可笑，一天没有行，两天没有行，一直没有一个局长，警察局还不放羊、散摊子了！

警察局当然不会放羊，一定会来新的局长，这么重要的岗位，肯定不会空太久时间。而新局长上任对于孔淑魁和他的兄弟们来讲，那就是天变了。

新局长到任第一天，由一个穿着中山装的男人宣布了任职命令。接着那个男人又以极其庄严的神情宣布了另一个重要的消息：塔城县、乌苏县设国民党党务指导委员会。

随后就是新局长的就职宣誓环节，新局长在见面会上对全体警员做了一通宣讲：国民政府革命虽然成功已久，但以党治国体制并不牢固，甚至可以说非常弱化，晚清以来开始呈现的政治区域化景象从未消除。即使是塔尔巴哈台，国外因素、派系斗争及国内外政局的巨变影响巨大，上面无法从根本上消解现存的地方实力派。地方实力派名义上服从上级，实际各行其是。其地方之具体事务，上级实在难以过问。尤其在重要问题、核心利益上，有些地方官员、名门望族，部落头领都打着自己的小算盘，现在我要求大家，团结一心，认清大势，警局就是省府维持治安的机器，一定要服从服务于党务指导委员会。同时，我号召大家，尽快入党，为党国大业服务，为省府金督军解忧。

见面会开得很短，不到半个小时就结束了。孔淑魁觉得这新局长也就那么回事，那么一段就职演说，提前演练了不知道多少遍，还说得逻辑混乱。一会儿要为党部服务，一会儿要为金督军解忧，到底是跟谁站队呀？就这水平也是新局长，也是自己的顶头上司，从智力上来讲，孔淑魁真觉得憋屈。他认为自己很强，却又被人家蛮横地碾压了。

后来，孔淑魁才知道，那个穿着中山装的男人，就是塔城县党务指导委员会省派委员，不久县政府那一排平房就开始扩建，同时划了一半的场所交给了党务指导委员会，大家都很吃惊。再后来，听说连同工作的经费也和塔城道一样了。再后来，那个中山装的男人竟是塔城道党部委员，原来他居然是塔城这片地域最大的官，比警察局局长大多了。

<h1 style="text-align:center">39</h1>

吉祥涌老板车尼雪夫当然是重要的商户，他向孔云清发起了挑战，趁着塔城新的政局变化，也想在商会里谋个重要的职务。他财大气粗，却不争一时长短，而且善于搞好与政界巨头的关系。他商界混迹多年，明白高级的猎手总是以猎物的样貌出现。所以，他采取的第一步便是在广场离古兰丹姆学校不远的地方，盖了一座电影院。既是电影院，也可以做礼堂，有大会需要用大房子的时候，车尼雪夫就会无偿地借给塔城道里的各个权贵们使用。那时候，无论是吉祥涌自己居住的红楼，还

是这个电影礼堂，都是塔城地标性建筑，高大、厚实、气派。红楼花费三年时间，建造成塔城最为高大豪华的建筑，两层十六个房间，声名大噪。电影礼堂建筑从颜色上有较大的区别，不再采用哈巴粉的紫红色，而采用了草绿色，跟公园里高大的树木，茸茸的绿草相互呼应，显得更为自然。礼堂里能容二百多个座位，中间用十余根巨大的柱子撑起。自建成那天起和要播放的电影一起轰动全城。

全城有头有脸的人，追求时尚的年轻人都想去看看。电影是什么内容不重要，什么内容都能勾起全城人猎奇的欲望。仿佛谁没有去广场电影院看过电影，谁就被时代抛弃了。

甚至连樱子小姐也央求孔淑魁把自己带去看一场电影。金风玉露、红烛春宵，孔淑魁哪里拒绝得了，当场就答应了。搞两张电影票对于孔淑魁来说，并不是难事，但他拿到电影票的时候，就犹豫了。电影院是什么地方，那当然是公众场合，大众瞩目。自己作为一个有光明前途的年轻警官，一个应该入党部，应该拼命做好自己的一切工作，取得上司的信任，尽快脱颖而出的新秀，却约日本服饰馆的头牌一起看电影，这合适吗？

孔淑魁纠结了，越想越怕，如果让父亲知道了，他能原谅自己吗？

自己对大家说樱子只是艺伎，别人信吗？孔淑魁左思右想不妥，但如果自己约吴诗然看电影，那肯定是才子佳人，珠联璧合。即使父亲看见了，所有的同事，塔城街上有头有脸的人看见了，也只会称赞，没有任何问题。

孔淑魁在那一瞬间改变了决定。他不会忘记，樱子小姐带自己尝了禁果，使自己变成了一个男人，是这个女人，自己才知道男女之间的美好原来是这个样子，他打心眼里感谢樱子。但自己不可能把她带到大庭广众之中，她实在无法摆上台面。

樱子是那么美好，自己不可能丢掉她。那天夜里孔淑魁在宿舍的硬板床上辗转反侧，难以入睡，他放飞了自己邪恶的灵魂，他觉得老天很眷顾自己。他把爱和性剥离开来，吴诗然就是他的爱，他们可以一起上厅堂，博得众人的夸赞。而樱子，那是性，他和她可以一起浴爱河，上云霄，要死要活，甚至可以带樱子去省城，去更远更高档的地方。只有在没有人认识樱子的地方，樱子的那些个才艺，才能显示出真正的高贵，而在塔尔巴哈台这一片地域，樱子再高贵的才艺，也被扣上破败下贱的帽子。

在民间也没人叫日本服饰馆，你要是跑到哪个大烟馆子里说日本服饰馆，会被那些个吸大烟的当傻子一样嘲笑："不就是妓女吗？"

"卖肉就卖肉，还服饰馆。"

"《三国演义》早说过了女子如衣服，还服饰馆，去，真有文化！"

"哈哈哈哈……"

孔淑魁便把一张电影票递给妹妹："你把这张电影票送给诗然。"

孔淑仪伸手接过电影票，点了点头。她表情很冷静，冷静得让孔淑魁接受不了："我只管送票，去不去，我可给你保证不了。"

孔淑魁看着妹妹："你就不问问你哥，为什么只送一张电影票？"

"那还用问吗，你不就是喜欢人家，自己留了一张电影票吗？"

孔淑魁张了张嘴，不知道该说什么了。孔淑魁很纳闷，自己什么时候表现得那么明显，让妹妹看出来自己喜欢吴诗然的。

看电影一时之间成了这一座城市所有年轻人争先恐后的时髦行为。那个媒婆也捏了两张电影票送给吴怀仁，让吴大公子去约牛家小姐一起看电影。吴大公子自然高兴万分，但自己又不好意思送给牛玉芹。他自己试过几次，每次自己主动接近牛玉芹的时候，牛玉芹的脸色都相当难看，仿佛对自己极为排斥。即使在车马社里，牛玉芹也不跟吴怀仁打照面。只要一见吴怀仁远远地走过来，便转身离开，或者偷偷躲进屋子偷看这家伙干吗。

牛玉芹一直把自己装入一个坚硬的躯壳里，她是牛家的大小姐，得把气势摆足，一定要拒男人于千里之外。那样才能显示出来自己是淑女，有教养。

吴怀仁觉得自己肯定无法把电影票送给牛玉芹，便去央求母亲帮忙。大夫人真的把电影票送给了牛玉芹，可牛玉芹也不愿意陪着吴怀仁去看电影，她怎么想怎么觉得别扭，最终脸红脖子粗地把票送给了妹妹牛大脚。牛大脚看着电影票，心里十分高兴，觉得真的是姐姐对自己的关心。她知道孔淑仪给了吴诗然一张，同学们看了电影都是要在班上炫耀一下的，现在自己也有了，便一口答应，她哪里知道电影票是吴怀仁处心积虑送来的。

牛玉芹把电影票送给牛大脚，又觉得心里不甘，毕竟电影还是好看的。她又纠缠着哥哥牛玉关给自己弄一张，牛玉关本来打算自己也去看看电影，结果收到了紧急通知，要他立即赶回巴克图去。

孔淑魁也接到了紧急命令，一样是赶往巴克图，当然也不能看电影，只得把票临时送给了在德胜行的吴怀智。

孔淑魁和牛玉关赶赴巴克图的原因是中亚发生饥荒，又有大批难民拥进了巴克图。看着国境线黑压压一眼望不到头的别国难民潮，人们拖家带口、背着可怜的行李，已经从漫山遍野越界进入了中国，不让他们进入巴克图是不可能的事了。

上峰的命令是尽力接收，妥善分散安置，严防暴力事件，严防偷盗抢掠，保持社会治安。

塔城道、县党部那些人和大量的警察、军队都拥到巴克图边境，到处都是乱哄哄的人群，有的搭着低矮的帐篷，有的什么也没有，把被褥、兽皮、羊皮铺到地上，就地躺下了。

牛道全吩咐族人，架起三口巨大的铁锅，煮着麦子粒和玉米粒，煮熟了，就分给这些逃难的人们。

早就没有面粉了，就是这麦子粒和玉米粒也马上就要告罄。牛道全一脸愁容，吸着烟袋，想着自己为什么就没有再买一千亩地！

难民陆续被接走，安排在塔城道管辖的不同地域，尽量让这些人不能彼此自由联系，以免串联闹事。然后，党部和县府召集了商会比较重要的人物，当然也有车尼雪夫，号召大家一起捐钱捐物，从外地调运些粮来，那时的塔城已经有些实力了。

跟孔淑魁一道看电影的梦想破灭了，樱子小姐心灰意冷。这时她听佐田繁治对伊藤卉子说，大量中亚难民拥进巴克图，军警民团都大量被调用，很快塔城的粮食、牛羊肉类就会涨价，急需购囤一些，赚取一笔，就是对帝国的大功一件，随后佐田繁治就去发电报了。樱子对孔淑魁的怨气瞬间就没有了。

那晚电影院里，吴诗然没有去，她拒绝跟孔淑魁一起看电影。孔淑仪只好自己去看，跟许久没聊天的吴怀智坐在了一起，牛大脚坐在不远处，身旁坐着吴怀仁，吴怀仁看着牛大脚问："你姐姐呢，她怎么没来看电影？"

"嗯，"牛大脚说，"她把电影票给我，让我来看，也许跟我哥一道回去了，我哥忙死忙活的。"

吴怀仁站起身来四下望望，电影开演了，身后的人发出抗议。吴怀仁只得坐下看电影。电影是苏联的纪录片，记述着苏联人的日常生活。然而看得观众目瞪口呆，这是大多数人第一次看到银幕上会动的人，会跑的汽车，冒着黑烟的工厂烟筒。这对塔城的观众就是极大的震撼！

那天，牛玉芹也到了电影院，只不过，她躲着吴怀仁，不想让他看到自己。

电影开演后，她才进去的，她本来想看看吴怀仁和牛大脚坐一起，干些什么。结果她被电影的画面深深吸引，全没了看别人的兴趣。

电影一开演，四下一片黑，就是想看，也看不到哪里是他们。

电影一结束，牛玉芹便急匆匆地从后面先走了，她怕吴怀仁发现她来了。

吴怀智和孔淑仪一起走出电影院，结伴回家。吴怀智在路上还对孔淑仪开着玩笑："以前，都是努尔别克送你，现在他在北山当牛皇帝，就我送你吧。"

"这么多人，我也丢不了。你放着你爸的医术不学，跑来我家学跑买卖，你图什么呀？"

"我图长见识，就像今天咱们看电影，就是为了能看清远方的人们是怎么生活的。想看看这世界，怎么样的生活是最好的，以后咱们就要怎么样。"

电影散场后吴怀仁却迟迟没有起身，他还从来没有如此近距离地挨着一个女人坐在一起，坐在黑暗里，影片看到一半的时候，他感觉到身旁的牛大脚丰腴粗壮的身体里散发出来的热量蕴含着一种神奇的味道，很好闻。他扭头看了看身旁的牛大脚，她和银幕上的人长得一样啊！靠着银幕光亮的反射，牛怀仁隐约能看到牛大脚上半身的轮廓，那隆起的胸部一点也不像平日里母亲嘴里说的那样难看，相反，还充满诱惑。吴怀仁感觉自己口干舌燥，不时咽一口唾沫。

吴怀仁不会表达，但是觉得那天看电影很有意思，有意思的不是电影，而是电影院里昏暗的若有若无的光线。吴怀仁觉得自己喜欢昏暗的灯光，哪怕自己看不清楚别人也好。只要别人看不清自己，便让自己觉得没了危机感，便觉得自由了，自在了，可以趁机想想属于自己的心思。

牛玉关在巴克图草原的一个山包上，一脸愁容，他觉得上面派的那些个官员警察都是花架子，走个过场，图个热闹，一顿扎堆，一波卖好，过后就走了。再也不来，再也寻不见个影子。

可是牛家走不了。他们的家，他们的田地都在巴克图。边界拥来的难民不只是一拨，是一拨又一拨，没完没了。好在凑到一定规模的时候，党部和县府会派人来。可是，零零散散不成规模的呢，那就只有他们牛家稳住局势了，谁让他们是边民呢？

那一年的中亚灾荒，也不全是坏事，最值得庆贺的是给牛玉关送来了姻缘。

牛玉关的媳妇娶得很简单，没有人做媒，媳妇是牛玉关自己捡的。一切似乎都是冥冥之中前生注定。

那年，牛道全成天为儿子的婚事垂头丧气，他答应过德胜行的女主人和媒婆要先给儿子牛玉关找个媳妇。结果中亚闹饥荒，难民拥入的压力就全部传导到牛家大院里来了。本来取得了大丰收的牛家，好几个大缸粮食很快见了底，拉开木头盖子，油光可鉴，干净得像体面的寡妇。面对源源不断拥进来的难民，仗义的牛道全

"二饭"赏不起了。偏偏族人都想着赚钱,种了大片的罂粟,根本拿不出粮食救济灾民。

巴克图河里的鱼能吃,山坡上的牛羊能吃,草原上的草人是不能吃的。牛道全那些天就一个想法,把巴克图所有的资源尽量转变成食物,来应付随时降临的灾难。他四处转悠,眼里冒光,渴望着更多的食材、食物。他发动全族人,大量挖掘山间、草原的野菜,捡蘑菇、马粪包,甚至摘榆树叶子晒干储存,打野兔、野猪、狼,把所有能吃的都变成了那一年的重要食材。

为了让家中那点粮食多吃一些时间,为了使麦麸、玉米芯子等容易下咽,只有多挖野菜,配搭着吃。田野里、草原上、戈壁滩随处可以看到提着篮子,拿着小铁铲的妇女和孩子。

由于人们对野菜的需求量太大,只要是无毒可食的野菜,都在人们的采挖之列。至于荠菜之类,早就成了珍稀植物。人们一开始还按照常识,吃那些野菜,到后来,通常被认为可吃的野菜被挖光了。那些中亚难民开始试探着吃那些从未吃过的野菜。结果有的人吃后中了毒,或浮肿,或呕吐,也有人因此丧命,那也是没有办法的事。

饿极的人们,便把榆树的皮剥下来,放在石臼里捣成糊状,煮着吃。大地上能看到的榆树,全部都是光秃秃的、白花花的,分不清是人扒的,还是羊啃的。那些惨遭剥掠的榆树,只有秃头裸身,可怜地立在路旁,等待枯死。

面对这些境况,牛道全有些不理解。不是都说苏联革命好得很吗?好到哪里了?为什么这么多灾荒,难民遍地?

牛道全那时还不晓得以后的岁月里苏联会爆发出怎样惊人的创造力。他经历了一次民国清王朝被推翻的革命,那次的革命,他失去了一个小官衔,生活一度陷入迷茫、无助,因此,他反对任何激烈的社会震荡。后来,他倒是真正见识了苏联社会主义的成功,但那时他已经没有了青春的朝气,已经不再关注这些对他来说毫无实际意义的国际时政了。

牛道全只看到过红军和白军的战斗,只看到没完没了的流民、难民,他猜对面的国家肯定是不好,要不,为什么那么多人都要背井离乡?

## 40

　　祸不单行，还没到十月，夜里便落了一场暴雪。巴克图的人被厚厚的积雪封堵在家里，除了清扫庭院和门口的积雪再没有什么事情好做。牛玉关早早起来了，打扫院子里的积雪，并从院里到大路上扫出一条小道来，希望有人能给牛家送点粮食来。他脚下嚓嚓嚓响着，走向银白的旷野。走出数百步，牛玉关又转回来，他到马厩里把自己的马牵出来，他觉得自己就该再抵近边界去看看，今天怎么没有见有过境的难民呢，是没了吗？

　　牛玉关骑着马，慢慢地走着，他不想让马奔跑，马的草料也得节约了。对于巴克图来说，天气还不是很冷。牛玉关知道，这雪在地上是存不住的，天一放晴，这些雪都会消失！

　　难民潮的确没有那么容易终结，在边界的杂草丛里，有个姑娘躺在地上，发出痛苦的呻吟。牛玉关翻身下马，从雪泥里扶起这个姑娘，姑娘有着蓝色眼睛，眼眶凹陷，鼻子大挺，骨架宽阔，此时，显得面黄肌瘦，显然营养不良。更为奇怪的是姑娘肚皮圆鼓，要么是怀了孕，要么是患了病。

　　姑娘一声一声地呻吟，满头冒着汗珠。

　　牛玉关当然不是见死不救的人，他想把这姑娘扶到马背上，带回牛家大院去。

　　可是姑娘号叫着伸手阻止，看来姑娘是上不去马了。幸好牛玉关能用简单的俄语对话，一通磕磕巴巴的交流，他明白了，姑娘由于吃的食物太粗糙，甚至算不得是食材，有树皮、草根，甚至有土，只要有饱腹感就吃，造成了便秘，已经好几天拉不出屎了。

　　姑娘是跟着母亲逃难的，母亲已经过世。牛玉关本想再问问清楚，可是，姑娘疼得满头大汗，显然已经无心回答太多的问题。

　　姑娘说一路上，都是她和母亲互相掏粪便，一起逃难的人用树枝掏挖，有时会将肛门和直肠弄破，伤口又被粪便感染，非常痛苦。

　　牛玉关听懂了姑娘的意思，臊得一脸通红，他没想到自己跟一个陌生的异国女人第一次的谈话内容竟然是这些。

　　而当生命受到了威胁，又能有什么选择呢？

　　牛玉关实在没有别的选择，只好从马背上卸下一个包袱。那里面有很多难民们送给他的金属器皿，看得出来，有些个难民在逃难之前，身份尊贵，他们用的这些金属器皿做工精细、闪烁着耀眼的光泽，可惜煮榆树皮吃的时候，就用不上了。

牛玉关找了一个细长的汤匙，也顾不得避讳什么，立即蹲在姑娘的身后，扒下姑娘的裙子，为眼前的姑娘解除了痛苦。

随后姑娘把牛玉关骂走，自己蹲了好半天。牛玉关就牵着马背对着姑娘一直站立在附近，直到姑娘起身走到自己身旁。

姑娘没说一句话，把汤匙递给牛玉关。牛玉关没有伸手去。

她头发凌乱，一脸憔悴，精神非常差，十分用力，但结结巴巴地说："我用雪把汤匙擦干净了。"

"送你了，你留着用吧，现在得这病的人多，回去后，你可以帮他们，金属器皿比树枝好使，不伤人。"

姑娘名字叫安娜，金色的头发因为饥饿、没有梳洗，就像一蓬杂草，脸上也脏兮兮的，没有光泽，看不出什么样貌。当时牛玉关甚至没觉得她是个妙龄少女。

牛玉关把安娜抱到马背上，策马回家，快到家的时候，安娜的手已经紧紧地抱着牛玉关的腰，而脸贴在牛玉关的背上了。

到了牛家大院，牛玉关给安娜做了一碗面糊。安娜吃相极其放肆，像很久没吃过饭的样子，完全没有一点点女人应该有的矜持、含蓄。

牛玉关一直对她说："你慢点吃，慢点吃，别呛着！"

好在第二天吴怀智和牛大脚跟随着牛家的车马从塔城到了巴克图，他们送来了四袋粮食，是商会从外地买回来的，真正地杯水车薪。牛道全的五官朝中间一挤，眼泪立刻掉了下来。

吴家的几间铺子落成还没有典礼就临时被县党部借用，用来安置异国他乡的难民中转用。

几个警察士兵拿了一张纸，对着吴怀仁念了一遍借用通知。吴怀仁就问租金是多少钱。那些军警，相视一笑，转身就安置难民进了铺子。

铺子刚刚盖好，又湿又潮，一般这样的房子当地人不会立即住进去，怎么着也晾晒半年，可是对于那些离开自己国家的难民来讲，这样的房子是完全可以居住的。

吴怀仁看没人跟自己谈钱的事，对此十分不满，冲上去就要理论。他把那一排铺子看得和自己的命一样贵重，结果挨了当兵的一个枪托，被砸倒在泥窝里。

吴怀仁疼得浑身冒汗，刚想再骂两句，只见孔淑魁仰面走了过来，从地上把他拉起来："你赶快离开，也不看这是什么时候。现在是国难当头，你还敢理论，你信不信他们马上把你抓起来参军？"

吴怀仁看着孔淑魁，再也不敢说什么话。孔淑魁把他架到肩膀上，跟那几个当兵的打了个招呼，扶着他走到贸易亭外："你快回家去吧，等这阵子的难民潮过去了，估计那铺子就还给你了。真是的，你跟当兵的还讲什么理呢，他们哪里有工夫跟你讲理！我还有事，就不陪你了。"

孔淑魁说完把吴怀仁放到墙边，转头走了。

吴怀仁骂了一句："强盗，操你妈！"然后就感觉到背后巨大的疼痛，只好再不作声。随后，独自一人一瘸一拐地回木工坊去了。

几个月后，难民潮算是过去了。难民们生活标准比从前降低了，但广袤的塔尔巴哈台地域以博大的胸怀接纳了他们，拯救了他们，这些逃难的中亚人保住了生命。

吴怀仁伤也养得彻底好了，又想起了他的铺子，他换了身衣服到贸易亭遛弯。他迫切地希望收回那些铺子，虽然是吴鸣璋出资盖的，但显然吴怀仁更像是主人。

倒是有人来谈租赁房屋的事情，还是塔城道的官员陪着来的。官员介绍："这是迪化新组建羔羊皮货公司的老板，要在这贸易亭设分店，看上你家新盖的铺子了，希望暂时先租用几间。"

吴怀仁一听，满心欢喜，总算是资产要有收入了，便热情地问道："您要租多少间，多长时间？"

对方看了看吴怀仁："你能租给我几间？"

吴怀仁一下子蒙了，心里琢磨。难道碰到大金主了，想把自己的铺子，全部吃掉？那时，吴怀仁对自己还没有足够的信心，他觉得自己如果把一排铺子整体出租，应该给父亲说一声。他虽然有点心动，但还没有那么大的胆子。

这时，吴怀智不知何时从身后冒了出来，一作揖："诸位先生，实在不好意思，这些铺子已订出去了。"

吴怀仁回头一看，便一肚子气，正想争辩，却听后面有人先说话了。

"行了，小毛孩子，糊弄谁呢？前头刚刚被征用难民房，这难民潮刚过，你们铺子就租出去了，蒙谁呢？"一个长着一脸络腮胡的大汉走上前来。

"在盖铺子的时候就商量好的，盖这些铺子德胜行当时拿了钱的。"吴怀智并不惊慌，他已经是跟着商队走过戈壁大漠的老行商了，直觉告诉他，不能跟这些人做生意。

"行了！少在这里给我兜圈子了。最少三间，多了不限，房间要相连在一起，有困难，你们协调一下，至于租金，按照市场价格，每年你们提醒着点，别让爷们儿忙得给忘了。"那个络腮胡对一起陪同的塔城官员笑着说。

吴怀智看出了猫腻，来人身份不一般，自然不愿与这种人打交道，可惜吴家铺子已经绕不过去了。

塔城道的官员急忙弯腰赔笑，走到吴怀仁身旁："怎么样，你把铺子租给金老板做生意，那你还不是走了大运了？这里肯定会成为名声最大的铺子，那可都是无形的利益，懂吗？"

"这事儿，我们做不了主，得跟我爸谈。"吴怀智在吴怀仁的身后说道。

络腮胡立即把头转过来，射出一道凶光。

"你不要说话！"吴怀仁冲着吴怀智说完，心里感觉特别好，自己终于有了大哥的样子了，他心里也没有十足的把握，生怕吴怀智不给他面子。于是，连吴怀智也不看一眼，急忙走到官员的身旁赔着笑："给谁租都是租，没有放着生意不做的道理。再说了，有您做担保，我们还有什么不放心的。"

官员看看吴怀仁："年长一些，到底是懂些规矩，成熟稳重些。那就把该办的手续办一办，早日开张营业吧。"

这家公司要了居中间的三间店铺，横着挂了一个特别大的牌子，牌子上写着迪化羔羊皮货公司。自打该公司在贸易亭落脚以后，塔城出产的羔羊皮便由该公司垄断运往苏联易货。别说一般的铺子休想染指，即使吉祥涌、德胜行这样的当地实力铺子也挤不进来，不知是什么原因，各级官员都很给这家公司方便，原先所有经营羔羊皮货的铺子全部以低廉的官价转卖，再不许参与羔羊皮货的生意。

羔羊皮货公司门庭若市，熙熙攘攘，瞬间成了塔城贸易第一公司，但吴怀仁却收不到房屋的租金。他请孔淑魁帮忙，孔淑魁摇摇头，低声对他说："你就认了吧，碰到人家，你就得认倒霉。"

吴怀仁垂头丧气地回到裕生堂，正好碰到孔云清和吴鸣璋喝茶，二人商量着去巴克图给牛玉关的婚礼助兴。不免谈到了羔羊皮货公司的火爆。

孔云清说："哥哥你辛苦了大半年盖的铺子，给这帮龟孙子作践了，你这三间铺子，三五年内估计收不上钱了。"

吴鸣璋说："人在做，天在看，这样子搞法，能搞几年啊！贪财弄权，卖官鬻爵，藏污纳垢，飞扬跋扈，抓兵印钱，条条都是自掘后路啊，几间铺子算什么。不管怎么说，日子还得过，咱们还算好，比起那些个难民好过多了。"

"自由贸易了多少年的羔羊皮货现在也被整成专卖了，唉，子系中山狼，得志便猖狂。"

"行了，不说这个了，玉关侄儿结婚是小一辈里第一个，咱们也好聚一聚。"

吴怀仁听着父亲的这些话，琢磨着老爷子也不会怪罪自己收不上租金，那也不往前凑了，转身离去了。

安娜成了牛玉关的妻子，没有人做媒，也不需要。牛玉关的婚礼是在初冬办的，趁着雪还不大，天还不算太冷，牛道全抓紧时间置办这事。安娜姑娘自从到了牛家，就再不想离开，她成天追着牛玉关的屁股，牛玉关到哪儿她到哪儿。

牛玉关本来都没想办婚礼的仪式，被牛道全黑着老脸破口大骂了一通："别说牛家丢不起这人，就说人家姑娘嫁给了你，她没爹没娘没亲人，跟了你，连个仪式都没有，算怎么回事？"

"没事，安娜说了，她不在乎，先把眼下的灾扛过……"牛玉关话没说完，牛道全一个耳光抽在他脸上，冲着他骂道，"混账，你个蠢货！当年把枪炮全交掉，现在娶个媳妇不办事，牛家不能做这种不仁义的事！"

牛玉关挨了一巴掌，站起身来，有些不服气。安娜这时冲了过来，挡在牛玉关的身前："有事说事，你打他干吗？你这样当父亲吗？"

牛道全忍不住笑了，转过头走出屋子，走出院子的时候，甚至唱起了小曲儿。

牛玉关的婚事，在牛家大院的筹备开始了。牛道全给孔云清打了招呼，找了几匹红色绿色的布匹，在漫天雪白的世界里，挂了一院子。那一年的粮食短缺，食物比较单调。但已到冬季，人们便没有太多的事忙，有大把的时间给安娜梳洗打扮，她那金色的头发终于洗干净了。安全祥睦的牛家给安娜提供了心灵的栖息之所，她再也不想去别的地方，认定了牛家大院此心安处是吾乡。

牛玉关不习惯自己走哪里都有一个金头发的洋姑娘跟着自己，可安娜不一样，她觉得自己站在牛玉关的身边特别舒适，每天只要看到牛玉关，她便满脸桃花开，心情大好。

没有了颠沛流离，安娜的气色、身体都渐渐恢复，逐渐显示出异国美丽姑娘的风采。这些牛道全自然看在眼里，那时牛道全的眼里全是笑意，他到妻子的坟前给烧了张纸，给妻子说："他娘，玉关这次是逃不脱了，有个大洋马给玉关来了个姑娘追，我看挺好，以后还能跟大脚做个伴。"

牛玉关的婚礼那天，一些中亚的难民也来参加，他们迫切地需要一次有仪式感的聚会，来唤回自己对生活的热望。这些来自中亚的难民们，自己带着十分考究的整套金属餐具，虽然糕点、糖果、菜肴、水果、果酒，一样都没有。但是他们仍然把餐具整齐地摆开，在初冬温暖的太阳下熠熠生辉。

牛家宰杀了一头牛，请客人品尝。德胜行拉来了散酒，大家依次表达着对新婚夫妇的美好祝福，希望新郎新娘过上甜蜜和幸福的生活。

席间他们拉手风琴、唱歌、跳舞，热热闹闹，一扫灾荒之年的阴霾。俄罗斯青年拉起"巴扬"（俄式纽扣手风琴）伴着欢乐快节奏的乐曲声，大家围成一个大圈，把新郎和新娘围在中间，让牛玉关和安娜一起跳起窘态百出的交际舞和踢踏舞。

那天，安娜并没穿中国的传统服装，更没有盖盖头。她一身白色礼服，头戴桂冠，与穿着长袍马褂的牛玉关站在一起，他们一起面对神父的询问，交换了定情的信物。然后牛玉关拉着安娜的手一起走到牛道全的面前，牛道全坐在一张太师椅上，接受了他们的跪拜。

## 41

塔尔巴哈台冬天的日常就是扫雪听风。一般在这一片地域当农民的人，都不会只种地。他们多少会养些牛羊鸡鸭，这样在冬季无地可种的农闲时刻，他们也不至于无事可做。尤其是汉族农民，他们是典型的自给自足。他们终其一生，都在努力做到吃喝全部自产。他们善于利用所有的空间，会安排满所有的时间。他们勤劳的程度，几乎让人生厌。他们一辈子只埋头耕种，做各种事，除了生病，他们从不敢在闲暇时享受生活。他们的院子里常常有树、有菜、有牛羊鸡鸭。他们不允许自己有大块儿的闲余时光。

那一年的冬天，塔城道似乎也受了这种思想的影响，居然破天荒地开办了一期党务讲习会，据说是为了提高政府职员、保长乡约以及牧区部落管事的素质。塔城、乌苏两县选调了一批表现优秀的青壮年和道尹府选出的二十名出类拔萃的年轻人参加了学习。

党务指导委员会提出要让闲暇的冬天忙起来，学习知识，增加本领。前来讲课的人有党部的委员，也有历史教员、国文教员、俄文教员，其中一部分教员还是国民党员。每次讲课前都要把授课教员介绍一番，一念到国民党员身份的时候，介绍人都会加重音量，增添着这一身份的含金量。

所有的学员都觉得这国民党员无比地荣耀，甚至幻想着自己能成为国民党员的那一天，那当然是件扬眉吐气的事。

毕竟是第一届党务讲习会，整个过程都是精心准备过的，仪式感十足，也确实达到了凝心聚力的效果。那一段时间，孔淑魁特别遵守纪律，他尽力展示自己，决心给上面留下一个好印象，孔淑魁觉得这一定关系到自己以后的前途。

他甚至没有动一次去服饰馆的念头，全心全意地投入学习当中。在那一届学员中，孔淑魁是文化底子极好的一个，当然学业优秀。但他的心情也挺复杂的，所有选来参加讲习会的，真正有才有识有学问的并没几个人，有的甚至名声很差，怎么就变成优秀分子了呀？孔淑魁一面为同学的平庸沾沾自喜，一面又觉得拉低了讲习会的档次，觉得没劲。讲习期间，有时会组织大家围坐在一起，座谈讨论，有时候孔淑魁都没有跟同学争论的心情了。

随后的一堂党部委员讲授的课堂上，孔淑魁醍醐灌顶、茅塞顿开。

那个穿中山装的党部委员对大家说道："接受培训是为了提高觉悟，是为了端正态度，是为了改掉自己的毛病，是为了献身革命。国父中山先生曾说过：'国家之进步无穷，国民之幸福亦无穷焉。故政党之目的，无论何党，皆必以实行政策与研究政策二者为其目的。由是观之，能使国家进步、国民安乐者，乃为良政治；能有使国家进步、国民安乐之政策者，乃为良政党；谋以国家进步、国民幸福而生之主张，是谓党见。'国父还说过：'政党欲保持其尊严之地位，达利国福民之目的，则所持之党纲，当应时势之需要，以合乎世界之公理。而政党自身之道德，尤当首先注重，以坚社会之信仰心……'"

就在这个权倾一时的党部委员大谈自身建设的道德课上，已经传来了此起彼伏的呼噜声，也许这声音过于刺耳，接着班上爆发出了一阵笑声，这个中山装男人显然被激怒了。他大喊一声："警察局的孔队长！"孔淑魁十分惊讶，十分意外，在这讲习班上，党部委员亲自上的课上，居然会被直接点名，心情莫名有一股激动。

"到！"孔淑魁响亮的回答，从座位上站了起来，然后就听到中山装男人下达了命令："把那几个不认真听讲，打瞌睡的人，给我拖出去，让他们在雪地里站一个小时，清醒清醒。像你们这样的人能来参加讲习会，就是个笑话，嘿！我再给你们一次机会，如果下次还有你，通知你们县来领人，取消你学习的资格。大家都知道，今年几万中亚难民拥入塔城，咱们顶了多大的压力在接收难民，就是在财力如此捉襟见肘的情况下，我们依然拨出专款来开办讲习会，可是你呢？睡大觉、扯呼噜。你对得起这一顿三个菜的粮食吗？"委员一顿雷霆震怒，孔淑魁也不敢含糊，把那几个打呼噜学员，拉到雪地里罚站。

党部委员白天发了飙，晚上便丰富了讲习会的文化生活，请来了手风琴手、歌手、锣鼓班子，给大家演了一场土洋混杂的文艺节目，来调剂一下讲习会的气氛，这是中山装男人的领导艺术。

那一晚锣鼓班子唱的是京剧《失空斩》(《失街亭》《空城计》和《斩马谡》的合称)，三出戏故事内容前后衔接，唱念精彩，选这戏也是有目的的，希望大家做诸葛式的忠臣、谋臣，而不要做马谡式中看不中用的干部。

再后来的节目主要就是展示民族风情的音乐和舞蹈。在塔城只要音乐一起，舞蹈一跳，一切问题也都解决了，一切心情上的阴霾也都散了。一直折腾了大半夜，第二天讲习会照常开办，气氛明显好了很多。

下午下课以后，孔淑魁被叫到一间单独的办公室，那个穿中山装的委员对他说："我知道你，孔队长。"孔淑魁急忙从脸上挤出一抹笑意，点点头，算是回应一下上司。"有件事，我得告诉你，"中山装委员轻声说道，"你一定要照顾好贸易亭里那个羔羊皮货公司。这些话，我只给你说一次，你记牢了，这是大事，头等重要的大事，明白我的意思吗？实在有你解决不了的麻烦，你可以来找我，明白吗？"

孔淑魁茫然地点点头，迷失了自我！

学习完成后，孔淑魁因为成绩优异，在毕业典礼的那一刻，加入了国民党。孔淑魁兴奋至极，孔淑魁永生难忘那一天。那一天也是塔城的大日子，塔城道成为历史，改为塔城行政区，设行政长公署。那个穿着笔挺中山服的男人，就任第一任行政长，名字叫王海如。孔淑魁和他的同学们险些被惊掉了大牙。

王海如当然出席了讲习会的结业典礼，并在讲话中提前宣布了一条消息，根据工作需要和什托洛盖县佐改为设治局。县佐是官名，为县知事的佐理，设于县内要地，不与县知事同城，掌理县知事委办的各项事务，并在地方就近指挥监督该地警察及处理违警事件。而设治局是官署名，是专门针对少数民族地区或边远地区尚未设县的，先成立设治局进行筹备，作为设县的过渡。设治局置设治委员一人，其职权与县知事略同。

王海如一宣布，大家算是听明白了，塔城道，不不不，塔城行政区很快又要多一个县了。

孔淑魁在讲习会上收获满满，解散的时候，跟着同学们大喝了三天，然后远远近近的同学们才头昏脑涨地陆续从塔城县城离去，返回各处。孔淑魁尽量送走每一个人，他觉得这些人都是自己在塔城行政区未来的资源。另外他有一个心得，就是人只有站到中心位置，所有的人才会记得他、记清楚他。中山装男人同学们见了很多次，讲课的时候，老师就介绍过他，可是大家一直记不清。直到那天宣布他是塔城第一任行政长，王海如的名字才深深地烙入每个人的心里。

讲习会上孔淑魁搭上了最大的关系王海如，这是让孔淑魁最高兴的事。仿佛王海如就站在远方，端着一盏灯，在无边的黑暗里照亮着自己的官途。孔淑魁志得意满，深夜潜入日本服饰馆，他很久没有来了，和樱子也已经非常熟悉了，再没有半分的羞涩，没有半分的不好意思，直接从门口把樱子高高抱起，穿过长长的木格窗走廊，走到最为隐蔽的房间。这途中，樱子满脸欢笑，在孔淑魁的怀里拼命挥打着一双白得像粉藕一样的胳膊……

孔淑魁当然不管她那羞涩的挣扎，一进门扔下樱子，便开始解自己的扣子，"憋了几个月了，今晚我就没打算睡，也没打算让你睡，得抓紧时间，多来几次，快，快，你干吗呢？"

樱子从地上坐起身，咯咯咯地笑，慢慢靠近孔淑魁，一把搂住了他的脖子，一把撩开宽大的和服，把胸脯紧紧贴向已经脱光上身的孔淑魁，还不忘抓住这男人的手引向自己的胸脯……

那晚孔淑魁和樱子不一而足，反复享受，一次比一次更从容，一次比一次的时间更长，结果更美好，直到最后再也没有什么结果了，两人都累得疲惫不堪，似乎再也无法从这种简单的劳动中得到想要的快感了，才安静下来。樱子背对着躺在孔淑魁的怀里，这时候他们才顾得上聊天。

"我没来的这两个月，你想这事了没？"孔淑魁问道。

"怎么，你想了？那么好的讲习班，你不好好听讲，天天想这些事？"

"是想啊，天天都想，但是得逼着自己不想，混得好了，跟你才有以后，"孔淑魁的呼吸平静下来，又问道，"你们日本好不好，跑这么远，你不想家吗？"

"咱们不说这些，好不？"

"那说什么？"

"说说你，说说你的讲习班，说说你的工作，说说你家里的生活，说说塔尔巴哈台人间的烟火，我都喜欢听的。"

孔淑魁的中指从樱子的额头划下来，卷着她的一绺头发，一直拉到双肩雪白的空旷地带："你等着，我一定把你……"

"也别说要给我赎身的话，你不会做的，你做不起，也不值当。"樱子从孔淑魁的怀里坐起身，转身伸出食指压在孔淑魁的嘴上。

"我就要做，我虽然不敢娶你当老婆，但是我可以在外边买一座院子，养着你。这里有头有脸的男人，谁不这么干？"孔淑魁说着，便躺在了枕头上。

"那你是爱我吗？"樱子没有感觉到回应，转过身来，"你爱我吗？"

孔淑魁呼吸均匀，已经打起了呼噜。

你不是今夜不睡吗？你这个骗人的鬼。樱子被孔淑魁折腾得过了瞌睡的点，或者说孔淑魁被樱子折腾得睡死了。怎么说都对。

樱子坐起身来，找了一支纸烟，在灯上点燃，把灯吹灭，在黑暗里深吸一口，烟头的亮光瞬间照亮了这个男人的脸。这张脸跟日本男人实在是没有什么区别，只是他在地处寒冷的塔城长大，身材远比日本男人更高大、健壮。

樱子咽进肚子里又返出来的烟憋在嘴里，然后喷吐在孔淑魁的脸上。

樱子躺在孔淑魁的身边，拉着被子把孔淑魁的身体盖好，自己也躺下了，但她的睡意全无，她望着小窗户外清冷的月亮，睁着自己的眼睛，慢慢就湿润了。

孔淑魁醒来的时候已日上三竿，他似乎忘记了自己应该离开的事，房间里已经大亮，他看到一本杂志，封面写着《玲珑》，封面人物十分摩登，极其抓人眼球。他顺手拿到手里，翻了翻，觉得是一本特别的刊物。毫无缘由地就想到了吴诗然，孔淑魁觉得她一定会喜欢的。

孔淑魁把衣服穿好，将书藏在衣服里，拉门离开。走到服饰馆的大门口，他停在那里，脸上的表情变得有些紧张。他不敢出去，只轻轻撩开门帘，躲在一旁，窥探着门外大街上的人来人往。

服饰馆白天一向开门营业的时间很晚，但整个塔城已经醒来，孔淑魁纠结着自己该怎么离开，避免被熟人看到。

吴怀仁在贸易亭的铺子里虽然吃了一次亏，但他还是要去的，而且是勇敢地去。他在心底里无数次地对自己讲：吴怀仁啊，那几间铺子是你自己的，是以后的生活来源，决不能放弃！

他从那一天开始到贸易亭就一反常态，不再看下棋，茶亭也不进去了，他径直走到那显眼的羔羊皮货公司去收房租，抱着维护自己利益的坚定决心。他在头天晚上就做了充分的准备，如果这公司不给自己钱，他就闹，闹得他们做不成生意。哪家店铺能受得了一个没事干的人纠缠吵闹，想到这里吴怀仁有那么一点点得意。就是的，豁出去了，跟这帮货磕到底，我吴怀仁光脚的还怕穿鞋的？

吴怀仁这一招果然奏效，他坐在羔羊皮货公司门前的雪地里，大喊大叫，说公司不给他付房租，没诚信，说这家公司在迪化欠了很多钱，很快就会倒闭的闲话。他边说边喊，吸引了市场里很多人来围观。

从四处赶来卖牛皮、羊皮的牧民果然围成一个大圆圈看热闹。

不一会儿，羔羊皮货公司里的管事走了出来，手里拿着两包银圆，在吴怀仁的面前撕开一包，银圆纷纷从红纸包里坠落，在空中互相碰撞在一起，发起一声声脆响，并且带着震颤的回声。

吴怀仁停止了吵闹，立即从地上爬起来，在雪地里捡着每一枚银圆，满脸绽放出胜利的微笑。

那管事对吴怀仁和颜悦色地说："吴大公子，不是我们公司不给钱，是你有没有资格收这个钱，有没有能力收这个钱，有没有本事收这个钱！"

吴怀仁捡银圆的动作停了片刻，管事帮着他捡起最后两枚，塞到他的手里，对他说："回到裕生堂，别忘了给你家老爷子说一声，我们羔羊皮货公司的租金付过了。"

吴怀仁急忙赔着笑脸："那是一定，那是一定，裕生堂肯定不能再来收第二遍！"

"那还不快滚！"

"就走就走。"吴怀仁心里想，你们早这样不就完了吗？

吴怀仁用马褂的袍服兜着银圆，满脸笑容，哈着白气，连跑带走，出了贸易亭。他心里激动呀，生平第一次自己拿这么多银圆。

在贸易亭外墙拐弯处，吴怀仁被冲过来的一个人撞了一个四脚朝天，银圆飞到在空中，撒了一地，自己满头冒星星。

吴怀仁从地上爬起来，就想骂一句。谁知一堆拳脚便落了下来，打得他鼻青脸肿，连谁打的也没看清，就什么也不知道了。

吴怀仁一瘸一拐回到木工坊的时候，天已全黑，他不敢惊动母亲，既害怕母亲替自己担心，又没有办法把自己办的这厌事给母亲说。他悄悄摸黑溜墙根走回自己的房间，连晚饭都没好意思吃，就偷偷睡了。

那些天，吴怀仁哪里也没去，他龟缩在自己的屋子，把自己藏在被窝里。他的眼睛肿得像灯泡，一张脸全没了人形，嘴疼得连糊糊都喝不进去。

吴怀智陪着父亲吴鸣璋一起来到木工坊，带了一小箱子药来看吴怀仁。吴怀仁的房间紧紧关闭着，大夫人一见吴鸣璋便一头栽倒在他怀里，抽泣着说："这些造孽的，那是真往死里打啊！"

吴鸣璋抱着大夫人，安慰道："不至于不至于，不是回来了嘛。上点药，养养就好了。"

吴鸣璋给吴怀智使了个眼色，吴怀智从父亲手里接过药箱，自己拉门进去了……

吴怀仁当然一个人也瞒不住，隔壁的牛家姐妹，也定然是会来看他的。牛玉芹不知道是从哪里翻出来两公斤小米，又觉得自己一个人来看，有些别扭，便缠着大脚一起来了。姐妹俩有心，但见面却有些尴尬，不知道说些什么，幸好大夫人千恩万谢，算是缓和了气氛。

吴怀仁头上包满了纱布，裸露出来的皮肤上，残留着血痂，淤青也没有完全散去，肿也消不下去。平素里外表讲究的吴怀仁，只剩下窝囊、颓废、衣衫不整。

大夫人每次给吴怀仁喂饭，他就哎哟哎哟叫个不停。

牛玉芹心里那一个失望：我就要嫁给这么一个人吗？

## 42

吴怀仁挨打的事，对于裕生堂每一个人来说都有不小的冲击。吴鸣璋当然明白，吴怀仁不是被抢劫了，压根就是那个羔羊皮货公司布的局，人家把钱又拿回去了。

裕生堂是九世大善人，靠的是济世救人赢得了那么一点点社会名声，动粗斗狠肯定是斗不过人家。吴鸣璋不是牛道全，他不是好勇斗狠的性格，却能调整好自己的心态。他相信人生是一场修行，他对吴怀智说："这笔账咱们裕生堂记下，慢慢跟他们理会。我永远相信善有善报、恶有恶报。今后，那羔羊皮货公司的门头，就暂且不需要收租金了，肯定收不上，不要做以卵击石的事，不但他们的不收，剩下的那几间铺子也别收了。你哥哥那么大年龄了，也该成家立业了，就由他收剩下的那几户去吧！"

小夫人知道这个消息后一脸怒容，费了那么大的周章，耗尽了裕生堂大半的积蓄，建成了那么一大排漂亮排场的铺子，结果自己什么也落不着。裕生堂是没办法跟羔羊皮货公司斗，也不想跟谁争，但至少吴家自己的事也应该一碗水端平呀，两兄弟一人一半呀！丈夫这样的决定，让小夫人心生不悦以致愤怒。

但小夫人并没有明确表态，她深知吴鸣璋对家里的事情很少做决定，一旦做了，自己绝对争不过。只好对吴怀智说了几句抱怨的话，却不料，儿子吴怀智全然不在乎，而且还赞成父亲这样的决定。

小夫人心里那个纠结呀，气得直跺脚："儿啊，你呀，你成天在德胜行都学会了什么呀？你倒是怪大方的，你就是年轻不懂事，不知道屎有多难吃，钱就有多难挣，真是的。"

"妈，我什么都懂，但您要小心身体，记着身份。咱们家可是诗书世家，外公家祖上不是进士及第吗？说话可得注意点措辞。"

"去！"小夫人朝自己儿子丢了个手绢，"回头我去德胜行，明年咱们再别去做行商了，做那么受罪的买卖干吗？"

"妈，我喜欢，所以不觉得累了。让我憋在这药味这么重的家里，哪儿也不让去，我的心就累死了。咱们家的金字招牌肯定不是贸易亭里那几间铺子，永远是我爸的医术。妈，我走了，到师父家去了。"

"哎，哎，哎……"小夫人在身后叫着。

"妈，我难道就是一个跟别人争几间铺子的少爷吗？哼！"吴怀智扒在大门上回头看了小夫人一眼，随后留给小夫人一个奔跑的背影。

大冬天的，虽然太阳很鲜亮，但塔尔巴哈台的温度很低。这一年塔尔巴哈台的巷子里，尤其是那些大商家的院子外，总是跪着零零散散的乞丐，只为了吃一顿饱饭！

吴怀智心里柔软，每每看到这些乞丐在寒风中哆嗦，心里就不是个滋味。他心里想，如果自己的大哥和大妈没有裕生堂收留，他们是不是也会跪在这某一扇高大的院门外？

"怀智，怀智，你快回铺子一趟，孔老板叫你去一趟，有急事。"德胜行的一个长工气喘吁吁，在大街上，冲着吴怀智跑来。

吴怀智回到德胜行，孔云清告诉他塔城公署准备在巴克图成立贸易税局，设立关卡，堵截私运。对于已经涉足进出口贸易的德胜行，这当然是大事。自打从南疆回来，吴怀智给师父提出，塔城每年的冬天长达五六个月，行商采购来的货物卖光后，每年仍有三个多月的闲余时间，德胜行上上下下处于无事可干、无生意可做的局面。

吴怀智每每闲暇的时间里，到贸易亭，到塔城的各个商铺，看似清闲地转悠、交友，其实每天都在获取散碎的信息，然后进行梳理，最终找到了新的商机。

跟师父商量以后，吴怀智做了一个大胆的设想。塔城乃至新疆大部分地方是牧业区，羔羊皮货的质量上乘，驰名国内外。而老家天津是京畿要地，对外贸易繁荣，作为通衢之地，海运、航运，在全国具有得天独厚的优势。社会上有"南有上海，北有天津"的说法。那么，何不收购羔羊皮货，通过巴克图，用六七天时间抵达阿亚古斯，再转乘西伯利亚铁路穿越苏联全境，绕行从满洲里入境，把这些羔羊皮货转运至工商业发达的天津，加工以后，以高档皮草销往世界各地。

师徒俩商讨出这个商业项目的计划时，兴奋异常。创业的金点子当然弥足珍贵，然而，形成宏大的设想和打通现实渠道有很远的距离。

孔云清费了九牛二虎之力疏通了羔羊皮货远运天津的铁路通道，兴高采烈，摩拳擦掌，准备大干一场。谁能想到竟被迪化来的一个羔羊皮货分公司，转眼把羔羊皮货的生意全部抢光。德胜行只能把这一次羔羊皮货卖完，只能做这一次。以后再不许经营羔羊皮货的生意，塔城道各个局办均不会给德胜行办理相关的手续。

孔云清带着牛玉关押着货，踏上了这只能做一次的羔羊皮货生意的旅程。在巴克图临别时，孔云清对送行的吴怀智无奈地说："自古生意怕官家，生意做得再大，终究算不得贵人。"

师父走后不久，巴克图又专门设立贸易公司、边防检查等机构。公署开始对进口货物征收百分之七的入口税，对出口货物征收百分之五的出口税。巴克图口岸有史以来的首次征收贸易商税，第一次要给塔城，给新疆财政增加收入了。

翻过年开春的时候，吴怀智便常常到巴克图，看着师父哪天回来。看看贸易往来的繁荣，联想着师父的话，吴怀智产生了很多的想法。大户人家门前那么多乞丐，乡野安置了那么多难民，可是，这巴克图商道上却依旧十分繁荣，这些分裂的人间现象，是怎么统一起来的？可是就这么共存在同一片地域，而且不同的人却很难走进对方的生活。这大约就是那些书里说的"阶级"吧，吴怀智无缘由地胡思乱想。

都到巴克图了，就顺道到牛叔叔家走一趟吧。每次来时，吴怀智都会弄些礼物来。他是学徒，并没有收入，所带的礼物不贵重，但从不空手，似乎也是跑生意学来的规矩。

巴克图的春天似乎比塔城要更晚一些，竟要到清明节时分，牛道全并没在牛家大院，他到牛家坟地去了。

牛家的坟地里牛家的人并不占主流，更多的是从前守卡伦的将士。这些人埋在这里，现在成了新的边界，沦为一个一个孤独的坟包，有很多没有墓碑没有姓名。如果不是牛道全家在这里，估计这些日渐萎缩的坟包，早已被抹平。他们远在千里万里之外的家人，基本没有机会到这里来祭拜他们，他们的存在只有坟头上新生的花草知道，连啃食花草的牛羊都不知道。

牛道全每年祭奠家人的时候，把供品、凉菜摆成堆，点燃两根红色蜡烛，插上三根紫色的香，叩拜三回，然后收不住目光，也看看他们的坟包，总忍不住把一捆夹在腋下的雷子炮拿出来。把火药捻子抠出来，噗的一声吹着手里的火纸，点燃捻子，麻纸卷着黑火药的捻子哧哧哧响着，迸发出一串串闪亮的火星，他一甩胳膊，头顶蓝得清澈的天空便发出一声痛快淋漓的爆炸，冒出一团黑烟，爆碎的爆竹纸屑在寒凉的空中，慢悠悠飘落下来，落到那些坟头。牛道全就喊："前辈们，听个响吧，饭菜咱就别吃了，灾年，谁都会记得这个灾年，民国十八年。他妈的，民国十七年也是灾年，下那么大的雪，嘿，这两年又不下了。等我死了，我也埋这，跟你们一起做伴，那时候，你们连炮响也听不到了。"

吴怀智没有见到牛道全，是安娜款待的他，安娜给他烧了一碗玉米面糊糊，搅了些去年秋天存下来的干野菜，还找了一小截凉的羊排骨，那是牛道全上坟的时候拿出来放下的。

吴怀智也没有推辞，认真地吃完每一粒肉末喝干糊糊渣。他知道，能吃上这个就很不错了。糊糊喝完，吴怀智把骨头抓在手中，将指头含在嘴里嘲着。然后再将那一小截羊骨头塞进嘴里，一直含着，直到没了味道，再慢慢咬碎、磨碎每一截骨头，甚至每一粒骨髓。

吴怀智的吃相勾起了安娜的食欲，肚子咕咕发出两声响。吴怀智的嘴巴停止了嚅动，看着安娜扁平的腹部，然后又迅速收回自己的目光。

安娜知道吴怀智没有吃饱，不自然的笑容在脸上刻着，随后说："去年大家都那么饿，老爹硬是多留了种子。我们今年又要多开荒地，夏收以后，就能吃饱了。"

"是的，嫂子，我们会吃饱的，很快会。从前清朝的军队在这里屯垦开荒，收了太多的粮食，吃不了，仓库放不下，还给皇帝写过奏折呢。"吴怀智把自己背的包袱打开，从包袱里拿出来一条艾德莱丝绸，"嫂子，你看，他们都不在，我也吃过了，要不我就先回吧。"

艾德莱丝绸色彩绚丽、鲜艳，对比强烈，纹路粗犷奔放，在那个灾荒年代，有这么艳丽的颜色当然能吸爆人的眼球。安娜瞬间被迷住了，伸手触摸着光滑的丝绸，眼里涌出了泪花："太贵重了，太贵重了。你为什么送我这么贵重的礼物？"

"哪里话，不贵重，我和师父上次南疆带回来的，你喜欢的话，下次去南疆再给你带！"

"我知道你是德胜行的徒弟，经常在外奔跑。我还知道列奥巴的同学，她总是说起你。"

吴怀智转头看了看安娜，这个自己应该叫嫂子的洋人，倒是一点也不生分。安娜继续说："这灾年饥荒的，一个人过日子真难，两个人结伴，就会好很多，你是要找对象了吗？如果你没有找，姐姐给你留意，给你找个洋婆子，你喜欢吗？"安娜说这话的时候，满脸堆着笑，不时伸着手指头抹着渗出眼睛的泪珠。

吴怀智不知道自己喜不喜欢，只是先脸红了，一直红到脖子根，转身就要走。

安娜追出来说："前不久的难民里，有一些可是贵族小姐，你要是娶上了，以后可以带她一起来，我喝伏特加的时候，也有个聊伴。姐告诉你，俄罗斯姑娘可好了……"

吴怀智急匆匆地离开了，把安娜爽朗的笑声留在身后，纵马离去，用了好长时间才平息了自己内心的起伏。

牛道全开荒种地，牛玉关心里是极其反对的。牛家都一千亩地了，种地是个累死人的活，父亲也已经不年轻了，牛家还有车马社要打理，水磨房要打理，哪里顾得过来。可是牛道全非常固执："你懂什么，手中有粮，心中不慌。大清亡的时候，我们饿，白匪来的时候，我们继续挨饿，中亚受了灾荒，我们还是饿啊！"

牛道全固执地套起耕牛，扶着犁铧深深地插入了草原，切割出疼痛和撕裂的感觉，犁铧切断每一根草的根须，都会发出一声细微的、脆裂的声响，那是草原对犁铧的抱怨。

但牛道全赶着耕牛不顾不管，他们只低着头，奋力地朝前走，把嫩绿的草原变成褐黑色的土壤波浪，然后播下麦种，撒下玉米，等待着大地的馈赠！

孔云清从天津返回了塔城，什么商品也没带，采购的全是粮食，一部分赠给了公署，一部分卖到市场，留了较少的一部分，开始搭棚施粥。

本来一次赚大钱的买卖，被他搞成了一场盛大的慈善活动，夫人气得把猫扔到地下，满脸不高兴："你两三个月，把脑袋别在裤腰上，就只为了打义工？"

孔云清笑笑："大灾当前，别想发财，赚点吃喝，得点名声就不错了，趁早打消大发横财的心思。"

夫人心里不舒坦，却毫无缘由地觉得孔云清说得在理，他是当家的，他决定的事情，自然是有道理的，脸色便慢慢转好。

每天，德胜行的门前街巷里黑压压挤满了人。孔家一家老小都站在粥摊上，拿着大铁勺给大家施粥。那些灾民搭配着乱七八糟能吃的东西，维持生命。经常能看见那些个难民冲着德胜行走出来的人鞠躬作揖，德胜行的羔羊皮货生意真没赚到钱，真的赚到了名声。

随着初夏的到来，进了城的难民们逐渐能够填饱肚子，灾难慢慢也就算过去了。吃饱喝足了,德胜行的女主人又开始操心给吴怀仁做媒的事。德胜行名声日隆,自然丢不起人,说了的话都要做数的。

牛玉关在灾荒的年景结了婚,原先挡着给牛家闺女做媒的因素就没有了。德胜行的女主人想,这回给吴家做媒的事该是水到渠成了吧。于是等牛道全到了塔城,便约着媒婆一起跑到车马社提亲。果然,牛道全应下了这门亲事。

几天后,消息传到巴克图牛玉芹的耳朵里。一听到有人提亲说自己结婚的事,牛玉芹就有那么一种恐惧。自从上次她看到吴怀仁被打了以后,那种失望是彻底的,简直就是绝望。她断定这个男人毫无出息,甚至跟他的弟弟吴怀智相比,都有天和地的差距。

可是她知道,父亲在牛家大院,甚至在整个家族里的权威都是不容挑战的。牛道全认为道理讲不通的时候,就会动粗,他一直就是一个特别会动粗的人。一直以来,父亲靠合理的动粗控制了整个牛家,甚至整个巴克图。面对这桩婚事,她牛玉芹又能怎么样呢?

每次给牛玉芹谈婚论嫁的时候,她是不能在场的。她只能缠着哥哥打听,她明明感觉不好,还是想早一点知道消息,哪怕是让自己崩溃的消息。那阵子,一向坚强、自我主张极强的牛玉芹时常心慌意乱,甚至开始失眠,整夜睡不着,在极度失望和令人恐惧的猜测中度过,又强装笑颜待人接物行事。即使是善良热情的安娜,也舒缓不了她的心情。

牛玉芹陷入深深的焦虑之中,她甚至觉得,如果介绍的对象是吴怀智,这桩婚事自己也认了。为什么是吴怀仁?她开始担心、害怕,心神不定。她不愿意把自己的一生托付在这么一个人身上。

牛玉芹还不敢摆明了说不同意,她明白这种事是事关牛家脸面的大事,一旦父亲答应了,就轮不到她再言语了。

牛道全回到巴克图的时候,牛玉芹又跟牛玉关跑到了车马社。牛玉芹一脸落寞地跟牛玉关争辩:"哥,爸对你和对我不公平。"

牛玉关一脸疑惑。

"我就羡慕你,你能自己给自己找媳妇,我咋不能?"牛玉芹说,"你比我强啊,比我认识的人都强。你给洋女人掏了泡屎,就掏出了你自己的美好姻缘。"

牛玉关瞪起眼:"会不会说话?能不能讲点文明?还是吴家私塾里念出来的呢!"

"还讲什么文明礼仪,跑来两个莫名其妙的媒婆子,给我随随便便指个人,我就得嫁给他,那是我的一辈子啊!哥,你咋有那么大的自主权?你的婚姻,你为什么可以自己做主？我也要自己做主，你看着！"

牛玉关坐了下来，笑了笑，对牛玉芹慢慢说道："不管碰到什么事，你都不要急，更不要疯，越是碰到让你自己愤怒、难堪、崩溃的事，你就越得冷静，知道吗？"

"行了吧，你现在过美了，安娜记着你救命的恩，对你百依百顺，你当然顺心了。我呢，咱爸在乎我吗？他更在乎跟他们那几个兄弟哥们的感情吧，更在乎牛家那可笑的面子吧。反正，我不过是个女儿，迟早是要嫁出去的。一嫁出去，就跟牛家没什么关系了，除了让牛家有点面子，还有什么关系？"

"你胡说八道！"门外传来一声厉喝，牛玉芹大惊失色，牛玉关匆忙从地上站了起来，兄妹俩怎么也没有想到，父亲这时候居然走了进来。

## 43

牛道全阴着一张黑脸，对牛玉芹说："这还没让你结婚呢，怎么了，准备把你爸败坏成什么样子？"

牛玉关急忙起身，给父亲让座。牛道全坐下去，点着一袋烟："你认为自己也是那什么新青年，你追求的那什么自由乱爱……哼，我们那时候，结婚之前，男女从不见面的，过得也挺好！"

"是自由恋爱，爸。"牛玉关还是替妹妹争面子的。

牛道全看了牛玉关一眼："爱啥啥，你们以为你们那自由，那就靠得住？"

这时，牛玉芹甚至有了几分慷慨，她说："国民革命就是要革除封建统治，实现民主自由，这当中包括婚姻自由。婚姻自由就是要废除三媒六证的包办买卖的婚姻，大家都可以选择自己喜欢的人成家、结婚，生活才更好更幸福更自在！"

牛道全把自己的头抬起来，盯着牛玉芹的脸，停了片刻："你还真把这些大话当真了？别说没有家长会同意，支持子女这么做，就算咱牛家给你民主了，给你自由了，你就能满意了？"

"当然能！"牛玉芹话赶话，一时激动，也不择言了。

牛道全愣在当场，他没想到女儿居然敢这么明目张胆地忤逆自己，嘴唇抖了一下，一时竟不知道该说什么了。只好把烟锅子送到自己的嘴旁，吸了一口："我半辈子的经历，什么事没见过？别以为什么革命能救你，老实告诉你，其实跟你没多大的关系，千万别想太多了。再者说了，你自由乱爱一气，就能保证比我们这些父母给你做主的婚姻好？你真是太天真了！"

这时，牛玉芹也默不作声。对所谓的自由恋爱，她也是一片茫然，并没有十足的信心。她所有的底气，归根到底就是年轻。所以她觉得没有什么不可以。她不信命，但是坚信命运会好。她内心里实在是看不上吴怀仁那个窝囊样。明知是个坑，她绝不想往下跳。

那天晚上，牛玉芹在自己的心里，做了一个可怕的决定。对，离家出走！父亲是清军的把总，这就是腐朽的封建王朝。跟他能讲下什么理呢？他本来对国民革命就是抵触的，因为政府没给他拨军饷、军粮。

在车马社宽阔的炕上，牛玉芹辗转反侧，难以入睡。到了后半夜，牛玉芹甚至把牛道全视为大清王朝在巴克图残存的顽固的封建卡伦，虽然封建王朝也不给他军饷军粮了，但是他处世做事还是那一套，从来不睁眼看世界，从来不考虑给自己一条活路。牛玉芹决定要离家出走了，剩下的问题就一个：去哪里？找谁落脚？想来想去，还真的是无处可去，牛玉芹就纠结，看看看，这也是父亲的问题了，在那狭小的巴克图口岸，还自认为天广阔，自以为在巴克图自己是第一大家族。事实上，一旦离开，便无处可去，外面的天地那么大，为什么在这天边故步自封？

第二天，牛玉芹真的失踪了。

牛家大院和塔城都找不见她的影子，起初牛道全只以为一个女娃耍耍性子，也许躲到同学家、朋友家、亲戚家，不用找，过几天，性子耍过了，自己就回来了。

但半个月过去了，牛道全还是找不到牛玉芹。以往，牛玉芹不高兴，也不过就是跑到额敏河边，妭个芦苇秆子，抽打抽打河水。这次还真的要闹出圈了，牛道全到城里把所有熟识的人的家问了一遍，都没有消息。"能跑多远呀？厉害，厉害，"牛道全自言自语道，"连寻死觅活的闹哄都没有了，真是长了出息了。"

孔家夫人带着媒婆再次登门，牛道全依然找不着牛玉芹，心焦如焚，又强装镇定。孔夫人见状，觉着好像是自己给牛家惹了大麻烦了，便不好意思再把这媒做下去，急忙拉着媒婆，走到牛家大院的外边。孔夫人悄悄对媒婆说："咱们是成人之美的，不是给人家添乱的，人都失踪了，快走吧！再别啰唆了，回塔城我家云清还不知道怎么训我呢！"

安娜见客人走到院外，急忙追了出来。听说孔夫人要回塔城，当然在门口苦苦挽留，客人大老远登门，没吃午饭怎么能走呢？回塔城可得二十里地呢，总不能让客人饿着回家吧！

牛道全吸着烟从身后走过来，对孔夫人和媒婆阴着脸，不失威严地说："我家女儿实在是被我惯坏了，没收拾住，让德胜行、裕生堂见笑了！但牛家还是牛家，女儿该嫁还得嫁，大的不在了，就小的顶上！"

孔夫人和媒婆当时脸红心慌，一时不知所措。媒婆一脸紧张，怯懦地问："夫人，咱们这媒算做成了吗？"

孔夫人拽了一把媒婆的衣服："先回吧，快走，都快把做媒搞成打仗了。"

孔夫人和媒婆最终没有吃饭，慌里慌张地走了。这一次，牛道全实在提不起精神送她们，孔夫人也全不计较，只想着尽早离开，她实在承受不住牛把总那硬挤出来别扭的笑容和随后吓人的表情。

安娜把饭碗端给牛道全，牛道全全无心思吃，在安娜一遍一遍的劝吃声中，机械地用筷子向嘴里扒着食物。扒完饭，牛道全的脸色也没有舒展，突然他一手抓起饭碗，扔了出去，饭碗在门口的地上碎成几片，有的还旋转着，反射着太阳的光辉。

安娜吓了一跳，蒙在当场。

牛道全站起身，转身出去，冲着门外的空气喊着："你有能耐就别回来，自由去吧！永远别回来，自由去吧！"

孔夫人回到德胜行，确实被丈夫孔云清啰唆了半天！孔云清埋怨妻子，不该多管闲事。无论是牛家还是裕生堂，关系都很好，既然关系好，就应该做一些促成两家你情我愿的事，这办的是什么事儿呀？孔云清警告夫人，德胜行有的是事要管，为什么老想着掺和别人家的事呢？即便是给子女找姻缘，也尽着自己家来。自己家里的事都办不完，老是惦着别人家里的事干吗？

孔夫人就急赤白脸地分辩："吴家的大公子和大夫人还不是你接来的，你不接来，哪有后来的事。我这不是跟着你的脚后跟在走吗？"

孔云清眉头一皱，对着夫人就凶了起来："真是头发长、见识短，好好的事，都让你办砸锅了，把几家的关系搅成一锅粥！"

随后，孔云清亲自去巴克图跑了一趟，想缓和一下这桩婚事引起的不愉快，不能破坏他们三家彼此的关系，但并没有收到效果。牛道全经过了几日的调整，似乎连牛玉芹的离家出走都毫无影响。牛道全告诉孔云清，让他带话裕生堂，不用担心，一切照常。

从牛家大院出来，孔云清觉得自己白跑了一趟，心里堵得慌，都是年过四十的人了，为什么做事还是这么不周全。他想来想去，觉得没必要再去裕生堂了，自己也改变不了什么。

雪融化后的春天，就是牛道全答应给牛玉芹办婚事的日子。婚事照办，但新娘不是牛玉芹，而是牛大脚。牛大脚听到这个消息的时候，一片茫然，脑子里一片空白，甚至连表情都没有，不知道该喜还是该忧。牛大脚只是觉得自己在女子学校上学的时间不会太久了，她还不知道婚姻对一个姑娘会有多大的改变。

牛大脚不像吴诗然，不像孔淑仪，她本来对在女子学校求学也没有太深的感情，但那几天，似乎感情一下子深到不行。她突然觉得校园里角角落落都那么温馨，花花草草都那么可爱。

"你怎么了？怎么看上去不大高兴。"孔淑仪问她。

"我可能上不成学了，"牛大脚的表情有几分失落，看着孔淑仪有几分不理解，便说道，"我可能要去做女人们都要做的事了。"

孔淑仪忙着看自己的书，应付地笑道："你不是一直在做吗？你家那么大一车马社，你照顾得很好呀！"

牛大脚心里烦乱，又说不清自己的感觉，气得直跺脚，又不知道该怎么说，索性不吭声了。二人分开以后，牛大脚的心里就更加不爽快。但她和牛玉芹不一样，她对吴怀仁并没有反感，而是毫无感觉，甚至对结婚也没有感觉。她觉得一男一女从那个仪式以后，就要住到一间屋子里，据说还要脱得光溜溜地睡觉，就觉得难为情。她觉得女人到了这个嫁人的年龄，就要做这种事，实在是有点可笑。

冬季渐渐远去，春天慢慢到来。当罂粟绽开头茬花蕾的时候，牛道全在巴克图的各个山包上极目向远方眺望，期盼着哪一天，牛玉芹就会从那唯一的道路上远远地走回来。但是没有，牛玉芹没有一点消息。牛道全嘴里不说，但心里实在不是个滋味，他看什么都不顺眼。

突然有一天，他对牛玉关说："带上四五个人，拿上几把枪，跟我去地里，让巴克图农家户里说了算的人都到地里去！各自站到各家的地头上，告诉他们，我跟他们有大事商量！"

所有的人通知完后的一天早上，牛道全让长工把犁套好，套两犋犁。他从墙上取下两根鞭子，递给长工一根，二人吆喝着把马赶到了田野。

牛道全和长工握着犁杖从村里走过去，后面是牛玉关领着四个长工，四个长工手里各拿着一把擦得锃亮的长枪。这么在村里一走，不知怎么的，就像当兵民团的时光又回来了。四个长工好似训练有素的兵丁，在村民的注视下，走得特别精神，随着牛玉关就跟在两犋犁杖的后边。整个队伍没有一点杂音，却时时透出寂静的威严。

看到这阵势的巴克图百姓，都从自家的门户里走出来，议论纷纷，猜测牛把总要做什么大事。

一直走到罂粟花烂漫的田野，各家各户的来人还没明白，这牛把总这大早起的，把人喊到地里是要干吗？他们当中有些人因为吃不太饱，昨晚还吸了自己家地里产的大烟，此刻还昏昏欲睡呢，站在地里就打着哈欠！

牛把总一把拉过来那个打哈欠的，把手里的鞭子递给他。那人大吃一惊，立即清醒，睁圆了双眼："把总，您，您这是干吗？"

牛道全指着不远处的罂粟，脸一黑，喊道："犁掉！"

那人嘴里嘟囔着，磨磨蹭蹭地把手扶上了犁杖，扭扭捏捏，半天没有开犁，结果一声脆响传来，皮鞭抽在这人的背上。

"哎哟！"这人立即跳将起来，双手背到背后，摸着抓着，满脸痛苦的表情。

"鸣枪准备——"

牛玉关身后四支枪竖了起来，黝黑黝黑的枪管在蔚蓝的天空中发出瘆人的光泽。

"放——"

砰砰砰砰。四声枪响过后，那些在家里说了算的各家户主，全部停止了窃窃私语，各自把头深深地低下，只看着离自己眼前一米远左右的地面，目光不敢挑选地面上是杂草还是石子。

挨了鞭子的人，二话不说扬起鞭子，赶着马进入罂粟地，犁铧插进地里，正在开花的罂粟苗被连根钩起，埋进了满含沙砾的泥土里。

"行了，都动起来吧！你们也种了几年了，去年如果不是我家的粮食，你们靠抽大烟，早饿死了！行了，我也不盯着看了，你们自己犁掉，谁要是没有犁掉，那就跟那枪口说去！县里早就颁发查禁烟苗的指令了，乡里乡亲的，我一直不愿意跟大家来硬的，可是不行啊！"

话说完，牛道全点燃烟，转身走了。走了半袋烟的工夫，牛玉关也带着人走了，只留了一个长工看那两犋犁。

几天的工夫，巴克图的罂粟全都没了，全部重新种上了粮食和蔬菜，偶尔再有偷着吸食鸦片的，但凡被牛道全碰上，那少不了就是两皮鞭。

在辛苦劳作的间隙，常常可以看到各家各户挤在一团，议论着牛道全的霸道、蛮横。

"不就是吃了你们家一袋麦子吗？烟土卖了，我还不起你咋的，我家的地，他还管上了？"

"清朝早灭亡多少年了,还当自己是把总呢,那么牛,把你女儿找回来呀?"

"要不是捡了毛子的枪,能那么横吗?"

……

那一年正月,牛家大院挂上了大红花,迎来了牛大脚出嫁的大婚之喜。因为巴克图离塔城太远,没有从巴克图接新娘,那太麻烦了,就在车马社迎娶。

这次的婚礼跟牛玉关的区别就大了。大夫人是天津人,自然以天津的风俗为主。

吴怀仁娶妻是裕生堂第一次办的婚事,吴鸣璋当然极其用心,为了弥补多年对大夫人和儿子的亏欠,大小事情都亲力亲为。隆重的仪式感、繁杂的礼数,目不暇接,冲淡了牛大脚心里的不愉快。而且吴鸣璋对她说,婚后仍可以继续在女子学校上学,总要上完才好。

牛大脚当然认可敬重吴鸣璋,裕生堂她也熟悉,大夫人也处得不错,吴怀仁长得也帅气,跟他也算有接触。牛大脚觉得吴怀仁虽然没什么本事,但人还不坏。

出嫁的那天,牛大脚的嫁妆十分丰厚,吴鸣璋下了老鼻子的力气,牛道全也为了显示对女儿牛玉芹出走的不满情绪,用尽了心思来准备这场婚礼。

安娜第一次看到中国式婚礼的烦琐和隆重,有点吃惊。虽然牛大脚本来和自己有一样的面孔,但她是牛家大院长大的,是按照中国式风俗办的。

大夫人认为吴怀仁将来没有财富秉持权,所以竭力置办妆奁,甚至作为儿子没有产业的补充,在她的认知里,竭力包罗万象。本来嫁妆是牛家置办的事,但大夫人以牛家没有女主人为借口,极力参与。

从车马社到裕生堂相距不远,是用抬桌送的嫁妆,采用的是老家天津的风俗,以双数为吉,共抬了六十抬。

送亲的队伍浩浩荡荡,前头都到了裕生堂,后面还没有出发。

瓷器一套,有大瓶一个(瓶内插一把鸡毛掸子)、花瓶、帽筒、茶壶、盖碗、茶缸、粉盒子(俗称"粉妆子",每盒五层,盛放化妆品)、漱口盂、点心缸、木瓜盘子,共二十五件为一堂;锡器一套,有锡灯、蜡扦儿(上插红描金龙凤蜡),以及茶瓶、锡壶等等物品;铜器一套,大铜盆、铜壶、手炉、脚炉、带镂空刻花罩子的高脚炭火盆(带架)、铜茶盘、汤婆子等等;木器一套,有樟木衣箱、帛匣等,箱内装满四季衣服,讲究一些的衣箱内各角置放铜钱,称之"压箱底",以此祝福世代生活充足,另备大、小木盆,四扇屏风,又有胡杨木雕、刺绣字画等不同质地的镶装物、挂镜、穿衣镜、梳头匣等物,还陪嫁一整套木器家具;四季衣服八套，囊括单、夹、皮、棉、纱、绸、缎、绫、罗、呢、绒、布等等样样皆有。各类衣服都要叠成四方形，用红线绷好放进箱子，因为箱子放不下，就摆在条盒里单送。

还有被褥四套，且在每个角上钉有整串的枣、花生、桂圆及栗子等吉祥果，寓意早生贵子；还有真金、点翠、镶珠宝的首饰，但没有白银，这些全被绷在一个大红托上，名曰"绷盘子"，用条盒装着；还有很多细碎日用品，如刷子、梳头器具、布掸子等等。直看得安娜眼花缭乱，目瞪口呆。

喜桶内的一双千层底镶云布鞋，是让牛大脚给新郎做的。做鞋前，牛家先让人到大夫人处问明尺码大小，吴怀仁告诉的实际码大了一码，就是怕岳父家"给小鞋穿"。此鞋是为新郎在拜完堂脱去靴子后穿的，取"步步登高"之意。

陪了那么多的嫁妆，就是因为怕男方家在乎。嫁妆的丰厚、殷实，质量和数量，在那个年月，常常换来对待新媳妇的态度。所以为女儿筹办嫁妆时不惜一切，但结婚后，又常常后悔，认为养女是养了个"赔钱货"。

牛道全给牛大脚陪嫁了这么多财礼，也包含了对牛玉芹离家出走的愤怒。

主婚人自然是塔城的商会会长孔云清，这也是责无旁贷的事。牛吴两家的结亲能成，最高兴的除了吴鸣璋和吴怀仁，大约就是他主婚人孔云清了。他觉得自己肩头一个沉重的包袱卸下了。他用预演了数遍的声调高声念着每一件陪嫁的物品，满面春风。一直累到嗓子都快哑了。在念完陪嫁礼品之后，还拖着长长的怪音念道："富贵吉祥如意，举座福寿长春。"算是清点嫁妆结束了。

# 44

在堪称盛大的婚礼上，牛大脚健壮圆润的体形包裹在中式的婚服里，将衣服撑得十分饱满。看上去不太适合东方人偏于纤细的审美。

前来参加婚礼的宾客，自从牛大脚走下那辆装饰鲜红的马车，就一直指着牛大脚评头论足，议论纷纷。在塔城，那一天是属于牛大脚的，即使她被红盖头盖着，她的一举一动都吸引着全场的目光。她实在不习惯被红盖头遮挡住视线，时不时，就伸手偷偷掀起红盖头的一角，她想看清脚下的路，但凡能看清楚一点，她便走得风风火火，她动作的迅捷利索，和那套衣服的风格不大统一。

透过盖头的缝隙，牛大脚看着高大帅气的吴怀仁拖着红绸红花，笑嘻嘻地朝自己走过来，她忽然觉得这张英俊的脸上缺着点什么。牛大脚想来想去，应该是知识，是涵养，那眼神无光，缺少穿透力。牛大脚吃惊自己从来也没有对一个男性有过这样的关注，今天是怎么了，竟是这样在意一个男人的眼神。

牛大脚心里不由得把吴怀仁和吴怀智兄弟做了个对比，虽然有那么一点神似，但哥俩的区别就在这里。牛大脚同意父亲"人是可以貌相"的观点，但是她看男人不是看吃相，不是看德性，她就觉得应该看眼神，眼神不会说谎，眼神能看出一个男人有没有自信，有没有定力。

牛大脚为自己得到这个结论内心兴奋着，任自己如一个木偶，在这个无数人认为是自己大喜的日子里，由他人随意摆弄。

这一年是民国正式颁发结婚证的第一年。结婚证做得很精致，暂时只能发到塔城县城，牛玉关和安娜结婚的时候还没有结婚证这个说法。既然是个稀罕物件，当然得在典礼的时候，庄重地拿出来给大家看。

孔云清从端上前来蒙着红布的盘子里，拿出那个结婚证，连背面的字都一起念了出来：

两姓联姻、一堂缔约，良缘永结、匹配同称。看此日桃花灼灼、宜室宜家，卜他年瓜瓞绵绵，尔昌尔炽。谨以白头之约，书向鸿笺。好将红叶之盟，载明鸳谱。

——此证

结婚证上的话写得唯美动听，但却是参加婚礼的大部分人都听不懂的词句，大家只是沉浸在喜庆的气氛中，拼着命地鼓掌，喝彩，甚至吆喝！

没有听懂意思的人，跟着孔云清的宣读，摇头晃脑。表达自己对这些美丽词句的认同。甚至那些出苦力的，也咧着嘴笑笑，他们认为只要听不懂的便是好的，越是自己听不懂，就越觉得学问高深，写得好，便把巴掌拍得越响，口哨打得越亮堂。

孔淑仪和吴诗然感动得一塌糊涂，两个姑娘眼眶里泪光闪闪，对国民革命对婚姻的改革大加称赞。结婚的仪式结束后，孔淑仪和吴诗然一起离开。

结婚的主角牛大脚心里一片茫然，而这俩同学却激动万分，心情不能平静。二人把结婚证上的词，靠着自己的记忆默写出来，并做了翻译注解：不同姓氏的两家联姻，在一起缔结婚约，结成良缘，是得称的匹配。桃花盛开之际，正宜婚嫁，预料将来一定子孙像瓜蔓绵延，子子孙孙世代昌盛。将白头到老的约定书写在纸上，像红叶题诗一样的天赐良缘，记载于鸳鸯谱上。以此证明。

这俩女同学还查出了这证词大部分引自《诗经》，真的触动了二人心灵深处最柔软的地方。

孔云清念完结婚证，便把这结婚证还给了新郎吴怀仁。吴怀仁拿在手里就往自己身上装，身后努尔别克和街上的混混抽出枝条便抽打在吴怀仁的屁股上。吴怀仁急忙跳着跑，那个结婚证便掉了下来。

这个结婚证后来一直被吴怀智保存，夹在他日记本的中间，他用钢笔在下面的一页纸上写下：

  落在纸上的爱情箴言，一纸浪漫，纸短情长。

牛大脚的婚礼在极度喜庆的气氛下，圆满结束了。

典礼结束后，吴怀仁满脸笑容，拉着牛大脚，给宾客们敬酒。那天他要么喝酒，要么说客气话，要么就笑，一直就没有合上过嘴巴。也许儿子的婚礼是大夫人这辈子最高兴的一天，那一天，她十分高兴，样样都满意，但不时地抹着眼泪。

敬完一圈酒，牛大脚被送回了洞房。可吴怀仁又跑了出去，他满脸堆笑，给宾客们又敬一圈酒。

牛大脚独自一人坐在洞房里，一声也不吭，放飞着自己的思绪：这个吴大哥，今天这么高兴，原本不是娶姐姐的吗？现在自己不过是个顶包的，他依然这么高兴。无论娶谁，他都是高兴的，他不挑人。吴怀仁没有才华，智慧一般，但人还算忠厚、老实，于是牛大脚套用了男子挑女人的金科玉律"女子无才便是德"。牛大脚琢磨着，丈夫也是一样，人不坏就已经很好了。

牛大脚知道自己和安娜是一样的，虽然牛家人都说自己是亲生女儿，但牛大脚自己明白，她可能和牛家并没有血缘关系。是的，她慢慢地有点明白了。尤其是安娜嫂子第一次见到自己时的那种惊讶，让她明白了很多。

婚后的生活改变并不大，依旧是忙着车马社里的那些事儿，依旧去女子学校上课。论理说嫁入了吴家，这些事就不应该再做了。可是牛大脚不肯，她自己习惯了。吴鸣璋和牛道全又都不愿意为难她，随她高兴。牛大脚也受不了大门不出二门不迈的日子，做这些事的时候，自己就会忘别的，什么也不想了。

初婚的那些个晚上，吴怀仁一直跟牛大脚相安无事，各钻各的被窝，各睡各的觉。牛大脚有时候在黑暗里侧身看看眼前黑暗里这个男人的轮廓，心头复杂又一片空虚。这就是自己的男人，这就是那么些人羡慕的自己的无限风光的婚礼换来的丈夫。丈夫不是应该跟老婆睡一个被窝的吗？可吴怀仁从来没有跟自己钻一个被窝的意思。

吴怀仁和牛大脚的婚房是在裕生堂里腾了一间屋子。婚后头七天，吴怀仁完全没有跟牛大脚过夫妻生活的意思，他把全部的精力都放在怎么讨小夫人高兴上了。每天，他和牛大脚一起坐在饭桌上，等着吴鸣璋和小夫人落座拿起筷子，他们才敢拿起筷子吃饭。饭后，牛大脚自然承担着收拾碗筷的任务，吴怀仁也不敢离去，坐在那里，又不知道该跟父亲和小夫人说什么话，就那么一直傻傻地坐着，那时候，吴怀仁为了转移自己的注意力，便常常盯着射进房间里的那些光束发呆，那光柱里飘浮的灰尘，便是吴怀仁最好的朋友。吴怀仁从来没有像那几天那样觉得那些光柱里的浮尘是那样可亲可爱。

每个晚上到来，夜幕全黑的时候，吴怀仁便跑回自己的洞房，他总是喜欢早睡，只要没人找他，他就要早睡。他先往炕上的被窝里一躺，牛大脚的心便突然悬起来，一时不知道自己是什么心情了。

牛大脚当然也没有选择，只得上炕把自己也塞进被窝里。

突然间，对面的吴怀仁一个转身，把牛大脚吓了一跳，担心吴怀仁会朝自己扑过来。

"哎，我今天吃饭的时候，没有什么不合适的地方吧，我吧唧嘴了吗？"

"没有吧，我觉得还好。"牛大脚答道。

"那就好，那吃完饭以后呢，就你去洗碗洗锅的那个时候呢……"

牛大脚陷入了沉默，不知道该说些什么，那个时候，自己跑到厨房去收拾了，哪里还知道别的事情。那时牛大脚是对丈夫吴怀仁抱着同情的，他虽然有爸有妈，可是他那么担心自己在裕生堂的表现。在裕生堂的大院里，吴怀仁跟自己一样，都是外人。

"那我睡觉的时候，打不打呼噜？"

"打呀。"牛大脚对吴怀仁说道。

"那我睡着觉的时候，你小心着点，如果我的呼噜吵醒你，你觉得声音大，会传到对面的房子里去，你就捏一下我的鼻子，知道吗？"

半夜里，吴怀仁的呼噜扰醒了牛大脚的睡梦，牛大脚醒来，伸着手在黑暗里摸索着他的脸，在那张脸上寻找着鼻孔。喷出的热气将牛大脚的手吓得缩了回来。

牛大脚也睡不着，听着对面屋子里也静悄悄的，整个塔城的冬夜都静悄悄的，除了身边的呼噜声，再没有一点声音。牛大脚瞪大眼睛望着身旁这个一心想做裕生堂真正的少爷的男人，他就是自己的男人，牛大脚就想问这个男人，在裕生堂里，你幸福吗？

吴怀仁第二天早早便起了床，注视着对面屋子里的动静，只要小夫人端着尿盆一离开屋子。吴怀仁就开始忙活着穿衣、整理仪表，他要到那屋去请安了。这些事自然是大夫人教的，大夫人告诉吴怀仁："在裕生堂住不比木工坊，那是裕生堂的正经地方，必须注意自己的一言一行，一定给你爸你姨留个好印象！"

大夫人自己是原配夫人，但搞得像是吴老爷包养的外室似的。大夫人坚定一条，自己可能一辈子不进裕生堂，但儿子必须在裕生堂里有间房。

七天过去了，吴怀仁对牛大脚说，要她向父亲提出来，搬回木工坊去住。吴怀仁说比起自己她有条件提，她住回木工坊方便照顾车马社的牲口。

裕生堂和木工坊只隔了不足二里地，但在裕生堂那个大院里，吴怀仁明显水土不服。他从早到晚都显得神情紧张，手足无措。上一秒钟操心下一秒钟应该做什么，下一秒担心上一秒自己做错了什么。有时小夫人走到他身边的时候，他突然发现后，立即起身一个激灵！搞得小夫人也跟着吓一跳。

裕生堂并没有人说他的不是，但吴怀仁的确适应不了。他给牛大脚说："咱们搬回去吧，我觉得木工坊、车马社都比这里好。"

牛大脚点点头，再这样下去，她真的害怕吴怀仁会生病。

牛大脚把要搬回木工坊的打算告诉了吴鸣璋和小夫人。夫妻俩对视了一眼，吴鸣璋问道："大脚，是你的主意，还是怀仁提出来的？"

牛大脚没有回答，把头低了下去。

小夫人看了吴鸣璋一眼，对牛大脚说："算了吧，想搬就搬吧。但那间房子给你们留着，你们想回来住就回来，钥匙就你拿着吧。"

吴鸣璋不再说话，叹了一口气。

大夫人听说儿子媳妇要搬回来住的消息，满脸的笑容瞬间就凝结成霜，沉默了大半天，终于吐出了一句："你成家了，看着办吧。"

吴怀仁兴高采烈地和牛大脚从裕生堂往木工坊搬着他们的家当，完全不顾自己在冬日的暖阳里累得满头大汗，结婚时那些个礼物上面贴着的大红"喜"字，很多都还没有揭去，他们就搬到了另一个没有贴喜飘红的房间。

车马社的短工们在这个季节，也就没什么活儿可做，他们自然都跑来帮忙，顺道围到一起看热闹。搬东西的时候,还不忘了把吴怀仁一顿取笑:"瞧,这主儿,只在裕生堂过了个头七,就回来了。"短工们一哄而散,放肆的笑声直蹿云霄!

牛大脚婚礼后的那些天,吴怀智和努尔别克都有点魂不守舍,他俩睡在德胜行最大的炕上,彼此对视,偶尔会谈起那一天。吴怀智说:"我觉得那天,你打我哥打得挺狠。"

努尔别克没有否认:"怎么了,合了你的心意了,列奥巴跟了你那哥哥还能有好日子过?"

吴怀智便不再吭声,他想起吴怀仁走向牛大脚揭开盖头的那一刻,他觉得自己的心头一紧,莫名有点拧巴着的疼痛。他想起了自己和牛大脚在私塾里的学习、辩论;想起了一起去三道河坝饮骆驼牛羊;想起了自己给牛大脚送那几只可爱的小鸡……他内心里觉得吴怀仁配不上牛大脚,又得逼迫自己放弃这种想法。他们是自己的大哥大嫂。在德胜行长工的大炕上,在塔尔巴哈台漫长的冬夜里,吴怀智慢慢翻自己的心事。

牛大脚跟哥哥结婚,他本来有些失落。偏偏师父孔云清要自己把结婚证端上前去,师父高声念结婚证上的词的时候,吴怀智近在咫尺,比吴怀仁距离这结婚证还近。他是仔仔细细地听完师父念完结婚证上的词句的。

大家都是第一次见结婚证,热闹的气氛冲晕了师父的头脑,孔云清犯了个错误,他一时忘记念结婚证里面的内容。在牛道全的提醒下,急忙补念,不料又错上加错:"新郎:吴怀智,噢,不对不对,吴怀仁、吴怀仁……"参加婚礼的看客们,早已笑倒一片:"孔会长,等会给您抹一把灰,什么好处都不忘了给你的徒弟啊,还真是师徒情深!"

吴怀智听到师父念自己的名字的时候,脑海里"轰"的一声,再也听不清后面的内容了。接下来的那段时间,吴怀智的头一直就是蒙的。

事后,他无数次回想起那个瞬间,也无数次地设想过,如果新郎真的是自己,那牛大脚的命运一定会改写。每当吴怀智想起那个瞬间的时候,他的脑海里便飘过李商隐的两句诗:此情可待成追忆,只是当时已惘然。他也觉得不太贴切,但是这两句诗总是没有缘由地飘过来。吴怀智发觉自己对牛大脚不是有感情,可能是爱情,这个发现让他自己很难受。

即使自己在心里爱她,可是自己又能怎么样呢?牛大脚变成了自己的嫂子。面对命运的安排,毫无办法,一片茫然,不要说无力抗争,连表明自己心里的念头都是错的。

婚礼那天，吴怀智没有吃饭就跑了，跑回德胜行，独自一个人跑进羊圈，去铲羊粪了。在那个大喜的日子里，作为新郎官的弟弟，吴怀智疯狂地在德胜行的羊圈里铲粪，把自己铲得满头大汗。

直到孔淑慎给他端过来一碗温开水，全塔城都知道，孔家大小姐是高冷的风格，从不参加任何人的婚礼。孔大小姐看着吴怀智把温开水喝完，却没有跟他说一句话，但看得出来，眼里满含着关心。

努尔别克从酒宴回来，看见羊圈里干干净净，对吴怀智说："我没有走错吧，是咱家吧。还是你日子过错了，你哥结婚呢，你在铲粪？"

那晚吴怀智还特意问孔淑慎要了一壶酒，在屋子里跟努尔别克一起喝，孔淑慎问他要酒干吗？吴怀智说大哥结婚的大日子，晚上在炕上跟努尔别克庆贺庆贺。孔淑慎凄然一笑，到库房拿了一壶，对吴怀智说："白天不吃席，晚上少喝点。"

那天晚上吴怀智和努尔别克不但没有少喝，而且还偷偷摸摸地又偷喝了一瓶，二人都忘记了是什么时候睡的了。没有人叫他们起床，没有人找他们算账，哥哥结婚大喜，喝醉也是被人理解的。

## 45

吴怀仁和牛大脚的婚宴散场后，孔淑魁把那本《玲珑》杂志送给了吴诗然。他指着封面女郎对吴诗然说："她是上海滩电影皇后，当今最具魅力的女性。"

吴诗然远在边陲塔城，哪里见到过如此精致的杂志，封面女郎那惊世的容貌、气质，瞬间就抓住了吴诗然的眼球，吸引了她全部的注意力。

孔淑魁一看吴诗然有兴趣，便继续对她说，在上海，这本杂志十分畅销，无人不读。主妇、现代女性、工人、巡捕、老头子、掌柜先生、戏院的顾客、茶室里的茶客、学生，甚至是小学生都争着看，《玲珑》无所不在。但孔淑魁不敢告诉吴诗然，这画报杂志是他从日本服饰馆窃来的。

吴诗然把这份杂志藏进书包，带进学校，一直到休息的时候，才躺在床上，打开来看。在这份有点像画报的杂志中，中国女性生活已经发生了天翻地覆的变化。她既能看到上海滩十里洋场，五光十色的都市生活，也能了解到上海普通大众的所需所想，还能感受到整个社会女性服饰、文化和思想的变革。

《玲珑》确实充实了吴诗然的闲暇时光，书中选取了一个独特的女性摄影视角，将民国时代的女性魅力完美、准确地诠释在世人面前，弥漫着摩登气息，吴诗然看完之后，久久不能平静。后来，她托孔淑仪带话给孔淑魁，想看看下一期。

孔淑魁兴奋异常。他用尽各种办法，给吴诗然寻找每一期《玲珑》。吴诗然每一期都珍藏了，摆在自己的房间里。画报的封面女郎都是当时的女电影明星、名媛、女学生、歌舞表演者。照片的风情与大多地方大众的传统观念相抵触。比如，女子不得在公共场合抛头露面，否则这类女性就会被归于"不正经"女性的行列之中。《玲珑》封面女郎一次次给这种传统禁锢思想猛烈的冲击。出现在这些画报上的女郎，她们可以是德才兼备的名媛，也可以是朝气蓬勃的女学生，更可以是接受过良好教育，活跃在各大社交场合的明星。她们引领着上海乃至全国大城市的风尚和潮流。

吴诗然想到牛玉芹的离家出走，不知去向。她跟吴怀仁的婚约就需要由家里的妹妹顶包。大脚和哥哥的婚姻，吴诗然和孔淑仪都参加了，当时还觉得排场、温馨。但婚后，他们的婚姻十分无趣，也没感情，日子过得索然无味，甚至非常痛苦。吴诗然觉得自己不必再遵守严格的家教，即便是父亲这样在塔城受人尊敬的学者、乡绅，他骨子里也是封建社会中的那套。自己应该离开塔城，走向远方。上海能日新月异，为什么塔城不行？

吴诗然时常跟孔淑仪探讨着《玲珑》，她认为女子不必再做"养在深闺人不识"的小姐，现代女性形象不应是居于传统闺阁，只懂得相夫教子，应当是穿着得体、打扮精致，有一份自己喜欢的工作，也有自己的私人空间，那是一种怎样的美好。但她们不跟牛大脚探讨，牛大脚不再是自己的同学，变成了自己的大嫂，得喂牛羊，干家务，她没有时间谈潮流和梦想。

新一期的《玲珑》封面人物，妇女们穿上了轻薄贴身的旗袍，再搭配一件长马甲与短衫，随后游泳、骑马等女性的运动服装登场，更让吴诗然心动。边远的塔城注定是留不住她的心了。

孔淑魁在期待着吴诗然的回应和心动，吴诗然却早已把心许给了远方。

吴鸣璋心里一块石头算是落了地。他实在有些意外，吴怀仁走了什么狗屎运，能有这么好的福气，居然娶上了牛大脚。

办喜事那天夜里，他挽留了牛道全，又约着孔云清一起煮酒品茗。可牛道全似乎不在状态，喝了一点点，就已显醉态，要到车马社去睡觉。

吴鸣璋也不好挽留亲家，他明白，这是又惦记女儿了。便与孔云清对视了一眼，互相给了个眼色，亲自送牛道全出了大院。

　　返回酒桌的吴鸣璋对孔云清大加感谢，说他对儿子吴怀仁有再造之恩，如果不是德胜行，吴怀仁还不知道是生是死呢。

　　吴鸣璋执意连敬孔云清三杯，感谢他把大侄子未来的生活安排得很好！

　　作为长辈，他们确实是尽力了，可是吴怀仁和牛大脚的生活真的能安排好吗？在裕生堂，吴怀仁待不下去，搬回木工坊也不可能万事大吉。夫妻生活说到底是两个人过日子，郎有情、妾有意才能幸福美满。

　　对于吴怀仁来说，木工坊当然自由，不必再担心晚上打呼噜，不必再操心白天爬起来请安这些事，可以睡到日上三竿，大夫人也不会说他一个字。

　　吴怀仁是轻松了，可是担心的人换了，大夫人日夜紧张。她发现一连几天对面吴怀仁和牛大脚的屋里，没有传出来一点她期待的动静。

　　吴怀仁结婚十余天仍然对女人一无所知，新婚之夜喝得酩酊大醉，第二天头痛欲裂，直到第三天才好。然而第三天依然没有跟牛大脚有任何肌肤之亲，反倒一改往日的陋习，开始了秉烛夜读，时不时还请教牛大脚某个字的读法。牛大脚在一旁架炉火，铺被窝，对吴怀仁的这些做法，实在有些奇怪。她心想，你在私塾里都不用心读书，这会子发愤图强了？但作为新媳妇，她也不好说啥。只是心里觉得有那么一点可笑，吴大哥真的不是读书的料，他的断句、重音，全都不在点上。读的费劲还记不住，就是理解恐怕也困难。牛大脚明白，这是为了讨对面老爷和小夫人的好呢！

　　一连几日，都是牛大脚溜下炕，从炉火上拿下烧开的水壶，给吴怀仁倒杯茶水，吴怀仁有时喝有时不喝。直到对面屋子的灯灭不久，吴怀仁才吹灭蜡烛，钻进自己的被窝睡，从不曾碰牛大脚一下。

　　牛大脚也不详懂男女之事，但她觉得至少应该搂搂抱抱，钻进一个被窝的。大少爷这样远离自己，是怕惊动了对面，还是不喜欢自己？

　　牛大脚想，不应该呀，结婚的当天，吴怀仁笑嘻嘻地合不拢嘴，那高兴劲儿几乎是到塔城以来少有的啊！

　　不过这样也好，牛大脚每天都很累，除了上学，还得去车马社喂牛羊，一通折腾，自然得简单地洗一下，换身干净衣服，再返回裕生堂，生火做饭，见啥干啥。她也没打算指望吴大少爷能替自己分担点什么。

　　做这些活，虽然让牛大脚没有了休息的时候，但她并不埋怨什么。在牛家大院，她已经习惯了不停地劳作，那是父亲牛道全传给她的。牛大脚喜欢劳动，专心劳动时忘记了时间，也能满头大汗，有些时候觉得累，但也有些时候，能感受到满头大汗后那种身心的舒畅。既能得到别人的认可、称赞，还能换来食物，甚至金钱，能让自己变得比同学富有，而且那些钱是自己挣的，那是一份自信，也是一件幸事。

自从牛大脚感觉到自己不是牛家的血脉之亲，她就开始注意给自己存点私房钱了。

车马社时常有老板来来往往。牛大脚会给人家把脏衣服洗了、熨了，帮人家收拾东西，老板们生意赚了，便不在乎小钱，给她几个辛苦费，图个吉利、讨个彩头。牛大脚分得很清，给别人干了活，人家赏的钱她才留给自己。车马社里，常常是她一个人守着，没有人商量，自己得拿主意，所以存点私房钱十分必要。

没结婚时，大夫人便常劝牛大脚多接点活儿，反正自己闲着也没事，牛大脚干不了她干。现在成家了，大夫人更是鼓励大脚接活儿干了。牛大脚干不了的她都干，说到做到。大夫人也不要钱，她说自己攒的每一分钱，将来都是留给大脚的。没成家的时候，大夫人待她就如同女儿一般，现在做了她的儿媳，就更没话说了。牛大脚从学校回来看到大夫人不停地洗衣服，哪怕是大冬天，手也在冷水里扒拉，眼泪便涌上眼眶。

牛大脚放下书包，准备去帮忙的时候，会被大夫人推到一边。大夫人不再让牛大脚做那些洗熨衣服的活计了。牛大脚接下这些活，大夫人就在不远处等着要，她是小脚，整理物品装车的活儿她做不了，依旧由大脚去做。大夫人实在不愿意儿媳新婚不久，手就天天泡在脏水冷水里。大夫人是明白人，大脚毕竟年轻，有钱的老板乐意在她这样年纪的女人跟前摆阔气。只要不过分，在生活的面前，自己就得睁只眼闭只眼。

吴怀仁以为逃离了裕生堂，就没有人再窥视自己，再干涉自己。他错了，以前他没有人干涉，是因为他只是自己一个人生活，现在不同了。大夫人终究是憋不住了，她把牛大脚叫到车马社，四下里瞧瞧，确认没人，便拉着牛大脚径直拐进耳房，然后把门关上，大夫人转过脸来，牛大脚几乎能感觉到一股凉气瞬间就射了过来。

大夫人也没有客气，劈头盖脸就是难听话："亏你也是养过一大群牲口的女人，见过牲口配种吧？"

牛大脚心里一紧张，胸脯剧烈地起伏，她一时无法接受大夫人瞬间有如此大的转变。这个走路都摇摇晃晃的妇人，居然有那么强大的威严和斗志，眼睛里射出来两道凌厉的目光，让她无法阻挡："你过门也十几天了，怀仁给你配种了吗？"

牛大脚脸瞬间红了，觉得臊得很，她把头低下，一句也不敢吭。

"你念过书的人，有知识，喂过牲口的人，难道你不懂吗？这回来都五六天了，每天，你们屋里头一点动静都没有，怎么能连牲口都不如呢！"

牛大脚猛地抬起自己的头，看着大夫人的脸，心里接受不了这样的话。

但大夫人丝毫不在意，完全没把牛大脚的眼神当回事："怎么了，你还听不下去？你现在是我们怀仁屋里的人，可是你是吗？你没让他碰你，这是一个好媳妇应该干的吗？这就是不要脸！"

牛大脚想反驳来着，可是一时竟不知道该说什么，嘴还没有张开，眼泪却喷薄而出，一泻而下，接着浑身抽搐起来。她感觉自己浑身软绵绵的，再也提不起劲说一句话，必须得在炕上坐下。

接下来，大夫人态度又有了很大的转变，对牛大脚赔着笑脸，不断地说着软话，说牛大脚多么多么善良，多么多么勤劳。说自从她和吴怀仁到了塔城，最关心他们的人就是牛大脚。说自己做梦也没有想到，牛大脚居然做了自己的儿媳妇，居然就成了一家人。大夫人一会儿哭，一会儿笑，一边说着自己几十年的历尽沧桑，一边感谢老天赐给了自己牛大脚。她说牛大脚就是她和吴怀仁的恩人，就是在木工坊旁边等着他们的，是命中注定！

大夫人还劝牛大脚不要上学了，牛大脚觉得有些吃惊，连吴先生也是支持自己上学的呀，大夫人这是要干吗？大夫人对她说，女人的正事就是相夫教子，没正事干的女人才去学习，才去拼事业，那些看起来表面风光的女人们，她们的生活其实很拉胯。大夫人说得理直气壮，浓缩着自己数十年的人生经验，牛大脚觉得都无法反驳。牛大脚觉得自己一直跟着大夫人在一起，互相扶持，互相帮衬，本来感情是挺深厚的。但那一刻，牛大脚觉得自己错了，自己应该重新审视这个口里来的女人，她突然间觉得这个女人并不像平时看上去那么简单，在她苍白的头发，满脸的皱纹下，也是藏着心计的，是自己肤浅了。

牛大脚眼泪慢慢从眼角渗了出来，大夫人不管说什么话，牛大脚眼里的泪水都消散不了，她没想哭，是眼睛自己流出来的。

大夫人的口气慢慢变得极为慈祥："大脚啊，你不要压力那么大，大妈刚结婚的时候，比你还小呢，也是啥也不懂，幸亏他爸给我种上了。你想想看，如果我没有怀仁，当家的还会要我吗？就算他会要，那女人能容下我吗？我有怀仁了，那就不一样了。吴鸣璋再狠心，他不能不要他儿。结婚生儿伺候丈夫，这就是咱女人的命，逃不脱的，你就认吧。你现在是怀仁屋里的人，你就要为他生儿续后，你自己个儿想想吧。我去给你做两颗荷包鸡蛋，新媳妇要把地养好，等种上了种，有了儿，你就金贵了。"

大夫人满脸含笑，踮着小脚走出了屋子。牛大脚看着她离去的背影，心里琢磨着从此就没有亲近感啦，从此，婆媳的斗争就开始了。牛大脚觉得自己在一瞬间突然走向了成熟。

牛大脚把荷包蛋塞进了自己的嘴巴，觉得毫无味道，她只想离开这个院子，以及院子旁边的那座院子。

牛大脚漫无目的地走着，她突然觉得自己没了方向，不知道该往哪里去了。从前在牛家大院，感觉那就是自己的家。虽然长得跟姐姐牛玉芹不一样，也有人投来异样的眼神。但是在塔城，这不算个事，随处可见和自己一样蓝色的、褐色的眼珠，也到处能碰到金色头发的女人。从小到大，牛大脚一直觉得自己很幸福，现在突然觉得自己无处可去了。

刚刚成了家的牛大脚突然觉得自己没家了。她漫无目的地走着，一肚子的委屈和伤心，不知道说给谁听，原本幸福的感觉，突然间全部消失。原来自己是这个世界里多余的那一个人。

吴大哥喜欢的是自己吗？不是，他喜欢的是成家，是谁不重要。大夫人在乎自己吗？不在乎，她在乎的是谁能跟他儿子配种，生出孙子！

牛大脚觉得自己的女子学校肯定是上不成了，再上也没有意义了。女人的求学之路、世界的尽头就是结婚，那是女人青春的坟墓。

牛大脚突然觉得自己有那么一点佩服牛玉芹了，她跑哪里去了，真的就把所有的亲人都割舍了？牛大脚不怪她，即使牛玉芹和吴怀仁成家了，自己的婚事也不可能是自己说了算的。

牛大脚漫无目的地走过塔尔巴哈台的大街小巷，走到了哈萨克贸易亭。

"你怎么了，怎么看着不太高兴？"身边传来熟悉的声音，是的，不错就是吴怀智，他穿着短打扮，在市场里忙着与人聊天。见到牛大脚，急忙走上前来。

牛大脚穿着新衣服当然吸引人们的目光，市场里的人低声议论："这就是裕生堂的儿媳妇。"

"还挺漂亮的嘛。"

"那个挨打的吴少爷，还娶了一俄罗斯，真是的，从口里来，有个好爹就是不一样。"

"就是可惜那几间铺子让人家白占了。有啥办法,在塔城吴家算一号,可是斗不过人家省城来的呀!"

吴怀智当然也听到了这些嚼舌根子的话,一把拉着牛大脚匆匆逃离闲言碎语,二人一直走到三道河坝,树高林密雪净,的确是不容易被人发现的好去处。

## 46

夕阳西下,喀浪古尔河早已结冰,上面覆盖着皑皑白雪。天气有些寒冷,远处的炊烟因为塔尔巴哈台的湿气较重,似乎升不上天去,只能在林间透迤,像是挂在这密林里的一条玉带。

"我也不知道该跟你说啥,想问你件事。"吴怀智说道。

牛大脚两眼无神,注视着不远处的雪地,默默地点着头。

"我以后要叫你嫂嫂了吗?"

那时的牛大脚是极脆弱的,一声嫂嫂,牛大脚便再也听不下去,情绪再也控制不住,泪水如一条线坠了下来。

吴怀智一时不知所措,他不晓得为什么牛大脚突然就成了这个样子,不是挺高兴的吗?沉浸在自己盛大的新婚幸福中,怎么突然就这么大的转变了?

"我,我不知道结婚是这个样子的。她们让我,大夫人天天逼我,逼我跟你哥睡觉。"哇的一声,牛大脚趴在吴怀智的怀里哭了起来。

"你们结婚了,在一起睡觉有什么奇怪的?"

"我不想,"牛大脚一抬头,一脸痛苦的表情,"可是我真的不想啊!"

吴怀智的心里有点复杂,这是一个女性第一次扎到自己的怀里,吴怀智有点激动,好像自己一直期待着这一刻的出现,竟没有推开她的勇气。可又有点蒙,眼前的这个女人已经是自己的嫂子了。牛大脚结实肉感的身躯在吴怀智的怀里抽搐着。

吴怀智一只手抖动着扶在了牛大脚的背后,一边转动着自己的眼神,生怕有熟人在远处窥探。他有点胆怯,牛大脚结婚十来天,却跑到三道河坝跟小叔子搂搂抱抱。这样的闲言碎语不是自己、更不是牛大脚能承受的。

大冷的天,吴怀智担心得有些多余,真的是没什么人愿意在这样的季节到三道河坝的雪地里来的。

哭了一阵子,牛大脚突然一把推开了吴怀智,朝另一边挪了挪,伸手擦擦自己的眼泪。二人就那么坐在一根横倒在河边的死杨树上。

吴怀智想起了当初在课堂上大家一起辩论爱情的时候，牛大脚说过："最好让我的爱情成为我的婚姻，爱情与婚姻之间就如'光色之于绘画，节奏之于音乐'，必须同时存在，失去一方，双方皆亡。"那么美好的豪言壮语，面对现实也不过是一场梦幻泡影。

吴怀智感觉牛大脚微微平复了些心情，便对她说："天晚了，咱们回去吧，要不大夫人和我哥会担心的。"

"回，回，回什么回？连你也要把我推回去。我最恨天黑了，天为什么要黑？为什么这么早就黑啊！我讨厌黑夜……"牛大脚从死杨树干上跳下去，在那雪地里，深一脚浅一脚地跑远了。

吴怀智想追上去，但是又不敢。只能不近不远地尾随着，牛大脚的状态那么不稳定，他得护她周全！

夜晚吴怀仁和牛大脚刚刚进入睡眠的时候，那扇小窗户外，又响起了大夫人的僵硬的声音："怀仁，你个没出息的，你记着，你现在是娶了媳妇的人，快快起来，贪什么睡，年轻轻的。"

大夫人没叫醒吴怀仁，却把牛大脚惊醒，牛大脚怕大夫人敢敲门进屋子，便伸出胳膊从被窝里探出去，拉拽吴怀仁。吴怀仁哪里肯起床，拧来转去，折腾出细细碎碎的声音。

屋里有了响动，大夫人迈着小脚噔噔噔走回自己的房里去了。

接下来，几乎天天如此，大夫人执着地坚持，总要叫醒睡意浓浓的吴怀仁，每次醒来吴怀仁便十分厌烦："妈，这么冷的天，你没事儿不在自己炕上早点睡，天天挂我们窗户上干吗呢！"

大夫人僵硬的声音中便包含了不满和怒气："你这个不争气的蠢货，大黄花闺女给你娶到了炕上，你都弄不成事，你真是臊你祖宗。一点也不像你爹，但凡你能像你爹一点……"

"哎呀，行了，再别说了，赶快回去吧妈，这么冷的天，屋里架着火，都冻得不行，你这可好，天天站院里听儿子的墙根。臊不臊得慌？"

这一句话似乎触了大夫人的逆鳞，她的声音突然提高了八度，在院里喊了起来："你这个傻货，这么久了，都没有在那么好的肥地里播种儿，你结这婚难道是要把地给别人留着？你跟你爸学不到一星半点，连自己的媳妇也拿不下，你也不想想，你拿不下她，就凭你的本事，你能守得住？你要是真不懂，你明天就在牛圈、马厩、羊圈里看看配种，你咋这么没有出息，你叫我以后可怎么活人……"

大脚哪里还有心思睡觉,她心里充满恐惧,又臊得很。她怕院里的长工们都听了去,那一定会有事没事嚼舌根子笑话她的。但大夫人根本不管这些,什么话难听偏说什么。牛大脚也不敢吭声,怕自己接了话茬儿,大夫人更来劲。她把被窝的边紧紧地捞住,同自己的身体一起紧紧地贴在一起,把身体一滚,背对着窗户,却屏蔽不了大夫人的喊叫声。随后,她听见东西掉落的声音,那是大夫人一时激动,披在身上的被子滑落到地上去了。但大夫人斗志昂扬,隔着窗户把儿子骂得狗血淋头!

大夫人早上一起床,便走到吴怀仁和牛大脚的窗户下,听听里面的动静。这时牛大脚端着尿盆子走了出来。

自打结婚后,一直就是牛大脚每日早起,烧饭,喂车马社里的牛羊。吴怀仁即使醒了,也是要赖在被窝里,回味那一整夜积攒的温暖。

大夫人从炕上揪着吴怀仁耳朵,把他拉起来,逼着他穿上衣服。

吴怀智不耐烦地问:"妈,你晚上听墙根,大早上的又要干吗?"

"去牛圈、马厩。"大夫人阴着脸,声音斩钉截铁不容分辩。

"大早上的去那些牲口圈里干吗?"吴怀仁一脸愁容。

大夫人对吴怀仁怒骂道:"你文的不行,武的也不行,给你娶个媳妇,你得守住了。有了你的孩子,她才是你的老婆,那才能板上钉钉。"

车马社里的牲畜都是大脚伺候,大夫人觉得自己带着儿子去看的时候不太合适。到院门口的时候,就改了方向,拐到德胜行去找努尔别克。

大夫人当然不会说吴怀仁不懂房事,只说讨教牛马配种要注意什么。努尔别克还以为吴怀仁结了婚要替牛大脚分担一下车马社的活儿呢。当然教得尽心尽力,只是那些牛马不是人,不一定随时就来情绪做这种事。所以之后的几天,每天大夫人都把吴怀仁押到德胜行。再由努尔别克拉着吴怀仁走向牲口圈旁,顺道做着详细的讲解:"寒冷并不能阻碍牲口发情,更不能阻止交配。只要膘情好,草料足,哪怕是冬天,牛马也会干这事。为了吸引公的,母马会尿尿,会抬起尾巴,公马会把自己的头和尾巴靠近母马闻味儿,还会轻轻地咬母马,会闻母马的尿,如果双方都满意,母马就会让公马骑……"

努尔别克带着吴怀仁趴在德胜行牛圈破缺的塌口处不断地窥视,闻着骚烘烘臭乎乎难以忍受的气味,就为了看牛马交配的现场。塔尔巴哈台漫长的冬季对于牛马羊来说,无非就是吃了拉,拉了吃。总会有不安分平常日子的牛马在经历一番咬嘴咬脖子咬尻子的腻磨之后，便果真一匹趴在另一匹屁股后面……

吴怀仁天天跟车马社就一墙之隔，却是第一次看到这种场面，目瞪口呆。即使牲畜们结束了全部的过程，吴怀仁却是一脸僵死的表情，他顺着牛圈的土墙根，溜坐在地下靠着墙。冬日里的暖阳照在吴怀仁的身上、脸上，他呆呆地坐着，一句话也没有。

努尔别克转过身来，冲着吴怀仁笑笑："口里来的，行了，快回家去吧。喂牛马还有什么搞不懂的，只管来问我，如果你还是搞不定，来叫我一声。牲口就是牲口，有些时候是需要人帮忙的，我去帮你给塞进去，明年就有小驹子了！"

他见吴怀仁还没有离去的意思，便在吴怀仁的肩膀上拍了拍，笑了两声走了。努尔别克想想，人家是少爷，自己比不得，还是去干活了。

努尔别克长年在草原和德胜行往来，在牧民眼里，他不是一般的牧民，是上过私塾的人，德胜行的牧工。他能说好几种语言，认识汉字，能看懂各种布告、文书，会算账，很多牧民有事就求他，他总是认真回答，全力解决。随着一年一年长大，在草原上逐渐有了名气，有了威望。

更让努尔别克没有想到的是，塔尔巴哈台山腹地夏牧场的牧民们，竟然把自家的孩子送到努尔别克的毡房，让他帮忙教孩子们读书识字算账。

他们会在努尔别克的毡房外再搭一个大毡房，还会给他找闲置的"地窝子"，地窝子是斜向地下挖进去，门口用砖块石头垒起的矮房子。通常两间屋子，外间有个简易的铁炉子，变天的时候，努尔别克就会提前架点儿火，碰上下雨天，让孩子们烤烤湿衣服。幸好塔尔巴哈台山里的雨水不多，但时常会刮风。夏天，努尔别克会把课堂设在草原，这样不至于很热。起风的时候，书和纸张会刮得到处乱飞。每逢这时候，努尔别克和孩子们就会手忙脚乱，在那无边的草原上，撒开脚丫子追着纸张和书籍奔跑。时不时还传来小孩子们哈哈哈放肆的笑声，那笑声丰富了塔尔巴哈台夏牧场枯燥的内容，那是追求文化和知识的欢乐！

努尔别克的学校办得兴旺发达，为了保障学生往来的安全，只招收九岁以上的孩童，通常是一家兄弟姐妹几个人一起来上。一匹马或一头牛上坐两三个孩子。课堂的秩序很不正规，正上着课呢，就有家长来找学生，说家里的羊跑了，学生就得去抓羊。碰到牧民家里的羊毛该剪了，学生们先得帮助家里完成这项劳动，然后才能上课。上学没有准确的到达时间，不需要喊报告。到了地方，席地而坐，就地听讲。

草原上的牛粪块是万能的，靠它取暖，靠它做饭，靠它烧奶茶，有时候也靠牛粪块当桌子、当椅子。孩子们坐在牛粪块上,再捧个牛粪块,在牛粪块上读书写字,知识在草原上就是这样传播的。

牧民们对努尔别克的回报是不用在夏天放牛羊,他的牛羊被学生家长分别代牧,只求自家孩子能识个字,数个数。

因为天气,或者是别的原因到不了学校的孩子,也没有人给努尔别克说一声,不会有人送来请假条。每天,努尔别克会看学生的人数,做一顿或者两顿饭,学生们也会从家里带奶疙瘩、馕等食物。学生们一边吃馕,一边跳绳,一边玩。渴了就到河坝里喝水,用手捧着水喝。那些水都是山泉。

努尔别克为了把学校办好,特地去古兰丹姆学校一趟,相当于参观名校。回去后大受启发,原来讲课是需要黑板和粉笔的。但没有钱买粉笔,于是用白土和成泥,然后搓成粉笔状,干了之后在一张涂黑了的板子上写字。

放学的时候,努尔别克把年龄小的学生抱起来放到牛背上,由牛驮回家。赶上刮大风,就得等风停了之后再回家。有时候,努尔别克还得把回不去家的学生安排在附近的牧民毡房里住,有时候,也会把学生留下来一起住,然后让附近的牧民给学生家长带个信。

大夫人每天给吴怀仁、牛大脚煮牛奶,等牛奶滚开了,便拿出两个鸡蛋,朝牛奶里一磕,靠牛奶的滚烫把鸡蛋煨熟。那样的蛋黄颜色极好,鲜嫩喷香。大夫人舍不得吃鸡蛋,总对他们说:"你们要抓紧时间,赶快怀孕、生娃,首要的是把身体养好,那个叫营养,对营养一定要跟上。"

牛大脚本来习惯喝牛奶,但渐渐对牛奶不感兴趣了,每次看见大夫人为自己倒牛奶时,那白色黏稠的液体就让她恶心。牛大脚觉得自己没有办法跟大夫人和吴怀仁相处,可又没有办法说出口。

更让她受不了的在后头呢,每天晚上,大夫人依然挂在窗户旁:"我儿,白日里我给你们加过营养的,你不要浪费了。"

吴怀仁就突然从被窝里爬起来,爬到牛大脚的身旁。牛大脚浑身不得劲。急忙用双手护着自己的胸,可吴怀仁并没有爬到她身上,而是不断地用手推她。

牛大脚好生奇怪,实在理解不了吴怀仁是要自己做什么。

吴怀仁折腾得一头大汗,牛大脚仍然一头雾水。吴怀仁索性从牛大脚的腰间伸过自己的胳膊,把她抱起来,让她跪在炕上。

牛大脚搞不明白他的用意,有些抗拒,吴怀仁当然不放过她,嘴里喊着:"你是我的老婆了，明年你就得给我生个马驹子。"

吴怀仁学着白日里那两匹马，在牛大脚身上、脖子上就是一通咬，牛大脚发出一阵阵惊叫！

窗外，大夫人笑容大现，心满意足地踮着小脚回自己屋里去了。

吴怀仁从牛大脚的背上跌滚下来，浑身憋出黏糊糊的汗液，背过身睡去了。

牛大脚却睡不着，她心里很难受，对大夫人的好感在新婚后很短的时间里迅速消亡，无限憎恨埋在心里了。

半个月后，牛大脚的脸色发暗发灰，眼睛周围有一个晕圈，时不时就打个哈欠，她已经给学校打了休学报告，她的学生生涯从那一天便结束了。

那天晚上，孔淑仪和吴诗然一起在惠芳园请她吃了顿饭，算是对她结束上学的惋惜。全程牛大脚没有一丝笑容，让那顿饭变得索然无味。吴诗然心里特别不是滋味，她是一个生活仪式感特强的女性。有好几次想说几句埋怨牛大脚的话，都被孔淑仪给挡了回去。

晚饭后，牛大脚匆匆离开惠芳园，急急忙忙跑回家，还有大把的活儿等着她干呢！孔淑仪和吴诗然一路回家，吴诗然问孔淑仪："你为什么不让我说话？"孔淑仪说："你只看她的脸色就知道了，还用问？肯定是各种不如意，唉，男怕入错行，女怕嫁错郎。她那个郎连个行都没有，她都敢嫁，真是勇士。"

吴诗然怅然若失，她对牛大脚的处境比孔淑仪知道得更多一些，同情这个替姐姐顶包的女同学的所有不幸。甚至，她对大夫人的感觉也非常不好，她觉得大夫人在塔尔巴哈台，对谁都好，唯独对牛大脚不好。自从牛大脚嫁过来，大夫人对大脚的态度就天上地下地大变了，非要翻身骑在大脚的头上作威作福！

每天傍晚，牛大脚都会小心翼翼地踏在井台上，机械地一圈一圈地绞辘轳。井里的水一桶一桶地打上来，冒着热气的井水，传递着这大地仅存的温暖。牛大脚提着桶，走到石槽跟前，把水倒进槽。牲口们便围上前来，牲畜们只静静地吃着草料，喝着井水。这时牛大脚能有片刻的歇息，她看着牲畜们悠闲地吃草饮水，也就是自己最大的幸福了。她有时觉得自己不如这些牲口，牲口还有人疼有人喂。

做完这些事，回到木工坊。她总是低着头从大夫人面前，贼溜墙根似的走回自己的房间。牛大脚对大夫人既害怕又厌烦，成天无事可做的大夫人，天天就等着牛大脚的归来，只要她一回来，大夫人立即准备牛奶鸡蛋！

## 47

在大夫人的努力下，吴怀仁心底的性欲是彻底被唤醒了，他成天就操心着晚上熄灯后的那点事。每日折腾大半夜后，筋疲力尽直睡到第二天日上三竿。醒来也无非是吃饱喝足，便在塔城的各个街巷转悠一番。他会去贸易亭要账，虽然那个羔羊皮货公司的账收不了，但他会走进别的店铺，跟老板讲做生意要诚信的道理。

吴怀仁被打的事，在贸易亭尽人皆知，严重影响了他的声望。所以他要账要得艰难，有时甚至像个瘪三。他也想扬眉吐气，可是被打被抢的过程总是被那些店铺的小掌柜传来传去，那一幕耻辱一直流传在贸易亭各个店铺中间，也悬在吴怀仁的心里，他硬气不起来。

吴怀仁把重振自己雄风的希望放在孔淑魁那里，孔队长有枪，又是党务讲习会的第一批学员，那都是要提拔重用的。他哪里知道孔淑魁就是被钦点来保护羔羊皮货公司的人，他哪里知道别人没有帮他的义务，都是需要利益交换的。自己不强，怎么可能有朋友主动帮忙？

吴怀仁想方设法缠着孔淑魁，希望能借他的身份给自己撑腰。他能想到的事情，孔淑魁当然一样能想得到，只会比他想得更多。孔淑魁对这个吴怀仁并没有什么好感，自己的事业正处于蒸蒸日上的时期，这么一个毫无能力的废物，有事没事就到警局，在街上纠缠自己，时间长了，肯定是一个拖累。孔淑魁想着怎么能摆脱他。尤其是那个羔羊皮货公司占了吴家最三大间铺面，都是黄金位置。每次看到吴怀仁，孔淑魁就本能地想起这几间铺子。吴怀仁虽然不敢明说，但收取三间大铺子的租金肯定是他的目的。德胜行和裕生堂虽然关系密切，但无奈天平的那一端是行政长王海如。那是什么重量呀，挥手之间就能改变孔淑魁的仕途。生死都在人家的手里捏着，自己还能有什么选择？

孔淑魁也一直留意打听，打听出了这个羔羊皮货公司幕后的大老板居然是迪化来的金氏。给自己说这个消息的上司，当时都不说明话，只在袖子里竖了个手势。孔淑魁从袖子里摸到竖了一个大拇指以后，惊得一脸严肃。心里明白了行政长王海如为啥要单独交代给自己这任务了。保不住这公司，别说自己，估计连王海如都要完蛋！

出了上司的办公室，孔淑魁甚至有一丝丝窃喜。差虽然不好办，可是也是幸事啊，自己入党了，就是一个明显的信号，只要这差办得好，提职就是迟早的事。自己怎么就稀里糊涂地攀上这么个高枝呀！真是运气来了，神挡杀神，佛挡杀佛。

眼下，想挡自个儿的人就在眼前，就是这个外壳挺帅，却一肚子杂碎的草包，孔淑魁其实打心眼里就看不起他。如果不是父亲多事儿，从天津把他们母子接到塔城来，这货还不知道在哪里跪着要饭呢！

孔淑魁看着成天没个正事干的吴怀仁，整天围着自己的屁股转来转去，心里琢磨着，裕生堂的面子也是不能伤的，还得装个样子。

羔羊皮货公司的房租自然是不能收的，那么其他的门面自然应该交给吴怀仁。当然自己也不可能帮他应收尽收，凭啥？帮他收一两家，就算孔家给吴家卖个面子了。

孔淑魁办着衙门的公差，有枪有权，当然有威慑力。而且说话得体，火候分寸拿捏到位，不傲气但有威严。那些店老板当然不敢开罪孔队长，怕他借着公权力对自己打压。他们看得出来，孔淑魁可不是好惹的主儿，一点不像他父亲孔会长那般和蔼可亲。当然，孔淑魁也不是没有头脑地蛮干，他会把握各种因素，对于这一点，有时候连他自己都惊讶。孔淑魁有时候有点沾沾自喜，觉得自己特别适合当官，特别善于察言观色，特别会把握时机。从警以来，他几乎没有错过任何一次机会，取得的进步在那里摆着，在警员当中的威望也显而易见，现在又被王海如赋予重任，他当然志得意满。

既然决定了要替吴怀仁收点房租，自然要办得像样。孔淑魁让吴怀仁先行走进了羔羊皮货公司的隔壁商行。那是一家卖咖啡、茶、西点的店铺，是羔羊皮货公司营业后跟着开张的，做的是大树底下好乘凉的生意。羔羊皮货公司在王海如的照顾下，在塔尔巴哈台成了特许经营，门庭若市，尽管有三大间铺面，仍然时常人满为患。不同的人群前来谈生意，总得有个地儿，贸易亭里有茶馆，但那茶馆没有围墙，四周敞开，什么人都能进，甚至坐上一天都没事。听着吹拉弹唱，全当消磨时间。而这家店铺不同，压根就是瞄着羔羊皮货公司应运而生的，就是为了让前来谈生意的人有个雅致一点的地方，并且为保护谈生意的人的隐私，用一个个屏风隔成了小间。在这个不同国家、民族的商人来往的地方，随时准备用不同的饮品、食品招呼客人。生意自是不错，但老板见风使舵的本事几乎成了本能，附强欺弱早已成为性格的一部分。

吴怀仁一进店，老板就急忙从后门走了，留下挡柜前堂应付。跑堂的伙计当然明白意思，满脸堆笑地迎上前来："吴老板，吴老板好，您这是，跟隔壁谈生意了？"

吴怀仁一听这打招呼都带刺儿，就不高兴，没有回话，伙计把吴怀仁领着走进一个小雅间："吴老板，您稍坐，喝茶还是咖啡，要吃什么点心？"

吴怀仁一心只想见掌柜的，他知道跟这一个跑堂的提房租，他必定一推六二五。

"你们老板呢？"

"老板不在。"

"胡说，我刚才还见你们老板在市场里转悠，我这跟着他脚进来，人就飞了？"

伙计眼珠一转："哎哟，我这记性，老板出去了，刚走，就吩咐了我一句，说快到年关了，到处都等着用钱，税金要交，房租要交，可是店里虽然生意好，赊账却太厉害，老板到各家欠债的店里去收账了。想着年前一定得把所有欠的债都结清了，大过年的，大家都不容易。"

伙计这一通话，倒是先把吴怀仁的嘴给堵上了。人家欠谁的账心里明明白白的。你还要什么账，怎么张嘴，有钱人家能不给你还账吗？

吴怀仁一顿懊恼，想骂伙计吧，既不合适，又骂不出口，只好冲口而出："来壶茶！"

"好嘞，一壶茯茶，敬糕点一份儿！"

片刻，茶和糕点端了上来，放在吴怀仁面前的桌子上。

吴怀仁自己端茶壶倒了一杯，他看茶和点心，满面愁容，哪里有心思吃得下去！

这时，店铺的门开了，孔淑魁一身制服，高大的身材走了进来，伙计急忙迎上前去："孔队长，您……"

孔淑魁没有应伙计的话，从头顶把帽子摘下，递给伙计，伙计急忙端在手里，跟在孔淑魁身后，身体微微前倾。

孔淑魁走到吴怀仁的雅间，吴怀仁立即站起身来。孔淑魁挥了挥手，让他坐下，看了看桌上的茶和点心，转过脸，目光直直盯着伙计。

伙计被孔淑魁盯得心里发毛，看着一身警服的孔队长不敢说话，只有把头使劲往下低。

孔淑魁一把从伙计手里把帽子夺过来，在伙计的头上敲了两帽子："让你上茶，你就上茯茶，让你上茶，你就上茯茶？"

帽子打头不疼，声音很大，杀伤力不强，侮辱性极强，周围的客人十分惊讶，躲得远远的看着这一幕。

"这是你们店里的债主，知道吗？这是房东，能不能遵守点契约，能不能结点房租，结不了是吧，那就只能上茯茶？"

孔淑魁说话把帽子又扬了起来，伙计吓得急忙躲闪，但孔淑魁并没有打下去，反而轻轻拍了拍伙计的肩膀："带话给你们老板，想想办法，给人家能结就结了，都在一个市场做生意，讲究个秩序公平。"

伙计吓得一头汗都出来了，一句话不说，拼命点头。

那天，吴怀仁并没有收到房租，但他很振奋，自打到塔尔巴哈台以来，从没有一天这么振奋。他发自内心地高兴，在那些看不起自己的商人老板跟前，孔淑魁替自己挽回了颜面，吴怀仁觉得自己终于扬眉吐气了一回。

当天晚上，吴怀仁仍然满脸含笑，兴奋地给牛大脚说着整个事件的过程，一连重复了两三遍，才打算吹灯上炕睡觉。

窗外，大夫人的声音再度传来："我儿，你别说那些个白天里的事了，到什么点，就该忙什么事了。"说完话，又迈着小脚噔噔噔走回自己的房里去了。

吴怀仁身上如果能找到什么优点的话，肯定有一条，就是孝顺。他听母亲的话，可是在他费劲巴拉地剥大脚衣服的时候，牛大脚就心存厌恶，觉得特别不想和这个吴怀仁做这些无聊的事。一连做了很多天了，牛大脚没有体会到一点快感，更没有半分愉悦。每次吴怀仁非要让自己跪在炕上，每逢这时候，牛大脚就毫无缘由地想起牛家大院那几条黄不拉几的土狗。

牛大脚不是想拒绝吴怀仁的性爱。既然结了婚，这也是一个妻子的义务，可是总得有点情感吧，可惜没有，一点都没有，相互之间都没有。自己每次被扒得一丝不挂，不管屋里有多冷，都不能盖一点儿被子，就那么跪在炕上，然后吴怀仁就像牛家大院里的那只公狗就趴上来一顿冲撞！

这次当吴怀仁趴在她背上的时候，牛大脚便说话了："你又没有收回一分钱的房租，有什么值得高兴的？"

吴怀仁一听，瞬间就觉得不满意了，遂停下了那些动作："那咋不高兴，我来塔城这些年了，那些掌柜、挡柜的，哪里有把我当人的，今天就不一样了。"

牛大脚说道："我听了半天，觉得是人家给孔队长面子啊，没觉得他们对你有什么改变呀？"

显然牛大脚戳到了吴怀仁的软肋，吴怀仁满心的高兴突然大减，他做那事的冲动瞬间没了，牛大脚还在裸跪着呢，吴怀仁已经翻身钻进被窝，平平地躺着了。

牛大脚看看吴怀仁没有一点要继续的意思。也翻身钻进了被窝，被窝里真暖和。牛大脚看了一眼吴怀仁，看不清脸，不知道是什么表情，房间里死一样地寂静，就像没有这么个人一样。

天寒地冻的时节，省政府从德国购买的六台压路机从巴克图口岸浩浩荡荡地通过。从迪化开到巴克图的一个工兵连接手了这六台压路机，并一路运进塔城。进塔城的沿途，站满了各族群众，大家像看社火游行表演似的来观看这六辆机车进城，工兵中带队的军官对群众一遍一遍地解答："一开春就动工，一条又宽又平的大公路从巴克图修到塔城再修到迪化，明年开春就动工！"

这声音早已被山呼海啸的欢呼声淹没，大家被热烈的气氛震撼着，脸上的笑容绽放在艳阳里。其实现场的很多人一生也不会去迪化，但是他们也高兴着别人的高兴，幸福着别人的幸福。

那一年是新疆大修路的一年，先后修通迪塔、迪伊、迪阿、迪哈等线，实现了全省内各区公路互相联结。

路宽了，路通了，买卖就兴盛了。各地都大力发展畜牧，省里派专家到苏联购来纯种马、良种卷毛羊，在迪化、伊犁、巴里坤、塔城设立牧场，专司繁殖。随后，省政府又斥巨资与德国合作，购买钻机、炼油釜及制烛机。在塔城独山子那片荒漠里开掘了新的大油井，钻机安装好仅仅打到二十五米左右，便油气蒸腾，喷涌而出。很多人第一次看到汽车、机车能喝的饮料，眼界大开；接着，省政府又与德国西门子公司接洽，商请派工程师建立大型发电厂；又与苏联合作开采阿山金矿。

这些闻所未闻的消息传到塔城是具有爆炸性的，不同民族的人们在哈萨克贸易亭奶茶馆里听到这些，惊得嘴巴大张。他们并不清楚石油和电力能给自己的生活带来怎样的改变，事实上也带不来什么改变，需要很长的时间，但他们一样惊掉下巴。他们停止喝茶，喝止音乐、歌舞的表演，专心致志地听着这些消息，生怕错过了一句话的内容。

省政府的这些经济活动的确振奋人心。塔城商会出现了新的融合，孔云清和车尼雪夫合资购买了两部淘金机，重启了塔城的金矿淘金。

金矿一开，众多难民纷纷拥来，都抢着到金矿上做最为艰苦的工作。吴怀智觉得奇怪，哪里跑来这么多的年轻人，便问了个究竟。原来，甘肃大旱，饥民逃离故土，到处可见。他们听说到塔城、阿山淘金，不仅能吃饱，而且还能发财。

孔云清带着吴怀智到裕生堂答谢吴鸣璋筹钱给自己生意周转，正好赶上晚饭，也不客气，一起坐下来吃馕、喝茶。孔云清说："各项生意进展得虽然麻烦，但基本顺利。到年底会结次账，您家投的钱，两种办法，要么连本带息，一起还清；要么继续累计收益。咱们这么多年交情，这都好说。"

吴鸣璋没有正面回答，他一脸愁容："前年上半年开始，中亚饥荒，大量难民逃入塔城，费了那么大力气，把这档子事平了。结果去年下半年，甘肃又闹饥荒，到今天，我听说金主席已经三次拨款，赈济灾民，恩泽全陇，尤其对他的家乡临夏、永靖特捐急赈。可即使如此，你也看得到，仍然灾民遍地。"

"那有什么办法？天灾人祸，躲也躲不过，"孔云清说道，"我都在纠结，今年什么时候才能带怀智出去行商？虽然交通有了大的改善，可是饥民遍地，真怕不安全！"

"油厂建了，电厂建了，金矿开了，表面上看一片繁荣，但其实危险重重，"吴鸣璋说，"内地军阀混战，新疆塞外孤悬，中央政府鞭长莫及；邻援无望，协饷不来，矛盾丛生，加之内部所用非人，奸宄生心，盘踞要津，可谓内忧外患纷至沓来。表面振兴繁荣，其实如临深渊。兄弟经营经济不能不考虑这些因素！"

孔云清点点头，想想自己最大赢利的皮货生意被人抢了去，以自己在塔城的声望地位，竟无力对抗分毫。而吴家新盖的铺子，更是几乎被强占，竟无人敢管。这光天化日、朗朗乾坤也就是这样的结果，还能对行政公署抱什么期望。

吴鸣璋、孔云清已经不年轻，经历过的世事已经不许自己再意气用事，他们对无力改变的局面便会认栽，对再不公平的境遇，也不想硬抗。无视、回避也是他们处世态度的一部分。皮货生意被那公司抢走的事，孔云清甚至没有给孔淑魁说过一声。父母对于子女从来不想提什么要求，怕给子女添了麻烦！

孔云清从裕生堂出来独自走回家，他没让吴怀智跟着，那是徒弟的家。让徒弟在家里睡一晚吧。孔云清感觉冷风飕飕的，那一瞬间，他觉得自己变老了，不抗风了，因此迟迟下不了去外行商的决心。

## 48

腊月二十八那天，孔淑魁到了裕生堂找吴怀仁，吴怀仁当然不在，孔淑魁便拜见了长辈吴鸣璋。谦虚有礼地坐了片刻，他对吴鸣璋说，自己毕竟在警局当差，如有需要，尽管盼咐。

吴鸣璋"呵呵"应付着孔淑魁的许诺。他是晚辈，吴先生怎么会将困难托付于他？

孔淑魁无意讨吴先生的欢心，只是希望能见吴诗然一面，很不巧，不上学的日子里这丫头总是喜欢跟着吴怀智到处跑，就是想看看稀奇，看看热闹。吴诗然也并不想见这个警官，她有大家闺秀应当保持的含蓄、矜持，对追求自己的男性，她本能地远离。

孔淑魁在木工坊里找到了吴怀仁，当着牛大脚的面，把两个店铺三个月的房租给他摆在了眼前。那一刻，吴怀仁望着这些钱，眼眶湿润了。那是真的激动，那一刻，吴怀仁觉得这孔淑魁就是自己的大恩人，在一年的最后时节，真的给自己要来了房租。得，这个年他吴怀仁是过好了，是人生第一次过一个有尊严的年。他终于有了自己独立的第一笔收入！

他从那两摞子钱中拿了一摞，就往孔淑魁的怀里塞。孔淑魁惊得从小凳子上站了起来，急忙向后退，吴怀仁大步跨过去，执意要给孔警官塞。

孔淑魁一直退到了屋子外面，用手挡着吴怀仁，嘴里连连说着："这是干吗呢？你可不能这样，咱们两家什么关系，不能这样。"

二人从屋里拉扯到院里，牛大脚都站起身跟了出来，孔淑魁坚决不收，急忙转身走出了院子，快步走了。

吴怀仁朝着孔淑魁离去的背影，深深地鞠了一躬。

然后拿出几个银圆，让牛大脚去买过年放的烟花、鞭炮。大夫人也从自己的屋里迈着小脚走出来："对，就是的，一定要热闹热闹，炸一炸晦气，炸一炸小鬼。你们俩加把劲，以后咱们的日子就好过了！"

年三十下午，吴怀仁当然是要带着牛大脚去裕生堂吃年夜饭的，但大夫人不去。大夫人准备了点年货和年夜饭，自己孤零零地守岁。她一边吃着自己做的裹了鸡蛋泥炸得金黄撒了咸盐、辣子面、孜然粉的香酥羊肉，一边眼泪滴进了碗里。

牛大脚早早在裕生堂里吃完回来，看见大夫人落泪，想上来安慰。大夫人推开她："没事，大脚，没事，妈这是高兴！妈现在能过这么好，能吃上汤汤水水的是福气。明年你再生个娃，妈这辈子就圆满了！这个年是妈过得最圆满的一个年。"

牛大脚最不爱听生个娃之类的话，她确定大夫人没有什么事，便喂牛马去了，牲口也得过年呀。

牛大脚走进圈里，那些牲畜便朝她的身边围了过来，牛大脚抚摸着这些牛马，无缘由地笑了。

随后，吴怀智敲了敲门，也走进圈里来了。他要牛大脚去休息。他说："这些个大牲口我帮你喂，你去歇着吧。"

"你哥呢？"牛大脚问。

"高兴呢，一直端杯，一遍一遍地说自己收到租金了。喝醉了，一摊烂泥，扶不回来，在我的炕上睡着呢。今晚，他就不回来了，我爸叫我来给你说一声。"吴怀智一边说话，一边走到牛大脚的跟前，从她的手里接过水桶，转身去打水，就在那转身的一瞬间，他忍不住瞧了牛大脚一眼，牛大脚的头发披散下来，金灿灿的头发从肩头拢到胸前，像一条闪光的金缎。她穿着宽厚的棉衣，袖子尽量捋起，露出粉白雪亮的胳膊，那是不同于汉族女人的肤色。吴怀智的目光从牛大脚的脸上扫了一眼，在一瞬间，目光与那奇异的褐色眼珠相遇，心里突然一个激灵，然后又强迫自己逃离那目光。

吴怀智伺候牲畜也算熟练，在德胜行都是自己和努尔别克一起应付，而在车马社常常全靠牛大脚一个人承担。从前，每次行商回来，吴怀智总要跑到木工坊给牛大脚帮忙，努尔别克也偶尔会来，可是再怎么帮，他们毕竟不能时时守在车马社，实在干不了的重活，牛大脚也偶尔会叫社里的长工。可是她轻易是不叫的，那些个壮年男人看她的目光，都让她觉得可怕。她宁愿一个人苦点、累点。

牛大脚是吴家私塾里最早结婚成家的学生，嫁给自己的大哥，可是吴怀智从来就没见过大哥喂一次牛马。都成家了，凭什么还是牛大脚一个人承担。一想到这里，吴怀智就替大脚愤愤不平。他把石槽里的冰用一根铁钎子铲掉，一桶一桶地提水，一桶一桶地把水倒进去，那些牲畜便围上前来抢着喝水。

牛大脚端着一个大金属盆，蹲在一头大奶牛的身下，两手在奶牛的肚子下捋捋挤挤，白色的奶汁便从那肿大的奶头里飞滋出来。每次牛的奶并不挤完，牛大脚端着牛奶走后，一头黄褐色的小牛便灵巧地跳跃着，钻进大牛的身下，张开嘴巴，冲着那乳房，狠狠地顶上两口，才能把奶头咬实在嘴里，开始贪婪地吸食。

吴怀智一大通地忙碌，把牲畜基本伺候完了。牛大脚从厨房端来一碗刚烧开的牛奶，递到吴怀智身前。吴怀智一头热汗，发梢却结了白色的冰雾，头上蒸腾着热气，低头一眼看到牛大脚光洁白净的手腕又一次伸到自己眼前，急忙用袖子擦了一下额头的汗珠，怕汗珠滴进牛奶里，然后连忙去接这寒冷里的温暖。四只手交接在那只白粗瓷碗上。手指碰触到一起，那一瞬间，吴怀智的心就猛地跳弹起来，再不敢看那能释放出魔性魅力的褐色眼珠。

牛大脚却面色平静，说道："你喝一口，一年到头，你也在家享不了几天福。"

这一句体己的话，已经让吴怀智感觉到无限的温暖，他庆幸在这个除夕，能有和牛大脚单独在一起的机会。他觉得这一碗热牛奶是天下的美味，心里涌起替牛大脚做完所有体力活的强烈欲望。

牛大脚看着吴怀智喝完牛奶，接过空碗，急匆匆转身，却一脚踏在钢钎撬开的冰块上，脚下一软，"哎哟"一声，倒了下去。吴怀智本能地丢掉了手中的碗，伸手揽住大脚的腰，牛大脚的双手从吴怀智后肩搂住他的脖子。一股向前的冲力，冲退吴怀智几步，靠在一个拴马的木桩上。牛大脚那温热的胸脯贴着吴怀智的腰，金色的头发直甩到他的脸上，蹭着他的脖颈。他浑身麻木，头皮一阵发麻。牛大脚雪白的脸上，顿时红了，急忙顺手推开吴怀智，却因为脚疼，站立不稳。吴怀智赶快搀住大脚的胳膊，扶她走了几步，让她坐在一个木桩上。"你小心着点，先在这儿歇会儿。"

牛大脚跷起腿，揉了揉脚，站起来："我没事，我再给你打碗奶子去！"

吴怀智觉得自己嗓子还有些干渴，就默不作声。牛大脚站起身，适应了两步，没有什么大碍，从地上捡起碗走了。

吴怀智再次接过大脚递来的牛奶，已经品不出牛奶的滋味，只是大口大口，机械地往下咽。

牛大脚也感觉很不自然，转身抱着两只刚出生不久的小羊走了，她要把小羊放进人住的屋子里过夜。吴怀智望着牛大脚的离去，想想那两碗牛奶前后不过两盏茶的工夫，味道的差别居然天上地下。

"是二少爷啊，我还当是我家怀仁回来了呢！"大夫人踮着小脚走了过来。

"噢，我哥醉了，今晚可能就不回来了。"

"噢，这大过年的，就不回来过年了。"大夫人原地跺了跺脚，脸上的神色顿时暗淡了很多，转身踽踽独自离开了。

吴怀智望着大夫人的背影，突然觉得大夫人真的是老了。

那一年的腊月里，安娜挖空心思地准备着"春节"这个陌生又新鲜的节庆。

漫长的冬季，巴克图四处冰雪覆盖，确实没有别的事情可做，时间是挺充裕的。牛道全平日里哑巴烟，骑着一匹马，在巴克图的雪原里，背上一杆长枪，常常带回些野味。

虽然仍是灾年，但牛家的年夜饭安娜还是摆了六碗菜、两碟子点心。牛道全吩咐安娜，再多摆两副空碗筷。

牛玉关急忙照做，随后拉着安娜在饭桌旁的草垫子上，手牵着安娜跪下磕头，一先一后地喊："爸，给您拜年了，祝您健康长寿！"

牛道全笑了笑，从身上摸出一团红布，打开里面，是一对银镯子，递给牛玉关："也没个什么像样的东西，这对是你妈留下的，给你媳妇吧！"

牛玉关将银镯子接过来递给安娜，安娜的眼泪从眼眶里流了下来，她又走回草垫上："爸，我再给您磕个头吧，如果不是牛家，我就没今年了！"

安娜把头深深地低了下去，牛道全却把目光落在那两副空碗筷上。

接着，安娜站起身转了半个方向，面朝西北方向又磕了两个头，哭出声来，牛玉关把她从地上扶起来的时候，她的眼泪线一样地流。牛玉关急忙起身倒了盆温水，洗了个热毛巾，递给安娜，安娜接过毛巾擦着眼泪。

牛道全便点了一锅子烟，哑巴起来。

安娜一直哭个没停，牛道全也没心思吃饭了，站起身走到屋外。院里黑得伸手不见五指，牛道全依旧点着雷子炮，大力甩着胳膊，随着一声一声的脆响，夜幕里就炸出一团一团的火星，牛家大院的上空就突然亮那么一个瞬间，然后慢慢整个院子飘出一股火药的味道，那就是中国年的味道。

以前过年放雷子炮的时候，先是牛玉关，再接着有牛玉芹、牛大脚跟着一起放，现在都没了，只剩牛道全独自甩着炸炮，甩着甩着便抬手用小臂在自己的眼眶上擦一把，年龄大了，这是不能让人看到的。

身上的雷子炮放完，牛道全返回屋子里坐在饭桌前，大家的心情都平复了，牛玉关倒了五杯酒，

三个人端了酒碰到一起，辞旧迎新。

那顿年夜饭，牛道全说的最后一句话是："咱们牛家在巴克图，是祖国的边界，边界什么最重要，安全。生命要安全，得有枪，咱们有，肚子要安全，得有粮。咱们是在巴克图，你永远不知道会有多严重的情况出现，我年轻的时候在卡伦，大雪一封山就是大半年，断粮、没有蔬菜是常事，我们就靠汉族兵磨豆腐、泡豆芽，我们就吃辣白菜、烂咸菜……"

若在平时，牛道全这些话会被牛玉关、会被牛氏宗族的亲戚们视为陈词滥调，不爱听，但那两年不会，大家刚刚饱尝了饥饿的味道！

出正月的时候，贸易亭要举办活动。贸易亭里堪称辽阔的空地上，从那天下午就开始点燃几堆篝火。

天擦黑的时候，各家店铺把自己店里的桌子拉出来，围着篝火摆好坐定，来庆贺开市。商户的老板们，几乎不落一人都到了聚会的现场，各自带着一些糕点、面

包、葡萄干、杏干、巴旦木、馓子、油酥饼等等，当然还有各色的酒品。

管理生意和市场的公署官员，当然是要邀请的，这是规矩。这样的活动一般也邀请不到级别太大的官员，那些人更善于在幕后掌管沉浮，他们轻易是不出面走到前台的。而孔淑魁就在被邀之列。

生意人的嗅觉最是灵敏，他们每天生意结束之后，在自己的头脑里都要精打细算，怎样能获得最大的盈利，降到最少的支出。

比如，吴怀仁的那几间铺子的租金是孔淑魁代收的，和孔淑魁打过一两次交道过后，那些店铺老板就明白了事情的关键。吴怀仁拿他们是没有任何办法的，但孔淑魁得罪不起，与其把租金交给一个毫无用处的吴怀仁，还不如交给孔淑魁。孔队长不是铺子的主人，却狗拿耗子——多管闲事，老板们不能明抗，却想把水搅浑。

借着聚会，几个老板合计过后，开始给孔淑魁煽阴风、点鬼火："我说句实话，孔大队长您不要不爱听。您在这贸易所主持正义、解决纠纷的辛苦，大家都是看在眼里的。贸易亭有今天的繁荣，孔大队长可是头功！"

孔淑魁看看这个老板，心里泛起狐疑。口蜜腹剑，必藏祸心！跟他们打交道，孔淑魁一直就保持着警惕，但他并不吭声，他有耐心听完他们的话。

"你应该留一部分给自己，如果凭他，我们是不会交给他钱的，是看了你孔大队长的面子。你付出了劳动，当然就应该收取点报酬，这是规矩。"

孔淑魁去那些店铺里替吴怀仁收租的时候，那些见风使舵的小老板自然无比热情地请他坐一会儿，摆上些零嘴、好茶，既表示对他的尊敬，又借机锲而不舍地对他公关："孔队长，衙门那点微薄的收入，仅能保了您基本的生活，等到您需要送礼打点的时候就捉襟见肘了，不能时不时表示一下对上方的尊重，怎么可能有提拔的希望？"

虽然是私下里的客气话，但说得也有道理。既然自己走了仕途，能证明自己成功的现实，唯有提拔、升职。

"现在，你孔大队长年轻帅气，业绩突出，看似前途无量，但切不可错过机会。无论经商还是做官，人一生的机会都是很少的，就那么几次，很珍贵的。一旦错过，就再不可能有了。现在某个上司对你欣赏，那您就面临着投资押宝，这些都需要金钱开道，万一再有点别的事要办，也是需要金钱解决的。上级对下级真正的赏识，应该有三种，一是关系，二是金钱，三是实干。给你说句实话吧，实干是最不靠谱的。"

几个哈萨克族的小姑娘头戴插天鹅毛的帽子，围着篝火跳起了黑走马，舞姿粗犷，充满力量。接着跑进来几个小伙子表演舞蹈雄鹰，他们的手做雄鹰的翅膀，真的像雄鹰在天空翱翔一般……

孔淑魁哪里有心思看舞蹈，老板们刀刀见血的箴言，句句戳在孔淑魁的心尖。不错，现在自己貌似搭上了王海如的线，事实上只是他给自己安排了一个任务，自己能干，换别人也能干。距离真正让王海如对自己动心，又能提拔自己，那还早着呢。跟樱子的缠绵也需要钱，那黑心的佐田繁治也不是好惹的主儿，他知道樱子是自己的软肋，官怕露丑，佐田繁治借机压榨自己不少钱财。好在他们的嘴都很严，没什么人知道自己在服饰馆里做了些什么。自己在警局上班，总不能老是依靠德胜行提供支援，是时候建立自己的资金渠道了。孔淑魁想着自己对吴诗然一片诚心，但是吴妹妹总是避而不见，一副高冷的面孔，虽然自己喜欢的就是这副高冷，但总得有拿下的一天吧，靠什么拿，还能靠什么拿？

孔淑魁觉得自己是该敛些财了，不然自己以后没有办法应付意外情况、突发情况。这些老板的话，不能全听，也不能不听。

## 49

吴鸣璋表面上对吴怀仁不管不问，其实一直打听有关他的消息，知子莫若父。吴鸣璋是把铺子建好了，但他仍然担心吴怀仁能不能管好，能不能收着钱。得知孔淑魁帮他收到了一部分房租，吴鸣璋心情复杂，喜忧参半。别人帮是一时，儿子无能却是一辈子的事。现在，牛大脚嫁给了他，找了一个好媳妇，这是唯一让吴鸣璋满意的事了。对牛大脚他是完全放心的。可是吴怀智很伤心，他对吴怀仁没太深的兄弟感情，他只是觉得两个人根本不般配，为什么就硬要撮合在一起？

吴怀智常常问自己，他们夫妻俩在一起的时候，有共同的话题吗？能愉快地聊天吗？吴怀智认为没有，他甚至觉得牛玉芹嫁给了吴怀仁都比牛大脚好。牛玉芹比大脚手腕多，强硬，吴怀智觉得一个女人的强硬不是缺点，吴怀仁本来就是一个管不住自己，没有知识又没有自律的人。没有人约束他，他肯定会出问题的，他分辨不了基本的是非对错。可是牛玉芹看不上他，宁可人间消失。

得知牛玉芹离家出走的那一刻，吴怀智甚至有点佩服牛玉芹姐姐了，没有想到同学里，反对媒妁之言，敢于逃婚远走天涯居然是她，心底里一时竟对她肃然起敬！牛家上上下下得不到牛玉芹一星半点消息，这个年能过好吗？她一个人在陌生的地方，生活得怎么样呢？大脚顶了她的包，过得也不好。即使是看上去很好的巴克图牛家，也不能庇佑好自己家两个女儿，为什么女人的命都是这么苦，活得都是这么难？

开春的时候，孔云清依然没有确定行商出发的日子，他觉得自己真的有点不想再出远门了。孔云清觉得奇怪，自己怎么会有这种心理。

贸易亭的篝火聚会，孔云清就没有心思去，一来不愿意和儿子孔淑魁在这样的场合同时出现，二来也是自己真的没有了兴致，就委托吴怀智代劳了。

那天下午，孔云清跑到了汉城边上那些低矮的小草屋。屋子大半截都在地下，里面铺满隔潮的干草，然后垫上土块、木板，铺上露着棉絮的破烂被褥，那就是德胜行和吉祥涌合开金矿的矿工的栖身之所，只等着天气回暖，就扑到金矿上去挣钱、发财。这样的房间，好处是冬天不那么冷，坏处是里面比较潮。那一段时间，老板们会供吃供喝地养着他们，是矿工们最幸福、最闲散的时光。虽不是什么好饭，但吃饱喝足后，推牌打赌已经是他们人生的高光时刻了。

仗义的孔云清还邀请矿工们一起去戏台子听戏，那更是这些年轻矿工撒欢的时候了。戏台子前人山人海，炸炮爆炸后的二氧化硫是有害气体，但却是人们很高兴闻的味道，爆炸后那些红色的碎纸屑也是天降的福气，那些矿工们不但不躲，还跳着等那些红纸屑落在自己的身上，谁沾上也不恼。

戏楼两边的空地上，点着两大堆篝火，炽红的灯火把台子上的照得温暖、亮堂。

这种走场子上城下乡的演出，是要挣钱的。为了营造热烈的气氛，抓住观众的心，常常有夸张、卖弄的表演。为了向台下的观众讨要掌声、口哨声，让大家能在这样寒冷的天气里，感到看得值，没白来，男女演员们常常会不遗余力地插科打诨、暧昧骚情，引得台下一阵阵起哄叫好，甚至发生观众向前拥挤、尖叫、呼喊，那样才能显得这个戏班子请得值。

孔云清当然不愿意跟这些雇工一起挤，他走向相反的方向，挤到了人群稍微疏松的地方，看了看人声鼎沸的现场，再看看舞台上为了观众的欢呼，露骨放肆的表演，摇摇头离去了。

年轻的矿工们笑得变形的脸在篝火的映照下，显得格外变态，他们难得有如此欢乐的时候。等到进了山，进了金矿场，他们的命都朝不保夕，为了吃点饱饭，挣点能让自己体面的返乡钱，他们大多的人几乎是命悬一线。孔云清觉得自己应该原谅这些矿工，他们有着青春无法安放的灵魂。

这些冲动的岁月已经远去，孔云清已经淡定了。他已经到了见到漂亮女人都不随意动心的年龄了，对金钱和看戏的兴趣都大减了。孔云清觉得每天除了吃两顿饭，就是一个觉。他听从吴鸣璋过午不进食的忠告，开始养生保健了。他觉得自己的心里难以掀起波澜，日子也变得寡淡起来！

德胜行那一年开春之后的行商是吴怀智自己带队远行的。按着师父原先的路线，他开启了自己的行商之旅，草原民族还是一样将他围得水泄不通，一样地对他带来的商品爱不释手，一样地对他展示着自己的热情，慷慨地赏二饭，留宿在自己家的帐篷、毡房，让他跟自己喝酒喝奶茶，一起数星星，一起骑马、跳舞、吃羊肉。

吴怀智已经不是新手，所有做生意的伎俩他都已经娴熟。虽然吴怀智一直保持低调朴素，但他买卖两头赚取的利润，已经足够撑起沿途人们对他的尊敬。

吴怀智一路上处处小心，生怕被打劫、哄抢，他明显地感觉到，沿途的士兵比起从前多了不少，且服装各异。有的也不穿军装，但人人都拿着枪，到处耀武扬威。吴怀智就没少听说"军阀混战"这个词，他也深知，兵荒马乱的岁月，谁有枪有炮谁就肆意妄为。那个乱世，太多的人似乎连明天都不愿意太细想的。

吴怀智没有用太多的心思在生意上，反倒费尽心思地躲兵丁、躲带枪的人。长途的跋涉基本上放在后半夜前进，那是这些兵士入睡的时候。每到一个城镇，吴怀智便先安排两三人进入，查看情况，入城做生意的时候，也留两匹快马断后，如有突发情况，及时应对。或者隐匿分散到城中熟识的老乡家里，或者及时转移。这一次行商，吴怀智深深地感知了什么叫"富贵险中求"，简直是拿命在换。他一路上碰到四次抓壮丁，没有办法，只好用钱财、物品拿给那些扛抢的人。那些人见钱眼开，朝天就是一枪，然后就冲着他们喊："快跑快跑，下一枪打你屁股！"

吴怀智和伙计当然扭过头玩命狂奔。身后传来一阵变态似的狂笑！事后想想，那些兵丁不过就是拿他们取笑，得了财物，也没想着要他们的命，可是，你真得玩命跑，你要是演得不认真，他们也许真的会让子弹陪你跑。

几乎是连滚带爬，一直跑到荒漠、戈壁。在大漠里，吴怀智又目击了杨柳青富户运前辈的遗体回乡，实在让他颇多感慨。

落叶归根的文化观念深入杨柳青人的心，那些寄埋在野外荒坡，经过三年或更多年份的干尸，待家族的后人在这新疆大地做生意成功了，发财了，才有闲暇，有实力让先人"起灵"运回家乡，与家人"团聚"，入葬祖茔，避免让先人做了"外鬼"。

好在新疆气候干燥，尸身入土后多年都不腐烂，逐渐变成干尸，眉发皆具，筋骨相连，就是一具木乃伊。起灵人烧香焚纸、顶礼膜拜之后，就可以将干尸装入

"软包"，启程返乡。

　　软包是用新疆当地产的粗布做成的一种非常独特的大兜子，上面有简单的花纹图案，平时一般用来携带物品。装干尸的软包大多选用白色素纹的粗布，缝制成大长包的式样，加上两条带子系扣。

　　从渤海之滨到天山脚下，八千里路云和月。最初，杨柳青三千货郎跟随左宗棠大军，走上早已荒废的丝绸古道。求生存，为梦想，报家国，一代又一代动身启程，西出阳关，大漠苍茫。艰辛跋涉，九死一生，从纤夫货郎到富甲一方，他们有多少奇遇人生，只有新疆广袤的大地知道。

　　信念不息，步履不停，每年成千上万的杨柳青商人，赶着十万峰骆驼，满载着物品、珍宝和经商的勇气，历百折而向前，唤醒这条古老的商道，也把自己的青春和生命都搭在这茫茫商道上了。

　　岁月的长河里，共有一万多杨柳青人，在新疆这一片广袤的土地上安家落户，繁衍子孙，能将尸体运回杨柳青的商人先辈，只是百里挑一。绝大部分的挑担货郎，用脚步丈量了新疆广袤的土地，用生命和血汗铸就了"赶大营"这一历史现象，给新疆大地带来了一片繁荣，而自己则隐入了历史的尘烟。

　　阴历五月，吴诗然和孔淑仪迎来了自己女子学校的毕业季，也是来年新生招录报名时。古兰丹姆学校的学生增至三百余人，教员二十六人，学校设七个年级，增设了中学物理、化学、生物等课程。

　　学校特地印制了毕业典礼的仪式手册，发到每一个到场参加活动的家长和嘉宾手中。孔云清和吴鸣璋二人坐在前排的椅子上，听着行政长在台上发表着对学校的赞美之辞，顺便打开这份手册浏览。

　　第一页用粉色印着八个字：独立自主，自强不息。

　　吴鸣璋用手指着给孔云清看，小声在孔云清的耳朵上说："古兰丹姆老师虽然是个能人，但还是不了解咱们国情。自强不息还说得过去，独立自主，哼，上至国家、各省，下到各家各户，咱们男人都做不到独立自主，何况这些小女孩子！"

　　八个字下面是两幅并列的照片，是学校的全貌和塔城公园的一角。吴鸣璋点了点头，对这个做法表示赞同。这是把塔城公园当作学校的花园了，既告诉了人们学校的位置，也宣传了学校周围优美的环境。说得过去，算有创意，但凡到过这个城市的人，几乎没有不知道塔城公园的，参天的大树遮天蔽日，潺潺的乌拉斯台河清澈见底。那是这座城市最美丽的一角，的确能勾起每一个到过这座城市里的人的回忆。

翻过这一页，是学校的校歌。吴鸣璋盯着那张纸看了半天，没有明白，那五道线上趴站一个个蝌蚪是什么玩意儿。孔云清告诉他这是五线谱，洋人的乐谱。再后面的一页是毕业典礼的仪程，整个典礼就按照册子上的安排展开。不同的人走上去讲话、致辞。还有各色的节目，有合唱，也有才艺优秀的老师、学生即兴的表演。

最后一页是那一届的毕业生的名单，古兰丹姆宣布这薄薄的小册子将成为这座学校的历史，在学校的图书室里永远留存！

古兰丹姆感谢塔城各界对教育的支持，她说自己远没有想到，女校能在塔尔巴哈台山下办得这么红火。她说这座城市的女人能走出闺阁，走进女校，经过考核，得以毕业，是不容易的。她公布了一条重磅消息：省内女校预先订聘学校毕业生担任教员，毕业女生里，不少同学将远赴新疆各地任女教员，将走出家门，有一份属于自己的工作，有一份独立的收入。

讲到这里的时候，古兰丹姆有点激动，她高声喊道："巾帼不让须眉，新时代的知识女性学业有成，要走向社会的公共领域！让我们向今年的毕业女生孔淑仪、吴诗然等同学得到聘书表示衷心的祝贺！咱们塔城女子学校必将在全省的女权解放、实现男女平等、提高妇女文化素质等方面起到引领作用，打下坚实的基础，写下绚烂辉煌的一页！"

古兰丹姆的讲话戛然而止，场下爆发出雷鸣般的掌声。古兰丹姆走下台，与那些毕业女生一个一个拥抱。女学生仿佛都能掌控自己幸福的人生了，眼神里射出明亮的光芒！

那天孔淑魁也去了女子学校，他打着去看妹妹毕业的幌子，特意去看吴诗然。他手里还带了几期《玲珑》杂志，当他得知吴诗然将要到外地去任教，手里攥着那《玲珑》杂志竟然开始发抖。他自己嘟囔：这是要去哪儿呀？跑那么远去干吗呀？比塔城好还是怎么的？

孔淑魁的确没有白当官差，他确实精于人情世故，他送的礼物不一定贵重，却一定能打动人的心弦。吴诗然走出校门口的时候，孔淑魁递过来的那几本杂志，吴诗然只看了一眼封面，心一下子就升到了嗓子眼，怦怦怦地急速跳动。她急忙回头一看，父亲和孔叔叔一起跟另外的人讲话，一时半会儿肯定过不来，她快速从孔淑魁手里接过这些杂志，连孔淑仪也没有理会，径直红着脸，快步走出女子学校的大门，连跑带走地离去了，都没有给孔淑魁说一声"谢谢"。

施者比受者更容易感受到幸福，那是爱情最初的模样。看着吴诗然接受杂志时羞涩的表情，孔淑魁的心里蜜一样甜。孔淑仪和吴诗然都被外地的女校聘为老师，但孔淑仪要去的是迪化，而选中吴诗然的是乌苏。

  吴诗然的心里难免有那么一丝不高兴，觉得自己落了下风。她又庆幸自己要离家远行，她早就期待着这一天的到来。

  她觉得裕生堂虽然人人对自己都好，但不是自己理想的生活。裕生堂虽好，也不过就是个封建家庭，与《玲珑》里描述的别的封建家庭，没有什么区别。她算是看清楚了，口里来的"大哥"喜欢裕生堂，但就是个草包。小哥是个能人，但早就在德胜行里跑买卖了，他的世界里没有继承，他自己说过自己是无产阶级，执意要自己独自打拼，拼出自己的天地。吴诗然庆幸自己读了书，庆幸自己从学校看到了外面的世界。她明白那雄伟的塔尔巴哈台山，只不过是一个小小的山峦，放眼全球，不过是别人注意不到的小土丘。所以，自己得走，走得远远的，去看看更大的城、更远的山，去看看杂志上的那些女人生活的地方，总有一天会的。

  那时的上海继承了中国千年的古典气质，又接纳了各种现代风情，十里洋场演绎不乏精致又充满新鲜的各色传奇，那段乱世岁月里，一场场绝代风华上演。《玲珑》是杂志也是画报，它艺术地记录了上海那个风雨飘摇的年代，五光十色的都市生活，阐述着女性服饰、文化、思想等等深刻的变革。吴诗然极喜欢《玲珑》，那些年轻闺秀或著名女演员、电影明星、女体育家，无论从相貌、身段，还是职业、气质、经历，都给她营造了一个理想的梦境。

  吴诗然和孔淑仪在家等待着自己就业的那段时间百无聊赖，焦躁不安，她们不时地翻看日历，盘算着自己远行那一天的到来。与她们一起百无聊赖的还有德胜行的女主人，孔淑慎和古丽夏提把德胜行里女人能操的心，能干的活儿，都做得井井有条。孔夫人便时不时到裕生堂串个门，跟小夫人一起琢磨怎么给俩宝贝女儿踅摸婆家。但两个人都有点底气不足，都觉得自己把最小的女儿给宠坏了，万一不中意，跟自己闹翻了可不好收场。那时候，可是流行反对包办婚姻，离家出走简直成了年轻女人追求的时尚。毕竟给牛玉芹做媒的教训在那里摆着，两位夫人也不敢再大包大揽，可是见面说不了几句话就会拐到给女儿找对象的话题上，最终也谈不下个结果。两位母亲真真是替女儿操碎了心，觉得这样也不行，那样也不妥，她们纠结烦躁。牛把总那么厉害，牛玉芹一样远走他乡，到现在没个踪影！她们给女儿找婆家的理想，慢慢就演变成对妇女解放、社会变化的咒骂！慢慢地一下午的时光也就消磨掉了。

落地钟敲响八点的时候，德胜行的女主人便站起身："不行了，不行了，贵贱是不能聊了，都这点了，我得回去做晚饭了。"

"你家古丽夏提还做不了啊？"

"总是自己家，她们再能干，我终归得看着点，才能放心！"

德胜行的女主人，迈着一双小脚，慢慢挪着小步走出了裕生堂的大门。

吴诗然那段时间也常去德胜行看看孔淑仪，打听哥哥吴怀智的消息，顺道打听她什么时间启程去迪化。其实吴诗然也知道，吴怀智是真没什么消息的。她就是要跟孔淑仪闲聊几句，那时候，二人觉得只有她俩才是一个层次的，才能放在一起比较。两人对未知的生活偶尔也有那么一丝丝恐惧，但对即将到来的新生活更多的是向往。

不去德胜行的时候，吴诗然也会到木工坊转转，牛大脚既是自己的大嫂，也是自己的老同学。看着牛大脚在木工坊里忙里忙外，她心里五味杂陈，觉得个体的命运差距真的是太大了。

那时候，吴怀仁白天基本不在木工坊待的，他坚持男主外、女主内。他告诉母亲和牛大脚，他外边是有产业有生意的，所以，他得到贸易亭，到街上、市场上去转转。他对大脚喂牛马羊、种的那些树木全都视而不见。他的志向不在于此！

吴怀仁结婚娶媳妇了，就成家立业了。大夫人当然不会说他，只会全力支持。男人在外边场面上走动走动，交点生意场上的朋友，当然是要紧的事。大夫人知道牛大脚骨子里有点看不起他，所以自己就更得维护儿子，不能让这个洋面孔的儿媳妇骑在儿子的头上，嫁给了吴怀仁，就得受他的管。别想翻了天。结婚这都多久了呀，肚子都没有反应，成天价摆弄那些牲口干吗呢？

吴怀仁的房租收得依旧十分困难，没有孔淑魁帮他，他基本收不到。但他又是个好面子的人，每次吴鸣璋问他，他便说："基本收齐了，有个把店铺经营困难，就拖了两三个月。"为了应付吴老爷子，吴怀仁还买了糕点提给小夫人。

吴鸣璋就叹息道："不是指望你拿什么礼物孝敬我们，只求你和你妈能有个进项，生活有个指望，我也就放心了。"

一听吴鸣璋这话，小夫人把手按在包点心的纸上，推回了点心，要吴怀仁拿给大夫人和牛大脚吃。

每次收租吴怀仁都要去缠着孔淑魁才能收到，孔淑魁心中渐觉烦闷，心想，我做个好事，还赖上我了？想起那些老板的话，便开始留一些钱给自己。他真不是自己想留，实在是觉得这吴怀仁太没用了，太能缠人了。

孔淑仪是九月初离开塔城的，吴诗然到汽车站送她："你走的时候，我送你。等我走的时候，谁送我呢？"吴诗然刚说完话，就看到孔淑魁从远处大步流星地走过来。

孔淑魁走到吴诗然一米远的地方站定凝视着吴诗然："你来送我妹妹，谢谢你啊！"

孔淑仪走上前来，一把拽着哥哥的胳膊，娇嗔道："你是来送我的吗？"

孔淑魁回过神来，匆忙转过头对她说："到省城，你可要长个心眼，那是大城市，可比不得塔城，平常倒没什么，一旦乱起来，那可是要人命。咱爸咱妈都不太放心，你可一定要小心。有什么需要照顾帮忙的，你先给哥说，哥想办法找找熟人。"

"行了行了，你不用给我找人，"孔淑仪看着吴诗然，做了一个鬼脸，露出一抹怪笑，"谁知道你都找的什么人呀，平白无故我麻烦人家干吗？"

"你这就有点看不起你哥了，你哥……"

"好了好了，我哥是警界之星，我哥是孔大队长……"

"不是不是，我是小队长，不是大队长，这区别可大了去了，不能胡说。"孔淑魁分辩道。

"好了好了，我的事就不用你操心了，"说完孔淑仪和吴诗然抱了抱，"以前一起疯，一起闹，一起辩论，以后再见面就只有等假期了。"

二人分开以后，孔淑仪转身上车，孔淑魁急忙把妹妹的行李放到车上。然后，孔淑魁转回头："诗然妹妹，你也一样，你们俩都要安心教你们的学。没事儿，别满世界乱跑，别加入什么奇奇怪怪的组织。每年假期就回来，得空了，我会去看你们的。"

孔淑魁把最后一句话说得很重，也仿佛是要在她们的心里把这句话钉进去。他也是在给自己许诺啊！

吴诗然去乌苏的前一天，鬼使神差地跑到车马社跟牛大脚告别。正碰上大夫人骂牛大脚："我们老吴家也是造了什么孽了，你这结婚也快两年了，也没有一点反应。你自己的男人，你一点看不住，连夜里都不回来，你天天摆弄那些个牲口干吗？牲口都越来越多，你都没生个娃……"

吴诗然听着这话难以入耳，却发现牛大脚脸上没有一点表情，依然在收拾着院子里晾晒的衣物。在那一瞬间，她突然觉得牛大脚好可怜，都是一起读私塾的，前后也没几年时光，怎么她就把日子过成这样了？

大夫人瘦小的身体在牛大脚跟前，整整小了一圈，站在牛大脚不远的地方，身体略显佝偻，仍然冲着大脚喋喋不休。而牛大脚似乎听不到这些话语，只管埋头干活。

吴诗然突然有些愤怒，这是她从来没有过的，她径直走到牛大脚和大夫人的中间，阻断了她们之间目光的连线。她看了一眼大夫人，连个招呼也没有跟大夫人打，便把头转向牛大脚，也不叫牛大脚嫂子，只说："大脚，我明天就去乌苏女子学校去教学了，走前想跟你说几句话。"

吴诗然伸手握着牛大脚的双手，牛大脚抬眼看着她，表情复杂。有感激吴诗然对自己的关切，也有对自己命运不济的失落。吴诗然拉着牛大脚的手，一直把她拉出木工坊大院。

吴诗然那天穿着一身洋装，头戴一顶黑色小礼帽，这样的装扮，大夫人从未见过，当时就有点蒙。她拉着牛大脚走，大夫人本能地就给二人让出了道，直到她俩走出去大院，也没有说一句话。

大夫人觉得自己训斥儿媳妇是天经地义的事，但这属于家丑，不能外扬。大夫人要完全管控牛大脚的心理没有一丁点改变，只是她见了吴诗然还是有点胆怯，不敢跟裕生堂的大小姐去争高低。

大夫人感谢孔老板把自己和怀仁费劲巴拉地接到塔城，找到了自己日思夜想的丈夫，改变了自己的生活。可是，自己从来不像是原配，有时候甚至连外室都不如，自己更像是裕生堂的老妈子，可是裕生堂又不要她干活儿，还给了她那么多钱。大夫人常常莫名其妙地流泪。她想，如果不是为了儿子，她可能早走了，她才不愿意在这个地方待呢！宁愿受罪，也不愿意心里受憋屈。

吴诗然一直把牛大脚拉到车马社，顺道提了自己刚进院子在墙根放下的一个书包，走进耳房。吴诗然转身把房门关上，从书包里掏出了一叠《玲珑》杂志，放在牛大脚眼前的炕上，对她说："我真的不知道，你的生活是这个样子的。"

牛大脚没有回她的话，看了看她的穿着，眼里流露出对她的羡慕。

牛大脚在门口的脸盆里洗了洗手，盆里的水便浑了很多。脸盆上方的土墙上钉着一枚钉子，牛大脚从钉子上取下毛巾，把手擦干净，小心翼翼地扒拉着这几本杂志，眼里泛出光芒，嘴角露出微笑。

"我到乌苏是去工作的，不能把什么都带上，这些书是我的珍藏，想来想去，就只有你能替我保管。想当初，咱们四个一起读书，马上，我们就一人一个地方了，变化可真大呀。"

"一个人在外地，也会有这样那样的麻烦的，一个姑娘家也不容易，你记着，晚上一定把宿舍的门给插死，尽量在天黑以前上完最后一次茅房。"牛大脚说着说着，眼泪就滴落下来，滴到一本《玲珑》的封面上。

第二天，牛玉关和安娜一起到塔城赶集，牛大脚便让哥哥替自己照看一下车马社，自己换了一身干净平展的衣服拉着安娜一起奔向汽车站了。

看到牛大脚一身七成新的衣裳，金色的头发和安娜一样梳得溜光，浑身上下那俄罗斯族特有的活力完全释放出来，吴诗然几乎大吃一惊。她仔细打量，眼前的牛大脚除了手上的老茧厚实，甚至开裂，便再没有不摩登的地方了。吴诗然恍惚觉得那《玲珑》封面都应该给牛大脚留一个位置才好！

那天孔淑魁没有到汽车站相送，吴诗然感觉有些意外。孔队长突然接到了一个重要的案子。哈萨克贸易亭内那羔羊皮货公司的一个管事，被前来卖羊皮的一个牧民给捅死了。

接到报案，孔淑魁有些恼火，早不来，晚不来，多大的日子啊，来了这么个案子。孔淑魁气得直跺脚，这案子当然是重大的案件。自己当然得第一时间出现在现场，很快局长也会去，说不定有各种自己意想不到的重要人物都会去，耽误不得。

吴鸣璋和孔云清一样，他们在女儿离开塔城的时候都是到了汽车站的，但他们没有走到女儿的身前，他们远远地注视着女儿的离去，担心着女儿的未来，心情复杂地接受着女儿从此以后的不受掌控！

吴诗然登乘汽车的最后时刻，转过身扑在牛大脚的怀中。牛大脚有些猝不及防，犹豫片刻把自己的双手缓缓地搭在吴诗然的后背，二人紧紧地拥抱在一起。

吴诗然在牛大脚的耳边说："思想的解放总是走在社会之前的。中国这头沉睡的巨狮，纵然意识醒了，但身体各部分器官仍然沉浸在睡梦中。全国虽然已经迎来了女性思想解放的浪潮，但是在大众的传统观念中，女子仍然不得在公共场合抛头露面。我喜欢《玲珑》，就是因为《玲珑》在告诉我：女子不必再做'养在深闺人不识'的名媛小姐，不必遵守封建社会中那套大门不出、二门不迈的礼数。年轻女子可以抛头露面，可以打扮精致出现在各种场合，有一份自己喜欢的工作，自己挣钱养活自己，拥有自己的私人空间，那是一种时尚。我那大哥配不上你，实在过不下去了，你可以到乌苏来找我，《玲珑》里有这样的女人，她们生活得很好！"吴诗然说完话，轻轻推开牛大脚，一脸灿烂的微笑，看着牛大脚和安娜，转身上车了。

吴诗然虽然一直躲着孔淑魁的纠缠，但孔淑魁没有出现在汽车站给自己送行，吴诗然还是挺意外的。她上了汽车还不住地用目光在车外的人群里找着孔淑魁的身影。

安娜和牛大脚走在塔城的大街上，安娜挽着她的手臂，看着牛大脚有心事，一直冲着她微微笑着，一直没有说什么话。

吴诗然的那些话给了牛大脚深深的触动，她的心尖都微微颤动。可是牛大脚已经嫁给了吴怀仁，她已经很难幸福，很难改变自己的境况了。

## 50

孔云清不再去行商，专注于德胜行金矿、榨油坊等实业的运营，再有闲余的时间，便到额敏、察汗托海、乌苏开设的分号去看看。孔云清就在这些地方来来回回，处理些下人不敢做主的事。牛道全父子自然也不是享清闲的人，他们在额敏河流经巴克图的河面上建起水磨坊之后，又在穿塔城而过的五条河上建了几个磨坊。牛家要把塔尔巴哈台这一方地域里的小麦、玉米全都磨成面粉，既能方便储存，也可以经过行商外运卖出去。

孔家由行商贩子变成了实业家；牛家从种植大户，变成了磨坊大王。他们都在追求变化，只有吴鸣璋没什么变化，守着老产业、老本行，甚至连生活习惯和外貌容颜的变化都不大，他似乎被时光搁置到另一边，中医职业的优势显现。不管什么时候，医生总不用担心业务减少，而那迟滞衰老的容颜也是吴鸣璋一块亮丽的招牌。吴鸣璋仍然是忙忙碌碌，裕生堂的生活也一如既往。

孔淑魁新任了警队副大队长，由原先管理一个警队，变成管理三个警队的副大队长，大大小小的事务虽然不能独立拿主意，但都是要经他的手办理的。身边、办公室总是人来人往，显得十分忙碌。吴怀仁再想见孔副大队长也不再像从前那样随意了，通常得在警局的过道里等老半天。运气好了，有小警察给倒一杯茶水。运气不好的时候，一杯水也没人倒，甚至连个坐的地方都没有，就在那过道里站着。夏天还好，站在警局很厚的土打墙盖的房子里办公，再毒辣的阳光也晒不透。冬天就比不得夏天这么舒服了，过道里冷风飕飕地吹得吴怀仁一个哆嗦一个哆嗦地打个不停。但他仍时不时到警队来一趟，每次都特别有礼貌，常买些小零食、干果、瓜子，来时给这些小警员赔着笑脸："你们朝九晚五的，一刻也不能离开，辛苦辛苦！"说着话就把那些零碎儿摆在了警员面前的桌子上。

小警员们推辞着，觉得吴大公子有礼数，便请他进屋坐着等。吴大公子总是那么与人为善，热情得过分，心不设防，一见面就跟这些人把自己的情况说个透彻，说自己和孔副大队长交情如何如何地好，时间久了，这些小警察耳朵都起茧子了。

孔淑魁基本不会让警员通知他进办公室去谈事，孔淑魁的眼里，吴怀仁根本就没有正事。时间久了，警员们觉得吴怀仁每次到来，简直就是个麻烦，都躲着他。那时，吴怀仁自然是连水也喝不上的。但吴怀仁对这些都理解，那都是工作的需要。他每每看着这些警员在过道里来来往往，面色严肃，他就觉得人家不容易，维护着社会的公平、正义、安全，肩上那么重的担子，他就自责，不该给人家添麻烦。所有来来往往的警员都是办大事的，公事再小也是大。而自己是来找人家帮忙的，是给人孔副大队长添麻烦的，是私事。私事再大也是小。

这次，吴怀仁在过道里整整等了一上午，直到下班吃饭的时间，孔淑魁才从办公室出来，身后几个贸易亭的老板围在周围，边说话边向前走，似乎形成一个滚动的肉球，却有着强大的气场，过道里的人很自然地在几米开外就散开了。

吴怀仁看着穿警服大氅的孔淑魁在众人的簇拥下，威风尽显，心中十分羡慕。孔淑魁走过来，即将要看到他的时候，吴怀仁急忙把自己的脸转向墙壁。生怕被孔淑魁看到自己尴尬。偏偏孔淑魁真的看到了，不但看到了，而且还停下了脚步："吴少爷，咦，你来了怎么没进去？"

吴怀仁听到孔淑魁的话，转过头来，确定孔副大队长确实是跟自己说话，才不好意思地转回身来，吞吞吐吐地说："我那点小事，来打扰你工作，怪不好意思的，改天也是可以的。"

孔淑魁转身走到吴怀仁的身旁，伸出手拍了拍吴怀仁的肩膀一笑："走吧，一道吃顿饭吧。"

"我，我就不去了吧？"吴怀仁显得有点手足无措。

"走吧走吧，一双筷子的事，不麻烦。再说你以后在生意场也是要认识几个朋友的，今天给你介绍几个老板。"

吴怀仁看到孔淑魁身后的几个老板，急忙笑着点点头。他不好意思再拒绝，远远跟在这群人的后边走着。

那顿饭在惠芳园最好的包间，各式的菜肴不停地端上来，桌上孔淑魁要求大家不要谈生意，不要谈工作，只喝酒聊天。

于是，整个宴席，除了恭维孔副大队长，就是相互吹捧对方。吴怀仁就像一个局外人，插不进去话。虽然吴鸣璋也给他盖了排场的大铺子，虽然他一直也想把自己活成一个生意人，但显然不是，而且当天在场的老板就有欠着他房租的。吴怀仁却仍然无法跟这些人相融,他多么希望欠自己房租的人能给自己付一点账,哪怕给一半也好,但是孔副大队长提前就说了,不谈生意,不谈工作。那顿饭吴怀仁吃得如坐针毡,他有好几次想提出来,让那俩欠自己房租的老板给自己结账。但他最终都没有说出口,实在不能因为自己破坏了那桌饭的气氛。

菜一直不停地上,吴怀仁想自己是孔副大队长叫来吃饭的,而且坐在了桌子的下位,按照塔城饭桌上的规矩,那位子正是结账的位子。他便有了担心,总不会是自己付账吧?吴怀仁有点紧张,后悔自己进来入席的时候,没有抢一个稍微偏上的座位。

吴怀仁提醒自己,一定不能喝多酒,自己不是主角,也不是重要角色,也不能当那个冤大头,付这冤枉钱。吴怀仁边吃饭喝酒,边思索着,谁会付这桌饭钱呢?可不要到最后留在这里的人是自己和欠房租的那俩,他们连房租都不付,会掏这钱吗?

吴怀仁不时地掏出手帕,擦擦自己额头上的汗珠,琢磨着,最晚自己必须在成为倒数第二个人的时候离开惠芳园,而且要自然地离开。

饭快吃完的时候,吴怀仁发现自己多虑了,原来孔副大队长对这些早有考虑。

孔副大队长端起一杯酒,对所有的人说:"没有不散的筵席,咱们聚会不是为了喝醉,是为了联系感情,没必要把别人,也没必要把自己喝醉。来,大家干了最后一杯,有酒的喝酒,没酒的喝茶。"大家一起喝了"门前酒",那天的酒宴就算结束了。

孔副大队长起身,顺手就把欠吴怀仁房租的那两个老板搂到了吴怀仁的跟前。孔淑魁说:"能认识就是缘分,能有生意上的合作就更是有缘分,你们以后应该主动联系,经常联系,都是大老爷们,没有什么是一场麻将、一桌酒、一袋烟、一场舞会解决不了的事。我们当警察的有身份限制,你们做生意的一身自由,有什么解决不了的恩怨呢。吴少爷不是塔城长大的,你们二位老板要对他好点……"

孔淑魁对着那俩老板意味深长地笑笑,然后,手搭着吴怀仁的肩膀离开了惠芳园。

那天晚上,回到木工坊,吴怀仁连跟牛大脚亲热的心思都没了。他一直在反刍着整个吃饭的过程,眼泪慢慢地溢出眼眶,孔副大队长也真是的,太有心了,一点毛病没有,让吴怀仁感慨不已。

吴怀仁躺在炕上咂巴咂巴嘴,用舌头在自己的牙齿缝里牛一样地舔弄着,刮出牙齿缝里每一根牛肉丝,后悔自己没有把全部的心思用来品尝饭菜的美味。

后来，那些欠房租的老板们，真的有改变，有很大的改变。他们虽然给吴怀仁足额交不了房租，但是，态度大变。每次去的时候，无论是老板还是店里管事的，都把吴怀仁当作上宾对待。不仅仅在到店里的时候客气，就是在贸易亭里撞见他，那些老板也会把吴怀仁请进店里坐会儿，递烟、上茶，带着吴怀仁打两圈麻将。

吴怀仁也知道自己没有底气，匆忙推托，但每次老板们都会说，输了算他们的，赢了归吴怀仁。吴怀仁推不过，便坐到了桌子上，只是吴怀仁从来没有赢过。每次打完，老板们还对吴怀仁说："没事，没事，你刚开始，你现在要是就能赢，那指定是我们合伙蒙你呢！"

渐渐地，吴怀仁跟贸易亭里的这些个老板都熟识了，常常混在一起，慢慢地吴怀仁打牌也可以赢几把了。他的心里特别高兴，自己终于混进了生意人的圈子了。那阵子吴怀仁终于有了去处，那种被贸易亭里的老板们接纳的自豪和兴奋，给他带来了自信。吴怀仁每天满面春风，每天从家里出来，吴怀仁把头发梳得溜光。他觉得自己应该讲究的，自己天天跟什么人在一起呀！

一天打麻将的时候，吴怀仁手气超好，"洗劫"其他三个老板的钱，有个老板当时就生气了，推了麻将摊子，起身走了。剩下的两个是欠吴怀仁房租的老板，急忙安慰："没事，吴老板，他玩不起，您别介意。这牌场上风水轮流转，他又不是没有赢过，输一次就输不起了，不像话，别理他。"

"吴老板，话虽这么说，可是现在三缺一，我们也打不成了，不妨一块外面转转去？"

吴怀仁本来还想再打下去的，这好容易有这么好的手气，自己正在兴头上，可就没人打了，看着眼前的麻将牌，还真不舍得站起身走。他手拿起麻将牌搓搓，但真的是凑不够四个人了。吴怀仁只好在两位老板的叫唤拉扯中离开了屋子。现在别人的嘴里自己也是吴老板了，麻将自己也能应付了，那些茶呀、烟呀，再端到自己跟前的时候，谁也糊弄不了自己了。他当然想再打几圈，可是真的没人了，只好起身，又有点恋恋不舍，意犹未尽。

麻将桌上的光阴总是飞快的，那时已是黄昏。那俩老板交换了一下眼色，带着吴怀仁走出贸易亭，走进塔城最繁华的街口。瞬间异香扑鼻，阵阵叫卖声不绝于耳，更多小商小贩小生意人聚集于此，争相揽客。为何如此热闹？因为这条街上又新开了两家烟馆。在这一条塔城最为繁华的街上，即使不是专门的烟馆，那些饭馆、旅馆、澡堂子都备有烟土、烟枪，供客人吸食鸦片之用。

"吴老板，怎么样，香吧？"

"嗯。"吴怀仁点点头儿，贪婪地深吸了一口飘过来的香气。

"烟馆的生意真好呀，咱们也去逛逛？"

两个老板互相看了一眼，目光停在吴怀仁身上。

吴怀仁急忙推辞："不不不，还是算了吧，这东西好贵的。"

"哈哈哈，"两个老板笑笑，"吴老板，你有所不知，北平、天津、上海、南京、重庆、成都，这些大城市的大街上大烟馆林立，随处可见。烟馆也分三六九等，高级的大烟馆门面气派，内部装修、陈设、家具豪华漂亮。又分'雅间''散座'，'雅间'是单间，内部陈设讲究，家具器物一应俱全。客人吸大烟时有专门的伙计伺候，可以叫酒传菜，甚至可以叫'条子'。"说到这里，那老板看看吴怀仁一脸麻木的表情，急忙解释道，"'条子'就是妓女。"

吴怀仁一听这句话，身体突然一抖。眼神迅速转向这个老板，惊讶地问道："不是烟馆吗？"

那老板说道："当然是烟馆，既然是烟馆，那就是人间至高的享受。烟是主打，其他的都是依照烟客的要求增设的服务，那几乎是应有尽有！"

另一个老板看吴怀仁还没有回过神来，就继续补充说道："'散座'是一间大房间，里边分设床炕，旁边都有小桌，也可以叫酒饭，也有伙计蹲着伺候，给客人烧烟泡茶，但比起雅间就没那么自在了。中档的烟馆有铜床或木床供客人躺着吸大烟，但没有伺候的伙计，客人如果不嫌杂乱，也可以叫酒饭。低档的烟馆既寒酸又杂乱，昏暗的屋子加上混浊的空气，你吴老板肯定是无法接受的。"

"吴少爷你有所不知，吸食鸦片现在已经是那些京津要地大地方社交场的必备项目。与人谈生意，拉关系，往往是请人到大烟馆去，边吸大烟边谈事。塔城还做不到，原因嘛，您手里得有钱，有钱的时候，烟馆的老板将您奉为上宾，毕恭毕敬。一旦没钱了，对不起，轰了出去，绝不手软！"

吴怀仁听了两位老板的话，心里痒痒起来，吸鸦片自然是不好，这谁都知道，可是自林则徐以来，为什么谁都禁不了，反而越禁越多？

"吴少爷，走吧，我们去吸两口。但提醒你的是，人要自律。人活一辈子，什么都要尝试尝试，但什么都不能陷得太深。"

吴怀仁本来就没什么自制力，他做梦都想成为真正的生意人，千方百计地想跟着这些老板成为一样的人，他们都吸，自己为什么不能？他们都不怕伤身体，难道他吴怀仁的身体能比人家金贵？

之后，吴怀仁再去收账的时候，就常常被叫着打牌、吸烟，偶尔也叫"条子"。每次玩得高兴了，便连家也不回了。

受了这些个老板哥们兄弟一般的照顾，吴怀仁更加满面春风。他常常哼着小曲儿，夜半回家，一到家便倒头睡去，对牛大脚也没什么兴趣了。他从前一无所有，所以把结婚成家看得比天大，现在，吴怀仁不需要牛大脚，就可以实现自己所有的幸福了。

他也没必要再去找孔淑魁了，吴怀仁对自己的生活非常满意。但大夫人对牛大脚的成见却越来越深，起初大夫人心底里暗自庆幸，自己儿子成家了，还找了个洋妞，这是多么长面子的事，大夫人高兴得心都要裂开。可是，原来是个不下蛋的母鸡，两年过去了，居然肚子还没有反应。而且，吴怀仁结了婚，并没有安心生活，反倒也越来越不把家当回事了。大夫人觉得那都是牛大脚的过错。

那天，大夫人要牛大脚把鸡圈里的一只老母鸡抓来，自己一手拿着菜刀，一手把鸡头和鸡翅膀捏在一起，把那菜刀搭在鸡脖子上，来来回回拉了几道，鲜血从鸡脖子上流了出来，大夫人把割断血管气管的鸡放到地上，那鸡便痛苦而剧烈地挣扎，翅膀和腿爪都奋力地扑腾，看着十分揪心。

牛大脚和大夫人不由自主地向后退了几步，牛大脚问道："妈，为什么要宰掉这只母鸡呀？又不是什么节日。"

大夫人盯着牛大脚的脸看了看，没好气地说："谁让它只吃食不下蛋，不下蛋的母鸡留着还有什么用！"

## 51

明清时期在河北、山西、陕西、甘肃北部设置了关口，关口以北的地方就叫口外，就这么一直叫了下来。总有很多人会离开故土去新疆、蒙古。有的逃荒避难，有的谋财做事，既然关口以北的地方叫口外，那么关口以南的地方也就相应被这些去口外的人称为口里了。

民国十九年以后，德胜行的行商生意一直就是吴怀智在跑。一路上要穿过茫茫戈壁、崇山峻岭、沙漠草原，用脚步丈量着商道的艰难。吴怀智仔细盘算过，整个河西走廊，山贫水乏、人烟稀少。大约相隔五十里才有一个大车店可以住宿，如果在天黑前赶不到大车店，就会很危险。要是迷了路遇到狼群就麻烦了，就会命悬一线。山高路险，容易迷路，野兽出没，匪盗横行，行商途中危险重重，劳心费力。

拜师学艺三年一季早已到期，按约定，吴怀智早已恢复了自由之身。但师父孔云清从没把他当外人，所以，他介入德胜行的生意很深，不是想脱身就能脱身的，孔云清和孔淑慎都不大愿意让他离开，他也并不想离开。这两年来，他接过了师父行商队伍的"扛把子"，走南闯北，自是承担了孔家商业宏图的重要一环，他独立带队，凡事相机而定，孔家再跟他谈及薪资之事，便显得多余了。有几次，吴怀智要跟孔云清算清账目，上缴所有利润，都被孔家父女拒绝。

"师父，您这样不是撵我走呢吗？"吴怀智说道。

孔云清看了孔淑慎一眼："不是这意思，这样吧，你跟柜上每年年终算一次账，就行了。跑买卖行商，我跑了一辈子。再忙的生意，其实在行商的途中，也有大量孤独、孤单的日子。在那些时候，其实人是闲得发慌的，那时候，你再把买卖的事好好想想，账目好好理理。平常就算了，细账不用算，你自己手里总得留银钱备用不是？"

"我和父亲也商量过了，你的人品我们孔家也信得过的，你行商所得的利润，就按四六分成，"孔淑慎话还没有说完，吴怀智便要插嘴反对，孔淑慎伸手阻止了他，继续说道，"弟弟，你再不要推辞，我也知道你不会到柜上领钱，但德胜行有德胜行的信义，我会把你的账记清，留好，你的利润，你随时可以找我领取。"

吴怀智看看师父，孔云清对着吴怀智点了点头。行商的危险越来越大，麻烦越来越多，自己的爱徒几乎是把脑袋挂在裤腰带上做生意，他当然不能不仁义。

吴怀智没有再继续分辩，低头想了想说道："好吧，谢谢师父、姐姐的信任。"

孔淑慎起身送吴怀智出了德胜行的大门，她伸手拉过吴怀智的手："弟弟，姐姐托你件事，以后经过省城的时候，最好能进去看看淑仪。我这妹妹一个人跑到那乱哄哄的省城，我爸妈其实都挺担心的。我们平常也没个机会去省城，我这妹妹，就拜托你替姐姐关照关照了。"

吴怀智倒是这样想过，又怕自己一个大男人，去看一个女老师，会引起孔淑仪的同事们说闲话。还在心里纠结呢，这下，算是得了师父家的令了，以后保证完成任务。

吴怀智每次行商回塔城以后，办完了货物交接，总要去车马社看看牛大脚。又不能光明正大地看，总得找些借口。即使见了面，有时候也挺难为情的，吴怀智偶尔也叫一声"嫂子",但实在叫得不顺口。

而且,吴怀智觉得大夫人渐渐对自己和牛大脚的接触心存芥蒂了。

每次看到吴怀智到来,大夫人就放下手中一切活计,跟过来,杵在不远处,也不说话,就那么冷冷地看着,眼里一股怨恨的光芒时隐时现。大夫人的监控,严重影响了二人聊天的气氛,每每没几句话,便分开两散!

吴怀智学徒期限结束的标志是换下自己身上的"短打扮",开始穿长袍马褂,有时也穿长衫西裤皮鞋,留着帅气的短发,丝毫没有违和感。有洋商参加的聚会,吴怀智也会穿一身纯西装出席。他是真正闯南走北的行商生意人,他对什么地方人需要什么货,什么地方怎么走,怎么规避风险,货物怎么运、怎么卖,怎么样能实现最大的利益,精通到极致。即使出现在高规格的商会聚会,也没有谁敢小瞧这个年轻的小老板。只消三两句话,那些有身份地位的人,便不得不对他另眼相看。那对行商跑买卖深入骨髓的了解,不是能装出来的。

贸易亭内,总会有些老板对吴怀智示好,见他有片刻清闲,便要把小吴当家叫进自家铺子里喝杯热茶,套套近乎,都在生意场上混,说不定哪天就用得着了。

"怀智老弟,听说那一排铺子也是你家的?"店老板和吴怀智坐在靠窗户的位子,店老板顺手指着窗外那一排颇有气派的铺子。

吴怀智看了一眼,没有接话。只低下头慢慢品茶。那老板看着吴怀智脸上与年龄不相称的平静,只好转变话风:"我就有点不明白,你家裕生堂虽比不了德胜行那丰厚的实力,可是德胜行也比不了你们裕生堂稳定安康。你怎么就愿意舍弃自家家业,到德胜行鞍前马后,以性命博业。"

"生于忧患,死于安乐,裕生堂是父亲一生的心血,但家父传承给我的,不是家业,而是创业的心。塔尔巴哈台靠近巴克图,百余年来,那么多的大宗商品一直从这条商道上经过。熙熙攘攘,通过生意送到千家万户。如果说我家裕生堂保的是人的健康,那巴克图这条商道就丰富了新疆太多人的生活。难道行商就不是善举了吗?"

"哈哈哈哈,"那老板笑笑,"这就是我喜欢你老弟的原因,把一个跑买卖挣银钱的事说得这么高尚,你这读了书的买卖人就是跟我们不一样,有格局。老哥我有件事求兄弟。"

"请说。"

"你以后跑买卖回来,把货先朝咱家铺子里卸点,老哥今天把话撂这儿,你卸的货我可以给你返点，"老板压低声音，"此事，你知我知，天知地知。"

吴怀智冲着老板作揖说道："我是德胜行的徒弟，我们两家也是世交，我只做行商的买卖。到了塔城，柜上的事，您就得找我师父和孔小姐谈了。但我可以让他们尽量考虑您的店，毕竟您就在贸易亭，可以省一笔转运、储存的工费。"

老板摇摇头，苦笑道："现在到处兵荒马乱的，很多跑买卖的都歇业了，你师父都不想跑了，你这个徒弟还替他们家下那么大苦干吗？"

"世事自是艰难，但我们都得活下去。难道因为土匪兵患，旅途艰难，就坐以待毙，不图发展？既决心为生意人，那便只有敬业于本职，如果有什么挫折，那也是我的运、我的命！"说完话，吴怀智便准备起身离开。

那老板便站起身："有件事，我想再多一句嘴，有些人有经商的才能，却不守家业。有些少爷，没有守业的能力，却天生好运！你看看那人，天天在这贸易亭里仗着家势，混吃混喝，不求上进。你们兄弟可真是天壤之别！"

窗外，吴怀仁正从那间烟馆出来，精神焕发、大摇大摆地从贸易亭的大院里走过，时不时还跟熟识的人打个招呼。吴怀智吃了一惊，他真的没有想到，自己这口里来的哥哥，居然开始吸鸦片了。久经行商之途，他当然知道那烟馆是怎样的场所。

吴怀智从贸易亭离开，一路上陷入沉思。看样子吴怀仁也不是第一次出入那种场所了。人一旦沾上了鸦片，还能有什么底线呢？吴怀智一路走得很快，头脑却很蒙。仿佛看到牛大脚受到了致命一击，他想纵身跃到牛大脚的身旁，替她挡下这一击。吴怀智心里充满了对牛大脚的担心。想想大夫人总是控制着牛大脚，自己即使见了牛大脚，也没有机会说这些私密的话题。吴怀智这一次决定不再鲁莽，他使了点小钱，差人找了牛玉关的长工小马，小马也是跟自己行过商的熟人，托他带信给牛大脚，约她在三道河坝一见。

吴怀智真见到牛大脚的时候，还是张不开嘴，不知道该怎么跟自己的嫂子说这些难以启齿的事。他看着为了牲口忙忙碌碌的牛大脚，始终是一副平静神态，她应该是不知道这些糟心的事的，自己应不应该对她讲呢？

吴怀智从地上捡了一个树枝，犹豫再三，赶着牛羊朝牛大脚跟前走去。其实这些牲畜根本就不需要赶，只要一到了三道河坝跟前那七拐八拐的树林，它们就加快脚步，这是它们常饮水的路。这些牲畜的眼里，每到这时候就只有喀浪古尔河那甘甜的水了。

吴怀智和牛大脚被那些牲畜团团围住，牲畜们只顾低头喝水。发出各样喝水的声音，散发着各自奇特的气味，和那日暮的炊烟树木花草的气味混合在一起。那就是进入塔城特有的味道。

吴怀智看看四周，确定没什么人会来打扰他们了，才问牛大脚："我不叫你嫂子行吗？"

吴怀智说完这句话有点后悔，自己费了那么大的劲，难道就跟牛大脚说这些？

牛大脚把脸转过来朝吴怀智笑笑："你愿意叫就叫，不愿意叫我还能逼你？即便有人逼，也只会是你们吴家的人，怎么可能是我。"

"我真的不想叫你嫂嫂，我一直就觉得你不是我嫂子。牛家让你嫁给我家，你就没反对一下吗？"

牛大脚听了这一句话，把目光从吴怀智的脸上收回来，投到自己眼前的河水里，片刻之后，她冲着吴怀智说道："咱们能说点有用的吗？"

"现在真的有很多青年，用各种方式抗争啊，他们追求自己的幸福，追求自己的自由！"吴怀智继续说道。

"你是说我姐姐玉芹，还是说你呀？"

吴怀智不再言语，他发现，牛大脚平素话不多，但句句都很刚，句句都能把自己后面准备的话给堵死。

"那，嫂子，你嫁到我家，你感到幸福了吗？"

牛大脚眼角有些湿润，她没有再看吴怀智，自言自语地说道："安娜全家人饿死了，她嫁给了我哥。可我家的人在哪儿，我都不知道，我可能还不如她。可我又比她强，我比他到牛家早，牛家人对我挺好的。"

吴怀智张了张嘴，实在不知道该说些什么。他一瞬间又觉得牛大脚似乎什么都懂，什么都知道，不用告诉她任何事情，那都是画蛇添足。

吴怀智帮着牛大脚把那些大牲口从一条小河赶到另一条小河，他真的不知道自己该做些什么了。又觉得自己把牛大脚约来了，不说话，就这么晾着也不合适，憋了半天，又喊了一句嫂子，但声音比较怪异，连自己都觉得别扭，那是从牙齿、喉咙、声道里，闹不清楚是怎么挤出来的。

"嫂——子，你天天在车马社里忙，我哥他又不帮你，他干啥去，大夫人不管，你也不问吗？"

牛大脚转头看看吴怀智："裕生堂的规矩不可能是我定的，车马社的规矩也是我婆婆定的，哪时候能有我说话的份儿。我只能说咱俩的规矩。跟我在一起说话，拣有用的说。"牛大脚说完转头找着牲畜的头，甩着一根长棍上的长鞭，空中一声脆响，那牲口便从河中向岸上跃起，身后的牲畜陆续跟上来。

牛大脚此时又转回身走向吴怀智："我很感谢你来看我，你是最后一个关心我的人，谢谢你偶尔看看我，以后咱俩在一起的时候，就不要喊我嫂子了，实在难听。"

牛大脚赶着畜群回家去了，把吴怀智一个人丢在了后面。她的行动是那么敏捷，那么干脆，因为那一刻，她的眼泪已经一泄如注！

塔城下雨是稀罕的，下连阴雨就更是新鲜事。这地方除了冬天和春天融雪的时候，感觉有些水汽，大部分的时节是干燥的。像牛家一样种地的农民常常祈盼在庄稼蔫巴的时候，下上一场雨，给庄稼续命。上天有好生之德，这回真应了农民的祈盼，而且下起了连阴雨，塔城的街巷居然出现了积水，一踩一脚泥。

这样的天气，街道上空荡荡的，除了雨滴落在水坑里溅起的水泡，街道上就是一片死寂。吴鸣璋佝偻着腰走过塔城的街道，全然不顾雨水已滴落在自己的身上。他深一脚浅一脚地踩在湿滑的地面上。

吴鸣璋的脸色纸一般白，那一直远远年轻于孔云清、牛道全的面孔和身躯，此刻都发生了巨大的变化，眼睛圆张，却无神采。偶尔一滴雨落在眼眉上，那大眼睛才会挤闭一下，就这样孤单无助，踽踽而行，一直走回了裕生堂。一回去就倒下了，一病几天没有下炕，裕生堂四门紧闭，连接诊病人也停了。

吴鸣璋本来不想干预吴怀仁收房租的事，他顶着小夫人的一肚子怨气，把这些铺子收租的权力默许给了吴怀仁。又觉得他没能力收取，想去木工坊问问清楚吧，又怕大夫人多想：既然把铺子给我们了，还操那么多心干吗？便一直没过问。

谁知那天去德胜行做客，孔淑慎走到自己跟前说："大伯，您最好还是去那些新铺子看看。如果有可能，再看看吴怀仁，毕竟他对生意不是很懂！"

孔淑慎在德胜行威风八面，从来不跟来客多说一句话。这突然给吴鸣璋说这些，当然引起了吴鸣璋的重视。那些铺子怎么了？怀仁又怎么了？一定有问题，孔淑慎不是一个简单的姑娘，她说的话一定有所指。

吴鸣璋随后去了两趟贸易亭，回来的路上就不行了，坚持着走回裕生堂，关上院门，就瘫倒在门下边。就像大军攻城，用那粗大的木头撞城门撞到了吴鸣璋的腰，他再也直不起来了。

小夫人见状，急忙喊长工把吴鸣璋抬到炕上。小夫人以为当家的着了凉，赶紧喂了些姜汤，吴鸣璋歪过头把汤吐在小夫人端的盆子里，转头背过身去，一声不炕。小夫人更加不解，这当家是咋了？便把身边的人全部遣散，想问个究竟。

可吴鸣璋一句话也没说，就是一声一声地叹息，脸上挤出一脸痛苦的表情。他不想给小夫人说，没法说出口。

吴怀仁房租没有收上，但吃喝嫖赌抽五大恶习全沾上了，而且花销全部是那些铺子的老板结的账。所有的房租，全都成了糊涂账，都没办法再张嘴问人家要了。

吴鸣璋一向不是爱财之人，钱丢了，他气不大。可是这口里接来的长子在贸易亭给裕生堂的牌子上拉屎了，臭遍街了。吴家以后在塔城怎么活人？

父亲病倒了，吴怀智当然到床前尽孝，但吴怀仁不见踪影，小夫人要吴怀智去叫吴怀仁来伺候。吴鸣璋从炕上挣扎着伸出胳膊："别，不许他来见我！"

吴怀智的心里咯噔一下：完了，父亲全知道了！

吴怀智转身把小夫人扶着推出了房间："妈，你再不要戳我爸的痛处了，再不要提我那个哥的事，万一真把我爸气出个好歹，咱们家就塌了。"

"哎呀，儿啊，你可别吓我，有多大的事，你说这种不吉利的话，呸呸！"

"反正，您别给我爸添堵，现在这情况，事事顺着他的心意来就对了。"

小夫人一脸惊讶的眼神，茫然地点了点头。等吴怀智回身进屋以后，小夫人还是一脸疑惑："这都是咋了？"

## 52

民国二十年十月，牛道全和孔云清父子参加了一个会议，行政长王海如在会上宣布了一个重要的消息：省主席金树仁派员与苏联代表签订了《新苏秘密经贸协定》，准许苏联商民在塔城自由交易，恢复巴克图口岸业务。鉴于民国十八年后，国内在塔城经营的商人多次地自发联合抵制苏联在塔城所设的转运公司，省政府为抵制苏联商务机关的势力，决定将于民国二十一年设立新疆省银行和土产运销公司。王海如强调："这是金主席高瞻远瞩，为了加快新疆发展做出的重要决定，必将给巴克图、给塔城带来新的发展和繁荣。大家要齐心协力，确保巴克图口岸来往货物在塔城境内的转运畅通安全！"

话音一落，掌声四起，大家脸上的自豪、激动，瞬间感染了整个会场。王海如摆了摆手，继续说道："大家都知道，目前在塔城贸易亭市场内有一家羔羊皮货公司，本次我从省府回来，省府还交代，为了抵制苏羊毛公司压价收购羊毛等行为，将这家羔羊皮货公司指定为专营公司，该公司每年对塔城贡献了可观的利润，那是其他公司远远做不到的！"

"可那是金家的公司，听说幕后的老板就姓金，我还听说他就是金主席的亲戚。"声音一响，立刻吸引了全场的目光。

主席台上王海如脸色瞬间沉了下来，片刻又幻化成微笑。他放眼望去，用目光在人群里寻着说话的人，随后说道："好！我们就是要这样，在塔城做生意就是要有道义、有担当，有什么问题，我们可以反映，很好，回头我们立即组织调查组，一定要把巴克图口岸的贸易环境做到最好！"

会后，孔淑魁被留了下来，作为了调查组的成员，即刻展开对羔羊皮货公司的业务和背景调查。一个月后，结果出来了。

贸易亭内的羔羊皮货公司是股份公司，公司股东里没有一个姓金的，反倒有一个名字异常扎眼，就是牛玉芹。

牛道全得到消息的时候，惊得没从德胜行的椅子上掉下去："我侄儿，你们真的调查清楚了吗？"

那天，牛道全和孔云清一起去了裕生堂，他们去看望大哥吴鸣璋，说了一些劝解的话，但终究吴鸣璋是听不进去。二人便又返回德胜行喝茶谝闲话。

"牛叔，是真的，我怎么敢骗你？真的有个股东是牛玉芹，我们还调查了，可是这公司的大部分股东，几乎都不在塔城，有的在迪化、伊犁，有的在谢米、塞米巴拉金斯克、斋桑、浩罕。公司的业务量很大，往来的数额让人震惊！但这些业务，又不让警察介入太深，是我偷偷看了一眼……"

牛道全愣愣地站了半天，又一屁股坐回太师椅上，面色如灰，喃喃自语："那么一双小脚，也跑到国外了？"

孔云清立即站起来："道全，你先放宽心，还不一定是你家小姐呢，你着急上火的。"

"是，肯定是，"牛道全目光盯着孔家客厅里摆放的俄罗斯唱片机，"这是她的性格，她能做得出来！"

"那你也不用那么担心，回头找朋友打听打听，兴许能联系上。"

"是的，不用担心了，她还活着，还活得不错，当股东了。"牛道全把一锅子烟吸完，站起身从德胜行离开了。回到巴克图，他把整个一大家族的人全都叫到门口的草地上，对大家吼：从今天开始，他跟这个女儿断绝关系，永远不许牛玉芹进我牛家的门！

吴鸣璋能从炕上下来的时候，对吴怀智交代，能出去行商还是去吧，男人志在远方。

小夫人在一旁就不大高兴："怀智，你老大不小了，也不寻个女人结婚，成天在这兵荒马乱的时候乱跑，太危险了。听说哈密又闹起义，兵荒马乱的，还敢跑出去做生意，求个安稳不好吗？"

吴鸣璋在炕上坐起身，靠着墙低声说："这世道哪里不危险？不危险杨柳青那么多人背井离乡跑到这地方？不危险那么多人甘肃人跑到孔家的金矿上，干那不是人干的活？我说这话，不是让你非要往危险的地方跑，觉得危险就要躲呀、绕呀，但人总还是要活下去的，你要做生意，那买卖肯定还是要跑的。"

小夫人哪里是这个意思呀，她是不想儿子离开自己了。吴怀智给母亲递了个眼色，小夫人便不再吭声。

吴鸣璋又说："现在能离开塔城跑的，咱们吴家就剩你了，我倒是想跑，跑不掉啊！怀智，你妹妹在乌苏，只要你行商，一般都是要路过的。每次去看看她。"

吴怀智点了点头。然后，吴鸣璋再不说话，闭眼养神。

吴怀智把母亲拉出屋外，对母亲说，不要打扰父亲，让他好好休息。

吴鸣璋一生不贪恋钱财地位，一个郎中想谋生从来不是难事。因此，他从未把挣钱放在第一位，医术好、德行好、口碑好才是他的生命。几十年来，他一直这么坚持。现在，吴怀仁的事，让吴鸣璋觉得自己再也撑不下去了，他知道自己挡不住这闲言碎语的袭击，挡不住这能杀人的闲话。

几个月后，为了整饬在塔商人的贸易秩序，鲁商孙冠尘的店铺被查封，这个闯关东转西北的商人，是从苏联归国的华侨。从苏联回来时带回大笔资金，主要是收购畜产品对苏贸易。他的罪名是偷逃税款，私下借自己的渠道与国外开展大宗的皮货生意，铁证如山。他的家产也被全部没收。

这一次办案对孔淑魁是一次很大的震动。孙冠尘也是在塔商人里有头有脸的富户，行政公署只没收了孙家的全部产业。抓人拘捕之类的事都是孔淑魁带队干的。事后，贸易亭羔羊皮货公司给孔淑魁送个手提包。孔淑魁执意不收。羔羊皮货公司的掌柜对他说："这是按行政长意思送的，你不收不合适。"

孔淑魁不再言语，伸手接过手提包。人走以后，孔淑魁打开提包，数了一遍，一百张银票，每张五十元，共计五千元。孔淑魁捏着这些钱，心里有些复杂，说不上是什么感觉。他知道塔城县长月薪也不过二百四十多元。这就相当于拿了两年的县太爷的薪水呀。

孔淑魁把这手提包在自己的屋子里放好又拿出来，再换个地方放进去，还觉得不妥。又从一个木柜底下掏出一个布包小袋，将布打开，又是一沓银票，孔淑魁再把银票全部数了一遍，再分开包好，一起装进那个手提包里。拿起一个小铁锹，在柜子下掏了个洞，从角落里搬了两个土块砖，再从那银票里拿出四张，装在身上。剩下的装回包里，用布包好，埋到地下，上面压上那两块土块砖。再把那些碎土装进一个布袋，提出屋外，然后走出警局，趁夜走向了日本服饰馆。

那晚，孔淑魁给了伊藤卉子一张五十元的银票，伊藤卉子急忙给他准备了最好的房间，烧了两木桶温水，让他和樱子沐浴，然后把房间里被褥茶具全部换成了新的。

全新的用品，单独、安全、封闭的环境，连空气里都是香的，从木桶里泡完澡的孔淑魁，觉得办案的疲乏立即消散，全身轻松。他把樱子高高抱起，一把扯掉了搭在她身上的和服，一脚踩在和服上，都没容樱子给自己把身上的水珠儿擦干净，就趴在樱子的身上了。

樱子在他的身子下，喘着粗气，不时咯咯咯地笑着，双手忙乱地推着他，又不真使力气，嘴里还说着："我等你很多天了，还以为你不来了，把我忘了呢？"

孔淑魁扒着樱子的胳膊说："哪能呢，忘了谁也不能忘了你。"

樱子要孔淑魁慢点，说道："你那么长时间不来，这么毛躁，一会就出来了。"

孔淑魁低着头，一边使着劲一边说："没事，今晚属于你，告诉你，钱就是男人的春药，放心，至少得三次。"

樱子不再说话，羞得粉红的脸上眼睛紧闭着，双手紧紧地抱着孔淑魁的后背，配合着他毫无章法的折腾，轻声地呻吟起来……

孔淑魁搂着樱子，吻着她的脸，她的嘴："你等着，我一定把你赎出去，将来一定还你的自由身！"

樱子伸出自己粉白的手指按压在孔淑魁的嘴唇上："行了，我听过了。咱们逢场作戏，都演得不错。在一起的时候感觉好就行了，你再有钱，不过是一个私人的钱，你根本没有办法和一个组织比，根本没有办法和一个国家比，别想着替我赎身。"

"你等着，我一定会做到的。"孔淑魁想想自己，这一路走来也是不容易的，抓人、刑讯逼供、抄家，甚至用枪指着人家的头，扣动扳机。那就是自己想做的吗？自己这么做下去，会得罪多少人，会给自己造多少孽！自己也是承受着巨大的压力呀！是啊，王海如对自己不错，可自己不就是他的打手吗？他的血全沾在了自己的手上啊!

樱子在孔淑魁的承诺中，竟然睡着了。她很少有全身心放松的时候，孔淑魁来了，她心里紧绷的那根绳便松了。

孔淑魁离开服饰馆的时候要给樱子两张银票，樱子的脸上十分紧张，急忙抓着塞回他的手中，用极小的声音趴在他的耳朵上，还夹杂着自己装模作样的呻吟："你千万不要给我大额的钱币，我根本得不上。"

孔淑魁执意留下一张，也趴在樱子的耳朵上："让他们搜吧，搜到了，他们也能对你好点。"

樱子不再说话，眼泪瞬间从眼眶里溢了出来，一把把孔淑魁抱了个结实……

孔淑魁凌晨从服饰馆出来，走回警局天还没亮，他到自己的宿舍，躺在木板床上。掏出两张没有付出去的银票，他打算一张给妹妹孔淑仪，一张给吴诗然。她俩虽然都有工作了，可是，在乌苏教学的吴诗然每月只有十六元的薪水。妹妹在省城好点，但也只有二十元。孔淑魁想，一个男人，要那么多钱干什么？无非两样：一是给中意的女人，二就是给自己的亲人。

孔淑魁想想自己当初挖空心思地追随张团长，不就是为了今天吗？真的自己走到了今天，他发觉自己并没有多高兴。但自己没有后悔，生命如果重来一次，他仍然会这么选择，这就是上天给予的安排，这就是命！他觉得自己突然想通了，以后再做这种事，就不能手软，该拿的拿，该留的留，然后就是要照顾自己想照顾的人。

想着想着，孔淑魁睡着了，一直睡到日上三竿。整个警队也没有人敢叫他。

吴怀仁的事情终究是瞒不住了，除了大夫人就没有人不知道。吴鸣璋把牛大脚叫到裕生堂里，一脸愁容地对着她，连连叹气，想说些什么，张了两次嘴，一个字也没有说出来。

那天，牛道全也慢慢走进了裕生堂的大院里，同样是一脸愁容。他朝着吴鸣璋走过来，几次想挤出一丝笑容，终于没有成功。

再接着，牛玉关带着两个随从从大门外把吴怀仁推了进来，一推进门，牛玉关便狠狠地朝吴怀仁后背就是一脚，吴怀仁从大门向前跌了两步，直接仆倒在院里。

"把他给我绑结实！"牛玉关喊着，两个随从捞出身上缠着的绳子，三下两下把吴怀仁捆了个结实。

牛玉关走上前去，对着身后喊了一句："关门！"

吴怀仁一看阵势，当然知道自己要倒霉，立即扑倒在地上，向前挪着双膝，

"爸，爸，这是要干什么？这是要干什么呀？"

吴鸣璋想说什么话，却突然咳嗽起来。

牛玉关可等不得，他冲上去，照着吴怀仁就是一个大嘴巴，随着一声脆响，吴怀仁的鼻孔里血滴了出来。吴怀仁看到地上的血，眼泪流了出来，顺嘴号了一句："爸，这是干啥呀？"

话音刚落，牛玉关一马鞭便抽在了他的身上，吴怀仁连哭带喊，嘴里的词再也听不清楚了。

牛玉关一鞭接着一鞭地抽，嘴里还喊着："我打死你，我打死你，叫你欺负我妹妹！"

血迹渗透衣服，吴怀仁满院乱窜，但被捆了双臂，当然跑不过牛玉关，被打了几鞭子，连号带叫地撞翻了院子里的各种器物。

吴鸣璋一言不发，甚至连看也不看，用手撑着头，眼睛紧闭着。牛道全更不吭声，只低头吸着旱烟。

小夫人和牛大脚看着吴怀仁挨一鞭子，心就紧一下。牛大脚没有说一句话，眼泪线一样地往下流。

门外围着好些人，挤在门缝里看热闹，接着传来拍门声音："开门，开门，你这个没心肝的爹，你要把我儿子打死啊！你要把你儿子打死！你打死他，我今天就撞死在你家大门前！"

牛玉关知道，这刑肯定是用不下去了，便走到吴怀仁跟前，照着他的肚子狠狠踢了一脚，吴怀仁几乎都无法呼吸了，满脸痛苦的表情。牛玉关抽脚继续踢。

牛大脚冲过来，扑在吴怀仁身上。

"哥，别打了！"牛大脚喊道。

"可是他……"牛玉关一脸愤怒，目光转向牛大脚。

"你什么也别说了，你打他一顿，你痛快了，我的日子咋过？"牛大脚打断了牛玉关的话！

"唉！"牛玉关叹了口气，扔掉手中的鞭子，蹲在地上，搂着头。

牛道全冲那两个发呆的随从摆了摆手，二人转身打开了院门。

大夫人从门外扑倒进来，眼泪鼻涕满脸，连哭带喊，甚至带着唱腔："吴鸣璋你挨刀的，我们孤儿寡母，你管过吗？你现在关着院门，把你儿子朝死里打！你行，你真能下得去手！你哪像个老子？你有钱有枪，你先把我打死吧，你把我打死，把你儿打死，你就能跟你小老婆、小儿子过好日子了，反正你小儿子也喜欢她，你们连媳妇都不用娶了，直接凑一家人过日子多好呀！就我们娘俩是多余的，是吃闲饭的，是死不要脸的，是没出息的……"大夫人骂着骂着闭气昏了过去。

小夫人急忙叫人掐了大夫人的人中，牛大脚这时给吴怀仁解开了绳子。

跟着进了大门的孔云清急忙给牛道全、牛玉关使了眼色，二人带着随从像打了败仗的兵丁，溜着墙根逃了。

孔云清夫妇急忙分头行动，展开安抚。

大夫人看到吴怀仁被打的惨状，当然不肯罢休。她虽然没有什么力气，但决不允许自己的宝贝儿子受到侵犯，为了保护自己的儿子，她可以不要性命，也可以不要脸。她饭可以不吃，觉可以不睡，也要把这一局扳回来。

那天，吴鸣璋对长子的教育彻头彻尾地失败。大夫人连喊带唱带哭地在裕生堂大院里一直闹到了大半夜，无休无止。门外的观众换了一拨又一拨。

大夫人就坐在地上，痛诉着吴鸣璋的薄情寡义，咒骂着小夫人的残忍刻薄，抱怨着牛大脚不守妇道，埋怨着吴怀智惦记大嫂。

吴家上下一边给吴怀仁清理着伤口，一边任由大夫人在院子里的胡闹。吴鸣璋躲在书房，对牛大脚说了一声："老师把你害了！"

## 53

大夫人大闹裕生堂的故事风靡塔城半个多月，那些日子，吴鸣璋臊得没法出门。夜深人静的时候，他独自一人站在院里问自己：真的应该把他们母子接到身边来吗？为什么没有换一种方式，比方每年寄些银钱回去。吴鸣璋陷入了深深的纠结，恨自己考虑得不周。在塔城辛辛苦苦积累的名声全完蛋了。他没有脸上街，不想见任何人。

一向最懂吴鸣璋心思的小夫人也对他摆起了脸色，小夫人的意思很明确，铺子和钱，她都不计较。可是大夫人和吴怀仁吃着裕生堂、喝着裕生堂，却抱起块大石头把裕生堂的锅给砸了。裕生堂的面子算是糟蹋完了，以后没法在塔城立足了。

吴鸣璋深有同感，却没有半分奈何，他觉得愧对小夫人，裕生堂几乎完美的生活，随着他们的到来终止了。

他没有想到，这个自己认为很难过去的事，居然很快就被塔尔巴哈台新的巨大变化给冲淡了。人们都要忙活自己的生计，没人关注你太久。你自己觉得再大的丑闻，对于别人也没有持久的生命力。

年底的时候，省里传到塔城一个重要的批复。塔城商会两年前打的那个"重国土纾商困而固边局，公私两便"的申请，终于批了：准予在巴克图附近空旷处由华商集股建设一大集市，命名巴克特镇，开通巴克图至迪化的货运，在巴克图建立中方商务机构，次年开春动工兴建。

这是个大消息，塔城的商会紧急召集会议，研究各家商铺的资金配比，建设方案。即使天气寒冷，仍然不断有人冒着风雪，乘着马爬犁，长途奔袭，到巴克图实地踏查，为的就是能占一个好的位置，盖个好铺面。就连街上的短工也是高兴的，这意味着一开春，他们就会有活儿干，有饭吃，有钱挣了。

但是，所有人都想多了。开春的时候，传来了更为震动的消息。哈密那边打起来了，打得很凶，至于是谁跟谁打起来了，大家都闹不清楚，只听街头巷尾的人说，死了很多人，很多县城都被攻占了。

面对要死人的事情，没有人再传裕生堂的闲话，人们好像忘了这件事，亦或者接受理解这件事。吴家大公子吃喝嫖赌抽，样样占全，那有什么奇怪的，富家公子哥们不都这个德行吗？

总是会有人生病的，生病就得求医问药，病急就得投医，洋医院看到就害怕了，根本不敢进去。裕生堂还是亲民，谁还在乎医家的门风好不好，只要他能给自己看病，就已经是造化啦！

吴鸣璋没有想到，这事这么快就这么过了。大夫人的大闹也并没有把裕生堂的锅砸了，甚至没造成什么影响。当时觉得怎么都过不去的坎，一月之后，仿佛就没有什么坎似的。

这事让吴鸣璋顿悟了一个人生道理：再大的难处也不要想不开，人生的秘诀就是熬，要不了多久，别人就会把你的事忘了，无论好事坏事。

开春之后，批复上说的那些事都泡汤了。巴克特镇和那个宏伟的市场建设都没有如期开工，据说是建设的费用被挪做了军费。省府不仅没有往下拨款，而且要求塔城上解更多的资金支持备战。

整个塔城公署和各县所有的公务似乎都进入了停止的状态，没人关心春耕生产，没人关心市场运行，只剩下催缴税费，预缴税费。

眼看干不上工地的苦力活，那些在去年年底兴高采烈的短工们个个垂头丧气，街面上的行人，多数忧心忡忡，哪里还有兴趣再传裕生堂的闲话。

世界本就没有十分的美好，但也不会彻底地糟糕。城外距三道河坝不远的地方，建了半截子停工的那个机场，又开始复工了。那些垂头丧气的短工们，终于找到了一线生机,拼着命地拥进这里搬石头做工。斯文·赫定来开辟欧亚航线,准备横贯中国内陆的考察终于付诸了实际的行动。

短工们没兴趣管建什么飞机场,他们只能夯石头、填地坪,他们没有那么高的高度,他们永远不可能坐上自己填平的飞机场上起飞的飞机!

行政公署所有的款项几乎都被挪用,但机场的专款还正常,因为这是中德合办的,提前把资金单独管理。这一年的秋天,欧亚航空公司开辟沪新线,塔城到上海的班机每周逢星期二对开,这样新潮的事情,当然火爆全城,甚至轰动整个新疆。

吴怀智的行商暂时停了下来,他独自坐着班车,去乌苏、去迪化跑了一趟。他想自己先探一探路,看看乌苏和迪化到底还能不能走,东疆和南疆还能不能去。结果真的走不了,只能改成探望孔淑仪和妹妹吴诗然的探亲行动。

妹妹见到自己的时候给了自己两张银票,说是孔淑魁给自己寄的,她不能要。妹妹说工资十六元,自己省着点用是够的。自己成天在学校,很少外出,真没有什么地方用钱。除了一日三餐简单的饭菜,就是给自己订了一份《玲珑》,虽然身在小城,但一定不能和潮流脱轨。

吴怀智带着妹妹吃了一餐好饭,看着妹妹狼吞虎咽的吃相,就知道她独自一人的不易。吴诗然对吴怀智说:"有时候一天只吃两顿饭,一个人生活,连吃饭的兴趣都没有,更别说做饭了。"

吴怀智也没有什么正经事可做,但陪着妹妹一块儿到了宿舍。妹妹说:"想办教育只是县政府的愿望,一时的热血。现在听说东疆、南疆打仗,这学校也是没什么人管了。工资已经一个月没有发了。而且学生也不固定,今年开年,就少了一半学生。也不知道还能撑多久。"

这时,一只老鼠从墙根迅速跑过来,钻进了墙脚的一个小缝里去了。吴怀智就问:"怎么还有老鼠?"

"当然有,"吴诗然笑笑,"现在他们是我的朋友了,刚来的时候,老鼠跑到我的床上,就站在我的被子上,两眼直勾勾地盯着我,没把我吓死。后来,慢慢地熟悉了,有时候在长夜里,我睡不着的时候,借着微弱的亮光,跟它相互对视。吃晚饭的时候,我会主动给它留一点。"

"那你的生活有什么不方便吗?"吴怀智问。

"唉,最不方便的就是上茅房,尤其是到了夜里。学校这么大,那个茅房的地坑挖在围墙外那么远的地方,我哪里能一个人独自走那么远,多么凶险。夜里那么黑,哪里敢进去,再刮点风,火都是点不着的。所以晚上,我尽量不喝水。风把门吹得有响动，我都吓得不行，把门顶得死死的，以前还有个女老师跟我做伴，现在她嫁人了，就剩下我自己了。"

听着妹妹平淡的叙述，一丝酸楚涌上了心头，眼泪突然就湿润了眼眶，吴诗然看到哥哥的表情，反倒过来安慰吴怀智："哥，你这是干吗呀？我再怎么苦，还能比得过你行商做买卖？你才是真受罪，我这只不过是通向独立和自主必须付出的代价！我不能一直做什么也不会的千金小姐，自食其力才叫时尚。"吴诗然把炕上的一本《玲珑》递了过来，封面上一个穿着马裤的女人，绽放着运动的活力。

吴怀智打算叫吴诗然上街去吃晚饭，但妹妹怎么也不肯去了，说自己是极简主义，要在学校的火房煮四颗鸡蛋。吴诗然说："我煮鸡蛋特别有经验。鸡蛋洗洗，凉水下锅，水没过鸡蛋即可，烧开以后，五到七分钟。鸡蛋黄特别鲜嫩，一点也不老，是最好的时候。"

鸡蛋熟后，中间还有绿豆大小的软得水一样的蛋黄，恰到好处。吴怀智琢磨着，这也不知道多少鸡蛋才练成了这功夫。

天将黑的时候，吴怀智给妹妹留了一张一百元的银票。吴诗然没有拒绝，却要吴怀智带回孔淑魁的银票。她说："哥哥的情，妹妹要，但孔副大队长的钱，诗然不要！"

吴怀智辞别了吴诗然，从乌苏再到迪化，城里紧张的气氛比乌苏更甚，完全失去了往日的喧嚣和繁华。

下午放学以后，太阳还高高地挂在西边的天上，吴怀智约着孔淑仪一起走在大十字、三角地，这是迪化最繁华的地方。但那时戏园子已经歇业，电影院也不再放映电影，两张巨幅的海报被风扯得有些破损，在暮色的街头略显可怜。

街道两旁的店铺大部分还开着，街巷里时不时传来天津腔高一声低一声的吆喝："糖的馅儿的花糕——"

"烧饼肉啊——"

两架板车推过二人的面前，吴怀智各买了一份的。行商的人最是同情小贩，他们挣的就是个辛苦钱。

烧饼有两种，一种是芝麻烧饼，一种是酥皮烧饼，车上罩着一个大玻璃盒子，拿货付钱后，车老板又一声吆喝："烧饼肉啊——"声音传得很远。

二人再往前走，在习习晚风中，略有点凉意，路旁的小吃小喝零零散散地摆着，有卖馄饨，有卖花生，还有卖各种杂碎的。

不远处一个冒烟的摊子飘过特有的孜然的味道，时不时传来一声大舌头的叫喊:"烤肉熟(sóu)了——"一听就是天津的口音。

吴怀智感觉往后一年都做不成买卖了,既然来看孔淑仪,就一定要从头吃到尾,还有什么能表达对这个同乡、同学、师父的女儿的关心呢?

那天孔淑仪很高兴,能在省城见着家乡人,而且还是吴怀智,大大出乎她的意料。这个在吴家私塾里跟自己辩得最为激烈的人,不远千里来看望自己,心中顿时充满温暖和感动。在迪化大十字街路口,孔淑仪手一下就伸进了吴怀智的胳膊,没有丝毫的不自然。倒把吴怀智惊了一下,但他觉得自己如果把孔淑仪的手拿开,也不是那么合适,会破坏了当时的气氛。反正是从小玩到大的邻居、朋友,就像兄妹一样,也不算怎么过分。很多时候,孔淑仪和吴诗然也差不多,吴怀智给自己寻找理由开脱。

二人就那么挎着胳膊,把这条街道从头吃到尾,直到一个小摊女主,递给他们一个发卡,对吴怀智说:"给你女朋友买一个吧,这么漂亮的发卡不容易碰见的,跟你的女朋友特别搭。"

一句话打乱了二人的心思,孔淑仪急忙把手抽回,转了个半圈,背对着吴怀智。

女摊主手里仍捏着发卡,吴怀智伸手接了过来,递给孔淑仪。孔淑仪推辞了一下,见吴怀智又把手伸了过来,便伸手接了过来,转身走开了。

吴怀智匆忙给女摊主结账,然后追了上去。

"你是第一个来看我的家乡人,谢谢。"

"客气什么呀,虽然是我自己来,可是来之前,师父、师娘没少嘱咐我,见到我其实你也见到他们了,大姐还让我给你带一百块钱。"

"其实,我不需要,我一个人在省城,空闲的时候很多,我联系了报社,闲的时候给他们当校对,一个月也有几块钱的收入呢,足够我用了。你回去帮我给他们带句话,不用担心我,其实省城谋生,比塔城更容易,只要你肯干!"

离开迪化的时候,一向独立好强的孔淑仪居然也落泪了,她对吴怀智说:"你下次还来看我吗?"

吴怀智看了她半天,平静地说:"会的,以后路过省城的时候,我都会来的。"

"那你会专门来看我吗?"

这一问,吴怀智确实一下不知怎么回答了,半天没有作声。

孔淑仪没有等到吴怀智的回答,在校园的门口,突然冲上来给了吴怀智一个拥抱,然后转身跑进了校园,留在空中一句话:"我等着,等着你来看我!"

吴怀智回到塔城的时候，一如既往，去车马社看牛大脚，牛大脚冷着脸对他说："吴少爷，以后就不劳驾你老是帮我的忙了，每个人都有她自己的命，有她自己的生活。谁又能帮得了谁呢？"

牛大脚说完话就走了，忙着伺候她的牲口去了。吴怀智傻傻地站在原地，茫然不知所措。

半个月之内，他看了三个女同学，孔淑仪和妹妹都很高兴，偏偏自己的嫂子，自己关心最多的人对自己一反常态，自己到底是哪里做错了？吴怀智想问个究竟。牛大脚一边忙着喂牛喂马，一边眼泪汪汪。她也想告诉吴怀智：你啥也没错，都是命的错。不要那么关心我，我嫁给的是你的哥，不是你！

可是，她啥也不想说，啥也不能说，再说也说不清。她嫁给了吴怀仁，就没了自己的世界。大夫人时时都在盯着自己，会把生活所有的不顺心转嫁到她的身上。

大夫人那阵子也后悔，在裕生堂一通大闹，想着让吴鸣璋和小夫人丢面子，当时自己只图痛快，什么话狠说什么。现在才明白，原来吵架从来就没有赢家。

自己把裕生堂能骂的人都骂遍了，当时觉得给儿子挽回了颜面，但现在看也不是那么回事。塔城人都不议论这件事了，可裕生堂这件事没有过去，也过不去。裕生堂是没法去了，小夫人更是不可能再说话，生活还要继续，儿子的伤养好以后，本事也没有任何长进。依然收不到房租，小夫人通知了账房，不再给他们支生活费。那么一排铺子都给了他们，当然可以不再给钱。

吴鸣璋也没有一句话，假装不知道，一次木工坊、车马社都没有来过。

大夫人就靠着做零工、养牲畜的收入度日，倒也能活。吴怀仁偶尔还流点清鼻涕、咳嗽、发抖、打寒战。每每这时候，大夫人便会喊牛大脚，要她放下手中的一切活计，来照顾吴怀仁。

次数多了，牛大脚明白，这不是没有好，而是烟瘾犯了。牛大脚便把吴怀仁绑起来，让他戒烟。大夫人看到牛大脚把儿子绑了起来，便打了牛大脚一个巴掌，大骂她长出息了，敢绑自己的男人！

牛大脚面色平静，但内心坚定地告诉大夫人："妈，烟瘾必须戒掉。不把烟瘾戒掉，咱们一家子人的生活都得完蛋！"

大夫人看看牛大脚，也没了主意，转身走了，任由牛大脚把吴怀仁绑了个结实。吴怀仁清醒后，呼天喊地，连哭带闹，大夫人终于抵挡不住，趁着牛大脚不在屋里，把吴怀仁给放跑了。

牛大脚回来一看，炕上只剩下一卷绳子，连大夫人也不见了踪影，一腔怒火无处散发。怔怔地站在屋里，面对乱得如一团麻的生活，她再也不想挺着了，她跑到车马社，跟那些长工一道喝白酒。那些雇工本来就是牛家的伙计，大家当然熟识，见当家的来了，当然热情地围了上来。牛大脚要一碗一碗地喝，把雇工惊了一跳，随后大家爆发出一阵哄笑。

吴怀智路过车马社的时候，被雇工小马喊住，他把吴怀智拉到一边说："吴少爷，快看看你嫂子去吧，别出什么事，她喝醉的样子可把我们吓坏了。"

吴怀智急忙拐进车马社，快步走到牛大脚住的耳房，那间房一直只有牛家的人才能住。雇工们都在远处的平房里打通铺呢，和那些牲畜离得比较近，也方便他们干活。

吴怀智看到牛大脚躺在炕上，嘴里脖子里都是吐的酒和饭渣儿，一股恶臭混杂着酒味充斥着整个屋子。他也顾不了太多，急忙脱鞋上炕，打开炕上那扇小窗户，再下来打一盆水，洗了一条毛巾，把牛大脚的嘴角儿、脖子里的污秽物清理了一番，替她盖好被子，把她弄脏的外套洗了。

## 54

吴怀智从牛大脚的房间出来，把小马叫到一旁儿，朝他手里塞了一块银圆，让他去买点小菜，回来陪自己喝几杯。

这小马曾经在裕生堂停过活儿，也跟着吴怀智行过商，那日中午就喝了不少，买回来酒菜再喝，就更加主动了，话匣子彻底打开："你嫂子跟我们喝酒的时候，我们还挺高兴的。兄弟们说话也可能有点荤，你嫂子倒也不太介意。咱也明白，人家是洋姑娘，跟咱们的姑娘不一样，人家热情、奔放，可是也不能一碗一碗地喝呀。我们也劝过，劝不住。当时也没想太多，以为他们老毛子，都是海量呢。大家还在吆喝起哄，谁知道喝了第三碗，当时，她就喷了，喷得酒气、饭渣儿到处都是。然后，转身摇摇晃晃地跑了，当时的表情，小吴掌柜，不瞒你说，实在太吓人了，我们大家都站起来朝后躲……"

天上突然下起了雨，雨滴穿过门亭顶子的缝隙打在吴怀智脸上，他抬头看看，漏得并不严重，挪挪换了个地方跟小马继续喝。

小马自是高兴，边喝边笑："今天到底是什么日子，我是走了什么运了，能喝酒吃肉，来，我敬小吴掌柜一杯！"

那天晚上，小马也喝醉了，站在车马社的门亭下，傻呵呵地一直笑。

吴怀智也晕得不行，离开后又折返回来，看到小马还在门亭下，他的衣服被柱子上的一个钉子挂上了。小马一边笑，一边摆手："吴掌柜，算了算了，别拽，别拽，我不喝了，我要走了，别拽，别拽……"

吴怀智把小马的衣服卸下来，把他扛回那排平房，炕上有几个雇工已经睡死，呼噜打得山响，满屋子的脚臭，吴怀智也闻不见了。他东碰一下，西撞一下，总算把小马放倒在炕上，摇摇头，自己也倒在了那炕上。

苦力们打呼噜磨牙脚臭放屁，吴怀智在这几年的行商过程里，毫不陌生。有酒精的麻醉，恍惚之中，他还以为在行商的途中露宿呢，就跟小马盖着同一床破棉絮被子睡在了一起，直到凌晨还跟小马拉拽着那条露着棉絮的棉被。

次日清晨，吴怀智被一阵吵闹叫醒，急忙起身下炕，站在门口朝院里看。远处牛大脚洗着自己的衣服，大夫人站在她的对面，叫她回木工坊，抱怨她没有给所有人做早饭。

牛大脚一直低着头搓衣服，大夫人在她的对面站得笔直。雇工们都趴在门口看热闹。东家们吵架是他们最喜欢看的节目。大夫人回头看看这个屋子门，并没有觉得难堪，反倒更加提高了声音，仿佛要故意让这些人听清楚。

"你以后还是讲点妇德，你是我们吴家的媳妇，我们吴家是塔城什么样的家户？你跟着一帮长工，喝那么多酒，人不像人，鬼不像鬼，像什么样子！"大夫人对牛大脚说话从来不客气，见牛大脚不回应自己，大夫人心里愈发愤怒，她迈着小脚朝这平房这边走了十几步，继续喊道，"你们这些停活的苦力也是的，有没有点眼色？跟少奶奶喝酒，你们也让她照死了喝！你们还想不想在这里待下去了，这年头寻个好东家容易吗？一个个都是欠收拾的……"

这些长工听着大夫人的咒骂，并不恼，纷纷从门口转身跳到炕上躺倒，每人脸上挂着笑容，互相看看。大夫人没有进这扇门，转身走远了，房间里一阵阵哄笑肆无忌惮地传出来。

大夫人鄙夷这嬉笑声，骂了一句："你们这些混吃混喝的贱命鬼，我不跟你们计较。"

牛大脚这时从水里捞出来一件衣服，晒在晾衣绳上，说道："妈，你先回吧，知道了，我把这些衣服洗了就去。"

大夫人看了看。牛大脚又蹲下身去洗衣服，可能是觉得自己失了面子，又喊道："快走呀，一家子人都等着你的饭呢！"

"我先把衣服洗了，我先把衣服洗了行不行？"牛大脚终于冲着大夫人喊出了第一声。

大夫人愣了一下，似乎没有想到，牛大脚会冲着自己喊叫，声音更是提高了八度："我不知道你们牛家是怎么管教你的，但是你嫁到了吴家，早起做饭，伺候你男人，就是规矩，就是你的规矩，你别给我喊！我拉扯你男人二十几年，从杨柳青走到这新疆塔城，我死过几回了，根本没有怕过谁。你别给我喊，别给我耍性子，嫁给我老吴家，你就是我老吴家的人，就得受你男人的管，得受他妈管。除非我儿子把你休了！"

自那天在裕生堂撒泼以后，大夫人战斗力指数就得到进一步提升，劈头盖脸地训斥牛大脚。

结果牛大脚把衣服朝水盆里一摔，也大喊起来："你不高兴就可以骂街，就可以收拾我，不管对错，你都可以冲着我大呼小叫。我呢，我能干吗？"大脚的眼泪瞬间从眼睛里流了出来，"家里人晚一会儿吃饭，能饿死不？那么按时按点地吃饭，是有什么重要的事情吗？去哪家铺子打麻将，还是去吸大烟？我爸、我哥在巴克图拿着洋枪把鸦片全部犁掉，我男人大塔城的烟馆玩命地抽！"

大夫人看着发怒的牛大脚泪水横飞，心里突然有了一点恐惧，一时没了方寸，竟不知如何应对。

这时，牛大脚的胃里一阵翻腾，急忙转身朝马厩里跑，哇哇吐了一堆！

大夫人愣了愣，转身回木工坊去了。

吴怀智从平房里走出来，走向牛大脚，递给她一个手帕。

牛大脚接过手帕，擦了擦眼泪、嘴巴，转身看到吴怀智，四目相对，吴怀智急忙低下了头，他不敢看牛大脚那褐色的眼珠。他害怕自己深深陷入这奇异颜色的瞳仁中，迷失了自己。

那一刻，牛大脚的心理瞬间破防，甚至有扑到吴怀智怀里跟他拥抱的冲动，可是她制止了自己，她提醒自己，他们是叔嫂关系。

草原泛绿，鲜花盛开的五月，大地一片生机盎然，每年这时候就是在塔城的商人四处行商的时候。可惜这一年，所有通向内地和南疆的商道都不通了。

吴怀智跟师父孔云清商量，打算改变生意经营的方向。这是现实的无奈，也是新的选择。各地军阀争权夺利，到处打仗，哀鸿遍野，口里路走不通了。偏偏人家老毛子却迎来了工业化和农业集体化。迅速发展的工业当然需要扩大原料进口和工业产品出口，这便与新疆的经济互补，几乎可以作为发展贸易长期选择的方向。

孔淑慎接过古丽夏提手中的茶杯，走到二人跟前，将茶杯放到小方桌上，说道："去年，他们的交通大动脉土西铁路通车，用一千四百多公里的新铁路连通了原来的铁路，形成了新的几乎贯穿苏联全境的土西铁路。几乎一半沿新疆边界绕行。咱们本国走不通，是不是可以考虑从他们的地盘上走？"

对于中国以外的交通，吴怀智是不了解的，于是他问道："姐，你说的是民国十七年，杨大帅的尸体从阿亚古斯经西伯利亚铁路运至天津三姨太那里的线路吗？"

孔淑慎回道："对，现在这条线路，更便利了。"

孔云清喝了一口茶水，说道："咱们杨柳青的'大营客'往新疆运货，最早是沿运河南下，进入河南，再经陕甘，穿过'八百里瀚海'最后进入新疆。沿途一百五十余站，八千多里地，各站之间短则二十余里，长则百里，异常艰难。若只到迪化，全程要走多半年，若要到喀什，便是一百八十一站，全程走完要近一年的时间。后来，随着'赶大营'规模的不断扩大和交通工具的发展，进疆的路线逐渐发展为三条。南线：走陕甘过星星峡进入新疆是最早的路线，这条路始终没有断；后又开辟了北线：从张家口经呼和浩特、包头进入大草地，走乌里雅苏台进入新疆。这条路线路程缩短，运货驼队多走这条路。最后一条，也就是我们现在可以选的铁路线：从巴克图要坐几天的马车才能乘火车，几乎穿越苏联全境，到中国东北，虽然路程并不近，但它毕竟要比徒步舒适、方便得多。"

"土西铁路全线贯通了，我们就更应该试试，开拓新的路线。一旦新的路线形成了，就会有新的市场，"孔淑慎说道，"现在，这条四千六百里的铁路，必定给他们国家带来巨大的利益。当然，咱们也可以搭车做事。"

"我们在军阀混战，一盘散沙，人家却在实施第一个五年计划，唉！对于祖国来说，新疆塞外孤悬，对于新疆来说，现在，塔城也西陲孤悬。"吴怀智这几年用脚丈量完了新疆的主要交通线，他的所见所闻所感也自然有独到的地方。

德胜行的生意还是可以维持下去的，金矿的收益不错，察汗托海、托里、和丰的那几个分号运作也还正常。没有把鸡蛋放在一个篮子里，确保了即使外地受影响的时候，德胜行在塔尔巴哈台地域，生意和产业也可以独立运行。

所有行商的范围被大幅压缩，吴怀智感觉自己不再是一个行商的掌柜，而更像是一个德胜行给县镇分号配送货物的队长。

关于新生意、新路线的讨论，也就是大家兴致来的时候随口一说，真要实施也没那么容易，但想借道回天津，倒是不难，只是全程三百多元的车票不便宜，即使县长也要用两个月的薪水。这些情况都是一个生意人需要掌握的，万一真的需要用呢。

贸易亭里的交易还算繁华，人数不少，但交易货物的数量大减。人来人往中，关于"尕司令"横扫东疆的传说，在贸易亭里疯狂传播。老板们三三两两地聚在一起喝茶打牌，反正正经生意也做不好，就谝闲传子吧！

"那么年轻，五百多人，九十支枪，比牛道全的民团，也没强出多少。就敢唱着'马步芳，×他娘，撵得老子进新疆'横越大戈壁，到新疆来抢占地盘了。"

"这才多长时间，听说这队伍已经连克星星峡、黄芦岗，得枪几百支，硬是把队伍装备了起来。"

"听说先是包围了东疆重镇哈密，飞奔巴里坤，将省军两个团冲垮，得了一千多支步枪和大量给养，那一仗打得漂亮，随后就变成了'一人一马一矛枪'了。"

"省军也真的是逊啊！一个旅的洋枪洋炮，被'尕司令'二百骑兵冲得四散乱跑，连旅长也被砍死了。真是他娘的，拳怕少壮，横的怕愣的，愣的怕不要命的。哼哼！"

恰好，吴鸣璋路过贸易亭，大家谝闲传子，见他走过来，急忙停下牌局，站起身来打招呼。吴先生关心时事，那可是塔城出了名的。能拽着这城里最有学问的人，一起坐下来，评价一下时事，打发这浑浑噩噩的时光，也算一件美事。

吴鸣璋的看法跟大家果然不一样，他告诉大家："别看'尕司令'闹得欢，他成不了事。"

大家一时间全愣住了，人人都在激昂地传说"尕司令"的神迹呢，你这吴鸣璋却说人家成不了事，为啥，就凭你昨天在家扒拉两下算盘珠子？

"吴先生，尕司令虽然年轻，可是自起兵以来，那也是逢山开路，遇水架桥，队伍越来越大，地盘越占越多，你说人家成不了事，你凭啥这么看？"几个铺子的老板表示不服。

"'马步芳，×他娘，撵得老子进新疆'这是他的部队行军的时候唱的歌曲吧？"

"没错啊！"

"'尕司令'是谁？是马步芳的堂兄弟，上到祖父那一辈是亲兄弟。既然是亲兄弟，还能编着歌地骂大哥，那么俗的词，就那么让部队行军的时候唱个没完？"吴鸣璋反问这些店铺的掌柜。

"吴夫子，我觉得你说得就不对，这唱歌跟打仗本来就是不沾边的事，你怎么就断定人家成不了事呢?行武的人,能冲能打不要命是最重要的,要文绉绉的能干吗?"

吴鸣璋摇摇头,冷笑了两声:"《孙子兵法》云:'上兵伐谋,其次伐交,其次伐兵,其下攻城。'意思是说:上等的军事行动是用谋略挫败敌人,其次就是用外交战胜敌人,再次是用武力击败敌军,最下之策是攻打敌人的城池。也许'尕司令'真的是勇敢,可是他没有根,表面上看他取得了一个一个的胜利,但事实上,他一直在食物链最底端,看着打打闹闹很热闹,最后不过是一场白忙活,他在新疆什么也落不着,你走着看。"

吴鸣璋这一段话说完,所有的人都不再作声,几句《孙子兵法》的词镇住了现场的所有人。

但是谝闲传子人们都没有想到,这个"尕司令"将带给他们怎样的灾难。

那一年,在塔城的普通百姓还是幸福的,没有战乱,没有天灾,能吃饱喝足,打点零工,那已经是很好很幸福的生活了。

六月的时候,吴诗然突然从乌苏返回了,她说乌苏县城已经没人上学了。吴诗然挽着吴怀智的胳膊,穿着开衩到大腿的旗袍,从裕生堂走到车马社,她要哥哥陪着自己看看昔日的同学,现在的嫂嫂。

哥哥挽着妹妹一道看嫂嫂,这就是家务事了。大夫人即使看见,也无法阻拦一家人的感情深厚。吴诗然一直比较担心牛大脚,觉得她其实是很有思想的一个人,可惜,她连展示自己有思想的机会都没有。

在乌苏吃过煮鸡蛋的那天晚上,吴诗然要吴怀智陪着自己在那空旷的大院里,在那个操场的观礼台上坐会儿。吴诗然说,新疆就是地方大,一个学校,操场修得这么大,自己一个人的时候常常想享受享受夜晚的凉风,可是不敢。只有哥哥来了,才能享受一次。

二人并排坐在观礼台的边沿,眺望着黑洞洞的远方,寻找着远处闪耀着一点点光亮的地方。

吴怀智还开着妹妹的玩笑:"其实,你就是坐在这里,估计也挺安全的,只要没有豺狼,谁敢在这么黑的夜里跑到这观礼台。跑到台下,你突然喊一句,站住!他不得吓个半死。"

吴诗然笑一笑,突然说道:"我觉得牛大脚的四周围就是黑暗,看不到一点点光亮,她真可怜!"

在车马社看到牛大脚的时候,她正在伺候牲口,吴怀智急忙上去帮忙。穿着时髦的吴诗然当然引起了雇工们的注意，他们借机走到院里来，各种装模作样，掩饰着自己对吴诗然的远窥。然后，他们便凑一起，小声开一些奇奇怪怪的玩笑。

吴诗然当然不会上前去帮忙。牲畜的骚腥味道，以及那些牲畜招引的蚊虫铺天盖地，地上牲畜的草料和它们的尿水、粪便混在一起，完全不是武打小说中，不再理会中原武林的恩恩怨怨，到雁门关外牧马放羊的那般潇洒。

吴诗然远远地看着吴怀智和牛大脚熟练地配合。夕阳给二人和牲畜们的周身镶着一道金边。在那个瞬间，吴诗然莫名觉得，牛大脚如果嫁的人是自己的哥哥吴怀智，那还真是天作之合，很快她又为自己有这个想法感到荒唐。

二人忙完，牛大脚先走过来对吴诗然说："对不起，你再等一下，等我把衣服换了，洗把脸再来陪你谝。"

吴诗然笑笑，站在原地，继续看着远处吴怀智在最后一抹夕阳里善后。觉得自己这哥哥，真的是高大，有担当。

牛大脚换了一身干净衣服，洗净了手脸，走出屋子："不知道你来，你来得真突然，我做不到拥彗迎门，让你见笑了。"

吴诗然丝毫没有怪牛大脚怠慢自己的意思，一直朝她微笑点头："你再没事了吧，走，咱们换个地方去说话，到女子学校旁的公园，怎么样？我去替你给大夫人请个假，我不信她不给我这个面子！"

大夫人当然不能说些什么，只嘱咐她们早些回来，别太晚。

## 55

多时不见，吴诗然、牛大脚二人有很多话要倾诉。牛大脚却对自己的婚姻家庭避而不谈，吴诗然已经走入职场，成了一个地地道道的社会人，在乌苏独立生活，当然会有很多不便。她不再是裕生堂的小姐，便也能包容很多事情，不再执着追问。

牛大脚听说吴诗然把学校的工作辞掉返回塔城，觉得非常遗憾。她无比羡慕地说："换作我，我肯定不会辞职的，一月十六元，我就能独自决定自己的一切了。多好啊！"

"算了，乌苏的空气里都是战争，我还是得另寻出路。感觉学校给了我人生的第一次职场经验。"吴诗然看看牛大脚满脸替自己惋惜的表情，又岔开了话题，"我今天穿得漂亮不？"

"漂亮，你一直都很漂亮。你是咱们中间最漂亮的，不仅长得好，气质学问都是最好的。"牛大脚对吴诗然的赞美毫不吝惜,也是发自内心的,她觉得自己跟她,跟孔淑仪已经拉开了很大的距离。

"我这旗袍就是比着《玲珑》上的图片裁剪缝制的,我敢保证,以后这个开衩还会更高,这只不过是刚刚开始,这就是潮流。我给你带了几本新的《玲珑》,你收好,你一定好好看一看,全中国最自信、最时髦、最有影响力的女人都在这里面。哪怕自己过得再卑微,也不要失去对人生的追求,我这次回来,不是退缩,而是要去更远更好的地方,追求我最完美的人生!"

得知吴诗然回到塔城的消息,孔淑魁当然要想方设法见面的。他推掉了繁忙的警务,到裕生堂,到车马社,到女子学校到处去找她。

听说吴诗然把工作辞了。孔淑魁苦苦追问,为什么就把学校的工作辞了,以后打算怎么办?

吴诗然对他说:"谢谢孔队长,谢谢您一直以来的关心。乌苏的局势实在堪忧,作为一个北疆交通要塞,将来必是各方势力争夺的要点地区,战乱在所难免。现在各方势力都磨刀霍霍,真的教不成学了。"

"那也好,回塔城更好。"孔淑魁对吴诗然说,"你是想暂时歇歇,还是想继续教书。如果你要教书的话,我可以给你找一个学校。"

"不用了,我要走了。要走到更远的地方,开始我自己新的人生。我不要在塔城,我要去看看更远的地方。我自己的人生一定要自己做主,生命只有一次,我不能只待在这么小的一个地方!"

孔淑魁没有说什么,他不知道说什么。只感觉眼前这个裕生堂家漂亮秀气的小姑娘一下子长大了,大得像个天上飘荡的风筝,风筝飞得太高了,也太远了,马上那根线就会挣断。

孔淑魁隐隐约约地感觉自己掌控不了这个小姑娘,他在很短的时间内迅速地梳理着自己的思维,到底是哪个地方让这姑娘变得如此固执。

孔淑魁不甘心,他觉得自己一直以来都比较春风得意,没有什么是他孔淑魁解决不了的困难。他转身离开了裕生堂,连个招呼都没有来得及打,他着急着给吴诗然寻找新的工作。他想用一个工作稳住她,拴住她的身心。他可以让她穿开衩更高的旗袍,但是不愿意吴诗然走向远方!

孔副大队长在五天时间里,动用了自己所有的关系,在女子学校给吴诗然找到了一个教师的工作。做这事儿的时候,孔淑魁也是要用钱的,但他又不想用自己的钱，便把吴怀仁那几间铺子房租给使了。办成这事的时候，孔淑魁高兴得有点儿失态，在办公室里咆哮、号叫！他把所有的公务扔到一边儿，从警察局里跑出来，他要给吴诗然一个惊喜。他可以保护她，也可以给她提供她要的生活。

偏偏那天吴诗然不在裕生堂，也不在木工坊、车马社，不在任何一个孔淑魁能找到的地方。

吴诗然去了北山，她听说努尔别克在山上办了牧民学校，没有管理制度，没有办学经费，没有薪水。她就想看看那学是怎么办的。看完后，她要努尔别克给自己找一匹马，她送了两个学生回家。她对努尔别克说：原来真正找到人生理想的人是你，这才是你最好的生活方式，骑马驰骋草原的感觉真爽！

吴诗然再返回塔城的时候，木工坊发生了大事。牛大脚破天荒地提着一根木棒追着吴怀仁，打得他抱头鼠窜。木工坊的伙计们跟着哈哈大笑，大夫人一双小脚却怎么也追不上去！

吴诗然那天刚从北山下来，她穿着马裤，但也一样追不上牛大脚，便到德胜行去寻吴怀智来帮忙。

吴怀智兄妹二人拉回牛大脚的时候，大夫人坐在木工坊的大门口，又开始玩命撒泼，花样骂街。她抱怨自己一生凄苦，痛诉着每一个熟人都在欺负吴怀仁，而欺负吴怀仁当然就是欺负她。

每次，大夫人撒泼骂街都有路人围观看热闹。

吴诗然在人群外看了一眼，便和哥哥拉着大脚的衣袖，他们一道回裕生堂去了，没有进木工坊。

"吴怀仁赌博输掉了一间铺子，因为他没有那间铺子的房契，跟人家签了一个奇怪的协议，永不再收取那间铺子的房租。"牛大脚擦着眼泪说着缘由，"我只是希望他能长个心，那个铺子不是我们的，是老师的。我不求他给家里做什么，也不求他有什么出息，但能不连累别人啊，为什么要拿别人的财产当赌注？"

吴诗然抬头跟吴怀智对视了一眼，不知道该怎样安慰牛大脚。

吴怀智想吴怀仁肯定跑得不回家了，大夫人也等着收拾牛大脚呢。算了，别让大脚回去了，弄点晚饭吃吧。

晚饭做好端到吴诗然的屋子里，牛大脚已经平静了些，眼里的泪花没有了。她看着吴怀智做的两道荤素搭配的菜，弱弱地问了一句："有酒吗？"

吴怀智愣了一下，抬头看了一眼吴诗然，急忙说："有，有有！"

这次，吴怀智不许牛大脚用碗喝，只能一杯一杯碰，他和妹妹一定陪牛大脚喝尽兴，但不能让她喝太多，不能让她像上次一样吐得没有人形。

结果，三个人在不知不觉中，都喝醉了。

第二天，吴诗然醒来，觉得口干舌燥，想到厨房寻点水喝，发现牛大脚已经在裕生堂把稀饭熬好，早饭准备好了。吴诗然就蹦出去，挨个叫全家人起床。

吴鸣璋和小夫人进入土打墙的厨房，有点吃惊，相互交换了一下眼神，然后吴鸣璋摆了摆手，对大家说："来，咱们吃饭！"

吃完饭，吴鸣璋说啥也不让牛大脚收拾，要她赶快回去，一夜没回木工坊，还不一定会碰上什么事儿呢。吴鸣璋也不让吴诗然收拾，让她陪着牛大脚回去，并且不能马上回来，最好一起待到晚上。

当着吴诗然的面，大夫人一直忍着，没有对牛大脚兴师问罪。倒是吴怀仁回来骂骂咧咧，大发雷霆，痛诉着自己收房租的种种不易，说那些吸烟打牌跳舞的事也不是自己想做的，还不是为了跟那些老板打成一片？还是得感谢孔队长，整个塔城，不是，整个塔尔巴哈台把自己当成一个人的也就只有孔队长一个人，要不是孔队长介绍，他也不会认识一个老板，不会收到一笔房租。

吴诗然听着听着就有点头皮发麻，怎么会跟孔淑魁也有联系？吴诗然年轻貌美，追求者众多，她本能地对所有的追求者都有敌意。

吴诗然从乌苏的学校辞职的根本原因，就是因为当地新去了一个团的驻军，那个团长看中了自己，跑到那个学校给校长说要纳吴诗然为妾。只要在乌苏，她就必须同意。所以，乌苏是待不下去了。

吴诗然返回裕生堂拉着吴怀智不让他睡觉，二人连夜一番计议，第二天到贸易亭展开了调查。

三天后，吴诗然到木工坊看望牛大脚，叫了牛大脚一句："嫂子。"这是吴诗然第一次这么认真地叫她，牛大脚听了，觉得有些奇怪，这时，吴诗然紧紧地抱了她一下。当时牛大脚穿着干活的脏衣服，两手大大地张开，生怕自己手上的脏东西沾到吴诗然的衣服上。

吴诗然抱着牛大脚，把脑袋放在牛大脚的肩膀上，眼泪扑簌扑簌地往下流。吴诗然看到大夫人的身影又出现在远处，轻轻推开牛大脚："我搞清楚了，我都知道了，可是我什么也做不了，你不会怪我吧？"

牛大脚站在原地不动，眼睛里泪花打着转。

"嫂子，我要离开这个地方，我要走得远远的。这地方没有什么希望，你怎么没一点反应呢？"

牛大脚愣愣地站着："走吧，坐上飞机，远走高飞。我就不去送你了，我还没哭是我还没来得及！"

吴诗然到飞机场那天，孔淑魁找了一辆汽车追到飞机场，他想做最后的努力："诗然妹妹，不走行吗？"

"为什么不走，有什么值得我留恋吗？"

"为我，为我行吗？我能给你找工作，可以让你生活无忧，我可以把咱们的一切安排得好好的，你就在家里当太太就好，什么心都不用操。"

吴诗然看看孔淑魁冷笑了一声，从地上拎起自己的行李箱，被身旁吴怀智伸手接了过去。

不料孔淑魁一步绕过来，按住行李箱："诗然妹妹，你就不能再考虑考虑吗，不走行吗？我的事业一帆风顺，前途无量，你有什么不满意的？"

"孔大队长，有些事，还是不要说破的好，我还是走远些好。"吴诗然看看孔淑魁，转身对吴怀智说，"哥，我们走！"

二人向前走了几步，孔淑魁又从身后追了上来，喊道："这是飞往上海的吧，十里洋场，时尚，新潮，没错，是天堂，可是那不属于你。咱们就在塔尔巴哈台，草不绿吗？花不香吗？为什么要把所有的亲人都抛弃掉，为什么要把自己活成孤独！"

这次吴诗然选择了无视，跟着吴怀智一起向前走去！

孔淑魁仍然没有放弃，朝着吴诗然奔跑过去，一手拍在吴诗然的肩膀上，一手从自己的衣服兜里拿出一沓银票："诗然，别走，我有钱，咱们能过上幸福的生活。"

吴诗然这一次转过身来，冷冷地说道："你追我用的钱，是不是我家盖的铺子收的房租？"

孔淑魁的身体微微颤了一下，仿佛遭受了重击，这一次全无还手之力，傻傻地站在原地，呆呆地看着吴诗然在吴怀智的陪同下拐出了大厅。

飞机从头顶飞向天空的时候，孔淑魁走向自己的汽车，警靴在地面上狠狠地跺了两脚，脸上浮现出凶狠的表情："你说得没错，是你家盖的铺子，但你要搞清楚，你那大哥他能收到租金吗？租金收不到，那钱就不是你家的钱，是我替你家收回了租金！"

当晚，孔淑魁独自一人去慧芳园喝了闷酒，然后到了服饰馆，朝伊藤卉子甩了两张银票，独自走向樱子的房间，一句警察办案，就赶走了客人。然后趴在樱子的身上狠狠地发泄……

吴鸣璋基本不再到木工坊去找大夫人了，大夫人和牛大脚的矛盾越来越深，几乎不可调和。牛大脚对吴怀仁也不再一味软弱、忍让。她甚至主动走到大夫人的房间，冷冷的表情说："妈，怀仁他得把烟瘾戒掉，得把赌戒掉。"

大夫人看着牛大脚，一脸惊讶，这个不懂规矩的洋媳妇儿，开始给自己提条件了。大夫人一时蒙圈，不知道该怎么回答她。

接下来，牛大脚说了更冷的一句话："如果他不戒掉烟瘾，还要赌博，将来全家就完了，他可以把我休了，要不，我和他就必须死一个。"

牛大脚说完转身离去，没有一丝一毫的拖泥带水，惊得大夫人半天回不过神来。大夫人就想起牛大脚提着木棒追打儿子的画面，觉得牛大脚不像是说着玩的。

吴怀仁本来就是个自制力极差的人，染上了那些个恶习，他又怎么能戒得掉。

别的人都有事做，有的要放牧，有的要收麦、磨面，大家都很忙，哪里时间有闲心成天关心别人的事，就吴怀仁是成天东跑西窜，又没有正事干的闲人。

吴鸣璋买了牛道全家大量的面粉，把自己家里能装面粉的器皿都装满了。吴鸣璋对牛道全道歉，说自己把吴怀仁接到塔城就是彻头彻尾的失败，但自己不能给孔云清说，只能给牛家道歉！

牛道全说："亲家，那也总还是得想些办法的，总不能任由这样下去。"

"呵呵，"吴鸣璋说，"上次，咱们不是动过手了？"

牛道全看看吴鸣璋，不再说话，点着一锅子烟，自己吸了起来。

那一锅烟吸完，二人都没有再说话，牛道全看看，站起身来要走，吴鸣璋拿出两张银票。

牛道全摆摆手："不要，不要，都是一家人。大哥，把儿子教好重要，这些就是牛家给大脚的。"

吴鸣璋站起身来，把银票塞给牛道全："这是两码事，我会再想办法。"

牛道全走了两步，又转回身来："亲家大哥，小心你那宝贝儿子把你的家败光。实在不行，我就要把我家闺女接回家的。"

"唉——"牛道全一跺脚，甩了甩袖子，转身离开了。

那天牛道全去木工坊的时候，恰好一家三口人都在。见岳父来了，吴怀仁有些胆怯，他听到过牛道全和白俄败兵战斗评书似的传奇，又被牛玉关痛打过，自然气焰矮了几分，站在岳父几步远的位置，低着头，弱弱地喊了一声："爸，您来了！"

牛大脚急忙搬了一把椅子过来，牛道全指了指脚跟前，牛大脚放下椅子，牛道全点了一锅子烟，坐在这张椅子上。

吴怀仁站在原地不敢动，也不说话。牛道全阴着一张脸，也不说一句话。

大夫人迈着小脚走出来，牛大脚又搬了一张椅子给大夫人坐下。大夫人对牛大脚说了一句："亲家来了，倒杯茶呀！"

牛大脚匆忙向厨房跑去，牛道全喊着："不用了！"

## 56

牛道全用烟袋锅子指着吴怀仁："你的事，可能能瞒得住你妈，别人谁你也瞒不了，不正干的东西。"

吴怀仁一听这话，吓得往后缩了缩，身子有些颤抖。

"你不要怕，管教你不是我的责任，但你给我听清楚，你不能没完没了地欺负我丫头，你再这样，我就把人接走，我们牛家养一个人的口粮还是有的。"

"我怎么会欺负她呢？爸，您这是听了谁的闲话？"

"就是的，亲家，你看你说的，我们也是三媒六证把人娶过来的，虽然不是原定的大小姐，但我们也没说什么，也是满意的。"大夫人听着牛道全的话音不对，也就暗带着嘲讽，先找了牛家的不是。

牛大脚看着父亲的眼神，瞬间觉得父亲有些生气，急忙走到牛道全和大夫人的中间，给父亲递了一碗茶。

牛道全接过茶碗，放在地上："姑娘，要不，你收拾收拾东西，跟爹回巴克图吧，"随后又觉得自己说的话可能过头了，又补了一句，"回去先住一阵子，你不在家，你老爹我不太习惯。"

牛大脚看看父亲，又看看大夫人，都没有一张好脸色。随后牛道全起身，走向了大门外，牛大脚急忙追了出来。

在大门外，牛大脚对牛道全说："爸，我就不跟你回去了，我已经嫁出来了。"

"那你受了委屈，也可以回来的，巴克图永远是你的家。"

牛大脚嘴角抖了抖，眼泪流了出来。

牛道全走到牛大脚跟前，伸手摸摸她的头："丫头，没有谁是容易的，你受罪了！你可以随时回来看看你爹，嫁得不好，不能连爹也不认了吧！"

牛大脚点点头，眼泪扑簌扑簌落下来。

牛道全踩着夕阳离去了，牛大脚看出那高大宽厚的背影里透着无奈。她知道父亲心里也是苦的，玉芹姐还是没有消息，没有一封来信，父亲的心里当然不好受。

牛大脚一转身回到木工坊，大夫人就甩给她一句话："当妈的给你说句话，比起我你好得太多了，我是怎么一个人给吴家奶奶、婆婆养老送终的，又是怎么独自拉扯怀仁长大的？不要什么事都给外人说，怀仁是你丈夫，就是你的天，你说破大天去，到了哪儿，你也是他身下的，改不了。想都不要想！"

牛大脚没有吭声，把地上的茶壶和碗端进厨房，烧晚饭去了。晚饭极其简单，烧一锅牛奶，热三个大馍，吃点咸菜就过去了。

牛大脚每到做饭的时候，特别喜欢烧火的感觉，把一个个枯树枝掰断，塞进炉膛，看着赤黄的火苗舔着黑色的锅底。自己就能出神，就能放肆地想着自己的其他事情，而没有人怪罪你。那是一种安全感，一种幸福！

一直等待着天下太平、商道畅通的大好局面的孔云清，处于接连不断的失望之中，东疆的闹事也好，起义也罢，迟迟得不到平息，不但不平息，而且四处蔓延，据说整个南疆已经不在省政府的管控之内了。

巴克图的牛道全父子的运输生意也大大缩减，车马社也去不了较远的地方了，只能在塔尔巴哈台这一片地域辗转，勉强维持现状。

牛家基本成了真正的种植大户，夏收之后，就没太多的事情可做。秋季常常很快过去，随着萧瑟秋风，从和布克赛尔运货回塔城的牛道全，带着马队走在白杨河的胡杨林里。

那是一个千年的古老河道，沿河道有整片的胡杨林，深秋季节，在树叶将要掉落的时候，将最后的生命由绿色幻化成金黄。金灿灿的胡杨是那样动人！似一块金黄色的绸缎随风抖动，在太阳的照射下绚丽夺目……漫漫荒原之上，浩浩朔风之中，不屈不挠、不畏不惧的胡杨，以艰难生存的姿态挺立着，那豪气、那雄韵，给人们不仅仅是视觉的冲击，更是一种心灵的震撼，那些天然的金黄好像油画般浓烈，让人激情跌宕。牛道全简直有点兴奋了，都不想走出那片河谷。

回到塔城，牛道全还在回味着那胡杨林的美景。

也是这一年里最后一次生意了。漫长的冬季很快来到，牛道全也就无事可做了。甚至打算把车马社的牲畜转到巴克图一半，缩减了运输队的规模，也算是给牛大脚减轻点负担。

孔云清除了到德胜行分号、金矿去查看一番，赋闲、喝茶、聊天就成了日常。

天气还不是很冷，孔云清叫上牛道全一道去拜见大哥吴鸣璋。

裕生堂的门厅下，点着一炉子火，烤着羊肉，倒上三杯酒，就是一个美好的夜晚。三人喝着白酒，吃着烤肉，开始纵情谈论新疆的政局大事。

"我们这是怎么了，好好的塔城，怎么就感觉前途不明朗呢？明明在中苏贸易交通要道上，怎么感觉生意就越来越难做了呢？"孔云清跟两位兄弟喝了一杯。

肉是牛道全烤的，他在巴克图烤了几十年。动作娴熟，边烤边分给两位朋友，还不耽误自己吃喝，一点没有忙乱："咱们是个穷省，人口也就二百多万，一年财政收入为三百二十万两，全部用于军费才勉强够用，每年都需要从沙俄等国进口大量物资，以维持民众基本生活，财政年年都是赤字。新疆根本没有钱养大部队。杨大帅肯定是因为这个原因，在内地军阀混战的时候也没有扩充军备，反而大大减少军队数量。我虽然是兵营出身，现在，我觉得他做的是对的。"

"没危险的时候肯定是对的，白俄败军进塔城的时候，就不对了，省军武器奇差，火炮基本都是清末老旧火炮，数量奇少，有的已经多年没有使用，形同废铁。当年左帅收复新疆的时候，那时候是什么武器，所以才会在那么短的时间一举收复失地，无论什么年代，边防不可废弛。"吴鸣璋说道。

"杨大帅是个成功的经营家，上台第二年，也就是民国二年，我记得全省的军备费为五百五十万元，而当年省府收入才一百五十万元。到了民国四年，军费就减少为一百多万元，省府收入才有了盈余。"

"你怎么知道这些事的？"牛道全问孔云清。

"我那时候不是在迪化的'新盛和'当学徒嘛，接手的生意就是全省的军需呀，"孔云清看了看牛道全和吴鸣璋，接着说道，"今年，听说军费已超三千五百万了，是财力的七倍之多，省府的财力完全面临崩塌。"

"现在的重点已经不只是财力崩溃了，而是能管控多大的地域，自古知兵非好战，金主席自从上台起，就加强军备，到处抓壮丁，结果丢掉的地方越来越多。"吴鸣璋说道。

孔云清接过牛道全递过来的烤肉串，分一串给吴鸣璋："可是，咱们的金大帅管理全省不行，却是做生意敛财的一把好手，可没少弄钱呀。"

"嗨！日落西山，这才上来四年就败象已现了。成天拆了东墙补西墙，批了建巴克图口岸的各类设施，一个也没兑现，反倒狂卷巴克图商家的利税收入，"牛道全说，"这就是败象。"

"说这些话，咱们还是得小心点，小心隔墙有耳。"吴鸣璋说着看了看二人，三人一起哈哈大笑，端起自己眼前的酒杯："干了！"

三个推心置腹的朋友，享受着交流的快乐，趁着酒肉半酣，倾吐着自己的衷肠。大家都回避着吴怀仁和牛大脚的婚姻，他们都明白，那是三家情谊的隔阂。

牛道全在巴克图的时候，有时候不经意间会向安娜喊一声："大脚。"回头一看，不是，眼神就若有所失。牛道全想想自己这一生，就没有遵守过什么传统、世俗。结果嫁姑娘的时候，把女儿逼得没了踪影，不但没吸取教训，反倒变本加厉，又把大脚推进了火坑。是不是真的应该让子女们自由乱爱，他心里都打鼓了。难道那些个瞎胡闹的年轻人是对的？

孔云清怪自己的女人，没事遛狗养猫都行，去做什么媒呀？惹了一屁股骚，但是他又不能对夫人讲，夫人本意是好的，而且，夫人早已经准备好了应付他的词："你好？要不是你跑天津把他们母子俩接来，会有今天？"所以孔云清提醒自己，还是闭嘴吧，人人心里有杆秤，得失寸心知。

对于吴怀仁和牛大脚不幸的婚姻。三家都有不可推卸的责任，久经世事的三个老江湖，谁也不怪谁，所以哥仨还能坐下来一起喝酒吃烤肉。

三人已经过了拼酒的年龄，已经不再好勇斗狠，两瓶酒快喝完的时候，吴鸣璋就把酒瓶盖上："今天就到这里吧，裕生堂不是管不起酒，是咱们应该懂得节制了。好了，就这样吧，今晚很愉快。年年有余吧。"

牛道全和孔云清也没有反对，那天的聚会就那么散了。辞别裕生堂的时候，吴鸣璋送二人出了大门，对他们说："多准备点粮食吧，我感觉大灾又快来了，安稳日子要到头了！"

吴鸣璋的预言虽然能让两位弟弟深信不疑，但是灾难还没有来。虽然塔城与外界联络的渠道受到了挤压，但还算风调雨顺，太平安全。没有大的变化，就在这塔尔巴哈台山下过着吃饱喝足的小日子也挺好的。倒是牛道全和孔云清时常聚一起的时候，把这事当成了玩笑："嗨，你说吴大哥那话做数不？等了这么久了，咋没灾呀？"

"不是没灾，是时候没到，大哥啥时候说错过？"孔云清笑笑。

牛道全就点着一锅子烟抽着："本来是担心提防，这现在拖的日子久了，我倒有些盼望了，咋大哥说的那大灾还没来？难道是打算盘的手指头不灵光了？我可是听说了，那些个会算命的人，有时候经历个什么怪事以后，可就失去了灵力，再也算不准了。"

"你放心，这次肯定准，不出点灾难就奇了怪了，到处都不太平，满地饿殍，就塔城没事？不可能的。"孔云清说道。

民国二十一年十二月，塔城的天空阴沉沉、灰蒙蒙的，到处刮着大风，下着米粒一样含水量很大的细雪。在塔城生活的人都知道，这种雪是最为可怕的，不像鹅毛大雪那么有气势，但却是能酿成雪灾的一种极端天气。

这样的雪伴着风一旦刮起来，从天空到地面，就什么也看不清了，因为雪花的含水量大，且细小，落在人的身上，很快会化成水，然后结成冰，如果在野外行走，两个小时以后，你就会成为一个装在冰套子里的人。

在这样的天气里，人们都是不想出去的，宁可依偎在破旧棉絮的被窝里，像动物一样地冬眠盼春天。

十二月二日夜晚，行政公署召集塔城县和几个部门的长官召开了紧急的会议。王海如做了紧急的动员。要求整个塔尔巴哈台地区所有活着的人，都要行动起来，用尽各种办法，调动一切能用的资源，来迎接一支神秘的队伍。这支队伍不会一下子从巴克图进入，会陆续来，可能会持续几个月。起初行政公署没有把情况说得明白，是为了行动保密。

"什么，从巴克图进来？"

"那是什么意思，苏联又怎么了？"

……

会议室里顿时炸了锅，乱成一锅粥。

"安静，安静，"行政长王海如喊着，"不是苏联的队伍，是咱们自己的人，是咱们自己的人，我现在根据上面的要求，不能给大家透露很多，总之，你们很快就明白了。把人接到以后，每个县、乡、村、部落都要尽力安置这些从巴克图进来的队伍。大家要有充分的心理准备，这次人数肯定不会少，暂时没有分到任务的，不要着急，肯定会有的，先把物资、吃喝拉撒准备好，准备充足。我现在只能告诉大家的是，人数肯定非常多，任务肯定非常重，不要准备太好的吃穿，但要有足够的量，是要保密，不是接待，是接纳，他们也不是来做客的。"

孔淑魁坐在下位，嘴角隐隐地笑了一下，他内心里觉得有些可笑，几个月接纳队伍行动，你让保密，怎么做得到？纯粹开玩笑！但他不会明着表现出自己的想法。在他自己的岗位上，他明白怎么做最好。

既然一把手都这么郑重其事，说明真的事态严重。虽然他也不清楚来龙去脉，但他明白自己一定要认真对待。孔淑魁把自己手底下的警察全部派上去，从塔城到巴克图标好路标，全力疏导，免得人们迷路，维持秩序，以防发生混乱！他做得很好，一直都很好，一直是王海如树立给大家的标杆榜样。

在巴克图牛家大院，行政公署拉了些煤炭，准备了些被褥、干粮，那么恶劣的天气，牛道全从雪地里蹚过来，一见孔淑魁就说："你们这些当官的，脑子是不是都进水了？就不能过两天再让这些人进来，这东南西北都看不清，他们怎么走回来，这不是要人命吗？"

孔淑魁没有分辩，没有吭声，在行政命令面前，别说是他，即使王海如也是蝼蚁，他们根本没有说话的份儿。况且，这些人还是从国外入境，就更加没有人考虑气象的因素了。

牛道全说的话，一点也不夸张，等这些人回到祖国以后，大家才听说，从阿亚古斯下火车到巴克图，不到二百公里的路程里，冻死、饿死了几千人。但是命令依然没有人更改，国际间的外交显示出比那零下三四十度更冷的面孔！

四日傍晚八时左右，远远地望见茫茫雪海中，成串的黑点在向前移动，孔淑魁接到报告，伙同牛玉关等人立即从牛家大院赶往边界。

人终于来了，这是一支怎样的队伍呀，衣衫褴褛，饥肠辘辘，在漫天风雪中，缓慢地蠕动。有的人走着走着，就倒在了地上，再也起不来了，后面的人继续向前走。

眼前的这支队伍，已经不分昼夜徒步走了十天路，已经筋疲力尽。但此时，他们突然一下激动起来，因为看到了自己的祖国和同胞，他们立即重整了队伍，把一面抗日的旗帜高高举起，强打精神，以挺进的姿态，迈入巴克图边卡。

在孔淑魁和牛玉关离开牛家大院之后，牛道全便陪着行政长王海如率领塔城各界代表从牛家大院向巴克图边卡走来。

迎接的人群按压不住自己的激动，甚至越至苏方边卡等候。苏方边卡的士兵没有强力阻拦，只是用眼神和孔淑魁、牛玉关打了个招呼，意思是不要往前走得太深了。

此时，冰天雪地，寒风刺骨。塔城的各界代表便奔跑着向这些人扑了过去。人们把这支队伍抱着抬着，簇拥着迎进了巴克图。

## 57

　　义勇军将士们虽然颓废、疲惫，有些人几乎都处在崩溃的边缘，但在踏上祖国土地那一刻，他们都不约而同地肃立着唱起歌来，哪怕是风雪交加。其气魄雄浑，声调悲壮，震撼人心。

　　歌声还没有停下，牛道全领着众人已经到来。听说这支队伍是东北老家来的人，是跟日本人打仗败退到苏联转道回来的英雄。牛道全无法控制自己的情绪，抱着领头的赵剑说道："可把你们等来了，我们祖上为平息准噶尔之乱，五千锡伯官兵在这里加强防务，就再也没有回去过。现在，家乡的人终于来了，我们将以最高礼仪欢迎你们，老家的人！"

　　赵剑那时候更无法控制自己的情绪，眼泪奔涌而出，接着义勇军将士纷纷与大家一起拥抱哭泣。

　　这是异国历尽艰险归来的队伍，那是自己的队伍，所有的人都深受感染。大家把走不动的人抬在马爬犁上，盖上厚厚的被子，人们倒出一碗碗奶茶，把身上带来的馕、羊肉、牛肉，把盛满抓饭的盆子递给义勇军将士，这些归国来的将士们和着自己的眼泪一起塞进嘴里。这些拼杀疆场泪不轻弹的抗日将士，深深感到塔城各族人民血浓于水的亲情。

　　王海如本来拿在手中的稿子，准备好了长篇演讲，那一刻在那遥远隔世的边卡见到如此壮举，感动得目瞪口呆，硬是没有法念出一个字，任何语言都显得苍白。

　　那时，不再有身份级别的区分，也不再有什么程序和礼仪，孔淑魁把办完的交接手续递给王海如，义勇军将士已经坐在民众准备好的四轮马车和雪橇里了，

　　义勇军在牛家大院做了短暂的休整，喝了些热水和早就熬好的粥。热乎热乎身体，继续往塔城出发。

　　牛道全想留下部分义勇军，他有太多的话想跟他们说。王海如告诉他："这才刚刚开始，后面还有几万人马呢，你们牛家压力很大的。"

　　牛道全这才点点头，但他要亲自随队送第一批归国的义勇军战士进塔城。

　　路过"迎贵亭"的时候，在那里站立的警察和巴克图的民团们随着一声口令："敬礼——"

　　两排队列持以举枪礼，以军警特有的礼仪迎回了这些抗日的英雄！这是孔淑魁和牛玉关商量着自己加的礼节，王海如和义勇军大受感动，在马爬犁上，王海如对大家说："今天对于我们塔城，是应该永远记住的一天，如此深厚的爱国热情，就

是我们中华民族的特性，也是几千年来屹立不倒的原因。"

"欢迎抗日英雄归来！""向抗日英雄致敬！"的标语布满塔城大街小巷。"打倒日本帝国主义！""收复我东北领土！"的口号响彻边城。抗日救国成了民众谈论的热门话题，对日本在中国东北的侵略表示出极大的愤慨，对东北抗日义勇军表达出真挚的爱戴之情。

各族人民给饥寒交迫的抗日将士送来了充裕的羊肉、小麦、面粉、烤馕。同胞的真情使抗日将士很快消除了征尘疲惫，深切感受到塔城人民的真诚、热情、善良。

回到塔城，王海如连续召集各方势力开会，要求各县立即组织起东北抗日义勇军接待办事处，各县县长为接待办事处主任。他自己亲自和新疆驻苏联斋桑领事为接收抗日义勇军的中方代表，既然是上方长官的要求，群众又如此热情，自己也深为感动，为什么不把这件事做到最好呢？王海如仿佛回到年轻的时候，充满了热血豪情。

抗日义勇军的捐献物资活动，在社会各界展开。各族民众，自愿为东北抗日义勇军捐献皮袄、皮帽、皮鞋、棉衣等穿用物品和食品。不到半个月时间，捐献物品就装满了三座仓库。那一年，每一批到塔城的抗日义勇军，都会被各族群众争着拉到自己家中当作上宾。

那个冬天天寒地冻，这些抗日勇士的身体在各族群众无微不至的照顾下，身心迅速得到恢复，他们便想给老乡帮忙做点活儿，回报乡亲，却常常被拒绝。他们讲述自己抗日的战斗故事和从苏联回国的经历，却很受欢迎，常常全家人都会围在一起，聚精会神地倾听。

每次讲故事的时候，都会有人流泪，有时讲故事的人和听故事的人一起哭。义勇军在东北一腔爱国情、满腹抗倭志，却得不到足够的支持，他们弹尽粮绝，被迫退入他国。在异国他乡，每人每天只供应四百克黑面包，根本不够吃。国民政府虽曾提出多付苏方一些美元，请苏联政府给过境人员提供更多食物。但战争年代，食物严重缺乏，苏联自身的供应尚且不足，又怎么顾得了这支队伍。

几万义勇军经过长期长途跋涉，从祖国的大东北到达大西北，损失惨重。由于食不果腹，又抵挡不住西伯利亚滚滚寒流的袭击，许多人失去了性命。而在这些死亡的人中，三成以上都是在距离祖国不到二百公里的徒步过程中死去的。他们是饿死、冻死的，他们没有牺牲在战场，他们没有烈士的称号！

孔云清在募捐物资会议上做了商会统计的汇报："塔城城区不足万人，但一个月来各族群众却向这支部队捐献了四千多床被褥，平均每家至少献了一床。城中的老百姓只要听到抗日义勇军的到来，会放下手中的一切活计，蜂拥而至，将部队紧紧围住，导致义勇军行军速度几乎停滞。为了把他们从巴克图接到塔城，我们塔城商会一个星期制作了三千副爬犁，一副爬犁可以乘坐五到八人，每批回国的官兵不到两千人，总是出现了人少爬犁多的现象。为了让英雄们吃好、喝好、休息好。我们从来不计成本，有些人为此负债累累。巴克图牛家全部财物都换成了食物，供给大军伙食，不图任何回报……"

伴着孔会长的发言，不知是哪一个士兵先喊了一嗓子："感谢塔城人民——"随后整个会场里，"感谢塔城人民""向抗日英雄致敬"等口号响成一片，会场当时的气氛就失控了，无法再继续下去。

晚上，裕生堂吴鸣璋请住在自己家的义勇军长官喝酒，却早已家徒四壁，没有什么可以用来下酒，饭菜已经被前一拨官兵吃完。

吴鸣璋只好拿了一壶酒，端了一盘酸黄瓜，与归国队伍的领队军官赵剑坐在了一起。赵剑被安排在裕生堂养病。吴鸣璋对着他作揖："来来来，请赵长官见谅，最后几颗花生，正在锅里煮着，一会儿可以就酒。"

赵剑笑笑道："给您添麻烦了。"

"看您说的，我本来认为自己盛年不再，是你们让我年轻了一回，也让这座城热血沸腾了一回。"

二人已经不再陌生，赵剑也没有拘谨，笑了笑坐下来，接过吴鸣璋倒的这杯酒仰脖喝净："我们亡命天涯，可给塔城的百姓添麻烦了。"

"赵长官可别这么说，你们是我们民族的英雄。你们给我们带来了信心和希望，我们坚信总有一天能把日寇赶出中国去！"

赵剑拿过酒瓶给自己和吴鸣璋倒满了酒："来，吴先生，这一杯，我敬您！"

"哎哎——受不起，受不起。"吴鸣璋说话的时候，赵剑已经把酒喝完。

那晚赵剑接着敬了三杯酒，敬吴鸣璋，敬塔城，敬祖国。二人虽然是第一次喝酒，但气氛融洽，推心置腹，一切刚刚好。

酒意微醺，赵剑一遍一遍地说着感谢的话，又像是自言自语："一听说是咱中国人的队伍，是抗日的英雄，你们家家户户门口支起了案子，把最好吃的东西拿出来，摆得满满当当，让我们可着劲地造……看着哪个兵衣裳单薄，你们就把新崭崭的衣服拿出来往我们的身上披……那是你们过年的衣服啊。现在这条件，谁家有钱，谁家有余粮啊……"

"塔城人民历来热情，何况你们又是自己人，塔城人不仅仅把你们当英雄，还把你们当亲人的。"

赵剑的眼睛湿润了，心里暗下决心，将来如果有机会，自己一定为塔城做些贡献。

第二天上午，赵剑被叫去行政公署开军事会议，回到裕生堂脸色就沉了下来，"本想着借道新疆打回东北去，可上头有命令，不能出星星峡，所有人在新疆就地安置！"

"那这是什么意思呀？"吴鸣璋问。

"说是要把我们改编成省府的军队，分散到新疆各处驻防，"赵剑说道，"可是每一名义勇军都身负血海深仇，我们是想回东北抗日的，叫我怎么跟兄弟们讲啊？"

赵剑的精神状态急转直下，一脸沧桑的表情才消散不久，又回到了脸上。

"得，赵长官，你先别急，昨天的酒还没有喝完，咱们接着喝，你是领队，整个队伍都看着你呢，你的情绪都不稳定，怎么能让大家稳呢。"吴鸣璋转身取酒、端咸菜。

"也许有些话我不该说，但我还是想说，老弟呀，政局混乱，兵连祸结，官贪吏酷，中饱私囊，盘剥百姓，经济回天无术，战事却日渐逼近。马仲英部占据东、南两方，大兵逼近省城。到塔城来点过兵的张大帅也拥兵伊犁，整个新疆已经不是一家天下。各地闹事、揭竿不断，劫掠作乱，局面已经很危险了。"吴鸣璋一边摆着酒菜碗筷，一边神情凝重地诉说着全省的形势。

两杯酒碰到一起，赵剑有些感动，"让我叫你一声老哥吧，你有这么大的家业，肯定是精于世故的，既精于世故，却还能给我说这些话听，不容易。是对我的信任，彻底的信任。他们就是要让我们帮着稳定局势的，很快我们就会被分到各地，或剿匪，或整编，反正塔城肯定是待不了的。虽不能算是坏事，但肯定不是我们义勇军的初衷！"

"世事无常，面对现实，大局为重。你们义勇军是把枪，看握枪的是谁，是什么人了。在新疆维护主权，维护统一、稳定肯定是群众拥护的，我只能这么说了。"

"谢谢吴先生指点迷津，醍醐灌顶，茅塞顿开。"赵剑的话刚说到这里，突然厨房的门被撞开了。

安寿让和刘迷糊跌了进来，目光盯着赵剑，吞吞吐吐地说："长官，什么意思呀，咱们费了这老鼻子的劲，这辈子就不回去了，不跟小日本子干了？"

安寿让和刘迷糊自到了塔城，就一直跟在赵剑的身边当马弁，成了赵剑身边的亲兵。原本赵剑的马弁只是刘迷糊，安寿让是梁营长的。梁营长在苏联做工的时候伤口发炎，一路上没有及时得到治疗，越拖越重，到塔城的第一个晚上，实在病得不行了，把老婆和安寿让叫到一起，边咳嗽边说："还好，我死在了中国，终于回来了。"

后半夜的时候，梁营长对妻子谢谨说："不把你托付寿让，你就会有危险，我死了，就没人再护你周全。"

那时候，安寿让和谢谨哭得一塌糊涂。

梁营长说："寿让，我妻谢谨是大户人家出身，是我在东北大学的同学，九一八事变，我们一起弃学参加了义勇军，这几年，风里雨里始终没有分开过。她虽是富家小姐，但啥活儿都干，还永远晒不黑。人走过去，闻着一股子洋胰子的香味。那是多好闻的味道，毕竟是大户人家出来的，又上过大学，说话轻声细语，见谁都很和气。配你，你小子也算是走运了。你必须娶谢谨成婚，并用生命去呵护她。"

"营长，我……"安寿让看了一眼谢谨，谢谨早已哭得不成人形。

"你住嘴，我时间已经不多，"梁营长一顿咳嗽，又朝空气中喊了两句，"不能再回白山黑水，不能再杀小日本了！"随后，梁营长断了气。

赵剑只好按照梁营长的遗愿，让安寿让跟在自己的身边，方便对他和梁营长遗孀的照顾。

"来吧，一起坐，"赵剑倒了杯酒，"用我的酒杯，一人先喝一杯。"

刘迷糊端起酒杯先喝了："既然回不了家，打不了日本人，我就哪里也不去了，这一路逃过来，咱们受了那么多罪，就边城人最厚道啊！旅长，就让我留在塔城吧！"

安寿让喝完酒，放下杯子说道："既然这样，我也不想再随队伍走了，我得保我嫂子、我媳妇安全，这是任务。请赵旅长原谅！以后，就不能追随您了！但我和迷糊一定在这边城接待好咱们每一个路过此地的义勇军。"

赵剑看了看二人，低声问道："你们想好了？"

二人点点头。

赵剑端起自己眼前的酒杯一饮而尽，站起身来宣布："民国二十二年三月五日晚，抗日救国义勇军第五旅士兵安寿让、刘迷糊外出准备次日队伍开拔所需物品，未按时归队，做非战斗减员处理！"

边城人民一觉从梦中醒来，发现义勇军都已经离开了。

只有刘迷糊和安寿让带着嫂子,抱着儿子,一起跪在绥靖城的城门底下的暮色里。

刘迷糊和安寿让虽然没有跟着义勇军向迪化挺进,但他们跟生死战友的联系再也切不断。他们总能知道义勇军的动向。一到迪化,义勇军很快就被改编成新的部队,配发了武器,成为省军重要的战斗力组成,所有的人都明白,再也回不了日思夜想的白山黑水了。

受命于危难之时的义勇军官兵以边疆稳定大局为重,没有怨言,接受了省军安排的作战任务。赵剑部被指定的任务是剿灭天山北坡一带的土匪。连夜开赴剿匪战场的半个月后,以牺牲六十多名官兵的代价,彻底消除了这一地区的匪患。剿匪胜利后,绥来、沙湾两县各族群众倾城出动,欢迎作战凯旋的英雄,两县县城连续五天举行各种庆祝活动,深受匪患之害的群众更是家家张灯结彩、户户鞭炮齐鸣。

在为阵亡官兵举行安葬仪式的那天,两县群众不分民族、不分宗教,不分男女、不分老幼,全部按照东北安葬时的习俗,人人披麻戴孝,送葬的队伍绵延数公里。

带着胜利和自豪返回迪化的赵剑部队,根本没有想到,这才是刚刚开始,恶仗还在后头呢!

刘迷糊和安寿让把谢谨母子托付给吴鸣璋和小夫人,他们说:"匪患已除,我俩得去一趟绥来、沙湾,我们得把战友坟头上的土装一把回来,以后怕没人供奉他们。"

吴鸣璋当然应允,那是大义。但事后的事实证明,刘迷糊和安寿让的担心是多余的。史料记载,那些英魂,直到二十世纪八十年代,都一直被当地人民自发祭奠。

孔淑仪在省城的教学比吴诗然在乌苏每月多拿了四元钱,因此偶尔会觉得自己还是要比吴诗然优秀那么一点点。薪水的微弱的优势在成人的世界里常常会演变成更多的自信。后来,她听说吴诗然辞职不教书了,心理就变得复杂了:一面猜测着她面临的各种困难,因为自己也面临着同样的困难;一面又鄙视她怎么做了逃兵,居然又跑回了塔城。

## 58

民国二十二年，孔淑仪感觉越来越差。反金武装已经逼近迪化，全城已是风声鹤唳，大战随时有可能爆发。满城草木皆兵。学校的工作早已没人关心。所有的资金都会被尽可能地挪用，一切用于备战，月薪二十元成了一句空话！开年以来，孔淑仪就没有收到过一分钱。

孔淑仪从小家境优越，不领薪水也能活。她甚至也愿意支持省府尽早平定混乱的局势。可是所闻所见让她日渐失望。那么紧张的局势下，昏庸无能的军官带领着士兵，在大街小巷里横行霸道，除了调戏妇女、吸食鸦片，就是抢夺财物、寻求发横财的机会。他们把城防巡逻的战事动辄交给抓来的年轻人。加固城墙城楼的苦役，更是满街乱抓，男的抓完就连女的也不放过。那天，几个兵痞跑到校园，把全校的师生全部驱赶到城墙下，逼着师生往口袋里装土、装沙、装玉米，堆成高高的壕墙。老师学生累得筋疲力尽、口干舌燥，还得时刻提防着挨马鞭、枪托，提防着被这些兵痞调戏、骚扰。日子过得越来越不像个日子，学校里的学生一天比一天少。那时，孔淑仪突然觉得吴诗然辞职好像可以理解了。

从绥来、沙湾回来以后，刘迷糊和安寿让思谋着，自己有手有脚，不能总是白吃白喝。安寿让尤其心里不安，他还承担着梁营长临终的托付呢！如果不是梁营长，他安寿让怎么会有女人。现在安寿让觉得自己和刘迷糊不一样，刘迷糊是一人吃饱，全家不饿。他安寿让可是一家子人，这个沉重的担子，常常让安寿让坐立不安，他既有成家立室的自豪，也有不知道做什么事的茫然。

他莫名其妙地接过了努尔别克的习惯，有事没事就走到裕生堂对面那个钉马掌的铁匠店去看看。维吾尔族人开的铁匠铺已经扩大了规模，不再只是钉马掌了，开始打制各种农具和一些简单的器械。安寿让原在一家工厂里学过锻工，看铁匠铺那几个工匠手艺不到位，就热心地指点。一天，他刚指点完，边上一个穿着华丽裕袢，戴着貂皮帽子的维吾尔族人开腔了："我观察了你很长时间，是个内行，人品也不错。还知道你是东北来的义勇军，咱俩合开铺子如何？"

安寿让很意外，想了想说："谢谢高抬！但是很抱歉，我哪儿有资本跟您一起合伙开店做买卖。"

那个维吾尔族人拍拍胸脯："我都想好了。你们两个弟兄，一个媳妇一个孩子，得过日子，用不着两个大老爷们一整天都在家里闲着。你先来经营我的铁匠铺。得利咱俩对半分。这样,你们四口子人,也有个进项。"

安寿让说:"想法不错。可我们兄弟没有一分钱,哪有钱入股?"

"这你不用操心。一分都不用出。你的能耐就是股。回去你们再合计合计。"

晚上回去,安寿让把这件事一五一十给吴鸣璋说了。吴鸣璋高兴得直拍巴掌:"你这是碰上贵人了。你知道他是谁吗?他是边城有名的大财主艾合买提。他家里水浇地有几十顷,城里买卖有好几处,他哪里是邀你合伙,他这是诚心想帮你呢!"

晚上睡觉的时候,安寿让把这个消息告诉谢谨,谢谨半天没有回话,反倒背过身子,不理他。其实谢谨抽泣着,泪流了一脸。

第二天一大早,安寿让出门,孩子拉着他的衣服角不让走,安寿让伸手刮了一下他的鼻子:"爹得去打铁,打铁可好玩了,一锤一锤把烧红的铁器砸变了形,火花四溅,再把铁器夹进水里,一冒烟,就能变成各种东西。你长大了,可要好好学打铁,好好地替你爹给人报恩,你爹这辈子,净遇上好人了!"

安寿让抡锤打铁,火星四溅的时候,梁营长的儿子,常常就躲在裕生堂那黑色的大门后边偷窥,他一声不吭,就那么远远地盯着,用自己的眼睛给他的养父拍工作照。

一个街坊突然跑过来,边跑边喊:"打起来了,打起来了,省主席都弃城逃了。"

安寿让放下铁锤,炉里的火映红他的脸,他匆匆问道:"谁跟谁打起来了,咱们的人怎么样了?"

"省军内部反叛,发生了军事政变。'归化军'冲入督军府,金主席带家属翻过后墙逃跑了……"

看着这人一头大汗,安寿让从身旁拿了一茶缸温水,这人接过狂饮几口,接着说道:"金主席逃到城外后,几股部队打得乱七八糟,那个手握重兵的盛长官驻守迪化城东,却按兵不动,坐山观虎斗,保存实力。"

"那咱们的兄弟们呢?"安寿让问道。

"真不清楚,只传来金主席出城的消息,有人说在昌吉,也有人说在绥来,还有人说在乌苏也看到过。"

"我知道了,你回去后继续打探消息吧。"安寿让把打铁锤扔下,从铁匠铺里走出来,回裕生堂去了。

安寿让自然要把这消息给刘迷糊和谢谨讲,当然,他不会给谢谨说太多,不想让女人操男人的心。

安寿让给刘迷糊讲这些的时候，刘迷糊好像不太上心。安寿让心生狐疑，赵旅长怎么就看上这么一个人，一个旅长的马弁，应该是一个八面机警的人呀。安寿让有时候觉得刘迷糊挺让自己失望的，天天像个睡不醒的人，夜里又常常东跑西窜，找不见个人影，不知道整天忙什么。

自打离开了队伍，在这边城落了脚，他的腰似乎也变弯了一些，人也胆小了很多，与街上那些身高马大的混混相遇的时候，目光也会哆哆嗦嗦地躲开，似乎在以自己示弱来换取自己的安全。还有一点更为奇怪，那时的冬天，人们的手脚大都生冻疮。不过，一开春，也就慢慢好了。可孙迷糊都快四月底了，双手还都裂着吓人的大口子。如果有意无意朝他手上打一下，便能听到他杀猪般的号叫，随之看到他捂着的冻疮处，脓血淋漓惨不忍睹。

安寿让就一直不太理解，刘迷糊你好歹也算是生死场上穿梭的人，怎么一下子弱成这个样子。

安寿让看不上刘迷糊，可是边城人却常常来照顾他。总觉得他们俩大男人带着一个女人孩子，初来乍到，人生地不熟，总想着法子接济一下。邻居近舍的家里炸了馓子、油饼，就给他们送一些过来。或者，家里做了好吃的，到裕生堂喊他们过来吃。但通常只有安寿让能来。邻居扛了一篮馓子过去，谢谨顶多拿起一片递给儿子，死也不会再留。

刘迷糊和谢谨再没有到别人家里吃过饭，即使是商会会长家的古丽夏提，也请不到他们，只能垂头丧气地回去复命，孔云清就会眯着眼半天不吭声，最后嘟囔一句："梁营长的婆姨，硬气！"

有天，安寿让从别人家吃完饭回家，看到谢谨在收拾东西，有点纳闷。刘迷糊对他说，不能老住在裕生堂，得搬家，得建一处属于自己的家。

原来，刘迷糊一直也没闲着，每天都去一户姓王的大爷家里倒腾着自己的家园！安寿让还真是小看他了，王大爷家的菜地很大，有六七亩地，地里有两间土坯房，是王大爷年轻的时候养马用的，马厩建成没养一年，所有的马匹都被抢了，只剩下这两间土房，竖立在菜地头，房间里堆了一些杂货，王大爷再也不愿养马了。

刘迷糊把王大爷家那两间土坯房收拾了快三个月，闻不见一点异味，刘迷糊觉得能对得起谢谨那雪白的身坯子了，才去叫谢谨过来看看。

独门独院的一片菜地，谢谨当然无法抵挡这个诱惑。总得从裕生堂搬出来，总得有个地方安身。哪怕这次是欠了王大爷大娘的情。谢谨再硬气也得接受这个事实，没什么比有一个独立的落脚之地，能让谢谨不再有寄人篱下的自卑感，哪怕以后，慢慢地还这一份情呢。

农历四月底，平原上的小草已经开始吐出小小的嫩芽，塔尔巴哈台区域的草原民族正在做着转场的准备。一支疲惫不堪的部队夹着四辆汽车缓缓地驶进了绥靖城的大门，行政长王海如带着一些官员在满城门口肃立相迎。

孔淑魁悄悄走到父亲孔云清的身旁，附在耳朵上小声说："省金主席到了。"

孔云清面无表情轻声说道："你忙你的，别管我。"

孔淑魁急忙退回王海如身后，跟着行政长向前走去。

王海如带着孔淑魁走到第二辆汽车旁，立在车门的旁边。王海如手扶在汽车的门把手上，但他并没有用力，他在等着车里的人使力，然后才把车门拉开。

金主席从车里低头走了出来，一身长袍马褂，一脸憔悴。他走下车随着王海如的引导，走到迎接的人群跟前，和前面的三四个人握了握手，等孔云清把手伸出去的时候，金主席已经改成了挥手再见的手势。

金主席此时已经学会了简化，再不喜欢官场的繁文缛节。他甚至没有对大家讲一句话，便匆匆转身让王海如带路离去了。

孔云清从城门下随着人流走回去，觉得心里有点莫名其妙的不畅快。他不想回家，莫名其妙地走到了裕生堂。

他把城门下的情况给吴鸣璋描述了一遍。

吴鸣璋想想，轻轻地说了一声："这是要出逃吗？"

孔云清警惕地回头看了看门外，站起身来，把屋子门关上。反身再坐回椅子上，那时，吴鸣璋已把茶泡好，给孔云清倒了一杯。

孔云清端起茶喝了一小口："得尽早做应对的准备。"

"你最好躲两天去，免得他们打你的主意，情况不明，你去看看你们的分号，别人也说不了什么。找不到你，或许就去找别人了。"吴鸣璋对孔云清说的是心里话。

孔云清回到德胜行，正好碰到孔淑魁在家，问道："你怎么没去警卫？"

"嗨！爸，哪能轮到我们，金主席不但不用我们警卫，连我们安排的住处都没进去，直接换地方了。而且所有身边服务的人员，一个塔城的都没有用，更别提我们这些带枪的警察了。全是人家自己带来的军队在身边，我们根本靠近不了。"孔淑魁有那么一点点失落，卸下帽子扔到桌子上。

"那样也好，你难得休息几天。"

"爸，能休息倒好了，金主席是不用，但是，时刻得听候行政公署的调遣，弦子绷得紧紧的，哪里休息得了嘛！"

孔云清走到儿子的身旁，压低了声音："那你听到什么消息没有？"

孔淑魁转头看看父亲："不就是金主席打了败仗吗，可是他再败，塔城也还是他的。爸，我那天好像听到一句行政长喊表舅，闹半天，他们还是亲戚呀！"

"那太有可能了，没想到啊，"孔云清摇了摇头，笑笑，"还给自己留了这么一手，行，真高，在塔城这个新疆最重要的出口，放了一个自己的亲戚，行啊！"

孔云清没有想到，金主席有更高的招，在与王海如密谋之后，王海如把存在塔城海关准备在国外购买汽车的黄金共一千七百两全部交给了金主席。

次日晚上，车尼雪夫给王海如送了一份厚礼，只求引见境外的人员见金主席一面，请王海如一定从中斡旋。王海如的提议金主席当然不好拒绝，来人穿着苏式的军服，提出可以帮助金主席，重新夺取全省失去的土地。

金主席看了看："你们的条件是？"

"事成后，在新疆境内驻扎军队，同时要有管理路权、矿权、经贸权，有权移民……"对面的军官侃侃而谈，像是在下命令。他们料想金主席一定会同意他们的提议，他们认为时机非常成熟，金主席已别无选择。

但金主席平静地听完，没有任何表态，只转头对王海如说了一声："我们走吧。"

对面的军官似乎有一点点心急，站起身来："金先生，您到底是个什么态度，我们不明白。"

"没有态度，就是我们的态度！"王海如立即挺身挡在了金主席的身前厉声答道。

不料那两名军官竟站起身来挡住他们，问道："那是个什么态度？难道整个新疆，您就这么不要了吗？"

王海如高声叫道："来人！"

门外立即冲进来几个持枪的士兵，两名军官看看，把双手一摊："哦，好吧。"

"这是在塔城！"王海如说道，"表舅，我们走！"

金主席不慌不忙地走到门口，回头对那两名军官说："回去给你们的上司带个话，我们再怎么打再怎么争，那是我们的内政，就不劳贵国操心了。"

一阵下楼的脚步声，王海如带着金主席一行离开了。

那两名军官坐在慧芳园的饭桌上，拿起筷子，又不会使，便放下筷子，用手抓了一块酸沙紫蟹放进嘴里，不住称赞："哇，真是好吃。快，你也尝尝。"

车尼雪夫此时走进屋子："那就尝尝菜品吧，这道酸沙紫蟹是一天津传统名菜。

此菜色泽金黄，芡汁明亮，形状齐整美观，其卤汁酸甜略带咸辣，蟹肉鲜嫩清香，滋味醇美特殊。既然事办不成，你们就好好尝尝中国美食的味道吧！"

四月二十四日，金树仁在塔城通电下野。五天后，携带家眷和搜刮的钱财，从巴克图出境假道苏联铁路转往内地。

不久以后，塔城警察局根据贸易亭的商户投诉，迅速把那专营的迪化羔羊皮货公司进行了查封，公司的管事、经理早已望风而逃。羔羊皮货公司租用的那三间房子重新回到了裕生堂的名下。

吴鸣璋拿着那一排房子的房契走到木工坊，把地契、房契交给大夫人，还特地把牛大脚也叫到跟前，做了个见证。

吴鸣璋说自己亏欠大夫人的多，请大夫人把这些房契、地契都留在手上。大夫人一句话也没说，颤颤巍巍地接过那两张价值不菲的纸，泪水吧嗒吧嗒地滴下来。

吴鸣璋对大夫人说："我可以把贸易亭的房子给你，可是，你得能守得住，绝对不能把这些给吴怀仁，这些是用来给你养老的，是给他保命的。"

大夫人说不成话，可心里想着呢：握在我手里，还不就是怀仁的嘛，难道留给对面这个褐色眼珠、金色头发的女人？大夫人的眼神不经意间瞥了牛大脚一眼。

## 59

安寿让、刘迷糊辞别了吴鸣璋，搬到了王大爷家的菜地里去住。大爷大娘当然很是高兴，说自己老了，就怕孤单，就喜欢热闹。

王大爷经常请他们到家里吃饭。日子久了，谢谨不让。

王大爷就琢磨出了道道，这哥俩还没啥，谢谨那婆娘要面子啊，不愿吃白食，是那种饿死不求人，有志气的人。王大爷想着硬着帮他们肯定伤自尊。一天天将黑的时候，王大爷对刘迷糊说，"我和老伴年纪越来越大，园子里的菜实在是卖不动了。可不卖菜日子就没有着落呀，你兄弟俩能不能帮我个忙？"

刘迷糊想着白吃白喝了大爷大娘那么多饭，当然得把大爷交代的事办好。王大爷说："园子里的菜，你俩每天拿筐子去装，帮我去集市上卖掉。菜价我心里都有数，刨去我该得的，剩下的归你们。两位小老弟就权当是积德行善，对我的回报吧。"

从此，刘迷糊便叫安寿让一起每天摘菜运菜，走街串巷，四处叫卖。

每晚算账，王大爷只收很少一部分。王大爷对刘迷糊说："你们刚落脚塔城，多的那些钱，我们老两口借给你们周转。等生意好了，我再扣回来。"

刘迷糊和安寿让心粗得要死，没当回事，但谢谨心思缜密："这是大爷大娘在帮助咱们呀，你们俩傻瓜！"谢谨逼着刘迷糊和安寿让给王大爷退钱，自然也是退不掉的。

谢谨只好作罢，次日做了一桌菜，把大爷大娘请到家里来吃饭，怕王大爷大娘不来，还特地把吴鸣璋和小夫人也请来了。

谢谨不仅人长得很攒劲，而且很会打理日子，家里虽然穷，但不管啥时候，一家人都穿得干干净净的，连刘迷糊也沾了光，仿佛换了一个人似的，哪怕是补丁衣服她也给拾掇得很合身。谢谨还烧得一手好菜，虽然是农家那些常见的物件，她却能烧出很多种花样，味道极好。那顿饭吃得大家口齿生津，借着小酒的浸润，气氛极好。

那以后，谢谨常常让孩子叫大爷大娘一道吃饭，相处得像一家人似的。那些流亡于风雪之中，受尽饥饿的种种痛苦很快远去，竟不可思议地幻化成饭间的佐料，丰富着吃饱喝足后的精神反刍，大家都盼望着能过上安居乐业的好日子呢！

安寿让、刘迷糊既然留在塔城，就是打定了苟且偷生的主意，他们虽然觉得义勇军肯定会继续遭受波折，哪里想到这一天来得如此之快，广袤的新疆大地遍地狼烟，几路人马你来我往。天山南北腥风血雨，早已打得一片混乱。

金树仁倒台，在塔城通电下野。但战火并未熄灭，反倒愈发熊熊燃烧。距迪化三十公里的郊区，军阀马仲英屯兵万余人，与盛世才率军六千余人对垒。东北义勇军三千余人也加入盛世才的队伍。

盛世才所率的省军，人员素质较差，大多是老弱残兵，而且武器装备严重短缺，战斗力很弱。屋漏偏逢连夜雨，伊犁军阀张大帅此时又率八千人出兵帮助马仲英，准备打败省军后，与马部在新疆划分势力范围。

安寿让得到的消息让人沮丧，赵剑将军传来口信，战友们拼死拼活地打杀，到底是为谁作战？金主席都跑了，可不打又不行，不打就会被别的部队吃掉。即使打赢了，在这远离故乡近万里之遥的新疆，义勇军能扎下根吗？

民国二十二年，注定是塔城难忘的一年。

马仲英与盛世才两军对垒之时，便派部下马赫英由奇台出发，到北疆窜扰，以求补给辎重。

马赫英带领二百余人，经过阿山，一路窜扰百姓，掠夺财物，直逼额敏。额敏作为一个县城，从来不是军事要塞，没有设防，当天就被其攻占。额敏却是巴克图至迪化商道上一个必经的枢纽。马匪在县城大肆抢掠财物,富家商户皆被打劫一空。胆敢有不满情绪,便当场被砍杀,几百人横尸当场。

额敏城中的大小官员一律被抓来拷问,被俘官员为了保命,便说塔城有军火库,可以补充实力,马赫英当然内心一震。然而这名透露重要信息的官员一样被马刀砍下脑袋。

马家匪军的兴趣是夺取塔城的军械库,而不是饶过这个官员的性命。挥刀砍落他的脑袋,仿佛只是一种节奏的需要,一种习惯的延续。

额敏既陷,塔城居民风声鹤唳,全城瞬间乱了手脚。

塔城都统和刚刚从乌苏调派的城防指挥官协同一起,匆匆应对。城防指挥官甚至没有绕着汉城转一圈,就认为塔尔巴哈台汉城已无险可守,做了放弃汉城及周边的决策。

指挥官说得没错,满城有城墙,城门那一片还是砖石包裹着的墙皮。整个满城城墙基本还算完好,只要城墙没有攻塌,大家还基本可以保命。

所有人面露恐慌,指挥官决定,对汉城的住户做全部搬进满城的动员。整个汉城立即陷入了大乱,所有人匆忙收拾金银细软,就连从前贸易圈的洋商们也一样,提着大包小包,开始往满城里拥。

汉城一向就是繁荣之地,商贸往来频繁,借着贸易亭市场谋个生计的人早就住满城乡。这时小小的满城,根本无法拥进所有的人。

自打白俄败兵被红军击溃后,大约十年的时间,塔城基本是和平的,全城守军也日益缩减,只有一个炮兵营和步兵营,兵力不足四百人。多年无战事,早已军心涣散,毫无战力可言。

满城里下达"坚守城池,不得有失"的命令。一时汉城的各族商人百姓,纷纷搬到城内。马赫英的部队杀人不眨眼的传言,引起了极度的恐慌。

天气已至十月,都统和城防指挥官紧张得满头大汗。他们把全部的力量集中起来,调整布防,分头筹集粮食及应急物资。城防指挥官下令,把武器弹药扛到城墙上,只要有人攻城,就要狠狠地开火。他明白,如果自己不把弹药耗完,那么战败之时,这些军械就会落入敌军之手,也便是屠城之日。

总是有一些人,并不把来军当回事,王大爷王大娘就是,他们觉得自己年龄大了,守着自家的菜地,就算是匪军来了,还能咋?自己都七十多岁了,也不是没有经历过兵荒马乱,自己一把老骨头,没那么金贵,他们要吃要喝随他们,要杀要剐也随他们。

尽管有人对他们讲，这一次不一样了，很危险，但大爷大娘还是听不进去。见王大爷大娘听不进去，不肯离去，刘迷糊和安寿让便商量着让谢谨和孩子先躲到满城去。

安寿让拜托来接他们入城的吴怀智："你一定要照顾好谢谨母子，那可是我们营长的老婆孩子啊！"安寿让的眼泪啪啪地落下来。

吴怀智对安寿让和孙迷糊说："要不，你们也一起去满城吧？"

孙迷糊对吴怀智摆了摆手："算了，吴少爷，我们哥俩是义勇军，不能跟老百姓们抢，满城那么小，王大爷大娘收留了我们，我们就得保护他们。"

安寿让反身回去，在自己的床下拿出了几把刀剑、匕首，送给吴怀智，又拿了一把匕首，塞在谢谨的手上："这些是在铁匠铺子里空闲的时间打的，现在可能要派上用场了。"

吴怀智把谢谨和孩子接走了，一路上谢谨不时回头望一望，直到自己化作一个远远的黑点。每一次站定回眸，安寿让的表情都很痛苦。

整个汉城都空了，往日的繁华一瞬间就没了，心里一种说不出的苍凉。吴怀智抱着孩子和谢谨沿着汉城低矮破败的城墙走到满城。

进城的时候，碰到孔淑慎和牛大脚，她们带着一大帮华侨的俄罗斯老婆子正忙着搬运石头土块。孔淑慎站在城门底下，一头大汗，一脸疲惫，她靠着城墙，做短暂的休息，她再也跟不上牛大脚的脚步。那些洋女人身体强壮，从小不缠脚，这时候竟然成了满城守卫的一支劳工队。孔淑慎、牛大脚领着这些洋婆子，到汉城去拆墙抱土块，准备打仗的时候堵城门、垒城墙、当掩体。

吴怀智问牛大脚："官军呢？"

牛大脚抬头向城头望望，什么也看不见，然后对着吴怀智无奈地说："好多在抽大烟，有大仗了，上面先给每个人发两包鸦片烟。"

吴怀智面露愁容，抬头看看天空中阴云密布。汉城的荒凉突然演变成了秋风，一夜之间竟吹黄了全城的树叶，伴随着点点滴滴的秋雨，传来阵阵的寒凉。

人们进入满城以后，都统和城防指挥官下令封堵城门，全力设置工事。

城中是人人备战，处处惊慌。

吴怀智和牛大脚一起投入守城的劳动中，和素不相识的市民搜集石块，就连德胜行门前的拴马桩、铺地的红条石、居民宅院门口的石板、垒砌路边的砂石块，也都被挖下来撬起来抬到城墙上去，准备补堵围城的军队炮轰塌的城墙豁口。

城里到处都是人，大街上都挤满了人。原来的那些做生意的大户商人，此时也放下了自己的身段，投入加固城防的各种苦役中。他们明白，一旦城破，他们就是最先倒霉的人群。因此，他们显得更为积极，听凭军队各级和军警的号令，齐心协力，保卫家园。

吴怀智和牛大脚走在坑坑洼洼的满城街道上，牛大脚问："你害怕不害怕？"吴怀智说："不害怕。真的！我觉得还挺好的，如果没有这个事，我也不敢跟你这么近距离接触，大妈会骂我的。"牛大脚脸一红："去你的，一说话就没正形了，是不是跟你师父天南地北跑买卖，学得油腔滑调。"吴怀智一紧张，急忙伸出两手："没有没有，我师父绝不会教这些，他是正经好人！"

牛大脚笑了一声："好不好的，先活下去再说吧，真的打进来，不晓得要死多少人。你大妈和你那哥哥可是要吓死了，躲在车马社里，谁叫都不出来。我出来的时候还拦呢，劝我不要充好汉，说我没经历过兵乱，不晓得厉害！"

说完二人都陷入了沉默，寂静的空气里，在坑坑洼洼的道路上不停地走着。吴怀智的手里拎着几个袋子，到随便谁家的园子里装上几袋子土，到处在城里的街道上堆着一摞一摞的沙包。吴怀智从腰间掏出一把匕首递给牛大脚，牛大脚在手里抚摸着，仔细打量了一番，又把匕首从皮刀鞘里抽出来，匕首散发着寒光，牛大脚用拇指在刀刃上摸了摸，说："真好看。"

"你保存好，当个防身的物件，"俩人推让的时候，身后传来喊声，"别腻了，马上都要打仗了，真是的。赶快做事。"吴怀智一转脸，孔淑魁大步流星地走过来。

城墙之上，架设清朝那时候镇守绥靖城用的生铁大炮三门，西门门楼架设"格林炮"一尊、铜炮一尊，各队兵士上城严阵以待。

是夜，安然无恙，毫无动静，但满城里的人却十分不安，极度烦躁。

十月九日，匪军已经围了塔城，占领了周围的乡村及汉城，隐隐能听到零星的枪声，大家的脸上弥漫着恐怖的表情。整个满城陷入寂静，可以听见昆虫的夜唱，反显得夜晚更加寂凉。天空中月色明一阵，暗一阵。

吴怀智站在木工坊的房顶，这是从前他喜欢站立的地方，每年冬去春将至的时候，需要攀爬上去扫那一米来厚的积雪。他得扫裕生堂、木工坊、车马社所有的房顶，如果德胜行房顶努尔别克没有扫完，那么，他也得去帮忙。

吴怀智熟悉在这个位置眺望塔城。站在房顶，趁着夜色，举目望去，准备巷战的壁垒森严，时不时有兵丁在城里巡走，然而整个城里灯火稀落，甚至听不见刁斗更柝之声。忽然，随着一阵夜风，传来弥漫在夜气中一股焦臭难闻的味道，吴怀智咳嗽两声，从房顶下来，走出院外，偶然听两个警察在巡夜议论："不知哪个倒霉的被烧死了，这是烧死动物才有的味道。"

"你别胡说，长官听到了，你会被问罪的……"

"好，好，不说，不说，过一天算一天，找个地方吸两口去！"

"就是的，咱们贱命一条，过一天算一天。"

两名警察从吴怀智的身旁走了过去。

街道上稀稀落落地搭着一些低矮的棚子，横七竖八地睡着避难的人，谁看到这景象谁都心烦意乱，哪里还能平静。

第二天黎明，太阳照常升起，刚刚升起，却又被云彩遮住，之后，太阳就再没有在天空出现，一整天都阴沉沉、灰蒙蒙的。

靠着满城城墙近的百姓偶尔能听到远处的马蹄声，心里紧张得要命。

那天没有下雨，满城里不仅是值哨的士兵紧紧盯着城外的动静，也有不少年轻人爬到房顶，他们看到领事馆挂起的旗子是匪军的，匪军是真的来了。城外时不时荡起战马掀起的烟尘。这是要攻城了。

都统和城防指挥官表情严肃，眼圈里布满血丝，他们那几夜是睡不着觉的，一旦城破，他们活下去的可能性几乎没有。

"今天晚上，咱们能不能率军突围，这种煎熬简直像是等死，太难熬了。"都统说。

指挥官说道："城外情况不明，咱们突出去可能就是自投罗网。再说了，咱们靠着城墙和那几门废旧的大炮还可以壮一壮声势，如果到了城外，就凭咱们那两个营的烟民，他们还敢跟来军拼命吗？"

都统和城防指挥官对视了一眼，几乎没有敢停留，就把自己的目光低落下来。

半晌之后，都统站起身，悲壮地说："算了，坚守待援，与绥靖城共存亡！"停了一会，他又把头转向指挥官，"咱们会有援军的，对吧？"

城防指挥官看了他一眼，没有正面回答。停了片刻，以自己要巡视城防为由，走出了行政公署。他心里不舒服，大战在即，自己毫无胜算，还得不到长官的一句支持的话。其实，他心里也一直在打鼓，援军真的会有吗？全省到处在开战，早就乱成一团了，难道会有神兵天降？

城防指挥官转了半个城墙头，打了几个抽大烟的老兵的耳光，气得走到城门下自己临时搭的棚子里，歪在地铺上。不想，一歪居然给睡着了。

孔淑魁一样是自暴自弃的，他觉得警察是维护治安的，真打起仗了，那还得靠军人。可是自从参加过张大帅在塔城的点兵，他就对塔城的军队失去了信心。匪军还没围住城的时候，他就心烦意乱，待巡逻到日本服饰馆跟前，他便再也控制不住自己，借口肚子不舒服，指定了一名手下带队，自己摸进服饰馆去了。

佐田繁治和伊藤卉子早已不在馆内，只剩樱子和百惠把大门紧锁，那围墙当然挡不住孔淑魁，他翻墙跳入，吓得百惠一声尖叫，一看是他，便领他进入了樱子的房间。

樱子看见孔淑魁的时候，眼里放出一道光来，随即平静下来，对他说："城都被围了，你这个大队长还有时间来？"

孔淑魁没有正面回答，反问道："你们老板老板娘都躲了，你们俩为啥不走？"

"我要是走了，还能看见你吗？"樱子抬起眼睛，和孔淑魁四目对视，孔淑魁不知为何鼻子一酸，冲上前去，一把把樱子娇小的身体搂在怀里，几日没有刮的胡楂子便在樱子光洁的脸上蹭来蹭去。樱子无法抵挡住孔淑魁的执拗与疯狂，感到他的舌头进入了自己的口腔，拼命地搅动，用力地吮吸，樱子似乎别无选择，只好以吮吸回报。孔淑魁高高抱起樱子，没有容她娇小的身体落地，就边走边擦着木质的墙，溜在墙角倒了下去，孔淑魁趴在樱子的身上，眼睛红红地盯着樱子。几天来，他也是不曾好好睡过一个囫囵觉的。

"好了，好了，你快回去吧，说不准啥时候枪响了，就打仗了……"

孔淑魁没有容樱子把话说完，就又冲着那小小的嘴唇咬了上去："我现在就要打仗，现在就打，反正都是个死，死在你身上……"

两张嘴吻合的时候，就什么话也听不清楚了……

孔淑魁对樱子和百惠说："你们要躲到满城，汉城不能待了，你们趁着黑夜，换身脏衣服，躲哪儿算哪儿吧。"

60

那时候，孔云清正在吴鸣璋的书房里喝茶，这一回裕生堂收留了孔家所有的人。

孔云清喝了一口茶说道："哥哥，我一连两日都做了噩梦，梦见我家德胜行的房子轰隆隆垮掉，门的柱子歪掉、墙壁裂开，整个房都倒掉了，把我砸在地上，动也动不得，我就么看着那高高的房子倒下来，跑也跑不动，逃也逃不了，好无助呀！这两天，我都是被吓醒的，我夫人把我拉醒，说我发出吓人的叫喊，声音不大，但很吓人，真的得感谢她，我觉得我都要死过去了。"

吴鸣璋再给孔云清把茶加满，叹了一口气："唉！人无千日好，花无百日红。"

二人静静地品茶，半天再没有说话。直到古丽夏提敲门进来，问还有什么需要。孔云清告诉她："你去忙你的吧，仗都要打起来了，你还顾着照顾我们，真是的。"

"可是，除了这些，我还能做些什么呢？"古丽夏提貌似委屈地说。

"有时候，你要为自己想想，给自己备点吃的，想想以后吧。"孔云清说完，古丽夏提一脸疑惑，全然没有听懂。稍停了片刻，又似乎听懂了，朝孔云清和吴鸣璋点了点头，转身出去了。

"不瞒哥哥说，近来，我有个奇怪的感觉，"孔云清说，"我觉得德胜行保不到最后。你看，这些年，哪一个经商的大户能有善终的，仁忠信洋行鄂斯满，做皮货生意的鲁商孙冠尘，这次额敏的众多商户，多少被抢被杀。宣统二年，王高升带领几十人在迪化大街专烧津商铺户，火势猛烈，全街荡然无存。一夜大火后，共有一百七十户商民遭殃。我觉得我们德胜行也逃不过这样的厄运！"

吴鸣璋再把茶给孔云清加满，又叹了一口气："人生在世，福祸相倚，是祸躲不过！"

吴鸣璋的话音刚落，墙角里一架落地的计时器，发出了特有的声响，咣咣咣咣一连敲了十二下。

吴鸣璋正准备收拾茶具，突然枪声大作，有如爆豆，隔空传来！

从城墙上向外望去，到处都是士兵们奔跑的身影，到处都是枪声，城外的部队开始攻城了。

城中顿时一片混乱，都统和城防指挥官在城墙上来来回回："快快快，按照任务，坚守岗位，就是死，也不能让马匪进城。"

突然，枪炮声更加密集，指挥官的喊声被淹没了。他回头朝着枪声传来的城西北角望去。

"快，预备队朝城西北增援，跟我来！"城里的士兵冲上城墙，向城西北拥去。

这时，都统对着城防指挥官大声说："猛攻城西北，他们就是一心夺军械，绝不能让他们得逞。另外要守好四门，一定要防止他们破门入城。"

都统话还没有说完，指挥官已经带着队伍跑了。都统看了看，刚想发作，一颗子弹打在头顶的城墙砖上，砖块的碎屑飞溅，划破了都统的脸，都统急忙弯下腰，低下头，没了脾气。

城西北的仗打得激烈，枪声不断，城墙头子弹乱飞，到处碎砖屑、土渣飞溅。

城头的士兵也不断地还击，城下黑压压一片，什么也看不清。

城外的马匪，气势虽凶，但得势不得利，即使面对城上老弱残兵，因为缺少重武器，也迟迟攻城不破。城头上的士兵有一枪没一枪地放着，登城的云梯也架不上去。下半夜，匪军改了策略，他们没有炮火，破不了城，便用汽油浇棉花包火烧瓮城门楼。这一招颇为奏效，火一点燃，烟往上猛蹿熏得城墙顶上几乎站不住人。

孔淑魁这时冲上了城墙，带领一群民众从城墙上向下狠挖，挖开一个洞，随后牛大脚带着一帮洋婆子，一桶一桶提来河里的水，运上城墙，士兵们提着木桶一桶一桶从洞里把水倒下去，城门上的火被浇灭了。

城墙上的军民爆发出一阵阵欢呼，但对面却射来一排密集子弹。尽管孔淑魁叫喊着制止，可惜晚了一步，几个人倒下了。

"弯腰，别抬头，子弹不长眼！"孔淑魁弯腰低身走上前去，"抬耙子，抬耙子！"

众人把抬耙子传到城墙上，把那些倒下的人抬了下去。孔淑魁看了个清楚，其中一个正是自己家的用人古丽夏提。

水浇灭了木门上的火，但那么厚的木门，水是浸不透的，围城的匪军当然明白这个道理。他们扛着块铁板，就肆无忌惮地走到瓮城的入口，那零零碎碎的枪打到铁板上冒点火星，啥用也不顶，甚至能听到他们在铁板下的笑声、叫骂声。大家站在城墙上，眼睁睁看着匪军用成桶的清油泼向城门，这一次点着的时候，火势熊熊燃烧。从城墙顶上把水浇下去，不但泼不灭火，反倒火势更旺。

看着大火无法扑灭，指挥官束手无策。大家都明白，一旦门倒了，匪军从瓮城攻进来，那可就没有抵挡的办法了。

城防指挥官一巴掌就拍一尊铜炮上："他们没炮火，我们有跟没有一样，不是不能用，就是不会用！"

这时，从人群中挤到前面一个浑身脏兮兮的长头发男人，他说："长官，谁说不会用，我就会。"

城防指挥官看了看来人，又看了看身旁的都统，再看看其他人，不知道眼前衣衫褴褛的脏鬼是什么人。

孔淑魁这时走上前来，一把抓住这人，呵斥道："洋乞丐，你天天要饭，本来就是捡着日子过的人，别不分场合，这哪里是你显摆的地儿！"

孔淑魁没有想到，这洋乞丐一手按着自己的手，另一手伸到自己的腋下，一拧脚，一个转身，险着把他撂倒。

洋乞丐说道："我是'一战'德国老兵，孔少爷，那时候，你还小。我看过你们这城墙上的五门火炮，三门生铁炮，根本不能用，就是吓唬吓唬人。那尊铜炮没有炮弹，就只剩下这格林炮有点弹药。这连珠格林炮是美国人格林一八六二年发明的，用手把摇动几个枪管围绕轴心转动，城上这尊是十个枪管，这个应该是贵国金陵机器局的仿造货。你们的陆军、海军军舰上都曾大量装备，火力猛烈。现在，这城墙上能用的也就是这个家伙了。"

洋乞丐这几句话让大家顿时震惊。不等有人命令，自觉给这洋人散开一条小道，洋乞丐把子弹压入格林炮，朝墙下瞄准，一边喊："去一队人，把门洞用石头封死，这木门毁了！"

孔淑魁看了看洋乞丐熟练的操作，看了指挥官一眼，指挥官冲他点了点头。

"你要是能用此炮打退他们放火烧门，你就是中尉军官，以后统领塔城炮兵。"城防指挥长对洋乞丐说完，转向对大家喊道："各队听令，全城男人全部上城墙，用刀枪棍棒、石头木块，与塔城共存亡！"

孔淑魁站起身，喊道："能走得动的女人跟我去堵瓮城大门……"

城外的匪军眼见瓮城的木门已经烧得差不多了，便山呼海啸地向前冲，这时，格林炮开火了，一道道火红的线射出去，匪军便倒下一片。

进攻停止了，木门带着火苗倒了下来。城里小脚太太们跑不动，只有那些华侨的俄罗斯老婆、从前到塔城经商的洋婆子们抬着石块，抱着土块，紧跟在孔淑魁的身后，一层一层又把城门给封起来了。

门虽然倒了，但匪军还是攻不进来，于是便朝着这些垒石块、土块的人群开枪！

夜里黑乎乎的光线，什么也看不清楚，那些洋婆子们，虽然伴着种种喊叫，还是冒着枪声，顶着浓烟把石头、土块堆满了瓮城的门洞。

匪军忌惮此处有格林炮，放弃了对此处的强攻。改在西北角攻城，架设云梯，手持水湿的锅盖、大刀，向城上攀登，连攻数次均被城上的兵民击退。拂晓，枪声渐稀，攻城失利，攻城的人后退了。

大家也许太劳累，彼此靠坐在城墙上，就睡着了。再从梦中醒来的时候，听到摩托车、汽车的声音，车队围着新城不停地转圈，城外烟尘四起，天还没有大亮，什么也看不清，大家都要吓死了，以为匪军来了援军，来了新式的武器装备。

直到天大亮的时候，塔城的百姓才第一次看清这支队伍，大家从来没有见过如此齐整、如此现代化的军队。四匹高头大马齐刷刷地打着头，第二排开始便是两门火炮,第三排是四挺重机枪。整个队伍一百来人,但枪械齐整,步伐整齐,斗志昂扬。

全城的百姓呆呆地望着这支队伍,绕城走了两圈,见他们并没有要攻城,祸害人的意思,便向队伍用俄语喊话,弄明白了情况。

他们是归化军,奉命前来解塔城之围。归化军就那么绕着城墙转了几圈,就把全城百姓对匪军的恐慌变成了对归化军的敬畏。

城里的百姓,又跑到瓮城下的门洞里把那些石头土块搬开,归化军进城了。简短地跟那些塔城的洋商们做了几句交流,他们需要点补给。

边城人的热情大方一向是出了名的,当然马上着手准备,这可是救命的恩人啊。归化军没有停留太长时间,很多百姓的饭还没有做熟,归化军就开拨了。据说是去追击匪军了。

塔城解围了,全城欢呼雀跃,大家爬上屋子顶,远眺着归化军的离去。

吴怀智那时候心里想,什么时候,塔城才能有一支自己的现代化军队呀?

大家本以为一切要风平浪静,却没想到,打扫战场,重新整理城乡的工作是那样繁重。

匪军虽然撤了,放弃了攻击塔城的打算,可是他们憋了一肚子的火,在郊区的农村到处惨无人道地杀戮。

孙迷糊是在王大爷家菜地里找到的,他在菜窖里挖了两个暗洞,把自己藏了起来。但安寿让和王大爷大娘全部被杀死在了菜地。匪军并没有因为王大爷大娘年龄大就饶过他们,他们把安寿让的尸体劈成两半儿,挂在菜地的两头。无法知道是什么原因,也许本来也没有什么原因,打仗嘛,就是杀人。

满城无处居住的人群战战兢兢地走出那被烧毁的瓮城大门,到处是一片废墟,一片狼藉。死尸来不及运出城门洞子,横七竖八地摆堆在城墙根下,等待着亲属们认领,而后抬出城去埋掉。

汉城的住户们急切地跑回汉城,他们甚至顾不得去帮着抬那些尸体,只想马上看看自己的家。当他们看到自己的家园早已被毁得一片破败,不忍直视,不少人便号啕大哭。那是他们拼了一辈子的气力和心血换来的,现在只是一片废墟,什么都没了。

在满城他们没有住处,面对十月夜晚的寒凉,他们也只有和衣而卧。现在仗打胜了,他们可以回家了,没想到,仍然没有住处,仍然得和衣而卧。

满城只有衙门、住户的房子还算齐整,全城也一样满目疮痍,基本找不到一块平整的地方。到处坑坑洼洼，以前街黑人稀的城市里，常常有醉汉，或者憋不住的人，找个墙角或背人的地方，撒泡尿或者拉泡屎。打仗的那几天，人命都快不保了，哪里还管得了这些，即使是署衙所在的门口，也是屎尿遍地。现在仗打完了，这些都是需要着手处理的大事。

都统大人派了两辆卡车，命令把城里的尸体运到城外，到城外拉着沙子泥土，把所有入不得眼的脏物都填埋掉。都统大人甚至想埋掉对这次战争的记忆，所以勒令全城能动的人，都不得在家赋闲，都必须参与净城的劳动。

年轻的男人比如吴怀智和努尔别克当然是要抬死人的。吴怀仁被派去挖死人坑，一个接一个地挖。坟地有警察监工，净城劳动要尽快完成，这是行政长王海如发布的命令，塔城要尽快恢复正常的生活。

临出满城的时候，吴怀仁便朝贸易亭望了一眼，这一眼就让他的心拔凉拔凉的。父亲给他建的那一排气势雄伟的铺子，顶子都没了。那时吴怀仁是真心疼，那铺子建好到现在，自己就没有正经足额收到过一次房租，就没了。

挖死人坑的时候，吴怀仁心里琢磨着那排铺子都只剩半拉墙了，那就是把他吴怀仁的命要了呀，哪里还有心思给别人挖墓，他掂着铁锹，一边挖一边骂："天杀的匪军，你们杀人，你们抢劫，你们找女人，我都理解。可是你们把我的铺子毁了干吗？我的铺子在那里碍着你们什么事了？他妈的！你们这些该死的。"没干多大会活儿，吴怀仁已经满头大汗，手渐渐握不住铁锹，他自己个儿明白，瘾上来了。他从身上搜出一点鸦片膏，躺在自己挖的坑里美美地吸了起来，一旦吸上这烟，所有其他的事情可就都没了。

监工的警察走到他挖的坑跟前，在他的腰腿上，用一只脚踩了踩，摇了摇他的身躯。

"我的铺子没了，老总，就让我抽两口吧。"吴怀仁说话递给警察一丸，警察掂在手里，把这鸦片丸抛到空中，又用手接住："我说吴大少，你别哪天真的死在这上面了，那可给你爹抹了黑灰了！"

警察说完话，走到别处去了，没有跟他计较。

努尔别克在瓮城的门洞里搬抬死人的时候，突然对吴怀智喊了一句："二娃，你看你看，这是你们家人啊！"

二娃是努尔别克给吴怀智起的外号，他说这外号起得好，深得了汉文化的精髓。吴怀智急忙走上前来，一看，是大夫人，她脸上中了一枪，右半张脸眉目被打烂，腰里系的那个红绳当腰带的记号是独有的，那双小脚上少了一只鞋子，不知道丢到哪里去了。

吴怀智的眼泪流了下来,他在拼命回想,大夫人是怎么走到这瓮城门洞下的。难道她当时也抬了石头土块堵门?是不是抬土块的时候中了流弹,种种猜测在吴怀智的脑海里推演。

吴怀智和努尔别克把大夫人的尸体抬到一边,靠墙放下,脱下自己的外套,盖在大夫人的脸上,急忙反身回家,把吴鸣璋叫来了……

埋人的地点是满城东北不远处的乱坟岗,本来没个名字,自打要埋这些为守城牺牲的官兵和百姓。都统大人憋了两天终于起了个名"安息园"。

都统说等都料理完了,得给这些牺牲的战士们立个碑,刻下他们的名字、籍贯,他们都是保卫塔城的英雄,可是有好些人的父母亲人,都联系不上。即使联系上了,估计他们的家人也很难有能力来看他们一眼,不能把他们带回故乡,但塔城百姓不能忘记,他们为守住这一座城,丢掉了性命!

吴鸣璋和小夫人送谢谨回到王家菜地的时候,孙迷糊已经把王大爷大娘埋了。安寿让他不敢埋,找了个精于入殓的人,把安寿让的两半个尸体缝了起来,实在黏合不上的地方,就用面团堵住窟窿,画上点什么,算是把身体补全乎了。

这师父一边熟练地缝合尸体,一边自言自语地嘟囔:"对于这些,我已经是司空见惯的,因为我看到过很多这种血腥的东西,我只是想让他们更有尊严或者更漂亮一点,更体面一些。我也不知道到了那边还有没有意识,我希望他有。所以每一次,我都会认真地对待,这样,他们的魂就不会来找我麻烦了……"

## 61

不到一年,谢谨便死了两任丈夫,小夫人扶着她走到棺材跟前,甚至还没有看清楚安寿让的尸体,谢谨就哭得跟个泪人似的,软在地里,没有一点行动的能力了。

小夫人给孙迷糊使个眼色,孙迷糊急忙对前来帮忙的众人喊:"合棺、入殓——"

几张薄薄的棺材板装着安寿让,大家小心翼翼地把棺材抬上板车,便往安息园的方向去了。

从车上往墓坑里卸的时候,安寿让的尸体从棺材底下掉了出来,大家一顿慌乱。孙迷糊急忙冲上前去,把掉出来的尸体塞回去,用一条捆麦子的绳子把棺材绑住,冲着棺材喊:"寿让哥,知道您舍不得嫂子、孩子,你放心,有孙迷糊在,梁营长的托付,就有人管!以后每年的今天,我会带着孩子来看你的!"

草草地把安寿让埋葬后,孙迷糊推着板车,谢谨和孩子坐在车上一起走回城里,孙迷糊也想好好给安寿让办个葬礼,可是,大战刚过,哪里找那厚实的棺材呢?

王大爷大娘的那一大片菜地和房子,没有理由又顺理成章地成了孙迷糊和谢谨的住处。一个乞丐在王大爷家的菜园里挖走了一些萝卜和土豆,留下了一张纸条,纸条上写着攻打塔城的败兵逃往沙湾县、绥来。孙迷糊看完那张纸条,便面朝东南方向独自痴痴地站在菜园里,败兵逃窜的方向正是义勇军部队所在的方向,败兵们是想兵合一处了,义勇军战友们能吃得消吗?

送葬的队伍一个接着一个,孔云清夫妇和孔淑慎一道跟在努尔别克的身后,努尔别克推着板车拉着一个白布包裹的人体。古丽夏提没有亲人,孔家给她送葬。

全城都沉浸在巨大的悲痛之中,悲痛到没有几个人能哭太长时间,总得先解决活下去的问题。

吴怀仁看到母亲的尸体的时候,显得极其崩溃。他是被吴怀智从安息园叫回车马社的,母亲已经躺在棺材里,他浑身一抖,便跪坐在地上。吴怀智和努尔别克把他搀起来,他一把扑到棺材上,哭得五官扭曲,鼻涕泪水流了一脸。他死活不让封棺材盖,不吃不喝,独自一个人在棺材旁守着母亲,直到深夜里,他的烟瘾犯了……

烟瘾一来,吴怀仁便缩成一团,蜷缩在地上,一抽上烟,他就什么都不想了。大夫人就是那个时候,被拉去埋葬的。

大夫人走后,吴怀仁就像是整个人被抽空了,全没了精神,除了抽烟,就是等死。

大战之后,如果说满城需要的是整理打扫,那么汉城就面临重建。

几乎大部分的建筑都被毁坏,能抢走的都抢走了,大家一边擦干逝去亲人的眼泪,一边准备着各种修葺房屋、重建家园的材料。家有余粮的妇女们,这时庆幸自己藏匿的粮食没有被搜走,现在她们从地底下挖出来,制作着各种食物来庆贺战争的胜利。她们端提着现炸的油馃子、馓子,在繁重的劳作间隙互相赠送自家制作的美食。

满城重建是行政公署组织,汉城重建则是民间自发行为。重新建房铺路修城墙的重体力活儿当然靠男人,靠堵瓮城门洞的大脚洋婆子。那些小脚女人和小孩子们则一面攀比着自家的美食，一面诌着闲篇，她们可以放大几倍自己财产的损失，把多少年来自己没有实现的发家致富的美梦都怪罪于这次战争。

劳作的间隙，大家互相吹嘘着自己，再私下里怀疑着别人，吵到面红耳赤，难分胜负的时候，便大喝一声："干活儿！"就像是彼此给了一个台阶下，既缓解了彼此的尴尬，又继续了重建家园工程。

那时候的人总是要经历太多苦难的，并不把家园被毁当作不可克服的困难。人们的心气是有的，相信一切可以从头再来。原来穷的人，心里偶尔幸灾乐祸："瞧，大家都一样了吧？"像孔云清和那些曾经叱咤风云的商贾富户自然有着另一番算计："等着吧，用不了三五年，我还是富户！"

汉城的百姓们要么是经营买卖的商家，要么是雇工停活的伙计，他们知道靠单打独斗无法完成重建家园的浩大工程。他们明白，像外出送货、守城打仗一样，重建家园也是需要合作的。就近的几家人，便自然形成了合作伙伴，互相帮着抬土块、垒墙、和泥巴。先尽着容易修缮的房子用力，修好一间是一间，修好一间就有一间房子可以躺进去住人。有的家户死得没有一个人了，他们的院子就可以被邻近的人家分割，他们的房子就可以拆除，成为别人家重建的材料。已经十月份的天气，指不定哪天大雪就落了下来，现打的土块是晒不了太阳用不成的，找些旧土块用更省事。

俄式的建筑大部分受损较小，那些高大厚重的红墙绿顶的大房子，也许匪军拆都觉得费劲，只拆了一些铁皮、砖块，修复的难度较小。这些房子修好一间，就可以住好多人进去。在共同的灾难面前，也就不分什么民族贫富了，大家似乎都瞬间拧成了一股绳。事后过些日子，有人富有人穷，又拉开了差距，那些把日子过穷了的人，想再捞回面子的时候，就会说一句："那年打仗，我跟某某行的掌柜在一起睡过，他那呼噜大得吓死人……"

那些低矮粗糙的土木房子本来就不结实，更经不起战火的洗礼，修缮的难度很大，也只好往地下挖洞，暂时把房屋的一半建到地下，上面先随意搭建一下。塔城干燥，地下也不见得很潮，还方便保暖，就是掏向地下总觉得有点不体面。非常时期，能度过这个即将到来的冬天才是要紧。真正盖房、圈院子，大概就是来年，或者再过一年的事了。

王大爷家的房子和那片巨大的菜地自然而然地都归了孙迷糊和谢谨。吴鸣璋特意跑来两趟，劝他俩，如果觉得离城太偏，就再搬回裕生堂去住。那一带的住户，基本都在那场战争中死了，留下大片的空地。孙迷糊看着谢谨，她没有表态，只是转身生火，给吴先生烧水喝。

孙迷糊明白，谢谨不想再去谁家了，便拉着吴鸣璋到那片菜地里，给他挖那满地的萝卜，边挖边对吴鸣璋说："吴先生，你莫要担心我和谢谨。我们这支从巴克图进了塔城的那些个抗日队伍，有爱国官兵，也有普通群众，都是自发组织起来的。虽然叫'义勇军''救国军''自卫军'各种名称不同。其实都一样，就是跟小日本子打仗。我们在东北打日本人的时候，没有军火，缺少支援，冬天气温在零下三四十度，到处白雪皑皑。在野外山林露天宿营，每一个夜晚都是煎熬。一生火取暖立即就会被敌人发现，就面临着被围歼的风险。缺吃少穿，没有后援，被日本军队围剿，天天面临死亡，最终被逼得逃到了苏联。一路从苏联走过来，什么罪都受了。在阿亚古斯下了火车，往巴克图走，每人每天的口粮只有一百六十克。多少战友都死在不到祖国二百公里的地方。谢谨虽然是个女的还带个孩子，但她和孩子什么苦都吃过了。"

孙迷糊让吴鸣璋放心，他们没事，这一仗以后，短时间内不会再打仗了。以后，这里就是他们的家，欢迎吴先生常来。

孙迷糊给吴鸣璋装了一袋子萝卜，要给吴老爷送去。吴鸣璋哪里肯，二人推辞一番，吴鸣璋终究扛起萝卜走了，那是孙迷糊和谢谨对裕生堂满满的谢意。

王大爷的菜窖里还有另一个秘密。地洞里还掩埋着一些粮食，那是孙迷糊埋的。孙迷糊那些日子成天在菜窖里捣鼓，到处都是他打的洞。靠那些洞，他保了自己和粮食的安全。他知道靠着这些，他们三口人也能度过那个冬天。

当别人担心匪军还会不会回来的时候，孙迷糊毫不担心，整个攻城的过程里，他没有进城。他看了匪军的队伍，也看了归化军的队伍，作为一个身经百战的军人，他明白，匪军肯定是回不来了，可以放心地在这菜地住，只要不碰到狼就可以了。

塔城的围解了，日子又有新的盼头。德胜行的铺子和住房的修缮有条不紊地进行着，木工坊里等活儿的那些个短工召之即来，大战之后，这些苦工能有顿饱饭吃、有碗面糊糊喝就满足了，甚至没有人敢提工钱的事。

牛道全和牛玉关押了两车粮食进了城，他们是趁着黑夜进城的，他们还带了枪，生怕被人哄抢。本来是义举，却搞得跟做贼似的。

粮食卸在车马社，牛道全找到孔云清对他说："打仗的时候，就想着来呢，心里一直牵挂着你们呢。"孔云清看着粮食对牛道全千恩万谢，然后对牛道全问道：

"你都知道了？"

牛道全没有明白什么意思。孔云清低声对他说："亲家母没了，中了流弹。"

牛道全一愣："噢！"

"姑爷非常伤心，情绪极不稳定，就靠吸大烟麻醉自己。大脚还好，守城的时候跟那些洋婆子一道，抱石头、土块堵城门。仗打完了，又抬尸首拉死人，一直没有闲着。是个好媳妇，难得。"

牛道全皱了皱眉头说："那我得去看看吴大哥。"

"好，我陪你去！"孔云清说道。

吴鸣璋坐在裕生堂的院子里静静地坐着，一句话也不说，任十月份的秋凉浸透自己。孔云清和牛道全一踏进院，吴鸣璋的目光便投过来。等二人走到身边，吴鸣璋喊了一句："来客人了！"

小夫人便从厢房里出来，急忙搬了两张凳子。

"不坐了，不坐了，就是来看看老哥。"牛道全说道。

吴鸣璋从椅子上站起身，给两位作揖："我可能是老了，没心劲儿了，老是想从前的人，老是惦记着孩子们。咱们仨都有一个女儿在远方，她们好着没？咱们也不在跟前，万一有个什么变故，都不能及时得个信。"

二人没想到吴大哥说这么一句话，顿时被觉得心被扎了一下。

"得勤联系着，哪怕看到她们的只言片语，只要她们是好的，咱们也就心安了。战乱的年头，命都贱得很。"吴鸣璋一脸愁苦的表情。

是的，孔淑魁早就统计过了，这一仗塔城竟然有两千多人没了。城里倒没怎么着，撤走的时候把城东郊的人几乎杀绝了。

孔淑魁对孔云清说："匪军虽然灰溜溜地走了，也不会平平淡淡地走，走一路、抢一路、杀一路。遍地狼烟，谁碰上谁就倒霉，连消息也是不畅通的。"

那时，孔云清牵挂着孔淑仪的安全。迪化城在那一年也是多灾多难的，处于几派军阀的拉锯混战中，全城百姓惶惶不可终日。更让大家迷茫的是，民众搞不清哪支队伍是维护自己的，不知道自己应该拥护谁。

逼近迪化的军队，听说是先前撤走的土匪，可是这一次人家打了国民革命军暂编三十六师的番号。那时候，谁有几条枪就敢拉队伍，到处有很多的军队，也没有像样统一的军装，有番号就是军队，没番号就是土匪。

国民政府一直没把势力伸进新疆，但卷土重来的土匪以政府正规军自居，师出有名。反而是已经掌控省城的盛世才，迟迟没有得到南京政府的认可，没有委任状，搞得大家犹犹豫豫，不知所措。

暂编三十六师三千余人，连先前队伍行进的歌曲都换了，高唱着"三八枪，铁盖盖，打到新疆娶太太"的调调，一路挺进哈密，过天山，连克木垒、奇台、孚远，再次直逼省城迪化。在迪化周边三十六师和省军你来我往，互有胜负，打得不可开交，又决不出胜负。于是又进行了和谈，可又谈不下去。一直打到十二月份，三十六师越打人越多，两万多人再次包围了迪化，夺占了东郊机场和无线电台，省城迪化形势危急，在这漫天遍野一片冰雪的季节，迪化周围的民众如惊弓之鸟。

整个迪化城全部的资源和力量随时征为军用，为了保障作战，其他的一切都显得无足轻重。城外交通时常被切断，兵力粮食柴草难以为继，城里的人上顿不接下顿，饿得面黄肌瘦。大街小巷常常发生抢劫、打砸的事情，毫无安全感可言。孔淑仪没事连自己的屋子也是不敢随便出的，哪里还有学生前来上学呀。

省城随时都有可能被攻破，孔淑仪不敢像平日里一样收拾打扮自己，她把自己的头发弄得乱乱的，宁可不洗脸，甚至得浑身上下散发出一些不好的味道，街上时常有散兵跑过，他们会做出些什么事，谁也没法判断，脏点比干净着好。

孔淑仪把自己扮得很丑，总穿着一条破棉裤，浑身上下脏兮兮的。仍然时不时会被人敲门叫去，上街去做一些苦力，搬砖堆沙，制作抬耙子充当担架，既抬东西也抬人。

和自己一起被喊来充苦力的是孔淑仪的女同事，脸上也抹得脏兮兮、臭烘烘的。二人一面搬着被炮火轰塌的墙砖，一面小声嘀咕，只有这时候，她们能见一面，也只有这时候，她们能说几句话。那段时间，她们是不敢随时轻易见面的。

女同事说："这仗打得没完没了，生意不做，学校不开课，外边的人进不了城，城里的人也出不去，咱们说不定哪天也可能就没了。"

孔淑仪小声对女同事说道："我到了省城，庆幸自己到了新疆的中心，能安心传播知识，让孩子们走向文明、幸福呢，结果碰到的只是兵荒马乱。你看看迪化城，除了粮食贵，连人都不值钱。女人们现在都成了嫁不出去的累赘，谁家愿意添张吃饭的嘴呀！年轻的姑娘都应该是天天打扮自己的，咱们却每天把脏东西往脸上身上糊。"

孔淑仪的同事笑笑说道："我现在一天就吃两顿饭，有时候只吃一顿饭了，除了他们逼着来干活，我尽量不下床，不活动，一动就饿得快，基本上顿顿喝稀的，还得把粮食存好，得分开好几处存，不能放在一个地方。我就是死了，也得留点粮。"

"你真有心眼,我是对这些打来打去的军队失去信心了。这些军队心里从来没有咱们老百姓。这天下到底有没有为咱们普通老百姓着想的队伍呀?"

孔淑仪话还没有说完,后边便传来催工的声音:"快点干活,别磨洋工。城一旦攻破了,你们还会有好日子?你们想想吧,快点干活。"一个手里提着马鞭的军官,边说边走,手里的马鞭甩得啪啪作响!

孔淑仪和同事吓得立刻停止了说话。这军官朝她俩骂了一句"真臭",然后走远了,二人才相视一笑,孔淑仪悄悄地说了一句:"这就是皮鞭下的沉默。"

## 62

距迪化城二百来里的滋泥泉子战事胶着,暂编三十六师正与省军的主力和抗日义勇军的混合联军打得你死我活。义勇军一支二三十人组成的敢死队,携四挺轻机枪绕向滋泥泉子后方,偷袭三十六师,省军主力部队猛打猛冲,最终攻占了三十六师的指挥部。就在省军以为自己胜券在握的时候,三十六师也派出一股骑兵三十余人,高喊"活捉盛世才"的口号,突然冲到盛世才指挥所前,盛世才周围缺乏战斗经验的青年卫兵们慌了手脚,形势万分危急。在这千钧一发之际,一直在指挥部任作战参谋的赵剑抱起一挺机枪,冒死猛烈扫射,终将这股骑兵击退,保证了盛世才的安全,形势转危为安。

当晚雨雪交加,气温骤降至零下,三十六师忍饥挨饿更加疯狂猛攻,一场恶战一直持续到次日天明,暂编三十六师终被重创,以亡两千余人,被俘两千五百余人的惨重损失全线溃退。

盛世才对赵剑说:"妈的,真是得感谢老天,不是这突然降温,这帮王八蛋不会撤退,他们没有棉衣,要穷追猛打!"于是率部继续追击。半日后,从俘虏的军官身上,截获了一封三十六师写给义勇军的密信。信的内容是劝义勇军保持中立地位,不要干涉新疆的地方事务。

盛世才见信起疑,怀疑义勇军与敌暗通,秘而不宣,将军队有秩序地撤回迪化。

盛世才自达坂城撤回次日设宴请客,席间突然将部分义勇军将领逮捕,随后杀害。赵剑将军因持机枪扫射救了盛世才的命,未被牵连,但心中隔阂却是无法消除。

战争的进展超出了所有人的预料,大家怎么也想不到,本来饱受围城之苦,全面处于劣势的省军最后神奇逆转翻盘。

据说，苏联方面接受了省军盛世才的请求，派了红军一个团从塔城巴克图入境，换上新疆省军服装，在迪化以西的头屯河与暂编三十六师的骑兵部队遭遇。

苏联出动的是步骑和摩托化混成部队，重机枪装在雪橇上，步兵外罩白色披风，人人踩着滑雪板，手抓着骑兵的马尾在雪原上飞驰，汽车则满载步兵并拖曳着火炮，行军速度非常之快。苏联红军的意图很明显，就是秋风扫落叶，速战速决。

但这一仗更加意外，暂编三十六师虽然装备与苏军悬殊，却打了整整二十六天。

苏军抵达昌吉后立即发起攻击，三十六师却事先把河面的冰层凿裂，但并不打破，苏军骑兵疾驰而来，踏上河面后冰层碎裂，人马纷纷落水，遭到三十六师密集火力杀伤，伤亡惨重。再战时，双方隔河交火，三十六师骑兵从侧翼包抄苏军，迫使苏军的机枪阵地不断后移，在对方骑兵的连续冲击下，苏军机枪弹药告罄，不得不退回昌吉城里，在城墙上以火力阻击骑兵。

战斗中，苏军的炮兵阵地被骑兵包抄，苏军反击过来时，发现火炮完好，炮栓却都被炮兵扔进远处的雪里，被俘的红军全部被马部残杀，苏军官兵极端愤怒，这时才感觉到轻敌了。

随后，苏军装甲部队开到，轰炸机呼啸而来，与地面炮兵协同，阵地被炸成一片火海。骑兵从两翼、装甲车引导步兵从正面，发起全线进攻。三十六师伤亡三千余人，被迫一路南逃。省城之围解了，省军、义勇军、归化军、苏联红军两国四支军队一直追击三十六师到巴楚。

伊犁方向，原本打算给三十六师助战的塔城点过兵的张大帅，率兵进军迪化，却被苏联红军在伊犁端了老窝儿。进兵打不赢，退兵回不了营，张大帅一时万念俱灰，饮弹自尽！

迪化的战火终于平息了。盛世才赢了。

到民国二十三年初，盛世才在新疆已无强劲的对手。作为对各方支持的答谢，盛世才掌控的新疆省府实行联共联苏的基本政策。普通民众对于一个新生的政府，总是抱着美好的希望的。一切似乎都在向好的方向发展。

孔淑仪和吴诗然的信寄回了塔城，信里说着她们在别处过的异样人生，当然是报喜藏忧，因为她们长大了，成熟了。知道有再大的难，给家里说了，也没有用，漂泊在外，凡事就得一个人扛。但家人看到她们从远处寄来的信，心里便多了一些安慰。

裕生堂和德胜行所有人都眉开眼笑地迎来了新春佳节。这一年过得艰苦，各样物品明显没有往年那么丰富，就连天空中的爆竹和花炮也少了许多，但大家还是高兴的，大灾过去了，一切归于平静。

新年了，大街小巷里不少人家贴着新的春联，红红的纸上写满各种祝春的词句，渲染着节日的气氛，大家看到了美好生活的新希望。

盛世才本想依靠国民党来割据一方，但是南京政府却想趁机控制新疆。他曾留学日本，但是日本距离新疆实在是太远了，他没有办法走投靠日本的道路。近在咫尺的苏联对于新疆的影响才是最重要的。不仅新疆的日用品基本上都来自苏联，而且苏联军队随时可以开进新疆，其战力远不是新疆能应付的。暂编三十六师虽然强悍，但只要苏联红军一重视，动用了自己的真正力量，新疆没有什么力量能抵挡得住。

为了稳固自己在新疆的地位，盛世才当然得和苏联处好关系，如果他们能对自己施以援手，当然就更好了，就比如帮自己打败三十六师。

战争过后的迪化，甚至周围的那几个城市，都是一片疮痍，生产生活秩序都等着恢复。孔淑仪和她的同事，当然也得参与到全城恢复生产的劳动中。不同的是，她们已经不用再往自己的脸上抹屎抹污垢，作为女人，她们终于可以将自己的脸、自己的衣服洗干净了。

孔淑仪和她的同事们把自己收拾干净，重新出现在迪化的大街上。她们突然觉得整个城市一下子就亮堂了，仿佛水洗过的一样，到处都是穿得干净、皮肤白皙的丽人，打仗时候那些破衣烂衫变魔术一般地消失了。再细细一看，这些贵妇的面容似曾相识的样子。前后不过几天，人们仿佛得了新生一般地脱胎换骨，就连从你的身旁走过去，都会飘出一股淡淡的清香。

迪化城终于没有被攻破。苏联红军作为最终扭转战局的力量，成了迪化城最受欢迎的人。此后，盛世才开始信仰共产主义。迪化的市面上，渐渐也有人售卖马列主义著作。

学校复课可能还得一阵子。空闲无聊的时间，孔淑仪和同事大姐也一起买马列主义著作来读，听说那些勇猛的红军就是在这些理论的指导下强起来的。这就足以引起人们的兴趣。

大家不清楚，那时的苏联也是面临各种麻烦的，来自欧洲的压力几乎让这个红色新政权窒息。因此，苏联当然乐于看见一个稳定而亲苏的新疆地方政权，这样，与新疆三千多公里的中苏边境才能平安无事。

盛世才在大战中侥幸获胜了，他开始思考这一大片土地的未来。刚刚登上权力巅峰的盛督办，雄心勃勃，想干一番前无古人的伟业！他高举了"亲苏反帝"的大旗，学习马列主义著作，努力信仰共产主义，赢得了苏联的好感。

民国二十四年初，苏联从人力、物力、财力等各方面予以支援，一批批专家、技术人员、干部、共产党员连同货物一起经过巴克图口岸，从塔城转赴新疆各地。

一开春，塔尔巴哈台地域里的罂粟地，就被军警大片大片犁毁、城里的烟馆也被一个一个封掉，赌场也被查禁。那段时间孔淑魁忙得没有一点点空闲，那些借着这些买卖发财的富户老板，用尽各种方法接近、巴结孔淑魁，却被他严词拒绝，因为贪污是要被严厉整治的。多少年了，新疆从来没有这么大刀阔斧地治理过。

塔城行政公署开始征求少数民族部落头领的意见，征求商会代表的意见，开始问计于民，社会面呈现一派新气象。孔淑魁虽然整日忙碌，但也觉得心里总有股子劲儿，生活有奔头，工作有成就感。

孔淑魁觉得垂头丧气的人恰恰是行政长王海如，他总是心不在焉，晚上时不时酗酒。孔淑魁想上前去安慰，王海如伸出一只手制止了他这种想法。他让孔淑魁坐在自己身边，孔淑魁不敢，王海如瞪着迷离的双眼，仍然伸着那一只手指着自己身旁的座位。

孔淑魁一落座，王海如就给孔淑魁倒了一大茶杯酒，递给他。孔淑魁看了看酒，稍稍皱了一下眉头。

"你可以不喝。"王海如说道。

话音未落，孔淑魁一仰脖儿，把酒倒进了嘴里，一口还喝不完，咕咚咕咚地吞咽着。

"好！"王海如说，"孔队长，我的日子已经开始倒着数了，可是你，你还有大好前途，大好前途。其实我一直就看好你，咱们俩有缘，对你我从未动摇过，你真的会有大好前途。"

王海如拿过孔淑魁面前的茶杯，又给他倒了一茶杯酒。

孔淑魁心里一直觉得王海如是自己的贵人，一直对王海如心存敬意。于是孔淑魁接过王海如的酒杯："王书记长，您是我的恩人，没有您，就没有淑魁的今天。这一杯，我敬您！"

"别，别叫我书记长了，不好使了，党部也已经不存在了。"王海如也许是喝多了酒，突然之间显得有些许的激动，鼻子一抽，居然落下泪来，"小孔啊，我查过你，你虽然是张建业的人，但其实也不算他的人，经过这几年的历练，倒像是我的人。"

"谢谢行政长，我就是您的人，以后，您指哪儿，我就打哪儿。"

孔淑魁说完这句话，王海如眉头一皱，又哭了起来，他又放下酒杯："哎呀，兄弟，你真的是老实，你真的是最可靠的下属。我也是真的喜欢你。可是你真的是傻呀，我哪里还有什么以后呀？没有了，只要上面腾出手来，第一个倒霉的就是我。"

孔淑魁看王海如把酒杯放下了，自己也把半茶杯酒放下。不料王海如又把酒杯端了起来："来，兄弟，管不了那么多，咱们干了，管他以后做什么，爱来什么来什么吧，来，干！"

那晚，王海如喝得大醉，一改往日在孔淑魁面前一本正经的长官架子，跟孔淑魁勾肩搭背，说了许多掏心掏肺的话。

几天后，省府便接到了一封关于塔城行政区王海如书记长的检举信，说他贪污腐化，聚敛钱财。

很快，省府就来了一位特派员到塔城把王海如收了监。收监以后，并未立即审问盘查，又忙着办理与苏联来的贵客商量恢复生产、整顿财政，发展教育、扩充军事之类重大合作的事情。

特派员除了忙着这些大事，又陷入迎来送往的酒场大战之中，全然没有精力去提审王海如的案件，即使审讯的时候，也不时地冲到外边呕吐，头痛欲裂，完全提不起精神。

特派员每天都在不停地换酒场子，不停地换人喝酒，既有迎接自己的，也有陪苏方专家官员等贵客的酒宴，一起作陪的都是塔城的官吏和各色人等，特派员也记不住哪个是哪个。就是被各种言语骗着喝，喝一阵子，也不那么难受了。反倒喝得顺畅了，特派员那时感觉自己的身体有神奇的功能，既能从清醒喝醉，又能从醉再喝清醒。

特派员恍惚中说："酒确实不是好东西，身体总是排斥它，但有时候交际需要它，生意需要它，待客需要它，心里需要它！"这句话赢得了热烈的掌声，大家一起端杯："干！"

王海如被关在警察局，孔淑魁从酒宴上借故逃了出来，到警局的监狱里看王海如。他完全失去了往日的神采。仿佛一下子老了十岁，头发变得灰涩，完全失去了当书记长的时候的光泽。

孔淑魁甚至觉得，这天也变了。从前国民党员的身份那么耀眼，现在党部完全靠边站了。是啊,现在是亲苏反帝,风向变了。

王海如看到孔淑魁,突然眼泪就流了出来,接着又大哭起来,哭得孔淑魁都有点尴尬,显得举手无措。

"孔队长,"王海如喊道,"我知道我要倒霉,但没想到会这么狠,这么快,你知道是谁告的我吗?"

孔淑魁一听,心里立马一惊:不是你让我检举的你吗?但是此时的孔淑魁已经不再是愣头青,已经有了经验。他急忙掩饰着自己心里的不安。

王海如趴在铁栅栏上,眼泪淌下来:"淑魁,能给我把门打开吗?我这么点空间,实在难受得不行。我对你一直都不错的!"

孔淑魁看着眼前这个曾经的"塔城王",此刻就宛如一个颓废的老人,再没有一丝丝当年主宰沉浮的霸气,那一刻,孔淑魁都觉得自己有点看不起他。

孔淑魁叫了狱警,把铁栅栏打开,然后示意让狱警离开。

王海如扶着栅栏从里面挪出步子来:"淑魁,不,不不,孔队长,你看,我都快不会走路了。你说,这次他们会放过我吗?我会不会死?"

孔淑魁把王海如的手推开:"书记长,特派员现在顾不得你。"

王海如瞪着一双大眼睛,眼神里有惊恐,慢慢变成了无奈、期待、落寞。过了好一阵子,王海如突然在孔淑魁的身旁跪了下来。

孔淑魁急忙扶他:"你,你这是干吗呀?"

"孔队长,我知道,他们一定想要弄死我,一定不会放过我,你要救我,一定要救我。我本来是要提你当副局长的,可是没来得及,但是现在看来,这样也是好事,至少你可以跟我撇清关系,这对你是好事!"

孔淑魁看了看王海如,觉得眼前的这个老汉挺可怜的,便慢慢地说:"咱们一起共过事,你有什么需要我照顾的,我在能力范围内可以帮帮忙,但我职务低微,是不能参与断案放人之类的大事的。"

"孔队长,给我找袋烟吧,让我先吸两口。"王海如擦了一把鼻涕。

"噢。"孔淑魁点了点头,转身走到外间,问狱警要了一杆烟枪。

王海如拿着那杆烟枪,自己走回了那铁栅栏,躺在地上,美美地吸了起来。一口下去,王海如闭上了眼睛,他的脸上看不到一丝丝烦恼了。

孔淑魁打算转身离去,这时身后传来王海如极具穿透力的声音:"孔队长,我有个女人在额敏,你是知道的,替我去看看她,不会白跑的。"

孔副大队长次日借口到额敏办案,进入王海如相好的小院。孔淑魁是夜里去的，女人吓得不敢开门，院里的狗叫了起来，把远远近近的狗都引得叫了起来。孔淑魁当然早有准备，把王海如平日里把玩的一块吉祥瑞兽手把件儿隔着墙扔了进去。

半晌，女人蹑手蹑脚地走到门口："你是谁？"

## 63

"我是王老板的人，王老板让我来找你。"

"你几个人？"

"当然一个人。"

门里没有声响，过了好一阵子门才打开。

女人也算胆大，把头伸出来，左右看了看，确实没有人，才把孔淑魁放进院子。

孔淑魁跟着这女人一直慢慢地走过院落。那是大冬天，厚厚的积雪在院子里静静地躺着，如同一床从未被人睡过的新棉被，整个院落只被铲出一条窄小的仅容一人通过的小路，从大门口通向里屋。再有一条同样的小路，显出走得更少的脚印，那一定是去茅厕的。孔淑魁从脚印都看得出来，这个院里几乎没有来过外人，甚至很少走动。

孔淑魁跟在女人的身后，心里琢磨，这女人也真的是一门心思跟着王海如的，四门不出，就安心地在这院子里等着他。

女人是小脚，在这雪地里走的速度比较慢，但魅力却能从浑身上下透出来，那双小脚本来轻快地点着地，院里雪打扫得不及时，时不时便滑一脚，细腰便左扭右闪，双手左右无规律地摆着。孔淑魁不得不在她的身后伸出双手，架着她的双臂。女人却回身把孔淑魁的手臂打开，不让孔淑魁碰自己，虽然他穿着一身威武的警服。

一个女人有没有魅力，当然看颜值、身材，从前，孔淑魁是陪着王海如来过一次的，但孔淑魁没有见到这女人的面孔。那时候，孔淑魁是不能进屋子的，只能在院里等着，等着王海如在这女人的屋里折腾半个时辰以后出来。然后看着王书记长梳整齐头发，容光焕发地走出院子，而这女人并不出她自己的屋子……

此刻，在冷清的月光下，孔淑魁终于可以打量这女人的身材了，可是她又穿着厚厚的棉衣，把自己严严实实地包裹起来，什么也看不清，只能闻到身上散发的淡淡清香。

孔淑魁走在女人的身后，两手虚架着，时不时会隐隐约约地碰到女人的腋下，腰身，这女人又十分警惕，及时躲开，不让孔副大队长占到丝毫的便宜。

一直走到门口的时候，女人停下身，转过来，背靠着自己的屋门，慢慢伸手摘下了自己大衣上连体的棉帽，那棉帽边沿上是细长的绒毛。她对孔淑魁说："你不太方便进去了吧，说吧，是带东西还是带话？"

这时，孔淑魁才第一次看到了这女人的这张脸，在那清冷的月光下，虽然看得不是十分清楚，但无论脸形、五官都很美。

孔淑魁愣了一下，王海如并没有让自己带什么东西给这女人。也没有办法再给她带了，可是自己怎么给这个女人说呢？孔淑魁一时动了恻隐之心，怕自己的话伤着眼前的美人。

"你要再不说话，我只有送客了。"女人显然还不知道王书记长的近况。

孔淑魁站在女人的对面，就那么看着女人的脸和在寒风中哆嗦的身子，半天没有说话。就那么一直看着，中间两次伸着手摸了摸帽檐，在张了两次嘴唇以后，才低声说道："以后，你要学会自己照顾自己了。王老板对我说，不让我白来！"

听完这句话，女人并没有明显的反应，表情像是被寒冷的空气冻住一样。突然，她的身子摇了一下，孔淑魁立即伸手抱住女人。

"扶我进门。"女人小声说。

孔淑魁把女人半抱半扶着，撩开棉门帘，推开门，搀着女人坐在炕沿上。

"你要饿，你掀开锅，吃点南瓜，我先歇会儿。"女人说完背对着孔淑魁，侧着身子躺了下去。

屋里比较暗，狗也停止了叫唤，夜静得只能听到对方的呼吸。孔淑魁虽然极力地适应着屋子里的光线，但是他也只能局部看清楚女人的曲线，那条曲线时不时显出微微的颤动。

孔副大队长知道女人哭了，哭得挺厉害！

孔副大队长不知道自己饿不饿，也许自己应该饿了？他就那么站在屋子狭小的空间里，一会儿又坐在一侧的椅子上，他觉得坐着、站着自己都别扭。

他想点亮油灯，但又觉得这女人没那个意思，于是便打开随身带的手电筒，照亮了灶台的大铁锅，里面的南瓜早没有热气了。

孔淑魁并没有吃南瓜的念头，他就是想分散自己的注意力，免得自己总盯着女人的背影局促不安。

他既不想打扰背对着自己的女人的情绪，又想借着手电的光亮把屋子里察看一遍，他明白，自己不能一直盯着那背影，那背影会勾起自己的回忆。

那一刻，孔淑魁想起这些年来跟王海如的接触，想起自己在王海如的面前表现得有多么的谦恭，想起王海如当行政长、当党部书记长春风得意的那些日子，自己是如何集中所有的精力来关注他。王海如随时需要，自己总是及时出现，勇敢地献出自己的全部，无怨无悔。

他听过王海如酒醉后的教导，那时王书记长手把着吉祥瑞兽，郑重其事地说："在官场，一定要注意自己的为人。一定要把下级当平级，平级当上级，上级当皇帝……"

王海如说完这句话，就趴在桌子上起不来了，孔淑魁一边去搀扶不醒似死的王海如，一边一肚子怨气：哼，我是真的把你当皇帝了，您是坐轿子的，我是抬轿子的，不把您伺候舒服了，我永远也坐不上轿子！

孔淑魁望着对面炕上的女人，窗外射进来的月光，若隐若现地勾勒着她的身体轮廓。那曲线起伏的背影里，孔淑魁能看到王海如的影子。孔淑魁一直恪守着王海如的教诲，一直把从警当从政，当作自己的终身追求，一直从内心里把王海如当皇帝。现在，王海如下轿子了。孔淑魁一下子觉得自己抬的轿子空了，一时半刻，还真的有点不习惯。孔淑魁当然也想成为一个坐轿子的人，他无数次地想过自己拼搏的尽头，他记不得自己多少次给予自己的答案都是王海如，他觉得自己这一辈子，如果能坐到王海如的位子，能享受他享受过的一切，自己就满足了。

那天晚上，孔淑魁在这个小屋子里望着女人的背影，心里很矛盾，很复杂。对面的女人在抽泣，他心里便猫抓一样。该怎么对待眼前这个女人呢？王书记长对自己说的不会让自己白跑的是什么意思啊？这屋里也并没有什么值钱的东西，难道是她？孔淑魁突然间想起来，王书记长之前还说过一句，"替我去看看她"，那又是什么意思呀？

孔淑魁忐忑地站起身来，朝着那个背影走过去，他借着黑暗伸出手，去接近那个背影，手指快要碰到脊背的时候，他感觉到了那个身躯放射出来的热量。孔淑魁的手指抖动得厉害，他的喉结蠕动了两下，手又缩了回来。孔淑魁觉得自己并没有做好足够的心理准备。但他粗重的呼吸显然惊住了女人，她转过身，两臂护在胸前，对着孔淑魁惊讶地说："你……你要干吗？"

"哦，我，我脚冻得不行了，从那么远走到你这院里来，现在天已经晚了，车马都没有，我能不能到炕上坐坐，暖暖脚。"孔淑魁停了片刻回答。

"噢，不行，你离我远一点。"

孔淑魁往后退了两步，在那小屋里的土地上，两个脚互相磕碰。

女人看着孔淑魁的脚，穿着一双警靴，虽然有皮有毛，但这种美观的皮靴，在这大冷的天气里当然是不中用的。还不如牧民的毡筒，可是有身份的人都不会穿那笨重的毡筒。

女人的心软了，顿时不知道该怎么拒绝，她望着孔淑魁在地上跺着的脚，不由自主地把自己的身体向身后挪了挪，给孔淑魁让出了地方。

孔淑魁的嘴角咧了一下，露出点笑容。他实在是脚冻得不行了，急忙弯腰脱下自己的皮靴，坐到了炕沿上。

他来时乘的马车到了巷子口，他就盼咐过赶车师傅："一袋烟的工夫，我要是没有回到巷子口，你就回家吧。"

孔淑魁脱下皮靴的那一刻，就已经打定了主意，当天晚上是不打算离开这间屋子了。

但是他做这些事还没有足够的经验，还有几分生涩。他把脚拿上了炕。女人没有说话，也没有多的动作，有点不知所措。

孔淑魁看着女人，也没说话，说什么都不合适，只是把手放在自己的袜子上搓着、揉着，越搓越觉得痒。

数九的寒天，女人看着警官的动作，本能地把炕上靠墙的被子拽了过来，放在他们两个人的中间，像是给孔淑魁盖的，又像是在明确彼此的分界线。孔淑魁慢慢把脚伸了进去，一股温暖从脚底板传来。

看着这炕上的两床被子，孔淑魁心里有点失望。女人这时拉着另一床被子一半压在自己的身下，一半盖在自己的身上。

孔淑魁脚上的棉被应该是很久没盖过了，孔淑魁觉得那应该是王海如盖过的。脚在那被窝里焐得暖得很，不免心里又痒痒起来，难不成一整晚上就这么坐在炕沿上揉脚？

起初脚是麻的，渐渐就舒服了，不再需要照顾脚趾了。孔淑魁却又感觉后背有些不舒服，本来坐在这炕沿上，就没好意思选一个舒服的姿势。现在他想靠到墙角，他往炕的里面挪了挪自己的身子，女人顿时睁开了自己的眼睛，警惕地看着他的举动。

孔淑魁伸出自己的手，女人猜着孔淑魁的意思，把身后面的枕头递了过去，还好，这警察并没有要为难自己的意思。

女人又继续躺了下去，蜷缩着自己的双腿，本就狭窄的小炕上，她尽力不跟这陌生的男人发生碰触。

女人躺下身去，闭上眼睛，手里握着那个王行政长把玩的吉祥瑞兽，内心波澜起伏，一直无法平静。甚至眼泪断断续续往外流，她只是不作声，偶尔用手绢擦一下自己的眼泪。

女人明白，王海如完了，再也不会来看自己了。不离手的把件都被人丢到院里了，从前没资格进屋门的跟班，现在都躺到自己的炕上来了。如果王海如没有出事，他敢吗？女人明白，自己俨然已经成了待宰羔羊。什么时候自己被吃掉，完全取决于狼什么时候发动进攻。

孔淑魁在王海如的面前一直是只羊，他也曾无数次地幻想着自己哪一天能化身为狼，做一把猎手。现在孔淑魁感觉到，这个机会似乎已经来了。

他给自己壮了壮胆，终于再也不想忍了，他想给自己一个证明，证明自己已经不是一只羊了。

他坐起了身子，犹豫了两次，终于还是下定了决心，揭开了身上的被子，爬到女人的身上来了。

女人一惊，睁开眼睛，惊恐地问道："你干吗，你要干吗？"

孔淑魁一把捂住女人的嘴，一只胳膊按得女人纹丝不动，上半身动不得了，女人的脚便开始乱蹬，被子被蹬到一边去了。嘴里拼命喊叫，却只能传出来听不清楚的呓语。

女人越扭孔淑魁压得越死，二人的喘息越来越粗。大冷的天，渐渐感觉不那么冷了，而且一股奇异的女人的气味散发出来。孔淑魁不由自主地脸上挂了一丝微笑。他趴在女人的身上，把女人胸前的突兀压得平坦。那异样的温暖、温柔透过自己的肋骨传导过来，穿透了自己的身躯，他的头脑几乎晕眩了。孔淑魁松开了自己的手，用自己的嘴急切地寻找着女人的嘴唇，女人拼命摇着头躲避，头发瞬间零乱，嘴里的喊叫声变成了呜里呜啦奇怪的声音。孔淑魁的嘴唇压在女人的嘴唇上，舌头打算撬开她的牙齿，女人咬紧的牙齿，做着最后的防卫，再也顾不得发声。

女人上面防守严实的时候，孔淑魁便从下边下手，手摸着她衣服上的纽扣一个一个解开了，并渐渐脱下自己的衣服。终于他的赤裸的胸脯接触到她的胸脯以后，女人不由得"哎呀"叫了一声，闭上了自己的眼睛，眼泪从她美丽的脸颊上滚过。两具肉体便紧紧地贴在了一起。

女人起初阻挡孔淑魁的双手，此刻已绕到他宽阔的后背上，她放弃抵抗了。孔淑魁一面沉醉，一面腹中又涌起一股无法排解的燥热。他感觉到女人已经被自己征服了，因为他的舌头已经进入了女人的口腔，已经和她的舌头绞在了一起，只能听到含着哭腔的呻吟。孔淑魁把自己的手伸到腰际，一把拉开自己的腰带，扭动着自己的身体，把裤子褪到自己的脚面。然后扒光了女人的衣裤。

女人扒不开沉重的孔淑魁，便把指甲抠进了孔淑魁的肉里，在他进入自己身体的那一刻，女人一声尖叫，两只手在那宽厚的脊背划开一道道血印！

孔淑魁本来一声低沉的声音突然就变得高昂，那是疼痛的感觉。孔淑魁没有想到女人还这么烈性，在黑暗的光线里眼睛瞪了女人一下，停下了所有的动作。

女人虽然还看不清孔淑魁的表情，但能感觉到，孔淑魁眼珠里射出来的那一道寒光。那一点点光亮吓住了女人所有的反抗，女人没有动作了，就那么静静地躺着，任孔淑魁那屁股一撅，再向自己的身上一挺，女人眉头一皱，叫出声来。随后，孔淑魁疯狂地冲撞起来，双手开始抓女人的两只乳房。不久以后，女人的双手重新搂住了孔淑魁的腰……

孔淑魁的脸上再一次浮现出笑容，他心理上获得了巨大的满足。他的身下是行政长、书记长的女人，以前，他都看不上一眼。想起每次王海如对自己的训话，想着自己挖空心思对他的种种讨好，那一刻，他心里涌起了巨大的报复的快感。身下的女人渐渐开始迎接他的冲撞，渐渐扭着自己的身躯，虽然在克制，但偶尔也低声呻吟，这些信号就是对他的认可，对他的鼓励。孔淑魁愈发地卖力，拼命地冲撞那温热柔软的身躯，直到一种爆裂猛然间来临……

孔淑魁一阵抽搐，从女人的身上翻下来，喘着粗重的呼吸，静静地躺在全身赤裸的女人身旁，手并不从女人的胸上拿下来。

女人不吭声，也没有动静，好一段时间，女人伸手拉过自己的被子，从自己的身上一直盖到孔淑魁身上。孔淑魁转头看看女人，虽然看不清，但心里那种满足早已冲过胸膛。他一手插进女人的脖子下方，一把把女人拉到怀里，嘴唇准确地压在女人的嘴唇上，舌头顺利地进入了女人的嘴里。这一次，孔淑魁再没有碰到阻碍，两个舌头互相咂得出声，两人再次滚到一起，直到一声低沉沙哑的嘶吼，孔淑魁浑身抽搐起来，随后趴下不动了。

## 64

孔淑魁从女人的身上翻身下来，躺在女人的身边，这一次他很快进入了梦乡。睁开眼睛，女人静静地躺在他的身旁，一只手在他的胸膛上轻轻地画着小圈。

"醒了？"女人的声音里有着特有的温柔。

孔淑魁看不清女人，跟自己笑笑："我比王老板怎样？"

"滚，你不要提他。"女人一脸不高兴，把头转了过去，用整个脊背对着他。

孔淑魁知道自己惹女人不高兴了，也知道死磨硬缠对女人是有效的方法。

几次以后，女人便不再抵抗，孔淑魁从背后抱着女人柔软的身躯，在女人的身上脸上，到处亲吻。女人在被窝里转过身来，面对着孔淑魁一声娇嗔："你这么年轻，像头牺牛。"

"来之前，王老板说了，不让我白来的，现在就是死也值了。"孔淑魁做不到彻底的粗鲁，也许对自己过于自信，也许觉得自己应该深情一些，去服饰馆的次数多了，他潜移默化地学会了逢场作戏。

女人伸出手，捂住他的嘴巴："什么死不死的，说不吉利的话，快呸呸呸。"

女人这时从被窝里慢慢坐起身来，一把拉过自己的棉袄披在身上，对孔淑魁说："去把灯点着吧，既然他不让你白来。"

孔淑魁瞬间有点蒙，心里一愣，不是已经得到了吗，难道还有意外收获？

孔淑魁急忙翻身下炕，打着手电筒，在女人的指引下点着了油灯。女人也没闲着，她把被子褥子揭开，炕底下露出块木板，然后停下了自己的动作。

孔淑魁眼睛睁得老大，木板底下是什么呢？

女人坐在炕头，转过身来，在那微弱的灯光下看着孔淑魁的脸问："他还有救不，能活命不？"

孔淑魁一时语塞，不知道到底该说些什么，便低下了自己的头。

木板被掀开，露出坛子，女人伸出手，从坛子里拿出一个布包，布包在女人白皙的手上，被灵巧地一层一层地揭开，即使是油灯，也映出黄澄澄与金灿灿的五根金条。

孔淑魁惊诧得差点跳起来，他不知道这个土炕里有几个这样的坛子，他突然想起了父亲，孔家虽然是塔城有了名的大户，商会主席，但是每挣一笔钱，也不是那么容易的。没想到这王海如在这里竟然存了这么多黄货。

天蒙蒙亮的时候，孔淑魁觉得自己应该离开了，他不能让人知道自己来过这个院子。他给女人说："我得走了，王老板的事还没有利索，你得注意着点，我会派人保护你的，把你的生活置办好。"

孔淑魁下炕穿靴，准备离去，却被女人叫住："我知道他遭了难，你费点心，就算不能护他周全，也保他性命，答应我。我一天四门不出，也不认识什么人，以后这些都是你的。"

女人的手里拿着那个已经打开的布包，伸直了自己的手臂，递了过来，孔淑魁看了看，伸手拿了两根儿。

女人说："都拿上吧，办大事需要花钱，你随时可以来拿，但别人不行，我就觉得你行。"

孔淑魁再转过身，看着女人含着泪花的眼睛，没有接那黄货，而是伸手把这女人抱住，女人的手臂垂着，手里那布包和剩下的三根黄货便掉落到褥子上。她的手指头抖了两下，眼睛一闭，两行泪水就流了出来。

孔淑魁松开这女人时，这女人的眼里透出两束亮晶晶的光点，显得楚楚可怜，一缕淡淡的体香气息刺激着孔淑魁的鼻膜，"保住他，这屋里的都是你的。"女人慢慢地说道。

孔淑魁像是受了鼓励，再也控制不住自己，他再次把女人扑倒在炕上，那丰盈的胸脯再次传递过来一股强大的柔性力量。孔淑魁觉得自己的肋条都要被那温热的乳房给熔化了，他的眼里喷射出欲火，喘息的声音顿时变得粗重，他的头猛地一低，便把嘴唇贴在了女人的脸上，女人用力推阻着孔淑魁的身体，然而仍然阻挡不了嘴唇压在了自己的嘴唇上，女人发出不情愿的呻吟，孔淑魁却还是如愿地撬开了她的双唇，咂住她的舌头，双手死命地揽住她的后腰，发出"噢"的一声雄性的低吼。

女人的眼睛瞬间睁开，急忙伸手用尽全身的力气推开孔淑魁："天要亮了，你快走吧，办正事要紧。"

孔淑魁被点醒了，是的，该走了。他看了看自己被顶起的裤子，心里想，不能被这东西害得坏了事。

孔淑魁在女人的额头轻轻亲了一口："我走了！"

孔淑魁在这院子的路口布了哨，他不允许任何男人靠近这个院子。然后，便赶回塔城，忙着应付特派员去了。

特派员的调查当然会有进展，很快就涉及了贸易亭市场内的羔羊皮货公司。特派员终于抽出了时间叫吴怀仁去谈话，谈羔羊皮货公司的事。吴怀仁立即兴奋起来，该来的总会来的，早就该谈羔羊皮货公司的事，早点把这档子破事了了，心里就干净了。他见了特派员以后，立即把羔羊皮货公司欠吴家租金账目报了个一清二楚。

但特派员当时就失去了听下去的耐心。他觉得这案子跟王海如八竿子也打不着，自己一个堂堂的特派员，哪里有时间管这民间租房欠债的事。他几次诱导吴怀仁说点有价值的话，可是吴怀仁完全踩不到点子上，就惦记着欠吴家的那点房租。在特派员的眼里，那房子都被战争打毁了，哪里还有什么房租？

但特派员是认真的，特意派人去给那一排铺子的破壁残垣拍了照，裕生堂的铺子当然在报告中也是提了一笔的。金氏实际操控，牛玉芹等人控股的羔羊皮货公司长期无偿蛮占裕生堂吴家的三间铺子，在塔尔巴哈台地区长期垄断羔羊皮货进出口生意获利巨大，幕后的支持者就是王海如，坐实了王海如贪婪敛财的事实。

孔淑魁在政界、警界混迹多年。他看得明白，这特派员并不想要王海如的命，上面似乎也没有这个意思，只是王海如的仕途再也不会有了。特派员并不想在这个案子上投入过多的精力，虽然常常督促办案人员尽快结案，可并未做出什么特别的要求。孔淑魁猜测只要王海如再不出现在政界，就没人在乎他的死活。

带队的长官不亲力亲为，下面办差的人员也自然乐得送个顺水人情。孔淑魁明白，自己要抓紧时间，拿捏火候，把这些事给他理圆了，糊弄过去就行了。自己这次得了王海如的大便宜，得把他的命保下来，要不自己的心里也过意不去。

孔淑魁又去了一趟监狱，宽了宽王海如的心，对他说使了金条，找了人，性命无忧。可是这些人都是些心黑手辣的角色，他们胃口大着呢！

王海如大半辈子都混在官场，明白这是孔淑魁又在套取自己的财富。孔淑魁是他一手提起来的，他听着孔淑魁的这些话，心里就不舒服。但他不吭声，转头想想，认吧，破财免灾，能保住自己的命就不错了，早点离开监狱这种鬼地方就行了。

王海如一步步地妥协。每一次妥协，他就能多换到一些的宽松，多换到一些自由。孔淑魁从王海如那里转移来的财富，拿一部分送给了特派员和随从们。特派员起初是拒绝的，坚决不收。但随从们却经不住小恩小惠的诱惑。于是，王海如可以去室外多放半个时辰的风，可以吸一根烟，甚至可以抽一锅鸦片烟。

随着日子的推移，王海如便彻底想通了。钱财留在外面，也没什么用了，自己不拿给孔淑魁，肯定是走不出去这个监狱的。对于上面来讲，自己的性命不值一文，死不死压根不重要。自从一进到这个地方，对于塔城，对于自己的女人，甚至亲人们来说，自己就已经和一个死人差不多了。自己再也不可能给他们带来任何好处了，也许再也不能回去跟他们见一面了。

特派员最终没有顶住孔淑魁的攻势，甚至他不知道那是孔淑魁干的，但他最终拜倒在金条面前。特派员一直在省府工作，虽然级别不低，毕竟不比王海如当行政长封疆大吏一样，他没有足够的决策自主权，看到那一排金条，当然心动，就把自己的眼睛闭上了。

孔淑魁忙着跟班站队，一番运作，选了新的靠山，自己也志得意满，满面春风。

塔城商会重启了年会。新的年会人数更多，场面更加宏大。最早塔城商会基本以汉商八大家为主，这一次不一样了，无论是先前俄国进入塔城做生意的老板，还是哪个民族的巴依财主，大家不再心存芥蒂。在经过共同应对塔城被围的战争经历，大家同生共死，齐心协力，彼此认同了对方是自家人，这时候正是感情的发酵期，纷纷加入了商会。塔城的生意人早已摩拳擦掌，振兴经济，繁荣贸易，打开新局面的心气高涨。这次，大家要做更大的买卖了。

半下午的时候，贸易亭院子里点了几堆篝火，为的不是照亮，而是取暖。人们围着篝火，就着桌上摆着些零食，畅谈着梦想。

"在过去的近百年来，洋货从俄国——当然现在叫苏联了——大摇大摆，声势浩大地从巴克图进入了塔城，进入了新疆。随着这些洋货贸易的繁荣，巴克图这个小地名响亮甚至震耳，全新疆有不知道巴克图的地方吗？没有，因为巴克图连带着身后紧挨着的塔城，是一个大敞着的西国门，洋玩意儿可以汹涌奔腾地涌进来。当然，咱们的农畜土特产也可以像羊群一样驯顺地蜂拥而去。咱们的汉城曾经洋楼棋布，洋行林立，街道宽平，灰土迷目，天晴则干燥异常，天雨则泥泞不堪。俄货进口者以布匹、铁器、搪瓷、糖为大宗，车马往来，络绎不绝，俄国铁器如盆如铲莫不尽有，华货出口者以棉花、干果、皮毛为大宗。一百多年间，有时候打仗，有时候灾荒，虽然口岸开开关关，但驼队车马浩浩荡荡，每一次劫难之后，总伴随着强势的反弹。现在新疆的政局又基本稳定了，目前看和苏联的关系也不错，正是大显身手的时候啊！"那个请吴怀仁打牌的老板夸夸其谈。

"塔城是被乾隆皇帝辟为伊犁之后新疆的第二大贸易中心的地方，开始直接面对哈萨克草原民族进行原始贸易。起初基本是以物换物，换出去的货物商品主要为两样：丝绸与茶叶。丝绸每年少则一千五百匹，多则五千匹，占新疆丝绸总贸易量四分之一至对半、多半不等。而换回的主要是牲畜，仅马一项，每年也能弄回个几千匹。因为面对草原，又交易丝绸。这一段面对草原民族的平等交易，古老、敦厚、散淡。到了咸丰元年，情况骤然巨变，中亚哈萨克草原变成了沙皇俄国，本来跟塔城还相距遥远的俄国从辽阔的哈萨克草原那边一步就跳到了我们面前，从此，塔城对外的贸易方式发生了巨大的改变，塔城的商业突然极大地繁华起来，中俄的贸易兴盛，新疆人沉浸在对先进俄国商品的享用快乐当中，那是趋之若鹜啊！"吴鸣璋对大家讲述着塔城的贸易变迁。

"到晚清的时候，塔城的俄国商户有二百九十一户，三千八百多人，向塔城输入以纺织品、铁制品、茶烟为主的二百多种货品，每年货值达四十五万两白银，而由塔城购往俄国的货物仅十六种农牧土特产，其中大宗货为每年牛羊皮百万余张，羊、驼毛一百一十万余斤，马二千余匹，牛二千余头，羊七万余只，棉花同样数量极大，但量不详。不但塔城，俄国贸易这只大鸟飞过塔尔巴哈台，很快大鸟的身子就伸出了翅膀，将塔城两侧的额敏、察汗托海遮盖，形成广阔的三县一体的沿边'百里贸易区'，塔城变成了南北疆各地的俄国商品转运站。也就是现在的贸易局势。"孔云清说道。

那天的会议气氛热烈，但不拘谨，不严肃，是在吃吃喝喝中结束的。结束的时候，夜空像被雪洗过一样，满天繁星闪烁，异常耀眼。所有的人都在摩拳擦掌，准备借着新疆和苏联的交好，大干一场。

随后，贸易市场开始重建，汉城被毁的断壁残垣也开始拆除重建。大家满怀信心，期望着不久之后，一座新的汉城在塔城再现。

吴怀仁不财迷人家的地方，他在自家那一大排铺子跟前，跪着不起来，一顿咆哮，一顿大哭，他有着钻心的痛。他一直认为裕生堂盖的铺子就是他自己的，他和母亲还有媳妇就是要靠着这几间铺子过日子，母亲也靠铺子养老送终。狗日的羔羊皮货公司、狗日的匪军，把自己美好的生活全毁了。他清楚当初是怎么把这一大排铺子盖起来的，财力雄厚的裕生堂盖这一排房子，折腾了一整年，耗了半生的积蓄，现在靠自己怎么可能修得起来？

吴怀仁没有哭太久，就起身离开市场。一路上碰到熟人，他也不想说话。人家问他，什么时候动工修铺子，他不知道该怎么敷衍，只是一脸愁容骂匪军。吴怀仁一路往家走，一路想，越想越生气，越想越恨。恨的不只是匪军，连裕生堂上上下下都恨，后来又牵连了吴家的两家至交。吴怀仁想孔家也不是什么好东西，孔淑魁掌着大权，本来可以帮自己做很多事，但是只帮了那么一点点忙，完全不真心，完全不尽心。至于巴克图牛家，那就更差劲了，哼，他家牛玉芹在吴家上了那么几年学呢，一日为师，终身为父，你就是那么对待你的师父的吗？羔羊皮货公司的股东名单居然有你，抢别人的财产你没本事，就会冲着自己的妹夫来，什么玩意儿？就算是父亲吴鸣璋，吴怀仁也是不满意的。你盖了铺子，让我收房租，为什么不把房契、地契给我，什么意思吗？就没有一个好人，吴怀仁越想越气，这么一堆废墟，让我盖房,我拿啥盖,能盖得起来?谁爱盖谁盖,不盖拉倒。我过不好,你们也好过不到哪里去,等着吧,我过不好,你们都别想好过。

王海如终于还是活着走出了监狱。他心情复杂,百感交集,他眼神复杂地看着远处站立的孔淑魁,孔淑魁并不看他,把食指给他小幅度地摇了摇,示意他不要靠近,不要有其他的表示。王海如自然是老江湖,他啥都明白。他甚至不怨孔淑魁,人生就这么回事。行了,能活命,就算他孔淑魁对得起自己了。

孔淑魁内心也确实想报答王海如,但心里也是复杂的。尤其是随着王海如一步一步的坦白,孔淑魁实在是吃惊,他竟然敛了那么多财。那一刻,孔淑魁心里十分不爽,你王海如的心还是肉长的吗?你当行政长这些年,塔城并非一帆风顺,可无论是好年景还是大灾年,你行政长是一成不变地旱涝保收啊!本来我孔淑魁听你的酒话,来检举你,只是让你离开行政长的位子,可原来检举你的那些罪名都是真的呀,而且你远比那些罪名更恶劣!

从监狱里出来的王海如一贫如洗。从前所有的熟人都躲避着他,连生存下去都成了大问题。

王海如想来想去,还得找孔淑魁,也只能找孔淑魁。他在一个深夜里,躲在日本服饰馆旁边的一个巷子里,只等孔淑魁独自走过这里,准备进入服饰馆的时候,他蓬头垢面地从阴暗的巷子里突然蹿出来,拦住了孔副大队长的去路。

## 65

孔淑魁着实被吓了一跳,他没有想到深更半夜,大冷的天气,会有乞丐一样的人在这个地方等着自己。他一直认为自己做得很隐蔽,不会有人知道自己去服饰馆。他哪里能想到,王海如那么大的领导居然对自己这事掌握得这么清楚,孔淑魁心里大吃一惊。

这事不能传出去,孔淑魁想,尤其不能让德胜行知道,不能让父亲知道,那样,父亲是会疯的。孔淑魁立即打消了进服饰馆见樱子的想法,一时难以调整自己的紧张和惊慌。

王海如说:"孔队长,我才不关心你来日本妓院的事呢,我只是一直想见见你,但没有机会。我知道,你肯定会来,我得在这里等。你给我一点钱吧,能到额敏就行。别人是不会帮我了,只有你肯帮我……"

孔淑魁回头看了看,四下里空无一人,他不愿意在这里和王海如纠缠。孔淑魁说自己只是路过，现在他要转身回警局了。孔淑魁一转身，王海如立即拦在孔淑魁的面前，甚至跪下来抱着他的皮靴："孔队长，你不能见死不救啊！"

王海如这一声喊，竟然惹得巷子里的狗叫了起来，孔淑魁便更加惊慌。没有办法，只好伸手从怀里掏出一沓纸币，随着王海如的拉扯，散了一地，王海如松开了手，急忙捡钱。

孔淑魁急匆匆地折身跑开了。

跑过一道街巷，孔淑魁停下来，他嘴里呼出一口一口的白气，双手撑在自己的膝盖上。他稳了稳自己的情绪，平稳了一下自己的喘息。心里想着，王海如全然没有当年的一点点样子了。这样子下去，等他的钱用完了，他还是会来找自己的，就没有个穷尽。

孔淑魁没有回警局，他改变了方向，向吴怀仁住的木工坊走去，他想是时候告诉他，自己为什么一直没有办法帮他收回羔羊皮货公司那三间房屋的房租了。

王海如总算是走到了额敏，他出狱以来，心情一直很低落，现在，总算是有了一星半点快乐，因为他就要见到自己日思夜想的可人了。他从大老远一路跌跌撞撞，总算是到了女人的院子跟前。女人的院门紧闭，王海如整理了自己的头发，平稳了一下自己的情绪，然后伸出双手，犹豫了一下，最终下定了决心，他把手移近门环，拍了两下，然后就停下了动作。

院里并没有声音，他趴在门缝上朝里看了看，院里空空的，没有人影。他有点犹豫了，今时已不同往日，王海如已经输光了所有，只剩下自己了，王海如站立在那个熟悉的门前，竟不敢再敲第三下门环，王海如的眼泪模糊住了双眼，然后成串成线地流了下来，他把曾经的自己活丢了。

女人还是听到了声音，拉开屋子门，倚在门口一时不敢出来。她不能确定是谁来了，是不是自己想见的人，那阵子，她生活得更加小心翼翼。她既希望有人来，又怕有人来。

门口的敲门声停了，女人也不知道该不该前去开门，她朝院门望去，尽力调整着自己的目光，尽力使目光能够穿透那扇木门。

片刻之后，女人决定去开门，她走得不快，她下意识觉得应该这么做，可是晚了，门外传来一声接一声惨叫。接着是人体撞到门上的声音。

女人觉得这声音不对头，有些害怕，吓得又退回到屋里，把门关上。女人趴在门上，透过屋门的缝隙，看到院那头的门一下一下地晃动着，显然门后面有人。那

"咚咚咚"的声音，分明传递出骇人的气息，那是金属击打在肉体上的声音。

院门的另一面，王海如已经倒在了地上，吴怀仁一手压着他的脖子，一手持一柄短刀，一刀一刀戳进王海如的身体，他一边戳一边骂："狗贪官，我的铺子、我的房租，我捅死你，我的铺子、我的房租……"

王海如已经不再喊叫，他趴倒在地上，头撞着那两扇门，滑了下去。他的头卡在挡门板的位置，目光倔强地盯着院里的女人，但已经发不出声了。他的手拼命向前伸着，抓着门缝里面的雪，把手边的雪染成了红色。

吴怀仁一头大汗，拼命使着力气，王海如的头终于将那门挤开了缝子。女人在屋子里，顺着门板坐了下来，用手捂住自己的嘴巴，连喊救命的力气都没有了，瘫软在屋门背后。

巷子口三个手持警棍的警察飞奔过来。他们迅速冲到这扇门前，二话不说，对着吴怀仁劈头盖脸一顿打。吴怀仁根本来不及反应，就趴在了王海如的背上。三人把满头是血的吴怀仁从地上拉起来，王海如已经全无反应。

吴怀仁被拖走了。警察们卸下一块门板，把王海如抬进了院子。这时，孔淑魁从院外走进来，一直走到屋内，把女人搀扶到院子里。

女人没有一句话，就那么顺从地跟着孔淑魁走到院里，就站在那个门板跟前。她惊魂未定，不敢看地下，朝院外望着，也不知道在看啥。

孔淑魁蹲下身去，摸了摸王海如，他已没了生命的体征。孔淑魁派人把王海如的尸体，从院里抬了出去，草草找个地方刨了个坑，埋了了事。

整个过程，女人没有说一句话，甚至没有在王海如的身体上做一次停留，只是身体有微微的颤抖。

一个行政长到最后就成了一小堆不规则的土堆，没有名也没有姓！

吴鸣璋拄着拐杖到警局来找孔淑魁，自然顺利地通过了检查。

他径直走到孔淑魁的办公室，把手中抱的坛子放在孔淑魁的桌子上。

孔淑魁一看到吴鸣璋走进来，不由自主地汗珠子就从额头上渗了出来。他心里一阵紧张，面带惊讶地站起来："大伯，您有什么吩咐尽管直说，给我带一坛子中药是什么意思？"

"人有病了，就得早点吃药，不要把小病拖成大病。"吴鸣璋说话的时候，手里拐杖在地上点捣了几下。

这几下的点捣，把孔淑魁点得心神不安，头皮一阵发麻，汗水瞬间从毛孔冲上头顶。

这时，又有个老板来警局看望孔淑魁，正听见吴鸣璋这话。孔淑魁转头看到门外有人，心里对这门外的来客好生感谢，他的到来，冲淡了孔淑魁的尴尬。

孔淑魁绕过吴鸣璋走过去，对那老板说："你先在院里等会儿，我们谈点要紧的事。"

那些老板哪里敢得罪孔副大队长，急忙转身走得远远的，假装在警局的院子里散步。转到警察局大门口，扭头回来看看，孔副大队长办公室的门紧闭着，索性离开了。既然孔副大队长不舒服了，就不打扰了，得想想怎么准备礼物再来看望才好。

"我行了一辈子医，从来不敢说自己能保谁的病好，但你的病，我想能治好，你是我看着抱着长大的孩子，好好用药吧，我带来的都是好药。"吴鸣璋对孔淑魁说完话，转身离去了，走得很快。孔淑魁跟着出了自己的房门，走了没两步，又翻身回去锁门，锁上门再一转身，院里已经没了吴鸣璋的身影。

孔淑魁只好折返回屋子，打开坛盖儿用手扒了扒那药粉末子，脸上的神情变得有些凝重，他把手抽出来，拍了拍双手，抖落手上的药粉，自言自语地说了一句："这是干吗呢？"

坐在椅子上愣了片刻的孔淑魁突然回过神来，抱起那坛子，小心翼翼地藏到了柜子的暗格里，然后离开了。

孔淑魁到了关押吴怀仁的牢房，那是一排房子当中的一间，每间房只有一个小孔和外界联系，你要凑近了，一股腐臭的气味便从小孔里散发出来。吴怀仁在那小房子里每天，从天明盼天黑，从天黑再盼天明。他都一直处于癫狂的情绪里，他踮着脚想从小孔里向外望，但是小孔太高，他就是跳起来也看不到外面院里的花草。有时会有人把他从房里放出去，一出去他便会挨一顿打，然后再送回来。后来，又给他的手脚上都戴上铁镣，那一刻，吴怀仁的心慌了，自己是要等死了吗？

随着时间的推移，当吴怀仁的胡子长得不再扎人变得柔软的时候，他心里也慢慢平静了，甚至由绝望变得自豪起来：我做成我一生中的一件大事，我把那罪恶滔天的塔城行政长给杀了，我是英雄，我主持了正义。可是烟瘾上来的时候，他就难受了。他受不了，他浑身发抖，像猫抓一样地难受，他狠狠抽了自己一个又一个巴掌，用头碰牢房的墙。可任凭自己怎么喊叫，他也得不到一口大烟。

孔淑魁的心里十分矛盾，他实在不知道该不该把这个好吃懒做的吴怀仁放出去。

孔淑魁又跑到办公室给特派员打了一个电话，说王海如被一无赖捅死在额敏，被警察抓了个现行，事情已办妥当。电话那边，特派员只简单地说了一个字："好"，然后就挂了电话。

放下电话，孔淑魁静静地靠坐在椅子上，他想怎么救吴怀仁出狱。吴怀仁贱命一条，没有谁在意他的死活。先关些日子，慢慢王海如的事就过去了，过了这一阵风声，也就没人在乎这个塔尔巴哈台多余的人了。

不能在人们关注的时候放了吴怀仁，不能给自己惹祸上身，自己有着大好的前途呢！孔淑魁自己到额敏那个小院里去了，漫长的一路上，他有那么一刻，觉得吴怀仁是值得感激的，感谢这个蠢货，帮自己灭了王海如。真是没看出来，傻子办大事。解决了王海如，孔淑魁心里便没了后顾之忧。

女人听见三遍敲门声后，怯兮兮地开门，一看到是孔淑魁，眼神有了复杂的变化，先是失落漠然，随后又闪烁着一道亮光，接着这一道亮光似乎也熄灭了。

孔淑魁没有说话，一个字也没说，他那天没有穿警服，穿着长袍马褂。他迈腿跨进去，把那女人挤到一旁，孔淑魁一把抓住两扇子木门板，反身将门板关闭合严，咣当一声，门闩滑动的声音，孔淑魁把门又插死了。

女人不声不响，泪珠从脸上滚落一颗，咬着牙闭息待立在门的一侧。孔淑魁也不说话，弯腰把女人瘦小纤弱的身子一抱，然后顺势放在肩膀上，扛起来走进屋里去。一进屋，把炕上的被子一把拉开，将女人放在炕上。接着，他一把扯掉了女人披在身上的棉袄，女人缩成一团，双臂抱住前胸，顺着炕墙就缩到墙角。孔淑魁还不说话，一只手捏着女人的脚踝，一把拉到自己的跟前，把女人的两只鞋脱下来，开始解女人的衣服扣子，女人刚有点反抗的意思，孔淑魁的目光直视过来："别动！"

女人显得有点害怕，有点紧张，既不说话，也不反抗。孔淑魁很快就解开了女人所有的扣子，把女人扒了个干净。女人颤悠悠羞怯怯的，胸部起伏，呼吸渐渐加重。孔淑魁迎面压了下来，用嘴巴封住了女人的嘴，女人被孔淑魁轻而易举地压在炕上，像一团被压得不断变换形状的白肉，嘴里不时发出呻吟和奇奇怪怪的呓语……

孔淑魁从女人的炕上下来的时候，对女人说："你以后就跟我吧，这院儿是不能住了，连这地都别待了，我在察汗托海给你买了个院，你住那里去。"

"可是，那里，我谁也不认识。"

"你认识我。"孔淑魁对女人说。

出了院，走出巷子，在树木遮蔽着月光的街道上，孔淑魁走进了德胜行在额敏的分号，要伙计给他寻一辆马车，那时公鸡刚刚啼鸣二遍。

第二年夏天，在塔尔巴哈台山脚下枪毙了一拨犯人。那天后半夜，一辆马车停在了木工坊附近，从马车上下来一个人，然后马车就走了。那人摇摇晃晃走到车马社的门前，只拍了一下，门就拉开了，牛大脚就在门后面等着呢。吴鸣璋从耳房里走出来，一股刺鼻的骚臭味很冲。他们来不及说话，和牛大脚一起把这个蓬头垢面的人扶进耳房。事前，孔淑魁提前去裕生堂给吴鸣璋说过，不让他们去牢房的大门去接。吴怀仁出来就是个糊里糊涂的案子，孔淑魁不想节外生枝。

吴怀仁浑身上下都是伤，进去时穿的那一件棉衣，早已破得像是单衫衣服了，脸脏得都看不清楚五官了，牛大脚烧了热水，把吴怀仁的衣服换下来，给他擦洗身上能洗的地方。

大半年的牢狱生活，折腾得吴怀仁精疲力竭。他像一具死尸躲在木工坊里连睡两天。牛大脚小心翼翼地伺候着，给他换衣服，给他擦伤口，把他一头虱子的头发、胡须剃了个干净，换了身短工们的衣服。吴怀仁狼吞虎咽地吃了三顿拌面。脸上身上的血痂疤痕一时半会儿还消不下去，整个人动不动就陷入了恐惧，浑身上下发抖，连木工坊的院门也不敢出。

六天后，吴怀仁趁着牛大脚不在的时候，从裕生堂走了出去，那脸上一脸血痂，形象大变，没有人认得出来。不管是衣衫褴褛的饥民，还是死人，那几年，塔城都见得麻木了，引不起乡民的热情和好奇。

陆陆续续总有饥民走到塔城来，很多人一到塔城，就会喜欢上这里。塔尔巴哈台广袤的地域里，有肥壮的牛马羊驼千千万万，有大片可以耕种的土地良田。只要你勤劳，在很短的时间内，你就会摆脱饥饿，基本生活就会得到解决。也有很多人到了这里，却熬不过积累下来的病患，在对未来的无限期许中死去！

吴怀仁爬坐在吴家铺子对面的空地上，傻傻地笑，用土块砸着过往的行人。

孔淑魁给上面报告说，杀死王海如的吴怀仁在牢房里就死了，然后玩了一个换人的把戏。枪毙犯人那天，他把城郊倒地死亡的一个流民拉进了关吴怀仁的那间牢房，都是蓬头垢面，都是长发胡须满头满脸。谁也不计较真假，就这样把吴怀仁换了出来。

孔淑魁对吴鸣璋说："伯伯，让吴怀仁走吧，塔城再不能待了。"

吴鸣璋下了决心，告诉牛大脚："去乌苏吧，你带着他去诗然原来教学的那个学校。我已经给乌苏的朋友说好了，他们会安排好你们的，以后，你就在那里教书。"

## 66

吴怀智坐在孔云清和孔淑慎的对面，他们又一次商量重新做生意，重振德胜行的大计。

孔云清一脸苦笑："咱们拼几年，刚刚有点局面，就要遭一次难！刚刚有点局面，就要遭一次难。唉！也许这就是命吧。"

孔淑慎端起茶杯喝了一口，说道："我们班底还在，再过几年也就翻身了，只希望时局能稳定些，不要总是打仗。"

吴怀智说："这次战事，盛督办和义勇军胜了，又有苏联红军的支持，我看会平静一段时间。从前贸易圈生意火的时候，洋火、洋烟、洋布、洋线、洋油、洋车、洋瓷盆子、洋铁炉子，到处都是。咱们汉城洋楼、洋房、洋马、洋婆子随处可见，现在关系好了，贸易也通了。塔城的市场上，新疆的市场上，会出现更多的洋货，新疆大局初定，市场上什么货都缺，还得大量进货。日常百货还是从苏联进才靠谱。"

"对，我也觉得，经营的方向得适当调整，重点放在北疆和对苏联的贸易，重点放在羔羊皮货的收购外销。"孔淑慎说道。

"进口的生意也是可以考虑的，政府会和苏联有大的合作的，我到时候留意，看看能做成什么，"孔淑魁走进来，脱下帽子挂在衣架上，"苏联会在工业、军事、农业方面对新疆给予全面的支持。盛督办真是天才，如果不是跟苏联关系搞得好，可能就不是今天这个局面了。一定会有大宗的生意的，就看我们拿不拿得上代理的资格。我听说苏联打算在新疆建一些工厂，那都是生意，也都是机会。"

孔云清看了孔淑魁一眼："当官就好好当你的官，又想当官又想发财，天下的好事哪儿能让你占全了？你得时时小心着点，你看看这些年，塔城的官员，有几人能安全顺利？孔家没求你做多大的官，快找个好人家的女人结婚吧，我和你妈就等着这事呢。"

孔淑魁低下了头，不再说话。他心里还真的没有心思结婚成家。孔淑魁不排斥成家，只是他不知道该娶谁，他本来相中了吴诗然，可是人家心里没有他。吴诗然现在在哪儿呢？孔淑魁问自己。

战事起的时候，孔家的金矿就被洗劫了。毁了个干净，孔云清不想再挖金子了。孔云清喝完杯里的茶，叹了一口气："挖金子虽然挣钱，可金子就是金子，那一坨闪闪发光也总是最容易被抢的。"

从匪军围塔城那一仗后，孔云清就好像又颓废了些，他对生意上的事情，已经没有从前那般上心了。好在德胜行有个好女儿，有个好徒弟。孔云清倒是开始对种树养花有了更多的兴致。

前几年栽种的各种树木已经生意盎然，园子里各种果子结满枝头，在那些穿城而过的河水的滋养下，晶莹剔透，浓香飘荡。血红的高酸海棠压弯树枝，红红的苹果像小灯笼挂满了枝头，绿色、紫色葡萄架走廊一样，令人陶醉。

吴怀智有时仍然和努尔别克一起吃睡，但二人已经很少一起劳作，都成人了，都有自己忙碌不完的事情。吴怀智整日不停地在德胜行、贸易亭、车马社以及各个部门奔忙。努尔别克更多的是喂牛羊驼马，给园子里的菜浇水、除草。除此之外，努尔别克开始自己学习，学俄文，学汉语，他对吴怀智说后悔自己当年在私塾里，没有认真跟着吴先生好好学习。每年到了夏牧场给孩子们教学的时候，才发现自己能给孩子们教的东西太少了，净带着孩子们玩了，他们虽然玩得高兴，可是人是得看书识字学知识的，得进步！

努尔别克看到吴怀智从行政公署租来的两辆柴油修路机，十分新奇，十分震惊，那一堆奇奇怪怪的铁疙瘩，搅动一根摇把，就能转动，就会冒黑烟，就会"突突突"地边叫唤、边干活。喝一点黑黄的油，就那么有劲，吭哧吭哧地铲土推地，也不知道累，不用休息，比骆驼还有劲。

吴怀智跟行政公署合作的第一桩生意就是重新平整塔城到乌苏的公路，两辆修路机每次上路，都能吸引当地的各族群众围观。吴怀智做的这一桩生意，是塔城商会和行政公署交涉的结果。虽然任务繁重、艰巨，却赚不了什么钱。但吴怀智和当地的群众都干得欢实，多少年了，哪里有个正儿八经的路啊！

行政公署能给寻来两辆修路机，已经是天大的恩惠了，再没有什么钱往修路这种事上投。那两辆修路机可是德国产的，整个新疆也就进了十五辆。

吴怀智修的这条道路，正是千年塔玛牧道。转场的牧民们赶着成群的牲畜在这条道和吴怀智的队伍相遇。吴怀智一面组织人铲路修路，一面把各种货物拉到工地上。这样便能吸引更多的民众到工地上，牧民、农民都是热情的，他们会搭把手，参与到平整道路的劳动中，出把子力气他们也觉得没啥。他们更为迷恋德胜行的货物和商品，德胜行的商品能让他们的生活更为便利、丰富。他们看着平整的道路，心里充满激动。他们会煮锅奶茶，煮只羊来犒劳修路的队伍。

整个塔玛牧道荡起的烟尘，一到修路的工地便断了，不再烟尘翻滚。转场的节奏瞬间慢了下来，千百年来，转场走的道路一直就是自然的路，哪里有人管这档子闲事。

有些牧民甚至把毡房扎在离工地不远的地方，牛羊在哪里都是吃草，可是他们想看到沉闷的生活得到改变。

吴怀智一面修路，一面按父亲交代，让牛大脚、吴怀仁混进修路施工的队伍之中，路修至乌苏的时候，就把他们安排到乌苏，这是裕生堂的一件大事。

一路上，吴怀仁伤还未痊愈，也不愿意出来见人，更不愿意看到工地满地混乱，不喜欢牧道的漫天烟尘。所到一处，吴怀智便扎个毡房，把兄长安置其中。吴怀仁便一头躺倒在毡房里，整日抽烟，吃肉喝酒，许是长期在暗室里关得已经习惯了，吴怀仁几乎已经不想再看见艳丽的阳光，他有些害怕光亮了。无论是生理还是心理的，吴怀仁都已经习惯了黑暗，有酒肉，有烟抽，又不用费力干活，对他来说就是极好的生活了。

牛大脚对这境况非常失望，但她不与旁人说。只在筑路的夜晚，走到吴怀智的那座毡房外，静静地站立。毡房里灯火通明，牛大脚看见吴怀智正与几个工头一起喝酒消夜，把言甚欢。

牛大脚冲着吴怀智招招手，吴怀智放下酒壶，站起身走出来。

"有什么需要我帮忙的吗？"

"那倒没有，我就是心里乱得很，想跟你说说话。"

"噢，"吴怀智愣了愣神，"那你吃晚饭没？"

牛大脚片刻沉默，随后摇了摇头。

"哦，"吴怀智应了一声，"你等我一下。"

吴怀智回身从毡房的饭桌上取了一只羊腿，拎了一壶酒，走了出来。

毡房在戈壁滩里扎着，二人一起穿过路旁的蒿草，走到更远的地方。毡房里的工头们正喝得起劲，才没有心思管别的事。

二人一直走到回头看不清楚毡房的地方，一路上捡了两抱干枯的树枝。

终究夜里是寒凉的，吴怀智点了一小堆篝火，扶着牛大脚坐在一块凸起的石头上，从腰间卸下一块羊皮，铺在地上，把羊腿放在皮子上，用刀剔了块肉，递给牛大脚，把酒壶也递给她。

牛大脚接过酒壶，把羊肉塞进嘴里，连着吃了两大口肉，饥饿的感觉顿时减退，看了看手中的酒壶，仰脖喝了一大口。

吴怀智在外行商多年，沾染了牧区的待客习惯，一边给牛大脚切着羊肉，一边自己也吃上几口，那锋利无比的小刀在羊腿上游走自如，几块肉下来，便腹内充实，甚至口中有噎食之感。没有带汤水，自然需要饮些酒的，也用来御寒。

牛大脚仰脖喝一口酒，再把酒壶还回来。二人在这戈壁旷野，轮换着喝大口酒，吃大块肉。

"有时候，我真的不知道该怎么跟你相处，你是我的同学，也是我的姐妹，还是我的嫂子。"

"我到乌苏以后，你便不需要这样纠结了，"牛大脚说道，"所有的事就只有我一个人扛了。"

"你不要这么说，我常年在外奔波，顶多半年时间在塔城，乌苏每年都会来的，每次我都会看你的。"

牛大脚看着吴怀智，眼神有些感激，也有些复杂："你不必牵挂我，也无须老来看我，我照顾自己和他的本事还有，还能照顾些牛羊田地，养活自己不成问题。"

牛大脚说完，一仰脖子，咕咚咕咚连饮几口酒。吴怀智心疼她喝得太猛："你慢些，别呛着。"

"你不知道，其实我是有酒瘾的，大夫人在世的时候，常常听我们的墙根。常常教他跟我做那事，那时我夜夜提心吊胆，后来便常用酒麻醉自己。喝个半晕，也就没那么难受了。我和你哥是两口子，也是有趣。他抽大烟，我喝大酒。嘿嘿，天生一对，地造一双。"

酒是喝得差不多了，听到牛大脚说到这里，吴怀智鼻子一酸，眼泪竟流了出来。

"我这一生最幸福的时光就是在你家的私塾，如果永远长不大多好。可是，一转眼就大了，你知道吗，我喝酒喝晕的时候，我那时候多么希望是……可是，我竟成了你的嫂子。"

吴怀智从牛大脚手中夺过酒壶，仰脖饮尽壶中的剩酒，然后对牛大脚说："走吧，我们回去吧。"

牛大脚站起身来，摇晃了一下，吴怀智急忙上前相扶。二人摇摇晃晃地依偎在一起，慢慢走回了自己的毡房。

吴怀智记得那一晚漫天的星光闪烁，夜空的确是一幅美景。但他和牛大脚都想不起来，是怎么走回毡房睡觉的了。

吴怀智并没有把去乌苏的路悉数修完，那六百里的路段被切成了数段，吴怀智只需把那些路段连通即可。路还没有全部完工，吴怀智便提前到了乌苏，安顿了牛大脚和哥哥吴怀仁。

牛大脚便在吴诗然待过的那所学校里任教，那时节，学校里又有一大群学生了。

看到孩子们的那一刻，一路上的不痛快全部都消失了。她看到那些在夕阳的金光中蹦跳的孩子们，像一团一团的火焰。她看到了吴怀智、牛玉芹、孔淑仪、吴诗然、努尔别克，看到了自己……

吴怀智到迪化之后，当然要去看看孔淑仪。孔淑仪所在的学校也恢复了上课，满院里书声琅琅，吴怀智漫步在校园，觉得十分惬意。

听到吴怀智到来的消息，孔淑仪忙让一个大姐帮自己代课，自己陪着吴怀智在空旷的院子里散步。

学校的大院里长满了奇奇怪怪的荒草，由于干旱缺水，这些草绿色中透着枯黄，显得有些垂头丧气。但孔淑仪的精神特别好，有些兴奋地在吴怀智的面前跳来跳去。

"你还在我家做事？两次学徒的时间都够了吧？真格的，我们家都耽误你了。"

"别这么说，师父对我恩重如山，不只是传道授业，到你们德胜行以后，我才开始了真正的人生，我怎么舍得离开。再说，这些年，我早习惯了行商的买卖，我又能去哪儿呢？"

"塔城人可能都不当你是我们德胜行的徒弟了吧，好像少东家似的，我家的大事小情，你都可以做主了，是不是？"孔淑仪挂着不怀好意的笑容。

"那可不敢，徒弟就是徒弟，这个我拎得清。"

"不用拎那么清，你这些年了，又怎么可能分得太清。我哥忙着他自己的事，我爸我姐也是需要你帮忙的，"孔淑仪看着吴怀智，"我家的人都喜欢你。"

这一句话听得吴怀智有点羞涩了，二小姐这话是不是也有别的意思呢？

"我离开家这些年，你来看我的次数是最多的，比我们家的人都多。"

"二小姐，我每次来看你，也是替师父看你的。"吴怀智说话也是讲究的。

孔淑仪苦笑了一声，便转了话题："以后，你到省城的机会可能更多了，现在省府提出'反帝、亲苏、民族平等、清廉、和平、建设'六大政策。着手恢复经济，改革行政，整理财政，一切似乎都在向好的方向发展。想来塔城也是一样的，德胜行这一次复兴，说不定还真得靠你这个徒弟了。"

"你可别这么说，我就是个学徒，打下手的。大主意还是师父和大小姐拿。"

"你紧张个什么，咱们说话你也紧张？"孔淑仪看着吴怀智的表情，四下望了望，并没有一个人在周围，孔淑仪停下了脚步，坐在荒草里的一块大石头上，并示意吴怀智坐在自己的身旁，"有些话我平常是不说的，今天你来了，就跟你掏心掏肺地说说。一切形势看似不错，但也不是全部向好。我听说省府已经朝一些有功的战将开始下手了，有些从咱们塔城过来的义勇军将领现在也下狱问罪了，有的就地枪决了。跟三十六师打仗的时候，这些人可是拼了性命的。现在仗打赢了，人就没用了。"

"噢，"吴怀智眉头一锁，"我还想去找找在我家借住过的赵剑将军呢。"

"估计你见不着。古往今来都一个样，飞鸟尽，良弓藏；狡兔死，走狗烹；敌军破，谋士亡。"

"按理说他们都是东北人，都是盛督办的老乡。我这些年走南闯北的，东北人那老乡观念很强的，我知道。一提老乡，东北那几个省全是老乡，人不亲土还亲呢，怎么就能发展到抓捕、枪毙？"吴怀智并没有想问孔淑仪这种事，倒像是在问自己。

孔淑仪说道："当然打仗的情况是很复杂的，谁也不清楚当时到底是怎么回事。可我总觉得这就是一个不祥的信号，刚刚帮我上课的女老师也有这样的担心。她对我说那几个被处死的东北军将领，在这么远的地方怎么可能认识什么人，又怎么能与三十六师串通？"

吴怀智听着孔淑仪的话，心里突然觉得有些奇怪。一个小学女教师，为什么会这么关心省军的战事和省里的这些大事。于是便问："你那女同事是什么来历，她为什么给你讲这些个事？"

孔淑仪停下说话，嘴角一翘笑笑："不瞒你说，我感觉她是延安来的。"

吴怀智愣了一下。

孔淑仪接着说："从三十六师围城抬死尸的时候，我就觉得她和别人不一样。那么难闻的怪味，再伴着我们身上脸上抹的臭味，一闻就恶心，刚开始，我真心受不了，但是她就没事。她还开导我，教我，一回学校，我们就把衣服换了，把手上的死人气味洗掉。一躺到床上，她就会说，等着吧，总有一天我们会把这万恶的旧世界砸碎，把这天地乾坤扫个干净，"孔淑仪四下里看了一眼，凑近了吴怀智的耳朵，"我觉得她就是延安来的，那气质不一样，但她告诉我，她给别人并不这么说话，要我给她保密。"

"噢，"吴怀智心里有些吃惊，"那省府管不管，查不查，她到底是怎样的人，他们那里又是什么样子的？"

"你好奇心挺重啊，你这么好奇，你去延安看一趟不就行了，反正你成天五湖四海地乱窜。我问过她几次，她都含糊其词的，后来就不好意思再问了。现在省府对他们的态度毕竟还没有那么明确。可是，我觉得迟早会让她的同志们来的。"

吴怀智看了孔淑仪一眼："是吗？你为什么这么看？"

"这一仗盛将军能赢，是因为苏联红军的加入，才改变了战争的态势。现在大局初定，当然得回报各方。肯定会跟苏联关系走得更近，现在已经是事实了。而且我猜跟延安也慢慢会好起来的，因为跟苏联都好了呀，他们的信仰是一样的！"

"你一直在省城，接收的信息比我多。我虽然是个做生意的，但我跑买卖的地方大多是偏僻之地，草原牧区，还是不行。"吴怀智不是谦虚，他是实话实说。每次到省城来看孔淑仪，他都能看到听到新鲜事。

分别的时候，孔淑仪对吴怀智说："人就是要有追求，有信念。我觉得我那同事总是能感染我、影响我，给我力量。"

吴怀智看着孔淑仪，这一回，他觉得孔淑仪比自己妹妹精神状态还好，哪怕妹妹去了大上海，也比不过孔淑仪的满脸阳光。妹妹回信有时显得凄凉、孤独、无助。而眼前的孔淑仪，嘴角一直挂着若隐若现的笑意，浑身上下透着感染人的那种热情，那种阳光。有这么一个状态，吴怀智当然放心她，并打算把她的状态说给师父听。

到迪化来之前，师父还对吴怀智说，塔城开办了简易师范学校，师父打算找找关系，把孔淑仪叫回塔城，安排进去。现在，吴怀智放弃了，他觉得孔淑仪过得很好，他不忍心打扰孔淑仪那美好的生活状态。

## 67

吴怀智拉货返回塔城的一路上，走走停停，随时与城乡的农牧民交换商品，或者卖钱。他走得慢吞吞的，反正这趟回去后，今年就再不出塔城了。商队回到塔城的时候，迎来了这一年的第一场雪。这场雪是站不住的，在太阳出来的时候，很快会消失。吴怀智顺着雇工的声音，抬眼望去，北山的山上已经发白，顶上的雪是可以站得住的，而且一直会白到来年的五六月份。

山里的牧民都已经开始行动，他们要把牛羊赶到冬牧场去，努尔别克的夏牧场学校又要结束了，再开学就要到来年转场的时候。每年开学的前半个月，努尔别克都有些头痛。去年教授的那些个知识，不少学生都会忘光，因为努尔别克教的那些东西，能用上的很少，慢慢就忘记了。每年到夏牧场的时候，努尔别克得帮孩子们找回记忆。

整个新疆的复苏和发展十分火热，但气候却是循环往复，一成不变，吴怀智又在塔城度过了一个雪封的冬天。雪依旧落在那些年雪落过的地方，一遍一遍、一层一层地落下。渐渐塔尔巴哈台的人们已经懒得看了，不再像第一场落雪时的那般激动。

无所事事的天空经常连续几天都是灰蒙蒙的，一场又一场雪悄无声息地覆盖了城市、村庄和田野。塔尔巴哈台的人们如果没有什么要紧的事，都喜欢蜷在屋子里，围着火炉上烤着几片馕馕，在炉子下方的炭灰里时不时埋上几个土豆。屋里光线暗淡，大家有足够的耐心等待着土豆烤成由焦向黄过渡的迷人的颜色和特殊的香气。

这样的雪天总是漫长的，也是安逸的。人们喂喂牛羊，接羔育幼，挤些牛奶，烧壶奶茶，围抱火炉，吃咸菜啃馕馕想着一些人和事情。柴火或者是炭火在炉中燃烧着，那是财富不同造成的分类。柴火燃烧时会发出噼噼啪啪的响声，还得不停地向炉膛里塞柴。炭火不用，它保持着长久通红的颜色，烘烤着一冬天的闲话和心情。

努尔别克不断向炉膛里添着柴火，那些大块的劈柴和炭只有晚上才舍得填进炉膛，白天主要是烧秸秆。他和吴怀智的手脸都烤得发烫，但脊背却依旧凉飕飕的。德胜行的耳房，这时候显得过于宽大，而且不密闭、不严实，寒风从四处门缝、墙缝里吹进来。虽然努尔别克一次次用羊毛，用棉花塞着自己能看到的所有墙缝子，但凉风依旧能随时冲进来捣乱。

偶尔到晴天的晌午，天空呈现湛蓝的颜色，太阳在天空中放射出他的光亮，照到洁白的雪地上，反射出刺眼的光芒，这时候，人们便走出屋子，尤其是小孩子，纷纷拥到屋外的旷野里，享受享受日光的照射，但这种时间不会太长。一旦太阳下山，寒气便迅速袭来，那是一种冻彻骨头的寒冷。

在一个温暖的晌午，孔淑慎跑到吴怀智跟前对他说："弟弟，我觉得今天天气特好，你看呢？"

吴怀智抬头看看天空，蓝得没有一丝丝云，太阳放肆地在天上高高挂起："大小姐，天气应该是不错，能暖和几个小时。"

孔淑慎笑笑："你没有事吧，陪姐去一趟巴克图。"

吴怀智抬头看看天空，往返也小二十里的路程，他计算着能不能顺利赶回来。

孔淑慎却对吴怀智说："你不用那么担心，如果晚了，咱们就到牛家大院住一宿。怎么了，难道牛玉关、安娜还不让咱们住是咋地？"

吴怀智咧嘴笑笑："那不能。"

牛玉关和安娜的儿子出生几个月了，听说牛叔叔天天高兴得合不拢嘴，抱着孩子骑着一匹马，在天地广阔的巴克图漫天满地地慢跑。

吴怀智对大小姐说："好嘞，我到库里拿一匹布，那是老早就准备好的，给小侄子做衣服去吧。咱们去一趟，空着手也不好看！"

努尔别克帮着吴怀智架好马爬犁，上面围上厚厚的棉被，还放了一个小铁皮炉子，一小袋炭。他再三叮嘱孔淑慎："一定把这个抓好，可不敢翻了。"

吴怀智赶着马爬犁在茫茫雪原上疾驰如飞，孔淑慎戴着皮帽，身着棉袍，显得富贵妩媚。她平稳地坐在爬犁后面，戴着棉手套扶着铁皮炉，看着一路上彻天彻地的雪白，心情都舒展了。那是一种奇怪的愉悦，更多的成分应该是解压，是轻松，蓝天下的大地似乎只有一种白色了，但并不单调。看着急匆匆向后倒去的一幅幅绝美壮观的自然雪景不断地转换，她可以任意细数翻腾自己的心事。那景物、那声响，都能和孔淑慎的思绪巧妙地融合在一起，孔淑慎闻到空气的味道都是鲜美的。

孔淑慎说她就喜欢巴克图，孔家是靠巴克图发家的。孔淑慎说自己站在寒冷的冰雪里，被四周的芦苇淹没。无人的国界，河水静静地流淌，就没有人嚼她的舌根子了。

吴怀智赶着马爬犁到牛家大院跟牛玉关商量晚上住宿的事了。

牛道全骑马回到牛家大院，翻身下马，掀开大衣把怀里的孩子递给了安娜。看见吴怀智从屋里出来，牛道全带着一身寒气，走上前去，劈头盖脸就问一句："二小子，听说你刚从省城回来？"

"哦，叔，是的，有个把月了。"

"那你有我家……"牛道全回头看了看，小声说道，"我家那谁的消息吗？"

"叔，还真的有，就是不敢保证准不准确。"

"怎么说的？"牛道全一手拉在吴怀智的手上，一边牵马往马厩里走，吴怀智当然跟在他的身后。

"我去找了，找了在我们家借宿过的赵剑将军，不过人家忙，人是没见着。迷糊大哥说过，赵剑在省府当大官的，但事是给办了。他托了人，从省府抄来了一份去年省里派往苏联留学生的名单。第一批留学生去苏联塔什干东亚大学的学生共八十四人，包括七个民族的男女生，其中有一个女学生叫王芹，说是塔城过去的，我查了资料，年龄和时间都对得上。"

那一刻，牛道全正背对着吴怀智，打算拍拍马的屁股，让马进厩里去。伸在半空中的手停了一下，然后又拍了下去，马轻轻迈步走向槽里吃干草去了。

牛道全低着头，愣了一会儿。突然起身拎起地上一桶麸皮，走向马厩。吴怀智伸手接桶，牛道全一把打开，把麸皮倒进干草里，用手搅一搅："也许不是你姐，你先去看看安娜把你们今晚住的铺安排好了没有，晚上叔跟你哥陪你喝酒！"

吴怀智离去后，牛道全坐在马厩里，点了一锅子烟，眼泪吧嗒吧嗒地滚落下来，冲着天空喊："你就跑吧，有本事你疯到月亮上去呗，跑毛子那里算什么本事！"

冬天临近的时候，牛玉关似乎就没有太多的事做了，他在安娜的注视下，劈好一冬天烧的柴火，整齐地码在院子中央，垒得像是一间实实在在的房子，给人们以震撼。第一场雪没站住的那个空当，牛玉关走出村子，到田野里不停地奔忙，把那一天一地里发霉发黑的葵花秆、玉米秆子都割回来，也堆成一座高高的房屋似的高垛，高高地竖立在院当中，储存、炫耀他们牛家大院一冬天的温暖。

那天天快黑的时候，吴怀智从额敏河湾把孔大小姐接回牛家大院。安娜早早生了火，把屋子烤得暖暖的。牛道全和牛玉关陪着吴怀智在他们男人的屋里喝酒，安娜就带着孩子陪着孔淑慎在另一个屋。孩子吃着奶，偶尔哭两声，孔淑慎看着孩子，露出少有的笑容。很快孩子便睡着了，孔淑慎从安娜的怀里接过孩子，小心翼翼地在炕上离炉火最近的地方铺了一层小褥子，再把孩子放在上面，盖上了被子。

安娜时不时地去那屋里看看情况，虽然吴怀智他们并没有什么需要，但安娜觉得有客人来家里了，就要显得热情。

孔淑慎独自在屋子里的时候，她觉得屋子里更暗了，除了炉火的光亮，连窗外的雪也看不见了。但她知道雪在落，漫天满地落。落在房顶和柴垛上，落在扫干净的院子里，落在远远近近的路上。她明白自己躲不过雪，无论蜷缩在哪一个屋子里，塔尔巴哈台漫长的冬天，纷纷扬扬的雪都会替她孔淑慎细数自己的青春岁月。没有办法，孔淑慎人生的冬季早就到来了，那是一份比无数冬天加起来还要寒冷的心境。从那个寒冷的冬季，那个会弹奏手风琴的白俄军官住进德胜行开始，孔淑慎的冬天就再也没有离去。

翻过年雪化草绿的时候，塔城的警务司令部撤销了，成立塔城军区。新的军区成立以后，并没有发展军事，也没有更新武器，而是把原先部队的"双枪将"都给没收了一支。从省府开始，下大力气禁烟了。周围反弹种植的罂粟地，又一次被铲除。城里城外的百姓都议论纷纷："看着吧，过阵子就又抽起来了。禁了几十年了，也没有禁掉。"

也有人觉得一切会好起来。孙迷糊对生活就充满了美好的憧憬。他听从谢谨的安排，打算在王大爷家的菜地里再种些果树。吴怀智带着孙迷糊走到木工坊，用钥匙打开这一个偌大的空院子，院里的各种树木虽然没有长出绿叶，但已经成排成行，可以想象，到抽芽长叶，开花结果的时候，定然是满园芬芳，一派气象。满园树木已成，可是主人无踪影。

吴怀智不由得感伤时事。大夫人走了，那个自己没有叫过一句哥哥的吴怀仁也走了。听大脚说到乌苏后，几乎从不出家门，就是成天缠着要烟抽。牛大脚辛辛苦苦营造的满园芬芳，却不知人面何处了。

孙迷糊满眼流露出羡慕的目光，心里想，如果自己能给谢谨种这么一个果园，那该多好呀！孙迷糊暗下决心，一定要给谢谨造一个塔城最美的果园，比这个园子还要大，还要好。

孙迷糊一脸的羡慕，吴怀智满腹的感伤。

孙迷糊问吴怀智自己怎么挑树苗，吴怀智指着满园的树木，让他随便挑，随便挖。吴怀智心里琢磨，牛大脚还会回来吗？孙迷糊一脸兴奋："你们塔城人真好，我到这里来，净捡幸福来了。"

德胜行的新伙计跑来寻吴怀智，告诉他："行政公署又颁布了新命令成立了塔城农牧场，苏联专家要进驻塔城，全面改良畜种。"

这是好事，也是大事，当然得去看看，吴怀智索性把钥匙给了孙迷糊，跟着伙计离开了。

那院子，他确实也顾不上了。

孔淑魁处理王海如的案件得当，受到上级赏识，直接越过大队长一职，被提拔为塔城警察局副局长，主管治安。刚刚提拔，便迎来第一项工作，据说是一位将军要赶去莫斯科，出任驻苏联领事馆首席武官。孔淑魁要确保这位邓将军在塔城的安全。

对于首席武官的职务，孔淑魁有点陌生。局长严肃地说："邓将军是黄埔第一期第一队学员，做过国父侍从，参加过东征讨伐陈炯明的战斗，北伐时立有战功，授少将，随后担任蒋委员长八年的侍从秘书。实实在在是委员长身边的'自己人'，他可能不会帮你的忙，但是如果他不满意你的举动了，随便找个什么人说说，你的仕途就算到头了。"

局长那天对孔淑魁强调了一些细节，说邓将军的警戒保卫工作不能出一点纰漏，自己会全程介入。

面对南京来的贵人，孔淑魁对邓将军有发自内心的尊敬、景仰。眼前的这个人，不仅仅是委员长身边的人，也有着耀眼的经历，是国民党的"老人"。孔淑魁知道这人肯定是自己这辈子无法逾越的高山了。他甚至有些自豪，能见到这么大的人物，他决心跟人家好好学学，机会宝贵，能学一点是一点。

孔淑魁尽心竭力地做好自己的工作，邓将军离去的时候，对他的评价颇高，甚至惹得局长都有些不大高兴。见行政长的时候，孔淑魁一再说是局长把握全局，事事指点自己，才确保了邓将军此行的圆满。

局长和孔淑魁一起返回警察局的路上，看着孔淑魁也不敢跟自己抢功，气消了大半，他还是尊敬自己的。局长想想，邓将军远赴苏联，虽然是大官，但跟自己的距离太远了。真正决定自己仕途的，还是行政长，还是省府。行政长对这次的工作当然是满意的，自己应该再去省公安管理处汇报汇报，拉拉关系才好。

局长去迪化以后，孔淑魁当夜去了日本服饰馆。见了樱子以后，他仍然一遍一遍地提及邓将军，说他如何如何地没有架子，和蔼好处而又不怒自威。

樱子看着孔淑魁笑笑："你切莫把人和官位混为一体了，不要因为他的官位显赫就影响了你对他的判断。"

孔淑魁愣了一下，没想到樱子如此淡定地说出这么一句话来，他更没有想到的是樱子接下来说的话："人和人的命运不同，际遇不同，羡慕不得，攀比不得。我只愿孔桑保持本真，不被繁华迷惑，坚定自己，无论处于何时，善良、正直、坦诚就好。不要忘了我们在一起的美好就好！"

孔淑魁感到自己的灵魂被樱子震了一下，孔淑魁停下了说邓文仪的话题，看着樱子的脸，慢慢走到樱子的身边，张开自己的臂膀把樱子紧紧地抱在自己的怀里，吻在樱子的额上、脸上。樱子闭上了自己的眼，孔淑魁也跟着闭上了自己的眼睛。

"你说你一个远离故乡的女子，你咋有这么高的境界。我就是被你迷死，我也认了。"孔淑魁跟樱子抱在一起，激吻一番。那一刻，孔淑魁脑海中突然漂过了安排在察汗托海的那个女人。上午，他还差人送去五百元钱呢！

那一刻，孔淑魁的心里有一点点纠结了。自己应该是不爱那个女人的，为什么还要把那个女人留在手里，难道仅仅因为她长得好看？孔淑魁不愿意再细想这个事了，他宁愿相信那个请吴怀仁吸大烟、逛窑子的小老板说的话："男女间的交往，说白了就是一个利益的交换，哪里有什么持久的感情。你能养起她，她就跟你好。你养不好她，她就会投入别人的怀抱。"孔淑魁觉得自己肯定做不成邓将军这么大的官，这辈子也不会代表自己的国家住到另外一个国家的首都去。但自己养几个女人，应该是没有什么问题的。

可是樱子说的话，又让他觉得汗颜，心里惭愧。他逼着自己不要想这个问题。他闭着眼睛，专心地用他的双手轻轻地抚摸樱子的后颈和脊背，把樱子那柔软、美好的身子勒向自己，樱子的身躯偎贴在孔淑魁赤裸的胸脯上。孔淑魁感受到一股痒麻，从头到脚便传来一股异样的舒服。樱子一边发出使他怜爱的轻微的喘息，一边剥解着他身上的衣服。

孔淑魁的手掌在樱子细腻滑润的背脊上抚摸良久，顺势而下扩展到她的屁股上，她在他怀里战栗了一下。孔淑魁一边不断地抚遍她全身的每一寸肌肤，一边将自己的嘴唇吻在她的眼睛、鼻子、脸蛋、耳垂上、胸脯上，甚至吻向她的腹部，樱子急促地扭动着腰身，渴望似的呢喃着叫了一声："孔桑……"

孔淑魁的脑海里再次浮现了那个女人的身影。孔淑魁在不自觉当中，把两个女人做着对比。那个女人显得羞涩，不好意思，含蓄，甚至有时拒绝自己，只会在最后的关头，才把自己抱紧。孔淑魁想，也许她的心里也是复杂的，她是王海如的女人，孔淑魁理解她。樱子是日本女人，日本女人的温柔体贴孔淑魁自然无力抵挡。各有各的好，孔淑魁哪个也不想丢。

## 68

孔淑魁一边跟樱子亲热着，一边还想着那个女人。上次他去察汗托海的时候，一进门，女人就扑到他的怀里，缩在土炕的一角："我害怕。总有人来吓唬我，学狼嚎，学猫头鹰叫。"

孔淑魁笑着说："就算是真狼，你有院有门有院墙，狼爬不上来。就算是猫头鹰，你关着窗户，它也飞不进来。你怕什么？"

"你说得简单，你又不在我身边，半个月一个月也不来一趟，我能挡住那些有想法的男人吗？你咋不把我安置在塔城，那样我就能天天见你了。"女人说道。

一听到这里，孔淑魁立马变了脸，本来抚摸女人乳房的双手，突然移到她的脖子上，孔淑魁用一只手掐着，身下的女人难以呼吸，几乎翻着白眼。但孔淑魁仍然坚持着自己的动作："我告诉你，你决不能让我之外的男人碰你，如果让我发现，你知道后果的。还有，永远不要给老子提去塔城，你原来的男人是王海如，总会有人认出你的，你是想让我死吗？"孔淑魁说完这句话，发疯似的抽搐起来，手松开了女人的脖子，女人的眼里含着眼泪，喉咙被捏得咳嗽起来。

孔淑魁享受了那终极的欢乐之后躺到女人的身旁，喘着粗气，伸出自己的左胳膊从女人的脖子下面伸了过去，一把把还在难受的女人搂到自己怀里："你就在这里，给我待着，粮食和钱，我都会给你准备好，这次，我还给你带来了一本好书，你没事干的时候，可以看看。另外俄罗斯人在这里要建一个苏侨俱乐部，他们经常会弹手风琴、喝酒、唱歌、跳舞。到时候我可以介绍你常去他们那里玩，但你少到集市上给我招摇。"孔淑魁从女人的身子下抽出手臂，穿上衣服，走出了屋子。

在孔淑魁走后，女人扒开孔淑魁留给自己的包袱，有衣服、布料，也有钱，还有一本插画本《金瓶梅》，女人只看了一眼，就羞得闭上了眼睛，然后，再慢慢地张开眼睛。在跟随王海如之前，女人是省城女子高中的女学生，后来父亲患了重病，王海如付了医药费，便买断了她的学业。那时已经患了病的母亲对她说："就跟他吧，上了学你也干不了啥。"

父母的病都没有治好，先后离世了。王海如到塔城任职把这女人也带到了额敏。

女人抱着《金瓶梅》翻了翻，恰好翻到西门庆死的那一页，一下便想起了王海如趴在门缝中的那眼神，吓得把书扔到一边，蜷缩在炕上的一个角落，浑身发抖。

之后的无数日夜，女人很难见到孔淑魁，陪伴她的只有这么一本书，女人时常想起孔淑魁对她说："在中国写女性的书里，你可以看见情义、贞节、勇敢、才智，但唯独在金、瓶、梅三人身上，你才能见识到单纯的'性'。"

"滚！"女人对孔淑魁娇嗔一声。

"别这样，别的女人要这样说我，那自是正常。可偏偏你这样说，就万万不该。"

"孔哥，你为何这样说？"女人问道。

"你和其他女人不同，别的女人可能得辛苦劳作，天天为着生计发愁。那种日子，你也是看过的，也是经历过的，那定是辛苦的。可是你呢，你的吃喝生计无须发愁，日日寂寞。俗话说'饱暖思淫欲'，你跟别人羞涩，说得过去。跟我还用得着吗？我们千百年来，对性禁忌，尤其女人，可越是禁阻，人越好奇向往。这本书里，潘金莲是一个为性而性，且欲望强烈的女人。她嫁了武大，又只是三寸丁，她觉得简直就是对自己的侮辱。与张大户勾搭，却得不到个爽利，直到遇了西门庆，'风月久惯，本事高强的，如何不喜？'嫁入西门家后，西门庆却不能一直陪她，潘金莲因寂寞难耐与他人私通。后在西门庆服食胡僧药、体现衰症后，潘金莲没有任何关心，只想着先满足自己的欲望。那个叫春梅的就更要命了，起初被潘金莲蛊惑，骗得失身下水，尤其在丈夫周守备战死之后，她的欲望更是肆无忌惮，最终因为贪欲而死在周义的床上。这么直接描写女人对性的态度的作品，中国历史上不多，也不许。但你可以看看，打发打发无聊的时光。"

"你说得羞死个人。"那时，女人抱怨着，却伸手把《金瓶梅》够到手中。

察汗托海是蒙古语白杨沟的意思，和额敏同为巴克图贸易兴盛以来，伸出的两翼。民国初年就开始设县府、警察局等机构。因为贸易、战乱的原因，很多白俄苏侨在此定居，他们一边为避难，一边做着生意，成立了苏侨协会、苏侨俱乐部等各样活动场所。

这里是大山腹地的牧场，高大的白杨树遮天蔽日，路边灌木丛生，花草繁茂。到处清泉涌流，清清的河水里，鱼儿在自由地游动，马鹿在街道上悠然自得。街道两旁有许多俄式小木屋杂货店，俄罗斯老人操着生硬的好几种语言招呼着客人……

孔淑魁把女人安排在这里，已经是最好的选择。他还安排了一个可靠的警察常常盯着女人的行踪，以免她做出过分的举动。孔淑魁希望女人不那么封闭，可以像苏侨女人那样看得开些，活泛些，却不愿意女人过多同汉族人接近，尤其是塔城去的汉族商人。他怕哪一天，自己养藏女人的事暴露了。

孔淑魁甚至希望她做那方面事的时候，更加直接一些，放肆一些，而不是压抑自己，一脸痛苦，满脸忧伤，从头到尾都是那么逆来顺受。搞得孔淑魁从她身上翻下来的时候，总会感到对不起王海如，孔淑魁讨厌这样的情绪。

令孔淑魁没有想到的是，最终这事还是被吴怀智知道了。女人买了吴怀智的四尺丝绸，无意中看到货车上"德胜行"的字样。女人的目光便停在了那字上，问了一句："可是塔城的德胜行？"

"对，塔城的德胜行。"吴怀智上下打量了一番女人，"小姐，您认识德胜行里的人？"

"嗯，"随即女人又拼命地摇摇头，"不，不认识，他不应该算德胜行的人，一个当差的。"

吴怀智一听，心里开始逐个排除，并给女人打了个折扣，报了一个十分优惠的价格，女人高兴到有些惊讶。深情地望了吴怀智两眼，想跟他说些什么。结果买货的人一下子拥了上来，女人等了片刻，见吴怀智不得空闲，便转身离去了。

吴怀智综合自己得到的各种信息，确定这女人跟孔淑魁有不一般的关系。但他没有打扰这女人，他选择了沉默，像对自己商队里的人走南闯北有了相好的一样，他没有任何表示，绕开女人的家门口走了，只是在走远以后，回头看了看。

民国二十五年，塔尔巴哈台似乎迎来了一个全新的春天，在大地上积雪化尽的时候。塔城区第一次全体代表大会召开，共有各族代表六十五人，参加研究整个地区的各项民生和发展大计。会后不久新疆日报塔城分社成立，随后又建成了塔城医院、塔城兽医院。十月的时候，独山子石油厂建成，设钻井五眼，置炼油锅四口。孔云清看到那黑乎乎的石油冒出来的时候，再也按捺不住自己的情绪，他本来是去乌苏访友的，也不去了，急急忙忙返回塔城。

德胜行的当家人孔云清颓废的斗志被再度激活，他往烟锅子里塞着烟草，满面笑容地跟家人和吴怀智说："变了，真的变了，我不能再坐着了，我得做点事，我还行嘞！"

孔云清要吴怀智给自己准备另一支驼队，他要另带一支商队做生意。

孔淑魁那晚也从警局回到家，看着父亲和吴怀智喝酒壮志，听说就为了那五眼油井，便不屑地对父亲说："那算个什么呀？我听说头屯河的坦克生产厂、飞机生产厂都要建了，只不过，听说是生产配件，运到苏联组装！"

孔云清和吴怀智都愣了一下，孔淑魁端起桌上父亲的酒杯，就往自己嘴里倒了一口酒，再吃了一口肉："现在是什么年月？做什么事，都要讲究个什么什么，噢对对对，跨越式，跨越式，哎，这词好，这词好。"

孔淑魁也没多陪父亲，走出德胜行，很快消失在夜幕中，应该是去警局了，那阵子他很忙的。

更令孔云清没有想到的一个好事情突然就到了家门口。离家多年的孔淑仪突然就站在了德盛行的大门底下，孔云清和老婆袜子都没顾得上穿，就跑出屋子，赤着脚在院里站着，看着自己的女儿连个信都没有，就出现在自己的眼前，泪水瞬间就模糊了眼睛。

"你怎么回来了？"孔云清问道，"你怎么舍得回来了？"

老婆拽了一下孔云清的衣袖，急忙跑上前去，跟女儿拥抱在一起……

母亲问孔淑仪:"想死娘了,你这次回来住多长时间?想吃什么,娘给你做去!"

"妈,爸,我回塔城工作了,再不去省城了。"

"好,好。"孔云清夫妻鼻子一酸,眼泪就滚落下来。

孔淑仪是被派来塔城工作的,在女同事的介绍下,她加入了"反帝会",负责给塔城定期举办会员培训班的学员们上课。

起初,孔淑仪还不大清楚反帝会是怎么回事。女同事就给她慢慢讲个明白,女同学说:"孔淑仪你虽然没有缠脚,但思想上还是缠了。现在是新社会了,你不能老把自己关在屋子里,你要勇敢地走出来,去关心革命,关心政治,关心时事,关心这些在世人们眼里跟女人不相关的事。"

女同事给孔淑仪讲了整个过程。民国二十三年八月,迪化成立了一个"反帝会",会里重要职务几乎都由省府盛督办的同学、同乡担任。因此,社会各界的眼里,"反帝会"其实就是个官方组织,这个组织很快红遍了天山南北,擎起了推行进步政纲"六大政策"的大旗,显示出巨大的能量。"反帝会"里的成员,有的忙着抓贪官、有的忙着办实体,有的办报纸、抓教育,朝气蓬勃,很有气象。到民国二十四年入冬的时候,苏联驻迪化总领事阿布列索夫因为"反帝会"的事居然与盛督办交涉,促成了"反帝会"的第一次改组,共产国际委派共产党员担任了秘书长,主持了"反帝会"的工作。随后,反帝会组织如雨后春笋,在新疆遍地开花,各级区会、分会,遍布天山南北。

女同事说:"看着吧,新疆有大好的前途。这么庞大的组织,还要办反帝训练班、政治干部训练班、文化干部训练班,这么多的学习班,当然师资力量是不够用的。"

女同事为了事业奋斗的情绪确实感染着孔淑仪,她正青春,一心想干惊天动地的事。这当然是大事,但当她真的站在讲台上的时候,她忐忑不安。"反帝会"自然很神圣,她自认不缺上课的经验,可是站在讲台上,面对的学员都比自己大十来岁,一时语塞,不知道该给大家讲些什么。

女同事鼓励她:"你要留意国内外时事,学学马列主义基础理论、读一读抗日民族统一战线的有关文章,教授'六大政策'的具体内容,这些都是可以的。大家都不太懂,你得先学一步,都是慢慢探索的。"

那段时间,孔淑仪觉得自己真的是很差劲,什么都不知道。很快就觉得自己没什么讲的了,女同事这时给孔淑仪找来一些书籍、资料。

那时的新疆名流学者云集，学者张仲实在新疆学院讲授《新哲学》《唯物史观》；作家茅盾所作的《五四运动之检讨》等演讲影响了无数进步青年；电影演员赵丹亲自导演，王为一、徐韬等演出的抗战话剧《战斗》轰动迪化；《资本论》《列宁选集》等马恩列斯著作在书店公开出售……

孔淑仪慢慢适应了培训授课，她讲课的内容新奇，深入浅出，金句频出，很快传遍了塔城。吴鸣璋也跑到课堂上当听众，这可把孔淑仪吃了一惊。吴先生可是自己的启蒙老师呀，这不是折煞自己吗？

下课后，吴鸣璋迟迟不肯离去，孔淑仪问吴先生有什么事。吴鸣璋说："你的课讲得不错，可我家诗然为什么不回塔城来呢？"

一句话把孔淑仪问得不知如何回答。晚上回家，孔淑仪看到了吴怀智，便要他劝劝吴诗然，最好回来看看。

吴怀智急忙写信给妹妹，吴诗然的回信写道："我也想家，也想爸妈。可我不回塔城，我要待在上海，这座城市分外香艳。即使是女人也活得十分精彩，我若回去，便不可能再有生命的精彩。"

父亲吴鸣璋看了信后，没有说一句话，站起身，转身去药房制药去了，而母亲却只是抽泣！

民国二十六年六月，当塔尔巴哈台的小麦丰收的时候，塔城历史上第一家面粉厂竣工投产，日加工面粉十吨。这个面粉厂的投产，就像是一枚巨大的炸弹，在这座边境之城炸响，大家更为惊奇的是，居然是吉祥涌商行和巴克图牛家合资的。大家没想到，合作的人居然是巴克图牛家，前清卡伦把总牛道全。

孔云清参加完牛家面粉厂开工典礼的当晚，便对吴怀智说："我再不能做行商的买卖了，你做就行了，我得干点实业。"

孔云清打听到塔城官方有建电厂的打算，又缺一部分资金，便打算入一股。作为塔城多年的商会主席，德胜行必须走在别人的前面。官家出面去办那些复杂的手续，而德胜行负责保障资金。孔云清以为这事对德胜行最大的考验就是筹钱，可他怎么也没有料到，塔城又出了大事。

十月，第一场雪降临大地的时候，新疆边防督办盛世才以"阴谋暴动案"为由，下令逮捕塔城行政长、公安局长及各界人士六十余名。其中有吉祥涌商行的车尼雪夫和其他的富户。

如果面粉厂的建立是炸弹大爆炸，那么，一周之内在塔城政商两届逮捕六十余名要员、老板，简直就是核弹。发生了此等大事，孔云清自是坐立难安，牛道全也连夜赶来，二人一边喝闷酒，一边惋惜合作伙伴。他想通过孔云清打听个缘由，好好地怎么突然逮捕这么多人，而且都不是一般人。

孔云清喝完酒，眉头紧锁，思忖半天，吩咐努尔别克去找一趟孔淑魁，让他抽空回家一趟。

努尔别克回来已是半个时辰之后，孔淑魁并没有跟着回来，说是工作忙走不开，让努尔别克带了一封信："近来多事且怪异，无端祸起萧墙，切记财不外露，低调行事，以图平安长远。"

孔云清看完这信，无抬头无落款，就是一个便签，这不是儿子的风格啊，他一向很讲格式礼仪的。孔云清明白这是怕人知道他写这封信啊！孔云清有点迷茫了，他在纳闷，不是整个新疆都已经变得好起来了吗？这是干吗呢？

## 69

十一月初，接任行政长新官员到任了，是张熟面孔，就是义勇军里的赵剑中将，同时兼警备司令。他来的时候，省厅同时派下来一个公安局副局长。

赵剑到塔城后没有举办任何仪式，更不接受任何宴请。除了行政公署的那些官员和贴身的工作人员，几乎没什么人知道。一到塔城，他便投入了工作，没有任何交际，孔淑魁觉得有些奇怪，这完全不符合塔城官场的惯例啊？

起初，孔淑魁在警局里做普通警员的那一段时间里，特别羡慕行政公署走出来的官员。他借着一切便利的机会到行政公署去办各种琐碎的事务，每次到了行政公署，他得在过道里站好久。他乖巧地站在楼道听从秘书们的安排，耐心地等待人家喊"警察所"，然后他满脸笑容地迎上去，把公文材料递上去或者领走。

他在过道里站立的时候，整个房子和偌大的院子，都显得静悄悄的，完全不像有很多人的样子。身旁那些表情凝重，很有派头的人从自己的身旁来来回回地经过，几乎没有人正眼瞧他。但不影响孔淑魁对每一个人的膜拜，虽然孔淑魁也不正眼瞧对方，但他在自己的心里暗下决心：等着吧，将来我一定和你们一样，在这座院子里办公。

赵剑白天在行政公署上班办公，晚上就在警察局睡觉。到塔城履任第三天，盛督办的电令就到了：令塔城区警察局将前行政长、前任的塔城县长、外事局长、公安局长、千户长等一干人等解送省城。

孔淑魁等赵剑行政长把电令看完，急忙迎上来："赵行政长，明天我们局派谁去解送犯人呀？"

赵剑表情凝重，并没有马上表态。于是孔淑魁琢磨着是不是自己说错话了，便改口道："行政长，您看是跟您一起来报到的那位局长去送那些人还是我去？"

赵行政长沉默了半天以后，缓缓地说道："还是辛苦你去一趟吧，你没什么根基，到了省城估计也不会有麻烦，身体也好，能禁得起沿途的折腾。"

赵行政长初来乍到，孔淑魁也摸不准他的脾气，不敢轻易说话。他就是想不通，自己"没什么根基，不会有麻烦"，是什么话？难道有根基的才会有麻烦？难道省厅下派的副局长去省城送一回犯人，也会变成犯人？再说了，自己是塔城商会主席的儿子，在警局也待了十来年了，别的地方不敢说，在塔城也不能算没有根基吧？直到到了省城，交接这些犯人的时候，孔淑魁才发觉，自己肤浅了。到了迪化，他孔淑魁这种芝麻绿豆的职位还真的是摆不上台面。

孔淑魁把那些要犯送走那一晚，赵剑彻夜难眠，他想不通盛督办为什么逢人就抓，抓了就打，稍有不如意，就拉到西山给毙了。整个后半夜他无法入睡，天还没亮，赵剑就早早起了床，绕着满城晨跑，找到王老汉家的院子里，他想看看孙迷糊和谢谨他们一眼，那可是他们义勇军战士和家属。

赵剑在门外轻轻地敲着门环，谢谨把孙迷糊叫起来开门。三人一见面，赵剑有点发愣，一句话没说，孙迷糊就哭了，接着谢谨也哭了。孙迷糊扑到赵剑怀里说了一句话："长官，我没把安寿让护好！"

赵剑本想说些安慰孙迷糊和谢谨的话，嘴唇抖着却不敢张开。他怕自己控制不住，匆忙转身离开王老汉家的菜地，走到没人的河边搂着一棵树，放声大哭："咱们义勇军死的人还少吗？"

一上午，处理完工作上的事情，赵剑买了点俄罗斯点心，到裕生堂去看望吴鸣璋了。一看到赵剑登门，又听说他当了行政长，吴鸣璋满脸高兴："我真的没有想到，你会回到咱们塔城来当父母官，我还寻思你带队伍去打日本了呢。"

赵剑一听这话，脸色变得难看起来。身后小夫人拽了吴鸣璋一把，挤过身来："来来来，赵长官，你来了，今天老吴陪你喝两盅，你们好好聊聊。我去准备准备。"

那天，赵剑实在推不开吴鸣璋和小夫人的热情，但只喝了三四杯便说啥也不喝了，他说刚到塔城工作太多，等以后闲了再请吴鸣璋好好喝酒。

吴鸣璋看赵剑实在没心思喝酒，也不好勉强。

赵剑作为一方领导，本来想给吴鸣璋夫妇说些心里话，还是放弃了。他总不能说自己是被盛督办贬了官，发配到塔城的吧？至于自己在省城当警察管理处长，没有按照盛督办的意思抓人杀人这些事，只好烂在肚子里。接任自己的狠茬儿是忠实的走狗，为了一顶官帽，几乎失去了人性，根本不惜双手沾满新疆各族人民的鲜血。

赵剑从裕生堂走回行政公署一路上心情沉重，对未来，他真的有点茫然，完全没有方向。

自从跟日本鬼子打仗，被逼进苏联到今天，赵剑经历了无数的生死离别，几乎没有碰到让自己真正舒心的事。带着队伍跟暂编三十六师激战的时候，好像能给新疆打出一个美好未来，可是现在他怀疑了。那么多义勇军军官被抓被杀，而自己无能为力。赵剑甚至在想，当初三十六师那队骑兵冲进了省军的大营，如果不是自己端起机枪拼命扫射，盛督办早就没命了。新疆就不会是今天的局面，赵剑心里想，难道自己救人救错了？

赵剑当然没救错人，当时的战争态势，如果暂编三十六师那帮匪兵得胜了，那是会屠城的。本来他们就是土匪，根本不懂得尊重生命。东北义勇军从巴克图进入新疆以后，加入了省军的队伍，保卫了省城和周围的县城，也保住了各族人民的太平。想着这些，赵剑的心里才有了些许的安慰。

一场一场的大雪盖了下来，赵行政长在这个漫长的冬天，咀嚼回味自己的心事，他的确忧心忡忡。他常常想一个问题，如何在盛督办操纵的政权下为塔城父老做些好事。义勇军进塔城的那些天，一幕一幕的热情，实在难忘。他明白自己是怎么从警察管理处处长的岗位上，被拿掉，被下放的。他也知道，但凡盛督办不放心的人，都会被一一拿掉，都会下狱，甚至可能会死。这个未来的"新疆王"疑心病重，心狠手辣，他赵剑可是见识过的。

所以，赵剑把家眷留在省城，只身到塔城赴任。家眷就成了留给盛督办的人质。有家眷在省城，盛世才才肯相信自己的忠心。

赵剑在塔城连宿舍也没要，有重犯的时候，自己就住在警察局。没有重犯了，就住在行政长公署的办公室里。自己是行伍出身，享不了什么清福。他一人吃饱，家里人饿不饿，他也不知道，也管不了。很长时间才能和家人通一封信。为了方便，赵剑和公署的公务人员一起吃食堂。在那个寒冷的冬天，他忙碌着各种事情。他经常拜访当地工、商、农、牧各界头面人物和蒙古族、哈萨克族部落头人，和他们建立了良好的关系，他专门去看孔淑仪在"反帝会"的培训讲课，并亲自参加抗日救亡活动。他只有一个想法，使自己要留下一个好名声，不能成为人人唾骂的赃官酷吏。

孔淑仪给赵剑汇报工作,她说:"只通过讲课培训给不同的民族、不同文化程度的干部群众灌输那些个革命理论,效果很差。多数干部文化不高,有的少数民族语言都不通,怎么能听得懂马列主义那些哲学、理论?"

赵剑说:"这就要看你的本事了,你得让他们感兴趣,愿意听,听得懂。"

后来,孔淑仪教唱抗日歌曲、排演抗战话剧,宣传抗日救国。赵剑当然支持,他还叫来了孙迷糊、谢谨,让他们教大家唱《义勇军进行曲》。

赵剑对孔淑仪说:"在新疆,谁对日本的仇恨最深,那当然是义勇军。我们被日本鬼子逼得家破人亡,走投无路,报国无门!义勇军进巴克图的那天晚上,就唱过这首歌。这是我们义勇军一辈子也不能忘记的生命之歌。"

不少义勇军到了塔城就没再随部队走,他们都会唱《义勇军进行曲》,很快这首歌唱遍了塔城的大街小巷。两年后,孔淑仪在"反帝会"的培训班上又教唱了《黄河大合唱》。从那以后,这两首歌声响彻塔城……

在"反帝会"当教员的日子忙碌而充实,孔淑仪热情激昂的青春仿佛找到了方向,整个新疆也仿佛出现了新的气象。在苏联的支持和延安共产党人的帮助下,新疆的经济得到恢复和发展。全省政局渐趋稳定,民众信任度大增,远离内地的新疆,虽然孤悬西北,列强窥伺,但民族相处融洽,贪贿腐败之风等明显整治,和平安定的环境中,一个新的新疆似乎要诞生了。

民国二十七年,日本军队已经占领了东北全境,并且与苏联冲突不断。苏联在与日军的冲突中,常常难以区分远东地区的中国人、朝鲜人和日本人。于是专门对朝鲜人和中国人进行了迁移和驱逐。朝鲜人被整体迁徙到中亚,大部分中国人因东北被日本占领,被迫经西伯利亚经巴克图返回新疆。

和义勇军进巴克图的时候不同,这时候的天气已经变暖,万余华侨虽然产业化为乌有,但还不至于有生命之忧。也有跟苏联人结婚成家和加入了苏联国籍的华侨,选择留在了中亚,大部分遣返回中国。

华侨们不像义勇军,他们没有组织,也不是批次进入巴克图。他们是每天不断,零零散散地回到祖国。他们的情况千差万别,有的想经过新疆返回内地老家,有的要投亲靠友。也有很多人像义勇军一样,觉得塔城山美水美,选择留在塔城。

行政长赵剑对这件事当然很重视,他走过这些归国华侨走的那条路,深知这一路的艰辛。因此，他对这些同胞满怀同情。他设立了专门的部门，把这些华侨安置在广袤塔城的城镇、乡村。塔城人民一样以博大的胸怀、巨大的热情接纳了归国的亲人。

赵剑数次召集塔城县和几个部门的官员开会，还没来得及详细地布置。孔淑魁站起来就说："塔城做这种事，隔几年一趟，轻车熟路，几乎都成习惯了，没什么问题。"各县来的头头，也都表示没什么问题，无非是把自己的口粮省下来一半给客人吃。

看着参会的人员淡定的表情，胸有成竹的样子，想想当初接待义勇军那感人的场面，赵剑也没法再做什么深入的动员了。

赵剑本来是被贬到塔城的，来时心情沮丧，但现在，他深深地爱上了这里，到处能看到塔城人的无私和热情，不用做什么工作，他们便愿意主动接纳这些苏联归来的华侨。看着各族百姓混住在一起，互相赠送着吃食，即使和新落脚塔城的华侨住在一起，离开院子的时候，塔城的百姓也不锁院门，完全不设防，他们信任邻居，信任一切来客。

衣衫褴褛、饥肠辘辘的难民队伍，不断拥进了巴克图。一到巴克图，他们就有了热茶和食物。一到塔城他们就有了土地，他们就可以在那土地里刨自己的生活，建自己的家园。

赵剑就羡慕这里天蓝得过分，花开得放肆，人好得要命！

归国的华侨，一队接一伙，零零散散，一直持续到当年年底。不管是哪一批归国同胞，都感受着塔城各族人民巨大的热情和贴心的温暖。塔城各族人民的热情好客，从来没有改变过，没有减弱过。

孙迷糊家搭了几个帐篷，铺了满地的木板，孙迷糊说塔城人救了他，他就得救更多的人。孙迷糊说不但自己要救，所有留在塔城没走的义勇军，他都串联了，大家都会尽自己最大的能力帮助归国的华侨，他们都是无家可归的人。赵剑听得鼻子一酸，热泪盈眶。

省"反帝会"传来了新的任务：要把全省建设成为国际抗日稳固的大后方，组织和训练民众，尽一切可能，援助前线胜利。具体的任务就是要保证巴克图到迪化这条商道的安全，保持一条畅通的国际交通线来运送国际援华的抗日物资。

归国的华侨也被纳入"反帝会"培训的范围当中。孔淑仪给大家宣讲"六大政策"，她手里拿着《反帝战线》杂志给塔城的各族学员反复地念着："反帝即反对帝国主义,特别是日本帝国主义,争取中国的独立解放。亲苏即中苏永久亲善。民平即各民族一律平等,反对民族压迫,反对狭隘民族主义,团结一起,和睦相处。清廉即反对贪污,树立廉洁作风,严惩贪污腐化。和平即保证新疆的和平与安宁,维护抗战后方及交通运输。建设即发展农业工业商业,建设新新疆。"

行政公署让华侨代表参加"反帝会"的培训,就是让他们明白新疆的形势,更好地融入塔城的发展。孔淑仪没有想到,她精心准备的激情讲课遭到了部分归国华侨的抵制。有人站起来,带着怨气问道:"中苏永久亲善。民平即各民族一律平等,为什么要把我们赶回来?难道我们是日本鬼子的间谍?我们什么时候给日本人提供过消息?为什么把我们划为不值得信任的人?难道就因为我们长着和日本人一样的皮肤和面孔?"

面对这样的突发情况,孔淑仪一时竟不知道怎么解决。幸好归国的华侨们自己按住了站起来发言的人的情绪:"行了,驱逐咱们的是苏联,收留咱们的是塔城。"

"对,对,塔城草原广阔,牛羊遍野,咱们这一块土地,从来饿不死人。虽然你们回来万把人,但是,请放心,你们会有足够的土地、草场,只要你们勤快,你们很快就能富裕起来。"孔淑仪借机转移了话题。

刚刚回国的华侨,此时确实是一贫如洗,他们最需要的是解决吃穿温饱。听到孔淑仪讲这些话,再想想收留自己的塔城,叹了口气,坐了下去。想想以后能有不缺吃穿的日子,脸上的神色便好看多了。

那时的塔城,街区破旧,道路不整,春季尘土飞扬,雨天到处泥泞。赵剑心里想,塔城一下子拥进来这么多人,都是要吃要喝的。想改变自己的生活,只有靠自己干,只有问大地要,那就必须勤恳。自己作为父母官,就要身先士卒,带着大家一起干。

赵剑行伍出身,不在乎吃苦受累,每天坚持晨跑的习惯,沿着塔城跑一圈,也能看到全城的情况。跑完步,他便拿上水桶扫把,到行政长公署门前的大街上洒水扫街,日复一日。起先,街道的商民见了觉得很新鲜,把赵行政长扫大街的行为传为佳话。日子久了,他们觉得新任的赵行政长没有官架子,也拿了水桶扫把和行政长一同扫街,有时,扫完大街都自动地聚合到赵剑的周围,攀谈几句。

## 70

一个城市干净了,人们的心情就舒畅了,甚至会对生活充满信心。

那些从异国他乡归来的华侨看到塔城的行政长亲力亲为做着每一件小事,与大家一起劳作,同甘共苦,心生敬意。想想从前,到远东逃难谋生,不就是为谋求一碗饭吃吗?但异国的饭不好吃,塔城的饭却唇齿生香。归国华侨看着那些留在塔城的义勇军官兵和家属,他们不过比自己早一点到了塔城。他们给自己打了样。为了谋生,为了早日摆脱饥饿、贫困,大家各显神通。

孙迷糊咬了咬牙,给谢谨买了一辆自行车,让她骑着自行车去德胜行新办的皮毛加工厂上班,引来了街坊邻居的羡慕。谢谨怕被人关注,不愿意成为人们议论的焦点,常常绕着弯,躲避着人群,快快地离去!可是孙迷糊不在乎,他嘴角咬着棵青草,嘴角儿咧开笑容:"那有啥?我就是要让他们看,我的娘们儿好看,能骑洋车。"

谢谨领着义勇军家属一起去皮毛加工厂上班,她们技术比塔城当地的女工要好很多,在老家的时候,她们有人在厂子里干过这活儿。谢谨能挣到比别人高一倍的工资,一个月就是二十几元钱,那是一大笔钱。孙迷糊和谢谨在领到钱以后,更是满面春风。还有的义勇军家属到了果品加工厂工作,他们把新技术带给了边城,把精细手艺传给了塔城各族工人。

孙迷糊未参加义勇军之前是地地道道的农民,在东北种了很多年大豆、高粱、玉米,他在王老汉家菜地外又开垦了几十亩荒地,那蜿蜒的小河水,可以迅速使这些荒地变成良田,家里早已谷粮满仓。

归国的华侨们对耕种一点也不陌生,种地仿佛是中国人骨子里的基因,只要有水有地,哪怕就是一地石头,在华侨的手里也能种出花。

华侨、义勇军和塔城各族人民一起开垦荒地,一起种大豆、高粱、玉米,一起种蔬菜,一起种果树,一些从来没有见过的果蔬都在塔城开花结果,上市售卖。

大家没有什么远大的理想,并没有想过丰富塔城的种植业,提高塔城的加工技术。他们只是为了吃饱饭,只是在用自己最为熟悉的生活方式来打理自己一团糟的生活。但他们真的从根本上改变、丰富了塔城传统的工农业结构。如果说这一种改变是来自民间的力量,那么,省农矿厅在塔城、额敏、乌苏三县设种畜交配所,就完全是官方行为了。甚至还请了苏联的专家,引进了国外的畜种,建立了先进的养殖、皮毛公司。

随后，赵剑又发现了新的问题。各种厂子的建立，需要大量的技术工人。各族群众没有受过教育，知识缺乏，不认识字严重制约着塔城的发展。

赵剑觉得有必要狠抓教育，这是打基础、管长远的工作，没有文化不行。那几年赵剑一直很俭朴，却给自己配了三匹马，他常骑着马，城里乡下到处跑。两年时间里，他发动各族王公、巴依捐资兴建了六所学校，其中两所为综合性中学。

赵剑离开塔城的时候，塔城地区共办学校七十九所，在校学生近五千人，其中女生一千二百多人。吴鸣璋后来说过，赵剑是他在塔城碰到过的最好官员，他为塔城的整个教育打下了基础。

民国二十六年七月七日，对于中国来说是耻辱的一天，中日战事全面展开，两个国家打仗却不是在边界，而是在中国的腹地开战。国民政府一位统帅发表了一个对某某桥事件之严正声明，迅速火遍大江南北：如果战端一开，那就是地无分南北，人无分老幼，无论何人，皆有守土抗战之责任，皆应抱定牺牲一切之决心。

整个中华大地随即陷入全面的抗战时期。母亲送儿打日寇，妻子送郎上战场，男女老少齐动员……万众一心，同仇敌忾，以血肉之躯筑钢铁长城。万里河山，一片激昂。

新疆作为反帝抗日的大后方，也掀起了大规模的抗日募捐活动。孔淑仪在迪化的女同事不再教学，转调到八路军办事处工作。她在给孔淑仪的书信里讲述着省城抗日募捐的感人故事，孔淑仪读得热泪盈眶、热血沸腾。孔淑仪也想为抗日救亡出把力，但她和伙伴们在塔城的募捐活动进展得并不顺利。虽然他们挖空心思地搞活动，在大街小巷拼了命地演讲，演活报剧，仍然收效甚微。

行政长赵剑在街头看了孔淑仪和她们的活报剧，主动要求加入演出。行政长亲自演活报剧，立即成为边城最大的新闻，引得附近街巷的各族民众跑来围观。

演出的剧目是《放下你的鞭子》，讲述东北沦陷区里逃亡出来一对父女，流离失所，被迫以卖唱为生。女儿香姐站立闹市，正要提嗓卖唱，却因饥饿难熬，晕倒在地。老父为了讨好观众，立即举起鞭子打她，香姐吓得四处躲藏，老父既心疼女儿，又必须挥鞭子抽打在她身上。观众中一名青年工人十分愤怒，大声高呼："放下你的鞭子！"上前一步夺下了老父的皮鞭……

当年轻工人夺下赵剑饰演的老汉手里鞭子的时候，大家的心终于被牵在了一起。随后，赵剑动情地讲述着国破家亡，东北沦陷，自己和义勇军战友，跟日本鬼子打仗卧冰吃雪，弹尽粮绝，吃草根树皮，被迫退入苏联，受尽了无法想象的艰苦。行政长赵剑最后的讲述，完全没有按照剧本，就是自己和义勇军的亲身经历，接着围观的谢谨和义勇军家属也开始讲自己的经历，义勇军的遭遇深深牵动了各族观众的心。

接着孔淑仪趁热打铁，痛斥日本侵略中国的野心。"七七事变"的整个过程清楚地表明，日本侵华就是他们长期以来野心的全面实施。中国已经丧失了台湾、澎湖列岛和东北，但日本还要侵占华北，他们的目的就是灭亡全中国。日本已经不想走渐进式的蚕食这条路了，他们开始对中国全面出击，他们占领的地区，我们的同胞随时可能被砍头、焚烧、活埋、挖心、分尸……

"打倒日本帝国主义！"孙迷糊举起拳头高喊一声，围观的群众跟着开始高呼"打倒日本帝国主义""中国必胜！"，抗日救国的激情回荡在塔城的上空。

抗日募捐的活动一直持续着，到了秋天，随着树叶枯黄凋落，渐渐就进入了低潮。那时候，牛家大院的人们总是能看到通过巴克图的国际抗日物资源源不断地运送进来，那是一个个由卡车组成的车队，在这条千古商道上行进的时候，总是碾出漫天烟尘。引得牛家大院的小孩子在高处跳跃、欢笑。而牛道全就坐在高坡草地上，点燃一锅子烟，内心里纠结。这么多物资，这么大阵仗，这到底是打多大的仗呀？牛把总真的想象不出来。他不知道，在上一个冬天，首都南京已经被攻陷，守军各部因撤退失序，多数滞留城内，被日军大量屠杀，惨绝人寰。

南京沦陷后，国民政府部分机构迁至武汉，日军当然又把贪婪的目光盯上了武汉，战前准备悄然进行。

民国二十七年夏天，日军步步进逼。国民政府被迫在武汉召开的国民参政会上宣告："中华民族必以坚强不屈之意志，动员其一切物力、人力。为自卫，为人道，与穷凶极恶的侵略者长期抗战。"这个号召一经发出，再次引爆整个中华民族的抗日情绪。

孔淑仪的同伴们走上街头，再次掀起轰轰烈烈的募捐活动。在宣传队用情的演出后，塔城各族民众纷纷把钱放进箱子，把物品摆在桌子上，摆不下了，就摊开地毯摆上。

孔淑仪一面向观众致谢，一面端起那个募捐的箱子，她走向围观的人群，突然一双大手出现在箱子上，拿出一封一封用红纸包好的银圆，居然整整五封放在了纸箱上。孔淑仪定眼一看，眼前的男人不是别人，正是吴怀智。那远远超出了一般人捐献的数额，瞬间引起人群的一阵惊呼。

孔淑仪有些惊讶，也有些复杂。她心里想：你捐这么些银圆，问过你师父了吗？

赵剑行政长常常参与募捐演出活动，有了行政长的榜样，各级官员纷纷效仿，大街小巷到处是抗日宣传游行的队伍，他们打着横幅，写着标语，喊着震天的口号。商会、学校，各行各业都展开了轰轰烈烈的募捐活动。

街头到处是各种形式的抗日演出，演员与观众一起互动，义勇军和他们的家属讲述着九一八事变后，东北人民在日本帝国主义残暴统治下的悲惨遭遇，记者也走上街头采访。一篇篇浸满血泪的日本帝国主义铁蹄下的人间悲剧，迅速在刚刚开办的报纸《我们的呼声》上全文登载，报纸分汉文、哈文、维文、俄文四种，每印一期，立即被抢购一空。

募捐活动渐入高潮。但时令依旧不饶人地过去，雪花已纷纷扬扬地下到了塔尔巴哈台腹地，到处一片雪白，又进入了漫长的冬季了。偶尔看见高出房顶院墙的几株可怜的白杨树、老榆树，站在肆虐的风雪里，不时发出"呜呜"的声响，间歇地随风扭摆，偶尔扭断了腰肢，从树干上掉到雪地上，不几日便化作了当地居民烧奶茶用的燃料。

没什么人愿意出来再举办募捐活动了，行政长赵剑忧心忡忡，他对日本鬼子身负血海深仇，对抗日募捐一片赤诚，他把一些塔城的名流约到德胜行，一起商谈以后募捐支援抗日前线的事，想着群策群力总会有更好的办法。

德胜行的大厅里坐着塔城各界名流。赵剑正在房屋中央介绍着全国抗战的形势："去年冬天，日军侵占南京以后，国民政府虽西迁重庆，但政府机关大部和军事统帅部却留在武汉，武汉实际上成了全国军事、政治、经济的中心。"

"那你放心，那就快了。小日本子马上就会盯上武汉。"请吴怀仁打过麻将的那个老板压根还没有听完赵行政长的话，就迫不及待地发言了。

"武汉保卫战已经打完了。"吴鸣璋对这老板现出鄙夷。

"噢，打完了，我们赢了还是输了？打完了还说啥，你看你，打完了还需要我们捐款吗？"

"武汉会战，虽然打完了，可是我们得分析，什么地方没做好，哪些地方没做对。跟做生意一样，得把做错的地方改过来，各位说对吧？"孔云清对大家说道。

"那是，那是。"大家有一句没一句地应和着。

"武汉会战，不能说国民政府不重视，老早就已经着手应对了。战前，国民政府军事委员会拟订保卫武汉的作战计划。先后调集一百三十个师，飞机二百架、各型舰船三十余艘，共动用了一百万兵力，利用大别山、鄱阳湖和长江两岸地区的有利地形，组织防御，保卫武汉，可谓兵强马壮。我作为一个职业军人，从未见过如此强劲的阵容。而日军呢，投入作战的兵力共九个师、两个旅、两个重炮旅、两个战车团，航空兵三个飞行团各型飞机三百架，各型舰艇一百二十艘，共二十五万人。双方一开始就进入了激战，一仗打了五个多月。在日军已达成对武汉包围的情况下，为保存有生力量，中国军队不得不于十月底弃守武汉。"

"输了！"老板一声抱怨，继续发着牢骚，"行政长，不是我爱说不该说的话，您说我们这边省吃省喝地捐款呢，前方打一仗输了，打一仗输了，你说我们捐个什么劲啊？"

"你这就片面了。武汉保卫战之前，日本国叫嚣着三个月要灭亡中国，可是，一个武汉会战，就打了五个月，我国军队英勇抗击，消耗了日军有生力量，日军伤亡三万余人。日军虽然攻占了武汉，但其速战速决、迫国民政府屈服以结束战争的战略企图远未达到。反观我们中国军队由于处处设防，分兵把守，没有形成合力，没有建立强有力的预备队，没有充分发动群众，破坏对方交通线，未能重创日军。这就是我们要总结的。我见过暂编三十六师跟苏联红军打仗，从武器装备、人员素质来看，三十六师其实就是一帮土匪，可是他们在苏联红军到来之际，居然能冒着严寒把河面上的冰块凿裂，导致红军冲锋到河面的时候人仰马翻，损失巨大。"

"合着行政长意思是，我们捐钱捐物，给前方输血续命，不求回报，就让他们这么跟日本鬼子死磕硬耗？"

"对，我就是这个意思，"赵剑说，"日本国弹丸之地，外强中干，他们再凶再恶，他们拖不起，耗不起。"

那天，孔淑仪请来了省城来的女同事，作为省城来的客人，当然也要发言的："武汉会战前，省府成立了新疆民众抗日救国后援总会。抗战以来，我们的飞机十分短缺，根本没有制空权，连连失利，为了抢回制空权，省城开展了捐献飞机援助前线抗战的运动。省银行将修建宿舍的准备金三百万块银圆捐献了出来；一些少数民族同胞把自己家的和田挂毯、绸缎衣服以及家中牛羊、毛驴、大车、黄豆、高粱、大米、小麦、苜蓿、谷草纷纷捐献出来。一年内，我们就募集到一百五十万元捐款，一共购买了十架战斗机，命名'新疆号'。在武汉保卫战中，咱们这十架'新疆号'战斗机扫得日本鬼子抬不了头，让日本鬼子看到了咱们新疆人的空中力量。"

孔淑仪的女同事讲到这里，整个大厅里响起了热烈的掌声。

掌声一落，赵剑就站起身来，走到大厅中央大声说："塔城历来是英雄的地区，塔城的人民从来就是英雄的人民！每逢国家有灾难的时候，我们总是牺牲自己，成就大义，日本鬼子横行霸道，烧杀抢掠。我们虽然不能拼到前钱，但我们也一定要发一份光，尽一份力。前方保卫了后方，后方就应该支援前方，我们不但要捐钱捐物，而且要守护好巴克图到乌苏到迪化这条运输大通道，确保国际援助我国的抗日物资畅通无阻！"

随后，吴鸣璋站起身来，举起手臂，显得有些激动："天下兴亡，匹夫有责，抗战一日不停，吾人的募捐活动一日不止。我裕生堂虽然财力很弱，但愿意先捐五千银圆。明日就送到这里来，将士们在前方流血牺牲，每一个银圆都是我们支持抗日的决心！"

## 71

孔淑仪和吴怀智在屋子里给每一个人添加茶水。

"日本人这些年占了我们那么多土地，杀了我们那么多同胞，就是因为我们国家虽大，却一盘散沙，"孔淑仪说，"所以，我们进行募捐，不仅仅是对前方的支援，更是要加强民众的凝聚，让大家团结一起，共渡难关。只有中华民族团结起来，才能取得抗战的最后胜利。"

德胜行的女主人这时走到了屋子门口，冲着孔淑仪招了招手，把她叫了出来，拉到一边，对她说道："你天天沉浸在你的反帝宣传、反帝培训中，你就不想点别的？"

"妈，那么多地方都开战了，多少人家破人亡，你还让我想什么呀？"

"你一个姑娘家，成天家风风火火，都多大年纪了，也不寻个婆家嫁了去。小时候不缠脚，大了就越跑越野。那打仗募捐，跟你有个什么关系？那都是老爷们的事。你别能，到时候嫁不出去了，我看你怎么办？"

"哎呀，妈，找丈夫嫁人，也不是随随便便的事，现在可是新社会了，你是不知道，外面为了对抗包办婚姻，逃婚离家出走的人那可是多了去了。远的咱就不说了，就说牛玉芹，你做了半天媒，人呢？"孔淑仪从小到大，也是被父母娇惯坏了的，跟母亲说话，也是口无遮拦，"再说了，咱们孔家，我排行老三，再怎么结婚，我也不能是第一个吧？"

吴怀智这时也走出了屋子，看到师母的脸色一阵红、一阵青，胸脯剧烈地起伏，知道师母在生闷气。吴怀智也明白，家里有那么多外来的贵客，师母不好意思发作，这利害关系她懂。

德胜行女主人平复了一下自己的情绪，对孔淑仪说："你哥你姐那一样吗？他们都是咱们孔家的顶梁柱，一个在警局当官，一个撑着家里的生意。可是你呢，一个姑娘家，成天到处疯。"

孔淑仪最烦爸妈逼自己成家，也没有客气："我看中的人，你们能给我找得到吗？你们有理想吗，有信仰吗？你们没有，那你们就不懂我孔淑仪。"

孔淑仪满不在乎的表情有点激怒了德胜行的女主人，她突然来了情绪，想揪着这个事情继续和女儿掰扯。吴怀智见状，急忙竖了一个食指压在了自己的嘴唇上："嘘——"

师母看了看屋里的客人还在争辩，立即降低了声音问吴怀智："还得多长时间啊？是不是得准备晚饭？"

"看样子是要准备晚饭的，不用太复杂，这刚接回来那边回来的侨民，又碰上给抗日捐钱、捐物，复杂了也不适合吧。不如省点钱捐给前线。"吴怀智目光看着大厅里面，像是自言自语。

"看这样子，还是得准备一些酒菜，菜可以简单，但酒看样子得管够。"说话女主人转身走了。吴怀智急忙跟在后边，女主人回头看了一眼。

"这么多人的饭，师母，我总得给您搭把手吧。"吴怀智说道。

女主人边走边说："我上辈子不知造什么孽了，生下三个孩子都不成家。要是我家淑仪能嫁给你这样的，我也就省心了。"

"师母，你说的是我？"

"嗯，噢，我……我没说什么呀，"德胜行女主人稳定了一下自己的情绪说，"你先去菜窖拿菜，打散酒去！"

"噢。"吴怀智才明白，师母是随口一说，不能当真的。他提着一个坛子，下了菜窖。

那天晚上，德胜行几乎彻夜灯火，虽然只有蔬菜，但一样喝酒猜拳行令。吴怀智和孔淑仪在屋外，听着震耳的划拳声：

"一致抗日，两党合作，三年计划，四季胜利，五月鲜花，六大政策，七七抗日，八路大军，九项任务，十月革命……"孔淑仪在寒凉的夜里，把这屋子里的酒令，写到了笔记本上，一边写一边说，"真不愧是酒场子上混的，什么令都能猜，真是有才，真是有才！"

那一刻，吴怀智看着低头写字的孔淑仪，眼里突然觉得她好美，是那种由内而外的美，是那种在工作中才能展示出来的职业女性自信自强的美。吴怀智突然觉得孔淑仪其实一直都有这种美，自己怎么一直没有发现呢？

吴怀智终于没有忍住，对孔淑仪说："师母一直关心你的婚事，你真的一点也不着急吗？"

孔淑仪听到这句话，头也没抬："别理她，她成天没什么正事，就知道关心这些。"

"师母她也没什么错，咱们年龄都不小了。如果……如果你有心上人的话……"

"我没有！"孔淑仪打断了吴怀智的话。

"那，咱们俩试着处处？"吴怀智小心翼翼地说。

孔淑仪抬起头来，看着吴怀智，二人目光相遇，孔淑仪心里慌，又迅速变换了角度，做了逃离："我进去看看，他们的面条是不是吃完了。"

孔淑仪站起身，低着头，红着脸走开了。

吴怀智心里既矛盾又纠结。他没有得到孔淑仪明确的表态，自己的心里好像有底，又好像没底。

吴怀智迟迟没有得到孔淑仪的回应，也没有再主动接近孔淑仪，开始日日忙于生意上的事情了。

整个塔尔巴哈台地区大张旗鼓地宣传抗日，市场上、电影场、学校、政府机关，甚至乡村集市，到处都成了发动抗日募捐的阵地，到处都有孔淑仪奔忙的身影。

有天孔淑仪在贸易亭做完宣传活动，碰到了吴怀智。她蹦跳着跑到吴怀智的身前，挡住他的去路："怎么，这阵子不见你了？"

"有生意要忙的，我得挣钱。德胜行有生意，有实体，那么一大摊子事，我不张罗着，明年连给抗日的捐助都凑不齐了。"吴怀智说。

"别跟我这儿躲猫猫，你做生意再忙，你得抽出时间参与募捐，你可以一边做生意，一边搞募捐。国家都站在生死存亡的边界了，别以为抗日跟你没关系，这就是这个时代新青年应该有的使命和担当。"孔淑仪一脸正气地说道。

抗日募捐是民族大义，吴怀智没有办法反驳。第二天他出现在募捐的现场，孔淑仪露出了灿烂的笑容。吴怀智觉得那张剪影会永远留在自己的脑海里的，他觉得那一刻的孔淑仪真美。

之后，吴怀智在做生意的途中也顺带着展开抗日募捐，他非常认真地把募捐来的钱财与做生意的利润分得清清楚楚。每次回到塔城，他把募捐的财物和名单，清清楚楚地交给孔淑仪。

孔淑仪清点完所有捐助的物资，已是深夜。她看着吴怀智把物资分类抱进仓库，码放整齐，对吴怀智说："走，我请你吃碗汤揪片，吃完咱们回家！"

吴怀智抬头看着天空中又大又圆的月亮，突然想起，那天是阴历的七月十五，是鬼节，便对孔淑仪说："你先早些回吧，今天是中元节，鬼门大开之日。"

"去你的！"孔淑仪怒嗔道，"哪里来的鬼，你见到过？我一定要请你吃这顿饭的，替那些死在日军铁蹄下的军人和百姓，或者替那些因为你而不必惨死在日军铁蹄下的人们！"

吴怀智又一次没有办法辩驳孔淑仪的话，他明白民族大义的事是不容置疑的。

吃汤饭的时候，孔淑仪和吴怀智坐在小饭馆桌子的对面。孔淑仪双手撑着胳膊，静静地看着吴怀智。吴怀智让她也吃一碗，孔淑仪不吃，说自己是吃过晚饭的。等吴怀智吃完，孔淑仪把钱付给了老板，吴怀智没有跟她争。

从面馆出来，二人一前一后在街巷里走着，能看到德胜行大门的时候，孔淑仪突然转回身来，盯着吴怀智问道："你以前说过的话，还算不算数？"

吴怀智一时间被问蒙了，停了片刻说道："你指哪一句啊？"

"不管哪一句，你说话算不算数？"

吴怀智不知道该怎么回答，他的脑子迅速地旋转，寻找着孔淑仪说的是哪一句话，但是他实在想不起来了。

"我打算跟你试着处处。"孔淑仪说完，转身朝着德胜行的门里跑了进去，留下吴怀智一个人在大门口发愣。

支援抗日前线的募捐成为反帝会的经常性活动，在"一切为着抗日胜利"和"有钱出钱"的口号感召下，塔城区各族各界民众捐献了大量金银首饰、钱财、粮食、衣物，还有牛马。

孔云清不想让孔淑仪再搞募捐了，至少不要那么没日没夜无休止地投入募捐的活动中。孔云清觉得女儿投入的精力也太多了。饭熟了，找不到人影。天黑了，还是找不到人影，成天在外边疯，上山下乡，根本不知道她到底在哪里。

孔淑仪变得比从迪化回来的时候还黑，她风风火火地穿上衣服，抱起一捆写满毛笔字的小纸旗，正准备向外走。

孔云清用一声咳嗽挽留住她，生硬地说："好我家的二小姐，你能不能把你那革命、你那事业放一放,你除了讲课培训、抗日募捐,你还有别的事做吗?"

"爸,你这是咋了?"孔淑仪看着孔云清,"您也是走南闯北,有经历的人啊!我们现在满目山河皆是血,八千里地伏饿殍。日本鬼子都快打到家门口了,我还能闲着?"

"可是,你是个姑娘家。你看看你,哪里还有个姑娘家的样子?那些打打杀杀、保家卫国的大事跟你一个姑娘家有多大关系?"

孔淑仪说:"爸,我们好像一时半会儿还是安全的,日本人的炮弹暂时落不到这里,可是,南京、武汉、长沙、东三省,那么多人战死了饿死了还在城墙根、野地里烂着,还在万人坑里埋着。虽然我们看不见,可是义勇军也有留在塔城的,还有被撵回来的华侨,他们是怎么被日本禽兽欺负的,即使是这远在天边的塔城的大街小巷,我们也是能听到的。如果我们不做点事,很快危险就会降临到我们头上。到今天为止,我们十几个士兵才能换日本一个士兵的命,老百姓更是死了千千万万,我们不站起来说个'不'字吗?"

"行了,我的孔教员,你说得都对,可是,你妈天天在我耳朵跟前唠叨,都快三十的老姑娘了,你是准备一辈子不嫁人了吗?你嫁人了,就不能搞培训,不能抗日募捐了?"

"当然不能。成了亲就又要怀孕生孩子,生了孩子又得养孩子,一个女人哪儿还能全心去参加社会活动,不可能,"孔淑仪走了两步,又转回身说道,"我也不是不愿意成亲,但我妈看的是门当户对,我要的是志同道合。要让我找个自己看不中的人,我宁可不嫁。"孔淑仪像个斗士。

父女俩就在大厅前吵了起来,努尔别克从羊圈抱着只羊羔回来,恰被父女俩挡住了门口,一时进不了屋子。

孔云清不好再冲着孔淑仪发火,恰好夫人从屋里走了过来,扶着他转回屋,轻描淡写地说了一句:"孩子们都大了,你这火也不能发得太大!"

"我们孔家真是的,作了什么孽呢!"孔云清转身走了。

孔家电厂开工典礼一派热烈,孔云清跟宾客拱手作揖打招呼,一回头发现吴怀智一直站在自己的背后,便伸手把他拉到了自己身旁,师徒二人并排立。

鞭炮点燃了,噼噼啪啪的响声隔开了孔云清和来客的距离。他微笑着看着身边自己的爱徒,对着吴怀智说:"这些年,亏了你了!"

吴怀智张了张嘴,有些犹豫,最后下了决心,他趁着鞭炮声响没有停下来,对孔云清说:"师父,我做您徒弟这么多年,您满意吗?"

孔云清一愣:"怀智,你问的这是什么话?你在德胜行也好多年了,你对德胜行怎么样,我也不多说了。有人说,你不太像裕生堂的公子,却更像我德胜行的掌柜。这么多年过去了,你现在也算是经过历练了,也罢,单独出去另立门户,做出一番事业,也是好事,将来不要辱没了我德胜行的名声。"

"师父,我不是要另立门户,我是要提亲。我本来应该先回家给我爸我妈说一声,可是,我觉得师父你离我更近。"

"嗨!你可别胡说,还是你爸妈对你近,你这娃啊——哎,你要提亲,跟谁提呀,你看上谁家小姐了这是?"

"我……我看上……我看上咱家孔淑仪了,我想跟二小姐提亲,想问问你和师母的意思。"

孔云清的表情复杂,说不清是难受还是高兴,片刻回过神来:"你想清楚了?"

"想清楚了,就选她了。师父你们同意吗?"

孔云清抬起头来,看了看天空,低下头,拍拍吴怀智的肩膀,眼里含着泪珠:"谢谢你,我这辈子做的最好的事儿,就是收了你当徒弟。"

## 72

牛羊从北山回到德胜行以后,努尔别克也常常走上街头,去看孔淑仪他们演的抗日活报剧,有时也看得泪流满面。一天晚上,努尔别克跟自己的玩伴喝多了酒,几人一起到城东,放了把火把日本服饰馆给烧了。

努尔别克和同伴堵在门口,等着跑出来日本人好痛打一顿,反正日本人都不是什么好东西。不料那夜刮着风,日本服饰馆是大量木料建的房子。着火后的木屑被风吹到隔街巷子里的草垛上,随后那条巷子燃起熊熊大火,巷子里的人四处叫喊奔逃。

警局孔淑魁带人将努尔别克等纵火者全部抓进了牢房。努尔别克不服,在狱中大喊大叫,称自己在做大义之事,警察局凭什么抓人。

这几个北山放牧的酒鬼,酒后纵火,烧了十几户人家的房子。服饰馆那几个日本人全都不见了。孔淑魁把塔城翻了两遍,也没有找见樱子的影子。孔淑魁着实生了气的。

努尔别克和同伴曾两次在上午敲开服饰馆的大门,那时,服饰馆还没有开门迎客，伊藤卉子小心地打开大门。

努尔别克把她一把推开，喊道："抗日捐款捐物了！凡是在中国的所有人，都有捐献的义务，外商也不例外。你们这些日本人，自己家乡不好好待着，非跑到中国来杀人！准备好银钱，过几天我们还来！"

努尔别克每次看抗日宣传，一受感动就跟伙伴商量，想到服饰馆转一圈。佐田繁治和伊藤卉子当然是不肯给抗日前线捐钱捐物的，他们也不敢。可是那些天，围日本服饰馆的次数和人数越来越多，动不动就有抗日募捐游行、宣传的队伍在日本服饰馆门前叫骂，逐渐发展成一个必要环节，而且常常花样翻新。有人把馊了的剩饭倒在门口；有人站在服饰馆门前低俗地叫骂；也有人见大门紧闭不开，就冲着那大门滋尿；还有人趁夜屙屎，再把屎抹得满墙满门都是。一走到那一带，骚味臭味便从空气里飘过来，只好远远地避开。连孔淑魁都不好意思去了，也不敢去了。

佐田繁治对伊藤卉子说，塔城是待不下去了。抗日募捐搞得这么风风火火，感觉生存的空间受到了极大的挤压，准备早做打算。

孔淑魁已经是警察局的二把手了，他得注意影响。他在服饰馆最后一次见樱子的时候，对她说："你放心，我会找个房子，以后每周周五，你得了空就去那房子，天黑的时候，我再去。我看到窗户上亮着灯，就知道你在了。"

孔淑魁和樱子好了十几年，樱子起初觉得孔淑魁和别的客人一样，可十多年过去了，她相信孔桑待自己的感情是真的。孔淑魁也确实是樱子一生中碰到的待她最好的人。樱子在夜里对着服饰馆大门上挂着的那只风铃发过誓：只要你护我周全，我愿意蒙上双眼，不去看你是人是鬼！

吴怀智和孔淑仪谈婚论嫁的事皆大欢喜，没有一点点反对的声音。吴鸣璋夫妇知道以后，乐得眉开眼笑。大家都在用尽一切办法，给他俩创造单独相处的条件。

吴怀智除了做生意，就投入搞募捐的活动当中，若还有闲暇的时间，那他就会去听孔淑仪组织的培训课，顺道送她回家。夜晚的培训班结束，孔淑仪与吴怀智并肩走在公园高大的树木中。

吴怀智说："今天晚上的课讲得真好。"

孔淑仪对他说："讲课的这位教员是省里派来的，是延安派到新疆工作的。听说他们特别善于发动群众，也乐意培训军人市民学生和一切有志于革命的人。"

吴怀智说："确实挺激动人心的，如果我在陕西，我可能也会跑延安去了。"孔淑仪脸上露出一丝惊讶的表情："你说的是真心话？"

"当然，那么多年轻人都喜欢往延安去，听说他们专搞教育，搞文艺，虽然不富，但是常常唱歌、跳舞、打篮球，听说延安看病还不掏钱，当兵的也种地、上课、纺布、造枪、造手榴弹，谁不想过热血沸腾的日子。"

"去延安的年轻人几乎都参加了革命，几乎全都遭遇过人生的悲剧，但是他们到了延安之后，却能长期保持乐观向上。在迪化的时候，我就常常听说他们没收地主土地分配给穷人、给穷人提供贷款，让农民有钱种地，还取消了地租地税。他们搞农业合作化运动，尊重女性，妇女的婚姻自己说了算，"孔淑仪笑笑，一面向前走，一面扭头给吴怀智说，"再详细的，我也不清楚了。我只知道到了延安的人，不是吃得好，也不是受累少，但是他们却天天都很开心，很充实！"

二人一路走，一路谝得挺投机。那一个冬天，吴怀智常常这样陪着孔淑仪走过。

大年二十九那天，太阳一落山，裕生堂门前就换贴了一副新春联。吴鸣璋仿佛有点等不及了，他亲自打了糨糊，拿着一个扫把，在吴怀智的配合下，把门口那两个砖砌的门柱扫了个干净，迅速在柱子上扫甩些糨糊疙瘩。吴鸣璋说："快贴，快贴，塔城贴对联，可比不得老家，塔城的对联是冻贴上去的。"

吴怀智把对联纸展开，放在门柱上，上下一抹，趁着糨糊还没有完全粘住，在凸起的面疙瘩上使劲压了压，对联就绷展了。

"等着吧，明天太阳一出来，这对联就更展了，绷得展展的，在白雪的映衬下才更好看。"吴鸣璋说道。

对联贴完，吴鸣璋向后退了十几步远，站在雪地里看着这副对联和院落，和周围的环境搭配得很好，才点点头念道："桀侮洗仇方有生存路，捐助抗日才过太平年。"

次日下午，行政公署也悬挂了吴鸣璋手书的巨幅春联：坚持进步巩固中华民族统一战线，反对撤退争取抗战祖国更大胜利。年关在即，行政公署的官员们围着这副对联评头论足，赞叹不已。

正月，从来都是中国人集中办结婚的时节。德胜行和裕生堂也开始准备吴怀智和孔淑仪的婚礼。孔云清知道女儿孔淑仪一向不守自家的规矩，自从到省城以后，更是由着她的性子胡来，有牛家玉芹的前车之鉴，孔云清和夫人都不敢硬来。年龄也老大不小了，只要能顺利结婚，他们就不求其他了。所以孔家、吴家各自准备了一间厢房，让他俩无论在谁家，都有个住处。

母亲本来是反对的，想着这是德胜行第一次办婚礼，一定要轰轰烈烈，在塔城争个脸面。没想到孔淑仪对母亲说："牛大脚的婚礼听说办得挺热闹，结果呢？婚姻的幸福是要找对伴侣,不是办好婚礼。"没有等母亲开口说话,孔淑仪就借口忙着培训、募捐的事,转身走了。对于自己的婚事,只说了四个字,"一切从简"。

德胜行的女主人心里还是不舒服,她还是觉得成亲是一辈子的大事,不搞得漂漂亮亮,热热闹闹,将来是会有遗憾的。孔云清对她说:"你还是算了,别给他们准备那些复杂的器物、用具,你就是准备好了,咱们那宝贝女儿会用吗?你还没看出来呀?"

"看出来什么?"

"即便是咱们给女儿准备了丰厚的嫁妆,以女儿的性格,说不定会全部捐献掉!"

夫人嘴张得大大的,吸了一口凉气。是的,孔淑仪确实能干出来这种事。

吴怀智和孔淑仪婚礼那天,没有马车、没有花轿,吴怀智斜戴红花跨上一匹自己行商时常骑的枣红马,从车马社骑马走到德胜行。身后两个雇工赶着四匹骆驼,驮了一些常用的物品和书籍。身后没有吹响的唢呐锣鼓队,一路静悄悄的。

吴怀智骑在马上一路慢慢走来,他想起了和孔淑仪一起上私塾的时候,一起辩论自由、爱情的时候,一起在省城逛大街,吃小吃的时候……

在德胜行的大门前,吴怀智翻身下马,穿着一身红衣,走进了德胜行的大院。

在堂屋里坐着的孔云清夫妇,一看见姑爷出现在院子里,就给院里的努尔别克打手势。

努尔别克用火柴点燃了地上的鞭炮,孔淑慎也按下了留声机里的音乐。

鞭炮声停,烟尘散去,伴着欢快的音乐,吴怀智对面屋里孔淑仪也穿着一身红衣服,但她没有盖头,她站在一张八仙桌前,八仙桌上放着一摞厚厚的书籍。

孔淑魁等吴怀智走上前来,把桌上的书捧起来给他。

孔淑仪说:"这不是《资本论》,不是列宁那种发动穷人打倒富人消灭富人的理论,这些是延安的马克思主义,是反帝反封建反官僚主义的理论。咱们成家后,我可能不是嫁鸡随鸡的小媳妇,可能不会对你言听计从,你不能反对我参加革命。"

吴怀智愣了一下,他没有想到孔淑仪在结婚典礼的时候,给自己说这些话。他虽然也喜欢孔淑仪在开展自己工作时的那种忘我和投入的状态,但今天是结婚的大日子,为什么还非得说这些事呢?

吴怀智分明看到,师父师母表情都不太自然,那瞬间凝固的笑容,应该和自己心里的感觉是一样的。但吴怀智不会说什么,他心里还是高兴的,选择孔淑仪做自己的终身伴侣,是他理智的决定。

然而孔淑仪对这些细微的变化,却毫不在意,她主动走到吴怀智的身边,一把拉着吴怀智的双手。把他拉到孔云清夫妇面前:"爸,妈,我和怀智今天就结为革命的伉俪了,我们反帝反封建,要行新风尚,就给你们鞠个躬。怀智以后还继续做生意,但我是要革命的,我们一定要从根本上改变,要有新的面貌、新的精神、新的气象,再不能重复过从前的日子了。"

孔淑仪一贯叛逆、执拗,那天又是大喜的日子,孔云清不能采取父亲的强硬。他心里对自己下着狠心,行了行了,只要顺顺利利地把婚事办了,啥也不说了。吴怀智当了自己的女婿,那是最好不过的事。

牛道全是最理解老友的心思,一看孔淑仪说话行事都有些不靠谱。为了尴尬的时间短一点,他让牛玉关点燃院中间的最大的那一挂鞭炮,这炮响完,新郎新娘就要去裕生堂了。

众人随着新郎新娘一路走到裕生堂。当吴怀智挽着孔淑仪的胳膊跨进裕生堂门槛的时候,鞭炮炸响,大厅底下冒出一股股蓝烟,艳红的纸屑炸得四下里翻飞。没有主持人拖着长长的怪音念响亮的词。新郎新娘穿过院子站在北房的门口,那挂鞭炮还在噼噼啪啪地炸响。红纸屑崩得人眼睛都睁不开,那浓烈的蓝烟再度弥漫扩散开来。吴怀智脑子里瞬间闪出几年前那场在裕生堂的婚礼,那时牛大脚健壮圆润的体形装在中式的婚服里,将衣服撑得十分饱满。牛大脚从头到脚一抖一颤的肌肉,都在展示着另一种美……

鞭炮的爆炸声渐渐停了,青烟慢慢变弱渐散,吴怀智看了个清楚,那不是幻觉,而是牛大脚真的来了,就在烟对面站着,眼里似乎还透着一丝丝失落。但牛大脚没有说话,而是慢慢地向后退了出去。

吴怀智一时走了神,像个木偶似的,被孔淑仪拉着手,转过身去,给自己的父母鞠了一躬。

那天的酒席并不复杂,两大铁锅烩菜,所有来客,一人一碗,所有喝酒的,一人一碗。所有的礼金,他们夫妻一分也没有留,全部捐献给抗日救国后援会。

晚上的洞房也没有人来闹,气氛安静温馨。

"咱们的年龄太大了,小时候一起玩的人,早就几个孩子满地跑了。"吴怀智说话的时候,心里对没有人来闹洞房,打自己两树条子,还有些遗憾呢!

没有太多的忸怩,也没有过于紧张或者痴迷,孔淑仪坐在炕沿,借着微弱的灯光看书。

吴怀智从门外提来一桶炭,新婚之夜,他们也就破费一回了。他把火架得特旺，满房间都很暖。吴怀智端着一个洗脚盆，兑了一盆温水，给孔淑仪泡了泡脚，擦干，把孔淑仪的腿抱放上炕。然后，自己也草草泡了一下，擦干便上炕了，连水也没有倒。

这样暖和的空间里，并没有生涩的感觉，新娘坦然，新郎谨慎，吴怀智轻轻抽掉了孔淑仪手里的革命书籍，轻轻放在一旁，揽着她倒在了早就铺好的两床褥子上。

孔淑仪躺在吴怀智的臂弯里，二人互相帮衬着脱去了对方厚笨的棉衣，只穿着单衣躺在炕上，也不觉得冷。那天孔淑仪穿了一件丝绸内衣，她告诉吴怀智，虽然他们的婚礼来得晚，但洞房不能凑合，内衣要穿得合身舒适。她说自己想让吴怀智看看自己穿这件丝绸的模样，可是吴怀智老早就把灯吹灭了。

屋子中间那个苏式铁炉的炉膛里炭着得很旺，映得房间墙壁一片亮红。孔淑仪翻身坐起来，在炕沿边上，拿起火钩挑开了炉子上面的生铁盖子，那火炉里赤黄的火焰把她脸烤得通红。

孔淑仪翻身下炕，在屋子里走了两圈，一边喊吴怀智看火，一边从墙角的篮子里找了两个土豆，塞到了炉膛底下。

孔淑仪盖好盖子回到炕上的时候，吴怀智已经眼睛紧闭，呼吸均匀了。

孔淑仪借着光亮伸出手抚摸着这张熟悉的脸。这张浓眉大眼的脸经历了尘世的磨炼，已变得成熟庄重，刚柔相济，恰到好处。吴怀智醒来，把自己的手轻轻抬起来，绕过孔淑仪的脖子，把她搂在怀里，很有分寸地抚摸着她的脊背，但没几下，他的手臂又掉落下去，再次进入梦乡。孔淑仪在领受全部美好，也感到了可靠和安全。

73

第二天早晨，吴怀智一醒来，就看到孔淑仪在炉灰里扒土豆，把土豆在地上磕磕，剥开那跟炉灰融为一体的皮，露出一种奇异的黄色，那淡淡的香味就飘了过来。

孔淑仪剥了半截，把土豆递过来，吴怀智伸手准备去接，被孔淑仪一把打开："你连手都没洗。"孔淑仪把土豆递到吴怀智的嘴边，他咬了一口，味道很美，但是有些烫嘴，吴怀智急忙在嘴里翻转着那金黄色的瓤儿，呼出一道道白气。

看着吴怀智的窘态，孔淑仪笑得前俯后仰。吴怀智咽下那口土豆，看着孔淑仪高兴的表情，心里很温暖。

吴怀智给媳妇道歉："对不起，对不起，昨天一整天，不是站就是走，实在是太累了，昨晚我早早睡着了，真对不起。"

"哼！春宵一刻值千金，在你这儿不好使啊！"孔淑仪故作生气，嘴一噘，两只粉拳便擂了上来。

吴怀智顺势把孔淑仪揽进怀里，看着满面春风的媳妇，低下头在孔淑仪的额头亲了一口。孔淑仪的脸瞬间红了一片，随后轻轻闭上了眼睛，吴怀智把头低下，两个唇轻轻地一触，便坠入了绵绵温柔乡。

牛大脚悄悄从吴怀智成亲的现场退了出去，她独自默默地回到车马社。她从乌苏回来了，再也不回去了，也不用回去了。丈夫吴怀仁死了，她是赶着回来给裕生堂报丧的，没想到碰上了吴怀智的婚礼。她明白，这是吴怀智和孔淑仪的大喜日子，自己不能去破坏这个气氛。

牛大脚在自己原先住的那间房内生火，她一面往炉膛里塞劈柴，一面眼泪狂飙，最终放声大哭。

屋子很久没有人住过了，显得有些湿冷，牛大脚用一大捆劈柴一直烧到大半夜，她看着炉膛里那形状不断变化的火焰，想着吴怀智干吗呢？还能干吗，洞房花烛，一夜春宵。可是牛大脚睡不着，她找来一瓶子酒，添几根柴，便喝一口酒。她靠酒来麻醉自己一直以来的辛苦，靠火来烘烤一生的寒冷。

那晚牛大脚的眼泪不断地滴到酒碗里。她想着吴怀智在温暖的屋子里酣睡，身旁娇妻相伴，而自己却挺着大肚子，在车马社的耳房里挨冻受潮。下半夜的时候，晕晕乎乎的牛大脚再次透过盖头的缝隙看到了高大帅气的吴怀仁，他拖着红绸红花，笑嘻嘻地朝自己走过来……牛大脚提醒自己，这是假的，她问吴怀仁："你不是死了吗，你怎么又回来了？"

吴怀仁不说话，就那么傻傻地笑着。烟火熏得牛大脚眨了一下眼睛，眼前突然就变成了吴怀智的脸孔。吴怀智走到自己面前，跟自己坐在一起喝酒，一起看星星。他们坐在修路扎帐的大戈壁滩上。牛大脚伸手去推吴怀智："你不要再找我了，你成亲了，现在你有自己的生活了，也该有了。你得对你媳妇好点儿……"吴怀智站起身，直直走出了屋子的门，朝远远的地方走了。

牛大脚的眼泪再次滚落脸庞，她小声呢喃，自言自语："你有自己的生活了，可是我把自己的生活弄丢了！"

牛大脚到乌苏以后，人地两生，她把家安在距城四里地的一个村子里，她不想暴露丈夫的行踪。那时，吴怀仁似乎也明白，单靠牛大脚一个人的付出，肯定是养不好自己。他对牛大脚说："以前有我妈照顾我，现在没有了，我必须得把烟瘾戒掉，和你一起好好过日子。"

牛大脚听着鼻子一酸，眼泪就落了下来。

牛大脚把家里的烟土全部扔掉，出去教学的时候，把吴怀仁绑在床板上。这次吴怀仁很配合，家里再也没有人给他解绳子了。一周以后，吴怀仁真的戒掉了烟瘾，虽然干不了什么活儿，但总不再胡乱花钱。牛大脚省着点花销，二人的生活还是能看到希望的。

奇怪的是，从前，吴怀仁天天吃喝嫖赌，身体还好。这些不良的习惯戒掉了，反倒隔三岔五地生病。他不会干农活重活，一直也没找到什么正经事做，而且愈发地贪吃贪喝。他知道在乌苏不比塔城，在塔城他的身后有裕生堂，在乌苏，他无依无靠，还有命案在身，必须低调行事，集市街区，他自然是不敢去的。留了一条贱命，苟活而已。他几乎连那个小院子也不想出，牛大脚在外做完事，每天回家，得给吴怀仁带点酒肉，要不吴怀仁就连哭带闹。牛大脚想想，算了，能把烟戒掉，已经不错了。

那时候，吴怀仁似乎跟牛大脚恩爱了，软磨硬泡、死缠烂打，每天都要与她一起腻，慢慢地牛大脚怀了孩子。

不承想，乌苏地处天山脚下，交通要塞，驿站之地，南来北往，这样的地方向来就是乱糟糟的。人来人往，皆以利益为重。皆为过客，敢做难为之事，不为所为负责，不为所为忏悔。

一日黄昏，牛大脚回到家的时候，看到院门大开，心里一惊，平常吴怀仁总是把院门紧闭的。牛大脚跑进院里，屋子的门也大开，家里已被翻得乱七八糟，吴怀仁躺在地上，流了一摊血，已经咽了气，手里死死地捏着一张银票的一角，张着一双无助的眼睛，不肯闭合。牛大脚心里咯噔一下，手中的酒肉掉到地上，眼泪夺眶而出。她稳了稳自己的情绪，蹲下身去。吴怀仁的手指都掰不开，死前他捏着银票死不放手，他已经没有什么可丢的东西了，结果把命丢了……

牛大脚到裕生堂给吴鸣璋和小夫人说了吴怀仁的消息。吴鸣璋没有说一句话，只是神情暗淡了不少。小夫人的目光一直停留在吴鸣璋的脸上，显得有点紧张。她的心情有些复杂，刚刚沉浸在儿子结婚的大喜日子里，这突然又来了丧事，真是晦气。小夫人是个聪明人，明白丈夫吴鸣璋白发人送黑发人，心中难受，当然不敢再给丈夫添乱。极力挽留牛大脚住在裕生堂，坚决不让她独自一个住木工坊，毕竟她已经有孕在身。

小夫人对牛大脚说："你什么也不用做了，只管好好稳定心绪，调养身体。你身子里是吴家的骨肉啊！至于你丈夫的丧事……"

"算了，就别办了，也不要对外人讲，做好眼下的事吧。"吴鸣璋说完，慢慢转身走了。

那一晚，吴鸣璋独自在药房待了一个晚上。

次日，吴鸣璋明显老了许多，头发一夜之间仿佛白了大半。他陷入了深深的纠结，自己辛辛苦苦把吴怀仁他们母子接到这天边的塔城来享清福，结果……

牛大脚与吴怀智夫妇同住一院，不日便相见了。吴怀智看见牛大脚隆起的肚子，又没见到大哥吴怀仁，心中便起了疑，问了一句："大哥呢？怎么没一起回来，不是戒烟了吗？"

牛大脚的眼泪就涌了出来。吴怀智有些慌神，想安慰她。身后却传来孔淑仪的声音："怀智，快点，吃完早饭，我还得去培训班呢！"

牛大脚对吴怀智说："快去吧，快去陪好你的媳妇。"

吴怀智只好折回屋内，牛大脚在雪地里干呕起来。

孔淑仪去培训班忙工作的时候，吴怀智被吴鸣璋叫进药房。吴鸣璋手指着牛大脚的那间屋子说："你大哥没了，今天你去给你大哥做个灵位，摆在那屋。现在吴家就剩下你一个儿子了，以后，你可以对你大嫂好点，更要对你媳妇好。咱们是一家人。"

吴怀智的心里咯噔一下，跑到自己的屋里翻出了吴怀仁和牛大脚的结婚证。那本来是哥哥吴怀仁的，但是他对这东西毫不在意。给他的时候，他对吴怀智说："我也不识字，你先帮我收着。"

吴怀智看着上面的话：两姓联姻、一堂缔约、良缘永结、匹配同称……

现在，吴怀智和孔淑仪也结婚了，可是，那结婚证不知什么时候，已经停发了。

民国三十年，成立了裕民县，察汗托海设治局撤销。新县府刚刚成立，便迎接了一次地震。孔淑魁安置在察汗托海的那个女人，吓得惊慌失措，急忙寄信一封，让孔淑魁去看自己。

孔淑魁借口赈灾，去了一趟。情人的重逢，当然要翻云覆雨，女人躺在炕上突然双手推着孔淑魁说道："你听，你听，这炕底下这么难听的声音。像是海水在炕下翻滚，还带着口哨。"

孔淑魁愣了一下，觉得这女人不可理喻。难道这女人一个人在察汗托海待得出了问题？他有几分厌烦地从女人的身上翻下来，躺在一旁："行了吧，别吓唬自己了。大海在翻滚，咱们这里是离大海最远的地方，你见过大海吗？"

女人确实没有见过大海，但放在炕头的水瓶却掉到了地上，碎了。孔淑魁才意识到真的地震了。

孔淑魁迅速翻身下炕，连外套也没有穿，抱着女人就往屋外冲，还不忘卷了一床被子。他把女人裹在被子里，放在院子中央，等了半天，再也没有地震的动静，就那么晃了几下就过去了。

孔淑魁和女人对地震都不了解，孔淑魁想进屋子把衣服和皮靴拿出来穿上，女人拉着他的衣角不让走。

孔淑魁一把拿开女人的手，作为警察局的副局长，他是陪着行政长赵剑一起到裕民来赈灾的，他不能吓得连衣服鞋子都没有吧。

对于孔淑魁来说，地震就那么一瞬间，他们经历的其实是余震。孔淑魁在院里看看再也没有什么反应，急忙离开那个院子，去找到行政长赵剑，开始统计整个县城在那次地震中的损失。全县有些裂着缝子的土墙、土房子，个别牛圈、羊圈坍塌了，砸死了一些牲畜，并没有听到有人死于地震的消息。

那时候正是春天，到处的雪都在融化。新裕民县城给人的感觉到处泥水横流，随时有暴发融雪性洪灾的可能。孔淑魁陪着赵剑把整个县城走了一遍，给灾民发了一点慰问金。然后把全县各界头面人物和哈萨克族部落头人约在一起，布置了防汛、转场的事宜。一切安排妥当，准备返回塔城。

临走的时候，孔淑魁给女人留了张银票，女人哭着要跟他一起回塔城。女人哭着说在察汗托海，每天都盼星星、盼月亮，倚门远眺，自己都要石化上百次了。自己啥也不需要，就想天天能见着他。女人求孔淑魁把自己安排在塔城，随便一个工作就行，她实在不能忍受没有孔淑魁的日子。

女人边说边哭，孔淑魁极不耐烦。塔城比裕民要扎眼得多，行政长赵剑没有家属在身边，天天当和尚，自己却从裕民带个女人回塔城，那怎么行？孔淑魁果断回绝了女人，说这次跟着长官一起出来，实在不方便带她。一回塔城，自己就去给她看一个小院，很快就安排让她到塔城的事，再忍两天。

女人有什么办法呢？只能继续倚门远眺，目送着这个负心的男人离去。望着他魁梧的背影，女人不相信他除了自己就没有别的女人。有，一定是有的。他那么孔武有力，那么有手段，怎么会缺得了女人。可自己为什么要赖在他身上？自己只是个小女人、弱女人，自己还有选择吗？女人看着孔淑魁远去的背影，眼睛一闭，流下了两行眼泪。

赵剑带着孔淑魁走到额敏河的时候，被大水挡住了去路，原先细窄平缓的河面突然宽了三倍，连渡河的小船也被洪水冲走了，没了踪影。

"行政长，看这样子，没个三五天这水也小不了啊。"

是啊，一时回不了塔城，可怎么办呀？赵剑看了看宽阔的河面说道："既然回不去，不如就在这里做点事吧，这河水一直横在这塔城盆地里，一直流到对面国家的阿拉湖。总不能老是塔城裕民来回一趟就渡两回船。两个相邻的内陆县，竟然没有一条路能走通？"

孔淑魁早已练就了察言观色的本领，他立即回头对司机吩咐。让他们原路返回，通知裕民县府，找到裕民最有钱有势的部落头人，立即前来额敏河边与行政长议事。

## 74

察汗托海最大的巴依巴什拜·乔拉克闻讯赶来，望着平缓宽阔的河流，束手无策。他深知这里的水患与别的地方不一样，看不到波涛翻滚，但暗藏杀机。

赵剑提出了在河上建桥的提议。巴什拜·乔拉克说道："我以为我的牛羊像天上的云朵，没有事情是我办不到的。可是面对这滔滔河水，我们真的没有办法。无法捞起的是水中的月亮。我不是缺少钱财，但跨这么宽的河修桥，怎么建呀？"

"巴依老爷，你不会是舍不得你的牛羊银钱吧？"孔淑魁半开玩笑半认真地说道。

"胡说八道，我巴什拜的慷慨仗义，察汗托海谁不知道？一个人的财富再多也不过是草原上的青草，公众的利益才是高耸的山峰。只要你能建成这座跨额敏河的大桥，我巴什拜愿意捐献所有的牛羊。现在抗日募捐，我也先捐一下，让行政长看看我的诚意。"

"巴依老爷一片爱国心，我在这里先替国家，替抗日前线的将士谢谢你，但咱们也不能说空话。先说说这抗日您打算捐什么吧。"赵剑趁热打铁。

"长官，您是察汗托海尊贵的客人，我们哈萨克族人对待客人当然是最高贵的礼节最诚的心。听说跟日本打仗,咱们吃了不少亏,我就想问问,咱们打这仗吃什么亏吃得最大,他们什么最厉害?"

"那当然是飞机,他们的战斗机冲过来的时候,我们的战士只有挨炸的份儿,一点办法也没有。"

"那好吧,我就先捐一个最厉害的,就天上飞的那个,需要多少银钱我掏。然后咱们再说修桥的事。"

赵剑看看巴什拜·乔拉克一脸认真的表情,对他说:"巴什拜,你也不要太着急,这修桥不是小活儿,是个大工程,我得先请个苏联专家勘测、设计一下,等这设计好了,兴许也就得半年光景。你先慢慢存着钱就是了。后面会有人跟你联系,我在这里对你的义举先谢谢了。"

后来的日子里,赵剑常常驱车拉着苏联的设计师到额敏河旁勘测,望着额敏河的水流,这座桥成了赵剑行政长的心病。

一天,孔淑仪兴高采烈地在行政公署大门口堵住了赵剑。对他说,裕民大巴依巴什拜·乔拉克兑现了自己的承诺,捐献购买一架飞机的钱财。赵剑十分惊讶,跟着她出来直奔后援会大院,巴什拜赶来了二百匹马、拉了十车小麦。

看着那么一大群马,一排装粮食的马车,赵剑激动得落泪了,他朝巴什拜·乔拉克跟前跑去,紧紧地握住巴什拜的双手:"太感谢了,太感谢你了。咱们一定会赢的。"

巴什拜笑笑,指着马和粮食:"这些哈马斯捐给,够一个飞机了吧?"

赵剑没有说话,他觉得一时半会儿也说不清楚。巴什拜随后拉着赵剑的手说:"那个额敏河上的桥,我也会凑的,一定凑足你需要的钱,放心!"

赵剑内心十分感谢,给巴什拜·乔拉克深深地鞠了一躬,巴什拜急忙扶着行政长的胳膊。赵剑急忙阻止:"您受得起塔城行政长这一拜。这滔滔的额敏河上,不久就会有一座桥了。以后此桥通行,千百年来不通的道路就畅通无阻了。到时,我一定亲自剪彩,以后这里的大桥就叫巴什拜桥,让塔城和裕民的各族人民,一直记着您今天的义举!"

赵剑一向很少饮酒,但那天,他陪巴什拜喝得酩酊大醉。

醉酒后的赵剑执意要孔淑魁开车拉自己送巴什拜回裕民。

送了十几公里地,巴什拜要下车方便。赵剑陪着下了车,二人一起在路旁的戈壁滩上撒尿,结果赵剑比巴什拜尿得还多。巴什拜都提起裤子了,赵剑还没有尿完,笑巴什拜没自己英雄。

巴什拜对孔淑魁说自己不习惯坐汽车，还是骑马舒服，他要孔淑魁送行政长返回，他自己要去找匹马，明天再回察汗托海。

孔淑魁把赵剑扶到汽车里坐下，转回来又来扶巴什拜。巴什拜推着孔淑魁："不用不用，你们回，你们回。"

孔淑魁问道："这天都黑了，你到哪里去找马呀？"

巴什拜手指着远远的地方，对他说："你看不到吗？那里有牧民的房子。库鲁斯台草原没有人不知道巴什拜，到哪儿都能找到马。"

孔淑魁还真的看不清远处哪里有房子，可巴什拜在黑夜里走向前去！

一路上，赵剑酒喝得有些恍惚，孔淑魁一边开车，一边壮着胆子向赵行政长要了一次官。

"行政长您孤身一人到塔城任职，把家属亲人都留到省城，真真做到了抛家舍业。您到塔城以来，抓教育、搞建设，所做的各项事业，成效显著，那都是我们看得见的。您就是我们塔城的大福星，如果不是您来，这额敏河上的大桥到哪辈子才能架起来啊。"

千穿万穿，马屁不穿，即便是清正廉洁的赵剑也仍然是喜欢听漂亮话的。那天他确实很高兴，他说这座大桥将来一定会成为一个地标，整个新疆都会知道在塔城到裕民的额敏河上有了一座桥，老百姓们再也不用蹚河等渡船了。

赵剑尽力保持着自己最后的清醒，对孔淑魁说道："你好好开车，好好抓好你们警察队伍，一个城市，警察队伍怎么样，就反映了这个城市的治安怎么样，百姓最关注的队伍就是警察队伍。现在你们局也没有局长了，你可要担起责任。"

孔淑魁一听赵行政长这么讲，就觉得这是一个极好的机会，他从后视镜里看了看赵剑的表情。赵剑累了，有点想瞌睡的意思。孔淑魁给自己壮了壮胆，心里想，过了这个村没有这个店了。他对赵剑说："行政长，我一直以来工作也是尽心尽力的。您说的话，我一定牢牢记死了，我也想把警察队伍整顿一下，正一正警风，抓一抓素质，可是，您也知道，我只是个副职，我们局一共四五个副职，我说话也没有足够的分量啊。要不，行政长，您帮我一把，我好好带一带局里的警察，半年之后，一定以一个全新的面貌出现！"

赵剑那时闭上了眼睛，半天没有说话，头靠在后座位上，好像是睡着了。孔淑魁从后视镜里连续看了三四次，都没有见行政长睁开眼睛。

"好好开你的车，"赵剑的声音很低，眼睛依旧没有睁开，像是在说着梦话，"孔副局长，你这个年龄当个副局长已经很不错了，现在政局不太好，我都觉得危险重重，所以劝你不要把这些看得太重。你们的局长就是'阴谋暴动案'被抓的，不只是他，整个新疆多少官员都被抓了，你的生活如果还能过下去，我劝你珍惜，不要成了官迷，位子坐得高了，容易成为别人的目标。"

"我倒不是非要当官，"孔淑魁说道，"但有很多的理想、抱负，你当不到那个位置，你根本就实现不了。我就是想把警察队伍好好整治整治，还请行政长能关心一下。"

孔淑魁说完这句话以后，很久没有听到赵剑的回复，他往后又看了三四回，赵剑始终没有睁开自己的眼。就在他心底里觉得失去希望的时候，行政长轻轻地说了一句："不要再说话了，我先睡一会儿。"

孔淑魁开着汽车，专心想着自己的心事，心里充满奇怪的感觉，说不上难受也不大好受。但他真的不能再说话了，汽车在戈壁滩上颠簸、晃悠，也快不起来，一直跑到半夜。整个旷野在磨盘似的大月亮的照耀下，一切清晰可辨，那是塔尔巴哈台旷野展现的另一种苍凉、雄浑的奇异景观，

事后三四个月里，赵剑再出差到各县的时候，就没有叫过孔淑魁。孔淑魁心里非常不爽，觉得自己被冷落了，工作的劲头自然减退。常常趁赵剑不在塔城的时候，自己四处转悠，不愿意再把精力投在工作上了。

入冬后，再往外县跑就比较困难了。孔淑魁鬼使神差地想去牢房里看看。看完后，突然发现努尔别克没了。孔淑魁非常愤怒，自己作为分管治安的副局长，犯人都出了监狱，自己竟然不知道。孔淑魁自然是怒火中烧，立即把手下一顿盘查。

没有想到的是，是孔淑慎拿了一笔钱把努尔别克从警局里保了出来。管监狱的队长嬉皮笑脸地对他说："孔局长，你妹妹找到局里来了，省厅下派的那个局长点了头，我还能不放？即使没有他，你妹妹找来了，我也不能不给方便。放了努尔别克，我本来是想给您汇报的，可是，你妹妹不让跟你说，她说您知道。那我自然得懂点规矩，把这些事烂肚子里了。"

孔淑魁跑回德胜行向孔淑慎问罪。可孔淑慎觉得把日本服饰馆烧了，也没啥大罪，日本人烧了多少间中国的房子，谁抓他们了？至于意外烧了别的房子，那些损失孔淑慎愿意替努尔别克赔偿。孔淑慎说当年自己欠阿斯哈尔一条命，所以就得对努尔别克好一点。

孔淑魁对自己的妹妹也没什么脾气，但他心里很不高兴。樱子一点消息也没

有，他便把这股怒气撒在努尔别克等人身上。在牢里的时候，他们就没少挨打。

这一年快结束的时候，行政公署下了命令，孔淑魁被任命为塔城警察局局长。这个消息简直让孔淑魁兴奋得有点发狂，为了这一天，他一直盼了很多年。那一刻，他突然觉得赵剑是那么可敬可亲，原来这几个月对自己的疏远是在避嫌啊！孔淑魁拿着任命书，独自回到办公室里，把门关严。面带笑容，提示着自己，要低调，要稳重，不能笑。可是还是掩饰不住自己内心的兴奋，居然莫名其妙地笑出了声，而且停不下来。他笑着跳了几下奇奇怪怪的舞蹈，坐在椅子上，把腿跷到桌子上。他心里琢磨着，自己可不是个忘恩负义的人，一定得给赵行政长准备一份大礼。不仅要贵重，还得送得巧妙，要不就从他的家眷、孩子下手吧。孔淑魁思前想后，把礼物一次一次地定下来，又一次一次地否决掉，不由得感叹，送礼可真的是件难事。

他用了很长时间调整，直到感觉自己能控制自己的情绪了，才把房门打开。孔淑魁提醒自己，以后，可就是警察局的一把手了。

孔淑魁在万般忐忑中定下来要送的礼物，送到行署大院的时候，恰好碰到了省厅派下来的那位副局长带了几名警察赶到行政公署。孔淑魁立即叫一个警察问话，说省警察厅命令把赵行政长连夜护送去省城。

孔淑魁大吃一惊，急忙回避，却被这副局长看见，走过来突然问："孔副局长也在啊，忙什么呢？"没等孔淑魁回答，又接着说："听说孔局长一直比较受赵行政长器重，应该感情很深吧？"

孔淑魁忙说："什么呀？自从上次从裕民救灾回来，一路上对我百般辱骂，之后，有四五个月时间没有再见过一面，说过一句话。"

那个副局长再没说什么，忙着去办公室了。

孔淑魁躲在行政公署的院子里，看着赵剑行政长被警察围着钻进了汽车，然后两辆车驶离了行政公署的大院。孔淑魁竟然和赵行政长连个招呼也没打。他迅速返回警察局，把准备送的礼品往桌上一放，坐在自己的椅子上，两眼呆滞，汗水直冒："好险！"

塔城被抓的不只赵剑一个人，还有一些商户老板也被抓了起来，家里的资产被悉数充公。孔淑魁托朋友打听，所有人都是一个罪名"阴谋暴动案"。孔淑魁闹不清楚这究竟是怎么了。他此刻想起了赵剑对自己说的话："你们的局长就是'阴谋暴动案'被抓的，不只是他，整个新疆多少官员都被抓了，你的生活如果还能过下去，我劝你珍惜，不要成了官迷，位子坐得高了，容易成为别人的目标。"

孔淑魁惊出一身冷汗，自己没有被抓，难道是因为自己的级别还不够？

## 75

努尔别克从牢房里出来以后，再没有回德胜行，他听人说自己的父亲是为了保护德胜行的大小姐，被白俄败兵捅死的。他还听说孔淑慎和那白俄军官有隐情。原来，那就是自己的仇人。那些人对努尔别克说，那个白俄军官弹得一手好风琴，一弹琴就把孔家大小姐给迷住了，一迷迷了这些年。努尔别克越想越气，你们孔家兄妹可真行，真是大汉奸，谁侵略你们就爱谁。

在培训班上，努尔别克和他的同伴们认真地听孔淑仪讲过课。他算是明白了，原来德胜行用自己当长工，就是一种剥削。他们父子两代人，四十几年把二十只羊喂成几百、上千只。每次塔城兵患，就碰上一次抢劫，他们父子就从头再复制一遍，四十多年了，没有得过一分钱工钱，没有去过一次市场，没用过一个银圆。虽然孔家送自己去裕生堂学习了几年，但那是为了给二小姐陪读。努尔别克知道德胜行对自己比别的商户对长工要好得多，但一样属于剥削，从本质上德胜行与别的商户没有区别。

所以努尔别克不想再回德胜行了，他也老大不小了，他打算自立了。看看牛玉关，牛家父子自打从地里挖出了那批枪械，这多少年了，哪里有人敢惹牛家，在巴克图一家独大。现在，天天都在抗日募捐，募捐是为了什么，不就是为了搞武器吗？生逢乱世，谁有枪谁就能过好日子。自己放了多年的牛羊，对塔尔巴哈台的所有山沟都很熟悉，假如自己有了枪，看谁还能逮得住自己，看谁还能剥削自己。自己会有牛，会有羊，会有草原，会有一切，这些年来，努尔别克教会很多的牧民孩子认字读书。他们都愿意追随自己，自己也愿意带他们一起追寻更好的生活。

民国三十一年十月，巴什拜·乔拉克·巴平捐资修建的塔城至裕民路途中的额敏河大桥竣工，行政公署特地举行通车典礼，命名此桥为"巴什拜大桥"。可惜赵剑行政长无法到现场剪彩了。

努尔别克进了塔尔巴哈台山地，东跑西颠求来几条牧民们打狼用的土猎枪，依托牧民的毡房和地窝子，揭竿做了土匪。他带着自己的兄弟打狼打野兽，确保牧民的平安，也偶尔到商道、到城里去劫富济贫。起初打狼的时候，他的兄弟们倒是挺齐心协力的，狼虽凶猛，但全不是对手，可到城里劫富济贫，就显得有点混乱。

努尔别克的弟兄们本来住得就分散，即便把工厂、店铺拿下了，也不会经营，反倒方便了警察局抓捕。能夺下，但守不住，又不能久留。跟警察局交过几次手以后，努尔别克渐渐有了担心，他的兄弟们就是牧民，骑马叼羊射箭还行，真的碰上警察，尤其是军警混编的队伍，就很麻烦。他们没有战术，不会自保，更没有配合，都是横冲直撞，各自为战，勇猛有余，谋略不足。看着跟着自己去额敏一趟，回来被子弹打断了腿的两个兄弟，再也站不起来，还有那些被孔淑魁带队打死的人，努尔别克觉得没办法给兄弟的家里人交代。努尔别克恨孔淑魁，却不敢轻易下山打劫不义之财了，可是前头得过打劫利益的人却突然喜欢上了这种极具刺激的行为，那么短的时间，就能得到自己几年，甚至一辈子也挣不到的财富，为什么不干？

但努尔别克不想再这么干了。他到巴克图去找了一次牛玉关取经，他说北山的野兽出没，狼群到处在夜里咬死羊，一死就是上百只。努尔别克说自己打算弄些人，借些枪，又能打猎，又能保护牧民。牛玉关说如果你是一个队伍，还有刀枪，那么你就应该有指挥、有组织。这一句话深深地刺激了努尔别克。人家牛玉关是把总的儿子，见识就是不一样。努尔别克觉得应该像牛家父子当初搞民团一样搞训练。那时，牛玉关还不知道北山的那支队伍就是努尔别克拉起的。

努尔别克的队伍一天天壮大，越是受了委屈、冤屈的人，越想加入。起初只有牧民，后来有农民，也有城里靠苦力吃饭的人。人多人杂来去不定，也不好约束，有点野蛮生长的味道。而且，这些人一旦加入了队伍，仿佛找到了靠山，常常觉得自己就可以在塔尔巴哈台横着走了。天大地大我最大，再也受不得一点委屈，甚至心情不爽，饭店里喝了酒、吃了饭，不付钱，还要惹是生非。努尔别克一心想把这支队伍建好，可是他力不从心，有些人打着他的旗号胡作非为，他也不知道。

警察局长孔淑魁当然要抓要管，当然维护那些富人的利益。抓住了这些生事的人，免不了一顿烤打，罚金罚劳。孔淑魁作为警察局长不能接受自己的治下，到处是抢劫、打杀，他面子上挂不住，不好向上面交代。

孔淑魁给牛玉关说北山一带常有零星土匪作乱，要他们牛家配合塔城警局剿匪，他们可以不主动出击，但如果有匪徒进入巴克图牛家地界，一定不能让他们跑了，一定要配合警察把这些土匪剿灭。

牛家父子当然没有异议，他们听说了一些商户被抢、被砸的传言。于是在巴克图设立一些游动的岗哨。这些人都是牛家的族人。牛道全对他们强调，在种地放牧的时候，多留意些生人，尤其是带刀带枪的人，但凡碰到，立即报告。

牛家民团多少年一直有组织有战斗力，努尔别克从来没有想过到巴克图去，那里人烟稀少，牛家再富也不是靠剥削人起家的。牛家父子脾气倔强，有人有枪。努尔别克觉得，牛家的生活，其实就是自己想要的生活。牛家在城里的面粉厂、磨坊、车马社，赚了钱会交税。牛家耕种的土地，放牧的牛羊，好像从来就没有人收过他们的税金。努尔别克觉得一直就没有人敢惹牛家。即使当年的白俄败兵进塔城的时候，牛家也是敢于硬刚的。

牛道全一向是仔细周密的人，他觉得北山上的那些土匪就是图财的。他们不会轻易往巴克图来，除非他们盯上的是口岸进口的货物。真的是打口岸贸易的主意，跟牛家有什么关系？牛道全一边想，一边鬼使神差地就走到了巴克图口岸，放眼望去，十分繁荣，汽车成队成排地停放在空地上。大量的洋货从这里运到迪化、甘肃、陕西去，很多是国际社会援助中国抗日的物资。

牛道全在道路旁的土包上看着这人流、车流，这道风景是他人生几十年最熟悉的，百看不厌。

突然间，他愣了，人群里出现了一个熟悉的身影。牛道全定了定神，挤着眼睛，再次确认了一下，没错，就是她。他便从土包上下来，朝着那个身影走过去。

没错，那不是别人，正是牛玉芹。牛道全走到距她不到十步远，眼睛就模糊了，急忙用袖子擦了擦眼泪。

牛玉芹也看见了他，那一刻，她从无篷的马车上跳了下来，提着自己的洋皮箱。看到自己的父亲走上前来，牛玉芹嘴角一咧，眼泪就落了下来，洋皮箱从手中滑了下来，掉在地上。

牛道全嘴唇抖了几抖，走上前去，伸手提了那洋皮箱："走，回家！"

一路上，牛玉芹一直跟在牛道全的屁股后面。牛道全不时回头看看，等着牛玉芹跟上来。到牛家大院后，牛道全再没有回头，他感觉得到，女儿在自己的背后哭泣。牛玉芹强忍着，不让自己哭出声。

一晃出去十几年了，往事如一幕幕图画在她脑海中放映，当初自己逃离家的时候，坚信自己能闯出一片天地，坚信自己能收获美好的爱情，如今只剩下一身伤害和满满的羞愧。

金家的羔羊皮货公司被查封那年，牛玉芹就知道自己的爱情结束了。金家公子给自己一份丰厚的遗产，姑且算是遗产吧，也算是对自己有情有义了。没有作别，但再也没有见过，生死没有消息。留在自己手里的银钱，竟然成为无人过问的一笔财富。牛玉芹觉得自己应该离开，远离省城那个是非之地，她觉得如果被谁知道自己是金公子的相好，那就是自己的噩梦。金树仁跑了，他家的亲戚就成了过街老鼠，人人喊打。

牛玉芹急忙改名，托人找关系，离开省城是最重要的。当留学苏联的名单下来以后，她兴奋，终于可以逃离了。人人都说故乡值得留恋，但年轻的牛玉芹不信这些。她宁愿远走异国他乡去体会怀念，也不能留在迪化，更不能返回塔城，好马不吃回头草。她什么也不怕，她从当初离开牛家的时候，就无数次做了最坏的打算。

那时程世骥和黄兆健婚后不久，夫妻双双就去莫斯科留学。程世骥仗着自己家在迪化的权势和地位，并不把妻子黄兆健当回事，他在莫斯科结识了三教九流，整天花天酒地。牛玉芹就是那时候认识程世骥的，刚刚经历了人生滑铁卢的牛玉芹，脆弱的心理瞬间得到了安慰。程世骥名为留学，实为游乐。纵然是新婚不久，也全然不顾妻子的感受，一有空便与牛玉芹一起耳鬓厮磨，排遣在异国他乡的寂寞。

牛玉芹原本就无心学业，专事打扮，热心交际宴游。她深知程世骥家势地位显赫，出于攀龙附凤，找个依靠的心理，二人郎情妾意，朝夕相处，如鱼得水。出身书香之家、温淑柔弱的黄兆健对牛玉芹稍有怨怼，立即遭到程世骥的打骂。那时黄兆健已有身孕，她忍无可忍提出回国，这正合程世骥的心意。在黄兆健回国前，阴毒凶狠的程世骥预先给自己大哥去信，说："黄在苏联，行为不正，驱回国来，从此不许她进程家的门。"黄兆健身心备受摧残，含冤受辱，在返回中国后不久，竟与她那未出世的孩子离开了人世。

黄兆健和程世骥那场盛大的婚礼才不过两年时间，别样的婚礼是当时所有见证者美丽的记忆。那是在迪化西公园的二层古楼上举办的，为了讨好新疆女子师范学校刚刚毕业的校花黄兆健，程世骥请人拍摄了纪录电影，那也是有史以来第一次在新疆拍摄电影。

牛玉芹原以为自己回国后就可以当程太太，坐享荣华富贵。当她同程世骥自结伉俪双双归国，程世骥的哥哥却因为"阴谋暴动案"被捕入狱。程家没落了，家中的财产也充公了。

遭遇了这天大的变故，程世骥立即变了，突然就对牛玉芹变成了厌倦。他有一个堂而皇之的理由，他是家中唯一的成年男人，他得努力，他要对整个家族负责。牛玉芹泪如雨下，给程世骥发誓，自己什么苦都吃得了。但程世骥不信，他要牛玉芹远离自己。他说自己已经没钱没势了，也不是牛玉芹要找的人了。

牛玉芹瞬间对这个男人失望，可是程世骥却得到整个家族的称赞，很快，程世骥跟一个女教师举办了婚礼，牛玉芹到婚礼上大闹，结果程世骥当着所有宾客的面问牛玉芹："我是你第一个男朋友吗？"当然不是。然后，程世骥接着问："那你是我的第一个女朋友吗？"在众多的宾客面前，牛玉芹羞愧地低下了头，满脸绯红发烫，虽然她不认识这些人。

程世骥接着说："牛小姐，咱们从前在一起就是疯的，可是我家已经不允许我再疯了，我得承担家族的责任，咱们前缘已尽！"

牛玉芹的眼泪刷刷地流下来，她哭出了声，近乎哀求道："可是，程郎，我只有你了，没了你，我就什么都没了。"

"不，你还有家，你家里人都还等着你，你应该回去找他们，你离开家后，再没有回去过，不要一直错下去，将来追悔莫及，你走吧。"程世骥说完转向他的新娘，单膝跪地："知道我以前不是人，是个——"不料程世骥对面的新娘子以理智而明亮的声音截断了他的忏悔："咱们今日结婚，今日起，你是我的丈夫，我是你的妻子，夫妻只看往后，不问从前。"新娘搀扶起程世骥，程世骥的眼泪落下来……

一个围成心形的大挂鞭炮被点燃，蓝色的烟雾腾起，纸屑被崩得到处乱飞，离鞭炮距离较近的男男女女，纷纷闭眼，护着自己的头和脸。而牛玉芹在烟尘的对面，瘫软在地。接着她被两个壮汉架出了院子。院子的门被关上了，两名壮汉给她丢下半包银圆。

被程世骥抛弃后，牛玉芹坐车回到巴克图。途经塔城的时候，在街上吃了一顿拌面，吃不到几口，觉得索然无味。满街的商铺，一派繁华。可对于她自己来说，无非一场春梦，满目萧然。牛玉芹眼泪不断地往外流，她费尽心机把程世骥从黄兆健身边抢了过来，结果瞬间就丢掉了。自己没有比黄兆健强一丝一毫，不过是她的翻版。

牛玉芹万般不想，又不得不坐上了回巴克图的马车。

民国三十二年开春，吴怀智依旧准备着组织车马，行商做买卖。那时候，他的孩子已经会走路了。孔淑仪依旧忙着自己的革命事业，有时都不分白天黑夜。牛大脚的女儿常常带着孔淑仪的儿子一起玩耍。吴鸣璋和小夫人看到孙子孙女的时候，满脸挂着慈祥的笑容。孔云清和夫人也常常到裕生堂来串门，抱外孙的时候，常常受到牛大脚女儿的阻挠，她顶着一头自来卷头发冲上来："我的弟弟，别抱我弟弟。"逗得大家哈哈大笑。偶尔碰到牛道全进城，外公总是要给小卷毛买点糕点，见了这些糕点，小卷毛就不再关心弟弟了。对于她来说，吃甜甜确实是人生头等大事。

有人照顾孩子，牛大脚就能做些家务，养些牛羊，照看车马社里的大牲畜。吴怀智对牛大脚说："眼下，生意也不是那么好做了，形势好了几年，又不大好了。常常有拿枪的人，在路上抢东西，不知道是怎么了。到处都是抢货劫道的。"牛大脚就问他："那还跑买卖吗？"

"跑吧，能跑一天算一天，说不定哪天就跑不成了。"

"那你可长点心，碰到抢货劫道的，就是把货物给人家，自己要安全地回来，"牛大脚说，"一家人都等着你呢。"

那几年，被打劫的富户隔一阵子就有一两户，等孔淑魁带人去抓的时候，人早没了踪影。这些土匪跟警察局天天玩躲猫猫的游戏，搞得孔淑魁焦头烂额。孔淑魁努力地抓土匪，却越抓越多，社会治安越来越差。

孔云清告诉儿子，不行就算了，别那么卖命了，也不是那么年轻了，感觉形势不是那么好，不如趁早收手。但孔淑魁怎么肯收手，几乎没有人会想在无限风光的时候收手的。只是有时候，孔淑魁也会动摇。动摇的时候，他会想，那些土匪不劳而获，警察拼死拼活难道就不能得点意外的横财？

牛玉芹回到巴克图后，整日郁郁寡欢，甚至曾一度精神失常，目呆语痴。牛家上下都很担忧牛玉芹的精神状态。牛玉关和安娜常常在到塔城的时候，把牛玉芹带上，想让她散散心。可是牛玉芹对滚滚红尘，似乎生无可恋。尽管裕生堂尽力调理，甚至因为她，琢磨着中西医结合诊治，也没有明显的效果。

牛大脚闲时就带着她到人多一些的地方看看各种活动：塔城热心人士宋某等慨捐巨资修建学校，政府传令嘉奖；行政公署举行话剧比赛，一小学生剧团演出的《活捉日本鬼》深受观众欢迎，获初级组第一名；孔淑仪、孙迷糊的反帝抗日募捐宣传成果显著，塔城区共捐献飞机十四架，其中乌苏四架，塔城、沙湾各三架，额敏两架，和丰、裕民各一架。孔淑仪对各族群众，用纸卷成的扩音器喊话："连塔城这样边远的地方都同仇敌忾，共赴国难，何愁日本不败！"

抗日战争进入了全面反攻阶段，不断有前线胜利的好消息传来，大家看到了胜利的希望。也许孔淑仪的豪情满怀并不能唤醒牛玉芹的生活热情。但大家都对牛玉芹的病情关心，用尽各种方法，让她的心情舒缓。牛玉芹的病情也逐渐减轻了。

## 76

一天，牛玉芹给牛大脚说："我要找人嫁了，你们帮我找个媒人。"

牛大脚一脸惊讶，牛玉芹却冷静地说："我不能耽误你，耽误哥嫂和爹了。大家都有自己的生活。"

牛大脚把消息带回巴克图。牛道全急急忙忙赶到塔城，发动所有认识的亲戚朋友给牛玉芹介绍对象。牛道全下了狠心，就算搭上全部家产，也要给女儿找一个好丈夫。没想到女儿的标准跟他相差甚远，提出的条件让牛道全匪夷所思，至少年龄要大自己十五岁，经济条件不要太富，但要稳定生活无忧！

牛家人虽然惊讶，但不敢不照牛玉芹的意思办。

三个月后，一个比牛玉芹年龄大十九岁的塔城中学教师与牛玉芹举办了婚礼。说起来这个教师还是个故人，就是当年张建业团长身边的刘副官。张团长犯事以后，刘副官认为自己肯定是在部队待不下去了，脱了军服，托熟人，找关系，把自己弄到学校当教师去了。从那以后，再没有闻达之心、鸿鹄之志，只求苟且偷生，平平淡淡。这种想法正合牛玉芹的心思。

他们结婚仪式也相当简单，只有一桌酒席，没有鞭炮，没有典礼。牛玉芹扶着牛道全坐在高堂的位置，牛玉芹拉着比牛道全小不了几岁的新丈夫，一起跪到牛道全的面前："爹，女儿前半生让您担惊受怕，对不起了。今后，我跟他一起孝敬你。"

"孝敬孝敬，一起孝敬！"刘副官对牛玉芹百依百顺。

牛玉芹然后转向丈夫跪下，吓得这个老丈夫急忙一起相对着跪下。牛玉芹说道："咱们今日结婚，今日起，你是我的丈夫，我是你的妻子，夫妻只看往后，不问从前。"

那天的酒席后，牛道全迈着孤独的背影，走到车马社休息，那条街巷里，几个人抢劫刚刚得了手，抓着手里的刀，冲着牛道全喊："老头，不关你事，你别找事！"

牛道全没有吭声，甚至连目光都不眨、不转一下。

"瞎子，聋子，嗨！"两个人收回手中的刀，转身跑了。

牛道全也不回头，喃喃自语："你们忙你们的，总有一天，你会后悔的。"

又一年，塔城行政长公署改为新疆第五区行政督察专员公署。这一年，盛世才跟苏联的关系搞僵了。苏联顾问、专家陆续从塔城区撤走、回国。牛道全说："瞧见了没，人生一辈子，到处是后悔的表现。"

盛世才给苏联人下了逐客令，他把新疆的外交权还给了中央，中央政府派外交特派员进驻新疆。并要迪化领事馆向苏联政府递交了一份备忘录，称："除在新疆有居留自由的苏联外交官外，其他一切在新疆的苏联人，包括军事顾问与教官，所有的顾问、技术专家、医生、驻军、采矿和勘探人员，全部离开！"和当初苏联在远东驱逐华人一样，新疆和苏联的关系进入了冬天。

随后，迪化开始逮捕和杀害在新疆工作的共产党员和进步人士。再次以"阴谋暴动"为借口，在全省逮捕了一万余人，一百余名共产党员和进步人士相继被秘密杀害。"六大政策"全面取消，"反帝会"被解散，国民政府在全省各县各级党部也再次成立。大批国民党军队开进新疆，新疆再次陷入新旧势力的角逐。

盛世才的权力被大大削弱，为了敛财，商户、巨贾不断被抓、被判刑、被杀头，财产悉数没收。那时，乌云密布，原先的军队、部落头人也出现了混乱，士兵失踪，带枪逃跑的事情时有发生。

塔尔巴哈台各地都出现了占山为王的土匪，努尔别克也加入其中。有枪有炮的武装势力到处都是，为了生存，为了快速占有财富，越是富裕的家户就越是危险。

吴怀智收到一封迪化来的信，信中说让孔淑仪快逃，最好能逃到苏联去。可是，收到信的时候，已经逃离不了塔城了。吴怀智只好把媳妇孔淑仪送到孙迷糊家，孙迷糊让妻子谢谨带着孩子和孔淑仪藏在菜窖里做伴。孙迷糊说："你们都是女人，只要是兵乱，女人就最容易遭殃。爷们死就死了，你们不能死。"

吴怀智和孙迷糊时刻担心着意外的发生。也果真有意外发生，一天，牛大脚跑来告诉他："你师父家里被抢了，还响了枪，你去看看吧！"

吴怀智回身又拿了一把刀，晃了晃，也没有别的东西可以拿来给自己壮胆了。

吴怀智跑到德胜行看到所有的门窗，都被砸烂，满地狼藉。师父孔云清的头上缠着纱布，满脸的皱纹比平日瞬间多了一倍，神情冷漠，一句话不说。

吴怀智等了一阵，师父仍然没有说一句话。吴怀智转身到院里看了看，已经没有一个伙计了，到处都是一片破败。孔淑慎慢慢从屋子里走出来，头发凌乱，自言自语："其兴也勃焉，其亡也忽焉，德胜行这次什么都没了。商铺、分号、实业，全都没了。这么些年了，没有这么干净过。"

德胜行先是实业被查封、没收，接着被抢劫两次。塔城汉商八大家，全部被抢过了。土匪把墙砸开抢那一罐子金条的时候，孔夫人扑上前来，死死地抱着那个坛子，那是德胜行最后的财富。孔云清急忙扑上去拽着夫人的腰，想制止她，毕竟保命要紧。结果被一枪托砸晕。

孔夫人被从屋里拖了出来，抢坛子的强盗，也许是觉得累了，又厌恶孔夫人那难听的哭声，对着她的头扣响了扳机，血从头上流出来。躲在阁楼上的孔淑慎，把手咬在嘴里，不敢出声。等人走远了，才敢从阁楼上爬下来。土匪们留下一张纸条：你家应该已经习惯了被抢。你们父子也抢别人，老子靠做生意抢，儿子靠当警察抢，抢了一辈子。该还了！

孔叔慎把孔云清扶起来，给他包扎好。孔云清坐在太师椅上，双目无神，盯着对面的墙壁发呆，也自言自语一句呢喃："树大招风。"

吴怀智想把师母埋葬在安息园，师父不肯。孔云清说一路上太远，太危险了。孔云清让吴怀智把门口高悬的那个德胜行的牌子摘下来，说以后就不再做生意了，做不成。吴怀智眼泪在眼睛里打着转。孔云清说："去吧，去吧，再也不会有德胜行了。"

德胜行的牌子被摘了下来，孔夫人的坟就在德胜行院子里埋着，就在菜地靠河的地方，孔云清跪在妻子的坟前，给妻子说："安息园，你就别去了，万一我也死了，我怕跟你埋不到一块，再找不到你了。"

吴怀智办完师父家的事，已是一身疲惫。他有点弄不明白，怎么就成了这个样子。

他在塔尔巴哈台的街巷里走回自己家，门口"裕生堂"的牌匾四分五裂地碎在地上，连大门也少了一扇。吴怀智从那半扇门进去，院里乱得和德胜行难分上下。母亲满脸是泪对吴怀智说："土匪晚上来过了，把你爸绑了，问家里的钱财。你爸不说，土匪便用枪托朝背上、头上猛砸，脊椎被砸折了，就在床上躺着呢！"

吴怀智急忙走进药房，父亲正躺在一张木床上。小夫人拿半截床单子钉在被砸烂的窗户上，整个房间显得光线很暗，吴怀智半天才能适应。

小夫人搀着吴鸣璋坐起身来，靠着身后的被子。吴鸣璋忍着自己身上的剧痛，憋出一脸笑容，对儿子说："没事，死不了。嘿嘿，大夫都是一样的，到头来都医不了自己的病。他们问我要鹿茸、锁阳、肉苁蓉。我没有给，他们就急了。你说说，他们这帮土匪，连个女人都没有，抢这些壮阳的药材做甚？那个领头的对我凶，冲我喊，'你不让我举起来，你就不要站起来了！'呵呵，吼那么凶，原来是个软货！"吴鸣璋说着咳嗽起来。

小夫人手忙脚乱地伺候着，让他不要说话。但吴鸣璋继续说："我让他们弄死我吧，他们对我说，没那么便宜，就对我客气了，你看我捡了条命。"

小夫人在一旁抱着吴鸣璋就哭，吴怀智的眼泪也流了下来。好像说什么都多余，到处都是乱糟糟的，心里像堵了一块石头，喉咙里也像卡着一块硬物。他从屋里退了出来，在别的屋子里找到些粮食，提到母亲手里："妈，把这个藏好，别的都次要。"

吴鸣璋对吴怀智说："你没事就别回来了，我跟你妈都老了，命不值钱。你要把淑仪保护好，日子总得过下去，人总得活下去。不要老是惦着我们，想法跟你妹妹联系联系，让我们知道你妹妹的信！"

吴怀智擦着自己的眼泪离开了，他按照父亲的吩咐，拼命地联系妹妹，可惜，书信不通，电话不畅，电报停发，吴怀智只能听天由命地等消息。

那几年，社会动荡，烧杀抢掠之事时有发生。有时候，孔云清带领商会胆大的老板们到各家安抚、募捐、筹款，目的是成立民间保安队。那些富户老太太们毫不犹豫摘下自己手上的金戒指、手镯，取下墙上、地上的挂毯地毯。保安队的成员也都是原先各家铺子里的雇工，他们除了干活卖命，并不会打枪杀人，队伍怎么建好像也挡不住那些来无影、去无踪的土匪，反倒死了不少人。大家几乎陷入绝望。

吴鸣璋夫妇、孔淑慎都是不敢出门的，他们只能躲在家里。孔云清常常从门缝往外看街上的动静，德胜行的大院里，一共藏了三十余口老少，都是德胜行下面产业里的雇工和家属，家里的鸡舍、狗窝、卷席、茅厕及屋顶夹板，全都成了藏身之所。平时吃水就从穿城而过的小河渠里打，或者趁黑夜开院门，提着小木桶到小渠沟上游的泉眼里提水吃。

吴鸣璋一时半会儿走不成路，小夫人又吓得不敢出门，家里的面粉、大米是对门打铁钉马掌的维吾尔族朋友半夜偷偷送的。那时候，巴克图的边贸也停了。有的富户，被抢过一道以后，庆幸自己劫后余生，会租一种叫"大道奇"的私人商车在寒冬腊月被逼远行。路况太差，日行仅几十公里。遇到过河时，由于冰层滑，还要将被褥铺在冰面上，待车过去大家再捆好行李，上车继续前行。到迪化七百公里的路程，得走近一个月。

即便成功到了迪化，手头已相当拮据，只能租住在大杂院里，伙食也仅有棒子面了。看着几代人的努力和富裕的生活瞬间成了过眼烟云，为了养育小孩儿，男丁不得不"跑街"，去做苦力。女人们白天操持家务，晚上缝缝补补。总得想法让孩子们先吃饱。哪怕自己饿着肚子，自己患上了疾病，也得把孩子养大。曾经的掌柜会央求旧相识的介绍一份体面的工作，比如去小学担任训导主任，比如去什么单位去当个文书、会计，挣些小钱糊口。能认识字，会写材料，会算账，这些总是会受欢迎的，总得先活下去。

民国三十五年，北疆最大的水利工程之一——沙湾玛纳斯河新盛渠开工，大渠采用水泥砌砖建造，那是新疆第一次建水泥渠。

吴怀智和原来一起在塔城做生意的老板、掌柜，也有些打长短工的苦力，被抓到工地上参加繁重地劳动。虽然有不少人是熟识的，但是劳动期间，不许说话。如果有人说话，就会换来一顿皮鞭。即便是下了工地，也不能向西北的方向眺望，那样会被视为想家，便不给饭吃或者一顿毒打。修新渠的那两年，那长得看不到头的工地上，每天上演着各种各样、稀奇古怪的惩罚。

大家想不通，生活怎么就变成了这样。杀人魔王盛世才不是走了吗？不是国民政府进入新疆了吗？为什么日子越过越艰难了？

大渠建成后，吴怀智瘦得皮包骨头，被批准回家。回到塔城的时候，天刚黑，吴怀智蹒跚着走到王家菜园，在孙迷糊掏的菜窖里，他看到孔淑仪和孩子，孩子已经睡着了。夫妻对视了片刻，孔淑仪便扑到吴怀智的怀里。

吴怀智拍拍孔淑仪的肩头："弄点吃的吧，我还没有吃饭呢！"

孔淑仪看着吴怀智，擦擦眼泪，笑了笑。转身拿了一个烧熟的凉土豆，吴怀智接过来，狠狠地咬了一口。

"你慢着点，家里虽然没有好的，土豆多，多亏了老孙了。"孔淑仪说着给吴怀智从暖瓶里倒了一碗水。吴怀智看着这菜窖，已经被孙迷糊折腾得快成了地下公寓了。这时儿子醒了，从干草上掀开被子爬起来，站在菜窖的一角，不敢朝吴怀智靠近，只偎在母亲的怀里。

孔淑仪抱着儿子偎依在吴怀智的肩膀上："我现在也没什么事干，反帝会早解散了，到处乱哄哄的。老孙说，去年乌苏、沙湾两县的国民党军政要员就已经撤离了。"

吴怀智喝着水，轻蔑地说了一句："撤离？他们能撤离，可老百姓呢？政府都没了，社会能怎样？"

孔淑仪的头发早已剪成了参差不齐的短发，沉默了一会儿："总不能一直这样，总会好起来的。"

也许是听到了响动，孙迷糊在洞口敲木板。

孔淑仪站起身来，打开那个木板，孙迷糊和谢谨爬了进来。

孙迷糊对吴怀智说："你是不知道，塔城也是一样的，可能很快也要撤了。"

本来啃着土豆的吴怀智停下了咀嚼,但没有说话,随后,端起碗喝了一口水。

门外谢谨的孩子也爬了进来,扑在谢谨的怀里,谢谨告诉他:"你一定要小心,不要乱跑,要长眼睛,就算是白天,也千万不能离开这个大院,一旦看到生人靠近,就马上躲到菜窖里来,听到没?"

孩子看着谢谨焦急的神情,点了点头。也许他听不懂全部,只是下意识地顺从着父母。

菜窖虽然挖得复杂,甚至留了排气口,但还是显得空间狭小。那阵子,吴怀智和孙迷糊住在菜园里的小房子里,女人和孩子们常常在菜窖里睡觉。每每听到一点点异响、动静,吴怀智和孙迷糊都提心吊胆。孙迷糊说,自己当兵那么些年,真打起来了,就不害怕了,顾不上害怕。害怕就是战前和战后。

吴怀智说:"只希望这种混乱的局面能快一点过去,今天是土匪抢一遍,明天是当兵的再来骚扰一遍。"

孙迷糊说:"估计还得乱一阵子,去年盛世才逃离了新疆,投靠了老蒋。他可在新疆捞好了,抢了那么多人的财产,去重庆的时候装满了五十辆卡车,几万公斤的金银财宝。可惜啊,车队在路过陕西宝鸡时,被军官团寻衅,抢劫一空。盛魔王杀了那么多人,抢了那么多钱,结果自己也没落下。"

<h1 style="text-align:center">77</h1>

几天后,孔淑魁接到塔城督察专员的电话,要他们迅速撤退到苏联避难,额敏已经失守了。孔淑魁放下电话,头脑里顿时一片空白,他的手在桌子上抖动着,一时不知所措。

第二天一早,孔淑魁去行政公署走了一趟,专员和主要的官员一个人也没看见。那时,行政公署内一片混乱,党政人员纷纷收拾着自己觉得贵重的东西,销毁着文件档案。

孔淑魁急忙骑马跑回警察局,把自己审过的犯人档案,全部提出来,统统塞进一个苏联大铁炉子里烧毁,只是那些纸张十分讨厌,必须得一张张揭开才好烧,成沓成沓地反倒烧不着烧不彻底。

孔淑魁用一把铁钩子在炉子里捅翻着这些怎么也烧不干净的卷宗、档案,累得一头大汗,心里一片烦乱。他盯着自己靠墙的那一面书柜发呆,他更加纠结的是,这些年藏在这书柜后面的这些个金银财宝，该送给谁来保管。察汗托海的那个女人，显然是最好的选择，可是，已经不可能了，去不了了。留在这警局，当然更不行，肯定不行。放给德胜行，当然也不行，自己是警察局局长，都没保住德胜行，一样被抢了两次。最终，孔淑魁决定连夜把这些送给自己的妹妹孔淑仪，他知道，妹妹和吴怀智在王老汉的菜园。

孔淑魁半夜去的时候，吓了吴怀智和孙迷糊一跳，他们拿着自制的弓弩，随时准备击发。

孔淑魁一头大汗，告诉吴怀智："大半夜的，我就不打扰妹妹、外甥了。东西你们埋起来，这不是我的东西，是警察局的，只是暂时由我保管。我回来，你一定要还给我。"

吴怀智点了点头，目送着孔淑魁离去。

"照顾好我妹，照顾好孩子！"那是孔淑魁最后留给吴怀智的一句话。

一个月后，有个女人叩响了德胜行的门，孔云清在她叩门第八遍的时候，给她打开大门，把自己的头探出门外，左右看了看，整个巷子空无一人。孔云清一把把女人拉进院内，把门关上了。

女人带着较为奇怪的口音，她管孔云清叫伯伯。孔云清觉得惊奇，别人都往外地跑呢，你这个女人倒好，孤身一人往这是非之地跑。而且细细一看，这女人长得还真是不错。

女人说自己是日本人，她要找孔淑魁，她已经找了好久了，她不会再回日本了，也回不去了。

孔云清一听是日本人，就火冒三丈，怪不得儿子从来不着急成亲的事，原来跟一个日本女人勾搭了这么些年，这不是当汉奸吗？孔云清气血上涌，再也不想听这女人说下去，执意要把这女人轰走。

孔淑慎拦下了父亲，她说："此一时，彼一时，你这时候把这女人推出去，就是让她死！先了解清楚整个事情再说。"

孔淑慎把女人拉到自己的房间，问清了所有的事情。她答应樱子，给她保密。

可是藏在德胜行里的短工里，居然有人认出了樱子，对孔云清说，这姑娘是日本服饰馆的。

孔云清更加火气不打一处来，那不就是妓女吗？我德胜行就是牌子摘了，也无法接受，你这么一个妓女、一个日本妓女上门啊！

孔云清再也听不进去孔淑慎的话，把樱子撵出了德胜行的大门，把樱子的行李扔到门外。樱子的脸上没有表情，心里也没有生气。她慢慢提起自己的皮箱，在塔城的街巷里漫无目的地走着。日本服饰馆早已被烧毁，在塔城她已经没有落脚的地方，走到哪都得随身带着自己的全部家当……

所有的富人、漂亮女人都东躲西藏。只有樱子每天拎着皮箱在塔城的所有街巷来来回回。她索性做回了一个日本女人，常常穿着和服，在街巷里大摇大摆。她就是要让人看到，就是要人议论自己，她给第一个接近自己的人说，自己是原先日本服饰馆的女艺伎樱子。她的生活就只有一个目标，那就是等着自己的情郎孔淑魁，她希望别人把她的消息传到孔淑魁的耳朵里。她想起孔淑魁跟自己相处的时候，那时孔淑魁也是冒着风险的。孔淑魁是她一生当中，对她最好的人。她一定要等到他，听他说一句他还要她。她没有非要孔桑娶自己，相伴便好。

兵荒马乱塔城街道上，樱子却相反，她经常站在闹市街道两侧，嘴上抹着浓重的口红，穿着暴露的裙子，摆出各种妖娆的表情，只为了吸引人们的光顾，获得一点微薄的收入。自从那次服饰馆火灾，樱子就丧失了生活资本。

服饰馆遭大火之后，佐田繁治和伊藤卉子拼了命地往日本占领的地区跑，偏偏那时候百惠得了病，樱子为了照顾百惠，便跟佐田繁治夫妇走散了。樱子虽然尽心照顾百惠，也没有挽留住她的生命。百惠去世后，樱子左思右想，又跑回塔城来了，作为没有谋生能力的女人，只能站街。

樱子并不是独家买卖，也有别的女子为了生存，成为她的同行，跟她一起站在街巷的不同地段。但樱子和其他的女人相比，又是那么与众不同。她面容姣好，会画画，会弹琴，会讲流利的俄语，她从不搔首弄姿，走路总是抬着头，常常穿着特有的和服，如果说从前在日本服饰馆，她还算是个艺伎，此时，她就彻底是个妓女了。唯一不同的是，她明明是个妓女却打扮得像个贵族小姐。

樱子成了妓女中一个优雅的存在。在那个人人匆忙为生计而活的年代，她在当时的塔城烟花柳巷名噪一时，给寻求刺激的男人们，留下了深刻的印象。

为了生存，她招揽客人的姿态看起来依旧那么优雅，但她坚守着一个底线："我什么都可以给你，但你不能吻我。我樱子出卖身体，不出卖灵魂……"有时，她会得到尊重，也有时，她会挨一巴掌，再补上两脚。她从地上爬起来，只是笑笑！

那时，很多小孩子见了她会害怕，大人们讲她是妖精。人们见了她会嫌弃，她被视为耻辱，没有人愿意碰樱子用过的东西，对她的曾经大家虽缄默不言，但都充满了鄙夷。

樱子不做饭也没有地方做饭，她总是拎着行李到街上的小饭店里，买一碗那仁、汤揪片或者抓饭吃。后来连饭店也不能进了。人们嫌弃和她一起吃饭，觉得她丢人现眼，那些店老板们只能把樱子赶出来，不许她再进入自己的店铺。

樱子不生气，就坐在饭店门外的石头上。

老板看她可怜，端出一碗饭来。樱子不吭声，没有表情，她默默吃完，在碗底压着饭钱。

"我是一个妓女，但我不是一个乞丐！"樱子那一份可怜的骨气，让老板吃惊、费解。

樱子一天天地等着，期待着孔淑魁像从前一样在某一天、某一夜走到自己身前，蛮不讲理地抱起自己……这个世界上，还有谁对自己好呀？

八月的一天，樱子接待的一个客人告诉她，经过国民政府的调停，暂时逃往苏联的塔城督察专员和国民党军政人员将要回国。得到这个消息，樱子兴奋地免除那个客人的费用，她的心早已飞到了巴克图。第二天，她不工作了，为了和孔淑魁的再次相遇，樱子甚至改变了装扮。

她从塔城的俄罗斯商店买来一套纯白蕾丝裙，戴着纯白蕾丝手套。她给自己清秀脸上涂得煞白，眼睛用浓浓的眼影所包裹，嘴巴抹着鲜艳的朱红色，就像一个特别而怪异的艺伎。她之所以这样打扮，是想着如果自己没有看见孔淑魁的时候，他能在人群中一眼就认出自己。

孔淑魁的确在从巴克图口岸返回塔城的队伍里，那时，他已经不是什么警察局长了。他们警察的全部枪支在逃离巴克图的时候，被他们自己争先恐后地扔在了迎贵亭。到另一个国家避难，对方总不会让你带武器，这是底线。

这些武器随后便被努尔别克的手下捡走，他们等了很久，终于捡来了属于自己的枪支，他们高兴，他们高举着这些枪支，呐喊，吹着响亮的口哨，把枪挎在背上骑着马在草原上撒欢！

孔淑魁走在队伍里，他被三步一岗、五步一哨的土匪点了名字，叫下车。那两个喊自己下车的土匪，孔淑魁看着有点眼熟，就是一时想不起来了。

那两个土匪不慌不忙，满脸含笑地提醒他："孔局长你这几年，官越做越大，记性却越来越差。他妈的，你手上的赃钱呢，说出来，说出来，我们兄弟便留你一条狗命！"

孔淑魁看着这两个土匪，赔着别扭的笑脸："老哥，你看我刚刚从那边遣返回来的，怎么会还有钱呢？是吧。"

"去你妈的吧，你这样的杂碎会没有钱，当了那么多年的狗，谁不被你啃两口肉下来能离开监狱，你他妈的糊弄谁呢！"说话间两马鞭便结结实实地抽打在孔淑魁的背上。孔淑魁疼得嗷嗷直叫，加快了跑的速度，手努力往背后摸着。

那俩土匪跟着追上前来："你他妈的，还真是贵人多忘事，欠的债太多了吧。爷就是当年你破这里的命案时，你扣下的老总！"

另一个说："当时，我就对你说过，等我们出来了，我和我兄弟会报复你们的，别让咱们在大街上碰上，我记得你了，你也记着我，落单的时候，别碰上我们！"

孔淑魁想了起来，他看着两个有点上了年纪的土匪，心里惊讶他们的记忆力是如此地好，对一桩仇恨能记这么久的时间。没容孔淑魁想太久时间，孔淑魁头上一热，眼前就迷糊了，他伸手一摸，满手都是鲜血，自己的头上挨了一枪托。他没有觉得疼痛，只能急急忙忙往前走，但他也不敢走太快，太快了前面的人也是会打自己的。后面追着打自己的那两个兵匪却并不停手，一直追着各种打，孔淑魁早已没了当初当警察的豪气，避难逃亡的这几个月，他就学会了四个字：逆来顺受。

孔淑魁只顾了跑，甚至没有机会想这殴打什么时候能结束，一把刺刀就戳穿了他的胸膛，像一片待烤的羊肉。

孔淑魁低头看了一眼，那血淋淋的刺刀从胸前长了出来，他又抬起头，看了看塔城那碧蓝碧蓝的天上飘浮着一万朵白云，他的嘴角咧了一下，挤出了笑容。

他的眼前浮现出樱子的笑容、舞姿，浮现出吴诗然的清高、冷淡，浮现出察汗托海的那个女人还靠在门柱上，等着自己。他又笑了笑，看着那把刺刀拔了出去。

孔淑魁一个趔趄，脸上的表情狰狞，一阵无法形容的疼痛剧烈地袭击了他，他抽搐了两下，倒在了地上。

樱子一直在等着孔淑魁的归来。但三批逃往苏联的塔城党政人员都回国了，仍然没有孔淑魁的影子。

每日在街上游荡的樱子一直都是大家嗤之以鼻的存在，街面上大部分的店铺都把樱子拒之门外。理发店的客人抱怨她的到来。客人对理发店女师傅说："如果她还来这里做头发的话，我们就不来了。"

樱子只好站起身来从理发店走了出去，女师傅追出来把钱退给她，对着她摇摇头。樱子朝老板鞠了个躬，有些失望地笑笑："真的不可以为我剪头发了吗？"

老板对着樱子点了点头。

没有埋怨也没有抗议，樱子只是遗憾地说："是这样啊，那好吧。"然后转身默默离开了。

世界并不是处处绝望，樱子在巷子里碰到小夫人推着轮椅，吴鸣璋坐在轮椅上和樱子擦肩而过的那一刻，吴鸣璋对着樱子叫了一声："姑娘！"

樱子有些吃惊，居然有这么一个白胡子老汉喊自己，她停下脚步，看着吴鸣璋，用食指指指自己。

吴鸣璋对她点点头，伸手从腰下拿出一把钥匙，递给樱子："这是我家木工坊的钥匙，你去问人，都知道，那院房空着。"

吴鸣璋说完话，就被小夫人推走了。

樱子目送着两位老人，眼泪流了下来。无家可归的樱子，在街上逛荡一天之后，到木工坊歇息。她一直走到最里面的一间泥抹的草房里，那从前都是雇用的短工住的，里面没有一件家具。

每天，樱子背着自己的行李，只在那屋子休息，基本不触碰任何物品。

后来樱子连吃饭也成问题了，客人对老板说："请别让那个妓女吃饭，我担心哪天用到她吃过的碗和碟子。"樱子只好自己带一套碗筷，每次在饭店的门外吃饭。这时，会有人以为樱子是乞丐，随手给她面前扔个铜板，樱子不接受，她立马转身就走，她说："我不是乞丐！"

其实，樱子明白自己在大家心目中是怎样的存在。一个饭店老板给樱子端来一碗饭，樱子却大声地喊："你是谁呀，我不认识你，快走开，快走开！"生怕别人没听见。这时，老板娘又跑出来，冲着丈夫骂道："你离她远点，你离她那么近干吗？别人看到了还以为你和她干什么勾当呢。"

周围的人全部停下了吃饭，樱子觉得自己有几分尴尬。

民国三十七年，在入冬的第一场纷纷扬扬的大雪过后，樱子把那把钥匙送还了裕生堂，吴鸣璋那时已经可以在小夫人的搀扶下，站直身体，两位老人已经是满头白发，一脸皱纹，他们慈祥地看着樱子："你不等淑魁了？"

樱子苦笑了一声："我从前为他做的衣服，现在已经穿不成了。天冷了，我想回家乡了。"

那是一个早上，吴鸣璋和小夫人望着樱子，那个孤独的背影在小巷子里一直走到尽头，拐了个弯消失了。落雪的地面上，留下了她的两行脚印。之后，再没有人见过这个叫樱子的女人。

# 尾 声

一九四九年二月中旬,吴怀智收到了一封妹妹吴诗然从上海寄出来的信,说自己将随好友去台湾生活,托关系订了一月二十七日"太平轮"的船票。信中说,有太多的达官贵人用金条换取舱位,自己幸运提前订了船票。可以去大海对岸继续追寻自己理想的生活。

吴怀智在一个夜晚,悄悄地拿出信送给父母亲看,让他们放宽心,吴诗然是安全的。

一九四九年十月二日,塔城专区各族各界召开庆祝中华人民共和国成立大会。塔城行政公署还给毛泽东主席发去贺电,表示坚决拥护中央人民政府,拥护《共同纲领》,为建设边疆而奋斗。

一九五〇年,春暖花开的时候,解放军开进了塔城。

塔尔巴哈台沉寂了多时的街巷,突然就锣鼓喧天,鞭炮齐鸣。行进的汽车绕着塔尔巴哈台满汉两城开始转圈,穿着土黄色衣服的解放军战士带着扒掉了国民党青天白日帽徽、领章的国军官兵还有努尔别克和他的队伍,一起同各族人民在大街小巷里载歌载舞地庆贺。

那些穿着土黄色军装的解放军跑到王家菜园,特意找出来孙迷糊,找出了孔淑仪,要他们一起登上主席台。这时候,塔城人才知道,孙迷糊和孔淑仪原来是共产党员。孙迷糊的英雄事迹就是从城里搬到城郊的菜地,在菜窖里挖了曲径通幽的地道网,掩护了从塔城到巴克图借道留学、看病的共产党人。

孙迷糊和孔淑仪互相之间并不知道对方是同志。孙迷糊让孔淑仪住进自家地道,纯属为了给老婆谢谨找个伴,两个儿子也能一起玩,不那么孤单寂寞。

孙迷糊和孔淑仪走出了院门,走到裕生堂,走到了德胜行,那些塔尔巴哈台曾经的富户,敲开了大家的门,说清楚原委,大家才敢放心大胆地走出自己的院子。

孔淑仪拿着扩音器对大家喊:"中华人民共和国成立了,新中国成立了,大家再也不用提心吊胆地生活了,国家的一切权力属于人民!"

孔淑仪的工作安排在行政公署,主管妇联工作。她到行政公署的办公室收拾卫生,一地狼藉。一沓报纸堆在墙角,显得扎眼。孔淑仪拽出一张《大公报》翻看,一条消息吸引了她的目光:

一九四九年一月二十七日(农历一九四八年十二月二十九日),由上海驶往台湾基隆的中联轮船公司客轮"太平轮"因超载、夜间航行未开航行灯而被撞沉,船上近千名乘客罹难。孔淑仪心里一惊，把报纸卷起来，藏在腋下。拿回家给吴怀智看，吴怀智十分震惊。他对妻子叮嘱："不要告诉爸妈，不要告诉爸妈，他们受不了。"

解放军进城的第一个夜晚，大街小巷喜庆着，到处点燃篝火，大家载歌载舞，一直闹到半夜，人们久久不愿散去。

次日黎明，孔云清睁开眼睛，愣了一下，突然坐起身来，自言自语："哎呀，糟糕，几年都没有睡个安稳觉了，怎么一下就睡死过去了？哎呀，你看，你看。"

孔云清起身穿好衣服，翻身下炕，踩着自己的鞋子，走到院里，冲着在院里借宿的人喊："起床了，起床了，走走走，跟我一道去净街，昨天闹了大半夜，肯定到处一团糟。别一会儿惹得新政府的领导们不高兴。"

大家都陆陆续续起了床，到库房里拿出水桶、扫把、铁锹，走出院门，有的人还没见有睡醒，伸着懒腰，打着哈欠。

孔云清赶着这些人，边走边说："每次都是这样的，新军队来了，新的官员来了，都得把大街打扫一下，总得有个新面貌啊。这次新队伍来了，没有让你抬死人，算你烧高香了！"

孔云清看着前面的人不走动，有点纳闷："怎么了？你们倒是走啊，走到穿城的那条小河，打几桶水，把咱们这条街扫干净！"

但人们还是没有向前走，只站在德胜行的大门口。孔云清从人缝中挤了过来，站在大门口，看着街巷，已经打扫得干干净净，一尘不染，充满了水浸了土的鲜腥味。

孔云清惊奇地看了看周围，一个人也没有，他转头再看看这些借宿在德胜行的人，大家互相望着，一脸惊奇的目光。

这时，一个穿土黄色军装的中年人跑步过来，满脸笑容地对他们说："老乡，赶快做早饭去吧，我们共产党人领导的解放军就是要把乾坤都扫干净，让各族人民都过上幸福的生活。我绕着城看看，你们忙你们的。"

孔云清和大家愣在当场，看着头上戴五角星写着八一的军人走远以后，孔云清自言自语："我眼花了，看不清了。话也变多了。回吧，回院里做饭。"

孔云清回到德胜行的大院里，转了一圈，又跑到库房里，把躺椅搬出来，放在门厅底下，用那准备净街的木桶打了大半桶水，把那个多年没用过的躺椅上上下下擦了一遍，擦得锃亮，然后躺在躺椅上，他把旱烟杆在躺椅扶手上磕了两下，成块状的烟灰垛便掉了出来。又从一个小黑布袋里，捻着黄亮绵软的烟丝装入烟筒，划根火柴，将火苗移到那铜烟嘴上，使劲往嘴里一吸，那黄色的烟丝就变成了火红色，然后孔云清向后一躺，前前后后，高高低低地晃悠着，鼻孔里喷出两股浓烟。他身后，那些寄宿在院子里的几十个人，都在忙忙碌碌地收拾行李，他们说笑打闹，小孩子们在院子里追逐。孔淑慎倚在门框上，看着院里的热闹，嘴上挂着微笑。

巴克图牛家大院外的那条小道上，一辆卡车停了下来。那个穿土黄色的军装的中年男人带着几个人，从车上下来。朝牛家大院走来，牛道全带着一家人走出院来迎接。

孙迷糊一步跨上前来，给牛道全、牛玉关介绍："这就是新政府的领导，来看望你们。"

"你们牛家大院，我们是知道的。你们家多少年了，一直守在祖国边防第一线，你们辛苦了！政府刚刚组建，也没什么礼物，就送你们一面国旗吧，"牛道全迎上前，穿军装的中年人握着牛道全的手，笑着对他说，"来，咱们一起竖个杆子，把国旗升起来。"

牛玉关和一起来的穿着国民党军装卸掉帽徽、领花、肩章的官兵忙碌起来。

牛道全陪着中年解放军首长一起绕过牛家大院，走到那些历代守边死亡将士的坟地来了。牛道全从腋下的衣袋掏出两枚雷子炮，把雷子炮的火药捻子抠出来，噗的一声吹着手里的火纸点燃捻子，用力一甩，雷子炮在空中翻飞，在头顶蓝得清澈到底的天空接连爆炸，化作一团黑烟，爆碎的爆竹纸屑在寒凉的空悠悠飘落下来，落到那些坟头。

牛道全喊："前辈们，新政府的头头来看你们了，清明，咱们就提前过了，听个响吧，这么多年了，头一回啊！"

那个中年解放军和身后的警卫员，立即打了立正，向这些坟头敬了一个长礼。牛道全看着他们，抬起手擦着自己眼角的泪珠。

牛道全带着首长从坟地里回来的时候，牛大脚和安娜她们已经做熟了一大锅牛奶煮面条，端了一盆咸菜，放在地上，给大家依次盛饭。

所有来人就地蹲下，狼吞虎咽。

吃完饭，解放军的首长从自己包里掏出钱，接着警卫员和随行都掏出了钱，递给安娜和牛大脚，两个人拼命推辞。

牛道全黑着脸说："长官，噢不不，首长，这是干吗？牛家还能管起一顿饭！"

解放军首长对孙迷糊使了个眼色，孙迷糊对牛道全说："收下吧，这是我们的政策，不拿群众一针一线，吃饭交钱，这是咱们新政府的纪律。"

孙迷糊这时把所有人的钱收起来，交给了牛玉关，他手握着牛玉关的手，不让他推辞。

　　牛家全家人送客人离开，一路走到国旗下。大家抬头看着万里无云湛蓝湛蓝的天空中，五星红旗迎风飘扬，十分好看。

　　解放军首长转身对牛道全说："这面旗就挂在你们牛家大院前面，碰到下雨下雪的天气，麻烦你们把国旗保护好！以后，咱们有边就得有防，这面国旗再不能往里移一寸！"

　　大卡车荡起一股烟尘，解放军走了。牛家大院的小孩子们围着这面高高竖立的国旗，看新鲜，看热闹。

　　牛道全在另一个山包上，望着巴克图曲线起伏的山峦、草原。塔尔巴哈台山上的积雪还没有完全融化，草原里已经开始慢慢泛绿，圈里的牛羊慢慢走了出来，在这辽阔的天地间啃食。

初稿2022年8月23日完成于塔城<br>
2022年9月29日第一稿修改完成<br>
2022年11月2日第二稿修改完成<br>
2022年11月21日第三稿修改完成

图书在版编目（CIP）数据

巴克图往事/古尔图著．--北京：作家出版社，2024.7
ISBN 978-7-5212-2773-4

Ⅰ.①巴… Ⅱ.①古… Ⅲ.①长篇小说-中国-当代 Ⅳ.①I247.5

中国国家版本馆CIP数据核字（2024）第069323号

## 巴克图往事

作　　者：古尔图
责任编辑：田小爽
装帧设计：丁奔亮
出版发行：作家出版社有限公司
社　　址：北京农展馆南里10号　　邮　编：100125
电话传真：86-10-65067186（发行中心及邮购部）
　　　　　86-10-65004079（总编室）
E-mail:zuojia@zuojia.net.cn
http://www.zuojiachubanshe.com
印　　刷：北京盛通印刷股份有限公司
成品尺寸：170×240
字　　数：510千
印　　张：28.5
版　　次：2024年7月第1版
印　　次：2024年7月第1次印刷
ISBN 978-7-5212-2773-4
定　　价：88.00元

作家版图书，版权所有，侵权必究。
作家版图书，印装错误可随时退换。